C.Bertelsmann

NICCI FRENCH

BLUTSBANDE

THRILLER

AUS DEM ENGLISCHEN
VON BIRGIT MOOSMÜLLER

C.Bertelsmann

Die Originalausgabe erschien 2024
unter dem Titel *Has Anyone Seen Charlotte Salter*
bei Simon & Schuster, London.

MIX
Papier | Fördert gute Waldnutzung
FSC® C014496

Penguin Random House Verlagsgruppe FSC® N001967

1. Auflage

Redaktion: Irmgard Perkounigg
Umschlaggestaltung: bürosüd, München
Umschlagabbildung: Getty Images/Feifei Cui-Paoluzzo
und www.buerosued.de
Satz: satz-bau Leingärtner, Nabburg
Druck und Bindung: GGP Media GmbH, Pößneck
Printed in Germany
ISBN 978-3-570-10498-9

www.cbertelsmann.de

Für Caleb und Esther

Es ist nun dreißig Jahre her, dass in einem Dorf in East Anglia, wo das Land von Wattflächen und Sümpfen verschluckt wird, eine Frau verschwand.

Es war mitten im Winter, matschig und dunkel, aber Weihnachten nahte. Die Hauptstraße war festlich beleuchtet, in den Fenstern standen geschmückte Bäume, aus den Schornsteinen schlängelte sich Rauch – und in einer Scheune am Rand des Dorfes versammelten sich die Leute zu einer Feier.

Eine Person jedoch traf nie ein, wodurch sich das Leben in jenem kleinen Dorf für immer veränderte. Ihr Verschwinden war der Beginn einer Kette schrecklicher Ereignisse, die drei Jahrzehnte lang das Leben zweier Familien zerstörten.

Dies ist eine Geschichte über dunkle Geheimnisse, die vor sehr langer Zeit vergraben wurden, ihre Macht aber nie verloren – über den Einfluss, den die Vergangenheit auf die Gegenwart ausübt.

Es ist die Geschichte von Menschen, deren Leben ab jenem Wintertag aus den Fugen geriet: von Söhnen und Töchtern, Brüdern und Schwestern, Partnern und Freunden.

Es ist die Geschichte einer Frau: einer Ehefrau, Mutter und Vertrauten. Diese Frau ist impulsiv, warmherzig und voller Leben. Wenn die Leute sie beschreiben, benutzen sie Worte wie »strahlend«, »lebendig«, »großzügig«, »optimistisch«. Sie ist eine Frau voller Lust: Sie liebt gutes Essen, Rotwein und lange, heiße Bäder. Sie tanzt gern und wandert bei jedem Wetter. Puzzles mag sie auch. Und Klatschgeschichten. Sentimentale Filme. Schicke Kleidung. Hefegebäck. Orangenmarmelade. Zufällige Begegnungen. Pfingstrosen und Wicken. Kerzen. Räudige Hunde. Hoffnungslose Fälle.

Sie liebt das Leben. Sie liebt Menschen. Vor allem aber liebt sie ihre vier Kinder.

Ihr Name ist Charlotte Salter.

Er blickte hoch.

»War das in Ordnung so?«

»Ja. Mehr als in Ordnung. Es war gut.«

»Dann hätten wir das.«

ERSTER TEIL

1990

1

Wo ist Charlie?«

Etty verstand ihn nicht. Die Party hatte gerade erst begonnen, aber die Luft war bereits erfüllt von Stimmengewirr, und auf der Anlage lief Neil Young. Sie strich sich die Locken aus dem Gesicht und beugte sich zu Greg Ackerley hinüber.

»Was?« Lächelnd betrachtete sie seine betrübte Miene.

Ihr selbst war leicht ums Herz, ein Gefühl von Vorfreude durchströmte sie. Das Schulhalbjahr war zu Ende. Sie freute sich auf die Weihnachtsfeiertage, Partys, Ausflüge und schläfrige Vormittage im Bett. Greg erwiderte ihr Lächeln. Sie stand so dicht neben ihm, dass sie seinen Duft riechen konnte und die Schweißperlen an seiner Stirn glitzern sah. Er hatte richtig hart gearbeitet, um das alles vorzubereiten.

Etty hatte schon genug Brüder, vielleicht sogar zu viele. Trotzdem war er für sie immer ein bisschen wie ein weiterer Bruder gewesen. Sie betrachtete seine markanten Wangenknochen, seine blauen Augen, seine besorgte Miene. Er war attraktiv, süß, ein bisschen schüchtern. Wäre er nicht wie ein Bruder für sie ... Wäre er nicht drei Jahre älter ... Sie empfand das alles als ziemlich verwirrend. Außerdem hatte sie an diesem Abend einen anderen Jungen im Kopf.

»Was?«, fragte sie noch einmal.

»Wo ist deine Mutter?« Dieses Mal sprach er deutlicher und langsamer, wie zu einer Schwerhörigen. »Ich möchte, dass sie sieht, wie schön alles ist. Bevor die Meute es verwüstet.«

Etty ließ den Blick durch die Scheune schweifen. Greg und sein Vater Duncan hatten den gesamten gestrigen Tag gebraucht, um das ganze Gerümpel hinauszuschaffen und dann alles zu fegen und zu putzen. Jetzt war der Raum mit Blumen, Girlanden, Bändern und bunten Lichtern geschmückt. Der lange Arbeitstisch, hinter dem Greg stand, war bedeckt mit Flaschen, Gläsern und einem riesigen Punschtopf, um den sich Grünzeug wand. Am anderen Ende der Scheune gab es eine Auswahl an Quiches, Dips und Fingerfood.

»Ist sie noch nicht da?«

»Nein.«

Etty schnaubte genervt.

»Zu mir sagt sie, ich soll früh hier sein, aber selbst hält sie es nicht für nötig, rechtzeitig zu erscheinen. Wahrscheinlich wünscht sie sich einen großen Auftritt.«

Während Greg in Ettys gerötetes Gesicht blickte, ging ihm durch den Kopf, dass sie wohl gar nicht zu schätzen wusste, was für ein besonderer Mensch ihre Mutter war und was für ein Glück sie hatte, deren Tochter zu sein, statt beispielsweise die Tochter seiner eigenen Mutter Frances, die oft den Großteil des Tages im Bett lag oder mit hängenden Schultern und leerem Blick in einem Sessel saß. Etty hielt die Vitalität und Herzlichkeit ihrer Mutter für selbstverständlich, fand sie sogar peinlich, weil sie nicht begriff, dass diese herzliche Art wie ein Feuer war, an dem man sich wärmen konnte.

Etty registrierte Gregs überraschte Miene und hatte einen Augenblick das Gefühl, ihre Mutter zu verraten, schob den Impuls jedoch gleich wieder beiseite. Am Eingang der Scheune wartete ihre Clique auf sie: Kim und Rosa und auch Robbie aus der Klasse über ihr. Etty wusste, dass er ihretwegen hier war.

Ein Blitzen ließ sie die Augen zusammenkneifen. Ihr Bruder Niall fotografierte mit einer Polaroidkamera.

»Die gehört Keith«, erklärte er, während er sie erneut ins Visier nahm. »Sie wird es nicht so richtig einfangen.«

»Ich hatte den Mund voll«, schimpfte Etty. »Du solltest keine Fotos von Leuten machen, die gerade essen.«

Niall betrachtete den Tisch und deutete entrüstet auf das Grünzeug, das den Punschtopf zierte.

»Ist das nicht ein Trauerkranz? Wie für eine Beerdigung?«

»Der wurde versehentlich geliefert«, erklärte Greg. »Er gehört Doris Winter. Die ist letzte Woche gestorben, mit siebenundneunzig. Wahrscheinlich wird er erst morgen wieder abgeholt. Ich dachte mir, sie hätte bestimmt nichts dagegen, wenn wir ihn vorübergehend zweckentfremden.«

»Ist das dein Ernst, was du da anhast?«, wandte sich Niall an Etty.

Etty blickte an sich hinunter, als sähe sie ihre Kleidung zum ersten Mal: ein kurzes schwarzes Kleid mit einem Flanellhemd darüber. Dazu trug sie ihre Doc Martens.

»Sieht ganz danach aus.« Sie hatte nicht das Gefühl, sich dafür entschuldigen zu müssen. Niall trug einen grauen Anzug, der spannte, als wäre er ihm ein paar Nummern zu klein, und dazu eine violette Krawatte mit einem großen, klobigen Knoten. Greg steckte in einer farbbespritzten Jeans und einem alten Hemd mit hochgekrempelten Ärmeln. Dazu hatte er eine schäbige Kappe aufgesetzt, die meist sein Vater trug.

Ein paar Meter von ihnen entfernt entdeckte sie ihre zwei anderen Brüder, in ein Gespräch vertieft. Etty redete sie in einem Ton an, der fast schon wie ein Befehl klang.

»Paul, Ollie, kommt mal rüber!«

Die beiden latschten auf sie zu. Ollie hob eine Hand, um Greg zu begrüßen, der während ihrer ganzen Schulzeit in seinem Jahrgang gewesen war, aber nie ein enger Freund. Greg erwiderte den Gruß, indem er kurz seine Bierflasche hob, ehe er einen großen Schluck daraus nahm.

»Niall findet, ich bin unpassend gekleidet«, erklärte Etty.

»Was soll das denn überhaupt heißen?«, entgegnete Paul.

Ollie grinste. »Nette Krawatte, Niall.«

»Ich komme direkt aus der Arbeit«, antwortete Niall. Es klang, als würde er ihnen allen dreien das irgendwie zum Vorwurf machen. In diesem seltsamen gesellschaftlichen Rahmen fand Etty es plötzlich fast komisch, wie unterschiedlich ihre Brüder aussahen. Niall war ein großer, kräftig gebauter Kerl mit schwerem Gang. Sein sandfarbenes Haar trug er kurz geschnitten. Obwohl Ollie und Etty noch zu Hause lebten, hatte Niall bereits den halb resignierten, halb anklagenden Blick des Kindes, das geblieben war – des Sohnes, der ins Familiengeschäft eingetreten war.

Paul schaute nicht nur anders aus, sondern schien einer völlig anderen Art anzugehören. Er war klein und dünn und hatte ein weiches, rundes Gesicht, das ihn jünger wirken ließ als einundzwanzig. Bei ihm handelte es sich um das Kind, das weggegangen war, um zu studieren. Er sprach nie darüber, doch Etty hatte das Gefühl, dass es nicht gut lief und irgendwo schlechte Nachrichten lauerten, von denen Paul ihnen aber bisher nichts gesagt hatte. Paul erzählte grundsätzlich niemandem etwas.

Ollie war der Bruder, der ihr ähnelte. Zumindest sagten die Leute das. Sie beide galten als die Spaßvögel, die Partymäuse, die Anhänger von Sex and Drugs and Rock 'n' Roll. Wobei es natürlich so einfach nicht war. Nichts ist jemals einfach. Trotzdem hatte Etty das Gefühl, dass man sie beide so einschätzte: Niall irritierte die Leute, Paul beunruhigte sie, aber für Etty und Ollie würde es immer gut laufen.

»Wir sollten ein Foto von uns schießen lassen«, bemerkte Etty, während sie ihrer Clique mit einem Handzeichen zu verstehen gab, dass sie bald zu ihnen stoßen würde.

»Warum?«, fragte Niall.

»Wir sind alle zusammen. An Dads fünfzigstem Geburtstag.«

Sie nahm Niall die Kamera ab und überreichte sie einem Mann mittleren Alters, mit der Bitte, ein Foto von ihnen zu machen. Sie stellten sich zu einer Gruppe zusammen.

»Bitte lächeln«, forderte der Mann sie auf.

»Ja, lasst uns lächeln, als wären wir auf einer Feier, die uns Spaß macht«, meinte Ollie.

»Ach, in Gottes Namen!«, stöhnte Niall.

Als das Polaroidfoto dann zum Vorschein kam, zeigte es Niall, wie er Ollie wütend anfunkelte, während Paul mit leerem Blick vor sich hin starrte. Nur Etty hatte sich lächelnd der Kamera zugewandt.

Im Hintergrund war ein verschwommener Greg mit Bierglas auszumachen.

»Perfekt«, befand Ollie, »und jetzt verschwinde ich, um mich draußen mit ein paar Leuten zu treffen und genug zuzudröhnen, um den Rest des Abends ertragen zu können.«

Während er das Weite suchte, wandte Etty sich an Paul.

»Alles in Ordnung bei dir?«

»Ich bin irgendwie nicht in der richtigen Stimmung.«

Etty ging durch den Kopf, dass er mittlerweile nie in der richtigen Stimmung war, antwortete ihm aber so fröhlich, wie sie nur konnte.

»Ich glaube, das sind wir alle nicht.«

»Wolltest du nicht noch zu einer anderen Party?«

Sie machte eine Kopfbewegung in Richtung ihrer Freunde.

»Ja, wir verdünnisieren uns, sobald wir können.«

Paul murmelte irgendetwas Unverständliches, griff nach einer Bierflasche und entfernte sich. Obwohl er sechs Jahre älter war als sie, wirkte er immer noch sehr jung und unreif. Als Kind hatte sie ihm nahegestanden, doch inzwischen verursachte er ihr ein Gefühl von Beklemmung. Er wirkte so still, einsam und argwöhnisch. In seiner Gegenwart empfand sie Schuldgefühle, weil sie einen Freundeskreis besaß, mit Jungs zusammen war und Spaß hatte. Und diese Schuldgefühle machten sie wütend.

Kim trat neben sie und legte ihr eine Hand auf den Arm.

»Komm, lass uns verschwinden«, flüsterte sie.

»Moment noch.« Etty wandte sich zu Niall um. »Hast du Mum gesehen?«

Niall runzelte die Stirn. »Ist sie denn nicht mit dir gekommen?«

»Ich bin nicht von zu Hause her, sondern direkt von Kim. Ist Penny da?«

Penny war Nialls Freundin. Die Erwähnung ihres Namens ließ ihn noch missmutiger dreinblicken.

»Keine Ahnung, ob sie überhaupt kommt.«

»Wieso?«

»Ich möchte hier und jetzt keine große Diskussion über Penny führen.«

»Soll mir recht sein.«

»Wenn Mum nicht bald auftaucht, verpasst sie noch Dads Rede.«

»Er hält doch nicht ernsthaft eine Rede, oder?«, entgegnete Etty. »Das kann er nicht bringen.«

»Und ob er das kann.«

Nur wenige Minuten zuvor hatte sich die Scheune noch ziemlich leer angefühlt, bevölkert bloß von ein paar einzelnen Grüppchen mit sehr viel Platz dazwischen. Mittlerweile waren es so viele Leute, dass Etty sich einen Weg durch sie bahnen musste, um zu ihrem Vater zu gelangen.

Alec Salter trug einen fast schon extravaganten Anzug, braun mit weißen Nadelstreifen, und dazu eine blaue Krawatte mit einem unruhigen roten Muster. Im Näherkommen sah Etty, dass er mit Gregs Vater sprach, Duncan Ackerley, und einem anderen Mann, den sie nicht kannte. Alec legte ihr einen Arm um die Schultern. Er wirkte, als käme er gerade von einem Marsch an der frischen Luft: Sein Gesicht war gerötet, das hellbraune Haar leicht zerzaust. Ein intensiver Geruch nach Lavendel und Zigaretten stieg Etty in die Nase.

»Wie geht's denn meiner Lieblingstochter?«, fragte er.

Sie war seine einzige Tochter, und der Witz längst abgedroschen. Genervt schüttelte sie seinen Arm ab.

»Hast du Mum gesehen?«

»Ich bin direkt von der Arbeit hergekommen«, antwortete er ohne jede Spur von Beunruhigung.

»Sie sollte inzwischen da sein.«

Seine Miene hatte einen leicht amüsierten und gleichzeitig ein wenig verächtlichen Ausdruck.

»Das Vorrecht der Frauen, oder nicht?«

»Du meinst, sich zu verspäten?«, entgegnete Etty. »Ich dachte, bei diesem sexistischen Spruch ginge es darum, es sich ständig anders zu überlegen.«

»Du hast aber nicht vor, uns zu langweilen, oder?«

»Niall meinte, du willst eine Rede halten. Du kannst keine Rede halten, solange Mum nicht hier ist.«

»Warum nicht? Wahrscheinlich hat sie das alles sowieso schon mal gehört.« Alec warf einen Blick auf seine Uhr. »Sollte sie in fünfzehn Minuten noch immer nicht da sein, fange ich an. Wenn sie die Rede verpasst, kannst du ihr ja darüber berichten.«

Alec beendete das Gespräch, indem er sich wieder seinen Freunden zuwandte, doch Duncan trat zur Seite. Er war blond, groß und kräftig. Als er sich zu Etty hinunterbeugte, konnte sie in seiner Hornbrille ihr Spiegelbild erkennen.

»Hallo, Etty. Alles klar?«

»Hast du Mum gesehen?«

»Nicht seit kurz nach Mittag. Sie hat vorbeigeschaut, um ein paar zusätzliche Schüsseln und einen Schöpflöffel zu holen. Hast du schon versucht, sie anzurufen?«

»Wir sind in einer Scheune. Hier hat's nicht wirklich ein Telefon.«

An der Vorderseite der Scheune befanden sich zwei große Holztore. Viele Jahre zuvor waren dort wohl die Kühe hinein- und hinausgetrieben worden. An der Rückseite führte eine kleinere Tür auf ein Feld. Etty hob die Hand, um erneut ihrer Clique zu signalisieren, auf sie zu warten, und trat durch diesen Ausgang in die Dunkelheit. Kalte Dezemberluft schlug ihr entgegen. Von hier konnte sie den breiten Fluss schimmern sehen.

Der Geruch von Marihuana stieg ihr in die Nase. Ein Stück von ihr entfernt erspähte sie in der Finsternis eine Gruppe und die verräterische Glut.

»Ollie«, rief sie.

Eine der nur als Silhouetten wahrzunehmenden Gestalten wandte sich ihr zu.

»Was machst du denn hier?«, fragte er, als wäre sie ein kleines Mädchen, das die großen Jungs beim Spielen störte.

Sie empfand das als gemein. Sonst standen sie sich so nahe, aber manchmal, wenn er mit seinen Freunden zusammengluckte, benahm er sich abweisend. Ollie war neunzehn, drei-und-ein-bisschen Jahre älter als sie, doch in der Familie waren sie beide immer eine eingeschworene Zweiergang gewesen. Im Juni war er mit der Schule fertig geworden und für ein paar Monate auf Reisen gegangen. Im kommenden Jahr würde er sein Studium antreten, und zwar nicht an der nächstbesten Uni, sondern in Newcastle, also so weit weg von Suffolk wie nur irgendwie möglich. Etty graute davor, weil dann nur noch sie zu Hause wäre.

»Ich frage mich, wo Mum steckt.«

»Woher soll ich das wissen?«

Etty betrachtete die Jungs bei Ollie etwas genauer. Sie erkannte zwei aus seinem Jahrgang, außerdem Morgan Ackerley, Duncans zweiten Sohn. Er war jünger als die anderen, derselbe Jahrgang wie Etty, wenn auch kein besonderer Freund von ihr. Er war clever, ein ziemlicher Nerd und äußerst unsicher.

»Ich glaube nicht, dass sie schon da ist«, fuhr Etty fort. »Und Dad will gleich seine Rede halten.«

Auf Ollies Gesicht breitete sich langsam ein Lächeln aus. »Wahrscheinlich ist sie deswegen nicht da.« Er hielt den Joint hoch. »Noch ein bisschen was hiervon, und ich bin auch so gut wie nicht da.«

»Kann ich was haben?«

»Du bist zu jung.«

»Es wäre ja nicht das erste Mal.«

»Dann besorg dir was von jemand anderem.«

Sie fühlte sich durch seinen Ton gedemütigt, verkniff sich jedoch eine wütende Antwort.

»Es kommt mir einfach komisch vor«, sagte sie stattdessen. »Sie redet seit Tagen davon und hat so viel dafür getan. Das würde sie sich doch nicht entgehen lassen.«

Sie hörte ein Glas klirren und drinnen jemanden etwas rufen. Eine Gestalt erschien in der Tür.

»Ihr müsst reinkommen«, rief eine Stimme. »Alec hält eine Rede.«

»Das kann er doch nicht machen!«, stöhnte Etty. »Er hat gesagt, er wartet noch ein paar Minuten.«

»Es ist sein großer Moment«, meinte Ollie. »Da wartet er auf niemanden.«

Etty trat mit Ollie in die Scheune, doch statt sich einen Weg durch die Menge zu bahnen, blieben sie beide ganz am Rand stehen, den Rücken an die Wand gelehnt. Robbie kam angelatscht und stellte sich neben sie ins Halbdunkel. Sie spürte seine Wärme und roch

Nikotin und Bier. Ihr Körper prickelte. Plötzlich spürte sie noch jemanden ganz in ihrer Nähe und blickte sich um. Greg schon wieder, mit einer Bierflasche in der Hand.

»Hast du sie gesehen?«

»Was?«, fragte Greg.

»Meine Mum.«

»Nein.« Er nahm einen Schluck von seinem Bier. »Bestimmt ist sie hier irgendwo, wahrscheinlich damit beschäftigt, irgendeine besondere Überraschung für Alec zu organisieren, an die sonst niemand denken würde.«

»Aus einer Torte zu springen?«

Er lächelte und nahm dann einen weiteren Schluck. Ollie wirkte schon ziemlich zugedröhnt, und Greg betrank sich still und leise, während sie selbst sich erschreckend nüchtern fühlte.

Sie kam sich fehl am Platz vor, auf der falschen Party. Es wurde Zeit aufzubrechen.

»Ruf doch mal zu Hause an«, schlug Greg vor.

Sie schüttelte den Kopf.

»Du hast vermutlich recht. Bestimmt steckt sie hier irgendwo.«

Sie trat ein bisschen näher an Robbie heran, der daraufhin ihre Hand nahm.

Ihr Vater begann zu sprechen, doch sie verstand nicht, was er sagte, und sehen konnte sie ihn auch nicht. Jemand rief dazwischen, woraufhin er abbrach und dann leicht schwankend über den Köpfen der Menge auftauchte. Er stand gefährlich wackelig auf einem Stuhl.

Etty wusste, dass ihr Vater nicht nervös war. Im Gegensatz zu den meisten anderen Menschen machte er sich keine Gedanken darüber, dass eine Rede in die Hose gehen könnte. Ihm war klar, dass das aller Wahrscheinlichkeit nach nicht passieren würde, und falls doch, wäre es ihm auch egal.

»Ich habe mir gedacht, bei einer solchen Gelegenheit sollte jemand ein paar Worte sagen«, begann er, »und wenn dem so ist, dann mache ich das wohl am besten selbst. Wie es aussieht, handelt es sich hier um eine Geburtstagsfeier …« Die Menge reagierte mit

Gelächter, doch Alec verzog keine Miene. Er wartete nur, bis sich der Lärm gelegt hatte, und fuhr dann fort. »Meine liebe Gattin ist, soweit ich weiß, noch nicht eingetroffen. Solltest du hier sein, mach dich bitte irgendwie bemerkbar.«

Er legte eine Pause ein. Für einen Moment wurde es fast ganz still. Etty spürte, wie Robbie ihre Hand streichelte.

»Keine Reaktion«, stellte Alec schließlich fest. »Immerhin habe ich Grund zu der Annahme, dass der Rest meiner Familie anwesend ist. Meine Kinder. Meine Nachkommenschaft. Meine Augensterne. Ich meine, was soll ich sagen? Da wäre Niall zu nennen, derjenige, der ins Familiengeschäft eingestiegen ist und nun darauf wartet, dass ich mich endlich daraus zurückziehe. Heb die Hand, Niall.« Das klang nach einer Art Scherz, aber Alec lächelte noch immer nicht. Niall fühlte sich sichtlich unbehaglich, als die Partygäste sich nach ihm umdrehten.

»Der Nächste in der Reihenfolge ist dann Paul, der ... was machst du noch mal, Paul? Irgendwo studiert er irgendwas. Wo steckst du, Paul?«

Etty entdeckte Paul an einer Seite des Raums, ebenfalls an die Wand gelehnt. Obwohl sie seinen Gesichtsausdruck nicht erkennen konnte, wusste sie, wie er in dem Moment dreinblickte. Deprimiert und unglücklich.

»Und dann ist da noch mein jüngster Sohn, Oliver. Wie soll ich den beschreiben? Künstlerisch. Kreativ.«

»Er sagt das, als wäre es etwas Schlechtes«, murmelte Ollie Etty ins Ohr.

»Zeig dich, Ollie.«

Ollie hob die Hand. Dabei leuchtete sein Gesicht fast so rot wie sein Haar.

»Schon gut, Oliver, du kannst die Hand wieder runternehmen. Und zuletzt, oder sollte ich sagen, zu guter Letzt, ist da noch meine kleine Blume zu nennen, meine Stütze im Alter, die all die kleinen weiblichen Zierden in den Haushalt Salter bringt, meine Tochter Elizabeth. Wo ist sie? Wo bist du? Mach dich bemerkbar.«

Einen kurzen Moment lang war Etty froh, dass ihre Mutter sich das nicht anhören musste. Sie hätte es gehasst. Etty löste sich von Robbie, verschränkte trotzig die Arme vor der Brust und wandte sich von ihrem Vater ab. Auf der anderen Seite des Raums sah sie Rosa und Kim grinsen und theatralisch die Augen verdrehen. Sie bedachte die beiden mit einer kleinen Grimasse.

»Schaut sie euch an«, fuhr Alec fort. Etty spürte, wie ihre Wangen brannten, während ein paar von den Partygästen der Aufforderung tatsächlich nachkamen, wobei sie selbst nicht recht wusste, ob sie vor Verlegenheit rot wurde oder einfach nur vor Wut. »Ist sie nicht bildhübsch? Aber schaut sie euch nicht zu genau an. Sie ist erst fünfzehn, und vergesst nicht, sie hat drei ältere Brüder.« Er legte eine Pause ein. »Wo war ich gerade? Ach ja, ich bin fünfzig. Fünfzig. Ein halbes Jahrhundert. Wie konnte irgendjemand auf die Idee kommen, dass das ein Grund zum Feiern ist? Trotzdem danke fürs Erscheinen.«

Damit fand die Rede ein jähes Ende. Alec stieg von seinem Stuhl. Es gab kurz Applaus, und jemand stimmte »Happy Birthday« an, aber es kam kein richtiger Chor zustande.

»Arschloch«, sagte Ollie in Ettys Ohr.

»Wo ist sie?«

»Brechen wir jetzt endlich auf?«, fragte Robbie.

Der Tanz wurde eröffnet. Etty konnte den Anblick kaum ertragen. Duncan versuchte galant, die Gäste zu ermutigen, sich auf die Tanzfläche zu begeben. Er schwang Mary Thorne im Kreis herum und wollte sie dann unter seinem Arm durchdrehen, doch es ging schief, und die beiden verhedderten sich. Er brüllte vor Lachen, während sie ihr Kleid zurechtzupfte. Ihr Ehemann Gerry, der verwaist an der Seite der Scheune saß, starrte über sein Bier hinweg finster zu ihnen hinüber.

Ihr Vater schien verschwunden.

»Lass uns gehen«, meinte Rosa. »Die andere Fete ist inzwischen bestimmt schon voll im Gang. Hier ist es echt langweilig.«

In einem Haus am Rand von Glensted stieg eine Party anlässlich des Ferienbeginns. Jemand hatte eine sturmfreie Bude, die Eltern waren weggefahren, und alle würden da sein. Etty hatte Kim und Rosa überredet, auf dem Weg dorthin auf der Feier ihres Vaters vorbeizuschauen.

»Gebt mir noch ein paar Minuten«, sagte sie, »bis Mum kommt und sieht, dass ich hier war. Dann brechen wir auf.«

Ein paar Minuten lang tanzten sie und ihre Clique auf ironische Weise zu ABBA. Etty tanzte sonst liebend gern, hier jedoch nicht, weil sie das unangenehme Gefühl hatte, dass ihr Vater und seine Freunde sie beobachteten, während sie mit ihrer Clique eine Show abzog, um den Leuten mittleren Alters oder älter zu zeigen, was es hieß, jung und sorglos zu sein.

Duncan galoppierte vorbei, die Arme wild über dem Kopf schwingend.

»Ich habe eine Kassette dabei«, bemerkte Robbie. »Sollen wir die Runde mal ein bisschen aufmischen? Was meint ihr? My Bloody Valentine? Bis ihnen die Ohren bluten!«

»Ich würde lieber gehen«, antwortete Kim. »Du hast gesagt, bloß eine Stunde, Etty. Wir verpassen den ganzen Spaß.«

Etty zögerte. Sie erhaschte einen Blick auf Paul, der richtig deprimiert wirkte, und empfand einen Anflug von Wut.

»Brecht ihr schon mal auf«, sagte sie. »Ich komme, sobald ich kann.«

Sie rechnete halb mit Widerspruch, doch es kam keiner. Die anderen nickten nur achselzuckend. Kim schlang die Arme um sie und drückte sie ein wenig zu fest.

»Ist das für dich wirklich in Ordnung?«

»Klar.«

»Dann bis ganz bald.« Sie stupste Etty an und warf einen vielsagenden Blick zu Robbie hinüber. »Das wird ein toller Abend.«

Etty schaute ihnen einen Moment nach und setzte sich dann selbst in Bewegung, am Rand des Raums entlang. Ihre Augen brannten vom Zigarettenrauch. Die ganze Zeit dachte sie, dass ihre Mutter plötzlich auftauchen würde, in dem roten Kleid, in dem sie aussah wie ein Filmstar, die dunkelblonde Haarmähne hochgesteckt, nach Chanel duftend und so breit lächelnd, dass sich die Grübchen in ihren Wangen noch vertieften.

Wo blieb sie bloß? Etty warf einen Blick auf ihre Uhr. Halb zehn. Charlie kam oft zu spät, aber nicht *so* spät.

»Deine Mutter«, sagte Alec – der betrunken sein musste, denn Etty hatte ihn ein Glas Punsch nach dem anderen leeren sehen, wodurch sein Spott aber nur noch schärfer klang als sonst –, »deine geliebte Mutter steht einfach gern im Mittelpunkt der Aufmerksamkeit. Sie will, dass alle fragen, wo sie bleibt.«

»Das stimmt nicht.«

»Ach, wirklich?« Alec bewegte sein Gesicht dicht vor das ihre. »Inzwischen ganz Mummys Mädchen, was?«

Etty begab sich auf die Suche nach Niall, bis sie ihn schließlich an der Seite der Scheune fand, wo ein Rechteck aus Licht, das durchs Fenster fiel, ihn und Penny beleuchtete. Letztere trommelte gerade heftig schluchzend auf seine Brust ein, während er immer wieder »Schhh, schhh!« sagte, als versuchte er, ein Pferd zu besänftigen.

Etty hielt Ausschau nach Paul, konnte ihn aber nirgendwo entdecken.

Ollie lümmelte mit geschlossenen Augen auf einem Stuhl neben der provisorischen Bar, schaukelte leicht hin und her und gab dabei ein summendes Geräusch von sich. Als Etty ihn an der Schulter rüttelte, öffnete er ein Auge, nickte ihr zu und schloss es dann wieder.

»Tut mir leid, dass ich vorhin so ein Mistkerl war«, flüsterte er kaum hörbar. »Beschissene Party, was?«

Viertel vor zehn. Zehn. Fünf nach.

Sie dachte an die Party, zu der sie wollte, an den Jungen, der ihr gefiel.

Es wurde weiter getanzt. Die Kerzen, die Greg auf den Esstisch gestellt hatte, flackerten schwach.

Etty holte ihre Jacke. Sie würde zu Hause anrufen, um herauszufinden, ob Charlie da war, und sich dann zu der anderen Party aufmachen – obwohl ihre prickelnde Vorfreude mittlerweile verflogen war und sie sich müde und lustlos fühlte. Draußen war es feuchtkalt. Ein böiger Wind peitschte ihr das Haar ins Gesicht. Der

Weg zur Straße wurde schnell von tiefer Dunkelheit verschluckt. Sie musste langsam gehen, um nicht vom Weg abzukommen. Immer wieder stießen ihre Stiefel gegen die gefurchte Oberfläche, und zu beiden Seiten ragten wuchtige Bäume wie Wachposten auf.

Sie glaubte, eine Eule zu hören, doch vielleicht war es gar keine. Womöglich war es Penny, oder ein Paar hatte Sex im Gebüsch. Als sie die Telefonzelle erreichte, tauchte vor ihr eine Gestalt auf.

»Morgan! Hast du mich erschreckt!«

Jetzt konnte sie sein Gesicht sehen: so ganz anders als Duncans oder Gregs. Er war dünn und bleich, und unter dem dunklen Haarschopf funkelten seine Brillengläser. In der Hand hielt er eine Zigarette, deren Spitze aufleuchtete, als er sie an den Mund hob und daran zog.

»Ich rufe zu Hause an«, erklärte sie. »Mum ist noch immer nicht aufgetaucht.«

Die Kabine roch nach Urin und Tabak. Der Hörer fühlte sich schmierig an, sodass sie ihn ein Stück von sich weghielt, während sie die Nummer wählte. Sie hörte es läuten, dann ein statisches Knistern in der Leitung. Etty schob die Münzen hinein.

»Hallo?«, fragte sie.

»Mum?« Die Stimme am anderen Ende klang brüchig.

»Paul?«

»Etty? Bist du das? Ich dachte, Mum ruft an.«

»Demnach ist sie nicht da?«

»Nein.«

»Wo ist sie?«

Am anderen Ende herrschte Schweigen. Sie hörte sein Atemgeräusch – und die Leere des Hauses, ohne Charlie.

Es hatte zu regnen angefangen. Morgan wartete draußen, die Hände tief in den Taschen vergraben. Wieso war er überhaupt hier, auf einer Party für alte Leute, während alle seine Schulkameraden den Ferienbeginn feierten?

»Sie ist nicht daheim«, informierte ihn Etty. »Warum macht sich außer mir niemand Sorgen?«

»Du könntest den Notruf wählen«, antwortete er in beiläufigem Ton.

»Was?«

»Du könntest die Polizei anrufen.«

Sie starrte ihn an. Die Polizei. Das würde es auf beängstigende Weise real machen. Er erwiderte ihren Blick, ohne mit der Wimper zu zucken.

Erneut zog sie die Tür der Telefonzelle auf, trat hinein, griff nach dem schmierigen Hörer und wählte drei Ziffern.

»Es geht um meine Mutter«, erklärte sie. Ihre Stimme klang hoch und kindlich. »Charlie – besser gesagt, Charlotte Salter. Ich weiß nicht, wohin sie verschwunden ist.«

Als sie wieder aus der Zelle kam, war Morgan weg. Sie kehrte allein zur Feier zurück.

2

Der Hinterausgang der Scheune war wie die hässliche Kehrseite der Feier. Die Leute taten in der Dunkelheit Dinge, die sie drinnen nicht tun konnten. Seitlich an der Wand sah Etty ein ineinander verschlungenes Paar. Der Geruch von Marihuana stieg ihr in die Nase, natürlich erkannte sie dann Ollie in der betreffenden Gruppe und stellte fest, dass Morgan inzwischen auch wieder bei ihm war. Sie empfand einen Anflug von Zorn. Anscheinend waren Fünfzehnjährige sehr wohl in Ordnung, solange es sich dabei nicht um seine Schwester handelte. Sie stieß gegen Greg, der etwas Unverständliches murmelte. Sein glasiger Blick verriet ihr, dass er sehr betrunken war. Außerdem hatte er die blasse Gesichtsfarbe und die schweißnasse Haut eines Menschen, der sich gerade übergeben hatte oder kurz davorstand, es zu tun. Sie murmelte etwas Unverständliches zurück und bewegte sich schnell von ihm weg.

Draußen im Freien hatte jemand in einem Kohlebecken ein Feuer entfacht. Während sie auf das flackernde Licht zusteuerte, hörte sie eine vertraute, erhobene Stimme. Ihr Vater stieß gerade den Zeigefinger an die schmale Brust von Victor Pearce. Er war der Betreiber des Dorfcafés und ein Freund von Charlie, nicht von Alec. Sie machte die Scones und die Schoko-Walnuss-Küchlein, die immer auf der Theke des Cafés standen, und manchmal arbeitete Etty samstags dort. Victor war kleiner als Alec und eher schmächtig. Sein Haar hatte er zu einem Knoten zurückgebunden. Er trug ein Batik-T-Shirt und eine Samthose.

»Hey, beruhige dich«, sagte er, während er zurückwich.

Etty berührte ihren Vater an der Schulter, woraufhin er sich nach ihr umwandte.

»Ich habe die Polizei angerufen.«

Alec starrte sie mit ausdrucksloser Miene an, was aber irgendwie zur Folge hatte, dass ihr Herz wie wild zu hämmern begann.

»Warum denn das?« Seine Stimme klang plötzlich sehr liebenswürdig.

»Niemand sonst hat etwas unternommen.«

»Es ist nichts passiert. Sie hat es einfach nicht für nötig gehalten, zur Feier meines fünfzigsten Geburtstags zu erscheinen.«

»Die schicken in einer halben Stunde jemanden zu uns nach Hause.«

Seine Miene war immer noch ausdruckslos, doch Etty spürte seine Wut. Er entfernte sich von Victor Pearce, drehte sich ruckartig um und stürmte zurück in die Scheune, wo er in der Menge verschwand. Einen Moment später brach die Musik plötzlich ab. Die Tanzenden hielten inne, und es war auf einmal ganz still.

Etty konnte ihren Vater nicht sehen, hörte dann aber seine Stimme. Er verkündete, die Feier sei zu Ende.

»Zumindest für die Familie Salter. Danke fürs Kommen und so weiter. Macht das Licht aus, wenn ihr geht.«

»Du kannst nicht fahren«, sagte Ollie zu seinem Vater. »Nicht, nach allem, was du getrunken hast.«

»Aber du, oder? Nach allem, was auch immer du da geraucht hast?«

»Ich hatte nicht vor zu fahren.«

Alec riss die Tür seines Wagens auf.

»Steig ein.«

»Vergiss es.«

»Ganz, wie du meinst. Etty?«

Einen Moment dachte sie an die andere Party, an tanzende, trinkende, schmusende junge Leute. Sie schob die Hände tief in die Taschen.

»Ich gehe mit Ollie zu Fuß.«

»Wo ist Paul?«

»Der ist schon zu Hause«, erklärte Etty. »Und Niall fährt selbst.«

»Gut. Dann fahre ich eben allein. Genießt euren Spaziergang.«

Er stieg ein, zog die Tür zu und ließ den Motor an. Ollie und Etty beobachteten, wie er auf dem Feldweg beschleunigte, bis die roten Rücklichter seines Wagens schließlich in der Dunkelheit verschwanden.

Es waren nur fünfzehn Minuten zu gehen, doch der Regen verwandelte sich allmählich in weichen Schneeregen, den ihnen der Wind ins Gesicht wehte.

Ohne zu sprechen, erreichten sie die Hauptstraße, kurz bevor diese über den Fluss führte, marschierten vorbei an der Telefonzelle und der Bushaltestelle, wo Etty jeden Morgen in den Bus zu ihrer Schule in Hemingford stieg und jetzt eine aus Dosen trinkende Gruppe von jüngeren Teenagern herumhing, vorbei an der neuen Wohnanlage mit ihren Reihen identischer Bungalows und hinein in die verschlungenen Straßen von Glensted mit seinen roten, mit Giebeln versehenen Ziegelhäusern. Lichter an Weihnachtsbäumen funkelten durch die Fenster, und die Luft roch nach Holzfeuer.

Etty versuchte, Wut auf Charlie zu empfinden, weil sie ihr den Ferienbeginn ruinierte, doch sie schaffte es nicht, ihre wachsende Angst zu unterdrücken. Wäre sie allein gewesen, wäre sie bestimmt gelaufen. So aber marschierte sie mit Ollie im Schlepptau dahin, begleitet vom Klappern ihrer schweren Schuhe. Das Städtchen lag fast hinter ihnen, ein paar Häuser noch, dann erreichten sie die kleine, stillgelegte Tankstelle und die Ansammlung von Mobilheimen, die den Großteil des Jahres leer standen. Von hier aus konnten sie bereits die Umrisse des Bauernhauses mit den erleuchteten Flächen der unteren Fenster erkennen.

Paul öffnete die Tür. Wie eine Scherenschnittfigur stand er in dem Rechteck aus gelbem Licht. Seine Augen hatten die Farbe von Walnüssen. Sein Haar, mit dem gleichen satten Kastanienton wie Ettys, war ziemlich lang. Laut Alec sah er dadurch nur noch memmenhafter aus. Hinter ihm in der Diele leuchtete der Salter-Weihnachtsbaum wie buntes Farbgekleckse. Charlie war keine Anhängerin dezenter Dekoration. Sie hatte die Äste mit roten, goldenen und violetten Kugeln, Lichterketten und silbrigem Lametta behängt. Unter dem Baum stapelten sich bereits die Geschenke, zu denen, wie Etty feststellte, auch ein kleines quadratisches, von einer Schleife zusammengehaltenes Päckchen gehörte, das für sie bestimmt war.

»Noch immer keine Spur von ihr?«, fragte sie.

Paul schüttelte den Kopf.

Sie gingen ins Haus, schlüpften aus ihren feuchten Jacken. Ollie beugte sich hinunter und zog seine durchnässten Sportschuhe und Socken aus, wobei er sich vor dem Umkippen bewahrte, indem er sich mit einer Hand am Geländer festhielt. Seine Füße erschienen Etty sehr rosig, und als er sich wieder aufrichtete, bemerkte sie, wie groß seine Pupillen waren. Ihr selbst rann das Wasser aus den Haaren den Hals hinunter, und ihre Wangen brannten von der Kälte.

»Ich habe die Polizei angerufen«, informierte sie Paul. »War das blöd von mir?«

Sie wünschte, er würde Ja sagen.

»Nein.«

Die Tür, die links ins Wohnzimmer führte, öffnete sich, und Alec trat mit einem vollen Whiskyglas in der Hand über die Schwelle.

»Ein absolut denkwürdiger fünfzigster Geburtstag«, erklärte er. »Vielen Dank euch allen.«

Scheinwerferlichter bewegten sich die Zufahrt herauf. Es waren zwei Wagen: Nialls alter Honda und hinter ihm ein Streifenwagen.

»Ich bin ziemlich neben der Spur«, verkündete Ollie in lautem Flüsterton und stieß dann ein kleines, angstvolles Kichern aus. »Meint ihr, er wird das merken?«

»Halt den Mund«, antwortete Paul. »Es geht jetzt nicht um dich.«

Als Niall hereinkam, fühlte Etty sich erleichtert. Mit seinen braunen Augen, dem vorwurfsvollen Blick und seiner hellen Haut, die rot anlief, wenn er verlegen oder verärgert war, wirkte er so bodenständig und nüchtern. In seiner Anwesenheit erschien es Etty unvorstellbar, dass Charlie etwas Schlimmes zugestoßen sein könnte.

Der Polizeibeamte sah nicht älter aus als Ollie und erinnerte Etty an manche ihrer Mitschüler, die sich mit ihrer Körpergröße und Masse nicht wohlfühlten und dadurch linkisch wirkten. Sein Körper schien auf unangenehme Weise in die Uniform gezwängt. Immer wieder schob er einen Finger in seinen Hemdkragen. Als er den Raum betrat, lächelte er. Dieses Lächeln behielt er bei. Selbst wenn er versuchte, ernst dreinzublicken, brach sich das Grinsen Bahn und zog sein breites, jungenhaftes Gesicht in Falten.

»Geoffrey Bealing«, stellte er sich vor und nickte ihnen der Reihe nach zu.

Sie führten ihn ins Wohnzimmer, wo er sich auf dem Sessel niederließ, bei dem eine Feder gebrochen war. Etty und Niall setzten sich ihm gegenüber aufs Sofa, Paul nahm den kleinen Stuhl, und Ollie lehnte sich an den Kamin, in dem ein Häufchen kalte Asche lag. Die Heizung war nicht eingeschaltet, sodass der Raum ungemütlich und trist wirkte.

Alec blieb an der Tür stehen. Das Glas in seiner Hand war inzwischen fast leer.

»Sie machen sich Sorgen wegen Ihrer Frau?«, wandte Bealing sich an Alec.

»Nein.«

Bealing rutschte verlegen auf seinem Sessel hin und her.

Etty sprang vom Sofa hoch und baute sich mit geballten Fäusten vor ihm auf.

»Sie ist verschwunden«, erklärte sie mit schriller Stimme. »Wir wissen nicht, wo sie ist. Sie müssen sie finden.«

»Es sind doch erst ein paar Stunden«, warf Niall ein.

Bealing ließ den Blick von einem zum anderen schweifen. An Alec blieb er hängen.

»Ist es ungewöhnlich, dass Ihre Frau so lange auf der Piste ist?«

»Auf der Piste«, wiederholte Ollie. »Verdammte Scheiße!«

»Halt den Mund, Oliver«, wies Alec ihn zurecht. An den Polizeibeamten gewandt, sagte er in beruhigendem Ton: »Ganz und gar nicht. Meine Frau ist eine impulsive Person. Sie kommt bestimmt bald zurück.«

»Woher willst du das wissen?«, fragte Etty. »Hat sie das zu dir gesagt?«

»Ich weiß es, weil ich Charlie kenne.«

Bealing kämpfte sich aus dem Sessel.

»Wie eben sehr richtig angemerkt wurde, sind es erst ein paar Stunden, Sir. Ich bin sicher, es besteht kein Grund zur Sorge. Wenn Ihre Frau binnen vierundzwanzig Stunden nicht zurück ist, melden Sie sich bei uns.«

»Es tut mir leid, dass Sie ausrücken mussten. Ich entschuldige mich im Namen meiner Tochter. Sie ist erst fünfzehn.«

»Behandle mich nicht wie ein Kleinkind. Irgendetwas ist ihr passiert. Womöglich ist sie gestürzt. Oder sie ist …«

Sie wusste nicht, wie sie den Satz zu Ende bringen sollte.

3

Als Bealing wieder im Polizeirevier von Hemingford eintraf, trank sein diensthabender Vorgesetzter gerade Tee und las dabei Zeitung. Er hieß Guy Lock. Da er Witwer war, arbeitete er gern die lange Nachtschicht. Nun blickte er hoch.

»War was?«

»Eine Frau ist nicht zu einer Feier erschienen.«

»Was hältst du davon?«

Bealing grinste.

»Mir hat die Tochter gefallen. Ich schätze, man muss ein Auge auf sie haben. Ein Schulmädchen, aber … du weißt schon, voll erwachsen und ziemlich temperamentvoll.«

Lock schüttelte den Kopf »Ich habe meine Töchter immer vor Typen wie dir gewarnt. Ernsthaft, pass bloß auf. Wie alt ist sie, vierzehn?«

»Nein, Chef, nicht mehr minderjährig, oder jedenfalls fast nicht mehr.«

»Aber was diese Mum betrifft, sollten wir uns da Sorgen machen?«

Bealing zog ein Gesicht.

»Aller Wahrscheinlichkeit nach hat sie sich mit ihrem Alten gezofft. Vermutlich ist sie inzwischen wieder zu Hause und kocht gerade Tee.«

Die drei Brüder saßen rund um den Küchentisch. Etty tigerte hin und her, als wäre sie auf der Suche nach einem Platz zum Ausruhen, ohne einen zu finden. Es war das erste Mal seit dem letztjährigen

Weihnachtsfest, dass sie alle zusammen waren. Damals hatte Alec sich betrunken, und Ollie war in sein Zimmer verschwunden. Etty und ihre Mutter hatten vor alledem die Flucht ergriffen, einen ausgedehnten Spaziergang entlang der Flussmündung gemacht und die Kälte, den Wind und die Sonne genossen. Sie hatten nicht über das gesprochen, wovor sie geflohen waren, aber Charlie hatte ihre Tochter gefragt, ob es ihr gut gehe, und sie hatten die ganze Strecke Hand in Hand zurückgelegt. Das war genug gewesen.

»Mir graute ja schon seit Wochen vor diesem Fest«, erklärte Ollie. »Aber nun ist es tatsächlich noch übler ausgefallen als in meinen schlimmsten Albträumen.« Er warf einen Blick in die Runde. »War daran irgendetwas gut? Doch, ja, die Blumen sahen gut aus.« Er wandte sich an Niall. »Wie läuft es denn zwischen dir und Penny?«

»Nicht so besonders.«

»Hast du dich von ihr getrennt?«

»Ich habe ihr gesagt, wir sollten uns eine Auszeit gönnen.«

»Also keine Trennung?«

»Ich wollte es ihr leichter machen.«

»Wie hat sie reagiert?«

»Sie war nicht glücklich darüber. Sie ist früh gegangen.«

»Ich verschwinde auf mein Zimmer«, verkündete Ollie, »es sei denn, jemand hat einen Plan.«

»Du kannst nicht einfach gehen«, widersprach Etty. »Mum ist nicht da. Sie ist irgendwo da draußen in der Finsternis.« Sie deutete auf die Dunkelheit jenseits des Fensters. »Ich bleibe hier, bis sie nach Hause kommt.«

»Wahrscheinlich sitzt sie bei irgendeiner Freundin und jammert über Dad«, meinte Niall.

»Welcher Freundin?«, fragte Etty. »Nenn mir ein paar Namen, ich fange sofort an rumzutelefonieren.«

»Du hast doch schon die Polizei angerufen«, entgegnete Niall. »Die kennen sich mit solchen Sachen aus. Kam dir dieser Polizeibeamte beunruhigt vor?«

»Er wirkte nicht sehr interessiert – wenn du darauf hinauswillst.«

»Ich könnte einen Drink gebrauchen«, wechselte Niall das Thema. »Falls Dad uns noch was übrig gelassen hat.«

»Wahrscheinlich ging es ihr genau wie uns«, mutmaßte Ollie. »Sie konnte den Gedanken an die Party nicht ertragen und suchte sich deswegen einen besseren Zeitvertreib. Egal, was, Hauptsache, nicht hier. Ich meine, wir haben doch alle mehr oder weniger so getan, als wären wir gar nicht da. Sie war bloß konsequenter, indem sie tatsächlich nicht erschien. Die richtige Entscheidung, wenn ihr mich fragt.«

»Bist du immer noch bekifft?«, fragte Etty.

»Nicht genug. Mein Plan war, mich durch den Einsatz chemischer Mittel in einen Raum zu befördern, wo ich entspannt und heiter wäre, was mir aber nicht so richtig gelang.«

Niall tigerte mittlerweile in der Küche herum, damit beschäftigt, Schranktüren zu öffnen und wieder zu schließen. Schließlich fand er, was er suchte, und schenkte sich ein halbes Glas Whisky ein.

»Eins muss man Mum lassen«, sagte er, ehe er einen Schluck nahm. »Wenn man vorhat, sich von seinem Mann zu trennen, kann man es auch gleich richtig machen und ihn an seinem fünfzigsten Geburtstag sitzen lassen.«

»Du sprichst von unserer Mutter.« Paul klang, als hätte er Probleme, die Worte herauszubringen. »Sie ist die gütigste Person der Welt. Warum sollte sie so etwas tun, ohne jemandem davon zu erzählen? Das ergibt doch keinen Sinn.«

»Es ergibt sehr wohl einen Sinn«, widersprach Ollie. »Sie ist nämlich mit Alec Salter verheiratet. Wenn sie zurückkommt …«

»Sie kommt ganz bestimmt zurück«, warf Etty ein. »Das versprecht ihr mir doch, oder?«

»Natürlich, sie kommt zurück«, antwortete Niall. Etty fand, dass er es in dem gleichen beruhigenden Tonfall sagte, den er angeschlagen hätte, um zu sagen, natürlich, es gibt den Weihnachtsmann.

»Wie auch immer«, fuhr Ollie fort, »wenn sie zurückkommt, kann es nicht einfach so weitergehen wie bisher.«

»Du redest dich leicht«, entgegnete Etty. »Du gehst ja bald weg. Dann bin nur noch ich hier.«

Etty war sicher, dass ihre drei Brüder, egal, was sie sagten, genauso empfanden wie sie selbst. Irgendetwas Gewaltiges war passiert, als wäre ein Krieg erklärt worden. Sie hatten bloß alle keine Ahnung, wie sie es ausdrücken oder was sie unternehmen sollten. Trotzdem wusste Etty, wie die drei reagieren würden. Niall fühlte sich immer wie der starke Mann in der Familie. Er würde versuchen weiterzumachen, als wäre im Grunde nichts passiert. Paul würde sich einfach in sich selbst zurückziehen, in seine eigene Dunkelheit. Ollie war am ehesten wie sie. Er würde darüber reden. Immer wieder. Sie aber konnte nicht nur reden. Sie musste etwas tun.

»Ich rufe die Ackerleys an«, verkündete sie. »Zu denen würde Mum gehen.«

»Duncan wird inzwischen schlafen«, erwiderte Niall.

»Das ist mir egal.«

Draußen in der Diele, gleich neben der Küchentür, befand sich ein Telefon. Etty griff nach dem Hörer und war schon im Begriff zu wählen, als sie am anderen Ende plötzlich Stimmen hörte, von denen sie eine sofort als die ihres Vaters erkannte. Ihr war klar, dass sie wieder auflegen sollte, doch als sie dann die andere Stimme vernahm, die ihr ebenfalls bekannt vorkam, klappte sie die Hand über das Mundstück und hörte weiter zu. Ja, es war Mary. Mary Thorne.

Sie verstand kaum etwas von dem, was die beiden sagten. Es war, als sprächen sie eine Fremdsprache. Am meisten irritierte sie der Ton, dieses leise Gemurmel, das so intim klang. Es erinnerte sie an Unterhaltungen, die sie selbst mit Jungs geführt hatte. So etwas fand am Tag nach einer Party statt, wo sie sich geküsst hatten, in die Ecke eines Sofas geschmiegt oder draußen im Garten. Er rief dann an und fragte nach ihr, woraufhin sie ein langes, seltsames Gespräch führten, fast schon im Flüsterton, als könnte jemand lauschen. Ihr Vater war den ganzen Abend sarkastisch und laut gewesen, doch nun sprach er in diesem seltsamen Ton, den sie bei ihm noch nie gehört hatte.

Nachdem sie den Hörer so behutsam wie möglich aufgelegt hatte, musste sie erst einmal tief Luft holen, und dann gleich noch einmal, ehe sie in die Küche zurückkehren konnte.

»Was haben sie gesagt?«

»Ich habe nicht angerufen. Dad war am Telefon.«

»Um diese Zeit, mitten in der Nacht?«, fragte Niall.

»Er hat mit Mary Thorne gesprochen.«

Es folgte eine lange Pause. Etty fand das schlimmer als alles andere. Ihr wäre es lieber gewesen, jemand wäre wütend geworden.

Draußen auf der Treppe waren Schritte zu vernehmen. Alec betrat den Raum mit einer prallen Mülltüte, die er neben der Tür deponierte. Er griff nach der Whiskyflasche auf dem Sideboard, nahm ein Glas aus dem Schrank, füllte es und trank einen Schluck. Wieso kippte er nicht sturzbetrunken um? Stattdessen betrachtete er die vier feindseligen Mienen seiner Kinder und verzog das Gesicht zu einem Lächeln.

»Ich habe gerade mit Mary Thorne gesprochen«, erklärte er in neutralem Ton. »Sie macht sich Sorgen wegen Charlie.«

»Du hast um ein Uhr nachts Mary Thorne angerufen, weil die sich Sorgen um Mum machen könnte!«

Die Bemerkung kam von Paul, wobei er so barsch klang, wie man es sonst von ihm nicht kannte.

»Wer sagt, dass ich sie angerufen habe?«

»Hätte sie dich angerufen«, entgegnete Paul langsam, »dann hätten wir das Telefon klingeln gehört. Haben wir aber nicht.«

Alec kippte seinen Drink hinunter und stellte das leere Glas in die Spüle.

»Sprich nicht in diesem Ton mit mir«, sagte er. »Ich habe heute Geburtstag.«

»Nein, du hast nicht mehr Geburtstag«, widersprach Paul. »Schon seit einer Stunde nicht mehr.«

»Stimmt«, räumte Alec ein. »Rede trotzdem nicht so mit mir. Ich bin euer Vater.«

»Du hast vielleicht Nerven!«, antwortete Paul.

Es folgte ein Schweigen, das Etty fast wie etwas Körperliches empfand, etwas Kaltes und Hartes an ihrer Haut.

»Was hast du gerade gesagt?«, fragte Alec in gefährlich ruhigem Ton.

»Ich habe gesagt, du hast vielleicht Nerven.« Paul sprach jetzt lauter. »Wir wissen über dich Bescheid. Wir wissen alles über dich. Das geht auf deine Kappe. Du hast sie dazu getrieben – was auch immer sie getan hat.«

Er stand auf und stieß dabei seinen Stuhl so heftig zur Seite, dass der mit einem Rums umkippte.

»Raus!«, befahl Alec.

»Was soll denn das?«, rief Paul, ehe er aus dem Raum stürmte. Er polterte so heftig die Treppe hinauf, dass davon das Haus zu wackeln schien. Eine Tür knallte zu.

Alec blickte sich um. Was gerade passiert war, schien ihn kalt zu lassen, er wirkte deswegen weder erregt noch bekümmert.

»Sonst noch was?«, fragte er. »Noch jemand, der etwas loswerden möchte?«

»Wie kannst du bloß so reden?«, entgegnete Ollie.

»Mum ist verschwunden«, mischte Etty sich ein, »und wir hocken hier nur herum.«

»Eure Mutter ist nicht verschwunden.«

»Ist sie wieder da?«, fragte Etty mit einem verzweifelten Aufblitzen von Hoffnung.

»Nein. Aber ihr wisst doch, wie sie ist: Wenn sie einen Einfall hat, setzt sie ihn in die Tat um.«

»Was für einen Einfall denn?«, hakte Ollie nach.

»Ich habe keine Ahnung«, antwortete Alec, »genauso wenig wie ihr. Vielleicht war sie sauer. Oder sie hatte einfach keine Lust auf eine Party. Ich hatte weiß Gott auch keine.«

»Sauer weswegen?«, wollte Ollie wissen.

»Habt ihr euch gestritten?«, fragte Etty. »Ist sie deshalb weg?«

»Nein, wir haben uns nicht gestritten«, erwiderte Alec in gereiztem Ton. »Das war nur als Beispiel gedacht. Es war hypothetisch gesprochen.«

»Mir reicht's«, verkündete Niall und erhob sich. »Ich pack das nicht. Diese Warterei hier halte ich nicht mehr aus. Ich fahre jetzt los und suche nach ihr.«

»Wo denn?«, fragte Alec.

»Egal, wo. Ich fahre einfach herum, frage die Leute. Das ist besser, als gar nichts zu tun.«

»Ich glaube nicht, dass das wirklich so viel besser ist«, widersprach Alec.

Niall verzog das Gesicht. Etty befürchtete schon, er würde seinen Vater ebenfalls anschreien oder womöglich sogar schlagen. Doch er verließ nur wortlos den Raum. Niemand sagte etwas. Die Stille hatte erst ein Ende, als Niall seinen Wagen anließ und in der Dunkelheit verschwand.

Mittlerweile war es drei Uhr morgens, und im Haus herrschte Ruhe, mal abgesehen von gelegentlichem Knarren oder Ächzen, so, als müsste sich das alte Gebäude nach den Ereignissen des Tages erst wieder beruhigen.

Nur eine einzige Person schlief: Alec Salter lag in seinem Pyjama mitten auf dem Doppelbett und atmete gleichmäßig.

Seit Paul an der Uni war, hatte sich sein Zimmer zu einem Abstellraum für Kartons und ausrangierte Möbelstücke entwickelt. Er saß vollständig bekleidet und mit Kopfhörern über den Ohren auf seinem Bett. Inzwischen hörte er fast ausschließlich Cocteau Twins – das und Talk Talk. Musik, von der ihm schwindlig wurde und in der er sich verlieren konnte. Jedes Mal, wenn die Scheibe zu Ende war, setzte er die Nadel wieder auf den Anfang zurück. *When you come to me, you come to broke.*

Ollie befand sich ebenfalls im Bett, in seinem eigenen Zimmer. Er hatte ferngesehen, mit ganz leise gedrehtem Ton. Als dann nächtlicher Sendeschluss war, ließ er das Gerät trotzdem an – graues Geflimmer, von dem er hoffte, es würde ihn einschläfern. Was es aber nicht tat.

Ein paar Kilometer entfernt, Richtung Hemingford, saß Niall am Straßenrand in seinem Wagen. Er hatte bereits eine halbe Schachtel Zigaretten geraucht, und ihm war schlecht. Er wusste, dass es keinen Grund gab, nicht in seine Mietwohnung zurückzukehren, in der er allein lebte, und sich dort ins Bett zu legen, doch sobald er eine Zigarette zu Ende geraucht hatte, zündete er sich die nächste an. Heimzufahren wäre das Eingeständnis, dass das Leben weiterging und alles, was womöglich passieren würde, tatsächlich passierte. Er wollte diesen Moment hinausschieben.

Etty saß immer noch am Küchentisch, inzwischen vollkommen erschöpft. Ihre Augen brannten, und das grelle Küchenlicht schmerzte. Trotzdem ging sie nicht ins Bett, und sie schaltete auch das Licht nicht aus.

Wenn das Haus dunkel wäre, würde ihre Mutter sie nicht sehen können und den Weg nach Hause nicht finden.

4

Der Morgen kam mit grauem, mattem Licht, das den östlichen Himmel fleckig wirken ließ, und brachte Schneematsch, der schmolz, sobald er den Boden berührte. Etty hob den Kopf vom Küchentisch. Ihre Wange hatte Druckstellen, ihre Augen brannten, und die linke Hand war ihr eingeschlafen. Noch immer trug sie ihr kurzes schwarzes Kleid mit dem Flanellhemd darüber, und sie fühlte sich schmutzig und durchgefroren bis auf die Knochen. Sie wusste nicht, ob sie überhaupt geschlafen hatte, aber falls doch, dann immer nur in ganz kurzen Etappen, denn bei jedem Blick auf die Uhr war es ihr vorgekommen, als hätten sich die Zeiger kaum bewegt.

Als sie nun erneut auf die Uhr sah, rückte der Minutenzeiger gerade zitternd ein Stück vor. Es war zehn vor sieben am dreiundzwanzigsten Dezember: einen Tag vor Weihnachten. Im Haus herrschte Stille, abgesehen vom Scheppern des alten Heizkörpers und dem unregelmäßigen Tröpfeln aus der kaputten Dachrinne draußen.

Etty stand auf.

Seit gestern hatte sich nichts verändert, alles befand sich noch an seinem Platz: die Tassen, aus denen sie am Vorabend getrunken hatten, am Spülbecken, die fast leere Flasche Whisky auf dem Fensterbrett, Pauls Jacke über einer Stuhllehne.

Etty trat hinaus in die Diele. Auch dort nichts Neues. Sie konnte weder die Stiefel ihrer Mutter entdecken, noch hing deren Mantel über dem Treppengeländer. Die Lichter am Weihnachtsbaum brannten noch. Was für ein Hohn. Etty bückte sich hinunter und betrachtete die unter dem Baum gestapelten Geschenke: Sie waren alle von ihrer Mutter, eingehüllt in grünes Papier und mit ihrer schwungvollen Handschrift versehen. Das Päckchen für sie war klein und quadratisch. Einen Moment hielt sie die kleine Schachtel an ihre kalte Wange, dann stellte sie sie zurück zu den anderen Geschenken und schaltete die Beleuchtung aus.

Leise stieg sie die Treppe in den ersten Stock hinauf, wo sich das Schlafzimmer ihrer Eltern befand. Sie presste das Ohr an die Tür, hörte jedoch nichts, woraufhin sie die Tür aufschob und mit angehaltenem Atem hineintrat. Im Raum war es ziemlich dunkel. Auf Zehenspitzen schlich sie zur Seite des Bettes und legte eine Hand auf die Gestalt unter der Decke. Noch immer konnte sie den Lavendelduft riechen, süß und intensiv.

Nachdem sie den Raum wieder verlassen hatte, ging sie den Gang entlang, vorbei an dem Zimmer, das Niall gehört hatte, inzwischen aber als Arbeitszimmer und Rumpelkammer diente. Aus Pauls Zimmer drang Musik. Sie klopfte und schob die Tür auf. Er saß auf seinem Bett, die Kopfhörer über den Ohren, und starrte sie an oder durch sie hindurch. Sein Gesichtsausdruck machte ihr Angst. Sie schloss die Tür wieder.

Ollies Zimmer lag ein paar flache Stufen höher, neben dem Bad. Sie klopfte mehrmals an die Tür.

»Was?«

»Ich bin's, Etty«, antwortete sie, während sie eintrat. »Du musst mich begleiten.«

Er lag in Jogginghose und Sweatshirt auf seinem Bett, mit kalkweißem Gesicht und rot geränderten Augen. Sein Haar stand in alle Richtungen ab.

»Dich begleiten? Wohin?«

»Sie ist nicht nach Hause gekommen.«

»Ich weiß.«

»Wir müssen los, nach ihr suchen.«

»Wo denn?«

»Egal wo. Überall. Hoch mit dir!«

Ihr eigenes Zimmer befand sich ganz oben, unter dem Dach. Es war klein und niedrig. Das Fenster ging auf die Rückseite des Hauses hinaus, mit Blick über die Felder. Diese hatten früher, als noch Alecs Vater und Großvater die Besitzer waren, zum Haus gehört, das damals als Bauernhof betrieben wurde. Inzwischen waren sie längst verkauft. Gerüchten zufolge hatte eine Baufirma ein Auge auf sie geworfen. Angeblich wollten sie dort eine Wohnanlage bauen.

Etty putzte sich an dem winzigen Waschbecken unter dem Fenster die Zähne und vertauschte ihre getragenen Sachen mit einer Jeans, einem Langarmshirt und einem dicken Pulli mit Mottenlöchern in den Ärmeln. Sie ließ den Blick über die schlammigen Felder schweifen, über die hohen Pappeln, die in diesem Teil von East Anglia so viele Grundstücksgrenzen markierten, und über den immer breiter werdenden Fluss, bis zu dem Bereich, wo er sich in Richtung Brücke wand. War ihre Mutter irgendwo dort draußen? Vor ihrem geistigen Auge sah Etty sie verletzt am Boden liegen und nach Hilfe rufen, während der Wind ihre Worte verschluckte und sie immer stärker fror, Schmerzen litt und vergeblich darauf wartete, dass jemand sie fand.

So sollten ihre Ferien nicht beginnen. Eigentlich hatten sie und Kim eine Einkaufstour nach Hemingford geplant, weil sie beide noch keine Weihnachtsgeschenke für ihre Familien besorgt hatten, und danach Kino. Kim wollte *Kevin – Allein zu Haus* sehen.

Alles fühlte sich falsch an. Ihr Haar war verfilzt, sie hatte vor Müdigkeit pochende Kopfschmerzen, und der Hals tat ihr auch weh. Außerdem spürte sie ein Ziehen im unteren Rücken, was bedeutete, dass sie ihre Periode bekam. Sie empfand ein Gefühl hilfloser Dringlichkeit, doch Ollie bestand auf Toast und Kaffee, bevor sie aufbrachen. Und dann rief Niall an – das Läuten des Telefons ließ sie beide voller Hoffnung hochschrecken – und fragte, ob es etwas Neues gebe. Paul kam in die Küche. Er wirkte schlapp und verängstigt.

»Wir wollen sie suchen«, informierte ihn Etty.

Er fragte nicht, wo. Stattdessen nickte er nur ein paarmal und erklärte dann, er werde zu Hause bleiben, für den Fall, dass sie anrief oder auftauchte.

Da Ettys Doc Martens noch nass waren, schlüpfte sie in Gummistiefel und in eine alte Jacke, die Charlie gehörte. Als sie ihre Hand in die Tasche schob, fand sie darin eine Einkaufsliste und ein Paar Handschuhe, die sie gleich anzog.

»Frierst du denn nicht?«, wandte sie sich, bereits im Gehen begriffen, an Ollie.

Er hatte sich nicht umgezogen, trug immer noch Jogginghose und Sweatshirt.

»Ich mag das«, meinte er achselzuckend.

»In welche Richtung sollen wir gehen?«

»Keine Ahnung.«

Etty begriff, dass er gar nicht daran glaubte, Charlie auf diese Weise zu finden. Sie suchten nur, weil sie mussten – weil sie nichts anderes tun konnten.

Sie selbst aber hatte das Gefühl, dass sie, wenn sie sich von ganzem Herzen und mit ihrer ganzen Willenskraft bemühte, bestimmt spüren würde, wo Charlie war. Angestrengt hielt sie Ausschau, suchte mit ihrem Blick den Horizont ab, rechnete jeden Moment damit, dass die vertraute Gestalt ihrer Mutter auf dem Hügel auftauchen würde, mit wehendem Mantel, das lange blonde Haar zerzaust, und dass sich auf ihrem Gesicht dieses schöne, herzliche Lächeln ausbreiten würde, sobald sie sie entdeckte. Im Gehen wandte Etty den Blick auch immer wieder zur einen und zur anderen Seite, weil sie befürchtete, ihre Mutter könnte vielleicht gestürzt sein und irgendwo zwischen den Bäumen entlang des schmalen Wegs liegen, der zur Straße führte.

Etty rutschten in ihren Gummistiefeln ständig die Socken hinunter. Sie spürte, dass sich an ihrer Ferse bereits eine Wasserblase bildete. Ollie hielt den Kopf gesenkt und hatte beide Hände in den Taschen, während er sehr schnell dahinmarschierte, als wäre er wütend.

Das Café am Platz machte gerade erst auf. Victor Pearce war damit beschäftigt, die Kaffeemaschine zu reinigen, als sie eintraten. Als die sich hinter ihnen schließende Tür das Windspiel in Bewegung setzte, wandte er den Kopf. Bei ihrem Anblick legte er seinen

Lappen weg und wischte sich an seiner Schürze, auf deren Latz eine gelbe Sonne gestickt war, die Hände ab. Er trug ein geblümtes Hemd, orangerote Sneaker und in einem Ohr einen silbernen Stecker. Sein schulterlanges Haar hätte dringend eine Bürste nötig gehabt, und sein Gesicht wirkte blass, als hätte er schlecht geschlafen. Beim Rasieren hatte er einen Fleck übersehen.

»Ist Mum hier?«

Die Frage schien ihn zu verwirren.

»Charlie? Nein? Wollte sie denn vorbeischauen?«

»Wir wissen nicht, wo sie ist.«

»Soll das heißen, sie ist nicht nach Hause gekommen?«

»Genau.«

»Das ist seltsam.«

Wie gebannt starrte Etty auf die Tische mit den noch hochgeklappten Stühlen, die geschlossenen Jalousien, die leere Theke, als könnte Charlie sich schlagartig irgendwo materialisieren. Ihr Blick blieb an einem der Gemälde haften, die Victor an den Wänden aufgehängt hatte, um sie vielleicht zu verkaufen. Er sagte immer, er wolle die Kreativität vor Ort fördern. In diesem Fall handelte es sich um eine Komposition aus wirbelnden Grün-, Blau- und Gelbtönen, eine grelle Nachahmung von van Gogh, die Ettys Kopf noch stärker pochen ließ.

»Du hast sie wirklich nicht gesehen?«

»Ich habe doch gerade erst aufgeschlossen. Macht Alec sich Sorgen?«

»Nein«, antwortete Ollie. »Der pennt noch.«

»Vielleicht brauchen die beiden mal eine Auszeit, um sich abzukühlen.«

»Was soll denn das heißen?« Ettys Stimme klang schrill. »Was hat sie dir erzählt?«

»Nichts. Ich meine ja nur …« Er hielt inne. »Ich wollte damit wirklich nichts andeuten. Es war nur so dahingesagt.«

»Sie würde nicht einfach abhauen«, erklärte Etty hitzig. »Sie hat doch uns. Noch dazu ist morgen Weihnachten, und alle sind nach Hause gekommen, alle ihre Kinder. Darüber hat sie sich so gefreut. Unter dem Baum liegen schon die Geschenke.«

»Wann hast du sie das letzte Mal gesehen?«, meldete Ollie sich in schroffem Ton zu Wort.

»Am Donnerstag, glaube ich. Ja, am Donnerstag. Sie brachte Scones vorbei und trank einen Kaffee mit mir.«

Victor band sein Haar zu einem Pferdeschwanz zurück. Sein Gesicht wirkte spitzer denn je, wie das eines Wiesels. »Es geht ihr bestimmt gut. Sie ist eine weise Seele.«

»So ein Widerling«, sagte Ollie, als sie wieder in den böigen Schneeregen hinaustraten. »›Weise Seele.‹ Was soll das denn heißen?«

»Mum mag ihn.«

»Sie mag jeden«, entgegnete Ollie. »Sie glaubt, unter der Oberfläche ist jeder nett.«

Er zog eine zerknautschte Schachtel Zigaretten aus der Tasche, schüttelte eine heraus, beugte sich über sein Feuerzeug und entlockte ihm schnippend eine bläuliche Flamme. Nachdem er einen Zug genommen hatte, stieß er eine dünne Rauchfahne aus.

»Kann ich auch eine haben?«

Er holte die Packung noch einmal heraus, und Etty nahm sich eine. Ihre Finger zitterten. Ollie legte eine Hand um die Flamme seines Feuerzeugs. Etty beugte sich vor und inhalierte. Es tat ihr irgendwie gut, den scharfen Rauch in ihrem Hals zu spüren. Zugleich empfand sie einen Anflug von Schwindel.

»Wir müssen zu den Thornes«, erklärte sie.

»Warum? Wegen Dad und Mary?«

Er sah Etty an, während er das sagte, fast, als wollte er sie zu einer beleidigten oder wütenden Reaktion herausfordern.

»Keine Ahnung. Einfach so«, antwortete Etty.

Ihr Gesicht brannte von dem eisigen Wind. Ollies Ohren und Nase waren auch schon ganz rot.

Der Bungalow der Familie Thorne lag nicht weit von der Hauptstraße entfernt. Es handelte sich um einen Neubau mit einem Carport auf einer Seite und einem gekiesten Vorplatz. Etty drückte mehrmals auf den Klingelknopf. Sie konnte das Läuten drinnen hören.

Die Tür wurde von Gemma Thorne geöffnet, einer Klassenkameradin von Etty. Die beiden Mädchen hatten sich nie besonders verstanden. Etty hielt Gemma für eine falsche Schlange, Gemma Etty für einen launischen Hitzkopf.

»Etty! Was war denn gestern Abend mit dir los? Du hast eine tolle Party verpasst.«

Etty zuckte bloß mit den Achseln.

»Alle waren da. Hallo, Ollie.« Ein Lächeln glitt über ihr Gesicht.

»Wir müssen mit deiner Mutter sprechen«, verkündete Etty.

»Sie ist am Kochen.«

»Es ist wichtig«, erklärte Ollie.

Gemma bat sie nicht hinein, sondern hob nur einen Moment die Augenbrauen, ehe sie ins Haus zurückkehrte und die beiden einfach draußen stehen ließ.

Mary Thorne kam eiligen Schrittes zur Tür, in Lacklederschuhen mit laut klackenden Absätzen. Sie war ziemlich klein und hatte kompakte, klare Gesichtszüge: kleine, aber leuchtende Augen, ein Mündchen wie eine Rosenknospe, wohlgeformte, eng am Kopf anliegende Ohren, eine zierliche Stupsnase. Ihr braunes, glänzendes Haar war zu einem Pagenkopf geschnitten.

»Das ist aber eine Überraschung«, sagte sie. »Was kann ich für euch beide tun?«

»Wir suchen Charlie«, antwortete Ollie. Seine Augen tränten. »Haben Sie sie gesehen?«

»Du meinst, heute Morgen?«

»Wann auch immer.«

»Ist sie immer noch abgängig?«

»Das wissen Sie ganz genau«, gab Ollie zurück.

Hinter Mary bewegte sich etwas. Erst jetzt wurde Etty klar, dass Gemma auf der Treppe saß und ihnen zuhörte.

Mary warf über die Schulter einen Blick auf ihre Tochter, dann wandte sie sich wieder ihnen zu. Ihre Miene wirkte angespannt. Sie trat einen Schritt näher.

»Vielleicht solltet ihr Duncan Ackerley fragen, wo eure Mutter ist«, sagte sie so leise, dass ihre Tochter sie nicht hören konnte.

Es folgte ein Moment der Stille.

»Wie meinen Sie das?«, fragte Etty schließlich. »Wieso sagen Sie das?«

Mary Thorne zuckte ganz leicht mit den Achseln. »Nur so ein Gedanke. Weil die beiden in letzter Zeit so dicke miteinander sind.«

»Er ist unser Freund«, erwiderte Etty in scharfem Ton.

»Hört zu, ihr macht euch offensichtlich Sorgen, und mir ist klar, wie schlimm das für euch sein muss, aber ich weiß wirklich nichts über den Verbleib eurer Mutter.«

»Und was ist mit unserem Vater?«, fragte Ollie. Sein feuchtes Sweatshirt klebte ihm am Körper, sein nasses Haar war platt geklatscht, wodurch seine Gesichtszüge hager und spitz wirkten, und er hatte dunkle Augenringe. »Über den wissen Sie ja so einiges.«

»Mary«, rief drinnen im Haus eine Männerstimme. »Wer ist denn das?«

»Niemand«, rief sie zurück. »Ich muss mich jetzt wirklich weiter ums Mittagessen kümmern«, fügte sie an Ollie gewandt hinzu. Sie klang barsch, doch ihr Gesicht wirkte immer noch angespannt. »Ich hoffe sehr, dass eure Mutter bald wieder auftaucht.«

Die Tür fiel ins Schloss.

»Als wäre Mum ein Hund«, bemerkte Ollie zornig.

5

Als sie um die Ecke bogen, trafen sie auf Duncan Ackerley.

»Ich wollte gerade zu euch, nachschauen, ob Charlie inzwischen heimgekommen ist«, erklärte er.

»Nein«, antworteten sie beide.

»Wir suchen gerade nach ihr«, fügte Etty hinzu. »Wir fragen die Leute, ob sie sie gesehen haben.«

Duncans Gesicht war wettergegerbt, und er roch nach Holzfeuer und feuchter Erde. Er arbeitete als Baumchirurg. Etty war es gewohnt, ihn mit Helm und klobigen Stiefeln hoch oben in den Ästen zu sehen, durch Seile gesichert, in einer Hand eine Kettensäge, oder damit beschäftigt, Baumstämme in den offenen Laderaum seines Transporters zu werfen, als wären es Zweige. Er arbeitete oft bei irgendwelchen Landschaftsbauprojekten mit Alec zusammen. Im Lauf der Jahre hatten sich die beiden Familien angefreundet, wobei vor allem Charlie und Duncan als Dreh- und Angelpunkt fungierten. Duncans Söhne hatten dieselben Schulen besucht wie die Salter-Kinder, Greg und Ollie sogar dieselbe Klasse, aber die beiden waren zu unterschiedlich, um enge Freunde zu werden: Ollie so wild und unbeherrscht, Greg dagegen ruhig und introvertiert. Morgan und Etty waren ebenfalls eine Jahrgangsstufe. Etty empfand manchmal Gewissensbisse, weil sie ihn nicht stärker vor den Schikanen einiger Klassenkameraden beschützt hatte. Es fühlte sich für sie an, als würde sie nicht gut genug auf ein Familienmitglied aufpassen.

Duncans Frau Frances war selten anwesend. Sie verbrachte viel Zeit im Bett, und das schon seit Jahren. Als Etty jünger war, hatte sie geglaubt, Frances wäre todkrank, am Dahinsiechen, doch mit der Zeit war ihr klar geworden, dass sie unter Depressionen litt. Sie lag im Bett, weil sie es nicht schaffte aufzustehen und der Welt ins Auge zu blicken. Wenn sie es doch einmal zuwege brachte, das Haus zu verlassen, merkte man deutlich, was für ein schmerzhafter Kraftakt das für sie war. Sie betrachtete die Leute dann mit leerem Blick und gerunzelter Stirn, als sprächen sie eine Sprache, die sie nur mit Mühe verstand. Etty musste oft an das letztjährige Schulkonzert denken, wo Morgan auf seiner Klarinette ein Solo gespielt hatte. Frances war da gewesen, in der ersten Reihe, mit hängendem Kopf, sodass ihr das dichte dunkle Haar ins Gesicht fiel, und einem derart verzweifelten, traurigen Blick, dass es sich sehr unangenehm anfühlte, wenn man sie anschaute – als sähe man jemanden nackt.

Etty fragte sich manchmal, wie es wohl sein musste, sie zur Mutter zu haben. Vielleicht war das der Grund, warum Greg oft so still und in sich gekehrt wirkte? Oder Morgan die ganze Zeit so angespannt, wie ein Hund, der darauf wartete, gescholten und getreten zu werden. Sie glaubte, dass die beiden deswegen so oft mit ihrem Vater ins Bauernhaus der Salters kamen. Charlie war alles, was Frances nicht war. Sie steckte voller Energie und Freude. Sie lachte viel und lauthals, mit zurückgeworfenem Kopf. Wenn jemand mit ihr sprach, nickte sie lächelnd, beugte sich aufmerksam lauschend vor und gab zustimmende Geräusche von sich. Sie machte auch gern Komplimente, vermittelte den Leuten das Gefühl, etwas Besonderes zu sein und geschätzt zu werden, und berührte ihr Gegenüber im Gespräch an der Schulter.

Duncans sonst so freundliches Gesicht wirkte besorgt. Mit gerunzelter Stirn blickte er auf seine Armbanduhr.

»Zehn vor elf«, stellte er fest. »Wartet bis heute Nachmittag. Wenn sie bis dahin nicht zurück ist, dann ruft noch einmal bei der Polizei an.«

Ollie kickte einen Stein auf die Straße hinaus, was sie alle einen Moment ablenkte. Sie beobachteten, wie er über den Asphalt hüpfte.

»Ihr wirkt beide ein bisschen mitgenommen«, bemerkte Duncan dann. »Habt ihr gestern Nacht überhaupt geschlafen?«

»Nicht wirklich«, gestand Etty.

»Ihr müsst schlafen.« Er wandte sich Ollie zu. »Und du musst dir warme, trockene Sachen anziehen.«

»Sie kommt doch bald heim, oder?« Etty wusste, dass er ihr diese Frage nicht beantworten konnte: Falls er sie bejahte, würde sie ihn dafür hassen, und wenn nicht, würde sie ihn dafür ebenfalls hassen.

»Ruft mich an, wenn ihr irgendwas hört.« Mehr sagte er dazu nicht.

Sie passierten den Hof, der Rasen anbaute. Im Frühsommer leuchteten die Felder in einem unnatürlichen, sorgsam gepflegten Grün. Im Herbst wurden diese Rasenflächen dann geschnitten, zu riesigen Ballen gewickelt und anschließend weggefahren, um in irgendwelchen Gärten wie Teppiche wieder ausgerollt zu werden. Nun waren die Felder kahl, und der sandige Boden wirkte ausgelaugt und kränklich.

In der Ferne sah man die Kirche mit ihrem massigen Turm, und direkt vor ihnen lagen die Sport- und Spielplätze. Ein Mann schoss einem kleinen Jungen einen Ball zu. Ein Paar führte einen Hund spazieren. Eine Mutter schubste ihren Dreikäsehoch auf der Schaukel an.

Ein Leichenwagen fuhr an ihnen vorbei in Richtung Kirche, gefolgt von zwei anderen Wagen.

»Ich dachte, am Sonntag wird niemand beerdigt«, bemerkte Ollie düster. »Wahrscheinlich müssen sie zusehen, dass sie vor Weihnachten noch alles schaffen.«

Weihnachten vor der Tür, Geschenke verpackt, Truthahn bestellt – und keine Charlie.

Sie wandten sich nordwärts, bis sie schließlich in die Hauptstraße einbogen, die nach Hemingford führte, vorbei an der Bushaltestelle und der Telefonzelle, von der aus Etty am Vorabend die Polizei angerufen hatte, und dann zur riesigen Brücke über den Heming, bevor sich der Fluss zu einer trichterförmigen Mündung verbreiterte.

Sie sprachen kein Wort, bis sie die Bahnstation erreichten. Der Mann hinter der Glasscheibe war gestern nicht da gewesen. Da hatte Bernie Dienst gehabt.

»Welchen Zug könnte sie denn genommen haben?«, fragte er.

Das wussten sie nicht. Einen am Nachmittag oder am Abend, womöglich den letzten, langsamen, der auf seinem Weg nach London an sämtlichen kleinen Bahnhöfen haltmachte.

Der Mann schüttelte bedauernd den Kopf.

»Bernie arbeitet erst wieder nach Weihnachten«, informierte er sie.

»Vielleicht ist sie inzwischen zu Hause.«

Sie gingen über die Brücke zurück und bogen dann in das Sträßchen ein, das am Fluss entlangführte, vorbei an dem Feldweg zur Scheune, vorbei an den großen, neuen Häusern mit ihren nachgemachten Tudor-Fassaden und ihren Rasenflächen bis hinunter zum Fluss. Der war heute schlammig und angeschwollen. An der Oberfläche trieben jede Menge Äste, die von der Strömung in Richtung Meer getragen wurden. Sie zuckten und wirbelten im Wasser herum wie ertrinkende Tiere.

Wir haben noch gar nicht in den Wäldern gesucht, ging es Etty durch den Kopf. *Genauso wenig wie an der Straße zum Haus der Ackerleys, wo die Gräben zu beiden Seiten so tief sind und im Winter voller Wasser, in das sie gefallen sein könnte. Oder in der alten, verlassenen Mühle, die voller Ratten ist. Oder auf dem Hügel, wo Charlie so gern spazieren geht, weil man von dort so einen schönen Blick auf den Fluss hat. Wir haben noch nicht mal in unserem eigenen Garten gesucht. Womöglich liegt sie da, wenige Meter von der Haustür entfernt, verborgen vom Gebüsch.* Sofort beschleunigte Etty ihren Schritt.

Als sie sich schließlich ihrem Haus näherten, das dort ganz separat stand, umgeben von morastigen Feldern, kahlen Bäumen und baufälligen Schuppen mit verrosteten Blechdächern, blieb Etty abrupt stehen und packte Ollie am Arm.

Es wirkte alles so trostlos: der nasse Schnee, der allmählich in Regen überging, die unbeleuchteten Fenster, der Kamin, aus dem kein Rauch aufstieg. Sie wusste, dass ihre Mutter nicht da war.

6

Das Polizeirevier von Hemingford befand sich im Anbau eines roten Ziegelbaus im Edwardianischen Stil, mit Türmen und gotischen Fenstern. Einige Leute aus der Gegend hatten gefordert, es abzureißen und durch einen modernen, zweckmäßigen Bau mit angemessenem Sicherheitskonzept und Parkplätzen zu ersetzen. Andere hatten vorgeschlagen, es abreißen zu lassen und nicht zu ersetzen. Was tat die Polizei von Hemingford schon groß? An den Wochenenden kam es abends manchmal zu Raufereien vor dem King's Head. Gartenwerkzeug wurde auch hin und wieder gestohlen. Außerdem gab es eine trügerische Kurve an der Straße, die von Hemingford landeinwärts führte. Gelegentlich waren Fahrzeuge beim Beschleunigen von der Fahrbahn abgekommen, bis man schließlich eine Reihe von Warnschildern aufgestellt hatte.

Es war ein ruhiger Tag gewesen, selbst nach den Maßstäben von Hemingford. Niemand hatte das Revier aufgesucht. Die Weihnachtsdekoration war schon im November angebracht worden. Das einzige dringliche Problem bestand darin, dass die Heizung noch schlechter funktionierte als sonst. Als Geoff Bealing das hintere Büro betrat, lag Ted Vardy gerade auf dem Rücken und kämpfte mit dem Ventil des Heizkörpers. Der Sergeant blickte hoch.

»Ist der Heizkörper im vorderen Büro noch kalt?«

»Ich sehe gleich nach«, antwortete Bealing. »Übrigens haben sie noch einmal angerufen. Die Familie aus Glensted. Die Salters.«

»Was ist mit denen?«

»Die Mum ist verschwunden.«

Vor Anstrengung ächzend, hievte Vardy sich in eine sitzende Position.

»Was soll das heißen, verschwunden?«

»In der Scheune, die zur Mason's Farm gehört, fand gestern Abend eine Familienfeier statt. Die Frau ist nicht aufgetaucht.«

»Mit so was muss man in der Weihnachtszeit rechnen. Als mein Onkel noch Dienst schob, griffen sie in solchen Fällen gar nicht ein. Sie ließen die Leute das einfach untereinander austragen.«

»Die Tochter meinte, sie würden sich wirklich Sorgen machen. Vielleicht sollten wir anfangen zu suchen.«

Vardy gestikulierte mit dem Schraubenschlüssel, den er in der Hand hielt. »Was willst du denn machen? Eine Suchmannschaft organisieren? Im Fluss herumstochern?«

»Ich weiß nicht. Erkundigungen anstellen. Ein bisschen herumfragen. Sie ist jetzt schon eine Nacht und den ganzen heutigen Tag weg.«

Der Sergeant schüttelte den Kopf. »Bestimmt sitzt sie irgendwo auf dem Sofa einer Freundin. Aber meinetwegen, wenn du unbedingt Fleißaufgaben machen willst, dann ruf in den Krankenhäusern an und erkundige dich, ob sie eine herrenlose Dame mittleren Alters hereinbekommen haben.«

»Und wenn nicht?«

»Dann haben wir zumindest unsere Pflicht getan und können guten Gewissens die Feiertage genießen – in der Hoffnung, dass es nicht zu viele betrunkene Autofahrer geben wird.«

»Ich erledige das, bevor ich Feierabend mache.«

»Ich habe noch einmal bei der Polizei angerufen«, informierte Etty Paul.

»Was haben sie gesagt?«

»Nicht viel. Ich hatte den jungen Typen an der Strippe, der bei uns war. Der aussieht wie dreizehn. Ich wette, wenn Dad sich ein bisschen ins Zeug gelegt hätte, dann würden sie bestimmt zuhören.«

Es klingelte an der Tür.

»Ich gehe«, sagte Etty.

Eine junge Frau mit kurzem braunem Haar, Hornbrille und entschlossener Miene stand vor der Tür. Sie trug einen dicken Mantel und einen Wollschal, schien aber trotzdem zu frieren.

»Ja?«

»Mein Name ist Alice Clayton. Ich hätte gern mit Alec Salter gesprochen.«

»Er ist nicht da.«

»Sind Sie seine Tochter?«

»Warum? Wer sind Sie?«

»Ich komme vom *Herald*. Ich habe erfahren, dass Ihre Mutter verschwunden ist. Darüber würde ich gerne –«

Etty knallte die Tür zu.

Mit klopfendem Herzen stand sie in der kalten Diele, die Arme um den Körper geschlungen.

Warum hatte sie der Frau die Tür vor der Nase zugeschlagen? Womöglich konnte die ihnen helfen. Sonst unternahm ja niemand etwas. Als sie die Tür wieder aufriss, sah sie gerade noch einen Kleinwagen davonfahren.

7

Als Etty aufwachte, war es noch stockfinster. Sie konnte weder den Mond noch Sterne sehen, und es war auch kein Geräusch zu hören, abgesehen vom Tröpfeln des Regenwassers aus der Dachrinne. Ihre Zunge fühlte sich pelzig an, ihre Augen brannten vor Müdigkeit. Zunächst wusste sie einen Moment lang gar nicht, wo sie sich befand und was nicht in Ordnung war, auch wenn sie ein beklemmendes Gefühl von Angst empfand.

Sie lag in ihrem Zimmer unter dem Dach. Um zwei Uhr morgens war sie schließlich hinaufgegangen, nach einem fürchterlich deprimierenden Abend mit ihren drei Brüdern. Sie alle hätten so gerne etwas getan, doch es gab nichts zu tun, ihnen fiel niemand mehr ein, den sie noch anrufen konnten, kein Ort, an dem sie noch nicht gesucht hatten. Die Zeit des Wartens war ein Albtraum: Es schien unmöglich, sie hinter sich zu bringen, und doch tickte die Uhr mit quälender Langsamkeit immer weiter.

Ständig hatte das Telefon geklingelt. Kim, die fast platzte vor Klatschgeschichten über die Party, die sie verpasst hatte, und deswegen vorbeischauen wollte, doch Etty sagte Nein, jetzt nicht. Nachbarn hatten nachgefragt, Hilfe angeboten, spekuliert. Penny hatte zweimal angerufen. Beim ersten Mal wollte sie Niall sprechen, doch der ließ sich verleugnen. Beim zweiten Mal hatte sie Paul gebeten, Niall auszurichten, dass er sie in einer solchen Situation brauche und es keinen Sinn habe, den Kontakt mit ihr zu vermeiden.

Irgendwann hatte Paul dann für alle Käsetoast gemacht. Etty hatte auf den verbrannten, mit fettigem gelbem Matsch bedeckten Toast gestarrt und sich nicht dazu überwinden können, etwas davon zu essen, obwohl ihr klar war, dass sie eigentlich hungrig sein musste. Sie spürte ein seltsames Klingeln in den Ohren, und wenn sie die Augen schloss, schimmerten hinter ihren Lidern Lichter. Im Kamin lag ein rußiger, grauer Haufen Asche, die Heizkörper waren kalt, und niemand hatte die leeren Dosen und Flaschen weggeräumt, Geschirr gespült oder die Hinterlassenschaften – Laub und Dreck – aufgefegt, die sie alle mit ihren nassen Stiefeln in die Diele getragen hatten. Vom Weihnachtsbaum rieselten schon die ersten trockenen Nadeln auf die darunterliegende kleine Ansammlung von Charlies Geschenken. Das Haus machte bereits einen vernachlässigten Eindruck.

Alec war spät nach Hause gekommen und hatte gesagt, er wolle nichts essen. Etty konnte seine Laune nicht einschätzen: Er machte auf sie einen mürrischen Eindruck, doch von Zeit zu Zeit schien plötzlich Wut in ihm aufzuflammen, die sich ebenso schnell wieder legte. Danach wirkte er nur noch missmutiger.

Als Niall vorschlug, Charlies Sachen durchzusehen, um herauszufinden, ob etwas fehlte, sprang Etty voller Elan auf. Sie begriff nicht, warum sie nicht schon viel früher auf diese Idee gekommen waren. Alec aber verkündete in scharfem Ton, er wolle jetzt ins Bett, das habe Zeit bis zum Morgen. Etty konnte sich nicht erinnern, in welcher Reihenfolge sich die Dinge danach ereignet hatten. Es war alles ein albtraumhaftes Durcheinander. Sie selbst brach in Tränen aus. Ollie legte die Hände über die Augen und gab immer wieder ein lautes, gruselig klingendes Stöhnen von sich, während Paul aufstand und in drohender Haltung vor Alec Stellung bezog, woraufhin Alec die Hand erhob und Paul einen Schlag gegen die Schläfe verpasste.

Es war kein fester Schlag, eher ein verächtliches Schnippen seiner Hand, doch von einer Sekunde auf die andere verstummten alle. Die plötzliche Stille fühlte sich schlimmer an als das Chaos davor.

Niall meldete sich mit polternder Stimme zu Wort: »Hört mal, ich glaube, wir sollten uns jetzt alle einfach beruhigen.« Alec starrte sie der Reihe nach an und verschwand dann wortlos nach oben. Sie hörten, wie er den Schlüssel seiner Zimmertür umdrehte.

»Wir sehen ihre Sachen morgen durch.«

Niemand gab Niall eine Antwort.

Etty war noch sehr lange sitzen geblieben – ohne etwas zu tun, unfähig, sich von der Stelle zu bewegen. Als sie schließlich doch hinaufging in ihr Zimmer, zog sie sich nicht um. Schon allein die Absicht zu schlafen kam ihr vor wie Verrat. Sie wollte sich nur ein wenig hinlegen, für eine Stunde oder so. Doch irgendwie hatte der Schlaf sie übermannt und in eine Welt aus scheußlichen, unzusammenhängenden Träumen gezogen. Als sie plötzlich hochschreckte und auf ihren Wecker schaute, war es fast sechs.

Mühsam hievte sie sich aus dem Bett, immer noch völlig erschöpft. Mit dumpf pochendem Kopf und verklebten Augen stand sie eine Weile mitten in ihrem Zimmer und wartete darauf, dass irgendetwas passierte. Schließlich trat sie ans Fenster, presste die Stirn an die Scheibe und spähte hinaus in die Dunkelheit, eine Faust fest gegen ihr wild klopfendes Herz gedrückt.

Es war Weihnachten.

Als bei Kevin Lofthouse Diabetes Typ zwei diagnostiziert worden war, hatte ihm die Krankenschwester geraten, zukünftig weniger Frittiertes zu essen, mehr Sport zu treiben und sich einen Hund zuzulegen. Frittiertes aß er nach wie vor viel, aber er hatte ein Tierheim in Ipswich aufgesucht und war mit einem Mischling wieder herausgekommen, der die Größe und die traurigen Augen eines Labradors hatte, kombiniert mit dem lockigen braunen Fell eines Pudels. Seitdem wurde er jeden Morgen kurz vor sieben durch ein Winseln aus der Küche geweckt. Er machte sich erst einmal eine Tasse Tee und füllte frisches Wasser in die Trinkschale von Dennis. Dann brachen sie zu ihrer üblichen Morgenrunde auf, für die sie eine gute Stunde brauchten, und anschließend gab es Frühstück.

Auch an diesem Morgen verließ er wie immer in Begleitung von Dennis seine Behausung in der neuen Wohnanlage und marschierte die Hauptstraße entlang. Lofthouse verlangsamte sein Tempo, um sich die Weihnachtsbeleuchtung anzusehen. Sie war bereits einen

Monat zuvor unter großem Brimborium von einem eher zweitklassigen Schauspieler angeschaltet worden, der in den Siebzigerjahren mal in irgendeiner Serie mitgespielt hatte, aber erst jetzt, am Vierundzwanzigsten, nahm Lofthouse sie zum ersten Mal richtig wahr. In gemächlichem Tempo wanderte er weiter bis zum Ende des Dorfs, wo er nach rechts abbog. Als er den Fluss erreichte, ließ er Dennis von der Leine und wandte sich erneut nach rechts, um dem Lauf des Heming zu folgen, der auf seinem Weg Richtung Meer immer breiter wurde.

An diesem Morgen waren auf dem Fluss keine Segelboote unterwegs. Nach den vielen Regenfällen der letzten Wochen führte er Hochwasser. Als Lofthouse sich nach Dennis umblickte, der von der Seite auf ihn zugetrabt kam, bemerkte er, dass der Hund etwas im Maul trug. Erst, als Dennis direkt vor ihm zum Stehen kam, erkannte er, dass es sich bei dem, was da völlig durchnässt bis auf den Boden hinunterhing, um eine Art dicken Stoff handelte, der fast wie eine Decke aussah.

Wie üblich bog er kurz vor der Brücke wieder in Richtung Ort ab und begegnete dabei Jenny Dean mit ihrem kleinen Jack Russell, der sofort begann, Dennis anzukläffen.

»Dennis hat da was am Fluss aufgelesen«, erklärte er, während er das formlose, tropfende Bündel hochhielt.

»Was ist das?«

Da Lofthouse mit der linken Hand die Hundeleine hielt, gelang es ihm nur unter Schwierigkeiten, das Stoffbündel durch Schütteln zu entrollen.

»Am Fluss, sagst du?«

»Dennis hat es vom Ufer angeschleppt.«

Die alte Frau nahm den Stoff etwas genauer in Augenschein.

»Wenn man es in die Reinigung bringt, könnte es wieder ein recht schönes Kleidungsstück werden.«

»Ich wollte es eigentlich in die Tonne werfen.«

»Ich glaube, im Polizeirevier gibt es auch ein Fundbüro. Wenn ich dieses Teil irgendwo liegen gelassen hätte, würde ich es gerne zurückhaben. Wir kommen auf dem Heimweg sowieso dort vorbei.«

8

»Was machen wir jetzt?«, fragte Bealing mit einem Anflug von Panik in der Stimme.

»Wo genau hat er ihn gefunden?«

»Das habe ich ihn nicht gefragt. Er sagte nur, unten am Fluss.«

»Lass jemand einen Blick darauf werfen«, meinte Vardy. »Am besten wohl die Tochter. Die weiß es wahrscheinlich am ehesten.« Er runzelte die Stirn. »Schafft die das?«

»Mir kam sie ziemlich gewieft vor.«

»Worum geht es denn?«, fragte Etty, nachdem ihr Vater sie widerstrebend zu Bealing ins Wohnzimmer geführt und dort mit ihm allein gelassen hatte. Ihre Stimme klang brüchig.

»Wir möchten, dass du dir etwas ansiehst.«

»Warum ich? Warum nicht mein Dad?«

»Das verstehst du gleich.«

»Ist etwas passiert? Wissen Sie, wo sie ist?«

»Nein, tut mir leid, wir wissen gar nichts. Wir haben hier nur etwas, auf das du einen Blick werfen sollst.«

Bealing informierte sie vorab darüber, dass Kevin Lofthouse und sein Hund etwas gefunden hätten, doch Etty fiel es schwer, seinen Worten zu folgen, als redete er in einer fremden Sprache, die sie nicht richtig verstand.

»Was?«, stieß sie benommen hervor, nachdem er mit seinen Erklärungen fertig war.

»Wir hätten gerne, dass du einen Blick darauf wirfst. Falls das für dich in Ordnung ist.«

Er öffnete die Tasche zu seinen Füßen und zog etwas heraus, das Etty nicht sofort erkannte. Als er es ihr hinhielt, wich sie instinktiv zurück.

»Es ist nass. Es lag mit ziemlicher Sicherheit im Fluss. Wir haben uns gefragt, ob du das Kleidungsstück vielleicht erkennst?«

Mit erwartungsvoller Miene zückte er Stift und Notizbuch.

Für Etty war es, als hätte sich die Welt schlagartig verändert. Alles wankte und schwankte, und es kam ihr vor, als hätte sich eine schwere Last auf ihre Brust gesenkt. Nach Luft ringend, ließ sie sich in einen der Sessel fallen.

»Erkennst du es?«, wiederholte Bealing.

Etty kostete es ungeheure Mühe zu antworten. Am liebsten wäre sie in Tränen ausgebrochen und hinauf in ihr Zimmer gestürmt, um sich dort die Bettdecke über den Kopf zu ziehen und so zu tun, als wäre das alles nicht real.

»Es gehört meiner Mutter«, stieß sie leise hervor, fast im Flüsterton.

»Bist du sicher?« Er notierte ihre Antwort auf seinem Block, hauptsächlich, um ihr nicht in die Augen sehen zu müssen.

»Ja. Sie liebt diesen Mantel. Sie trägt ihn nur zu ganz besonderen Anlässen …«

Sie verkniff sich hinzuzufügen, dass ihre Mutter ihn in London gekauft hatte, als sie dort mal Freunde besuchte. Charlie hatte Etty zu sich ins Schlafzimmer gerufen, wo sie das Kleidungsstück aus der großen Tüte holte, hochhielt und fragte: »Was hältst du davon?« Etty hatte sie aufgefordert, es anzuziehen und sich darin zu drehen, wie ein Model auf einem Catwalk. Es war ein weicher Tweedmantel mit einem kleinen Gürtel am Rücken, der ihm eine schöne Form gab, großen braunen Knöpfen und violettem Futter. Charlie wollte wissen, ob er sie fett mache. Etty antwortete, sie solle nicht albern sein: Sie sehe darin sehr schön und edel aus. Stolz hatte ihre Mutter ihn jenen Herbst und Winter getragen. In ihren Stiefeletten und diesem Mantel war sie die Hauptstraße entlangflaniert, das Haar zu einem Knoten hochgesteckt, ein strahlendes Lächeln auf den Lippen, bereit für neue Freundschaften.

Etty konnte es kaum ertragen, ihn nun in diesem Zustand zu sehen, aus dem Wasser gezogen und schlammverschmiert. Ein ganz schlimmes Gefühl stieg in ihr hoch, eine heftige Übelkeit.

Behutsam legte Bealing den Mantel zurück in die Tasche. Er blickte einen Moment auf seine feuchten Hände, zog ein Taschentuch heraus und trocknete sie ab. Dann nickte er Etty zu, die ihn wortlos anstarrte, wie gelähmt vor Entsetzen.

»Damit hast du uns sehr geholfen«, erklärte er verlegen.

Bealing berichtete Vardy, was Etty gesagt hatte.

»Wie ist deine Einschätzung?«, wollte er anschließend von seinem Kollegen wissen.

»Sieht nicht gut aus.«

»Selbstmord?«

»Du meinst, sie hat den Mantel ausgezogen und ist dann in den Fluss gegangen?« Vardy überlegte einen Moment. »Durchaus denkbar.«

»Der Mantel weist keine Risse auf. Blutflecken konnte ich auch keine entdecken.«

»Die könnte das Wasser rausgewaschen haben.«

»Hätte es die Leiche nicht irgendwo angeschwemmt?«

»Die Flut könnte sie einfach ins Meer gespült haben. Womöglich wird sie nie gefunden.«

Bealing zog ein nachdenkliches Gesicht. »Glaubst du wirklich, die Frau wäre dazu fähig gewesen? Sie hat vier Kinder.«

»Wie auch immer, wir sind sowieso nicht mehr zuständig.«

»Was machen wir jetzt?«

»Die großen Jungs anfordern. Ich setze mich mit der Kripo in Westlow in Verbindung. Außerdem brauchen wir diesen alten Herrn noch mal, er muss uns genau zeigen, wo er den Mantel gefunden hat.«

»Und was sagen wir der Familie?«, wollte Bealing wissen.

»Erklär ihnen, dass wir weiterermitteln, in alle Richtungen. Dass wir nichts ausschließen.«

9

Im Haus war es eisig, und der Wind rüttelte an den Fenstern. Alles hatte sich verändert. Alles war tiefer, dunkler und kälter geworden.

Etty sah die Angst in den Gesichtern ihrer Brüder und hörte sie in ihren Stimmen. Charlies Mantel, ihr schöner neuer Mantel, war am Fluss gefunden worden. Inzwischen sagte niemand mehr, es gebe keinen Grund, sich Sorgen zu machen, und bestimmt komme sie bald heim.

Trotz der Kälte schwitzte Detective Inspector Brian Cobbett, während er mit der Familie Salter in deren Wohnzimmer saß. Er war ein großer, stämmiger Mann mit hoher Stirn und einem Glatzenansatz, den er zu kaschieren versuchte, indem er sein restliches Haar darüberkämmte. Er trug eine schwarze Jacke, die an den Knöpfen etwas spannte, und eine Brille mit dicken Gläsern, die ziemlich verschmiert waren, wie man im Lampenlicht sehen konnte. Seine rote Krawatte aber war straff gebunden, und seine schwarzen Schuhe glänzten.

»Ich muss mir nur ein paar Details notieren«, erklärte er. »Zu Misses Salter.«

Name. Charlotte Emily Salter.

Alter. Siebenundvierzig.

Geburtsdatum. 11. Mai 1943.

Beruf. Sie sahen sich an.

»Früher hat sie mal für eine Londoner Modezeitschrift gearbeitet«, sagte Paul schließlich.

»Das ist viele Jahre her. Jahrzehnte. Da war sie noch ganz jung«, warf Alec von der Tür her ein. »Inzwischen geht sie keinem nennenswerten Beruf mehr nach.«

»Sie erledigt deinen ganzen Bürokram«, widersprach Paul in ungewohnt scharfem Ton. Normalerweise klang er eher zögerlich. »Ist das vielleicht keine Arbeit?«

Alec trank einen Schluck Whisky und zuckte lediglich mit den Achseln.

»Sie bäckt Scones und Kuchen fürs Café«, meldete sich Etty zu Wort. »Und sie schreibt immer noch ab und zu was. Um nicht ganz aus der Übung zu kommen.«

So hatte Charlie es immer formuliert: um nicht ganz aus der Übung zu kommen. Etty sah sie vor sich, mit ihrer Nickelbrille über den Amstrad gebeugt, die Zungenspitze an die Oberlippe gedrückt, während ihre lackierten Fingernägel über die Tasten tanzten.

»Außerdem kocht und putzt sie, hilft Dad im Geschäft und kümmert sich um uns alle«, erklärte Paul. »Sie ist nie untätig.«

Etty sah genau zu, wie Cobbett alles aufschrieb, ganz langsam und bedächtig, unter ständigem Nicken und mit geschürzten Lippen. Sie selbst saß auf der vordersten Stuhlkante, als wollte sie jeden Moment aufspringen und aus dem Raum stürmen. Es war bereits Nachmittag, und im Winter begann es so früh zu dämmern. Sie mussten sie finden, bevor es dunkel wurde. Detective Cobbett aber schrieb weiter vor sich hin, murmelnd, brummelnd und nickend.

Schließlich stieß er ein kleines Hüsteln aus und rückte seine Brille zurecht.

»Ich muss so genau wie möglich rekonstruieren, wie Misses Salter den Tag verbrachte, an dem sie verschwand. Vielleicht könnten Sie mir der Reihe nach erzählen, wann und wo Sie sie das letzte Mal sahen und was Sie selbst an dem Tag alles machten.«

»Wo sollen wir da anfangen?«, fragte Niall. »Und wo aufhören?«

»Schildern Sie mir einfach Ihren jeweiligen Tagesablauf.« Cobbett sah langsam von einem zum anderen. Durch die dicken Brillengläser wirkten seine Augen stark vergrößert. An Paul blieb sein Blick hängen. »Vielleicht beginnen Sie?«

Paul räusperte sich mehrmals.

Sein voller Name war Paul Owen Salter. Er war einundzwanzig und studierte an der Universität von Bath Biologie. »Nächsten Sommer steht meine Abschlussprüfung an«, erklärte er.

Er habe den ganzen Tag in seinem Zimmer gesessen, um zu lernen, fuhr er fort, und kaum auf die Zeit geachtet. Er wisse aber, dass Charlie ihm gegen zehn eine Tasse Tee gebracht habe und dass sie zusammen zu Mittag gegessen hätten. »Kartoffelsuppe mit Lauch«, fügte er hinzu, »und Brot.«

Er könne sich nicht mehr daran erinnern, worüber sie da gesprochen hätten, sagte er, korrigierte sich aber nach einer kurzen Pause: Doch, sie hätten über seine bevorstehenden Abschlussprüfungen gesprochen und darüber, dass er es irgendwie nicht schaffe, alles zu wiederholen, es sei wie eine Phobie. Stattdessen sitze er in seinem Zimmer und spiele auf seinem Gameboy Tetris oder höre Musik – oder sitze einfach vor seinen Büchern, ohne irgendetwas in seinen Kopf hineinzubekommen.

»Ich überlege schon, ob ich es nicht sein lassen soll.«

»Ach, in Gottes Namen!«, murmelte Alec.

»Und das haben Sie Ihrer Mutter erzählt?«, erkundigte sich Cobbett.

»Sie hat mich danach gefragt. Sie wusste, dass es nicht gut lief. Sie weiß alles, ohne dass man es ihr erzählt. Sie sagt, das ist der Fluch jeder Mutter, dass man einen sechsten Sinn hat.« Plötzlich schien sich sein Gesicht zu verkrampfen und sein Blick zu verdunkeln. Er fängt gleich zu weinen an, dachte Etty. Doch er weinte nicht, sondern fuhr fort: »Über sich selbst hat sie nichts gesagt, wenn Sie das meinen. Bei ihr schien alles in Ordnung zu sein.« Er runzelte die Stirn. Als er dann weitersprach, klang es, als spräche er mit sich selbst: »Vielleicht ist mir bloß nichts aufgefallen, weil ich vollkommen mit mir selbst und meinen blöden kleinen Problemen beschäftigt war.«

»Wann haben Sie sie das letzte Mal gesehen?«

Paul kaute an der Seite eines Fingernagels herum.

»Sie hat durch die Tür zu mir hereingerufen, ich solle die Feier nicht vergessen.«

»Um welche Zeit?«

»Irgendwann am frühen Nachmittag? Genau weiß ich es nicht. Ich erinnere mich nur verschwommen an den ganzen Tag. Ich glaube, ich habe sie am Nachmittag noch unten gehört. Als ich das Haus verließ, war sie nicht mehr da.«

»Sie sind also allein zu der Party aufgebrochen?«

Paul nickte.

»Kann das jemand bestätigen?«

»Wie gesagt, ich bin alleine los.«

Als Nächster kam Ollie an die Reihe. Sein voller Name war Oliver Malcolm Salter, und er war neunzehn.

»Was machen Sie beruflich?«

»Mein Brückenjahr«, antwortete Ollie. »Gilt das als Beruf?«

»Er fängt nächstes Jahr sein Studium an und war seit September auf Reisen«, mischte Etty sich ein. »Zu Weihnachten ist er nach Hause gekommen.«

Als Cobbett daraufhin von Ollie wissen wollte, wann er Charlie das letzte Mal gesehen habe, nahm dessen Gesicht einen verkniffenen, lauernden Ausdruck an.

»Vielleicht am späten Vormittag«, meinte er. »Ab da war ich mit Freunden unterwegs.«

»In Glensted?«

»Glensted und Umgebung.«

»Was haben Sie gemacht?«

»Einfach nur rumgehangen«, antwortete Ollie.

Als Nächstes wandte Cobbett sich mit einem aufmunternden Lächeln an Alec.

Er sei fünfzig Jahre alt, begann dieser, und Generaldirektor von Salter Landscapes.

»Generaldirektor«, wiederholte Ollie mit einem verächtlichen Lachen. Er zog seine Zigarettenschachtel heraus.

»Nicht hier drin«, sagte Alec.

Ollie erhob sich, schlenderte aus dem Raum und knallte die Tür hinter sich zu.

»Für Sie muss das alles besonders schlimm sein, Mister Salter«, meinte Cobbett.

Alec schien einen Moment zu überlegen, als versuchte er, sich an etwas zu erinnern.

»Kennen Sie Ralph Chettle?«, fragte er.

Damit hatte Cobbett nicht gerechnet. Es dauerte einen Moment, bis er antwortete. »Wie kommen Sie jetzt auf den?«

»Ich habe mal mit ihm Golf gespielt, drüben im Ditton Club. Er ist Detective.«

»Ja, ich weiß«, antwortete Cobbett.

»Irgendeine Art Inspector, glaube ich.«

»Chief Inspector.«

»Irgendwas Wichtiges auf jeden Fall. Ist er Ihr Chef?«

»Er ist einer meiner Vorgesetzten.«

Alec lachte. »Die Welt ist klein, nicht wahr? Wenn Sie mal mit ihm reden, richten Sie ihm liebe Grüße von mir aus. Sagen Sie ihm, dass ich an meinem Schwung gearbeitet habe.«

»Ich werde versuchen, daran zu denken.«

Cobbett blickte auf sein Notizbuch hinunter. Ihm ging durch den Kopf, dass er das, was Alec Salter gerade gesagt hatte, irgendwie vermerken sollte. Die Erwähnung von Chettle – der zufällig tatsächlich einer seiner Chefs war – hatte sich für ihn wie ein Art Warnung angehört. Alec Salter war ein Mann mit guten Verbindungen.

»Ich glaube, wir sollten zu der Frage zurückkehren, wann Sie Ihre Frau zuletzt gesehen haben.«

Erneut benahm sich Alec nicht wie ein gewöhnlicher Zeuge. Für die meisten Menschen war eine Befragung durch die Polizei eine Erfahrung, die sie ziemlich mitnahm. Alec jedoch sprach auf eine kurz angebundene, ungeduldig wirkende Art, als dauerte ihm das ganze Prozedere zu lange. Er informierte den Beamten, Charlie gegen neun das letzte Mal gesehen zu haben.

»Wir haben zusammen gefrühstückt«, erklärte er. »Dann bin ich zur Arbeit gegangen.«

»Am Samstag.«

»Ja, am Samstag. Wir sind ein kleines Familienunternehmen und haben keine geregelten Arbeitszeiten. Ich musste vor der Weihnachtspause noch einiges erledigen.«

»Worin genau besteht Ihre Tätigkeit?«

»Das habe ich Ihnen doch schon gesagt. Wir beschäftigen uns mit Landschaftsgestaltung«, erwiderte er. »Unser Büro befindet sich am Stadtrand. Wir legen Gärten an, betreuen Gemeinde- und Firmenprojekte. Teils hier in der Gegend, teils weit weg. Alles Mögliche. Nichts ist uns zu groß, nichts zu klein. Zierteiche, Golfplätze, Verkehrsinseln für Kreisverkehre …«

Etty ging durch den Kopf, dass er klang wie bei einem Verkaufsgespräch. Wie konnte er über Zierteiche sprechen, nachdem Charlies Mantel unten am Fluss gefunden worden war?

»Viele Leute haben nur am Wochenende Zeit für einen Termin mit uns«, fuhr Alec fort. »Ich war in einem Haus nördlich von Hemingford, um mit den Besitzern über deren Pläne zu reden.«

»Waren Sie den ganzen Tag dort?«

»Nein. Ich bin gegen Mittag aufgebrochen und direkt ins Büro gefahren, und von dort dann zu meiner ziemlich verunglückten Geburtstagsfeier.«

»Im Büro waren nur Sie?«

»Ich war dort mit meinem Sohn«, entgegnete Alec. Er nickte zu Niall hinüber. »Er arbeitet für mich. In untergeordneter Position.«

Nialls Züge verhärteten sich.

»Haben Sie im Lauf des Tages mit Ihrer Frau telefoniert?«

»Nein.«

»Sie hatten also keinen Kontakt mehr, nachdem Sie sich morgens auf den Weg zur Arbeit gemacht haben?«

»Nein.«

»Und Ihnen ist an ihrem Verhalten nichts Ungewöhnliches aufgefallen?«

»Nein.«

»Nichts, was Ihrer Meinung nach ein Licht auf ihr Verschwinden werfen könnte?«

»Nein.«

»Hatten Sie … ähm. Nun ja, Mister Salter, ich muss Sie das fragen. Hatten Sie irgendeine Art von Auseinandersetzung?«

»Nein.«

»Demnach war sie also nicht wegen irgendetwas aufgebracht? Wie Sie ja sicher wissen, können Frauen auch wegen Kleinigkeiten sehr emotional reagieren.«

Paul murmelte etwas vor sich hin, das ziemlich zornig klang. Einen Moment sagte niemand etwas. Cobbetts fleischiges Gesicht lief rot an.

»Meine Frau ist in der Tat eine impulsive Person«, brach Alec schließlich das Schweigen. »Sie neigt dazu, sich von ihrem Herzen beherrschen zu lassen, statt von ihrem Kopf.«

Etty stieß ein Krächzen aus, doch niemand achtete auf sie.

»Es stimmt, dass sie sich leicht aufregt. Möglicherweise hat sie sich darüber aufgeregt, dass ihr Sohn Drogen nimmt. Nur für den Fall, dass Sie nicht schon von selbst darauf gekommen sind, was Oliver am Nachmittag vor der Feier getrieben hat. Oder darüber« – er wandte sich Paul zu –, »dass ein anderer Sohn mit dem Gedanken spielte, sein Studium hinzuwerfen. Ich kann mir vorstellen, dass sie deswegen extrem bekümmert war, ja.«

Paul machte auf seinem Stuhl eine ruckartige Bewegung.

»Was ist mit dir bloß nicht in Ordnung?«, rief Etty.

»Aber ich kann Ihnen trotzdem nicht weiterhelfen«, fuhr Alec ungerührt fort. »Mir ist nichts Ungewöhnliches aufgefallen.«

Mit diesen Worten lehnte er sich zurück und verschränkte die Arme vor der Brust.

Niall sprach zu laut, vielleicht, um die kleinen Geräusche zu übertönen, die Etty einfach nicht unterdrücken konnte, oder die Schritte von Ollie, der draußen wütend den Weg auf und ab stapfte. Er sei Niall Peter Salter, vierundzwanzig und der älteste Salter-Sohn. Er arbeite als Projektleiter bei Salter Landscapes. »Nur vorübergehend, während ich nach anderen Optionen Ausschau halte. Ich habe einen Abschluss als Ingenieur«, fügte er hinzu.

Er lebe nicht im Bauernhaus der Familie, sondern in einer kleinen

Wohnung auf der anderen Seite des Ortes. Er habe seine Mutter schon seit mehreren Tagen nicht mehr gesehen. Am Samstag sei er den ganzen Tag in der Arbeit gewesen, er habe mit Kunden telefoniert und Zahlungserinnerungen geschrieben.

»Haben Sie das Büro tagsüber mal verlassen?«

»Nein.«

»Kam jemand zu Ihnen ins Büro?«

»Am Nachmittag war mein Vater da.«

»Was haben Sie vor der Feier gemacht?«

»Ich war kurz in meiner Wohnung, um zu duschen und mich umzuziehen.«

»Leben Sie allein?«

»Ja.« Er zögerte. »Das heißt, bis vor Kurzem war meine Freundin meistens über Nacht da.«

»Aber jetzt nicht mehr?«

»Wir haben uns kürzlich getrennt.«

Etty musste daran denken, wie Penny draußen vor der Scheune geweint und Niall gegen die Brust geboxt hatte.

»Das tut mir leid«, sagte Cobbett.

»Ist nicht so wichtig.« Niall sprach schlagartig leiser, in deprimiertem Ton. »Nichts ist mehr wichtig, oder? Nur noch das.«

»Ich bin Elizabeth Amy Salter und fünfzehn Jahre alt. Ich gehe noch zur Schule.«

Etty schaffte es nicht, in ruhigem Ton zu sprechen. Ihr war schlecht. Sie sagte Cobbett, sie habe ihre Mutter seit Freitag früh weder gesehen noch gesprochen. Da es sich um den letzten Schultag vor den Ferien gehandelt habe, sei sie nach dem Unterricht gleich mit zu ihrer Freundin Kim und dort auch über Nacht geblieben. Am Samstag seien sie mit einer ganzen Gruppe von Mädchen zum Shoppen in Hemingford gewesen und später direkt von Kim aus zu der Familienfeier gegangen – Kim, sie und zwei weitere Freundinnen.

»Demnach wurde Misses Salter also das letzte Mal am Samstag um die Mittagszeit von einem Familienmitglied gesehen«, fasste

Cobbett zusammen. »Und Sie glauben sich daran zu erinnern, dass sie am frühen Nachmittag zu Ihnen hinaufgerufen hat«, fügte er mit einem Blick auf Paul hinzu. »Das war dann wohl so gegen zwei?«

»Duncan hat gesagt, dass er sie am Nachmittag noch gesehen hat«, fiel Etty ein. »Sie hat sich Sachen für die Feier ausgeliehen, einen Schöpflöffel, Schüsseln. Ich weiß aber nicht, wann genau das war.«

Cobbett schrieb es sich auf und studierte dann eine ganze Weile seine Notizen.

»Vielleicht können wir ein Foto von Misses Salter bekommen«, meinte er schließlich.

Niall deutete auf den Kaminsims. Zwischen einem Foto von den vier Kindern, auf dem Etty gerade mal zwei war, und einem von Alec mit ihrem Hund, der im Vorjahr gestorben war, stand eine Porträtaufnahme von Charlie. Aus der Fotografie heraus schien sie ihnen allen zuzulächeln, mit einem tiefen Grübchen an der einen Wange und strahlenden Augen.

»Außerdem«, fiel Cobbett plötzlich ein, »werde ich DNA-Proben brauchen.« Er wandte sich an Alec: »Ich schicke einen von meinen Beamten vorbei. Eine Zahnbürste oder Haarbürste Ihrer Frau dürfte ausreichen, oder ein Rasierer.«

Vierzig Minuten später nahm Cobbett gemächlich hinter seinem Schreibtisch Platz. Er trank einen Schluck milchigen Tee aus seinem Styroporbecher, ehe er sich an seine zwei Kollegen wandte.

»Wäre ich ein Anhänger von Wetten«, begann er, »dann würde ich ziemlich viel Geld darauf setzen, dass die Ehefrau tot ist.«

»Selbstmord?«

Cobbett ließ unentschieden den Kopf kreisen. »Vielleicht«, sagte er, »vielleicht aber auch nicht. Gibt es schon etwas Neues zur genauen Fundstelle des Mantels?«

»Bisher noch nicht.«

»Wahrscheinlich spielt es sowieso keine Rolle. Wir müssen herausfinden, was in dieser Ehe ablief.«

»Schlechtes Timing«, bemerkte einer der beiden Beamten. Er hatte ein knochiges Gesicht und blickte ziemlich verdrossen drein. »Ausgerechnet an Weihnachten. Ich bin nicht scharf darauf, draußen im Watt herumzustochern, statt daheim in fröhlicher Runde Knallbonbons krachen zu lassen und mir Truthahn einzuverleiben.«

»Hättest du Lust, mit mir und meinen Kumpels ein bisschen abzuhängen?«

Robbie stand vor der Tür. Bei Ettys Anblick schwand sein eben noch so lässiges Lächeln.

»Ich kann nicht«, antwortete sie.

»Passt schon«, meinte er leichthin, um sie auf diese Weise wissen zu lassen, dass es ihm so oder so nicht viel bedeutete. »Ist mit dir alles in Ordnung? Du wirkst ein bisschen …«

»Ein bisschen was?«

»Ein bisschen ramponiert.«

Sie registrierte, dass er sie kritisch beäugte, den Mund zu einem Ausdruck leichten Missfallens verzogen.

»Na ja, du musst schon entschuldigen, aber im Moment ist mir mein Aussehen gerade ziemlich egal. Meine Mum ist immer noch verschwunden.«

Immer noch verschwunden, und man hat ihren Mantel am Fluss gefunden, und ich habe so schreckliche Angst. Sie beobachtete, wie er überlegte, was er sagen sollte.

»Wirklich?« Robbie stieß ein leises Pfeifen aus, das ungläubig klang und zugleich fast bewundernd. Sie wich einen Schritt vor ihm zurück. »Tja, das tut mir leid«, fügte er hinzu. »Bestimmt kommt alles wieder in Ordnung. Aber bis dahin kannst du doch nicht bloß rumsitzen und warten.«

Am liebsten hätte sie ihn angeschrien und in sein dummes, selbstgefälliges Gesicht geschlagen.

»Also vielleicht ein anderes Mal«, meinte er, ehe er sich zum Gehen wandte.

»Eher nicht.«

Er zuckte im Gehen nur mit den Achseln. Sie spürte, wie eine heftige Wut sie packte, eine reißende Flutwelle. Heiße Tränen schossen ihr in die Augen.

»Wichser!«, stieß sie leise hervor.

Nachdem er gegangen war, schleppte Etty sich die zwei Stockwerke zu ihrem Zimmer unter dem Dach hinauf. Sie legte sich auf ihr Bett und zog sich das Kopfkissen übers Gesicht. Ihr Hals schmerzte, ihre Haut juckte. Sie hasste sich selbst.

Es gab plötzlich zwei Ettys, zwei völlig unterschiedliche Wesen. Die eine Etty war sorglos und beliebt und kein Kind mehr. Sie wartete darauf, dass sich das Leben für sie entfaltete, ihr Dinge offenbarte, die sie sich wünschte, aber noch kaum zu benennen wagte, nicht einmal sich selbst gegenüber. Trotzdem würden sie passieren, und zwar schon bald. Ein ganz neuer Lebensabschnitt stand ihr bevor.

Doch nun gab es noch diese zweite Etty, die durch das Verschwinden ihrer Mutter in eine raue Welt hinauskatapultiert worden war, wo sie sich nackt und schutzlos fühlte. Sie war wieder ein geschlechtsloses, verängstigtes Kind, zugleich aber auch eine vorzeitig erwachsen gewordene Frau, der ihre Freunde plötzlich fremd erschienen, weil die in ein Leben gehörten, aus dem sie selbst schlagartig ausgeschlossen worden war.

Zwischen den beiden Ettys gab es keine Verbindung. Sie drifteten auseinander. Die eine, die unterwegs gewesen war in Richtung Glück, schien nur noch ein Geist zu sein, jemand, der sie hätte sein können, während sie sich nun gefangen fühlte in diesem neuen Selbst und nicht wusste, wie sie ihm entfliehen sollte.

10

Etty war im Schlafzimmer ihrer Eltern, damit beschäftigt, Charlies Kleiderschrank zu durchforsten. Sie hatte bereits festgestellt, dass der Pass ihrer Mutter in der obersten Schublade ihres Nachttisches lag, neben Handcreme, Gesichtscreme, einer Haarbürste mit einem Netz aus Charlies graublondem Haar zwischen den Zinken, Taschentüchern und einer Nagelschere.

Jetzt versuchte sie herauszufinden, ob irgendwelche Kleidungsstücke ihrer Mutter fehlten, denn wenn dem so wäre, würde das bedeuten, dass sie ihren Mantel nicht ausgezogen hatte, um durch den schlammigen Fluss zu waten. Sie streifte die Kleider der Reihe nach von ihren Bügeln und ließ sie zu Boden gleiten. Sie nahm die T-Shirts und Hosen aus den Regalen. Als sie das Gesicht an einen Pulli hielt, konnte sie den Duft ihrer Mutter riechen: nach Zitrus und Gewürzen. Sie wühlte in der Wäscheschublade herum und nahm einen Schuh nach dem anderen vom Boden des Schranks.

Sie hielt nach etwas Ausschau, das nicht da war. Krampfhaft versuchte sie, sich an die Kleidungsstücke ihrer Mutter zu erinnern, und um das zu schaffen, musste sie sich ihre Mutter vorstellen, vor ihrem geistigen Auge eine Art Diashow ablaufen lassen. Charlie an dem Lagerfeuer, das sie im November entzündet hatten. An dem Abend hatte sie ein grobes Karohemd und eine alte Jeans getragen: beides da. Charlie an ihrem Geburtstag, in einer elfenbeinfarbenen Seidenbluse und einer schmal geschnittenen schwarzen Hose, die sie schon seit Jahren besaß und immer dann anzog, wenn sie besonders schick aussehen wollte: ebenfalls beides da. Charlie am Strand, in ihrem grünen Sommerkleid: da (wobei sie natürlich etwas so Leichtes ohnehin nicht mitgenommen hätte, es war schließlich mitten im Winter). Charlie in einem himmelblauen Rock: Auch der war da. Charlie draußen, in ihrem schäbigen Alltagsmantel. Etty wusste, dass der unten hing. Charlie in einem italienischen Restaurant, wo sie gegenüber Etty gesessen hatte, mit leicht verschmiertem rotem Lippenstift und schiefer Frisur, beschwipst und in die Runde prostend. Was hatte sie da getragen? Ein schwarzes hochgeschlossenes Kleid.

Etty überlegte, was ihre Mutter auf einer Reise angezogen hätte: eine bequeme Hose, dachte sie, und die schwarze Lederjacke, die sie schon mit Anfang zwanzig besessen hatte, als sie noch in London lebte. Nicht den schönen Tweedmantel, versuchte sie sich selbst einzureden und die schreckliche Tatsache zu verdrängen, dass dieser Mantel unten am Fluss gefunden worden war.

Außerdem hätte sie einen Koffer mitgenommen. Etty stellte sich auf die Zehenspitzen und öffnete die hohen Fächer über dem Kleiderschrank. Sowohl der kleine Übernachtungskoffer als auch die größere Reisetasche aus festem Leinen waren da.

Schritte kamen die Treppe herauf. Etty rechnete damit, dass gleich die Tür aufgehen und Alec mit versteinerter Miene auf das Chaos starren würde, das sie angerichtet hatte. Aber er ging in den kleinen Raum nebenan, der ihm als Arbeitszimmer diente. Leise schloss sie die oberen Fächer und registrierte dann enttäuscht, dass die schwarze Lederjacke über dem Stuhl am Fenster hing, unter Charlies Morgenmantel. Ihre Umhängetasche lag daneben.

Deprimiert ließ sie sich auf den Haufen sinken, zu dem die Kleidungsstücke ihrer Mutter mittlerweile aufgetürmt waren. Während sie dort so saß, hörte sie erneut Schritte, dieses Mal schwerere. Niall rief Alecs Namen und klopfte dann an die Tür des Arbeitszimmers.

Etty erhob sich, ging zur Tür, öffnete sie leise und trat hinaus auf den Flur.

»Bitte beruhige dich«, sagte ihr Vater gerade in verächtlichem Ton. Er hasste jede Form von Gefühlsausbrüchen.

»Du hast den Detective angelogen«, sagte Niall.

Etty erstarrte.

»Das verstehst du nicht«, erwiderte Alec.

»Du warst nicht den ganzen Nachmittag im Büro. In Wirklichkeit warst du so gut wie gar nicht dort. Warum hast du das behauptet?«

»Ich hatte meine Gründe …«

»Erst beleidigst du mich derart, und dann erwartest du von mir, dass ich für dich lüge.«

»Es tut mir leid, wenn ich deinen Stolz verletzt habe.«

»Ich sollte einfach zur Polizei gehen und ihnen sagen, was ich weiß.«

Die Türklinke des Arbeitszimmers klapperte. Rasch trat Etty zurück ins Schlafzimmer.

»Warte, Niall«, hörte sie ihren Vater sagen. »Lass uns bezüglich dieser Sache einfach vernünftig sein. Ich bin dir dankbar dafür, dass du mir nicht widersprochen hast. Ich wollte die Situation nicht verkomplizieren, das ist alles. Charlie kommt bestimmt bald nach Hause. Es ist besser, wir belassen es dabei. In Ordnung?«

»Nein, nicht in Ordnung. Du scheinst nicht zu begreifen, dass sich das alles gerade in einen Albtraum verwandelt.«

Er wollte noch etwas hinzufügen, wurde jedoch durch ein Klopfen an der Haustür unterbrochen.

Etty stürmte hinunter und riss sie auf. Eine Welle der Enttäuschung durchflutete sie.

»Tut mir leid«, sagte Duncan Ackerley, der ihren Gesichtsausdruck registrierte. »Das bin nur ich.«

Er breitete die Arme aus, woraufhin sie sich ganz kurz von ihm umarmen ließ, dann aber schnell wieder einen Schritt zurücktrat, weil sie befürchtete, seine liebe Art könnte bewirken, dass sie endgültig die Fassung verlor.

»Ihr Mantel«, stieß sie mit einem Schluchzen hervor. »Ihr Mantel lag unten am Fluss, Duncan.«

»Ich weiß, mein Liebes.« Sonst sagte er nichts. Was gab es da auch zu sagen?

»Was sollen wir nur tun? Wir müssen sie finden. Hilfst du uns?«

»Ich werde tun, was ich kann«, antwortete er. »Das weißt du.«

Sie bemerkte, wie erschöpft und angespannt er wirkte. Eine neue Welle des Entsetzens ließ sie im Stehen schwanken.

In dem Moment kam Ollie aus der Küche, stellte sich neben sie und nahm ihre Hand. Die seine fühlte sich sehr kalt an. Er roch säuerlich, wie Milch kurz vor dem Kippen.

»Ich möchte, dass ihr morgen alle zu uns kommt«, erklärte Duncan. »Zum Weihnachtsessen. Frances und ich sind beide der Meinung, dass ihr nicht hierbleiben dürft.«

Sein Blick glitt über den schmutzigen Boden der kalten Diele, den nadelnden Christbaum, die umherliegenden Schuhe, all die Anzeichen dafür, wie schnell das Leben aus den Fugen geraten konnte.

»Aber wir müssen hier auf sie warten«, widersprach Etty. »Wir dürfen nicht alle das Haus verlassen. Wenn sie zurückkommt, wird sie sich fragen, wo wir sind.«

»Ihr könnt ihr eine Nachricht hinterlassen.«

»Danke dir, Duncan«, sagte Alec, der gerade die Treppe herunterkam. »Wir wissen das sehr zu schätzen und kommen gerne.«

»Gut. Würde es euch gegen eins passen?«

11

Frohe Weihnachten.«

Etty stand in der Küche, umgeben von den Überbleibseln des Vorabends. Überrascht wandte sie sich zu Ollie um, der rote Augen hatte und auch sonst einen sehr ramponierten Eindruck machte. War das Sarkasmus, oder meinte er es wirklich ernst?

»Weißt du, was das Schlimmste ist?«, entgegnete sie. »Als sie mir Mums Mantel zeigten, wünschte ich fast, es wäre ihre Leiche. Dann wüsste ich wenigstens Bescheid. Denn so, wie es jetzt ...« Ihre Kehle schnürte sich zu. Sie hob die Hand an den Hals.

Ollie riss die Augen weit auf. Von seiner coolen, überlegenen Art war nichts mehr zu spüren. Er wirkte plötzlich auch viel jünger, fast wie ein Kind.

»Das ist doch Blödsinn. Sie ist am Leben, irgendwo.«

Etty hatte sich Ollie immer besonders nahe gefühlt, als wären sie Zwillinge, nicht nur Bruder und Schwester. Sie hatten sich gegenseitig ihre Geheimnisse anvertraut. Manchmal waren sie sogar zusammen zu Partys gegangen. Sie hatte seine Freunde angehimmelt und ihren ersten richtigen Kuss von seinem besten Kumpel bekommen, der dabei die Hände unter ihr Shirt schob, unter ihren BH, und dessen kühle Lippen nach Kaffee schmeckten. Jetzt hatte sie das Gefühl, Ollie zum ersten Mal im Leben nicht sagen zu können, was sie empfand und was ihr vorhin im Hals stecken geblieben war: dass man ihre Mutter womöglich niemals finden würde und in Zukunft jeder Tag so wäre wie der heutige, geprägt von Abwesenheit, aber ohne Antworten.

»Wahrscheinlich hast du recht«, sagte sie stattdessen lahm.

»Willst du was Blödes hören?«

»Was denn?«

»Ich wünschte, Mum wäre da. Sie wüsste, was zu tun ist. Das weiß sie immer.«

Beide wandten den Kopf, weil sie Schritte auf der Treppe hörten. Sie erkannten den bedächtigen Tritt ihres Vaters auf den Holzstufen. Als er dann in der Küchentür auftauchte, stellten sie fest, dass er nicht nur fertig angezogen, sondern richtig warm verpackt war, mit dicker Winterjacke, Mütze und Handschuhen.

»Ich dachte, ihr seid vielleicht alle noch im Bett«, meinte er.

»Hast du irgendwas gehört?«, fragte Etty.

»Wie hätte ich denn etwas hören sollen?«

»Da fallen mir viele Möglichkeiten ein«, meldete sich Ollie zu Wort.

»Wie auch immer, nein, habe ich nicht. Seid ihr denn schon am Auspacken eurer Geschenke?«

»Geschenke?«, wiederholte Etty.

»Ihr wisst schon, welche ich meine. Die Weihnachtsgeschenke natürlich, da unter dem Baum.«

»Soll das ein schlechter Witz sein?«

»Sehe ich aus, als würde ich scherzen?«

Etty rieb sich ein paarmal heftig mit den Handballen übers Gesicht.

»Wollen wir miteinander frühstücken?«, fragte sie schließlich.

»Ein netter Vorschlag.« Alec klang, als spräche er mit entfernten Bekannten. »Aber ich möchte erst mal eine Runde drehen.«

»Eine Runde?«

»Ja.« Er deutete auf seine Kleidung. »Deswegen mein Aufzug. Winterjacke, Winterschuhe.«

»Wo willst du denn hin?«

»Einfach ein bisschen marschieren.«

»Möchtest du, dass wir mitkommen?«

Alec nickte dabei lächelnd in Ollies Richtung.

»Ich glaube nicht, dass er schon fit genug ist, um draußen durch die

Landschaft zu stiefeln.« Dann schüttelte er den Kopf. »Nein. Manchmal muss man allein sein, um einen klaren Kopf zu bekommen.«

Er verließ die Küche. Sie hörten die Haustür zufallen. Etty warf einen Blick durchs Fenster. Ihr Vater steuerte auf die Straße zu, blieb dann aber stehen und sah zum Himmel hinauf. Dort war ein riesiges V aus Gänsen unterwegs. Er starrte eine ganze Weile zu den Vögeln empor, ehe er sich wieder in Bewegung setzte und durch das Tor außer Sichtweite verschwand.

Etty wandte sich Ollie zu.

»Glaubst du, Dad hasst es, Kinder zu haben und verheiratet zu sein?«

Ollie zündete sich gerade eine Zigarette an. Nachdem er einen tiefen Zug genommen hatte, wirkte er gleich viel lebendiger.

»Nein«, antwortete er. »Ich glaube, er hasst es nur, diese speziellen Kinder und diese spezielle Ehefrau zu haben.« Er zog erneut an seiner Zigarette. »Abgesehen von dir. Meiner Meinung nach würde er uns alle sofort gegen eine andere Familie eintauschen, aber dich würde er behalten wollen. Meinst du nicht auch, dass wir deswegen vier Kinder sind, obwohl er es doch so hasst, Kinder zu haben? Er hat es so lange versucht, bis er eines bekam, das er mochte.«

»Das ist nicht lustig.«

»Ich habe es auch nicht lustig gemeint.«

»Was machen wir denn jetzt?«

»Keine Ahnung. Wieso?«

Etty warf einen Blick hinauf zur Küchenuhr.

»Gegen eins sollen wir bei den Ackerleys sein. Uns bleiben also noch ein paar Stunden Zeit. Was machen wir?«

»Nichts«, schlug Ollie vor. »Wie wäre es mit nichts?«

12

Es war eins und Etty mit den Nerven am Ende. Schon vor einer ganzen Weile hatte sie das erste Mal bei Niall angerufen, doch er war nicht rangegangen. Seitdem hatte sie es alle zwanzig Minuten bei ihm versucht. Als er sich nun endlich meldete, klang er abgelenkt. Er sagte, er werde mit seinem eigenen Wagen zu den Ackerleys fahren.

»Wann?«

»Sobald ich es schaffe.«

Paul hatte sie auch noch nicht gesehen. Sie ging nach oben und klopfte an seine Zimmertür. Da keine Reaktion kam, öffnete sie die Tür und ging rein. Er lag mit Kopfhörern und geschlossenen Augen auf dem Bett. Sie trat neben ihn und schüttelte ihn.

»Du kannst hier nicht einfach reinstürmen!«, schimpfte er.

»Ich habe geklopft. Es kam keine Antwort. Was hast du gemacht?«

»Musik gehört.«

»Du warst draußen. Deine Schuhe sind ganz schmutzig.«

»Ja, ich war ein bisschen draußen.«

»Wo?«

Er starrte sie mit glasigen Augen an, machte sich aber nicht die Mühe, ihr eine Antwort zu geben.

»Ich schätze, wir sollten jetzt langsam aufbrechen«, sagte Etty.

Paul schüttelte seine dreckverschmierten Schuhe ab, erst den einen, dann den anderen. Sie hinterließen Schlammspuren auf der hellen Decke.

»Ich komme nicht mit.«

»Aber wir haben zugesagt.«

»Ich kann nicht heile Welt spielen. Ich kann nicht so tun, als wäre alles in Ordnung. Wem wollen wir etwas vormachen?«

»Mum würde wollen, dass wir zusammen sind.«

»Sag mir nicht, was sie wollen oder was sie tun würde. Wage es ja nicht!«

Er sah aus, als stünde er kurz davor, entweder in Tränen auszubrechen oder auf sie loszugehen, deswegen ergriff sie rasch die Flucht und ging wieder nach unten.

Sie fühlte sich völlig allein. Alec war noch unterwegs, was sie gut fand, aber Ollie hatte inzwischen ebenfalls das Haus verlassen. Er hatte ihr nur gesagt, er wolle sich noch mit jemandem treffen und wisse nicht, wann er zurückkomme. Sie würden sich dann ja bei den Ackerleys sehen.

Etty zog ihren langen blauen Mantel an, schlang sich einen Wollschal um den Hals und trat hinaus. Instinktiv wandte sie sich in Richtung Fluss. Das war die schöne Route zu den Ackerleys, den Fluss entlang, unter der Brücke hindurch. Doch dann musste sie daran denken, wie nass der Mantel ihrer Mutter gewesen war. Deswegen marschierte sie schnurstracks nach Glensted hinein, in die Church Street und anschließend auf den Marktplatz. Um zu den Ackerleys zu gelangen, musste sie nach links in Richtung Postamt abbiegen und dann, kurz bevor sie den Fluss erreichte, nach rechts. Dort verwandelte sich Glensted innerhalb weniger Schritte in ländliches Gestrüpp. Am Ende des schmalen Wegs lag das Haus der Ackerleys.

Morgan öffnete ihr die Tür. Etty fiel auf, wie krampfhaft er nach Worten suchte, die nicht grob oder traurig klangen.

»Hallo. Trotz allem frohe Weihnachten, schätze ich.« Sie reagierte mit einem schiefen Lächeln.

»Das tut mir alles so leid«, fuhr er fort und sah sie an, wandte den Blick aber gleich wieder ab. »Was für ein Schlamassel!«

»Ist sonst schon jemand da? Dad oder meine Brüder?«

»Nein.«

»Paul kommt nicht.«

»Passt schon«, sagte er. »Dad ist auch noch kurz draußen, aber Greg und Mum sind in der Küche.«

Etty folgte Morgan in Richtung des Geklappers und des Geruchs nach Essen. Greg stand am Herd und rührte in etwas herum. Er trug noch seine Regenjacke und eine Beanie-Mütze, und Etty bemerkte, dass sein Hosenboden feucht war. Er wirkte voll und ganz auf seine Aufgabe konzentriert. Seine Stirn war leicht gerunzelt, seine Zungenspitze an die Oberlippe gepresst. Frances saß untätig am Tisch vor einer Schüssel Rosenkohl.

Greg hob einen Holzlöffel zu einem stillen Gruß.

»Ihr müsst entschuldigen. Bin ich zu früh dran?«

»Einer muss den Anfang machen«, entgegnete Morgan.

»Nichts Neues?«, fragte Greg.

»Ist es in Ordnung, wenn ich nicht darüber spreche?«

»Ich fürchte, wir sind ein bisschen spät dran«, meldete sich Frances zu Wort. Ihr Blick wanderte von Etty zu den ungeschälten Rosenköhlchen und wieder zurück. »Wir sind ein wenig in Verzug, aber nun ist Greg eingesprungen.«

Dann schien es ihr einzufallen. »Du armes, armes Ding!« Sie erhob sich von ihrem Hocker und nahm Etty in den Arm. »Ich kann gar nicht mehr schlafen, seit das alles passiert ist. Ich liege wach und denke die ganze Zeit darüber nach. Ich überlege, was passiert sein könnte, und dann denke ich an euch. Ihr armen, armen Kinder!«

Etty stand nur steif da, ohne zu reagieren, bis Frances schließlich die Arme sinken ließ.

Greg führte Etty ins Wohnzimmer. Im Kamin loderte ein Feuer, und die Beleuchtung des Weihnachtsbaums war an. Durchs Fenster sah man Marschland und dahinter den zum Meer hin immer breiter werdenden Fluss. Es herrschte gerade recht hoher Wasserstand. Bald würde die Ebbe einsetzen, und die Wattflächen und Rinnsale würden zum Vorschein kommen.

Als Etty sich auf eines der Sofas sinken ließ, spürte sie plötzlich eine ungeheure Müdigkeit, wie ein sie niederdrückendes Gewicht. Ihre Augen brannten, und ihr Hals schmerzte, als hätte sie längere

Zeit geschrien. Sie blickte einen Moment auf ihre Hände hinunter, die in ihrem Schoß ruhten. Dann bemerkte sie, dass sie auf dem Teppich dunkle Spuren hinterlassen hatte.

»Kein Problem«, sagte Greg, bevor sie den Mund öffnen konnte, »das ist nur Matsch.«

Sie starrte ihn an, brachte aber nichts heraus. Er biss sich auf die Unterlippe.

»Das tut mir alles so leid, Etty«, sagte er. Einen Moment schaute und klang er wie sein Vater. »Wirklich leid. Und ich hätte dir auf der Feier besser beistehen sollen, als sie nicht kam, aber stattdessen habe ich mich nur sinnlos betrunken.«

Am liebsten hätte sie ihn aufgefordert, den Mund zu halten, sie einfach in Ruhe zu lassen, doch ihr war klar, dass er nur zu helfen versuchte, wie die anderen auch. Sie blickte zu seinem gut aussehenden, bekümmerten Gesicht hoch. Im Grunde wussten sie alle nicht, wie sie mit ihr umgehen sollten. »Deine Mutter war wunderbar«, bemerkte er und begriff dann, dass er den schrecklichen Fehler gemacht hatte, in der Vergangenheit von ihr zu sprechen. Er errötete bis unter die Haarwurzeln.

Beide wollten gleichzeitig etwas sagen, beide verstummten.

»Kann ich eine Tasse Tee haben?«, fragte Etty schließlich.

Er verließ den Raum. Sie blieb allein zurück, den Blick auf den Kamin gerichtet, in dem die Flammen tanzten und knisterten.

Die Haustür ging auf und wieder zu. Sie hörte Nialls Stimme, zu laut und zu betont munter. Offenbar versuchte er, sich möglichst normal zu verhalten.

Er kam ins Wohnzimmer und ließ sich neben ihr nieder, bekleidet mit einer Tweedjacke, die ihm zu klein, und einem rosa Hemd, das ihm zu groß war. Sein Haar hatte er so hingekämmt, dass es platt am Kopf anlag. Er tätschelte ihr die Hand. Sie starrte weiter ins Feuer, krampfhaft bemüht, nicht zu weinen.

Greg kam mit milchigem Tee für Etty. Niall überreichte er ein Glas Schaumwein, das dieser in einem Zug leerte, als wäre er sehr durstig.

»Irgendwas riecht da gut«, bemerkte er, erneut in betont munterem Ton.

»Dad kommt bestimmt gleich«, meinte Morgan. »Er ist für den Truthahn verantwortlich.«

Als Ollie eintraf, war sofort klar, dass er sich ziemlich zugedröhnt hatte. Er nahm im Schneidersitz auf dem Boden Platz und ließ den Blick schweifen. Seine Nase war von der Kälte gerötet. Er blies in seine Hände, um sie aufzuwärmen.

»Wo sind die Väter?«, fragte er.

»Dad hat wahrscheinlich die Zeit übersehen«, antwortete Morgan.

»Ich hole ihn«, erklärte Greg.

»Ich komme mit.« Etty erhob sich. Sie musste dringend nach draußen, in die Kälte, unter den weiten Himmel.

Nachdem sie in ihren blauen Mantel geschlüpft war, traten sie zusammen vor die Tür, hinaus in den peitschenden Wind, der sofort an ihrem Schal zerrte und ihr das Haar ins Gesicht blies.

Es war neblig und düster, als würde bereits die Dämmerung hereinbrechen. Die Wipfel der Pappeln waren kaum zu sehen, und die massive Brücke, die linker Hand über den Heming führte, wirkte gespenstisch konturlos.

»Er wollte das Lagerfeuer vorbereiten, damit wir es anzünden können, wenn es dunkel wird«, erklärte Greg.

Etty folgte ihm durch den Garten. Das Lagerfeuer war da, bereit, entfacht zu werden, aber von Duncan keine Spur. Greg rief seinen Namen, doch seine Stimme wurde vom Wind verschluckt.

Eisige kleine Regentropfen piksten Ettys Wangen. Greg zog den Reißverschluss seiner Jacke zu und marschierte weiter.

»Wo willst du hin?«

»Zum Fluss«, antwortete Greg. »Ich glaube, er hat etwas davon gesagt, dass er das Boot weiter nach oben ziehen wollte. Für heute Nacht ist eine besonders hohe Flut angekündigt.«

Er steuerte auf das hölzerne Tor am Ende des Gartens zu, durch das man in den sumpfigen Bereich gelangte, wo ein grober Pfad zum Fluss hinabführte. Von dort konnte man bei Ebbe bis zum Meer gehen, und in die andere Richtung verlief der Pfad landeinwärts, wo der Fluss langsam schmäler wurde und sich durch Dörfer,

Wiesen und Wälder schlängelte. Etty trottete über den matschigen Boden, Greg hinterher. Sie marschierten bis zum Flussufer hinunter. Der Wasserstand war mittlerweile ziemlich tief, sodass sie eine breite Schlammfläche vom Wasser trennte. Das Holzboot lag mit dem Rumpf nach oben im harten Gras, aber von Duncan war nichts zu sehen.

Etty ließ den Blick über die Schlammfläche schweifen, bis hinunter zum Wasser.

»Was ist das da?« Sie deutete darauf.

»Wo?«

»Da bei der orangeroten Boje.«

Greg kniff die Augen zusammen. Dann wurde er plötzlich ganz starr. Einen Moment kam er Etty vor wie eine Statue, eingebettet in die salzige Erde, den Blick auf die verschwommene Form im Fluss gerichtet.

»Greg, was ist das?«

»Geh zurück zum Haus, Etty.«

»Nein.«

»Bitte.«

»Nein.«

Er drehte das Holzboot und zerrte es in Richtung Wasser hinunter, wobei er bei jedem Schritt mit einem schmatzenden Geräusch in den Schlamm einsank. Ein Ruder fiel heraus. Etty hob es auf und rannte hinter ihm her, was gar nicht so einfach war, weil auch sie in den dunklen Silt einsank. Dabei versuchte sie die ganze Zeit angestrengt zu erkennen, was da an der Boje hing. Der wackelige kleine Landesteg, den Duncan gebaut hatte, stand gestrandet im Schlamm, etliche Meter vom Wasser entfernt.

»Geh zurück, Etty. Tu, was ich dir sage.«

»Nein.«

Sie schoben das Boot in den eisigen Fluss, bis ihnen das Wasser bis zu den Knien reichte. Dann hievten sie sich hinein. Der Wind peitschte ihnen ins Gesicht, und rundherum schrien die Möwen und andere Wasservögel. Das feuchte Holz des Bootes war so glitschig, dass jede Bewegung linkisch wirkte. Greg fixierte die Ruder. Sein Gesicht war voller Schlamm. Er trug keine Handschuhe.

In seiner Hektik ruderte er ungeschickt, die kabbeligen Wellen machten ihm zu schaffen. Seine Hände leuchteten rot vor Kälte. Etty hockte im Bug und spähte in Fahrtrichtung, während sie sich langsam vorankämpften, hinaus zu der orangeroten Boje und der Form daneben.

Greg hörte zu rudern auf, sodass das Boot von der Strömung erfasst wurde.

»Nein«, stieß Etty aus. »Nein, nein, nein!«

»Wir sollten umkehren. Die Polizei rufen.«

Aber er ruderte weiter.

Sie musste hinsehen. Sie konnte nicht. Ihr Körper wiegte sich wie von selbst vor und zurück, während sie ein wimmerndes Geräusch von sich gab.

»Du darfst dir das nicht ansehen«, warnte Greg. »Eine Wasserleiche.«

Es kostete sie so viel Kraft, dass es richtig wehtat, aber sie zwang sich, den Blick auf die Gestalt zu richten, die an der Boje hängen geblieben war und im Rhythmus des Flusses wippte. Sie schaute hin. Vor Aufregung vergaß sie zu atmen und hatte das Gefühl, gleich ins Wasser zu kippen.

»Sie ist es nicht. Es ist nicht Mummy.«

Er sagte etwas, doch seine Worte wurden vom Wind verweht.

»Es ist nicht ihre Kleidung. Sie ist es nicht.«

»O mein Gott!«

»Greg, wer ist es?«

13

Duncan Ackerley starrte mit offenen Augen zu ihnen hoch. Seine linke Schläfe war blutunterlaufen, das ganze Gesicht angeschwollen und schockierend weiß. Sein Mund wirkte seltsam verzogen, fast, als wollte er sie anlächeln. Etty befürchtete, sich jeden Moment zu übergeben.

»Womöglich lebt er noch!«, stieß Greg hervor. »Schnell, wir müssen ihn aus dem Wasser bekommen. Hilf mir, Etty!«

Obwohl Etty klar war, dass Duncan nicht mehr lebte, übernahm sie auf Gregs Anweisung hin die Ruder und versuchte, das Boot ruhig zu halten. Über das Heck gebeugt, streckte Greg die Arme nach seinem Vater aus. Rundherum schrien die Möwen, und unter ihnen schlürfte und gurgelte der Fluss.

Greg bekam Duncans wasserdichte Jacke zu fassen und zerrte daran: Zuerst rührte sich der Körper nicht von der Stelle, doch am Ende schaffte Greg es doch, ihn mit einem heftigen Ruck von der schweren Kette zu lösen, an der er hängen geblieben war. Mühsam zog er ihn zu sich heran, bis es ihm schließlich gelang, die Hände unter die Achseln seines Vaters zu schieben. Als er dann versuchte, ihn an Bord zu hieven, schwankte das kleine Boot so heftig, dass Wasser hineinschwappte. Etty empfand einen Anflug von Panik bei der Vorstellung, sie könnten kippen und bei Duncan im Wasser landen.

»Ich schaffe es nicht«, keuchte Greg, »er ist zu schwer! Du musst uns zurück ans Ufer rudern. Ich halte ihn fest.«

Etty versuchte, gegen die Strömung anzurudern, lehnte sich bei jedem Schlag mit voller Kraft gegen die Ruder, doch das kleine Boot reagierte kaum.

»Das ist zu viel Gewicht für mich«, sagte sie nach einer Weile.

»Schon gut«, antwortete Greg. »Dann hältst du ihn fest, und ich rudere.«

Also rutschte sie ins Heck und packte Duncan an der Jacke, während Greg die Ruder übernahm. Im Zeitlupentempo bewegten sie sich Richtung Ufer, ihre sperrige, wippende Last im Schlepptau. Etty hätte am liebsten die Augen geschlossen oder den Blick abgewandt, aber irgendwie gelang ihr das nicht. Stattdessen schaute sie Duncan die ganze Zeit wie gebannt ins Gesicht, in seine blicklosen, starren Augen. Sie war es nicht gewohnt, ihn ohne seine Brille zu sehen. Ihr fiel auf, dass er sich an diesem Morgen nicht rasiert hatte.

Schließlich konnten sie nicht weiterrudern. Greg sprang ins Wasser, das ihm bis zu den Oberschenkeln reichte. Mit einem harschen Aufschluchzen riss er den Leichnam in seine Arme, um ihn die letzten paar Meter zu schleppen. Etty kletterte ebenfalls aus dem Boot und zog es hinter sich her.

Am Ufer angekommen, legte Greg seinen Vater ab.

»Lauf und hol Hilfe!«, stieß er hervor, ehe er anfing, auf Duncans Brustkorb zu pressen.

»Komm schon!«, keuchte Greg, während Etty sich durch den Schlamm auf festerem Boden vorarbeitete. »Komm schon, Dad!«

Schreiend und wild winkend rannte Etty durch den Garten. Als sie ins Haus stürmte, starrten ihr dort lauter erschrockene Gesichter entgegen. Sie nahm insbesondere Frances und Morgan wahr, beide mit offenem Mund.

»Ruft einen Krankenwagen! Holt Hilfe! Duncan ist …«

»Was ist mit Duncan?«, fragte Frances mit zittriger Stimme.

Alec wählte bereits die Notrufnummer. Ollie hatte vor Schreck seine Zigarette auf den Teppich fallen lassen, wo sie einen Moment weiterglomm, ehe sie erlosch. Etty roch den Bratenduft des

Truthahns und einen Hauch von Brandy, vor allem aber den modrigen Schlamm, der von oben bis unten an ihrem Körper klebte.

»Wo ist Dad?« Morgan zerrte an ihrem Arm. Sie registrierte seine entsetzten, weit aufgerissenen Augen hinter den Brillengläsern, sein schmales, knochiges Jungengesicht.

»Ach, Morgan«, sagte sie nur.

»Bring mich zu ihm!«

»Sie kann nicht noch mal da raus«, widersprach Alec.

Doch Etty hatte sich bereits abgewandt und rannte, gefolgt von Morgan, Niall und Ollie, zurück in Richtung Fluss. Der durchnässte Stoff ihrer Hose wetzte an ihren Oberschenkeln, und ihr Gesicht fühlte sich vor Kälte schon ganz wund an. Hinter sich hörte sie die hastigen Schritte der anderen, deren keuchenden Atem.

Wortlos stürmten sie alle den Garten hinunter, durchs Tor, hinaus auf den Pfad, begleitet vom Geschrei der Möwen und den obszön klingenden, schmatzenden Geräuschen, die der Fluss von sich gab, während er unaufhörlich am schlammigen Ufer saugte.

So erreichten sie schließlich Duncan, der ausgestreckt auf der Schlammbank lag. Sein Kopf ruhte in Gregs Schoß. Greg streichelte die ganze Zeit sein Haar, als wollte er ihn trösten.

»Er ist tot«, sagte er und blickte zu ihnen auf. »Unser Dad ist tot.«

Regen prasselte vom Himmel, und es dämmerte bereits. Morgan ließ sich neben seinem Vater in den Schlamm sinken und begann, in schrillem, heiserem Ton unverständliche Worte auszustoßen. Greg streichelte seinem Vater weiter mit zärtlichem Blick übers Haar, als wäre Duncan sein Kind.

Frances war inzwischen auch eingetroffen, sie stand in gebeugter Haltung ein Stück von ihnen entfernt und gab ein leises Wimmern von sich.

Etty entdeckte das Blaulicht als Erste. Mehrere Männer kamen mit großen, schmatzenden, durch den Schlamm schlitternden Schritten auf sie zugestürmt. Etty stand neben Niall, der einen Arm um ihre hängenden Schultern gelegt hatte. Seite an Seite beobachteten sie, wie die Männer sich über Duncans Leiche beugten. Einer von ihnen half Greg hoch. Sein schlammbespritztes Gesicht wirkte verstört.

Mittlerweile hatte die Flut wieder eingesetzt, ganz langsam kroch das Wasser über die Wattflächen auf sie zu.

Etty verfolgte, wie man den Leichnam auf eine Trage hievte. Jemand hängte ihr eine Decke um. Erst jetzt merkte sie, dass Alec ihr eine Hand auf den Arm gelegt hatte. Vorher war ihr seine Anwesenheit gar nicht bewusst gewesen.

»Kommt«, sagte er. »Wir können hier nicht helfen.«

Nebeneinander trotteten sie zurück zum Haus. Greg hatte den Arm um seinen jüngeren Bruder gelegt. Für Etty sah es aus, als hielte er ihn aufrecht. Frances wollte bei ihrem Mann bleiben. Am Ende musste man sie von ihm wegziehen.

Unten am Fluss befanden sich jetzt nur noch Polizeibeamte. Es war inzwischen fast dunkel. Etty sah immer wieder Lichter aufblitzen und gelegentlich den Strahl einer Taschenlampe übers Wasser gleiten.

Sie wurde in einem Streifenwagen nach Hause gebracht. Alec folgte in seinem eigenen Wagen. Ihre Hände waren voller Schlamm, ihre Kleidung war durchnässt. Sie spürte, dass auch der Schlamm in ihrem Haar und ihrem Gesicht langsam hart wurde, Brocken und Krusten aus dunklem Silt bildete. Sie versuchte, den Beamten zu schildern, wie Greg und sie die Leiche gefunden hatten, aber im Grunde gab es nicht viel zu berichten: Auf der Suche nach Duncan waren sie zum Fluss hinuntergegangen, hatten etwas im Wasser entdeckt, waren hinausgerudert und auf Duncans Leiche gestoßen.

Im Haus war es dunkel, kalt und schmutzig. Paul schien nicht da zu sein, zumindest ließ er sich nicht blicken.

Weihnachten war vorbei.

14

Cobbett wandte den Kopf, weil er die Labortür aufschwingen hörte. Der Rechtsmediziner, Mike Stackpole, trug noch seinen grünen Kittel. Er war ein glatzköpfiger, bärtiger Mann, rund und rotgesichtig.

»Nachträglich noch schöne Weihnachten«, sagte er mit einem fröhlichen Lächeln zu Cobbett.

»Tut mir leid«, antwortete Cobbett. »Wir haben dir den Tag verdorben.«

»Meine Schwägerin ist mit ihrer ganzen Familie zu Besuch. Bei uns stehen heute Partyspiele auf dem Programm, Scharaden – und das restliche Essen von gestern. Da bin ich doch viel lieber hier. Möchtest du einen Blick auf ihn werfen?«

»Kannst du nicht einfach berichten?«

Stackpole lachte. »Seit wann bist du so zimperlich? Den offiziellen Bericht kriegst du in ein, zwei Tagen, aber ich gebe dir vorab die Kurzversion.«

»Also, wie ist er gestorben?«

»Das ist einfach. Er ist ertrunken. Aber das wusstest du ja schon. Sämtliche Einzelheiten stehen dann im Bericht. Überblähte Lunge, Wasser in Magen und Speiseröhre. Ich habe Blutproben genommen und weiß, wie die Ergebnisse aussehen werden.«

»Sonst noch was?«

Stackpole legte eine Hand oberhalb seines rechten Ohrs an den Kopf.

»Er hatte hier, an der rechten Kopfseite, eine Platzwunde, und zwar eine massive, mit starker Schädigung von Haut, Gewebe und Blutgefäßen.«

»Er könnte also gestürzt sein und sich dabei den Kopf aufgeschlagen haben?«

Stackpole zuckte mit den Achseln. »Zum Untersuchungsergebnis würde es passen.«

»Lässt sich sagen, ob er schon bewusstlos war, als er ins Wasser gefallen ist, oder ob er sich den Kopf erst im Fluss angeschlagen hat, an einem Felsbrocken oder so?«

»Ich kann dir zumindest sagen, dass er in keiner guten Verfassung war, als er ins Wasser fiel, was darauf hindeutet, dass es vorher zu der Verletzung kam.« Stackpole reckte die Hände hoch, als wollte er etwas demonstrieren. »Ertrinkende versuchen krampfhaft, irgendetwas zu fassen zu bekommen, Wasserpflanzen oder Steine oder Schlamm, und die entsprechende Handhaltung ist auch nach dem Tod noch zu erkennen. In diesem Fall konnte ich nichts Derartiges feststellen, auch nichts unter den Nägeln.«

»Könnte die Verletzung durch Fremdeinwirkung herbeigeführt worden sein, also durch einen Schlag?«

»Möglich.«

»Weißt du, wodurch die Verletzung verursacht wurde?«

»Wenn jemand mit einem Gegenstand aus Holz geschlagen wird, findet man manchmal Splitter. Aber falls es solche Spuren gab, wurden sie durch das Wasser weggespült.«

»Wie sieht es mit dem Todeszeitpunkt aus?«

»Das kalte Wasser macht alles ziemlich schwierig. Er könnte eine Stunde vor dem Fund gestorben sein, genauso gut aber auch nur wenige Minuten zuvor.«

»Es besteht also die Möglichkeit, dass wir es hier mit einem Unfall zu tun haben.«

»Ja.«

»Oder mit Mord.«

»Oder Totschlag. Ja.«

Cobbett erhob sich. Er hatte das Gefühl, nicht schlauer zu sein als vorher.

15

Chief Inspector Ralph Chettle saß gerade vor einem Kaminfeuer in der Lounge eines Landhaushotels in Yorkshire, als man ihn ans Telefon rief. Cobbett begann, sich erst einmal dafür zu entschuldigen, dass er ihn während der Feiertage störte, doch Chettle fiel ihm ins Wort.

»Schießen Sie einfach los.«

Cobbett schilderte ihm die Vorkommnisse in Glensted.

»Ja, ja, das weiß ich doch alles schon. Wozu brauchen Sie mich?«

»Ich gebe heute eine Pressekonferenz«, erklärte Cobbett. »Da würde ich gerne verkünden, dass wir im Zusammenhang mit dem Verschwinden von Misses Salter und dem darauf folgenden Tod von Mister Ackerley umfassende Ermittlungen in die Wege leiten und eine Einsatzzentrale bilden werden.«

»Moment mal, Brian. Überstürzen Sie nichts. Betrachten wir diese beiden Vorkommnisse doch mal gesondert. Gibt es bezüglich der vermissten Frau irgendeinen Hinweis auf ein Verbrechen?«

»Immerhin wurde der Mantel gefunden.«

»Wo genau eigentlich? Das schien ja noch unklar.«

Cobbett spürte, wie ihm Schweiß auf die Stirn trat. Seine Achseln fühlten sich auch schon klatschnass an.

»Bedauerlicherweise hat sich darum ein sehr junger Beamter gekümmert, deswegen lässt sich nicht mehr ganz genau nachvollziehen, wo er gefunden wurde.« Er versuchte krampfhaft, sich daran zu erinnern, was ihm Bealing berichtet hatte. »Auf jeden Fall jenseits der Brücke.«

»Was sagt denn die Person, die ihn gefunden hat?«

»Unglücklicherweise wurde da etwas übersehen, und – ähm – der Name des Mannes nicht festgehalten. Aber wir machen ihn ausfindig.«

»Demnach fahndet ihr gerade nach der Person, die eure bisher einzige brauchbare Spur gefunden hat.«

»Es ist nicht unsere einzige Spur, da gibt es schon noch ein paar andere.«

Einen Moment herrschte Stille. Cobbett räusperte sich mehrmals, schwieg jedoch.

»Also«, brach Chettle schließlich das Schweigen, »ihr habt eine Vermisste und deren Mantel aus dem Fluss. Das mag ja nichts Gutes verheißen, aber einen Fall könnt ihr daraus nicht machen.«

»Ich würde das nicht …«

»Und Mister Ackerley? An Weihnachten saufen sich im ganzen Land die Leute zu, stürzen und schlagen sich die Köpfe auf, und wenn sie dabei zufällig ins Wasser fallen, sterben auch welche. Was war die Todesursache?«

»Die Autopsie hat ergeben, dass er ertrunken ist, aber er hatte eine scheußliche Kopfwunde, die ihm mit ziemlicher Sicherheit zugefügt wurde, bevor er im Wasser landete.«

»Hm. Steht schon fest, wo genau er im Wasser gelandet ist?«

»Noch nicht.«

»Was ist mit der Fundsituation? Lässt die irgendwelche Rückschlüsse zu?«

»Das war ein bisschen problematisch, Sir. Zwei junge Leute haben ihn gefunden. Die beiden holten Hilfe, sodass noch mehr Leute vom Haus zum Fluss hinunterliefen, und dann kamen die Sanitäter und womöglich auch noch ein paar Schaulustige. Wobei es da vorher schon schlammig war und außerdem in Strömen regnete.«

»Die Antwort auf meine Frage lautet also Nein?«, hakte Chettle nach.

»Zumindest kann ich Ihnen noch nichts Konkretes sagen, Sir.«

Chettle schwieg erneut eine ganze Weile.

»Wir ermitteln natürlich in alle möglichen Richtungen«, erklärte Cobbett schließlich mit gepresster Stimme, »auch wenn wir noch ganz am Anfang stehen.«

»Der Anfang ist entscheidend. Charlotte Salter wird nun schon seit fünf Tagen vermisst, das ist eine lange Zeit. Und was den anderen Fall betrifft: Der Mann wurde am ersten Weihnachtsfeiertag mit einer Kopfverletzung im Fluss gefunden. Achtundvierzig Stunden, und ihr habt noch gar nichts.«

»Wir haben einen ungeklärten Vermisstenfall und einen ungeklärten Todesfall.«

»Aber keinen konkreten Hinweis auf einen Zusammenhang zwischen beiden Fällen.«

»Eine Frau verschwindet, und ein paar Tage später wird ein Mann, der sie kannte, tot aufgefunden. Das soll bloß Zufall sein?«

»Ich weiß es nicht, Brian, sagen Sie's mir. Auf jeden Fall werde ich mehr brauchen als das, wenn Sie wollen, dass ich Geld aus einem Budget lockermache, das wir ohnehin schon überzogen haben, und Beamte abstelle, die wir mitten in den Weihnachtsferien einfach nicht rekrutieren können. Welche Beziehung bestand zwischen Charlotte Salter und Duncan Ackerley? Aus welchem Grund sollte Charlotte Salter von zu Hause weglaufen oder – schlimmstenfalls – jemand sie umbringen? Warum könnte jemand den Wunsch gehabt haben, Duncan Ackerley zu ermorden, falls dem denn so war? Oder hatte er vielleicht einen Grund, seinem Leben selbst ein Ende zu setzen? Wer waren die Feinde der beiden? Welche Schritte unternehmen Sie, um die Antworten auf diese Fragen zu finden?«

»Genau deswegen möchte ich eine Einsatzzentrale einrichten«, antwortete Cobbett. »Ich brauche Leute und Ressourcen.«

Es folgte eine weitere Pause.

»Ich kenne das Polizeirevier von Hemingford«, entgegnete Chettle nach einer Weile. »Es war mal die Rede von Umsiedlung. Ich bin mir sicher, ihr habt dort einen freien Schreibtisch oder einen freien Raum, wo ihr eure Arbeit machen könnt.«

»Ich hoffte auf etwas mehr.«

»Hören Sie, Brian, ich setze da ganz auf Sie. Ein großes Team brauchen Sie nicht. Noch nicht. Nicht, solange ich nicht davon überzeugt bin, dass es sich überhaupt um Verbrechen handelt. Wenn sich irgendetwas ergibt, können wir wieder reden.«

»Und die Pressekonferenz? Wollen Sie, dass ich die abblase?«

»Nein, ziehen Sie das durch. Passen Sie bloß auf, was Sie sagen. Gehe ich recht in der Annahme, dass Sie noch nie eine Mordermittlung geleitet haben, falls wir es hier denn mit einer solchen zu tun haben?«

»Nein, Sir«, antwortete Cobbett in steifem Ton. »Ich meine, ja, Sie haben recht, ich habe noch nie eine Mordermittlung geleitet.«

Cobbett war klar, dass Chettle das schon vorher gewusst hatte. Im Grunde hatte Cobbett in seiner gegenwärtigen Position überhaupt noch nicht viel Erfahrung mit irgendwelchen Mordermittlungen, mal abgesehen vom O'Malley-Fall aus dem Vorjahr, einem Ehedrama, bei dem der Mann erst seine Ehefrau und dann sich selbst tötete. Und davor hatte es noch den Fall Dunn gegeben, bei dem es sich letztendlich aber kaum um mehr als eine Schlägerei auf dem Parkplatz eines Pubs handelte.

»Wenn wir es überhaupt mit einer zu tun haben«, fügte Chettle hinzu. »Sonst noch was, das ich wissen sollte?«

»Der Ehemann der Vermissten, Alec Salter. Ich glaube, Sie kennen ihn. Er hat gesagt, ich soll Ihnen liebe Grüße ausrichten, er habe an seinem Schwung gearbeitet. Oder so was in der Art.«

»An seinem Schwung? Reden wir jetzt über Golf, oder was?«

»Er hat das Thema zur Sprache gebracht, nicht ich, Sir.«

»Konzentrieren Sie sich auf die Arbeit, Brian, und machen Sie uns nicht zum Narren.«

Nachdem Chettle aufgelegt hatte, starrte Cobbett noch einen Moment wie benommen auf den Hörer, bevor er ihn langsam auf die Gabel sinken ließ.

16

Im hinteren Teil des Hemingforder Polizeireviers gab es tatsächlich einen Raum, der nicht genutzt wurde, außer als Abstellkammer.

»Sie wissen ja, wie das ist«, meinte Ben Jukes, während er den Raum mit Cobbett inspizierte. »Die Kollegen dachten wahrscheinlich, wir könnten die Sachen eines Tages noch mal brauchen.«

Cobbetts Blick schweifte über die ausrangierten Büromöbel, Kabelrollen, kaputten Faxgeräte, Lampen ohne Glühbirnen.

»Kann jemand diesen ganzen Schrott zur Müllkippe schaffen?«

»Die Müllkippe ist bis nach Neujahr geschlossen«, informierte ihn Jukes.

»Oder wenigstens nach draußen?«

»Wie eilig ist es denn?«

Cobbett sah den Detective Sergeant an. Er war ein ernster, beflissener junger Mann mit widerspenstigem Haar, das er in der Mitte gescheitelt trug. Seine Miene wirkte immer ein wenig ängstlich.

»Kümmern Sie sich darum.«

Eine Stunde später war alles draußen, mit Ausnahme eines Schreibtisches, eines normalen Tisches und mehrerer Stühle, die – nach einigem Gehämmere – wieder als halbwegs brauchbar durchgingen. An einer Wand befand sich ein Telefonanschluss. Cobbett schickte einen der uniformierten Beamten los, ein Telefon zu besorgen, das sie dort einstecken konnten.

»Und bringen Sie mir die Quittung!«, rief er ihm hinterher.

Acht Männer und eine Frau versammelten sich an diesem Nachmittag zu Cobbetts erster Fallbesprechung in der Einsatzzentrale. Verlegen blickte er in die Runde, blätterte in seinen Unterlagen herum, rückte seine Brille zurecht.

»Wir ermitteln in zwei Fällen«, begann er schließlich, »dem Verschwinden von Charlotte Salter am zweiundzwanzigsten Dezember und dem Tod von Duncan Ackerley am ersten Weihnachtsfeiertag. Bisher wissen wir nicht, ob es sich bei beiden Ereignissen um Verbrechen handelt oder vielleicht bei einem und bei dem anderen nicht, oder ... – nun, wie auch immer, ihr wisst schon, was ich meine.«

Er legte eine Pause ein, weil er sich erst wieder ins Gedächtnis rufen musste, was er eigentlich hatte sagen wollen. Auf einem der Blätter, die er in der Hand hielt, hatte er es sich aufgeschrieben, doch nun fand er seine Notizen nicht.

»Wir müssen über diese beiden Personen so viel wie möglich in Erfahrung bringen«, erklärte er.

Es gab eine frei stehende Pinnwand, an der mehrere große Bogen Papier befestigt waren, aber er konnte den dicken Filzstift nicht entdecken, den er dort bereitgelegt hatte. Ihm blieb wohl nichts anderes übrig, als hinterher alles genau niederzuschreiben.

»Ich werde euch in zwei Teams aufteilen«, verkündete er. »In seines und ihres. Ihr hier drüben – eins, zwei, drei, vier, fünf –, ihr kümmert euch um sie. Findet alles über sie heraus, über ihre Hobbys, ihre Kinder, ihre Freunde, ihre Gewohnheiten. War die Ehe gut oder schlecht? Wo hat sie sich wann aufgehalten? Das ist ganz wichtig.«

Er drehte sich nach rechts. »Der Rest von euch kümmert sich um ihn. Wir müssen seinen Vormittag rekonstruieren – wo er überall war und wann. Wer ihn gesehen hat. Beschafft euch seine Bankauszüge und die Liste seiner Telefongespräche. Redet mit den Nachbarn.«

Er hielt inne, blätterte erneut in seinen Unterlagen, blickte wieder in die Runde.

»Fragen?«

Ein junger Mann, der sich in eine Ecke des Raums gequetscht hatte, hob die Hand.

»Wenn die Möglichkeit besteht, dass er Selbstmord begangen hat, sollten wir dann vielleicht auch herausfinden, welcher Stimmung er in den vergangenen Monaten war?«

»Was? Ja, klar. Dazu wollte ich gerade kommen.«

»Und«, meldete sich eine andere Stimme zu Wort, »wenn es nicht nur Zufall ist, dass er so kurz nach ihrem Verschwinden ums Leben kam, sollten wir dann nicht auch nach Zusammenhängen suchen?«

Cobbett lief rot an. »Natürlich sollten wir das. Das versteht sich ja wohl von selbst.« Er warf einen Blick auf seine Armbanduhr. »Ich muss los«, verkündete er.

Die Pressekonferenz fand im Veranstaltungsraum des Anchor statt. In der Ecke stand ein Weihnachtsbaum, und um die Bilderrahmen war Lametta drapiert. Cobbett staunte über den Andrang. Nachrichtenreporter aus der ganzen Region waren da und sogar ein Fernsehteam eines Lokalsenders. Eine Vermisste und ein Toter: So etwas hatte es in Glensted noch nie gegeben. Flankiert von Jukes gab Cobbett einen kurzen Bericht über die Ereignisse und den Stand der Ermittlungen. Da er die mahnenden Worte seines Chefs noch im Ohr hatte, bemühte er sich um eine Mischung aus Dringlichkeit und Vorsicht.

»Handelt es sich hierbei um Mordermittlungen?«

Cobbett hüstelte. »Wir versuchen in diesem Stadium, in alle Richtungen zu ermitteln. Wir schließen nichts aus. Bezüglich der Sicherheit von Misses Salter machen wir uns ernsthafte Sorgen.«

»David Field von *Anglia News*«, stellte sich ein Mann mit Mikrofon vor. »Hängen die Fälle zusammen?«

»Ich möchte keine voreiligen Schlüsse ziehen. Aber alle Leute, die Informationen für uns haben, sollen sich mit dem Polizeirevier von Hemingford in Verbindung setzen.«

»Alice Clayton«, meldete sich eine junge Frau ziemlich weit vorne zu Wort. »Stimmt es, dass von der Polizei Fehler gemacht wurden? Uns ist zu Ohren gekommen, die Fundstellen seien nicht angemessen gesichert worden.«

»Ich weiß nicht, mit wem Sie gesprochen haben. Wie gesagt, wer auch immer über Informationen verfügt, soll sich bei uns melden.«

17

Als Cobbett und Jukes das Haus der Ackerleys erreichten, war es bereits dunkel. Von Weitem wirkte es heimelig: Aus dem Schornstein stieg Rauch, und unten brannte Licht, sodass ihnen Rechtecke aus warmem Gelb entgegenleuchteten. Doch als Greg sie dann ins Wohnzimmer führte, sah Cobbett, dass der Teppich Schlammspuren aufwies und in der Ecke ein Haufen durchnässter Kleidung lag. Frances Ackerley saß vornübergebeugt in einem Sessel am Feuer, eine dicke Decke um die Schultern. Das Haar fiel ihr ins Gesicht.

»Guten Abend, Detective.« Sie klang verschwommen.

»Der Arzt hat Mum Valium gegeben«, erklärte Greg.

Cobbett nickte. Er ließ sich an einem Ende des durchgesessenen Sofas nieder, während Jukes an der Tür stehen blieb.

»Möchten Sie etwas trinken?«, erkundigte sich Greg.

»Nein danke.« Er versuchte, im Kopf zu behalten, was er alles in Erfahrung bringen musste, aber die gebeugte Gestalt, die ihm da gegenübersaß, machte ihm zu schaffen.

»Soll ich Morgan holen?«, fragte Greg. »Ich weiß nicht, wie das jetzt abläuft.«

»Ich muss auf jeden Fall mit ihm sprechen«, antwortete Cobbett. »Ich muss mit Ihnen allen sprechen. Es wird aber nicht lange dauern.«

Während Greg den Raum verließ, schlug Cobbett sein Notizbuch auf und räusperte sich.

»Ich weiß, wie schmerzhaft das ist, Misses Ackerley«, begann er dann.

Sie hob den Kopf. »Ja?«

Morgan schlurfte herein. Er hatte einen Gameboy in der Hand und ließ sich unterhalb des Fensters auf dem Boden nieder. Sein Gesicht wirkte verquollen, sein schulterlanges Haar fettig. Greg, der ihm in den Raum gefolgt war, nahm am anderen Ende des Sofas Platz. Er sah müde aus, mitgenommen, verstört. Sein brauner Pulli war am Saum aufgerissen. Immer wieder rieb er sich mit den Fingerknöcheln die Augen.

»Warum sind Sie hier?«, fragte Morgan, ohne hochzublicken. Stattdessen tippte er weiter auf seinen Gameboy ein.

»Wir müssen herausfinden, wie euer Vater gestorben ist«, antwortete Cobbett.

»Es war einfach ein blöder Unfall.«

»Genau das müssen wir klären. Misses Ackerley, können Sie mir sagen, wann Sie Ihren Mann das letzte Mal gesehen haben?«

Frances Ackerley schaute ihn nicht an, sondern starrte auf ihre Hände hinunter, die sie nervös knetete.

»Ich weiß es nicht.«

»Haben Sie ihn morgens gesehen?«

Sie antwortete in einem fast träumerisch klingenden Ton.

»Ich war im Bett. Er hat mir gesagt, dass Weihnachten ist, und mich gebeten aufzustehen. Er selbst war wohl schon seit Stunden auf.«

»Und dann?«

»Bin ich aufgestanden.« Sie versuchte sichtlich, sich zusammenzureißen. »Ich bin aufgestanden und nach unten gegangen. Er hat Toast für mich gemacht, mit Orangenmarmelade. Danach hat er mich gebeten, mit dem Kochen anzufangen.«

»Um welche Zeit war das?«

»Ich weiß nicht.«

»Gegen halb zehn«, meldete sich Morgan von seinem Sitzplatz am Boden zu Wort.

»Waren Sie dabei?«, fragte Cobbett.

»Ich war in meinem Zimmer, konnte die beiden aber hören.«

»Er hat also Frühstück für Sie gemacht«, fuhr Cobbett fort. »Wann hat er das Haus verlassen?«

»Ich weiß nicht.« Sie knetete wieder an ihren Händen herum. »Er hat den Truthahn in den Ofen geschoben und mich gebeten, mich um die Kartoffeln und den Rosenkohl zu kümmern. Dann ist er gegangen.«

»Hat er gesagt, wohin er wollte?«

»Zu Misses Williams, ihr was zu essen bringen.«

»Misses Williams?«

»Sie wohnt in dem heruntergekommenen alten Häuschen unten bei der Brücke«, erklärte Greg. »Sie hat niemanden, deswegen war sie an Weihnachten früher immer bei uns, aber inzwischen kommt sie kaum noch aus dem Bett.«

»Wie lange dürfte er dafür gebraucht haben?«

»Nicht lange. Vielleicht eine Viertelstunde.«

»Außerdem wollte er vor der Flut noch das Boot hochziehen«, warf Morgan ein. »Zumindest hat er das am Vorabend gesagt. Und das Lagerfeuer im Garten wollte er auch vorbereiten, für später, nach dem Essen.«

Es folgte eine Pause. Cobbett blickte auf sein Büchlein hinunter, während Jukes sich fleißig Notizen machte.

»Hast du deinen Vater am Morgen zu Gesicht bekommen?«

Morgans Augen füllten sich mit Tränen. Er nahm die Brille ab und wischte sich mit dem Handrücken übers Gesicht. »Nein. Ich hörte ihn unten mit Mum, und dann hörte ich ihn rausgehen und die Tür hinter sich zuziehen. Aber gesehen habe ich ihn nicht.«

»Was hast du danach gemacht?«

»Nicht viel.« Morgan hob achselzuckend seinen Gameboy in die Höhe. »Das hier, schätze ich. Vielleicht habe ich auch noch mal ein bisschen geschlafen.«

»Und Sie?«, wandte Cobbett sich an Greg.

»Wir haben miteinander Kaffee getrunken.«

»Sie und Ihr Vater?«

»Und Mum.«

»Danach?«

»Ich weiß nicht … Auf jeden Fall bin ich vor ihm gegangen.«

»Wohin?«

»Spazieren. Ich wollte vor dem großen Ansturm ein bisschen Luft schnappen.«

»Um welche Uhrzeit haben Sie Ihren Vater dann zum letzten Mal gesehen?«

»Kurz vor zehn, schätze ich. Ich habe nicht auf die Uhrzeit geachtet, aber das Läuten der Kirchenglocken gehört, vor dem Morgengottesdienst. Ich bin den Pfad in Richtung Küste gegangen, fast eine Stunde, und dann denselben Weg zurück.« Er schauderte, als befände er sich immer noch draußen in dem nasskalten Wetter.

»Ist Ihnen jemand begegnet?«

»Begegnet? Nein. Oder doch, die Bowdens, alle sechs samt Hund. Die waren in die andere Richtung unterwegs. Die können es Ihnen bestätigen.«

»Und dann?«

»Dann bin ich wieder nach Hause und habe meiner Mutter beim Vorbereiten des Essens geholfen.«

»Sie haben Ihren Vater nicht mehr gesehen?«

»Nein«, antwortete Greg. »Erst wieder als Toten.«

Als Nächstes begaben sich Cobbett und Jukes zum Haus der Salters. Die ganze Familie war anwesend, allerdings hatte Alec sich in sein Arbeitszimmer eingeschlossen, und Paul hielt sich ebenfalls in seinem Zimmer auf, hatte die Vorhänge zugezogen und hörte laute Musik. Niall briet gerade Speck und Eier. Er meinte, sie müssten bei Kräften bleiben.

Als Etty den Beamten die Tür öffnete, kam Alec die Treppe herunter. Offenbar hatte er durch sein Fenster den Wagen gesehen. Niall trat in seiner Schürze und mit rotem Gesicht aus der Küche.

»Er hat gelogen!«, stieß er mit lauter Stimme hervor, ehe irgendjemand anderer Gelegenheit hatte, etwas zu sagen.

»Wie bitte?«

Niall deutete auf Alec, der auf der Treppe stehen geblieben war.

»Mein Vater hat gelogen. Er war an dem Nachmittag, an dem meine Mutter verschwand, nicht im Büro. Ich habe ihn an dem Tag kaum zu Gesicht bekommen.«

Cobbett rieb sich energisch die Wange.

»Das ist eine ernste Anschuldigung«, erklärte er schließlich. »Vielleicht können wir unter vier Augen sprechen, Mister Salter.«

»Ich gebe zu, dass ich nicht im Büro war«, entgegnete Alec, ohne auf seinen Vorschlag einzugehen. »Ich habe mich mit einer Freundin getroffen. Das hätte ich Ihnen schon eher sagen sollen, aber ich wollte sie nicht in eine peinliche Situation bringen.«

»Mary Thorne«, meldete sich Ollie in höhnischem Ton zu Wort. »So heißt sie wohl.«

»Kann sie das bestätigen?«

»Ja«, antwortete Alec. »Auch wenn sie darüber nicht glücklich sein wird.«

»Entschuldigen Sie, Sir.« Jukes zog Cobbett zur Seite und flüsterte ihm etwas zu.

Cobbett wandte sich wieder an Alec.

»Bekommen wir Ihre Erlaubnis, Haus und Grundstück zu durchsuchen?«

»Durchsuchen Sie, was Sie wollen«, erwiderte Alec. »Sie müssen allerdings entschuldigen, wenn ich nicht dableibe, um zuzusehen, wie Sie in meinen ganzen Sachen herumschnüffeln.«

18

Ziemlich früh am nächsten Morgen stand DS Jukes in Begleitung von vier uniformierten Beamten wieder vor der Tür. Letztere zogen Handschuhe an und schlüpften in grüne Wegwerfüberschuhe, bevor sie loslegten. Die drei Brüder und Etty saßen in der Küche und lauschten den Geräuschen, die sie machten, während sie sich von Raum zu Raum bewegten.

»Seht mal!« Paul deutete aus dem Fenster. Im Garten standen mehrere Männer, jeder mit einer Eisenstange in der Hand.

»Was tun die da?«

»Sie werden wohl den Teich absuchen.«

»Das ertrage ich nicht!«, stöhnte Ollie. »Ich gehe.«

»Wohin?«

»Egal.«

Etty stand auf.

»Ich komme mit.«

Als sie zwei Stunden später zurückkehrten, befand sich die Polizei immer noch im Haus. Niall war inzwischen ebenfalls eingetroffen. Er hatte Lebensmittel dabei: Brot, Eier, Nudeln und mehrere Gläser Pesto, außerdem einen großen Sack Kartoffeln, die schon austrieben.

»Ihr müsst essen«, erklärte er, während er die Sachen in der Küche ablegte.

Ollie kam herein.

»Ich wollte dich nur vorwarnen: Penny ist im Anflug.«

»Sag ihr, dass ich nicht da bin«, antwortete Niall, der gerade etwas in den Kühlschrank räumte.

»Nein.«

»Ich will sie nicht sehen.«

»Das musst du ihr schon selber sagen«, gab Ollie zurück. »Ich mache das nicht.«

»Etty«, wandte Niall sich an sie. »Wimmelst du sie ab? Ich rede mit ihr, aber nicht jetzt. Ich schaffe das im Moment einfach nicht.«

Etty registrierte die Bartstoppeln an Nialls Wange, die er beim Rasieren übersehen hatte, und die schmuddeligen Manschetten seines Hemds. Widerwillig ging sie zur Tür. Sie beobachtete, wie Penny aufs Haus zusteuerte: mit wippendem Pagenkopf, schwingenden Armen und hochgerecktem Kinn.

»Niall ist nicht da«, sagte sie zu ihr.

»Er ist da und versteckt sich vor mir«, widersprach Penny in ruhigem Ton, wie immer bemüht, kompetent und verlässlich zu wirken. Sie hatte kräftige, weiße Zähne und klare, braune Augen.

»Ich glaube, er kann im Moment einfach nicht …«

»In einer Situation wie dieser braucht er mich.« Mit diesen Worten marschierte Penny an Etty vorbei ins Haus.

Etty blieb in der Diele stehen und verfolgte, wie Niall mit Penny in den Garten hinaustrat. Im Vorbeigehen warf er ihr einen vorwurfsvollen Blick zu, doch sie zuckte nur mit den Schultern. Einer der Polizeibeamten erschien oben am Treppenabsatz und winkte Etty hinauf.

»Der Chef sagt, du sollst kommen und dir das ansehen«, informierte er sie. »Weil du ein Mädchen bist und so.«

Er führte sie ins Schlafzimmer ihrer Eltern. Die Segeltuchtasche ihrer Mutter stand auf dem Boden. Der Beamte beugte sich hinunter und zog den Reißverschluss auf.

»Wir haben diese Sachen hier gefunden«, erklärte er. »Kannst du sagen, ob die deiner Mutter gehören?«

Etty ging in die Knie, um einen besseren Blick zu haben. Die Tasche war ordentlich gepackt, mit Unterwäsche, T-Shirts, einer schwarzen Jeans und einem Flanellschlafanzug. Alles sah brandneu aus. Ein Kulturbeutel war auch darunter. Nachdem der Beamte mit einem Nicken sein Einverständnis gegeben hatte, öffnete Etty ihn und fand darin Deo, Zahnbürste und Zahnpasta, Hygienetücher und ein Stück Seife.

»Ich verstehe das nicht«, murmelte sie.

»Sieht aus, als hätte sie Reisepläne gehabt.« Der Beamte hüstelte ein paarmal. »Aber dann hat sie die Sachen doch nicht mitgenommen«, fügte er hinzu.

Etty zog die Baumwollslips heraus, die gestreiften Socken. Darunter steckten zwei BHs. Sie nahm sie genauer in Augenschein, legte sie wieder zurück, griff nach der schwarzen Jeans und dann nach dem Schlafanzug, an dem noch das Preisschild hing.

Schlagartig musste sie daran denken, wie sie sich vor nicht allzu langer Zeit ein paar neue Sachen gekauft und diese zu Hause ihrer Mutter vorgeführt hatte. Charlie war neben sie getreten, hatte ihr einen Arm über die Schulter gelegt und sie auf eine Weise gemustert, die sie irgendwie verlegen machte. »Ich glaube, du hast zu wachsen aufgehört«, hatte ihre Mutter gesagt, und Etty hatte nicht verstanden, warum Charlie plötzlich so ernst und fast traurig wirkte. »Ich glaube, du bist bei dir selbst angekommen.«

»Es ist nicht ihre Größe«, flüsterte sie.

»Wie bitte?«

»Diese Sachen hier. Das ist nicht ihre Größe. Es ist meine Größe.«

»Versteht ihr denn nicht?«, fragte Etty ihre Brüder und klang dabei krank vor Sehnsucht. »Sie hatte definitiv vor, Dad zu verlassen. Und sie wollte mich mitnehmen.«

Sie saßen im Café, weil Niall darauf bestanden hatte, das Haus zu verlassen. Victor war hinter der Theke damit beschäftigt, gespülte Gläser zu trocknen. An dem großen Tisch am Fenster saßen drei Mütter mit je einem Kinderwagen.

»Warum nur dich? Was ist mit uns?«

Etty starrte Ollie an. »Wovon redest du? Ihr seid doch alle schon mehr oder weniger von zu Hause ausgezogen und erwachsen. Ich bin erst fünfzehn.« Sie blinzelte ihre Tränen weg. »Sie hätte mich nicht bei

Dad zurückgelassen. Wenn ihr das Wort ›daheim‹ sagt, dann denkt ihr nicht an ihn, oder? Nur an sie. Wo Mum ist, da ist daheim.«

Sie spürte, dass ihr inzwischen doch die Tränen über die Wangen liefen, machte sich aber nicht die Mühe, sie wegzuwischen.

Victor kam zu ihnen herüber und stellte drei Tassen Kaffee und einen Tee auf den Tisch.

»Der Karottenkuchen geht auf mich«, erklärte er in leisem, mitfühlendem Ton, während er sich erneut über sie beugte, um ihnen das Tablett zu reichen. Er roch nach Patschuli, und sein Haar war dieses Mal nicht zu einem Pferdeschwanz zusammengebunden, sondern fiel ihm frisch gewaschen auf die Schultern.

»Danke«, sagte Niall.

»Wie geht es euch?«

»Was glaubst du denn?«, gab Ollie barsch zurück.

Victor trat mit erhobenen Händen einen Schritt zurück. »Hey«, sagte er, »ich bin mit ihr befreundet. War ja nur eine Frage.«

»Entschuldige«, mischte Niall sich ein.

Victor nickte und ging.

»Also«, meldete sich Paul zu Wort und beugte sich dabei über den Tisch, damit sie ihn alle hörten. »Wenn sie plante zu gehen, warum hat sie uns dann nichts davon erzählt?«

Sie sahen sich an. Etty spürte ihr Herz wie wild schlagen.

»Sie hatte Angst«, fuhr Paul fort. »Solche Angst, dass sie es heimlich machen wollte. Sie hat heimlich alles vorbereitet. Für ihre Flucht.«

»Angst vor was und Flucht vor wem?« Ollie biss einen Moment auf seinem Daumennagel herum. »Oder ist das eine blöde Frage?«

Der hintere Bereich des Hemingforder Polizeireviers fühlte sich langsam wirklich an wie eine Einsatzzentrale. Inzwischen gab es dort einen Aktenschrank und ein Faxgerät. Immer mehr Anrufe gingen ein. PC Sally Peck war dazu abgestellt worden, die Gespräche entgegenzunehmen und zu verzeichnen. Sie hatte einen Extraordner für Sichtungen von Charlotte Salter angelegt.

Es gab nur einen einzigen Telefonapparat, und der läutete unaufhörlich. Die ganze Zeit gellte sein schriller Klingelton durch den

Raum. Sally Peck hatte das Gefühl, allmählich den Überblick zu verlieren. Es gab zu viele Hinweise, ein wirres Durcheinander aus falschen Fährten und unzusammenhängenden Bruchstücken, und niemand behielt das große Ganze im Auge.

Cobbett trank gerade einen Schluck abgestandenen Kaffee, der aus der Maschine im Hauptbüro stammte, ehe er sich wieder an seine Beamten wandte und dabei die Punkte an den Fingern abzählte.

»Wir kennen die Todesursache im Fall Duncan Ackerley: Er ist ertrunken, war aber vermutlich schon bewusstlos, als er ins Wasser fiel. Er erlitt eine schwere Kopfverletzung. Zuletzt lebend gesehen wurde er am ersten Weihnachtsfeiertag von Misses Williams, gegen zehn Uhr vormittags, wobei sie sich bezüglich der Uhrzeit nicht ganz sicher ist. Er blieb nur ganz kurz, offenbar hatte er es eilig. Was Charlotte Salter betrifft, wissen wir, dass sie seit dem Nachmittag des zweiundzwanzigsten Dezembers – das war ein Samstag – nicht mehr gesehen wurde und ein Kleidungsstück – von dem wir ausgehen, dass sie es trug, als sie das Haus verließ – am Fluss entdeckt wurde.«

Er nahm einen weiteren Schluck Kaffee und verzog das Gesicht.

»Falls sich das hier länger hinzieht, müssen wir uns noch eine Kaffeemaschine besorgen. Aber zurück zum Fall. Wir wissen, dass es in der Ehe der Salters Probleme gab. Wegen der gepackten Reisetasche mit den Sachen für die Tochter können wir mit ziemlicher Sicherheit davon ausgehen, dass sie heimlich plante, ihren Mann zu verlassen, und Elizabeth mitnehmen wollte. Wir wissen außerdem, dass Alec Salter bezüglich seines Alibis für die Zeit, in der seine Frau verschwand, gelogen hat und nun behauptet, mit Mary Thorne zusammen gewesen zu sein, die wir gerade zu kontaktieren versuchen, um dieses neue Alibi zu überprüfen.«

»Also ist er unser Mann«, meldete sich ein Beamter ganz hinten zu Wort.

Cobbett runzelte missbilligend die Stirn. »Lasst uns keine voreiligen Schlüsse ziehen«, sagte er. Dann räumte er ein: »Aber ja, er ist unser Verdächtiger Nummer eins. Jetzt müssen wir es ihm nur noch beweisen.« Er lächelte die Männer an.

»Versuchen wir, den Fall bis Neujahr in trockene Tücher zu bringen.«

19

Was haltet ihr davon?«

Paul hatte Etty und Ollie in sein Zimmer gerufen, wo er nach einem DIN-A4-Blatt griff und es ihnen hinhielt. Etty nahm es entgegen und las die oberste Zeile vor: »Gesucht: Charlotte Salter«, stand da in großem Letraset-Anreibedruck. Darunter war Platz frei gelassen, dann folgte in kleinerem Druck: »Vermisst seit 22. Dezember.« Darunter war die private Telefonnummer der Salters angegeben.

»Auf den freien Platz klebe ich ein Foto von Mum«, erklärte Paul. »Dann gehe ich damit zum Copyshop an der Hauptstraße und mache hundert Kopien. Die können wir überall hinhängen, an Wände und Lampenpfosten.«

»Das da?«, fragte Ollie.

Ettys Blick wanderte zu Paul, der rot angelaufen war, entweder vor Wut oder vor Scham.

»Ich halte das für eine gute Idee«, sagte sie. »Das hast du super gemacht, Paul.«

»Und du?«, wandte Paul sich an Ollie.

»Was willst du jetzt hören?«

»Einfach deine Meinung.«

»Na schön«, sagte Ollie. »Meine Meinung dazu lautet, dass so etwas eine gute Idee ist, wenn ein Hund oder eine Katze abhandenkommt, weil es durchaus sein kann, dass so ein Tier auch nach Tagen noch herumläuft und es vielleicht jemand füttert oder sogar aufgenommen hat. Aber in diesem Fall geht es um einen Menschen. Was erwartest du dir davon? Glaubst du, jemand wird beim Anblick dieses Plakats sagen, ach ja, ich frage mich eh schon die ganze Zeit, wer die Frau ist, die plötzlich in meinem Hinterzimmer wohnt?«

Etty wünschte, Paul würde wütend werden und argumentieren oder zumindest irgendwie reagieren, aber er wirkte nur niedergeschmettert.

»Ich halte es für eine sehr gute Idee«, wiederholte sie mit Nachdruck. »Womöglich bewirkt es, dass sich doch jemand an irgendetwas erinnert. Eine einzige Person reicht.«

Gerry Thorne öffnete die Tür. Er schien nicht erstaunt, die beiden Beamten zu sehen. Nachdem er sie hineingebeten hatte und sie zu dritt in der Diele standen, kam es zu einem kurzen Moment der Verlegenheit. Thorne trug Hausschuhe, eine grüne Cordhose und eine braune Strickjacke. Sein Aufzug ließ ihn ältlich wirken. Er hatte ein etwas schwammiges, konturloses Gesicht, schon recht schütteres Haar und kleine, dunkle Augen, die wie zwei in Teig gepresste Korinthen aussahen.

»Wir befragen alle Leute, die Charlotte Salter kennen«, erklärte Cobbett. »Im Rahmen unserer Ermittlungen.«

»Natürlich«, antwortete Thorne. »Kommen Sie.«

Er führte sie in ein Wohnzimmer, in dem der Fernseher lief. Gemma saß auf dem Sofa und sah sich gerade *Der Zauberer von Oz* an.

»Kannst du ein bisschen Hausaufgaben machen oder so was?«, wandte Thorne sich an seine Tochter.

Sie verdrehte die Augen und murmelte irgendwas von Weihnachtsferien, während sie den Raum verließ.

»Sie ist sehr bekümmert über das alles«, bemerkte Gerry Thorne. »Sie ist recht gut befreundet mit der Tochter.«

»Ist Ihre Frau auch da?«, fragte Jukes.

»In der Küche, glaube ich.« Es folgte eine Pause. »Möchten Sie auch mit ihr sprechen?«

»Ja.«

Er schlurfte davon und kehrte kurz darauf mit seiner Frau zurück. Die beiden schienen überhaupt nicht zusammenzupassen: er mit seiner altmodischen Kleidung und seiner resignierten Miene, sie frisch und schick, mit einer gelben Bluse, die sie in ihre knallenge Jeans gesteckt trug, großen goldenen Kreolen und einem dezenten Make-up. Misstrauisch musterte sie die Beamten.

»Ist etwas passiert? Gibt es etwas Neues?«

»Wir möchten Ihnen nur ein paar Fragen stellen.«

»Ich glaube nicht, dass wir Ihnen da eine große Hilfe sein werden.«

Gerry Thorne lotste die Detectives zu zwei Armsesseln und schaltete den Fernseher aus. Er selbst ließ sich dicht neben seiner Frau auf dem Sofa nieder, woraufhin sie sofort ein kleines Stück von ihm abrückte. Er legte ihr eine Hand aufs Knie. Beide hielten den Blick starr geradeaus gerichtet.

»Wir befragen die Leute gerne einzeln«, erklärte Jukes.

»Ich dachte nur, es würde Zeit sparen, wenn Sie mit uns beiden sprechen.«

»Für uns ist es anders einfacher.«

Gerry Thorne überlegte einen Moment. »Möchten Sie erst mit mir reden?«

»Erst mit Ihrer Frau, wenn das für Sie in Ordnung ist.«

Gerry Thorne rührte sich nicht von der Stelle. Seine Hand ruhte immer noch auf dem Knie seiner Frau, bis diese sie schließlich anhob, als handelte es sich dabei um einen alten Handschuh, den sie gerade erst bemerkt hatte.

»Mit mir allein«, zischte sie ihm zu.

Erst jetzt schaute er sie an. Seine schwarzen Augen wirkten kleiner denn je. Widerstrebend erhob er sich und steuerte auf die Tür zu.

»Tee? Kaffee? Oder etwas Stärkeres?«, fragte er im Gehen.

»Nein danke«, antwortete Cobbett.

»Rufen Sie einfach, wenn Sie mich brauchen.«

»Wenn Sie bitte die Tür schließen könnten«, sagte Jukes.

Als er weg war, wandten die beiden Beamten sich Mary Thorne zu, doch die sah sie nicht an, sondern blickte wieder starr geradeaus.

»Im Rahmen unserer Ermittlungen müssen wir klären, wo sich alle relevanten Personen in dem Zeitfenster, in dem Misses Salter verschwand, jeweils aufhielten«, informierte Cobbett sie. »Wie Ihnen sicher klar ist, haben wir mit Alec Salter gesprochen.«

Sie gab ihm keine Antwort.

»Er hatte gewisse Schwierigkeiten, sich daran zu erinnern, wo er war, aber mittlerweile hat er ausgesagt, er sei am Nachmittag des zweiundzwanzigsten Dezembers mit Ihnen zusammen gewesen.«

Mary Thorne schien eine Spur blasser zu werden, gab aber noch immer keine Antwort.

Cobbett runzelte die Stirn.

»Misses Thorne?«

»Ja?«

»Hätten Sie die Güte, sich dazu zu äußern?«

»Wie meinen Sie das?«

Cobbett stieß einen Seufzer aus. »War Alec Salter am Nachmittag oder frühen Abend des zweiundzwanzigsten Dezembers mit Ihnen zusammen?«

»Ich habe keine Ahnung, warum er das behauptet.«

»Darüber können wir später sprechen. Als Erstes sagen Sie mir bitte, ob Sie ihn an dem Tag getroffen haben.«

Sie holte tief Luft, als wollte sie sich wappnen. Ihr Gesicht wirkte immer noch sehr bleich, abgesehen von zwei kleinen, aber leuchtend roten Flecken an den Wangen.

»Nein«, sagte sie.

»Da sind Sie sich absolut sicher?«, hakte Jukes nach. »Es ist sehr wichtig, dass wir uns da richtig verstehen: Sie sagen also, dass Sie zu keinem Zeitpunkt vor der Geburtstagsfeier mit Alec Salter zusammen waren.«

»Ja, da bin ich mir sicher.«

»Und Sie werden das auch als offizielle Aussage zu Protokoll geben?«

Sie leckte sich über die Lippen, nickte dann aber widerwillig. »Einverstanden. Aber nicht hier.«

»Sie können aufs Revier kommen.«

»Ist das alles?«

Cobbett blätterte gerade hektisch durch sein Notizbuch, als hätte er etwas Entscheidendes vergessen, deswegen stellte Jukes die nächste Frage.

»Wieso hat Alec Salter Sie als Alibi genannt?«

»Keine Ahnung.«

Jukes sah Cobbett an, der sich einen Moment verlegen über die Wange kratzte, ehe er fragte: »Misses Thorne, haben Sie eine Beziehung mit Alec Salter?«

»Ich möchte eine derartige Frage nicht beantworten. Warum sollte ich? Sie wissen noch nicht mal, ob Sie es überhaupt mit einem Verbrechen zu tun haben, und stochern schon wahllos in den Privatangelegenheiten der Leute herum. Das ist nicht richtig. Es geht Sie nichts an. Außerdem tut es auch nichts zur Sache.«

»Das müssen Sie schon uns überlassen«, entgegnete Cobbett.

»Allein schon die Tatsache, dass Sie hier einfach so auftauchen und mir Fragen stellen … An einem Ort wie diesem weiß doch sofort jeder darüber Bescheid.«

»Wir können durchaus diskret sein«, erwiderte Cobbett, »aber ich fürchte, Sie müssen unsere Fragen beantworten. Ansonsten sehen wir uns gezwungen, uns an andere Personen zu wenden.«

Dabei warf er einen Blick Richtung Tür. In der Küche hörte man Geschirr klappern.

»Also gut«, sagte Mary Thorne, die sich resigniert zurücksinken ließ. Schlagartig schien jeder Kampfgeist aus ihr gewichen. »Wenn Sie es ganz genau wissen müssen … Ich habe keine Beziehung mit Alec. Wir hatten bloß eine …« Sie machte eine wegwerfende Handbewegung. »Es ist nur ein paarmal passiert. Ich bin darauf nicht stolz. Wir machten beide eine schwierige Phase durch. Da fühlte es sich irgendwie tröstlich an.«

»Sie haben miteinander geschlafen.«

»Ich kann diese Formulierung nicht ausstehen.«

»Wusste Charlotte Salter Bescheid?«

»Nein«, antwortete sie in scharfem Ton. Dann schluckte sie. »Zumindest glaube ich das nicht.«

»Warum nicht?«

»Weil ich davon ausgehe, dass Alec sehr diskret ist bezüglich seiner …« Sie verzog das Gesicht zu einer verächtlichen Grimasse. »Eskapaden.«

»Womöglich hat sie es trotzdem irgendwie herausgefunden. Ehefrauen haben da so einen sechsten Sinn.«

»Ich glaube nicht, dass eine Frau wie Charlotte in aller Stille gelitten hätte.«

»Sie hat nicht in aller Stille gelitten«, erwiderte Cobbett. »Sie ist verschwunden.«

Er erhob sich und wandte sich bereits zum Gehen, als ihm noch etwas einfiel.

»Hat Alec Salter Sie angerufen?«

»Wie meinen Sie das?«

»Sie sagen doch, dass er uns ein falsches Alibi genannt hat.«

»So habe ich das nicht …«, begann sie, brach jedoch gleich wieder ab. Nervös zupfte sie erst an ihrem Haar und dann am Ausschnitt ihrer gelben Bluse herum.

»Wenn er wollte, dass Sie ihm bei einer Lüge Rückendeckung geben, muss er Sie gewarnt haben. Also, hat er?«

Einen Moment herrschte Schweigen.

»Nein«, sagte sie dann.

Cobbett stieß ein kleines Lachen aus.

»Denken Sie noch mal darüber nach. Wenn Sie Ihre Meinung ändern oder Ihnen etwas einfällt, das Sie uns noch nicht gesagt haben, lassen Sie es uns wissen. Es handelt sich hierbei möglicherweise um die Ermittlungen in einem Mordfall, Misses Thorne.«

Als er die Wohnzimmertür öffnete, war Gerry Thorne sofort zur Stelle.

»Alles in Ordnung?« Sein fragender Blick wanderte von den beiden Beamten zu seiner Frau.

»Ja«, antwortete Mary Thorne betont munter. »Alles erledigt.«

»Nur ein paar Routinefragen«, meinte Cobbett.

»Dann bin ich jetzt dran?«

»Was?«

»Mit der Befragung? Sie haben mit meiner Frau gesprochen, und jetzt bin ich an der Reihe.«

»Gibt es etwas, das Sie uns erzählen möchten?«

»Ist es nicht Ihre Aufgabe, mir Fragen zu stellen? Was würden Sie denn gerne wissen?«

»Im Moment interessiert uns nur, wo sich die Leute an dem Nachmittag vor Alec Salters Party aufhielten.«

»Ich war hier. Damit beschäftigt, Geschenke einzupacken und alles für Weihnachten vorzubereiten. Dinge auszusortieren. Im Haus noch einiges zu erledigen.«

»Und dabei waren Sie allein?«

Gerry Thorne sah erst Cobbett und dann seine Frau an, die seinen Blick erwiderte, ohne mit der Wimper zu zucken.

»Mary war bei mir«, antwortete er schließlich.

»Sie war dabei, als Sie die Geschenke eingepackt haben?«

»Ja«, bestätigte er, »das war sie.«

Die beiden Detectives stiegen in den Wagen. Jukes ließ den Motor an.

»Wie denken Sie darüber?«

»Ein armer Trottel.«

»Wie bitte?«

»Thorne. Wie kann er sich von seiner Frau so zum Narren machen lassen?«

»Das ist mir egal. Mich interessiert, wie Sie über unseren Fall denken.«

»Das liegt doch auf der Hand. Alec Salter hat gelogen, was seinen Aufenthalt an dem Nachmittag betrifft, an dem seine Frau verschwand. Sogar zweimal gelogen. Charlotte Salter bereitete heimlich alles vor, um ihren Mann zu verlassen. Sie hatte offenbar Angst vor ihm. Dann verschwindet sie plötzlich. Er hat sie umgebracht.«

»Sieht ganz danach aus.«

»Aber was ist mit Duncan Ackerley? Wie passt der ins Bild?«

»Mal sehen, was Mister Salter dazu zu sagen hat.«

20

In der Einsatzzentrale herrschte Hochstimmung. Bierdosen wurden herumgereicht und Wetten abgeschlossen, wann mit einer Anklageerhebung zu rechnen sei. Es wurde sogar schon darüber gesprochen, in welchem Rahmen das gefeiert werden sollte.

Währenddessen sorgte Cobbett dafür, dass Salter durch einen Seiteneingang ins Gebäude gelotst wurde, damit er nicht den Reportern in die Hände fiel, die sich unerklärlicherweise vor dem Haupteingang zu versammeln begannen.

Cobbett hatte sich gerade auf der Kante seines Schreibtisches niedergelassen und plauderte mit einer Gruppe jüngerer Uniformierter, als Jukes durch den Raum auf ihn zusteuerte und ihm ins Ohr flüsterte, Salter sei bereits mit seinem Anwalt im Verhörraum eingetroffen.

»Welcher ist es denn?«

»Tony Fry.«

»Ach, der. Mit dem kommen wir schon klar. Wo steckt Sally?«

Sally Peck saß am Telefon und wirkte gestresst.

»Viermal Tee, meine Liebe!«, rief er aufgekratzt. »Nach unten, VR 1.«

»Vielleicht auch noch Kekse dazu?«, antwortete sie mit finsterer Miene.

»Wir sind hier doch nicht das bescheuerte Butlin's!«

Auf halbem Weg die Treppe hinunter brachte Cobbett Jukes mit einer Handbewegung zum Stehen.

»Jetzt haben wir ihn da, wo wir ihn haben wollten«, stellte Cobbett fest. »Wir wissen, dass sein Alibi falsch ist. Wir machen jetzt einen auf lässig und freundlich, und dann, wenn er gar nicht damit rechnet, schlagen wir zu. Wenn wir es richtig anstellen, knickt er vermutlich ein und erzählt uns alles.«

»Netter Cop, netter Cop«, kommentierte Jukes.

Cobbett bedachte ihn mit einem missbilligenden Blick.

»Überlassen Sie es einfach mir, Ben. Versuchen Sie nicht, zu sehr den Schlaumeier zu spielen.«

Sie betraten den Verhörraum. Alec Salter und Tony Fry saßen bereits hinter dem Tisch. Salter trug ein kariertes Hemd und eine rustikale Jacke. Er sah aus, als hätte man ihn bei einem Wanderausflug unterbrochen. Fry dagegen trat ganz geschäftsmäßig auf, im grauen Anzug mit schlichter dunkelblauer Krawatte. Ein paar Strähnen seines insgesamt schon sehr schütteren Haars waren oben über den Glatzenansatz gekämmt. Cobbett und Jukes nahmen ihnen gegenüber Platz.

»Ich dachte mir, wir vier plaudern einfach mal«, begann Cobbett. An Alec Salter gewandt, fügte er hinzu: »Sie hatten Gelegenheit, sich mit Ihrem Anwalt zu beraten?«

»Ja«, antwortete Salter. Er wirkte ruhiger als bei ihrem letzten Treffen.

»Ich nehme an, Ihr Rechtsbeistand hat Sie darüber informiert, dass Sie nicht unter Arrest stehen und jederzeit gehen können?«

»Ja.«

»Wahrscheinlich hat er Ihnen außerdem gesagt, dass wir Sie über Ihre Rechte aufklären werden. Es klingt schlimmer, als es ist, aber ich muss es sagen. Also, los geht's.« Er räusperte sich erst einmal ausgiebig. »Sie haben das Recht zu schweigen, aber alles, was Sie sagen, kann vor Gericht gegen Sie …«

Es klopfte an der Tür, und Sally Peck kam mit vier Teetassen auf einem Tablett herein. Sie verteilte sie, zusammen mit Zuckersäckchen und kleinen Milchkartons aus Kunststoff.

»Sehen Sie?«, bemerkte Cobbett. »Nur ein freundlicher Plausch.«

»Wir würden Ihnen gerne etwas mitteilen«, verkündete Tony Fry, »nur um ein paar Dinge klarzustellen.«

»Und das wäre?«

»Alec hat mich darauf hingewiesen, dass er da wohl etwas durcheinandergebracht hat, als er von Ihnen befragt wurde. Ich glaube, er hat den irreführenden Eindruck erweckt, den Nachmittag vor der Feier mit einer Freundin verbracht zu haben, einer Misses Thorne.«

»Er hat nicht den Eindruck erweckt«, widersprach Cobbett, »sondern uns ganz explizit gesagt, dass er mit ihr zusammen war – einer Frau, mit der er eine Beziehung hatte.«

»Mister Salter würde nun gerne richtigstellen, dass er sich da falsch erinnert hat.«

»Falsch erinnert? Inwiefern?«

»Er war an dem Nachmittag nicht mit Misses Thorne zusammen.«

Cobbett wandte sich an Alec. »Wenn Sie nicht mit Mary Thorne zusammen waren, mit wem denn dann?«

»Ich glaube, ich war einfach nur spazieren.«

»So, glauben Sie.«

»Ja.«

»Sie scheinen ziemlich viele Spaziergänge zu machen.«

Alec Salter gab ihm keine Antwort, sondern beschränkte sich auf ein angedeutetes Lächeln.

»Waren Sie bei diesem Spaziergang in Begleitung?«

»Nein.«

»Sind Sie jemandem begegnet?«

»Ich erinnere mich nicht. Vielleicht. Bei so vielen Spaziergängen kommt man leicht durcheinander.«

»Haben Sie vor Kurzem mit Misses Thorne gesprochen?«

»Da müssen Sie schon ein wenig konkreter werden. Natürlich gab es Gespräche mit Mary.« Er sagte alles mit monotoner Stimme, als läse er von einem Skript ab.

»Haben Sie sie gebeten, Ihr falsches Alibi zu bestätigen? Und hat sie Ihnen geantwortet, dass sie dazu nicht bereit sei?«

Alec Salter warf einen Blick zu seinem Anwalt hinüber, der kaum merklich nickte.

»Ich führte in der Tat ein freundliches Gespräch mit Mary, in dessen Verlauf mir klar wurde, dass ich mich hinsichtlich des Datums unseres Treffens geirrt hatte. Ich schätze, das ist unter den gegebenen Umständen nur verständlich.«

»Hatten Sie ein sexuelles Verhältnis mit Misses Thorne?«

Cobbett legte eine leichte Betonung auf das »Misses«. Alec ließ sich Zeit, als handelte es sich um eine besonders interessante Frage, über die er erst einmal nachdenken musste.

»Ich denke, die Antwort auf diese Frage kennen Sie bereits«, meinte er schließlich. »Ja, wir hatten so eine Art Verhältnis, schätze ich mal.«

»Wusste Ihre Frau davon?«

Wieder schien er einen Moment zu überlegen. »Nein. Aber vielleicht hegte sie einen Verdacht.«

»Könnte Ihrer Meinung nach ein Zusammenhang zwischen Ihrer Affäre und dem Verschwinden Ihrer Frau bestanden haben?«

»Ist es wichtig, was meiner Meinung nach unter Umständen gewesen sein könnte?«

»Ja.«

Alec zuckte mit den Achseln. »Ich weiß es nicht. Das ist alles, was ich Ihnen dazu sagen kann.«

Jukes mischte sich ein. »Hören Sie, Mister Salter, Ihnen scheint gar nicht klar zu sein, in was für ein Schlamassel Sie sich da hineinmanövriert haben. Sie hatten eine Affäre. Sie haben uns zwei falsche Alibis aufgetischt. Und nun behaupten Sie plötzlich, Sie könnten sich nicht mehr erinnern, was Sie an dem Nachmittag taten, an dem Ihre Frau verschwand. Ihre Ehe war unglücklich ...«

»Woher wollen Sie wissen, dass meine Ehe unglücklich war?«

»Sie haben Ihre Frau betrogen«, warf Cobbett ein.

»Und sie traf Vorbereitungen, Sie zu verlassen«, fügte Jukes hinzu.

»Was wollen Sie damit sagen?« Zum ersten Mal verlor Alec Salter ein wenig die Fassung.

»Sie wussten nicht Bescheid?«

»Worüber?«

Tony Fry legte ihm warnend eine Hand auf den Arm, doch er schüttelte sie ungehalten ab.

»Ich dachte, Sie wüssten Bescheid«, sagte Cobbett. »Sie hatte eine Reisetasche gepackt. Mit Kleidung. Kleidung für Ihre Tochter.«

»Für Etty?«

»Ja.«

Alecs Miene verfinsterte sich. »Das hätte sie nicht gewagt.«

»Sie behaupten also, nichts davon gewusst zu haben, dass sie beabsichtigte, Sie zu verlassen?«

»Mir war davon nichts bekannt«, antwortete er langsam. »Sie hätte mir Etty nicht weggenommen.«

Im Raum herrschte eine Weile Schweigen. Cobbett schlürfte ziemlich lautstark seinen Tee.

»Sie dürften inzwischen begriffen haben, warum wir Sie vor dieser Befragung über Ihre Rechte aufgeklärt haben«, fuhr er schließlich fort. »In Ihrer Ehe kriselt es. Sie haben eine Affäre. Sie belügen die Polizei.«

»Das habe ich alles erklärt.«

»Nur, weil Sie aufgeflogen sind«, warf Jukes ein.

»Sie haben Ihre Frau getötet«, verkündete Cobbett.

»Nein.«

»Sie haben sie getötet und ihre Leiche verschwinden lassen.«

»Habe ich nicht.«

»Es ist besser, Sie sagen uns die Wahrheit. Denken Sie daran, was Ihre Kinder gerade durchmachen.«

»Ich habe Charlie nicht getötet.«

»Glauben Sie, ein Geschworenengericht würde Ihnen glauben?«

»Ich habe sie nicht getötet, und Sie verfügen auch über keinerlei Beweise dafür.«

Cobbett öffnete den Mund, schloss ihn aber gleich wieder. Er warf einen Blick zu Jukes hinüber.

»Wie war Ihr Verhältnis zu Duncan Ackerley?«, ergriff der das Wort.

»Zu Duncan? Gut.«

»Und das Verhältnis zwischen Ihrer Frau und ihm?«

»Die beiden waren befreundet.«

»Nur befreundet?«

»Ja.«

»Auf die gleiche Art wie Sie mit Misses Thorne?«

»Nein, nicht auf diese Art, soviel ich weiß. Charlie war mit allen befreundet. Sie haben meine Frau nie kennengelernt: Sie gab jedem das Gefühl, der wichtigste Mensch auf der ganzen Welt zu sein. Sie sah den Leuten in die Augen, legte ihnen eine Hand auf den Arm, entlockte ihnen ihre Geheimnisse und empfand Mitgefühl mit ihnen. Alle liebten Charlie.«

»Sie klingen bitter«, stellte Jukes fest.

»Wo waren Sie am Morgen des fünfundzwanzigsten Dezembers?«, ergriff Cobbett wieder das Wort.

»Draußen unterwegs. Ab etwa neun Uhr morgens, schätze ich. Bis ich noch einmal kurz zu Hause vorbeigeschaut habe, um mich umzuziehen.«

»Einer Ihrer üblichen Spaziergänge?«

»Genau.«

»Wo waren Sie da unterwegs?«

Alec Salter zuckte mit den Achseln. »Hoch in Richtung Kirche, glaube ich. Ich bin einfach losmarschiert.«

»Sind Sie dabei in die Nähe von Duncan Ackerleys Haus gekommen?«

»Erst, als ich zum Essen dort eintraf.«

»Haben Sie ihn gesehen?«

»Nein.«

»Haben Sie sonst jemanden gesehen?«

»Nicht, dass ich wüsste.«

»Haben Sie ihn getötet?«

Alec bedachte ihn mit einem säuerlichen Lächeln.

»Sie tappen völlig im Dunkeln, stimmt's? Tja, da werde ich Ihnen auch nicht weiterhelfen können.«

21

Das Telefon klingelte die ganze Zeit, sodass Cobbett in der Einsatzzentrale voller Beamter die Stimme erheben musste, um das ständige Läuten zu übertönen.

»Nehmen Sie das blöde Ding doch einfach mal von der Gabel!«, rief er schließlich.

»Jeder Anruf könnte wichtig sein«, warf Sally Peck ein.

»Ich versuche gerade, meine heutige Einsatzbesprechung abzuhalten, verdammt noch mal! Wo waren wir stehen geblieben? Was haben wir alles zu Alec Salter?«

Er ging im Raum umher, deutete mit dem Finger der Reihe nach auf jeden Beamten. Der Kopf tat ihm weh. Er hatte am Vorabend, nachdem Alec Salter gegangen war, zu viel getrunken und dann die halbe Nacht wach gelegen, weil ihm nachträglich all die Fragen eingefallen waren, die er nicht gestellt hatte.

Das lag daran, dass sie zwei Fälle gleichzeitig lösen sollten, von denen er nicht einmal wusste, ob sie zusammenhingen und ob es sich dabei überhaupt um Verbrechen handelte: das Rätsel um die Frau, die verschwunden und vermutlich tot war – ja, bestimmt war sie das –, und den Fall des Mannes, der gestorben war, womöglich durch Suizid oder einfach durch einen blöden Unfall, genauso gut aber ebenfalls von Salter ermordet worden sein konnte. Alles war miteinander verbunden, die Daten und Zeiten und Alibis. Er sollte wohl schleunigst so etwas wie ein Diagramm erstellen, irgendetwas Visuelles, das für ein wenig Klarheit sorgen würde, statt sich von den Leuten mit immer mehr irrelevanten Informationen zuschütten zu lassen.

Er wusste, dass er den Richtigen an der Angel hatte, dass Alec Salter schuldig war, doch nun brauchte er Beweise, nicht nur überflüssige Informationen, die den Ermittlungsprozess immer mehr behinderten.

»Wo ist Duncan Ackerley im Wasser gelandet, hm? Hat sich damit irgendjemand beschäftigt?«

Niemand antwortete.

»Herrgott noch mal, ich bin doch nicht euer Kindermädchen!«, stöhnte Cobbett. »Sucht das Ufer ab, flussaufwärts, ausgehend von der Stelle, wo er gefunden wurde. Da muss doch irgendwas sein. Ja?«, wandte er sich gereizt an Jukes, der die Hand gehoben hatte. »Was ist?«

»Ich habe nur gerade überlegt, was Sie wegen der alten Dame unternehmen wollen.«

»Welcher alten Dame?«

Jukes wedelte mit einem Zettel. »Gwyneth Mayhew, die in dem Bungalow an der Hazelwood Avenue wohnt.«

»Was ist mit ihr?«

»Ich habe versucht, Sally beim Sortieren der Zeugenaussagen zu helfen. Wenn ich das hier richtig verstehe, hat sie Charlotte Salter am Tag ihres Verschwindens noch gesehen, und zwar gegen Abend.«

»Was? Am Abend? Das kann nicht stimmen. Wieso weiß ich davon nichts?«

»Aber ich habe es Ihnen gesagt, Sir.«

Die Stimme gehörte Sally Pack, die eingequetscht in der Ecke saß, umgeben von lauter Papier. Ihr Gesicht leuchtete rosa.

»Über diese Zeugin wurde ich nie informiert.«

»Doch, Sir, ich habe es Ihnen gesagt, gestern Vormittag, aber da waren Sie gerade ziemlich beschäftigt, deswegen …« Sein Gesichtsausdruck ließ sie verstummen.

»Was?«

»Sie hat angerufen, um uns mitzuteilen, dass sie sicher sei, Misses Salter am Samstag, den zweiundzwanzigsten, gesehen zu haben, und zwar gegen Abend.«

»Was soll das heißen?«

»Bezüglich der genauen Uhrzeit war sie sich nicht ganz sicher, aber nach sechs, sagt sie, und vor Viertel vor sieben, weil sie da zu Abend isst.«

»Das kann nicht sein.«

Im Raum herrschte Stille, abgesehen vom ständigen Läuten des Telefons.

»Wie alt ist diese Frau? Und nehmen Sie jetzt endlich dieses gottverdammte Telefon von der Gabel!«

»Ja, Sir, tut mir leid. Einundneunzig.«

»Na bitte, da haben wir es doch schon. Wie soll man denn einer Einundneunzigjährigen glauben können? Wahrscheinlich ist sie schon halb blind. Außerdem, wie kam es überhaupt dazu?«

»Sie saß am Fenster. Sie sagt, sie verbringt den ganzen Tag am Fenster und beobachtet, wie draußen die Welt vorbeizieht.«

»Darüber wurde ich nie informiert«, betonte Cobbett noch einmal mit Nachdruck. Ihm war derartig heiß geworden, dass er sich vorkam wie ein Glutofen. Alle starrten ihn erwartungsvoll an. »Das klingt nicht gerade nach einer verlässlichen Zeugin, oder? Wenn die ihre ganze Zeit damit zubringt, aus dem Fenster zu starren, dann ist doch ein Tag wie der andere. Wir wissen alle, wie diese alten Schachteln sind. Womöglich ist sie schon ein bisschen weich in der Birne.«

»Aber falls sie doch recht hat«, gab Jukes in entschuldigendem Ton zu bedenken, »dann heißt das, all die Alibis, die wir zusammengetragen haben, sind hinfällig und …« Er verstummte.

»Falls sie recht hat«, sagte Cobbett in bösem Ton, »dann wird sich eine gewisse Person – er warf einen finsteren Blick auf Sally Peck – für ihr Verhalten rechtfertigen müssen.«

»Aber ich habe es Ihnen wirklich …«

»Für Ausreden ist jetzt keine Zeit. Wir müssen noch einmal alle zu ihren verdammten Alibis befragen, und zwar pronto!«

22

Die Leute in Glensted hatten sich mittlerweile an den Anblick der vielen Polizisten gewöhnt, die ständig an irgendwelchen Türen klopften, grüppchenweise an Straßenecken standen oder in ihren weithin sichtbaren Sicherheitswesten unten am Fluss herumsuchten, ausgestattet mit Walkie-Talkies und Spürhunden.

Zwei von ihnen befanden sich gerade auf der Brücke, die über den Fluss Heming führte. Die Straßenseite in Richtung Hemingford waren sie bereits in voller Länge abgegangen, hatten sich immer wieder hinuntergebeugt, um sich Gegenstände genauer anzusehen und alles mitzunehmen, was sich unter Umständen als hilfreich erweisen könnte – eine Kugelschreiberkappe, Zigarettenkippen, eine leere Colaflasche, einen Pappbecher, der, noch mit einem Rest von Kaffee gefüllt, auf der Brüstungsmauer stand. Nun waren sie in langsamem Tempo auf dem Rückweg in die Gegenrichtung.

»Was haben wir denn hier?«, meinte einer von beiden, der im Gehen die Hand über die Mauer gleiten ließ, um ja nichts zu übersehen.

»Zeig mal.«

Der Kollege hielt ihm eine Hornbrille hin.

»Ab in die Beweistüte damit. Gleich haben wir es geschafft, dann bringen wir dem Chef das ganze Zeug.«

Fünf von Ettys Freundinnen kamen zum Haus. Sie trugen alle eine ernste Miene zur Schau und warfen sich immer wieder verlegene Blicke zu.

»Komm doch ein bisschen mit«, sagten sie.

»Jetzt nicht.«

»Dann lass uns rein.« Rosa hielt eine Platte hoch, die Etty noch nicht kannte. »Die können wir uns in deinem Zimmer anhören, dann brauchst du nicht mal was zu sagen.«

»Ich kann nicht.«

»Wir machen uns Sorgen um dich.«

»Demnach ist das wohl eine – wie heißt das noch mal? Eine Krisenintervention?«

»Wir sind deine Freundinnen. Wir wollen für dich da sein.«

Etty sah eine nach der anderen an.

»Ich kann nicht«, wiederholte sie und trat einen Schritt zurück. »Ich kann einfach nicht.«

Mit diesen Worten wandte sie sich ab und kehrte ins Haus zurück. Aus Ollies Zimmer dröhnte Musik. Als sie die Tür aufschob, saß er dort mit zwei Freunden. Alle drei rauchten und hatten Dosen in der Hand.

»Hallo«, sagte sie und fühlte sich dabei wie ein Eindringling.

»Wir sprechen gerade über Thailand«, erklärte Rick, der Junge, von dem sie ihren allerersten Kuss bekommen hatte.

Sie starrte ihn verständnislos an.

»Da fahren wir Anfang des Jahres hin«, mischte Ollie sich ein. »Das weißt du doch.«

»Ja, das habe ich ganz vergessen. Was, wenn …«

»Was, wenn was?«

»Ach, egal.«

Sie zog sich schnell wieder zurück.

23

Etty saß mit Morgan am Küchentisch, während Greg Tee kochte. Sie hatte sich auf den Weg zu ihnen gemacht, weil sie einfach mal aus dem Haus musste und ihr beim besten Willen kein anderes Ziel einfiel. Als sie dort jedoch eintraf, wäre sie am liebsten gleich wieder gegangen. Morgan blinzelte sie durch seine verschmierten Brillengläser an und zuckte nur jedes Mal mit den Achseln, wenn sie etwas sagte. Greg gab sich zwar Mühe, freundlich mit ihr umzugehen, wirkte jedoch müde und abwesend, als wäre er in Gedanken meilenweit entfernt. Oben ging Frances mit schweren Schritten in ihrem Zimmer auf und ab.

Dann hörte Greg draußen etwas, trat ans Fenster und blickte hinaus. Im Scheinwerferlicht eines aufs Haus zufahrenden Wagens zeichnete sich nur seine dunkle Silhouette ab.

»Was, jetzt noch?«, stieß er hervor.

Als sie in die Küche traten, empfand Etty einen Anflug von Hoffnung, der schnell in Angst umschlug. Jukes, in Begleitung einer Beamtin, die sie nicht kannte, trat verlegen von einem Fuß auf den anderen. Was auch immer es war, um gute Nachrichten handelte es sich bestimmt nicht.

»Gibt es etwas Neues?«, fragte Morgan.

»Das wissen wir noch nicht«, antwortete Jukes. »Wir möchten, dass Sie sich etwas ansehen, das wir gefunden haben.«

»Was denn?« Greg trat einen Schritt auf die beiden zu. »Und wo haben Sie es gefunden?«

Jukes gab ihm keine Antwort. Stattdessen holte er die Brille aus dem Köfferchen, das er mit sich führte, und legte sie in ihrem transparenten Beweisstückbeutel auf den Küchentisch.

»Nun?«

»Wo haben Sie die gefunden?«

»Erkennen Sie die Brille wieder?«

»Sie sieht aus wie die alte von Dad«, antwortete Morgan mit quälender Langsamkeit.

»Ja«, bestätigte Greg, »das könnte sie sein. Wobei die meisten Brillen aussehen wie viele andere Brillen auch.«

»Aber diese hier sieht aus wie die ihres Vaters?«

»Ja«, antwortete Morgan. »Genau so.«

»Vielleicht wäre Ihre Mutter in der Lage, sie eindeutig zu identifizieren?«

»Was soll ich identifizieren?«, meldete sich Frances von der Tür her zu Wort. Niemand hatte sie herunterkommen gehört.

»Misses Ackerley«, wandte Jukes sich ihr zu, »kennen Sie diese Brille hier?«

In einen dicken Morgenmantel gehüllt, trat Frances Ackerley näher. Ihr Gesicht wirkte aufgedunsen. Nachdem sie sich einen Moment über den Tisch gebeugt und sich die Brille angesehen hatte, richtete sie sich wieder auf.

»Die gehört Duncan«, sagte sie.

»Da sind Sie sich sicher?«

»Ja. Die hat er schon seit Jahren.«

»Danke.«

»Wo war sie?«, hakte Greg erneut nach.

»Wir haben sie auf der Brücke gefunden«, antwortete Jukes. »Auf der Brüstungsmauer.«

Etty konnte nicht sagen, wie lange die nun folgende Stille dauerte. Sie selbst hielt vor Anspannung die Luft an, bis Frances schließlich einen erstickten Klagelaut von sich gab und den Kopf gegen die Wand sinken ließ.

»Nein«, sagte Morgan. »Wenn es das ist, was Sie glauben – nein!«

Greg starrte nur wortlos auf die Brille.

Etty stellte es sich bildlich vor. Gleichzeitig spürte sie es auch in ihrer Magengrube, einen nagenden Schmerz. Die Schritte bis zur Brücke hinauf und dann weiter bis zu ihrer Mitte. Natürlich hätte Duncan seine Brille abgenommen, um das braune, aufgewühlte Wasser tief unter sich nicht sehen zu müssen. Dann wäre er auf die Brüstungsmauer gestiegen und gesprungen. Der schnelle Fall hätte ihm die Luft aus der Lunge gepresst und der Gegenwind noch einen Moment in seinen Augen gebrannt, ehe der Fluss ihn schließlich in Empfang genommen hätte, um seinen großen, starken Körper Richtung Meer zu spülen, genau wie all die abgebrochenen Äste und den Müll. Wäre er nicht an der Kette der Boje hängen geblieben, hätte man ihn vielleicht nie gefunden. Aber aus welchem Grund? Warum sollte Duncan sich das Leben nehmen?

»Natürlich ist das jetzt ganz wichtig. Deswegen möchte Ihnen Inspector Cobbett dazu noch ein paar Fragen stellen«, erklärte Jukes. »Dürfte ich Ihr Telefon benutzen?«

»Jetzt?«, fragte Morgan.

»Muss das wirklich sofort sein?« Greg deutete auf Frances.

»Können Sie sie denn nicht in Ruhe lassen?«, mischte Etty sich wütend ein. »Wenigstens heute Abend. Wenn das, was Sie da andeuten, stimmt, welchen Unterschied machen dann zwölf Stunden?«

»Wir kommen morgen früh wieder«, meinte Jukes zerknirscht.

Greg führte Frances aus der Küche. Morgan saß immer noch am Tisch, beide Arme auf der Tischplatte, den Kopf auf den Armen abgelegt. Etty berührte ihn schüchtern an der Schulter, aber er reagierte nicht. Sie schlüpfte in ihren Mantel und ging.

24

Misses Ackerley.« Cobbett stieß ein trockenes, hartes Hüsteln aus. »Können Sie sich einen Grund vorstellen, warum Ihr Mann sich das Leben genommen haben könnte?«

Sie schüttelte langsam den Kopf.

»Er hatte keine Ängste oder Depressionen?«

»Ich verstehe es nicht.« Sie schlang die Arme um ihren Körper und wiegte sich leicht hin und her. »Ich verstehe es nicht«, wiederholte sie. »Ich werde es nie verstehen.«

»Hegten Sie den Verdacht, dass Ihr Mann eine Affäre mit Misses Salter hatte?«

Sie gab ein hartes Lachen von sich. »Und sich umbrachte, weil sie weg war?«

»Es ist nur so, dass es Gerüchte gibt …«

»Wen wundert das in einer Kleinstadt?«

»Ist das ein Nein?«

»Ich habe keine Ahnung«, antwortete sie. »Ich könnte es ihm nicht verdenken. Was sollte er machen? Ich meine, sehen Sie mich doch an.«

Cobbett sah sie an. Sie war eine grobknochige Frau, aber unnatürlich mager. Ihre Kleidung schlackerte, und ihre Augen wirkten viel zu groß für ihr hageres Gesicht. Sie machte außerdem einen leicht ungepflegten Eindruck, als hätte sie sich schon vor langer Zeit selbst aufgegeben.

»Ich bin krank«, erklärte sie in ungeduldigem Ton.

»Es tut mir leid, das zu hören.«

»Krank im Kopf.«

Cobbett murmelte etwas. Er wünschte, er hätte Sally Peck mitgenommen. Sie war zwar eine bockige Person, hätte aber bestimmt gewusst, was man in einer solchen Situation sagte.

»Ihr hätte ich es auch nicht verdenken können«, fuhr sie fort. »Jeder konnte sehen, dass es keine gute Ehe war. Er ist ein fieser, grausamer Mann«, fügte sie hinzu, plötzlich voller Abscheu.

»Sie meinen Mister Salter?«

»Natürlich meine ich Mister Salter. Wissen Sie, was seine letzten Worte zu mir waren?«

»Die von Mister Salter?«

»Die von Duncan.«

»Nein.«

»Er sagte: ›Vielleicht solltest du dir wenigstens die Haare kämmen, Frances, und dir zur Abwechslung mal ein bisschen Mühe mit deinem Aussehen geben, und sei es nur für die Jungs, wenn schon nicht für mich.‹ Das war das Letzte, was er zu mir sagte. So werde ich mich jetzt immer an ihn erinnern: wie er mich auffordert, mich zusammenzureißen.«

»Mir ist klar, dass es auch für Sie sehr schmerzhaft sein muss«, wandte sich Ben Jukes an Greg. »Erschien Ihnen Ihr Vater in letzter Zeit deprimiert?«

»Dad liebte das Leben. Für mich ergibt das alles keinen Sinn.«

»Hatte Ihr Vater eine Affäre mit Charlotte Salter?«

»Wie können Sie das fragen?«

Jukes wartete. Draußen hörte man das heisere Geschrei der Möwen. Es war ein trister, feuchter Tag und der Himmel von einem eintönigen Bleigrau, als hätte sich eine Metallplatte über die Landschaft gesenkt.

»Die beiden waren dicke Freunde, das ist alles. Können Menschen nicht einfach nur befreundet sein?«

»Sind Sie da sicher?«

Greg runzelte die Stirn, ließ den Blick an Jukes vorbei aus dem Fenster schweifen, hinunter zum Fluss, wo er die Leiche seines Vaters gefunden hatte. Er sah plötzlich sehr jung und unsicher aus.

»Es ist ja schon so«, sagte er schließlich, »dass sie sich sehr ähnlich waren, Dad und Charlie.«

»Ähnlich?«

Greg sprach nun sehr langsam, suchte krampfhaft nach den richtigen Worten.

»Beide waren sehr gesellig und lustig. Lachten gern. Sie heiterten sich gegenseitig auf.« Er senkte die Stimme, als könnte seine Mutter, die sich inzwischen in ihr Zimmer zurückgezogen hatte, ihn trotzdem hören. »Ich glaube, sie haben sich gegenseitig geholfen.«

»Inwiefern geholfen?«

»Na ja, ich meine …« Er hielt inne. »Sie machten beide harte Zeiten durch.«

»Harte Zeiten?«

»Sie wissen schon, in ihren Ehen.«

Wieder wartete Jukes, bis Greg die Stille unterbrach.

»Mum – es geht ihr nicht besonders. Dad ist, oder war, wie ihr Pfleger.« Er blickte auf seine schwieligen Hände hinunter. »In den vergangenen Monaten ist mir das mehr denn je aufgefallen. Ich habe in letzter Zeit viel mit ihm gearbeitet, weil ich gerade ein bisschen Luft habe, bis mein Studium beginnt. Wir haben Bäume gefällt, die Sportplätze gemäht, lauter solche Sachen.« Jetzt quollen die Worte nur so aus ihm heraus. »Das ist anstrengend und kann auch ganz schön monoton sein. Aber er arbeitet …« Er brach ab, schluckte und korrigierte sich. »Arbeitete den ganzen Tag, und danach kam er nach Hause und kümmerte sich um Mum. Er war immer so fröhlich mit ihr, aber es muss ihn eine Menge Kraft gekostet …«

»Nein!«, fiel ihm Morgan scharf ins Wort.

Morgans Brille war so schmutzig, dass Jukes seine Augen kaum erkennen konnte. Seine Kleidung wirkte schmutzig, sein Haar ungekämmt. Er sah fürchterlich aus.

»Ich weiß, es ist eine quälende Vorstellung.«

»Auf keinen Fall! Ganz bestimmt nicht. Es ist ganz übel, so etwas auch nur anzudeuten. Mich interessiert es nicht, ob seine Brille auf der Brücke lag. Mein Dad hat Mum nie betrogen, und er hat sich auch nicht umgebracht. So war er einfach nicht. Es kann nur ein dummer Unfall gewesen sein. Jeder, der etwas anderes sagt, redet Mist.«

»Gestern kam ein Brief, adressiert an Mum«, sagte Etty zu Paul.

Sie hielt den rechteckigen Umschlag hoch, auf den etwa mittig Charlies Namen und Adresse getippt waren.

»Hast du ihn aufgemacht?«

»Ich wollte ihn nicht allein öffnen.«

»Dann her damit.«

Sie reichte ihn ihrem Bruder, der daraufhin den Finger unter die Gummierung schob und ein gefaltetes Blatt aus festem weißem Papier herauszog.

»Worum geht es?« Etty ließ ihn nicht aus den Augen.

»Um ein Bewerbungsgespräch.«

»Für welchen Job?«

»Bei einer Fachzeitschrift. *Hair and Beauty*. In London. Sie freuen sich, ihr mitteilen zu können, dass sie am Dienstag, den achten Januar, um halb zwölf vormittags ein Vorstellungsgespräch hat.«

»Sie war auf Arbeitssuche«, sagte Etty, fast träumerisch. »In London. Darüber hat sie nie ein Wort verloren.«

Sie verließ Paul und ging hinaus in den Garten, ohne sich eine Jacke überzuziehen. Sofort begann der Wind, an ihr zu zerren, peitschte ihr das Haar ins Gesicht und ließ ihre Augen tränen.

Sie stapfte vorbei am Holzschuppen und an dem kleinen, mit Wasserlinsen bedeckten Teich, in dem die Polizei herumgestochert hatte, vorbei an den Apfelbäumen und der Schaukel. Sie dachte an die Reisetasche in Charlies Schrank, ordentlich gepackt mit Kleidung in Ettys Größe. Sie dachte an das Bewerbungsgespräch. Charlie hatte definitiv vorgehabt, Alec zu verlassen, und sie wollte Etty mitnehmen. Das alles hatte sie heimlich geplant, alle möglichen Vorkehrungen getroffen für ein neues Leben, weit weg von Alec und Glensted – und dann war sie plötzlich spurlos verschwunden.

Ettys Herz schmerzte, weil sie nun wusste, dass sie und ihre Mutter nur wenige Tage von einem ganz anderen Leben entfernt gewesen waren.

25

Cobbett stellte seine Tasse am Schreibtischrand ab – etwas zu nah an der Kante, sodass sie kippte und auf den Boden knallte.

»Tja«, meinte er lapidar, »räumt das vielleicht jemand weg? Sally?«

»Sir.«

»Fegen Sie das auf, ja?«

»Ich, Sir?«

»Ja, Sally, Sie. Hopp, hopp, wir wollen mit unserer Besprechung in die Gänge kommen.«

Sally hielt den Kopf gesenkt. »Warum?«

»Wie bitte?«

»Warum ich, Sir?«

»Weil ich es gesagt habe.«

»Ich weiß, aber …« Sie brach ab. Alle Blicke waren auf sie gerichtet. Einer der Männer lachte höhnisch. Zornig stürmte sie aus dem Raum.

»Na also«, sagte Cobbett.

Er stand an seinen Schreibtisch gelehnt, das Gesicht dem Raum zugewandt. Hinter ihm war eine Landkarte der Gegend angebracht, in einem großen Maßstab. Nervös rückte er seine Brille zurecht und ließ den Blick durch den Raum schweifen.

Mal wieder völlig neben der Spur, dachte Sally Peck bei seinem Anblick befriedigt. Sie kehrte gerade mit Schaufel und Besen bewaffnet in den Raum zurück und machte sich lautstark daran, die Scherben aufzufegen.

»Inzwischen sieht es ganz danach aus, als hätte Duncan Ackerley sich das Leben genommen, aus welchem Grund auch immer. Vielleicht hatte es mit Charlotte Salters Verschwinden zu tun, vielleicht nicht, jedenfalls brauchen wir im Zusammenhang mit seinem Tod wohl nicht länger nach Verdächtigen Ausschau zu halten.«

Als Ben Jukes daraufhin zögernd die Hand hob, bedachte Cobbett ihn mit einem finsteren Blick.

»Ja?«

»Was ist mit der Kopfwunde, Sir? Die wurde ihm doch mit ziemlicher Sicherheit …«

»Darüber machen Sie sich jetzt mal keine Gedanken«, unterbrach ihn Cobbett von oben herab. »Bei der Kopfwunde handelt es sich möglicherweise um eine falsche Fährte. Er könnte sich den Kopf an der Brücke angeschlagen haben, als er sprang, oder auf einen Steinbrocken oder sonst was geknallt sein, als er ins Wasser fiel.«

Im Raum herrschte Stille. Mit missbilligender Miene sah Cobbett einen nach dem anderen an.

»Wir haben nach wie vor einen dubiosen Vermisstenfall«, fuhr er fort, »und einen Hauptverdächtigen.«

Sein finsterer Blick blieb an Sally Peck hängen, die immer noch am Boden kauerte.

»Bedauerlicherweise gab es gewisse …« Er suchte nach den richtigen Worten. »Gewisse Schwierigkeiten beim Sichten der Beweislage. Dadurch waren wir gezwungen, erneut sämtliche Alibis zu erfragen. Jim ist nun dafür verantwortlich, ein Diagramm mit der Chronologie des Tages zu erstellen. Er wird alles eintragen, was ihr herausfindet, sodass wir am Ende in der Lage sein sollten, uns ein umfassendes Bild zu machen von den Vorgängen in Glensted am Abend von Charlotte Salters Verschwinden.«

Er verschränkte die Arme und lehnte sich zurück.

»Fangen wir mit dir an, Ben, und Familie Salter.«

Ben Jukes verlas die Aussagen, die er notiert hatte.

Alec Salter war gegen halb sieben in der Scheune eingetroffen. Er gab zu, noch einmal etwa zwanzig Minuten weg gewesen zu sein. Er sei zum Haus von Victor Pearce gefahren, in der Annahme, seine

Frau könnte sich dort befinden. Doch es habe ihm niemand aufgemacht, und die Fenster seien dunkel gewesen. Niall Salter war ebenfalls um halb sieben eingetroffen. Er hatte sich mit seiner Freundin gestritten – inzwischen Ex-Freundin – und war gegen neun ein bisschen Luft schnappen gegangen, wobei er nicht so recht damit herausrückte, ob er dabei Gesellschaft gehabt hatte. Etwa um die gleiche Zeit wie Niall war Paul Salter angekommen, aber schon früh wieder aufgebrochen, gegen einundzwanzig Uhr fünfzehn, direkt nach Hause, während Ollie Salter um kurz vor sieben kam und bis zum Ende der Feier blieb, auch wenn er einige Zeit mit seinen Freunden im Freien verbrachte.

»Und das Mädchen?«, fragte Cobbett.

»Sie kam früh, mit ein paar Leuten aus ihrer Clique, und war die ganze Zeit da, abgesehen von ihrem Fußmarsch zur Telefonzelle am Ende des Feldwegs.«

»Gut. Weiter geht's: Trev, was hast du für uns?«

Trevor Gilchrist erhob sich, sein Notizbuch fest umklammernd.

Er war als Erstes in der Hazelwood Avenue gewesen. Die alte Dame blieb dabei, dass sie Charlotte Salter gegen Abend gesehen habe. Anschließend hatte er Victor Pearce aufgesucht, der bestätigte, mit Misses Salter befreundet zu sein: Sie backe Kuchen für sein Café.

»Ja, ja«, sagte jemand. Die Bemerkung wurde mit Gelächter quittiert.

Aber er bestreite, eine Beziehung mit ihr zu haben, fuhr Gilchrist fort, wisse allerdings von den entsprechenden Gerüchten. Pearce habe zu Protokoll gegeben, Charlotte Salter sei ihm in letzter Zeit einsam und angespannt vorgekommen, und auch wenn sie es ihm nicht so explizit gesagt habe, habe er doch herausgehört, dass sie in ihrer Ehe unglücklich war. Er behauptete, sie das letzte Mal am einundzwanzigsten Dezember gesehen zu haben. Bei der Gelegenheit habe sie ihm erzählt, es sei zu irgendeinem Missverständnis gekommen, das sie klären müsse. Genaueres habe sie ihm nicht verraten, er sei jedoch davon ausgegangen, sie rede von der Beziehung zu ihrem Mann. Am folgenden Abend – dem Abend der Party – sei er zu Hause gewesen, bis er gegen halb zehn aufbrach, um sich auf der Feier kurz blicken zu lassen.

»Laut Alec Salter brannte kein Licht, als er dort vorbeischaute«, wandte Ben Jukes ein.

»Pearce beharrte darauf, dass er da war, also entweder lügt er, oder Alec Salter hat nie bei ihm vorbeigeschaut. Pearce sagte außerdem, Alec Salter habe auf der Feier Streit mit ihm gesucht und ihn aus der Scheune geschoben.«

»Und an Weihnachten?«, fragte Cobbett.

Den Heiligen Abend hatte Victor Pearce in Reading verbracht, wo seine Eltern leben. Am Fünfundzwanzigsten war er wieder nach Hause gefahren. Seine Mutter hatte das bestätigt.

»Ich dachte, über den Fünfundzwanzigsten brauchen wir uns keine Gedanken mehr zu machen«, murmelte Sally Peck vor sich hin.

Als Nächster erhob sich Simon Foxall, nervös grinsend. Er sei noch einmal bei den Thornes gewesen, berichtete er, und habe sie drinnen schreien gehört, bevor er klingelte. Er sei nicht sehr freundlich empfangen worden. Sie hätten beide ausgesagt, sie seien in den Stunden vor der Feier zusammen gewesen und auch während der Party selbst. Den ganzen ersten Weihnachtsfeiertag hätten sie ebenfalls gemeinsam verbracht.

Cobbett runzelte die Stirn. Er machte einen unzufriedenen Eindruck. »Hat sonst noch jemand etwas beizutragen?«

»Ja.«

Sally Peck war an der Tür stehen geblieben, Schaufel und Besen noch in der Hand.

»Lassen Sie hören.«

»Ich bin von Tür zu Tür gegangen, wie Sie es wollten. Dabei sind ein paar Dinge zur Sprache gekommen.«

»Wie zum Beispiel?«

»Wie zum Beispiel die Tatsache, dass Niall Salter auf der Party mit einer der Freundinnen seiner Schwester geknutscht hat. Sie ist erst fünfzehn. Schätzungsweise wollte er sich deswegen nicht so recht darüber auslassen, was er an dem Abend getrieben hat. Außerdem habe ich mit seiner Ex gesprochen, Penny Anderson. Er hat am Tag vor der Party mit ihr Schluss gemacht. Sie sagt, er habe sich seltsam benommen. Ihr zufolge hielt er sich auch nicht den ganzen Nachmittag in der Arbeit auf, wie von ihm behauptet, weil sie nämlich dort war, um mit ihm zu sprechen.«

»Was er zu der Zeit gemacht hat, spielt keine Rolle mehr.«

»Dass er gelogen hat, spielt sehr wohl eine Rolle«, widersprach Sally Peck störrisch. »Dann habe ich noch mit einem Mann namens Keith Palmer geredet, der zu den Partygästen gehörte. Er hatte eine Polaroidkamera dabei, und eine Menge Leute haben damit Fotos gemacht. Es gibt eine ganze Ladung davon, er hat sie mir alle gegeben. Ich bin noch nicht dazugekommen, sie durchzuschauen, aber vielleicht ist auf denen irgendwas zu sehen.«

»Was denn?«

»Keine Ahnung.«

»Da war ja jemand sehr fleißig.«

Er sagte das, als wäre es etwas Schlechtes. Sie lief rot an.

»Es ist schwierig«, antwortete sie, »weil ständig das Telefon läutet und wir keine Zeit haben, mit allen zu sprechen, die der Meinung sind, über relevante Informationen zu verfügen. Ich habe versucht, bei den bisher aufgenommenen Aussagen nicht den Überblick zu verlieren und irgendeine Ordnung hineinzubringen, mit der wir arbeiten können, aber ehrlich gesagt, ist alles ein bisschen chaotisch. Außerdem gibt es ja Ihnen zufolge bereits einen Hauptverdächtigen, trotzdem machen Sie sich bestimmt auch Sorgen, dass wir falsch liegen könnten, denn falls dem so sein sollte und wir womöglich etwas übersehen …«

Sie brach abrupt ab. Cobbett war eine unheilvolle Röte ins Gesicht gestiegen, ein fleckiges Purpurrot.

»Wollen Sie mir gerade erklären, wie ich meine Ermittlungen zu leiten habe?«

»Nein, Sir, ganz und gar nicht. Ich dachte nur …«

»Wenn Sie Schwierigkeiten haben, den Überblick zu behalten, dann wissen Sie ja, was Sie tun können.«

Mit diesen Worten marschierte er aus dem Raum.

26

Sally Peck und Simon Foxall hängten die Polaroid-Aufnahmen an die Korkwand, neben das Zeitdiagramm und die Landkarte. Es waren Dutzende, zum Teil stark überbelichtet oder unscharf. Man sah beispielsweise die Scheune von außen, eine dunkle Masse, übersät mit lauter verschwommenen Lichtern. Kleine Gruppen, die für die Kamera posierten. Alec Salter von der Seite, ohne den Hauch eines Lächelns. Alec Salter von hinten, die Hand auf dem unteren Rücken einer Frau. Jede Menge Leute, die gerade tranken oder tanzten. Porträtfotos, aufgenommen mit zu geringem Abstand, sodass die Gesichter überdimensional groß wirkten und die Augen rot vom Blitzlicht. Duncan, breit grinsend. Die Salter-Geschwister, von denen aber nur Etty pflichtschuldigst lächelte. Ansonsten war ihr wohl nie bewusst gewesen, dass sie gerade fotografiert wurde. Man sah sie mit gerümpfter Nase im Gespräch mit einem älteren Mann und beim Tanzen mit drei anderen jungen Leuten. Auf einem weiteren Schnappschuss wirkte sie bedrückt und ängstlich.

Es war leicht festzustellen, welche Aufnahmen früher am Abend entstanden waren und welche später. Bei einigen zeugte die Motivwahl vom Alkoholpegel, man erkannte nur die Füße der Leute oder den Bauchbereich, ein halbes Gesicht, eine Handtasche auf dem Boden. Sally Peck fragte sich sogar, ob irgendwann vielleicht ein Kind die Kamera in die Finger bekommen hatte, denn es gab mehrere Fotos von einem unscharfen grünen Kranz und einer großen Schöpfkelle, in der etliche Kippen ausgedrückt worden waren, außerdem eine verschwommene Aufnahme von der Decke des Raums und einige, bei denen man gar nicht sagen konnte, was da eigentlich zu sehen war.

Sally hängte sie trotzdem alle auf. Anschließend traten sie und Foxall ein paar Schritte zurück, um einen Blick auf diese Collage zu werfen, die nicht allzu viel hergab.

»Ich kann mir nicht vorstellen, wie uns das weiterhelfen soll«, meinte Foxall. »Es sind bloß Bilder von Leuten mittleren Alters, die sich volllaufen lassen.«

»Du hast wahrscheinlich recht.«

»Tut mir leid, dass du vorhin eins aufs Dach gekriegt hast.«

Sie zuckte mit den Achseln, als machte es ihr nichts aus. »Schon in Ordnung«, murmelte sie, obwohl es das natürlich nicht war.

27

Als Etty am Tag vor Silvester die Haustür öffnete, sah sie sich erneut Alice Clayton gegenüber.

Mittlerweile rechnete Etty schon gar nicht mehr damit, ihre Mutter vor der Tür stehen zu sehen.

»Wir kennen uns bereits. Alice Clayton vom *Herald*. Ich wollte fragen, ob Sie Ihre Meinung inzwischen geändert haben, was ein Gespräch mit mir betrifft. Oder vielleicht hätten Ihre Brüder gern Gelegenheit, ihre Version der Geschichte zu erzählen.«

»Warum sollten wir mit Ihnen reden wollen? Was würde das nützen? Es bringt unsere Mutter auch nicht zurück.«

»Das vielleicht nicht. Aber es würde ihr Verschwinden in den Fokus der Öffentlichkeit rücken. Wir könnten Fotos von ihr zeigen. Das könnte bei den Leuten Erinnerungen auslösen.«

Etty nickte, noch unschlüssig.

»Außerdem ist die Polizei ja bisher nicht allzu weit gekommen, oder?«

»Nein«, räumte Etty niedergeschlagen ein, »das kann man nicht gerade behaupten.«

»Also, was meinen Sie?«

»Wie würde das denn ablaufen?«

»Wir würden uns einfach unterhalten. Sie erzählen mir von Ihrer Mutter, von Ihren Gefühlen, von den Ermittlungen. Ich werde nichts drucken, was Sie nicht gedruckt haben möchten.«

Etty biss unentschlossen auf ihrer Unterlippe herum. Sie trug eine zerrissene, weite Jeans und ein Flanellhemd mit einem Rollkragenpulli darunter. Ihr Haar war zu einem einzelnen dicken Zopf geflochten. Alice Clayton registrierte, dass sie sich die Nägel bis aufs Fleisch heruntergekaut hatte.

»Aber hier schaffe ich das nicht.«

»Kein Problem, dann gehen wir woanders hin.«

Etty nickte.

»Vielleicht zu meiner Freundin Kim«, schlug sie zögernd vor.

Aber nein, es fiel ihr wieder ein: Kim hatte an diesem Morgen angerufen, um ihr zu sagen, dass sie in die Stadt fahren wolle, und zu fragen, ob sie nicht Lust hätte mitzukommen. Aber Etty war der Gedanke an grelle Lichter und überfüllte Läden so unerträglich gewesen, dass sie abgelehnt hatte.

»Oder ins Café«, fuhr sie fort, »im Stadtzentrum. Da gibt es ein Hinterzimmer, das Victor uns bestimmt benutzen lässt.«

Da saßen sie dann am Tisch, und Victor, der vor Neugier glänzende Augen hatte, bot ihnen ein heißes Getränk an, doch sie wollten beide nur ein Glas Wasser. Nachdem er weg war und die Tür hinter ihm zugefallen, stellte Alice Clayton ihren kleinen Kassettenrekorder auf den Tisch. Etty beäugte ihn nervös.

»Das macht es für uns beide leichter. Auf diese Weise muss ich nicht per Hand mitschreiben und Sie dauernd unterbrechen. In Kurzschrift bin ich nicht die Schnellste.«

»Verstehe.«

»Wie gesagt, es wird nichts gedruckt, was Sie nicht gedruckt haben möchten.«

Sie betätigte an dem Gerät zwei Knöpfe und beugte sich kurz vor, um sicherzustellen, dass es tatsächlich lief.

»Passt«, sagte sie. »Dann können wir das Ding jetzt vergessen. Fangen Sie doch einfach damit an, dass Sie mir ein bisschen etwas über Ihre Mutter erzählen, Ihre Beziehung zu ihr.«

Erst klang es ein wenig gestelzt, als würde Etty der Journalistin eine Fremde beschreiben: Sie sprach von Charlies Familie, ihrer Arbeit, ihren Interessen, ihrer Schönheit. Doch nach und nach fiel die Befangenheit von ihr ab, und die Worte strömten immer flüssiger aus ihr heraus. Sie begriff, wie sehr sie das Bedürfnis gehabt hatte, mit jemandem über ihre Mutter zu sprechen, jemandem wie dieser jungen Frau mit dem klugen, mitfühlenden Gesicht, die ihr so aufmerksam zuhörte, den Kopf leicht zur Seite geneigt, und dabei von Zeit zu Zeit ermutigende Laute von sich gab.

Sie erzählte Alice Clayton Dinge, von denen sie selbst gar nicht gewusst hatte, dass sie sich noch daran erinnerte. Wie Charlie ihr während eines Sommerurlaubs in Cornwall in einem gelben Bikini das Schwimmen beibrachte. Wie Charlie sich mit ihrer Schwester Caroline, die starb, als Etty neun war, einen kleinen Schwips antrank, während Alec missbilligend zusah. Dass Charlie jedes Mal weinte, wenn sie sich zusammen *Dumbo* anschauten. Dass Charlie mal mit ihr zum Haus einer Freundin marschiert war, damit Etty sich bei ihr entschuldigte, weil sie sich in der Grundschule mit anderen gegen sie verbündet hatte. Dass Charlie früher oft mit den Jungs Fußball spielte und dabei Paul einmal so heftig foulte, dass er in die Notaufnahme musste. Wie Charlie eines Tages einen gewaltigen Wutanfall bekam, weil sie alle von ihr erwarteten, dass sie ständig hinter ihnen herräumte. Wie Charlie sich vor dem Spiegel schminkte, während Etty auf dem Badewannenrand saß und sie bewundernd beobachtete. Wie Charlie Ettys Stirn hielt, während sie über der Toilettenschüssel hing und sich übergab, nachdem sie sich das erste Mal so richtig betrunken hatte. Wie Charlie mal mit dem Vater von Ettys bester Freundin flirtete, woraufhin Etty tagelang nicht mehr mit ihr sprach. Wie Charlie immer mit den anderen Müttern am Schultor stand und dabei so hübsch aussah, dass Etty fast platzte vor Stolz, weil sie die Tochter war. Sie erinnerte sich aber auch daran, dass sie eines Abends nach Hause kam und Charlie am Küchentisch vorfand, mit so trauriger Miene, dass sie sie kaum wiedererkannte.

Sie erzählte Alice Clayton vom Abend der Geburtstagsfeier. Von den grauenhaften Tagen danach, als die Polizei das Haus durchsuchte und im Teich herumstocherte. Vom ersten Weihnachtsfeiertag, an dem sie mit Greg Duncans Leiche aus dem unruhigen Wasser des Flusses zog. Von der Reisetasche, vollgepackt mit Kleidung für Etty, und Charlies Bewerbungsgespräch in London. Von ihrem eigenen Wirrwarr der Gefühle: dass sie sicher wisse, dass Charlie noch lebe, andererseits aber auch sicher wisse, dass sie tot sei, und wie sehr ihr immer vor dem Einschlafen graue, weil sie beim Aufwachen jedes Mal von Neuem gezwungen sei, sich daran zu erinnern, dass sie nicht mehr da war. Sie sprach auch über ihre Träume, teils schlimme Albträume, aus denen sie schweißgebadet hochschreckte, teils aber auch sehr real wirkende, in denen ihre Mutter auf eine intensive Art lebendig war, manchmal sogar auf monströse Art. In einem dieser Träume hatte Etty sie unter Wasser gedrückt, um sie zu ertränken. Selbst jetzt konnte sie noch Charlies untergetauchtes Gesicht zu ihr aufblicken sehen.

Ihr war nicht klar gewesen, dass sie weinte, doch als sie schließlich zu reden aufhörte, war ihr Gesicht ganz nass von Tränen.

»Mein Gott, Etty«, sagte Alice, »das war der Wahnsinn!«

»Haben Sie bekommen, was Sie brauchen?«

»Und noch so einiges obendrauf!«

»Ich hoffe, meine Brüder haben nichts dagegen, dass ich mit Ihnen gesprochen habe.«

»Was ist mit Ihrem Vater?«

»Der ist mir egal. Ich hasse ihn. Das dürfen Sie gerne schreiben.«

»Vielleicht besser nicht.« Zögernd fügte Alice Clayton hinzu: »Es muss doppelt schlimm für euch sein, dass er auch noch einer der Hauptverdächtigen ist.«

»Soll ich Ihnen sagen, was für mich das Allerschlimmste wäre?

Dass Mum nie gefunden wird und ich die nächsten zwei Jahre mit Dad verbringen muss, er und ich allein im Haus. Womöglich werden wir nie erfahren, ob sie noch lebt oder tot ist, und ich werde sie jeden einzelnen Tag meines restlichen Lebens vermissen. Ich glaube, das könnte ich nicht ertragen.«

Alice Clayton sagte nichts. Sie blieben ein paar Augenblicke schweigend sitzen, während durch die geschlossene Tür ganz gedämpft die Geräusche aus dem Café drangen.

»Ich muss mir nur noch ein paar Fakten notieren«, erklärte die

Journalistin schließlich. »Ich nehme an, Ihr richtiger Name lautet Elizabeth?«

Etty nickte.

»Und wie alt sind Sie?«

»Fünfzehn.«

»Was? Ach, Mist!«

»Was ist los?«

»In den Zeitungen stand, Sie seien sechzehn.«

»Ja. Eine hat das falsch gebracht, und die anderen haben es alle abgeschrieben.«

»Dann kann ich das nicht drucken. Sie sind noch minderjährig.«

»Was spielt denn das für eine Rolle? Ich habe mich aus freien Stücken dafür entschieden, mit Ihnen zu sprechen.«

»Etty, es tut mir wirklich leid. Ich könnte in furchtbare Schwierigkeiten geraten. Es geht einfach nicht.«

»Demnach habe ich Ihnen das alles völlig umsonst erzählt?«

»Wissen Sie, vielleicht könnte ich ja die Erlaubnis Ihres Vaters …«

»Vergessen Sie es!« Etty erhob sich und stieß dabei den Tisch so heftig zur Seite, dass das Wasser aus ihren Gläsern auf die Tischplatte schwappte. »Vergessen Sie es einfach. Lassen Sie uns in Ruhe!«

Das Foto von Charlie, das Paul für das Plakat ausgewählt hatte, war ziemlich neu. Sie trug darauf kein Make-up und posierte auch nicht für die Kamera, wie sie es sonst oft tat. Sie lächelte nicht einmal, sondern sah mit fragender Miene ein wenig zu Seite. Ihr dunkelblondes Haar war locker nach hinten gebunden, und sie trug ihren Tweedmantel – den, der am Fluss gefunden worden war.

Etty und Paul wanderten mit ihrem Packen Plakate in Glensted herum. Es war am frühen Sonntagabend, dem Vorabend von Silvester, sodass in dem kleinen Stadtzentrum ziemlich viel los war. Die Leute standen rauchend vor dem Pub, die Tische des Restaurants waren alle besetzt. Als Etty auf der anderen Straßenseite ein paar aus ihrer Clique entdeckte, zog sie Paul rasch in eine Seitenstraße.

»Ich will jetzt niemanden treffen«, erklärte sie.

Kim war auch unter ihnen. Sie trug dunklen Lidschatten, hatte die Wimpern dick getuscht und lachte gerade über irgendetwas. Etty starrte sie an wie eine Fremde.

Paul und sie hatten Klebeband, Reißzwecken, einen Hammer und eine Taschenlampe dabei. Sei klebten die Blätter an Lampenpfosten und nagelten sie an Bäume und Zäune. Immer wieder starrte Etty durch die Dunkelheit auf das Gesicht ihrer Mutter und die Überschrift *Gesucht: Charlotte Salter,* beleuchtet vom schwachen Lichtkegel der Taschenlampe, bis die Worte irgendwann aufhörten, einen Sinn zu ergeben, und das Gesicht für sie etwas Rätselhaftes bekam.

»Was, wenn es wieder regnet? Es fühlt sich an, als läge Regen in der Luft – oder sogar Schnee.«

Paul zuckte mit den Achseln. »Dann hängen wir eben neue auf.«

Sie beendeten ihre Runde durch Glensted an der Bushaltestelle.

»Morgen nehmen wir uns Hemingford vor«, meinte Paul.

Ihr Rückweg führte sie noch einmal an den Plakaten entlang. Der Blick ihrer Mutter glitt an ihnen vorbei, als könnte sie etwas sehen, das ihnen allen entging.

Zu Hause angekommen, ließ Etty sich in der Diele auf den Boden sinken, unter dem Weihnachtsbaum, der ihr wie ein Witz erschien. Ihr Blick fiel auf das kleine Päckchen mit ihrem Namen, in der Handschrift ihrer Mutter. Sie griff danach und packte es langsam aus. Zum Vorschein kam eine kleine blaue Schachtel. Als sie den Deckel anhob, lag da auf dem samtigen Innenfutter ein rundes, goldenes Medaillon. Sie hielt es minutenlang in der Hand, ehe sie es sich schließlich anlegte.

28

Der Silvesterabend kam und ging vorüber. In Glensted schleuderte eine Gruppe Jugendlicher eine Mülltonne durch ein Restaurantfenster. Eine Vierzehnjährige wurde mit Alkoholvergiftung ins örtliche Krankenhaus eingeliefert.

Alec trank in seinem Arbeitszimmer Whisky und wurde mit jedem Schluck nüchterner. Er arbeitete sich beharrlich durch die Papiere auf seinem Schreibtisch. Bevor das neue Jahr begann, verschwand er im Bett. Paul ging ebenfalls früh zu Bett – bereits vor acht. Er zerrte seine Kommode vor die Zimmertür, damit niemand ihn stören konnte, und kroch dann unter die Decke, wo er stundenlang wach lag und ferner Musik lauschte, und dann dem Feuerwerk.

Niall plante, nach London zu fahren und bei Freunden zu übernachten. Im Kreis seiner Familie hielt er es nicht mehr aus. Aber auf der A12 blieb sein Auto liegen, sodass er auf einem Grasstreifen saß und Lastwagen an ihm vorbeidonnerten, während das alte Jahr zu Ende ging. Irgendwann fing er zu weinen an. Als schließlich der Mann vom Abschleppdienst eintraf, weinte er immer noch.

Ollie war mit einer Gruppe von alten Schulfreunden unterwegs. Sie starteten im Haus eines Freundes, und später hießen sie das neue Jahr dann auf der Brücke willkommen. Ollie war zu dem Zeitpunkt bereits stark bekifft. Er lehnte sich über die Brüstungsmauer und starrte auf das braune Wasser, das unter ihm dahinwirbelte. Ein Mädchen, das ihm schon immer gefiel, legte den Arm um seine Schulter und fragte ihn, was er gerade denke.

»Ich denke, dass ich meine Mutter niemals wiedersehen werde«, antwortete er. Da kam sie noch näher und presste ihre Lippen auf seine.

Etty war auf einer Party. Obwohl sie sich dort nicht wohlfühlte, fand sie es trotzdem besser, als zu Hause bei ihrem Vater zu sein. Ihre Freundinnen bemühten sich sehr um sie, aber ihr Mitleid und ihre Besorgnis machten alles nur noch schlimmer. Sie hatte ein grünes Samtshirt von Charlie angezogen und sich sogar geschminkt, beim abschließenden Blick in den Spiegel jedoch das Gefühl gehabt, auszusehen wie ein Clown. Kim versuchte, sie zum Tanzen zu animieren, doch Etty fühlte sich schwerfällig und unkoordiniert. Sie schaffte es nicht, ihren Körper zur Musik zu bewegen. Robbie knutschte in einer Ecke mit Gemma Thorne herum. Als er Etty entdeckte, wandte er den Blick ab. Sie trank zu viel und ging dann hinaus in den Garten, wo sie sich von einem Jungen aus der Jahrgangsstufe über ihr küssen ließ. Plötzlich aber stieß sie ihn heftig von sich weg, voller Abscheu. Am liebsten hätte sie ihm eine geknallt oder sich übergeben oder sich zu einer Kugel zusammengerollt und von der Dunkelheit einhüllen lassen. Als ein paar Leute sie ansprachen und mit jenem schrecklichen Mitgefühl in der Stimme fragten, wie es ihr denn gehe, grunzte sie nur irgendwas und wandte sich ab. Die Wahrheit war, dass sie einfach nicht wusste, wie sie die Zeit überstehen sollte. Jede Minute erschien ihr unerträglich, wie eine besonders quälende Form von Folter. »Versuche es Schritt für Schritt«, sagte ihre Mutter immer, wenn sie sich von irgendetwas überwältigt fühlte. »Schau nicht zu weit voraus.«

Aber Etty konnte nicht anders, als ganz weit vorauszublicken, in eine Zukunft, die ihr vorkam wie eine einsame, sie blendende Straße. Charlie war weg. Niall, Paul und Ollie würden auch gehen. Blieben nur sie und ihr Vater, in einem Haus, vor dessen leeren Räumen sie sich fürchtete.

Etty trank zu viel, aber Morgan, der auch auf der Party war, trank noch mehr. Am Ende lag er würgend unter einem Rosenstrauch. Jemand hatte wohl bei ihm zu Hause angerufen, denn kurz vor Mitternacht kam Greg, um ihn abzuholen. Gerade, als die Leute anfingen, jubelnd das neue Jahr zu begrüßen, zerrte er ihn hoch und ins Haus. Während Etty in einem großen, nicht ganz runden Kreis von Leuten landete, die sich alle an den Händen nahmen und »Auld Lang Syne« sangen, beobachtete sie, wie Greg seinen mageren Bruder in Richtung Haustür manövrierte. Seine Miene wirkte grimmig. Er sah Jahre älter aus als am Abend der Feier, die neun Tage zuvor stattgefunden hatte.

Nur neun Tage. Charlie war verschwunden, und Duncan war tot. Etty wusste nicht, wie sie jemals wieder klarkommen sollte.

Alec wurde erneut verhört, erneut freigelassen.

Frances Ackerley sah man wiederholt mit wirrem, im Wind wehendem Haar unten am Flussufer entlangwandern und irgendwelche Rufe ausstoßen. Die Leute meinten, sie gehöre eigentlich in eine Klinik.

Allmählich versiegten die Kekse, Kuchen und Kasserollen, die Blumen und Beileidsbekundungen. Auch das Interesse der Medien erlosch langsam.

Die Einsatzzentrale in Glensted quoll nicht mehr über von Leuten. Die Ermittlungen hatten ihre Dringlichkeit verloren. Beamte wurden von dem Fall abgezogen. Cobbett fing wieder zu rauchen an. Er schalt seine Leute öfter als üblich, und seine Frau befürchtete, er könnte ein Magengeschwür bekommen.

Sally Peck, die nach wie vor versuchte, die Papierflut im Zaum zu halten, begann, die Unterlagen in Schachteln zu sammeln, die sie unter ihrem Schreibtisch stapelte. Wenn alle anderen nach Hause gegangen waren, arbeitete sie sich mit gerunzelter Stirn durch den Wust aus Dokumenten und Zeugenaussagen. Die Polaroidfotos an der Korkwand begannen, sich zu wellen.

Es fing zu schneien an. Erst trug der Wind feinen Pulverschnee mit sich, doch dann wurde daraus ein dichter Flockenwirbel, der Dächer, Hecken und Felder bedeckte und der Landschaft eine fremdartige Unberührtheit verlieh.

Die Plakate mit dem Bild von Charlotte Salter wurden durch

Schneematsch nass und unleserlich. Mit der Zeit überklebten die Leute immer mehr von ihnen mit anderen Plakaten, vermisste Haustiere wurden gesucht und Konzerte in Hemingford angekündigt. Bald war kaum noch etwas von ihnen übrig, abgesehen von ein paar kleinen Fetzen, die an einem Baum oder Lampenpfosten hingen. Ein halbes Gesicht, der Mund einer Frau, eine Handvoll Buchstaben. Gesucht … sucht …

29

Am Vormittag des letzten Montags im Januar spazierten DCI Chettle und DI Cobbett zusammen am Ufer des Heming entlang – dort, wo der Fluss in Richtung Meer immer breiter wurde und das Land immer feuchter, ein Labyrinth aus schlammigen Wasserkanälen. Cobbett wünschte, er hätte gewusst, wohin dieser Ausflug sie führen würde, aber Chettle war ohne Vorwarnung im Polizeirevier aufgetaucht. Chettle trug einen warmen Mantel und hatte seine Schuhe mit Gummistiefeln vertauscht, als er seinen Jaguar in einer Parkbucht nahe am Fluss parkte. Cobbett dagegen war im Anzug und in seinen üblichen Lederschuhen unterwegs.

Chettle holte tief Luft. »Gut, mal an der frischen Luft zu sein, was?«

Cobbett blickte auf seine schlammverschmierten Schuhe und bespritzten Hosenbeine hinunter. »Ich fürchte, ich bin dafür nicht ganz richtig gekleidet.«

Chettle schnaubte. »Ich dachte, es wäre klüger, aus dem Büro zu verschwinden. Hier hört uns keiner zu, dieses Gespräch ist nichts Offizielles, einfach nur ein unverfänglicher Plausch über den Stand der Dinge.«

Cobbett empfand einen Anflug von Panik. Vor einem Treffen dieser Art hatte er sich schon die ganze Zeit gefürchtet.

»Ich habe Sie hoffentlich ausreichend auf dem Laufenden gehalten.«

»Das Ganze zieht sich nun schon einen Monat hin. Über einen Monat.«

»Ja, eine frustrierende Entwicklung«, räumte Cobbett ein.

Der Pfad hatte sich verschmälert, sodass Chettle vorausmarschiert war. Nun blieb er stehen und drehte sich um.

»Inwiefern?«

»Unser Fokus war auf Alec Salter gerichtet.«

»Sie glauben immer noch, dass er seine Frau getötet hat?«

»Ihr Verschwinden schien ihn von Anfang an nicht sehr zu bekümmern. Hinzu kam, dass er ständig sein Alibi änderte und am Ende gar keines hatte. Es gab Probleme in der Ehe der beiden. Möglicherweise hatte sie vor, ihn zu verlassen.«

»Schien«, wiederholte Chettle. »Möglicherweise.« Er schnaubte. »Sonst noch was?«

»Die Kinder trauen es ihm zu.«

»Haben die Ihnen das so gesagt?«

»Sie haben es uns zu verstehen gegeben.«

»Gibt es irgendeinen konkreten Beweis dafür, dass die Frau tot ist?«

»Immerhin haben wir am Fluss den Mantel gefunden.«

»Von dem Mantel weiß ich bereits. Weitere Erkenntnisse?«

Cobbett wünschte, er hätte Zeit gehabt, sich auf diese Befragung vorzubereiten. Er war hier ohne seine Aufzeichnungen und Akten unterwegs und ohne Leute, die ihm den Rücken stärken konnten.

»Der Familie zufolge hat sie keinerlei Kleidung mitgenommen. Ihr Pass befand sich auch noch im Haus.«

»Was ist mit ihrer Geldbörse?«

»Die Geldbörse fehlte, aber laut ihrer Familie hatte sie die immer bei sich.«

»Was ist mit dem anderen Fall?«, fragte Chettle.

»Es scheint inzwischen fast sicher, dass Duncan Ackerley sich das Leben genommen hat.«

»Selbstmord? Aus welchem Grund?«

»Das wissen wir nicht. Aber die Tatsache, dass sein Tod so schnell auf das Verschwinden von Misses Salter folgte, erscheint uns verdächtig.«

»Hatten die beiden eine Affäre?«

»Im Dorf gab es entsprechende Klatschgeschichten. Wir bleiben für alles offen.«

»Für alles offen«, wiederholte Chettle. »Lieber Gott, schenke mir Geduld! Ich brauche etwas, womit ich arbeiten kann! Gibt es denn überhaupt irgendwelche vielversprechenden Hinweise?«

»Es kam zu mehreren Sichtungen von Charlotte Salter. Wir gehen allen Spuren nach.«

»Ja, davon habe ich gehört. Eine Sichtung in Schottland, eine andere auf Mallorca.«

»Es braucht nur eine einzige.«

Chettle machte eine ausladende Handbewegung, während er den Blick über die weite Landschaft schweifen ließ.

»Deswegen sind wir hier herausgefahren wie zwei Spione, die befürchten, abgehört zu werden. Hier ist es möglich, frei zu sprechen. Was wir von uns geben, wird nicht aufgezeichnet. Wir können unverblümt und schonungslos alles loswerden. Also lassen Sie mich jetzt mal sagen, was ein uns nicht wohlgesonnener Außenseiter über diese Ermittlungsarbeit denken würde. Im Fall des Verschwindens von Charlotte Salter hat die örtliche Polizei erst so spät mit der Suche begonnen, dass wertvolle Gelegenheiten zur Aufklärung des Falles mit ziemlicher Sicherheit verpasst wurden.«

Cobbett setzte zu einer Antwort an, doch Chettle brachte ihn mit einer Handbewegung zum Schweigen. »Klingt das für Sie nach einer unfairen Zusammenfassung?«

»Wir können nur mit dem arbeiten, was wir haben.«

»Ich glaube nicht, dass diese Binsenweisheit beim Chef große Begeisterung auslösen wird. Aber wir stehen, wo wir stehen, und sollten daher versuchen, das Beste daraus zu machen. Ich habe da ein, zwei Ideen, die ich gerne mit Ihnen teilen würde. Falls Sie sich die Mühe machen möchten, sie sich anzuhören.«

»Selbstverständlich möchte ich das.«

»Es gibt verschiedene Möglichkeiten. Vielleicht hat die Frau sich einfach abgesetzt, oder sie war schwimmen und ertrank.«

An einem bitterkalten Dezemberabend, während die Party, die sie mit organisiert hatte, gerade anfing, dachte Cobbett.

»Letzteres halte ich nicht für wahrscheinlich«, entgegnete er mit versteinerter Miene.

»Es gibt noch eine weitere Möglichkeit. Als ich erst ganz am Anfang meiner Polizeilaufbahn stand, sagte mal ein alter Detective zu mir: ›Mach die Dinge nicht komplizierter als sie sind, wenn es nicht nötig ist. Die einfachste Lösung ist in der Regel die richtige.‹«

Cobbett gab ihm keine Antwort. Ihm war noch nicht klar, worauf das hinauslief. Außerdem wusste er auch gar nicht, was im Zusammenhang mit diesen Fällen die einfachste Lösung war.

»Können Sie mir folgen?«, fragte Chettle.

»Nicht so ganz.«

»Ich möchte Ihnen nicht vorschreiben, was Sie zu tun haben oder zu welchen Schlussfolgerungen Sie gelangen sollen. Das ist Ihr Fall.«

Das Wörtchen *Ihr*, dachte Cobbett bitter. Wäre es ihm gelungen, alles aufzuklären, dann würde Chettle jetzt bestimmt nicht ›Ihr Fall‹ sagen. Irgendwie hatte er das Gefühl, dass man ihm etwas anhängen wollte.

»Sie meinten eben, es gebe noch eine weitere Möglichkeit.«

»Wie wir wissen, könnten Charlotte Salter und Duncan Ackerley eine Affäre gehabt haben.«

»Es wurde zumindest behauptet.«

»Ihnen zufolge traf Charlotte Salter heimliche Vorkehrungen wegzugehen.«

»Einiges deutet darauf hin.«

»Sie wollte ihren Mann verlassen. So wurde es bisher dargestellt. Aber vielleicht wollte sie auch Ackerley verlassen. Und vielleicht hat ihm das nicht gefallen.«

»Wollen Sie damit sagen, dass er sie getötet hat?«

»Ich schlage lediglich eine Ermittlungsrichtung vor. Es ist das älteste Motiv der Welt: Wenn ich dich nicht haben kann, dann kriegt dich auch kein anderer.«

Cobbett wurde langsam kalt. Er sehnte das Ende dieser Besprechung herbei.

»Wenn er Charlotte Salter getötet hat, wer hat dann ihn getötet?«

»Er hat in einem Anfall von Reue Selbstmord begangen. Das habe ich schon Dutzende Male erlebt.«

Cobbett musste daran denken, wie Alec Salter ihm erzählt hatte, dass er mit Chettle Golf spielte.

»Ist das die Richtung, in die wir ermitteln sollen?«

»Sie sollen in alle Richtungen ermitteln«, entgegnete Chettle, »das ist doch wohl klar. Aber ich habe den Eindruck, dass diese Ermittlungen gerade im Sande verlaufen. Die Räder drehen sich im Leerlauf, Sie kommen nicht voran. Nun kann es ja durchaus sein, dass sich in den nächsten zwei Wochen oder so noch eine vielversprechende Spur ergibt. Womöglich taucht Charlotte Salter ja plötzlich wieder auf. Aber es sieht immer weniger danach aus. An einem bestimmten Punkt werden diese Ermittlungen zu einem Ende kommen, so oder so. Und es könnte sein, dass die Theorie, die ich Ihnen vorgeschlagen habe, dann eine Möglichkeit wäre, einen Schlussstrich unter das Ganze zu ziehen.«

»Wie stellen Sie sich das konkret vor?«

»Ich sage natürlich nicht, dass Sie es so machen sollen.«

»Natürlich nicht.«

»Aber an einem gewissen Punkt können Sie – auf möglichst taktvolle Art – verlautbaren lassen, dass Charlotte Salter Ihrer Einschätzung nach tot ist, vermutlich ermordet. Des Weiteren geben Sie bekannt, dass Sie zu der Überzeugung gelangt sind, Duncan Ackerley habe Selbstmord begangen, und dass Sie nach keinen weiteren Verdächtigen mehr Ausschau halten. Es ist im Grunde ganz einfach: Man verzeichnet einen Erfolg und wendet sich dann neuen Herausforderungen zu. Aber die Entscheidung liegt natürlich ganz bei Ihnen. Es sind Ihre Ermittlungen.«

Cobbett ging vieles durch den Kopf, was er hätte sagen können, doch ein Blick von Chettle ließ ihn auf jede Antwort verzichten.

»Das ist die freundliche Version«, fuhr Chettle fort. »Wir sind ja hier draußen, ganz inoffiziell und formlos. Sobald wir zurück in die Stadt fahren, ist alles öffentlich, im Protokoll nachzulesen. Die Leute, einschließlich mir, könnten anfangen, Fragen nach dem Fortschritt der Ermittlungen zu stellen. Peinliche Fragen.« Er klatschte mit den Händen, als versuchte er, sich aufzuwärmen. »Wie auch immer, das wären meine Ideen bezüglich der Richtung dieser Ermittlungen. Wir sollten zurückfahren. Es wird langsam kalt.«

30

Anfang Februar versammelten sich die vier Salter-Kinder und die beiden Ackerley-Brüder im Bauernhaus.

Es war Gregs Vorschlag gewesen. Er kam mit Bierdosen und mehreren Schachteln Pizza, die er im Supermarkt in Hemingford gekauft hatte. Während sie in der Küche saßen, Bier aus Dosen schlürften und sich schlappe Pizzastücke in den Mund schoben, sah Etty von einem zum anderen.

Greg hatte im Lauf des vergangenen Monats stark abgenommen, und sein blondes Haar wirkte länger. Er schob es sich immer wieder aus dem Gesicht, das in einem bestimmten Licht auf so gespenstische Weise dem seines Vaters ähnelte, dass Ettys Herzschlag einen Moment aussetzte. Sie konnte nicht vergessen – würde nie vergessen –, wie sie Duncan Ackerley das letzte Mal gesehen hatte. Sie vermied es seitdem, zum Fluss hinunterzugehen. Selbst der Anblick der großen Brücke verursachte ihr ein ungutes Gefühl.

Morgan hatte sie des Öfteren in der Schule gesehen, wo man ihnen beiden teils mit Mitgefühl, teils mit unverhohlener Neugier begegnete. Trotzdem gingen sie einander tunlichst aus dem Weg. Etty wollte nicht so wirken wie er, so von Kummer zerfressen: eine fahrige, pickelige, magere Kreatur, die Jahre jünger wirkte, als sie war. Nun hing er in gebeugter Haltung über dem Tisch. Seine Brillengläser waren verschmiert, das dunkle Haar fiel ihm ins Gesicht. Seit seinem Eintreffen im Haus hatte er noch kaum ein Wort von sich gegeben.

Paul würde am frühen Morgen des folgenden Tages zur Universität aufbrechen. Seine Taschen standen schon in der Diele, und er selbst erschien Etty auch irgendwie anders, als befände er sich fast schon auf dem Sprung. Er trug ein sauberes blaues Hemd, dessen Ärmel er bis zu den Ellbogen hochgekrempelt hatte, und sein Haar war frisch gewaschen. Rasiert hatte er sich auch. Er war bereit zum Aufbruch.

Dagegen wirkte Ollie an dem Abend bedrückt. Im Lauf der letzten Woche schien ihm seine Wildheit abhandengekommen zu sein. Er machte einen erschöpften Eindruck. Immer wieder sah er Etty verstohlen von der Seite an. Sie wusste, warum: aus Schuldgefühl. In zwei Tagen würde er mit drei Freunden in Richtung Thailand abdüsen. Bald wäre Etty mit Alec allein.

Niall war spät dran und wirkte verlegen, als fühlte er sich fehl am Platz, umgeben von lauter Jüngeren. Er schaute inzwischen nicht mehr jeden Tag im Haus vorbei, Etty hatte ihn fast eine Woche nicht gesehen. *Ist es normal, dass das so läuft?*, fragte sie sich. *Etwas Unerträgliches wird zu etwas, das es auszuhalten gilt. Das Leben geht weiter.*

»Ich dachte, wir sollten uns treffen, weil es besser ist, die Dinge offen anzusprechen«, begann Greg mit kratziger Stimme. Er klang nervös. »Ich hätte euch zu uns eingeladen, aber Mum fühlt sich nicht gut. Wie auch immer, nun sind wir hier.«

Er schien nicht recht zu wissen, wie er fortfahren sollte. In der Küche war es ganz still geworden.

Da hob Morgan den Kopf. »Die Bullen waren bei uns«, verkündete er mit plötzlicher Heftigkeit. »Diese gottverdammten Ärsche!«

»Bei uns waren sie auch«, meldete Ollie sich zu Wort.

»Inzwischen behaupten sie, davon überzeugt zu sein, dass Dad sich das Leben genommen hat«, erklärte Greg.

»Was Schwachsinn ist«, sagte Morgan in schrillem Ton. »Es war ein Unfall.«

»Und im Zusammenhang mit Charlie suchen sie auch nicht weiter nach jemand anderem«, fuhr Greg fort. Dabei ballte er die Fäuste, entspannte sie wieder, ballte sie erneut. »Sie behaupten, die beiden hätten eine Affäre gehabt, und Dad habe Charlie getötet und sich dann in einem Anfall von Reue selbst umgebracht.«

»Das ist Unsinn«, ergriff Morgan wieder das Wort. Er musterte die Salters. »Das ist euch doch klar, oder? Ihr wisst, dass sie nichts miteinander hatten. Ihr wisst, dass Dad Charlie nicht umgebracht hat. Das hat er nicht getan.«

Ein paar Sekunden lang sagte niemand etwas. Niall räusperte sich, öffnete den Mund, klappte ihn wieder zu.

»Ich schätze mal«, brach Greg schließlich das Schweigen, »dass niemand wirklich etwas weiß … über all das. Was es nur noch schrecklicher macht.«

»Ich glaube euch«, verkündete Etty. Alle wandten sich ihr zu. Sie spürte, wie sich ihre Brust weitete. Instinktiv legte sie die Hand auf das Medaillon, das Charlie ihr geschenkt hatte und das sie nie ablegte. »Ich kann mir nicht vorstellen, dass sie eine Affäre hatten und alle täuschten. So waren sie nicht. Genauso wenig kann ich mir vorstellen, dass Duncan Mum getötet hat. Er war ihr Freund. Unser Freund. Ich glaube, dass die Person, die sie getötet hat …«

»Sie ist nicht tot«, schnitt Paul ihr das Wort ab. »Sie ist irgendwo da draußen.«

»Sie ist tot«, widersprach Ollie. »Herrgott noch mal!«

»Ich glaube, dass der Mann, der sie getötet hat«, sagte Etty in lautem Ton, mit einem Schluchzen in der Stimme, »oben in seinem Arbeitszimmer sitzt und sich einbildet, ungestraft davonzukommen.«

Droben in seinem Arbeitszimmer hörte Alec Salter seine Tochter. Er blickte von den Dokumenten hoch, die er gerade sortierte, und blickte aus dem Fenster. Im Licht der Dämmerung leuchteten ihm aus dem feuchten Gras ein paar Schneeglöckchen entgegen. Bald würde es Frühling werden.

Er lächelte.

Etty stand in der Diele, während die Ackerley-Brüder in ihre Stiefel und Jacken schlüpften. Morgan trat als Erster hinaus in die Dunkelheit. Er hatte die Schultern hochgezogen und trotzte dem Ostwind mit gesenktem Kopf. Greg aber zögerte.

»Kommst du klar?«, fragte er. »Hier, meine ich?«

Etty starrte ihn eine ganze Weile an. »Gehst du auch weg?«

»Ich schätze schon. So war es immer geplant.«

»Das kannst du nicht machen«, stieß sie hervor. »Was soll ich denn dann tun?«

Sie schob die Arme unter seine dicke Jacke, umarmte ihn und presste das Gesicht an seine Brust. Der Geruch nach Holzfeuer stieg ihr in die Nase, und sie hörte seinen gleichmäßigen Herzschlag.

»Etty.« Er streichelte ihr übers Haar.

Mit geschlossenen Augen hob sie ihm das Gesicht entgegen, um sich von ihm küssen, sich von ihm trösten zu lassen, egal, was, Hauptsache, sie fühlte sich weniger allein. Er senkte langsam den Kopf, löste sich dann aber plötzlich von ihr. In seinem Gesicht zuckten die Muskeln.

»Bitte«, sagte sie. »Bitte geh nicht.«

»Du schaffst das schon«, entgegnete er.

Er beugte sich hinunter, um hinter Pauls Gepäck etwas vom Fliesenboden aufzuheben, und reichte es ihr: den Engel, der auf der Spitze des Weihnachtsbaums gethront hatte. Er hatte rosa Flügel und trug ein Tüllkleid, unter dem sich der Clip verbarg, mit dem er an der Baumspitze befestigt wurde, und ein gesticktes Lächeln im Gesicht.

»Wir sehen uns«, sagte Greg, ehe er nach draußen ging.

Etty beobachtete, wie er sich zu seinem Bruder gesellte und die beiden Gestalten in der Nacht verschwanden. Ollie kam und stellte sich neben Etty, gefolgt von Paul und Niall. Niemand sagte etwas. Etty liefen dicke Tränen über die Wangen. Sie machte sich nicht die Mühe, sie wegzuwischen.

Schließlich drehte sie sich um und stieg ganz langsam die Treppe hinauf, den lächelnden Engel an sich gedrückt. Am liebsten wäre sie auf der Stelle gestorben.

ZWEITER TEIL

2022

31

»Was sollen wir denn mit dem hier machen? Wegwerfen?«

Etty betrachtete den schäbigen kleinen Engel, den Ollie in der Hand hielt. Eine Erinnerung durchzuckte sie so heftig, dass es wehtat.

»Das können wir nicht tun«, mischte Niall sich ein. »Mum hat ihn immer oben an die Baumspitze gesteckt, wenn wir mit dem Schmücken fertig waren.«

Etty schob das Bild beiseite: Charlie, die auf einem Stuhl stand und sich vor lauter Konzentration auf die Unterlippe biss, während sie den Engel befestigte.

»Er sieht schon ein bisschen ramponiert aus«, stellte Ollie fest. »Aber vielleicht kriegen wir ihn wieder hin?«

»Wir können nicht alles behalten, woran unsere Erinnerungen hängen«, entgegnete Etty. »Sonst behalten wir am Ende das halbe Haus.«

Achselzuckend warf Ollie den Engel in den schon halb vollen Müllsack.

»Das dauert zu lang«, bemerkte Etty mit einem Blick auf die Zeitanzeige ihres Handys.

Sie befanden sich im Wohnzimmer, das nach drei Jahrzehnten der Vernachlässigung eher wie der Warteraum eines Bahnhofs aussah: Sprünge in der Zimmerdecke, aufgereihte Stühle, ein durchgesessenes Sofa. Aber durch das weit geöffnete Fenster strömte die warme Frühlingsluft herein, und von dort, wo sie stand, konnte Etty den blühenden Kirschbaum sehen, die alte Quitte und den makellos blauen Himmel.

Alles war wie immer. Auf dem Kaminsims standen noch dieselben Fotos wie früher, an den Wänden hingen dieselben Bilder, dieselben gelben Vorhänge, die Charlie genäht hatte, sogar der alte Teppich war noch da, wenn auch inzwischen ziemlich abgenutzt – doch zugleich erschien Etty das alles seltsam unpassend und fremd.

Sie konnte sich nicht erinnern, wann ihre Brüder und sie sich das letzte Mal zusammen in einem Raum aufgehalten hatten. Vor zwanzig Jahren? Fünfundzwanzig? Allerdings waren sie inzwischen nur noch zu dritt statt zu viert. Nialls Haar wurde bereits schütter, und er hatte zugenommen. Wenn er sich bewegte, atmete er schwer. Dagegen wirkte Ollies schlanke Figur mittlerweile knochig und hart.

»Wir brauchen ein System«, verkündete sie.

Niall legte ein Fotoalbum auf den Tisch und wischte den Staub von seinem Kunstledereinband.

»Ich wünschte, Paul wäre hier«, sagte Ollie. »Es erscheint mir nicht richtig, das alles ohne ihn zu machen.«

Etty setzte zu einer Antwort an, wurde jedoch durch wütende Rufe von oben unterbrochen.

»Charlie, wo bist du?«

Die drei sahen sich an. Niemand antwortete.

Etty trat an die Wohnzimmertür und spähte die Treppe hinauf. Sie hatte das Gefühl, vor Anspannung keine Luft zu bekommen. Instinktiv berührte sie das runde, goldene Medaillon an ihrer Halskette, als wäre es ein Talisman.

Ihr Vater kam schwerfällig die Treppe herunter. Nach jeder Stufe legte er eine Pause ein. Eine große, knotig aussehende Hand umklammerte das Geländer, die andere hielt er vor sich, als müsste er unsichtbare Hindernisse beiseiteschieben.

Seine Schnürsenkel waren offen. Trotz des milden Wetters trug er eine dicke Jacke. Sein weißes Haar gehörte dringend geschnitten.

»Charlie?«, fragte er.

Sie stellte sich aufrechter hin, reckte das Kinn vor und musterte den Mann, den sie vor so langer Zeit aus ihrem Leben gestrichen hatte.

»Etty.«

Der Name ging ihr nicht mehr leicht über die Lippen. Sie war seit drei Jahrzehnten nicht mehr Etty, sondern Elizabeth, und die wenigen Leute, die sie nahe an sich heranließ, durften Lizzie zu ihr sagen. Nur hier, in dem Leben, aus dem sie geflohen war, hieß sie noch Etty Salter.

»Etty? Etty ist meine kleine Tochter.«

»Ich bin deine Tochter.«

Er runzelte die Stirn. »Ich bin kein Narr.«

»Es ist nur sehr lange her«, erklärte Etty, »seit du mich das letzte Mal gesehen hast.«

So lange, ging ihr durch den Kopf: Ich bin vor einem Ungeheuer geflohen und nun zu einem zornigen, hinfälligen alten Mann zurückgekehrt.

»Dann wäre das ja alles geklärt«, sagte er.

Oben an der Treppe tauchte eine junge, schlanke, dunkelhaarige Frau auf.

»Alec!«, rief sie, während sie zu ihm hinuntereilte. »Ich dachte, Sie schlafen!«

»Wer sind Sie?«

Als sie die Stufe erreicht hatte, auf der er stehen geblieben war, legte sie ihm eine Hand auf den Arm, um sicherzustellen, dass er das Gleichgewicht nicht verlor.

»Lassen Sie mich Ihre Schnürsenkel binden«, sagte sie. »Sonst stolpern Sie noch darüber. Ich habe nicht mitbekommen, dass Sie aufgewacht sind. Möchten Sie nach unten? Es ist Zeit für eine Tasse Tee.«

Er sah sie an, fast ein wenig überrascht.

»Wo kommen Sie her?«

»Das wissen Sie doch, Alec. Von der Agentur.«

»Das meine ich nicht. Aus welchem gottverdammten Land?«

»Ich komme aus Spanien. Das wissen Sie ebenfalls.«

»Sei nicht unhöflich, Dad«, sagte Etty.

»Konnten die niemanden aus England auftreiben?«

Erst in dem Moment, als Alecs Enthemmtheit und Demenz am deutlichsten spürbar wurde, erkannte Etty ihren Vater so richtig wieder.

»Hallo«, sagte sie zu der jungen Frau, die sich daraufhin ihr zuwandte.

»Ich hatte Sie gar nicht gesehen. Sie müssen Alecs Tochter sein, Etty.«

»Ja.«

»Ich bin Lucia, von der Pflegeagentur. Ich kümmere mich um Ihren Vater. Nicht wahr, Alec?«

»Nein. Kann mir denn keiner sagen, wo Charlie ist?«

»Es freut mich, Sie kennenzulernen, Etty«, sagte Lucia. »Niall hat mir von Ihnen erzählt.« Die junge Frau führte Alec die restlichen Stufen hinunter.

»Charlie ist tot«, erklärte Etty ihrem Vater. »Sie ist vor dreißig Jahren verschwunden und seitdem nie wieder aufgetaucht.«

»Die Tür findest du ja selbst«, antwortete Alec.

Etty wich zur Seite, um die beiden vorbeizulassen. Sie betraten die Küche. Statt zu ihren Brüdern zurückzukehren, ging Etty langsam nach oben in den ersten Stock, wo sie an Alecs altem Arbeitszimmer vorbeikam und feststellte, dass es inzwischen eine Abstellkammer war, ein Ort, wo alles landete, was nirgendwo sonst Platz fand: stapelweise Zeitschriften, Bücher und kaputte Möbel. Vom Fenster war kaum noch etwas zu sehen, aber durch die oberste Glasscheibe verlief ein gezackter Sprung, und Efeu wuchs durch den Rahmen in den Raum.

In Alecs Schlafzimmer schaute sie nicht, das schaffte sie nicht. Stattdessen ging sie weiter den Gang entlang, vorbei an Ollies Zimmer, wo er bereits sein Gepäck abgeladen hatte, vorbei an Pauls Zimmer, dessen Tür sie nicht öffnete, und dann die Treppe hinauf, die zu ihrem eigenen alten Zimmer auf dem Dachboden führte.

Das schmale Eisenbett war noch da, das winzige Waschbecken, ihr alter Schrank, in dem die leeren Kleiderbügel klappernd aneinanderschlugen, als sie ihn öffnete. Auf dem Boden lagen ein Paar weiße Turnschuhe, die sie früher viel getragen hatte, und ein zerknittertes Flanellhemd. An der Wand hing nach wie vor ihr altes Poster mit dem Leuchtturm, auch wenn es sich an einigen Stellen abgelöst hatte. Sie registrierte, dass sogar noch ein Streifen Fotos von ihr und Kim, die sie mit fünfzehn in einer Fotokabine gemacht hatten, im Rahmen des Spiegels steckte. Der Teppich sah aus, als hätten sich Ratten daran zu schaffen gemacht. Die blau karierten Vorhänge wirkten fadenscheinig und eingestaubt.

Als sie einen Blick durch das kleine Fenster warf, blinzelte sie überrascht. Wo sich früher Felder erstreckten, standen nun Reihen neuer Häuser. Sie konnte auch hinunter in den Garten sehen, der zu einer struppigen Wildnis verkommen war. Charlies Gemüsegarten und Kräuterbeet waren entweder überwuchert oder gar nicht mehr vorhanden, aber die Rosen blühten noch in ungezähmter, üppiger Fülle, rosa und weiß.

In der Ferne war die Biegung des Flusses zu erkennen. Etty wandte sich ab.

Sie ging wieder hinunter ins Wohnzimmer. Ollie und Niall waren noch am Sortieren, schienen aber nicht viel weiter gekommen zu sein. Sie saßen gerade über ein Fotoalbum gebeugt und blätterten langsam die steifen Seiten um.

»Komm, sieh dir das an, Etty«, sagte Niall. »Du und dein furchterregendes Stirnrunzeln!«

»Nein danke.«

»Ist das nicht Morgan Ackerley?«, fragte Ollie. »An den Tag kann ich mich noch erinnern. Du bist mit ihm auf die Birke geklettert, und er kam dann nicht mehr runter.«

Etty rührte sich nicht von der Stelle. Sie wollte genauso wenig Fotos von der Familie Ackerley anschauen wie von ihrer eigenen.

»Habt ihr seine letzte Serie gesehen?«, fuhr Ollie fort. »Morgan Ackerley berühmt. Wer hätte das gedacht?«

»Er hat mir vor ein paar Tagen eine WhatsApp-Nachricht geschickt«, berichtete Niall. »Ich schätze, er erwartet eine Antwort.«

»Was schreibt er denn?«, fragte Ollie.

»Er ist hier. Er und Greg. In Glensted. Sie wollten mit uns reden. Ich wusste nicht, was ich antworten sollte.«

»Worüber reden?«

»Er hat geschrieben, das erkläre er mir lieber von Angesicht zu Angesicht.«

»Könnte interessant werden«, meinte Ollie.

»Sollen wir uns treffen?«, fragte Niall. »Herausfinden, worum es geht?«

»Mich könnt ihr da außen vor lassen«, warf Etty ein. »Ich fahre am Sonntag zurück.«

»Dann eben gleich heute Abend.« Niall klang jetzt wieder wie der große Bruder, der die Zügel in die Hand nahm. Er zückte sein Handy und begann, eine Nachricht zu tippen.

»Manchmal sehe ich Frances irgendwo«, bemerkte er, als er fertig war.

»Geht es ihr gut?« Etty musste an Frances' Zustand während jener schrecklichen Monate nach Duncans Tod denken: das beängstigende Chaos ihres Kummers.

»Sie hat wieder geheiratet.«

»Das war nicht meine Frage.«

»Sie wirkt eigentlich recht fit.«

Sein Telefon gab einen kurzen Klingelton von sich. Er warf einen Blick darauf.

»Das ging aber schnell. Morgan schreibt, heute Abend sei gut, wir könnten uns bei Frances treffen, wenn wir wollen.«

»Nein«, antwortete Etty rasch. »Lieber irgendwo in Glensted.«

»Bei Victor?«, schlug Niall vor.

Ollie hob den Kopf. »Du meinst das Café? Gibt es das noch?«

»Es ist jetzt ein Weinlokal, der Betreiber aber nach wie vor Victor Pearce, und er tut auch immer noch so, als wäre er ein Hippie.«

»Vielleicht auch keine so gute Idee«, meinte Etty.

»Recht viel mehr gibt es in Glensted nicht«, entgegnete Niall. »Das Restaurant hat schon vor langer Zeit dicht gemacht. Das Anchor wäre noch eine Möglichkeit.«

Etty wandte sich von ihren Brüdern ab, um einen Moment auf die Wildnis hinauszustarren, die früher mal ein Garten war.

»Also gut, bei Victor«, sagte sie schließlich. »Halb sieben?«

»Schaut euch das von Mum hier an.« Ollie zog ein Foto aus seiner transparenten Hülle und hielt es ihnen hin.

»So werden wir nie fertig«, antwortete Etty, ohne hinzusehen.

»Mein Gott, sie war schon wunderbar«, fuhr Ollie fort. »Ich glaube, ich habe die letzten drei Jahrzehnte damit verbracht, jemanden zu finden wie sie. Kein Wunder, dass meine beiden Ehen gescheitert sind.«

»Ich träume immer noch von ihr«, erklärte Niall unvermittelt. »Ihr auch?«

»Wir brauchen jemanden, der uns hilft, dieses ganze Zeug hier zu sortieren.« Etty griff nach ihrem Telefon.

»Ich habe mir oft eingebildet, sie auf der Straße zu sehen«, meldete Ollie sich zu Wort. »Ich schaute aus einem Autofenster, und da war sie. Meistens erhaschte ich nur einen ganz kurzen Blick auf sie, aber manchmal lief ich ihr nach, und wenn mir dann eine Fremde das Gesicht zuwandte, empfand ich immer diesen schrecklichen Stich der Enttäuschung. Inzwischen passiert es mir allerdings nicht mehr. Das ist wahrscheinlich ein gutes Zeichen, oder?«

»So«, sagte Etty, »ich glaube, ich habe jemanden gefunden.«

Sie wandte sich von ihren Brüdern ab und wählte die Nummer. Während sie den Raum verließ, hörten sie, wie sie sich telefonisch vorstellte. Als sie nach ein paar Minuten zurückkehrte, erklärte sie ihnen, dass eine Frau namens Bridget Wolfe, die Häuser und Büros ausräumte – und der angeblich keine Aufgabe zu groß oder zu klein sei –, am nächsten Vormittag vorbeischauen würde, um einen Blick auf das Bauernhaus zu werfen.

»Weil wir das offensichtlich nicht allein schaffen. Wir haben ja noch nicht mal richtig angefangen.«

»Du hättest uns vorher fragen können«, merkte Niall an.

»Du hast schon viel zu viel getan, all die Jahre. Das muss schlimm gewesen sein.«

Nialls Wangen liefen rot an. »Jemand musste es ja tun. Und um ehrlich zu sein, hat Penny mehr gemacht als ich.«

»Ja«, sagte Etty. »Ich bin froh, dass du Penny hast.«

32

»Ich bin ein bisschen nervös.«

Greg Ackerley – breitschultrig, blauäugig, im blonden Haar bereits eine Spur von Grau und auf der Nase eine Brille mit runden Gläsern – hatte mittlerweile eine so große Ähnlichkeit mit seinem Vater, dass Morgan sich bei seinem Anblick manchmal schlagartig in die Vergangenheit zurückversetzt fühlte.

»Wir kennen sie schon unser ganzes Leben lang«, antwortete er. »Es sind nicht nur Freunde. Früher kamen sie mir eher vor wie unsere Cousins und Cousine. Natürlich haben wir uns aus den Augen verloren, aber so etwas verliert man nie.«

»Es ist trotzdem seltsam.«

Das ehemalige Café von Victor Pearce war inzwischen eine Art Bar, wo Kleinigkeiten aus Suffolk serviert wurden und dazu Wein und ein, zwei Cocktails. An den Wänden wurden immer noch Aquarelle zum Verkauf angeboten, und Pearce war ebenfalls noch da, wenn auch hagerer und grauer als früher. Nachdem Morgan ihm erklärt hatte, dass sie zu fünft sein würden, schob Pearce neben dem Fenster zwei Tische zusammen. Morgan nahm mit dem Rücken zur Straße Platz.

»Möchtest du nicht entdeckt werden?«, fragte Greg.

»Sei nicht albern.«

»Die Leute finden das bestimmt aufregend. Eine Berühmtheit aus der Gegend.«

Morgan lachte. »Das wird nicht so ablaufen, wie du dir das vorstellst. Sie werden zu uns an den Tisch kommen und mich fragen: Wer sind Sie? Wenn ich dann meinen Namen nenne, werden sie sagen: Waren Sie nicht bei der Kochsendung dabei? Nachdem ich das verneine, fragen sie: In welcher Sendung habe ich Sie dann gesehen? Und ich antworte: Vielleicht in der Serie, die ich über Russland gemacht habe? Woraufhin sie ihrerseits verneinen und enttäuscht dreinblicken. Das ist der Grund, warum ich mit dem Rücken zum Fenster sitze.«

Leicht wehmütig stellte Greg mal wieder fest, dass Morgan auf eine gute Weise gealtert war. Der magere kleine Junge mit dem dunklen Haarschopf und den kummervollen Augen hinter verschmierten Brillengläsern war verschwunden, und an seine Stelle war ein gepflegter Mann mit kunstvoll zerzaustem Haar und lässigem Dreitagebart getreten. Er benutzte inzwischen Kontaktlinsen, und seine Kleidung – Jeans und Baumwollhemd – sah nicht nur sauber und frisch, sondern auch ziemlich teuer aus.

Greg blickte über Morgans Schulter.

»Ich glaube, ich kann sie sehen. Auf der anderen Straßenseite. Dreh dich nicht um, das wäre peinlich.«

»Was wäre peinlich?«

»Sie hätte ich auf keinen Fall wiedererkannt.«

»Wen? Etty?«

»Sie ist schlank und schick gekleidet, eine erwachsene, ernst wirkende Person mittleren Alters.«

Morgan lachte. »Was glaubst du, was *wir* sind?«

Die Tür ging auf, und die Salters traten ein. Was sich eben noch wie ein leerer Raum angefühlt hatte, war plötzlich voll und belebt. Greg und Morgan erhoben sich. Einen Moment lang starrten sich die beiden Gruppen wortlos an, fast bestürzt über die seltsame Komik dieses Treffens. Dann gingen sie aufeinander zu, und die Männer umarmten sich zögernd. Morgan wandte sich an Etty, streckte bereits die Arme nach ihr aus, doch sie wich zurück und hielt ihm eine Hand hin, die er daraufhin schüttelte.

»Ich schätze, das haben wir durch die Pandemie gelernt«, sagte er. »Wir müssen nicht jeden umarmen.«

»Ich habe schon vor der Pandemie nicht umarmt«, gab Etty zurück. Obwohl es nach einer humorvollen Bemerkung klang, lächelte sie dabei nicht.

Ehe sie Platz nehmen konnten, eilte Victor Pearce hinter der Theke hervor und auf sie zu.

»Ich hatte schon gehört, dass ihr hier seid«, sagte er.

Etty starrte Victor an. Charlies Augen, dachte Greg. Sie wirkte ganz anders als ihre weichherzige, blonde Mutter, die fast immer ein Lächeln auf den Lippen gehabt hatte, war aber dennoch eindeutig deren Tochter.

»Von wem hast du es gehört?«, fragte Ollie.

»Ach, das weiß ich gar nicht mehr, irgendjemand hat es mir erzählt.« Er schaute Etty an und wirkte dabei sichtlich gerührt. »Wahnsinn. Wie lange ist das her?«

»Ziemlich lange.«

»Du hast dich nie verabschiedet.«

»Etty findet, Abschiede werden überbewertet«, meinte Ollie.

»Du siehst ihr so …«, begann Victor, sprach dann aber nicht weiter.

»Nein«, antwortete sie. »Nicht wirklich.«

»Wie wäre es mit einer Flasche Weißwein?«, fragte Victor. »Aus der Weinhandlung ein paar Häuser weiter. Die gab es damals noch nicht, als …«

»Als wir jung waren?«, warf Ollie ein.

»Wir probieren ihn«, meinte Morgan. »Das geht übrigens alles auf uns.«

»Was gibt es denn sonst noch?«

»Wir haben auch Rotwein, und unser Cocktail der Woche ist ein spezieller Glensted-Negroni.«

»Ich nehme einen Gin Tonic«, sagte Etty.

»Auch was zu essen?«, fragte Victor. »Wir haben eine Platte mit Geräuchertem. Und eine Käseplatte. Alles regional.«

»Gut«, antwortete Morgan. »Wir nehmen beides.«

»Wunderbar. Übrigens habe ich deine Dokumentation gesehen. Sie war sehr gut.«

»Die russische?«, wollte Morgan wissen.

»Nein, ich glaube nicht. Es war etwas anderes.«

Nachdem Victor sie wieder verlassen hatte, begannen sie mit verlegenem Small Talk. Zunächst ging es darum, wann sie alle in der Stadt eingetroffen waren, dann um das neue Wohngebiet, das gerade am Stadtrand gebaut wurde, schließlich um die Bar und wie lange es die schon gab.

Niall fragte Greg, was er beruflich mache, woraufhin Greg mit den Achseln zuckte, auf die Tischplatte starrte und mit seinen kräftigen Fingern über die Maserung des Holzes strich.

»Dies und das«, meinte er verlegen. »Eigentlich nur Gelegenheitsjobs.«

»Er ist mal wieder bescheiden«, erklärte Morgan. »Er rettet die Leute, wenn es zu häuslichen Krisen kommt: bei Rohrbrüchen, Überschwemmungen, Problemen mit dem Strom oder umgestürzten Bäumen. Was auch immer. Er hat ein unglaubliches Händchen dafür, Dinge zu reparieren, und hat das zu seinem Beruf gemacht.«

»Als richtigen Beruf würde ich es nicht bezeichnen«, widersprach Greg.

»Erledigst du auch Klempnerarbeiten?«, fragte Niall. »Wir haben da nämlich ein kleines Problem mit …«

»Niall!«, unterbrach ihn Etty in scharfem Ton. Er besaß zumindest den Anstand zu erröten.

»Klar«, sagte Greg. »Solange ich hier bin, helfe ich gerne.«

»Wo lebst du?«, erkundigte sich Ollie.

»Ein Stück die Küste hinauf, etwa achtzig Kilometer von hier. Es ist recht schön dort.«

»Seine Frau ist Konrektorin«, informierte sie Morgan. »Und sie haben einen Sohn namens Mark, der Anthropologie studiert. Sie wohnen in einem hübschen Häuschen, ganz nah am Meer. Greg hat es richtig schön hergerichtet.«

»Seht ihr?«, meinte Greg. »Morgan mag ja berühmt sein, aber er schätzt uns kleine Leute immer noch.«

»Na ja, ich will ja meine bescheidenen Wurzeln nicht verleugnen.«

Etty warf einen Blick auf Gregs Gesicht. Plötzlich erschienen ihr die beiden wieder wie damals als Teenager, als sie sich ständig gegenseitig aufzogen, dabei aber immer Gefahr liefen, ernsthaft in Streit zu geraten. Sie hatte Morgans Karriere aus der Ferne verfolgt und inzwischen fast vergessen, dass er der Jüngere war und Greg früher der Verlässliche, Kompetente.

»Und du?«, wandte sich Morgan an Ollie.

Ollie lächelte auf eine Weise, die Ettys Herz schmerzen ließ.

»Es interessiert dich tatsächlich?«

»Es interessiert mich tatsächlich.«

»Also, ich arbeite für eine Firma, die Waren an andere Firmen liefert.«

»Zum Beispiel?«

»Glaub mir, das willst du nicht wirklich wissen.«

Victor kam mit dem Wein und dem Gin Tonic und brachte gleich darauf das Fleisch und den Käse auf rustikalen Holzplatten. Er erklärte ihnen die verschiedenen Käse- und Fleischsorten und wo sie jeweils herstammten. Dazu gab es Chutney aus der Region und Chilisoße, ebenfalls hergestellt in der Region. Nachdem er wieder gegangen war, schenkte Morgan den Wein aus, griff nach einem der vier Gläser und nahm einen Schluck.

»Besser als erwartet«, befand er. »Auf jeden Fall besser als alles, was man hier früher bekam.« Während er erneut nach seinem Glas griff, wurde seine Miene ernst. »Es kommt mir unglaublich vor, aber ich schätze, das letzte Mal, dass wir alle so zusammensaßen, war auf der Beerdigung.«

»Wir saßen nicht *alle* zusammen«, widersprach Niall in ruhigem Ton. Obwohl er es vermied, Etty anzusehen, wussten alle, wen er meinte. Sie reagierte nicht, aber ihre Miene wirkte eisig, starr.

»Ich kann es noch immer nicht fassen«, meinte Morgan. »Paul war speziell. Er hat immer alles sehr schwer genommen.«

»Ich glaube, wir haben es alle schwer genommen.«

»Und jetzt seid ihr wegen eures Dads hier«, wechselte Morgan das Thema.

»Ja, stimmt«, bestätigte Niall. »Wobei ich natürlich immer hier bin. Aber Etty und Ollie sind deswegen hergekommen.«

»Das muss schlimm für euch sein«, meinte Morgan.

»Ja«, antwortete Niall steif.

Morgan strich mit einer Hand über seinen Bart und sprach dann in leiserem Ton weiter. »So viel Zeit ist vergangen, so viel Wasser den Fluss hinuntergeflossen. Ich habe das Gefühl, es gibt derart viel zu bereden, dass ich gar nicht weiß, wo wir am besten anfangen, aber ich dachte mir, wir sprechen erst mal eine Art Toast aus, um diesen Moment würdig zu begehen. Wobei ich nicht so ganz sicher bin, worauf wir anstoßen sollen.«

Etty nahm einen großen Schluck Gin Tonic, ehe sie ihr Glas zurück auf den Tisch stellte und sich Morgan zuwandte.

»Du hast dich mit Niall in Verbindung gesetzt. Du hast ihm geschrieben, dass ihr euch mit uns treffen wollt.«

Morgan stieß ein kleines Lachen aus. »Das ist so seltsam. Ihr sitzt da auf eurer Seite des Tisches und wir hier auf unserer. Das Ganze kommt mir vor wie bei einem Interview.«

»Ich kann gar nicht glauben, dass wir uns komplett aus den Augen verloren haben«, sagte Greg in sanftem Ton. Seine Miene wirkte bekümmert. »Nach allem, was damals passiert ist.«

»Wir mussten einfach weg von hier«, erklärte Ollie. »Und nachdem Paul …« Er brach ab. Es war, als könnte er die Worte nicht laut aussprechen. »Es fühlte sich an, als läge auf unserer Familie ein Fluch.« Sein Blick wanderte zu Niall. »Allerdings tat es mir leid, dass ich Niall allein ließ. Er blieb ja da. Er war derjenige, die die Scherben aufsammeln musste.«

Etty leerte ihr Glas und stand auf.

»Ich muss mal einen Moment raus«, verkündete sie.

Sie verließ das Lokal und trat auf den Gehsteig. Sie konnten sie draußen vor dem Fenster eine Zigarette rauchen sehen.

»Es hat mich überrascht, dass sie nicht auf der Beerdigung war«, sagte Morgan. »Ich dachte immer, sie und Paul hätten sich besonders nahegestanden.«

Niall und Ollie wechselten einen Blick.

»Es ging ihr damals gar nicht gut«, erklärte Ollie. »Sie war nicht in der Verfassung, an einer Trauerfeier teilzunehmen.«

»Ich habe sie ein- oder zweimal gegoogelt«, sagte Morgan, »aber da stand nur etwas über die Kanzlei, für die sie arbeitet. Wie es aussieht, ist sie wohl recht erfolgreich.«

»Tja, sie ist ein kluges Mädchen, unsere Etty«, meinte Ollie.

»Ich habe mich gefragt, ob sie wohl auch verheiratet ist und Kinder hat. Darüber stand auf der Website nichts.«

»Nein, weder noch.« Ollie warf einen nervösen Blick auf seine Schwester, die immer noch draußen auf dem Gehsteig stand. »Ich finde es ein bisschen unangenehm, über sie zu reden, während sie nicht dabei ist. Wir haben auch nicht mehr viel Kontakt. Aber seit wir hier sind, ist sie großartig und organisiert alles Mögliche für Dad. Ich glaube, ohne sie hätten wir es nicht geschafft – den ganzen juristischen Kram und die Formulare. Sie hat das souverän geregelt.«

»Wir haben von Alec gehört«, warf Greg ein. »Geht er in ein Heim?«

»Wir dachten erst, wir kämen mit einer Pflegekraft im Haus aus«, antwortete Niall. »Wobei er ja immer schon schwierig war.« Er lächelte grimmig. »Wie ihr wisst. Lucia ist großartig, aber mittlerweile hat er eine neue Stufe des Schwierigseins erreicht.«

Etty kam wieder herein, bestellte einen weiteren Gin Tonic und setzte sich.

»Ich bin froh, dass wir uns heute hier treffen können«, machte Morgan da weiter, wo er aufgehört hatte. »Weil wir ja alle Betroffene sind. Ich glaube, die Mitglieder eurer und unserer Familie sind die einzigen Menschen, die wirklich verstehen können, was wir durchgemacht haben.«

Von Etty kam zunächst keine Reaktion, weder ein Lächeln noch ein Nicken. »Du meinst, weil beide Familien sich fragen müssen, ob die Väter Mörder waren? Ist es das, was wir gemeinsam haben?«

»Mein Gott, Etty!«, stöhnte Ollie. Er warf einen Blick zu Morgan hinüber. »Niall hat gesagt, ihr wolltet persönlich mit uns sprechen. Ging es nur darum, wieder in Kontakt zu kommen?«

Morgan nahm einen Schluck Wein. Als er erneut das Wort ergriff, hatte er seinen Rhythmus gefunden. Nun war er der Mann, den sie aus dem Fernsehen kannten, routiniert und redegewandt.

»Ich bin so froh, dass wir wieder in Kontakt sind. Ihr habt uns gefehlt. Aber wir wollten euch auch etwas sagen, bevor ihr es von jemand anderem hört. Vor dreißig Jahren ist etwas Schreckliches passiert, zwei Leute starben, und es gab nie eine richtige Aufklärung. Im Grunde hat die Polizei ihre Ermittlungen irgendwann einfach beendet. Man ließ verlautbaren, dass nach dem Tod unseres Vaters die Suche nach weiteren Verdächtigen eingestellt worden sei. Ich glaube nicht, dass Greg und ich damals wirklich wussten, wie wir damit umgehen sollten. Wir waren einfach nur betäubt, traumatisiert, egal, wie man es ausdrücken will. Unsere Wege trennten sich, jeder lebte sein eigenes Leben, schlug seine eigene berufliche Laufbahn ein. Aber irgendwie war es immer da, wir hatten es stets im Hinterkopf.« Er warf einen Blick über den Tisch. »Bestimmt habt ihr es ähnlich empfunden.«

Niemand sagte etwas. Etty sah nicht ihn an, sondern aus dem Fenster.

»Jahrelang haben wir darüber gesprochen, dass wir einen Weg finden müssten, mit alledem besser klarzukommen. Wir brauchen einen Schlussstrich, um das fatale Wort zu benutzen.«

»Und wie sollen wir das anstellen?«

»Wir hatten eine Idee und würden uns freuen, wenn ihr mitmacht, sofern ihr daran Interesse habt. Zumindest wollen wir, dass ihr Bescheid wisst. Wir beide machen einen Podcast.«

Niall und Ollie schauten sich an. Etty verzog wieder keine Miene.

»Einen Podcast?«, wiederholte Niall. »Was soll das heißen? Was für eine Art von Podcast?«

»Wir möchten die Geschichte erzählen, die damals passiert ist, aber nicht nur das. Eigentlich geht es um die Frage, ob wir einen Weg finden können, das Ganze für uns stimmig zu erklären, sodass wir anschließend wirklich nach vorne blicken und unser Leben weiterleben können.«

»Du meinst, nur ihr zwei am Mikro?«

Morgan lächelte. »Ich glaube nicht, dass jemand Lust hätte, sich das anzuhören. Nein, wir wollen Interviews mit allen Beteiligten führen. Es ist nicht nur unsere Geschichte, sondern die Tragödie zweier Familien, die Tragödie eines Dorfes – und auch die Tragödie eines Systems, das uns alle im Stich gelassen hat.«

Zum ersten Mal huschte der Anflug eines Lächelns über Ettys Gesicht. »Was erwartet ihr da von uns?«

»Es ist doch genauso eure Geschichte wie unsere. Es würde uns so viel bedeuten, wenn ihr bereit wärt, euch interviewen zu lassen. Wir möchten allen Gelegenheit bieten, ihre eigene Sichtweise der Dinge darzulegen, sozusagen ihre Seite der Geschichte angemessen zu präsentieren.«

»Werdet ihr dafür bezahlt?«, fragte Ollie.

Morgan schüttelte den Kopf. »Wir machen es für uns selbst. Und für euch natürlich. Wir haben einfach das Gefühl, dass es sich um eine Geschichte handelt, die erzählt werden muss. Vielleicht hilft es uns allen. Es könnte wie eine Therapie wirken. Zumindest hoffe ich das.«

»Für wann plant ihr das denn?«, erkundigte sich Etty.

»Wir haben tatsächlich schon ein paar Interviews geführt, mit ein paar Leuten aus dem Dorf gesprochen, ein bisschen Vorarbeit geleistet. Aber ein Hauptstrang der Geschichte ist natürlich das Verschwinden eurer Mutter. Wir werden auf eine respektvolle, empathische Weise damit umgehen, und wir wären glücklich, wenn ihr mitmachen würdet. Falls ihr ein gutes Gefühl dabei habt.«

»Das kommt alles so plötzlich.« Niall wirkte verwirrt. »Wollt ihr euch da wirklich noch einmal reinstürzen?«

»Wir haben niemals geglaubt, dass unser Vater tatsächlich ein Mörder war«, antwortete Morgan. »Oder, Greg?«

Greg zögerte. Etty sah, dass er nach den richtigen Worten suchte, wie er es schon als Teenager so oft getan hatte. Sie warteten alle geduldig.

»Da muss ich ehrlich sein«, antwortete er schließlich. »Ich weiß nicht, was passiert ist. Ich weiß nicht mal, was ich glaube. Als Morgan mir von der Idee erzählte, war ich erst geschockt von der Vorstellung, in der Vergangenheit herumzuwühlen. Doch dann beschloss ich, mich zu beteiligen, weil ich nämlich sehr wohl weiß, was ich fühle: Dad war ein guter Mann.«

»Wir müssen halt mal sehen, was wir herausfinden können«, meinte Morgan.

»Aber wenn euer Vater nicht der Mörder war«, entgegnete Ollie langsam, »bedeutet das dann, dass der unsere es war? Soll das die Pointe der letzten Episode werden?«

»Ich habe keine Ahnung, wie die letzte Episode ausfallen wird.«

Etty leerte ihr Glas und stand auf.

»Mir reicht's«, erklärte sie. Sie wandte sich an ihre Brüder. »Wir sehen uns dann im Haus.«

»Was ist mit dem Podcast?«, fragte Greg.

»Ich will damit nichts zu tun haben.«

»Wir möchten euch nur die Chance geben, eure Sichtweise darzulegen.«

»Ich habe keine Sichtweise.« Im Gehen schlüpfte sie in ihren Mantel, doch bevor sie die Tür erreichte, drehte sie sich noch einmal um.

»Tote kann man, rechtlich gesehen, nicht mehr verleumden. Darüber habt ihr euch sicher informiert. Aber ihr solltet aufpassen, was ihr über Leute sagt, die noch leben.«

»Uns geht es nur um die Wahrheit«, entgegnete Greg.

Etty schüttelte langsam den Kopf.

»Die Wahrheit«, wiederholte sie. »Wie naiv seid ihr?«

Sie öffnete die Tür und eilte davon. Ihr Mantel blähte sich im Wind.

»Sie hat sich verändert«, bemerkte Morgan, während sie zum Haus ihrer Mutter zurückmarschierten. »Früher war sie so warmherzig und …« Er zögerte, überlegte einen Moment. »So ein heller Funke.«

Greg gab ihm keine Antwort. Er dachte an das junge Mädchen, das die Arme um ihn geschlungen und das Gesicht zu ihm emporgereckt hatte, um sich von ihm küssen zu lassen, blind vor Tränen.

»Sie hat viel durchgemacht«, fuhr Morgan fort. Es klang, als probte er schon für seinen Podcast. »Sie musste lernen, sich gegen die Brutalität der Welt zur Wehr zu setzen.«

»Sie war noch ein Kind«, warf Greg in nachdenklichem Ton ein, als spräche er mehr mit sich selbst.

»Ich war auch noch ein Kind. Aber du und ich, wir sind da trotzdem irgendwie durchgekommen. Bei ihnen habe ich dieses Gefühl ganz und gar nicht. Bei keinem von ihnen.«

33

Am nächsten Tag erwachte Etty im Morgengrauen. Sie hatte die Vorhänge nicht zugezogen. Durch das kleine Fenster leuchtete ein makelloses Rechteck silbrig blauen Himmels. Ein paar Sekunden blieb sie ganz still liegen und betrachtete den Raum, in dem sie das erste Mal seit fast dreißig Jahren wieder geschlafen hatte.

Dann setzte sie sich ruckartig auf, schwang die Beine aus dem Bett und ging zum Fenster, um frische Luft hereinzulassen. Draußen war es schon warm. In der Ferne schimmerten die Pappeln im Morgenwind.

Sie schlüpfte in eine Jeans und ein langärmeliges Shirt, putzte sich an dem kleinen Waschbecken die Zähne, griff nach ihrem Notizbuch mit dem dazugehörigen Stift und ging nach unten. Der Rest des Hauses schien noch zu schlafen, doch als sie an Alecs Zimmertür vorbeikam, hörte sie drinnen seine Stimme.

»Nein«, sagte er gerade. »Hau ab!« Etty wartete, die Hand am Treppengeländer. »Du Blotze!«, fügte er hinzu. Obwohl sie nicht wusste, was er damit meinte, klang es in ihren Ohren ebenso obszön wie das kehlige Geräusch, das er anschließend ausstieß, eine Mischung aus dreckigem Lachen und Stöhnen.

Angewidert setzte sie ihren Weg nach unten fort. Dabei registrierte sie, dass immer noch dieselbe Stufe knarrte. Die Wanduhr war auch noch dieselbe. Sie zeigte fünf vor halb sechs. Etty schlüpfte in die Stiefel, die sie in der Diele hatte stehen lassen, öffnete leise die Haustür und trat ins Freie.

Charlies alter Garten existierte nicht mehr. Natürlich nicht. Bereits in den letzten achtzehn Monaten, die Etty damals noch im Haus verbrachte – allein, abgesehen von Alec –, hatte die Natur die Herrschaft übernommen: Unkraut erstickte die Blumenbeete, und vom Gemüse war vor lauter Brennnesseln und Jakobskraut auch kaum noch etwas zu sehen gewesen. Mittlerweile hatte sich das Ganze in eine richtige Wildnis verwandelt. Der Apfelbaum war abgestorben, und überall wucherte dorniges Gestrüpp.

Etty ging trotzdem ein Stück, vorbei an dem modrig riechenden, mit Wasserlinsen bedeckten kleinen Teich und den Überresten der alten, in sich zusammengefallenen Holzverschläge. Schließlich entdeckte sie den Quittenbaum, der noch ein paar von seinen hübschen rosa Blüten trug, und ließ sich darunter nieder, obwohl der Boden noch feucht war.

Sie schlug ihr Notizbuch auf und zog die Kappe von ihrem Stift, schrieb aber lange Zeit nichts. Stattdessen zündete sie sich eine Zigarette an, rauchte sie ganz langsam und sah dabei den Rauchfahnen nach, bis sie sich auflösten und mit dem Blau des Himmels verschmolzen. Erinnerungen und Bilder tauchten auf. Genau aus diesem Grund hatte sie es immer vermieden zurückzukommen: Alles hier war mit Erinnerungen behaftet, und jede Erinnerung eine Falle, gefährlich wie ein Tellereisen.

Dass sie sich am Vorabend schlecht benommen hatte, wusste sie. Greg und Morgan hatten sie voller Bestürzung gemustert. Ihr war klar, dass beide noch die alte Etty vor Augen hatten – jene muntere, lebenslustige Kreatur, die längst nicht mehr existierte – und sie mit der neuen Etty verglichen, die sich so barsch und kühl und hart gab. Aber zumindest hatte sie überlebt.

Sie richtete den Blick auf ihr Notizbuch und begann, die Aufgabenliste durchzugehen, die sie, ordentlich nach Punkten gegliedert, in ihrer sauberen Handschrift notiert hatte. Makler kontaktieren. Unterbringung im Pflegeheim erledigen. Letzte Zahlungen für die häusliche Pflegekraft tätigen. Sicherstellen, dass sowohl sie als auch ihre Brüder Handlungsvollmacht hatten. Lastschriften für Hausnebenkosten kündigen.

Sie betrachtete das Gebäude: die fehlenden Dachziegel, den bröckelnden Verputz, die leckenden Dachrinnen, die abblätternden Fensterrahmen. Alles wirkte schäbig und verwahrlost. Im Grunde sah das Haus schon jetzt verlassen und unbewohnt aus.

Als sie schließlich wieder hineinging, traf sie in der Küche auf Lucia. Sie machte gerade Frühstück für Alec. Die junge Frau war in einen kuscheligen weißen Bademantel gehüllt und hatte das Haar zu Zöpfen geflochten. In dieser Aufmachung wirkte sie derart jung und frisch, dass sie überhaupt nicht in ihre triste Umgebung zu passen schien.

»Wie lange arbeiten Sie schon als Pflegerin?«, fragte Etty, während sie den Küchenschrank nach Kaffee durchforstete.

»Erst seit sechs Monaten. Ich spare auf eine Reise mit meinem Freund.«

»Gefällt Ihnen die Arbeit?«

Lucia zuckte mit den Achseln. »Manchmal. Das hängt von der Person ab, um die ich mich kümmere.«

»Gefällt es Ihnen hier?«

Lucia schlug ein Ei in eine Schüssel und sah sie dann direkt an.

»Ihr Vater ist nicht immer einfach.«

»Nein.«

»Manchmal sagt er schreckliche Dinge.«

»Das tut mir leid.«

»Aber dann rufe ich mir ins Gedächtnis, dass er krank ist. Sein Gehirn funktioniert nicht mehr richtig. Das ist gar nicht er. Es ist nicht persönlich gemeint.«

»Mein Vater war nie einfach«, entgegnete Etty.

»Er spricht viel von Ihnen.«

Etty spürte, dass sie gegen ihren Willen das Gesicht verzog. Rasch wandte sie sich ab und löffelte uralte Kaffeebohnen in die Kaffeemühle, die es schon seit ihrer Jugend gab.

»Er versteht mehr, als Sie denken«, fuhr Lucia fort. »Er fragt oft, wann Sie wohl kommen werden.«

»Tja, nun bin ich ja da.«

Durchs Fenster sah sie einen Wagen viel zu schnell die Zufahrt zum Haus heranbrausen und vor dem Eingangsbereich so heftig bremsen, dass die Kieselsteine nur so aufspritzten. Hinter dem Lenkrad lümmelte eine junge Frau mit bockiger Miene. Neben ihr saß Niall. Wie es aussah, wurde er gerade ziemlich laut. Etty registrierte ein Fahranfänger-Schild am Wagen.

Als sie schließlich ausstiegen, knallten beide die Tür zu, woraufhin hinten noch eine Tür aufging und eine weitere Person das Auto verließ. Etty hätte Penny überall wiedererkannt. Sie trug ihr Haar immer noch zu einem Pagenkopf geschnitten, auch wenn der inzwischen grau war. Auf ihrem Gesicht mit der markanten Kinnpartie lag wie damals ein entschlossener Ausdruck. Sie hielt sich beim Gehen auch noch sehr aufrecht und schwang dabei mit den Armen, als würde sie gerade eine stramme Wanderung absolvieren. Etty hatte sie immer sympathisch gefunden. Sie fand es auch jetzt wieder sympathisch, wie sie an ihrem wütenden Ehemann und der Tochter vorbei zur Haustür marschierte.

»Hallo, Etty«, sagte sie beim Betreten der Küche, als hätten sie sich vor einer Woche das letzte Mal gesehen. »Hallo, Lucia. Alles in Ordnung?«

»Alles gut«, antwortete Lucia.

»Schön, dich zu sehen«, entgegnete Etty. »Kaffee?«

»Bitte. Ich hatte keine allzu entspannte Fahrt hierher, um es mal milde auszudrücken. Wenn man vom Teufel spricht … Hier kommt unsere jüngste Tochter, Mia. Mia, das ist deine Tante Etty.«

Mia hatte zerzaustes Haar und ein Gesicht voller Piercings. Ihr Oberteil war so kurz, dass ihr ebenfalls gepiercter Nabel hervorblitzte. Sie trug eine finstere Miene zur Schau.

»Die lange verschollene Tante.«

Etty lächelte weder, noch gab sie ihr die Hand. Nachdem sie sich ein paar Augenblicke angestarrt hatten, begann Mia zu grinsen. Schlagartig wirkte sie jung und süß.

»Cool«, sagte sie.

Niall betrat den Raum, mit rotem Gesicht und stark schwitzend.

»Sind wir zu spät?«

»Zu früh. Ollie ist noch gar nicht heruntergekommen.«

»Doch«, widersprach eine Stimme an der Tür.

Ollie machte trotzdem den Eindruck, als befände er sich noch im Halbschlaf. Sein Gesicht mit den Bartstoppeln sah ein wenig verquollen aus, sein Hemd war nur bis zur Hälfte zugeknöpft. Nach einem Blick in die Runde machte er mit seiner schmalen Hand eine ausladende Geste. »Morgen, alle miteinander. Lange nicht gesehen, Penny.«

»Sehr lange«, bestätigte sie.

»Habt ihr noch einen Kaffee für mich übrig?«

»Nein.« Etty deutete auf die Kanne. »Es sind noch Bohnen da.«

»Ich mache welchen«, bot Lucia an.

»Nein, das tun Sie nicht«, entgegnete Etty. »Eine dysfunktionale Familie zu bedienen, gehört nicht zu Ihrer Jobbeschreibung.«

»Na dann«, meinte Penny, »was steht auf dem Programm?«

»Eine Frau namens Bridget Wolfe wird gleich eintreffen. Sie erledigt alle Arten von Hausräumungen. Ich nehme also an, sie schaut sich die Sache an, um abschätzen zu können, wie lange es dauern würde, und wird uns dann einen Kostenvoranschlag unterbreiten.«

»Ich dachte, wir machen das meiste selbst«, erwiderte Penny.

»Nein. Weil das bedeuten würde, dass ihr beide, du und Niall, wieder das meiste macht, so wie in den letzten dreißig Jahren. Wofür wir euch sehr dankbar sind. Stimmt's, Ollie?«

»Himmel, ja!«, antwortete Ollie undeutlich, den Mund voll Weißbrot.

»Kann ich die alte Öllampe für mein Zimmer haben?«, fragte Mia.

»Nein, kannst du nicht«, entgegnete Penny entschieden.

»Warum nicht?«

»Weil schon eine Menge anderer Leute vor dir in der Schlange stehen und weil es ein Brandrisiko wäre.«

»Nur weil …«, begann Mia.

Niall deutete mit dem Zeigefinger auf sie. »Halte ein einziges Mal in deinem Leben die Klappe.«

»Charlie!« Die Stimme klang verwaschen und streitlustig. »Charlie, wo bist du? Ich habe die Nase voll vom ewigen Warten!«

Bridget Wolfe fuhr in einem großen weißen Lieferwagen vor, bei dem die Heckklappe schon ziemlich rostig aussah und die Nummernschilder fehlten. Als sie sich vom Fahrersitz schwang, registrierte Etty, dass sie klein und kräftig gebaut und vermutlich Anfang vierzig war. Sie trug einen khakifarbenen Overall mit Gürtel, derbe schwarze Schnürstiefel mit leuchtend blauen Senkeln und eine Art Kuriertasche über der Schulter. Ihr Haar war kurz geschoren, ihre Augen wirkten fast schwarz.

»Bridget?«, sprach Etty sie an, als sie näher kam.

»Sie sind bestimmt Etty Salter, das jüngste Mitglied der berühmten Familie Salter. Und Sie«, wandte sie sich an Ollie, der aus dem Haus geschlendert kam, um sich zu ihnen zu gesellen, »Sie müssen Ollie Salter sein.«

»Ja.«

»Ich wusste immer, dass wir uns eines Tages kennenlernen würden. Das war vom Schicksal so vorherbestimmt.«

»Ach«, meinte Ollie. »Tatsächlich?«

»Ich bin hier, um Ihnen zu helfen«, erklärte Bridget in entschiedenem Ton, während sie das Haus betrat. »Hallo, Sie sind Niall.«

»Ja«, bestätigte Niall, »ja, der bin ich.«

»Und ich bin Penny.«

»Sehr gut«, sagte Bridget. »Demnach sind wir komplett.«

Sie nahm am Tisch Platz und sah sie nacheinander an.

»Mia«, stellte Mia sich widerwillig vor, als Bridgets Blick an ihr hängen blieb. »Aber ich bin eigentlich gar nicht da. Ignorieren Sie mich.«

»Wir haben uns gedacht«, begann Etty, »dass wir wohl am besten …«

Bridget brachte sie mit einer Handbewegung zum Schweigen.

»Ich mache Ihnen erst mal ein paar Vorschläge, und dann schau'n wir, was Sie davon halten. Ich habe schon oft mit Familien gearbeitet, Sie sind bei mir also in guten Händen. Betrachten Sie mich als Ihre Wegbereiterin.«

Ollie grinste, und Niall blinzelte mehrmals.

»Eins zuallererst. Es gibt hier bestimmt Etliches, was noch jemand haben möchte. Womöglich hätten mehrere von Ihnen gern dasselbe, weshalb sich die Frage stellt, wie Sie sich diesbezüglich am besten einigen. Ich werde Ihnen sagen, wie. Dazu sollte jede Person für sich, und zwar ohne Rücksprache mit den anderen …« An dieser Stelle reckte sie einen warnenden Zeigefinger in die Luft. »Also, jede Person sollte für sich die Dinge auflisten, die sie sich am meisten wünscht, durchnummeriert von eins bis zehn oder in diesem Fall vielleicht besser von eins bis zwanzig. Verstehen Sie? Das funktioniert super. Auf diese Weise kommen Sie gar nicht erst in Versuchung zu denken, *Ach, das wollte ich auch,* wenn sich jemand einen Gegenstand aussucht, weil Sie es dann nämlich schwarz auf weiß haben, dass sie ihn nicht ernsthaft wollten, denn andernfalls hätten Sie ihn ja anfangs ausgesucht und aufgelistet. Ich weiß, dass Gegenstände wie Avatare werden können – das sagt man doch so, oder? Jedenfalls stehen sie oft für sehr viel mehr. Genau deswegen ist meine Aufgabe so schwer, und deswegen ist es auch so wichtig, dass ich alles richtig mache. Letztendlich sind Sie im Begriff, Abschied zu nehmen. Sie erweisen der Vergangenheit die letzte Ehre, und anschließend können Sie sie dann loslassen. Los-las-sen.« Sie machte eine Handbewegung, als wollte sie die Vergangenheit zum Fenster hinausscheuchen.

Niall murmelte etwas Unverständliches.

»Wir können alles, was Sie aufgelistet haben, mit Haftnotizen versehen«, fuhr Bridget fort und platzierte einen Stapel solcher Notizzettel auf dem Tisch. »Um das, was hinterher noch übrig bleibt, kümmere ich mich. Hier, ich habe Papier und Stifte für Sie alle dabei.«

Sie zog eine Handvoll loser Zettel aus der Tasche, kramte anschließend etliche Bleistifte und Kugelschreiber hervor und verteilte alles.

»Sie meinen, jetzt gleich?«, fragte Ollie.

»Ich will gar nichts«, verkündete Etty.

»Vorsicht, denn womöglich werden Sie feststellen, dass das gar nicht stimmt. Und ja, ich möchte, dass Sie es gleich in Angriff nehmen. Während Sie Ihre Listen schreiben, kann ich eine Runde durchs Haus drehen, um mir einen Überblick zu verschaffen, und danach setzen wir uns wieder zusammen.«

Gehorsam griffen Niall, Ollie und sogar Etty zu Blatt und Stift. Niall begann sofort, hektisch zu kritzeln. Ollie erhob sich und erklärte, er müsse erst von Raum zu Raum gehen, um sein Gedächtnis aufzufrischen.

Mia stieß ein heiseres Lachen aus. »Seht euch an! Ihr seid wie Kinder bei einem Partyspiel, die nicht sicher sind, ob sie die Spielregeln richtig verstanden haben.«

»Penny«, sagte Niall, »komm und hilf mir!«

»Regelverstoß!«, rief Mia. »Sie hat gesagt, ohne Rücksprache.«

Etty ließ den Blick aus dem Fenster schweifen. Kleine, zarte Wolken zogen am blauen Himmel dahin. Die Pappeln bogen sich im Wind. Etty stellte sich die Strudel im Fluss vor, das Klatschen der kleinen Wellen am Ufer. Nach einer Weile zückte sie ihren Stift und schrieb: *ein Schmuckstück von Charlie.* Dann legte sie den Stift weg und faltete den Zettel einmal zusammen.

Sie dachte an die schlichte Goldkette, die Charlie so geliebt hatte. An den Ring mit dem Mondstein, den sie immer am Mittelfinger trug. An das wie gedreht aussehende Silberarmband und die kleinen, tropfenförmigen Ohrringe, die sie immer an Regentropfen erinnert hatten.

»Die Zeit ist um«, verkündete Bridget, als sie wieder in die Küche trat.

»Ich habe mehr als zwanzig Sachen aufgeschrieben«, erklärte Niall.

»Glauben Sie, Sie können das gesamte Haus ausräumen?«, fragte Etty. »Arbeiten Sie allein?«

Bridget lächelte. »Das ist gar nichts. Wobei, eigentlich ist es schon eine Menge, und ich sehe, dass das meiste davon seit Jahren nicht mehr angerührt worden ist, aber das ist in Ordnung. Archäologie gehört zu meinen Leidenschaften. Dieses Haus steckt voller Geschichte, die es Schicht für Schicht abzutragen gilt. Aber natürlich schaffe ich das. Ich habe meine Jungs, die mir beim Ausräumen und Schleppen helfen. Es könnte allerdings dauern.«

»Wie lange?«

»Wenn ich mich richtig reinhänge, müsste ich es in zwei bis drei Wochen schaffen. Wie klingt das für Sie?«

»Gut.«

»Wird Ihr Vater noch hier wohnen?«

»Die kommende Woche wahrscheinlich schon noch.«

»Mich stört das nicht, solange es ihn nicht stört. Ich kann um ihn herum arbeiten. Aber manchmal sind die Leute da ein bisschen schwierig.«

»Schicken Sie uns einen Kostenvoranschlag?«

»Nein.«

»Nein?«

»So arbeite ich nicht. Eine Gebühr berechne ich nicht. Ich werde alles auseinandersortieren. Manches werde ich wegwerfen, manches in meinem Laden zum Verkauf anbieten, und einiges hätte ich gerne für eine Auktion. Alles, was für weniger als fünfhundert Pfund weggeht, gehört mir. Jeder Verkauf über fünfhundert Pfund geht an Sie, abzüglich einer kleinen Provision. Sie können darauf vertrauen, dass ich es Ihnen sage, wenn ich auf etwas besonders Wertvolles stoße. Und wenn Ihr Vater dann weg ist, entrümple ich das gesamte Haus und bereite es für den Verkauf vor. Was halten Sie davon?«

»Das müssen wir erst besprechen«, antwortete Niall.

»Für mich klingt es nach einem fairen Angebot«, meinte Etty.

»Aber es ist doch eine recht große Entscheidung, deswegen sollten wir uns vorher beraten.« Niall klang hektisch.

»Ja«, kam Penny ihm zu Hilfe. »Natürlich sollten wir das.«

»Wie wäre es, wenn ich kurz in den Garten gehe und meine Zigarette rauche?«, schlug Bridget in fröhlichem Ton vor. Sie fischte eine einzelne, schon leicht verbogene Zigarette aus der Tasche ihres Overalls. »Währenddessen können Sie Ihre Beratung abhalten.«

Fünfzehn Minuten später sahen ihr die Salters nach, wie sie mit ihrem weißen Lieferwagen davonfuhr, eine Abgaswolke hinter sich herziehend.

»Die fand ich irgendwie gut«, bemerkte Ollie. »Sie meinte, es werde ein heilsamer Prozess für uns sein. Den könnten wir wirklich gebrauchen.«

»Lasst uns diese Haftnotizen verteilen«, sagte Niall.

34

Kurz vor sieben Uhr morgens verließ Etty ihre Wohnung in Clerkenwell und ging wie immer zu Fuß zu ihrer Kanzlei gleich neben dem Barbican. Viele Leute mochten die Gegend nicht, sie sagten, es fehle ihr an Seele, an Geschichte. Das stimmte nicht so ganz, es gab durchaus Geschichte. Dieser Stadtteil hatte im Mittelalter zum Londoner Zentrum gehört, Shakespeare hatte hier gelebt. Doch der mittelalterliche Stadtkern war dem großen Brand von London zum Opfer gefallen, und was das Feuer nicht vernichtet hatte, war im Zweiten Weltkrieg durch die Bombardierung aus der Luft zerstört worden. An die Stelle der alten Gebäude waren Bürokomplexe und Hochhäuser aus Beton getreten. Etty mochte das, ihr gefiel die klare, karge Architektur. An einem Ort wie diesem konnte man unbemerkt und ungestört leben.

Der Fall, an dem sie gerade arbeitete, war im Grunde ganz einfach: Ihr Klient, ein berühmter Fußballer, klagte wegen unberechtigter Verletzung seines Rechts auf Privatsphäre, missbräuchlicher Verwendung privater Informationen und Vertrauensbruch. Am nächsten Morgen hatte sie einen Besprechungstermin in der Kanzlei des Gerichtsanwalts, sodass sie sich nun mit einer Tasse Kaffee und einem Stapel Akten an ihrem Schreibtisch niederließ. Sie wusste, dass sie bis elf Uhr abends dort sitzen würde. Danach würde sie nach Hause gehen, sich unterwegs irgendetwas zu essen besorgen und dazu eine Flasche Wein trinken. Der nächste Tag würde ähnlich ablaufen, der übernächste auch. Ihr blieb gar keine Zeit, um über die letzten paar Tage nachzudenken, und das war gut so.

Ollie war nach seiner Scheidung in Bristol geblieben, um weiterhin in der Nähe von Lindy und den beiden Jungs zu sein, die mittlerweile schon Männer waren, oder zumindest fast, und das Beste in einem Leben, das nicht so verlaufen war, wie er es geplant oder sich erträumt hatte. Er wohnte an den Downs, allerdings, wie er immer halb scherzend erklärte, auf der falschen Seite – nicht auf der Seite von Clifton, wo die Georgianischen Häuser standen und man so schöne Ausblicke auf die Kettenbrücke hatte. Er konnte sich nur eine kleine, moderne Maisonettewohnung leisten, aber es gab schöne Spazierwege ganz in der Nähe, außerdem war er beruflich so viel auf Reisen, dass er sich sowieso nur selten zu Hause aufhielt. In der kommenden Woche musste er nach Coventry und Plymouth, danach wieder hinauf nach Birmingham. Er hatte gehofft, sie könnten das alles weiterhin per Zoom machen, aber in der Firma hatte es eine Besprechung gegeben. Die Leute müssen uns vertrauen, hatte sein Chef erklärt, und man traut jemandem nur dann wirklich, wenn man sich von Angesicht zu Angesicht gegenübersteht.

Am ersten Abend, den er wieder zu Hause verbrachte, saß er mit seinem üblichen mexikanischen Gericht und einem Bier in seinem Wohnzimmer. Nach zwei Jahren hatte er der Wohnung noch immer nicht so richtig seinen persönlichen Stempel aufgedrückt. Er dachte an die Haftnotizzettel, die er auf ein paar der Sachen im Bauernhaus geklebt hatte: das Gemälde von einem Wald, den Sessel, die kleine Holzkommode aus der Küche, die alte Öllampe. Er hätte auch gerne den Tisch gehabt, aber der war zu groß, größer als seine ganze Küche. Er würde einen Lieferwagen mieten müssen. Aber wollte er diese Dinge aus seiner Vergangenheit überhaupt ständig um sich haben?

Greg war ebenfalls nach Hause gefahren, wenn auch nur für den Abend und die Nacht. Er hatte Morgan versprochen, am nächsten Tag wiederzukommen.

Als er eintraf, saß seine Frau Katherine im Wohnzimmer an dem kleinen Schreibtisch, die Brille auf der Nasenspitze. Ihr knochiges, kluges Gesicht wirkte höchst konzentriert.

Er stellte seine Leinentasche gleich am Eingang ab, trat neben sie und legte ihr eine Hand auf die Schulter. Sie wandte sich lächelnd zu ihm um, reckte aber gleichzeitig einen Zeigefinger in die Höhe, um ihm auf diese Weise zu signalisieren, er möge doch bitte warten, bis sie beendet hatte, was auch immer sie gerade arbeitete. Also wartete er. Sie hatte seine geduldige, ruhige Art von Anfang an zu schätzen gewusst.

Als sie schließlich den Stift weglegte, beugte er sich zu ihr hinunter und küsste sie.

»Hallo«, sagte er.

»Wie ist es gelaufen?«

»Ich weiß nicht so recht. Es war seltsam, sie alle wiederzusehen.«

»Das kann ich mir vorstellen.«

»Es ist schön, wieder zu Hause zu sein. Dort hat sich alles so traurig angefühlt.«

»Na ja«, meinte sie. »Was euch allen damals passiert ist, war halt traurig. Du weißt, dass du das nicht tun musst.«

»Ich habe es Morgan versprochen.«

»Ach, Morgan«, antwortete sie, durchaus liebevoll, aber auch eine Spur spöttisch. »Der kommt allein klar.«

Am selben Abend saßen Niall und Penny bei dem Glas Campari Tonic, das sie sich sonntags immer gönnten.

»Sie sind kurz aufgetaucht«, bemerkte Penny, »und dann wieder abgetaucht.«

»Das ist nicht fair«, widersprach Niall. »Sie haben schließlich ihr eigenes Leben.«

»Immer verteidigst du sie. Du hast auch ein eigenes Leben. Du hast einen Beruf und eine Familie. Trotzdem bist du derjenige, der sich um Alec kümmern muss, wenn es einen Notfall gibt. Wenn er mitten in der Nacht stürzt, gehörst du nicht zu denen, die praktischerweise sehr weit entfernt leben.«

Niall griff nach seinem Getränk, stellte es dann aber wieder auf den Tisch, ohne es an den Mund zu führen. *Eigentlich mag ich gar keinen Campari,* ging ihm durch den Kopf. Behutsam ließ er den Zeigefinger über den Rand des Glases gleiten, während er gleichzeitig tief durchatmete. Er schaffte das immer besser. Vor ein paar Jahren hätte er noch die Stimme erhoben, und sie wären wieder hineingerutscht in eines ihrer üblichen Streitgespräche. Stattdessen bemühte er sich nun um einen Tonfall, der auf fast theatralische Weise ruhig klang. Er hatte den Verdacht, dass er Penny damit noch wütender machte, als wenn er schrie, weil sie damit schwerer umgehen konnte.

»Wir sprechen schon seit einem Jahr darüber, dass wir Dads Situation regeln müssen. Uns war doch längst klar, dass er irgendwann in ein Heim muss, was bedeutet, dass dann sein Haus verkauft wird, was wiederum bedeutet, dass sich jemand um den ganzen alten Familienkram im Haus kümmern muss. Wir haben es bloß nie geschafft, das alles endlich in Angriff zu nehmen.«

»Du meinst, *du* hast es nie geschafft.«

»Ja, ich habe es nie geschafft«, antwortete Niall, unverändert ruhig. »Es war immer irgendetwas anderes Dringendes zu tun, deswegen fand ich nie so richtig die Zeit dazu. Ich dachte mir schon des Öfteren, dass wir viel zu lange gewartet haben. Dann kamen Etty und Ollie, um alles zu besprechen, und fünf Minuten später griff Etty nach dem Telefon, regelte, was zu regeln war, und nun ist es erledigt. Dafür bin ich ihr sehr dankbar.«

»Das ist der einfache Teil. Der schwierige Teil ist die tägliche Mühe, wenn man Tag für Tag vor Ort sein muss. Du bist derjenige, der nicht weggelaufen ist. Sind Sie dir dafür auch so dankbar?«

Niall schüttelte langsam den Kopf. »Du erinnerst dich doch an die Jahre damals. Wir dachten, Etty würde den gleichen Weg gehen wie Paul. Ich weiß noch genau, wie schlimm sie zu der Zeit aussah, als sie mit ihrem Leben nicht mehr klarkam. Ich hätte nicht gedacht, dass sie da je wieder rauskommt. Aber sie hat es geschafft. Sie hat etwas aus sich gemacht.«

»Sie ist zäh wie ein alter Lederstiefel«, antwortete Penny. »Mir war immer klar, dass sie es schaffen würde.«

»Als ich sie damals in dieser heruntergekommenen Bude besucht habe … Da ging ich fast schon davon aus, als Nächstes zu erfahren, dass man sie ebenfalls tot aufgefunden habe.«

»Das sagst du immer wieder. Du redest mehr über sie als über deine eigenen Kinder.«

»Ollie und Etty mussten weg von hier – vielleicht, um sich selbst zu retten.«

»Und dich haben sie deinem Schicksal überlassen.«

Niall hätte ihr darauf antworten können, dass er, als er anfangs in der Familienfirma mitarbeitete, der Meinung gewesen war, es handle sich nur um eine Übergangsphase. Seitdem waren dreißig Jahre vergangen, und er war immer noch da. Er hätte vieles antworten können, aber er verkniff es sich.

»Wir müssen uns nicht weiter mit ihnen beschäftigen«, sagte er in einem Ton, der beschwichtigend klingen sollte.

»Ich mache mir doch nur Sorgen um dich«, entgegnete Penny. »Wenn ich mir keine Sorgen um dich mache, wer dann?«

»Ich weiß«, sagte er. »Und dafür bin ich dir auch sehr dankbar.«

35

Wie gehen wir das denn jetzt an?«, fragte Greg, während er sich umblickte.

Sie standen unten am Fluss, bei dem kleinen Steg, genau an der Stelle, wo damals die Leiche ihres Vaters lag, nachdem Greg ihn ans Ufer gezerrt hatte.

»Das wird einer der Schlüsselmomente«, antwortete Morgan. »Es soll spontan wirken. Besser gesagt, es soll spontan *sein*.«

»Kommst du öfter her?«

»Du meinst, an diese Stelle?«

»Ich komme jedes Mal her, wenn ich in Glensted bin«, erklärte Greg. »Früher hatte ich die fixe Idee, dass dieser Ort dadurch irgendwann aufhören würde, Macht über mich zu haben.«

Morgan blickte auf. Er hatte den tragbaren Rekorder aus seiner ledernen Umhängetasche genommen und steckte das Mikrofonkabel ein.

»Stopp«, sagte er.

»Wie meinst du das?«

»Was du da gerade gesagt hast, war großartig. Aber du hättest es dir aufsparen sollen, bis wir mit der Aufnahme starten. Wir müssen diese Momente einfangen.«

»Ist es nicht zu windig?«

»Dieses Mikro schafft das schon, schließlich war es sündteuer. Aber wenn du dann mit dem Sprechen an der Reihe bist, werde ich es dir ganz dicht vor den Mund halten. Lass dich davon nicht irritieren.«

»Du redest dich leicht.«

»Da ist gar nichts dabei. Denk nicht dran. Stell dir einfach vor, du und ich führen ein ganz normales Gespräch. Denk nicht voraus, denk nicht ans Publikum.« Er blickte auf seinen Rekorder hinunter und dann wieder hoch. »Bereit?«

»Ich glaube, es wäre besser, du würdest es allein machen.«

»Es geht um uns zwei«, widersprach Morgan, »um unsere Reise – eine Reise, die hier beginnt und auf die eine oder andere Weise auch hier endet. Lass uns doch mal schauen, was dabei rauskommt. Wenn du damit nicht glücklich bist, wiederholen wir es einfach, oder wir machen etwas anderes.«

»Wie fangen wir an?«

Morgan hielt sich das Mikro dicht vor den Mund.

»Wir haben schon angefangen«, antwortete er grinsend. »Denk dran, wir beide führen einfach ein Gespräch.« Er hüstelte kurz. »Mein Bruder und ich stehen heute an einem schönen Maitag hier am Fluss Heming. Es ist ein Fluss mit Geschichte. Das wissen wir aus der Schule: Vor zwölfhundert Jahren kamen die Wikinger in ihren Langschiffen. Erst plünderten und brandschatzten sie, dann ließen sie sich hier nieder. Vor sechshundert Jahren hat man hier Wolle auf Schiffe geladen und nach Belgien und Holland transportiert. Damals war diese Region der reichste Teil von England. Mit dem eingenommenen Geld wurden Kirchen und Herrenhäuser errichtet. Und vor dreißig Jahren fanden Greg und unsere Freundin Etty Salter die Leiche unseres Vaters Duncan, direkt hier vor uns. An dieser Stelle fing alles an, und seitdem war nichts mehr wie zuvor.« Er wandte sich an seinen Bruder. »Greg, nun sind wir zurückgekommen. Wie fühlst du dich?«

Morgan hielt Greg das Mikro vor den Mund.

»Nun ja«, begann Greg. »Ähm … ich … also … wenn ich herkomme, eigentlich jedes Mal, wenn ich in der Gegend bin, zumindest versuche ich das, ich meine, ich versuche jedes Mal herzukommen, wenn ich in der Gegend bin, weil … ähm … das ist wirklich schwer zu erklären, es kommt mir vor, als bräuchte ich diesen Ort, und gleichzeitig wünschte ich, er hätte nicht solche Macht über mich. Verstehst du, was ich meine?« Er warf seinem Bruder einen verzweifelten Blick zu. »Es fühlt sich an, als läge auf diesem Ort ein Fluch, aber ich möchte dieses Gefühl nicht haben.«

Morgan nahm das Mikro von Gregs Mund und drückte am Aufnahmegerät einen Knopf.

»Das war recht passabel für den Anfang«, sagte er, »vor allem gegen Ende. Was du über den verfluchten Ort gesagt hast, fand ich gut. Trotzdem glaube ich, wir sollten noch einen zweiten Anlauf machen.«

»Mein Kopf war schlagartig leer. Ich versuchte, mich an das zu erinnern, was ich davor gesagt hatte, bekam es aber nicht mehr auf die Reihe. Als ich dann zu reden anfing, hatte ich plötzlich so eine Art außerkörperliche Erfahrung. Ich stand richtig neben mir, als würde ich einer anderen Person zuhören, und fühlte mich dadurch sehr befangen.«

»Du warst gar nicht schlecht«, entgegnete Morgan. »Aber du brauchst keine Rolle zu spielen und auch nicht vor Nervosität in einen Panikzustand zu verfallen. Sprich einfach so locker, wie wir jetzt gerade reden.« Wie nebenbei startete er den Rekorder neu und begann wieder, ins Mikrofon zu sprechen. »Es ist seltsam, ich glaube eigentlich nicht an magisches Denken und sage mir, dass es nur ein Fluss ist: Er floss schon hier, bevor wir geboren waren, und er wird auch noch fließen, wenn wir längst gestorben sind. Doch ob ich will oder nicht, ich bekomme an diesem Ort immer so ein seltsames Gefühl, fast, als würde es hier spuken.«

Er hielt seinem Bruder das Mikro hin.

»Ich möchte, dass es wieder ein normaler Fluss ist«, sagte Greg. »Deswegen komme ich immer wieder her. Aber mich verfolgt dieses Bild von meinem Dad, wie er ins Wasser stürzt und sein Körper dann Richtung Meer getragen wird, bis er ausgerechnet hier hängen bleibt.«

Morgan nickte ihm ermutigend zu, ohne etwas zu sagen, also sprach Greg nach ein paar Sekunden weiter.

»Vielleicht wollte er nicht gefunden werden. Vielleicht wünschte er sich, hinausgeschwemmt zu werden ins Meer und unauffindbar zu bleiben, für immer.«

Morgan stand einen Moment wie erstarrt da, das Mikro in der Hand. Dann schien ihm plötzlich einzufallen, wo er sich befand.

»Das war großartig«, sagte er. »Aber auch seltsam. Als du das zum Schluss gesagt hat, dachte ich plötzlich: Warum haben wir dieses Gespräch vorher noch nie geführt? Brauchte es einen Podcast, um uns in die Lage zu versetzen, endlich damit anzufangen, das Ganze zu verarbeiten?« Er überlegte einen Moment. »Wenn wir alles ein bisschen hin und her schieben, dann könnte das, was du über das Hinausschwemmen ins Meer gesagt hast, ein schönes Schlusswort für die Episode abgeben. Du wirst den Zuhörern so richtig die Tränen in die Augen treiben.«

36

Glensted ist ein ganz gewöhnliches Dort in Suffolk. Es ist kein Touristenziel, und es liegt auch nicht auf dem Weg irgendwohin. Auf einer Seite wird es von einem Wäldchen begrenzt, auf der anderen vom Fluss Heming, der in die Nordsee fließt. Mein Name ist Morgan Ackerley. Ich bin dort aufgewachsen.«

»Und mein Name ist Greg Ackerley. Ich bin ebenfalls dort aufgewachsen. Wir sind Brüder.«

»Es handelt sich um ein ruhiges Dorf, in dem nie viel passiert ist. Doch dann, kurz vor Weihnachten 1990, änderte sich das schlagartig. Eine Frau verschwand, und ein paar Tage später wurde ein Mann tot im Fluss gefunden. Die Frau hieß Charlotte Salter. Sie erschien nicht zur Feier anlässlich des fünfzigsten Geburtstags ihres Mannes und wurde seitdem nie mehr gesehen.«

»Der Mann hieß Duncan, Duncan Ackerley. Er war unser Vater.«

Etty bog in eine Parkbucht ein. Auf der Straße war an diesem Freitagabend viel los. Sie hatte den Podcast schon ein paar Tage davor heruntergeladen, sich bisher aber nicht dazu durchringen können, ihn anzuhören. Nachdem sie nun aber wieder unterwegs war zum Haus, hatte sie das Gefühl, sich dazu zwingen zu müssen, nur um zu wissen, was über sie alle gesagt wurde. Sie hatte sich einzureden versucht, dass es überhaupt keine Rolle spiele, egal, was es war, doch sobald sie die vertrauten Stimmen hörte, begannen ihre Hände zu zittern und alles vor ihren Augen zu verschwimmen. Da sie ihren Fahrkünsten in diesem Zustand nicht mehr traute, blieb sie nun einfach im Auto sitzen und hörte sich den Podcast an, während draußen die Lastwagen vorbeidonnerten – so unangenehm nahe, dass der Wagen wackelte.

Es gab eine Aufnahme von einer der Pressekonferenzen der Polizei. Da wurde gebeten, sich mit Informationen zu Charlotte Salter zu melden. Eine alte Frau, deren Name Etty nicht bekannt vorkam, sprach darüber, wie es in jenen Tagen war: *»Vorher sperrten wir nicht mal unsere Türen ab. Wir waren alle Freunde und Nachbarn. Plötzlich wussten wir nicht mehr, wem wir noch trauen konnten.«*

Morgan und Greg redeten miteinander, während sie die Hauptstraße entlanggingen. Dabei hielten sie zwei, drei Leute auf und fragten sie nach ihren Erinnerungen. Einer der Befragten war ein Junge im Teenageralter, der nie auch nur von dem Fall gehört hatte.

»Das Ganze hat ein Loch in unser Leben gerissen«, schloss Morgan. *»Wir wissen nicht einmal, wie wir es nennen sollen. Auf jeden Fall ist es eine Tragödie. Aber handelt es sich darüber hinaus auch um ein Verbrechen? Wir sind beide aus Glensted geflohen. Für diese Serie sind wir zurückgekehrt, um zu versuchen, uns endlich einen Reim darauf zu machen. Wer weiß, was wir finden werden?«*

Als Etty schließlich vor dem Bauernhaus hielt, war es bereits ziemlich dunkel. Über den Schornsteinen hing eine sehr schmale Mondsichel. Ollies Wagen stand schon vor dem Haus. Auf dem Weg zur Tür entdeckte sie eine ganze Menge Dinge, die neben dem Eingangsbereich aufgetürmt waren: Stühle, Kübel, Teppichrollen, ein Couchtisch, zwei Kartons Geschirr, etliche andere Küchenutensilien, ein angelaufener Spiegel, Unmengen von überquellenden Mülltüten.

Die Diele war vollkommen leer geräumt, abgesehen von der altmodischen Standuhr, die Niall haben wollte. Auf sämtlichen Flächen lag dick der Staub. Ihre Schritte hallten.

»Hallo«, meldete sich eine zittrige Stimme.

Sie blickte hoch und sah Alec oben stehen. Er trug einen karierten Schlafanzug, der an ihm schlackerte, und starrte mit ängstlicher Miene zu ihr hinunter.

»Ich bin's bloß«, sagte sie.

»Wer sind Sie?«

»Etty.«

»Nein«, widersprach er.

Etty ging die Treppe hinauf, auf ihn zu. Er wich einen Schritt zurück und streckte eine Hand aus, als wollte er einen Angriff abwehren.

»Solltest du nicht im Bett sein?«, fragte sie.

»Ich warte auf Charlie. Nie tut sie, was ich sage. Sie knickt ein.«

»Knickt ein?«

»Haben Sie sich alles genommen? Ich weiß nicht, was hier los ist. Ich möchte, dass meine Sachen wieder dahin zurückgestellt werden, wo sie hingehören, und zwar alle. Sie haben alles weggebracht.«

Etty nickte. »Wir lassen hier richtig aufräumen«, erklärte sie. »Es tut mir leid, wenn dich das aufregt. Du solltest wieder ins Bett gehen.«

»Da drinnen ist es so dunkel.«

Ettys Blick wanderte zur Tür des Raums, in dem Lucia schlief. Es erschien ihr falsch, sie zu wecken. Widerwillig nahm sie Alec am Arm und versuchte, ihn zurück in sein Zimmer zu lotsen, doch er schüttelte sie ab.

»Wer glauben Sie, dass Sie sind?«

»Ich bin deine Tochter.«

Sein Blick wurde glasig, und er verzog den Mund. Etty fragte sich, ob er im Begriff war, in Tränen auszubrechen. Sie wusste nicht, ob sie Alec jemals hatte weinen sehen, und befürchtete, er könnte es jetzt tun, weil er dann für sie nur noch ein bemitleidenswerter, einsamer alter Mann wäre, der sich vor der Dunkelheit fürchtete. Sie musste ihr Herz stählen. Wieder streckte sie die Hand aus und zog an ihm.

»Irgendetwas stimmt nicht«, sagte er. »Wer weiß sonst noch, wo sie ist?«

»Du meinst, Charlie?«

»Charlie?«

»Alec!« Lucia kam den Gang entlang auf sie zugestürmt. Im Laufen band sie ihren Bademantel zu. »Etty, es tut mir leid. Ich dachte, er schläft.«

»Kein Problem«, entgegnete Etty. »Mir tut es leid, dass wir Sie geweckt haben.«

»Ich habe nicht geschlafen.«

»Ist Ollie da?«

»Ich glaube, er ist unterwegs.«

»Okay.«

Sie stieg noch ein Stockwerk hinauf und betrat ihr Zimmer. Dort war nichts mehr außer dem schmalen Metallbett und dem Spiegel. Der Teppich fehlte, und an den Wänden zeichneten sich hellere Stellen ab, wo vorher Bilder oder Poster gehangen hatten.

Etty zog sich aus, putzte sich die Zähne und kroch unter die Decke. Sie fühlte sich wie in einer Gefängniszelle.

37

»Na, was sagen Sie dazu?«

Bridget Wolfe, bekleidet mit einem schwarzen Achselhemd und khakifarbener Hose, strahlte die Salters an. Ihre kräftigen Arme glänzten vor Schweiß.

Sie standen im Wohnzimmer, das Etty bei ihrem letzten Besuch vorgekommen war wie ein schäbiger, überfüllter Warteraum. Nun war er leer, abgesehen von einem kleinen Sessel, versehen mit einer Haftnotiz, auf der Ollies Name stand, und einem großen, mit Klebeband verschlossenen Karton.

»Erstaunlich«, meinte Ollie. »Ich weiß nicht, wie Sie in fünf Tagen so viel schaffen konnten.«

»Wenn ich sage, ich mache einen Job«, antwortete Bridget, »dann mache ich ihn auch. Die Jungs, mit denen ich zusammenarbeite, haben mir bei der ganzen Schlepperei geholfen. Mein Laden platzt schon aus allen Nähten, deswegen lagert der Großteil vorerst in meinen Scheunen, bis ich Zeit habe, alles zu sortieren. Wie Sie sehen, habe ich mit der Küche noch kaum angefangen. Küchen machen immer die meiste Arbeit. Und in Mister Salters Zimmer habe ich auch noch nichts angerührt.«

»Er geht in einer Woche«, erklärte Etty. »Können Sie so lange warten?«

»Natürlich. Oft scheint er gar nicht mitzubekommen, dass ich da bin. Für gewöhnlich hält er sich in seinem Zimmer auf oder in der Küche. Und die nette junge Frau, die sich um ihn kümmert, sorgt dafür, dass er mindestens einmal am Tag einen kleinen Spaziergang macht. Aber gestern tauchte er plötzlich da auf, wo ich gerade zu Gange war, in …« Sie hielt einen Moment inne. Ihre übliche Fröhlichkeit hatte sich verflüchtigt.

»Pauls Zimmer«, meldete sich Etty zu Wort.

»Ja. Ihr armer Bruder, Gott hab ihn selig. Jedenfalls hat sich Ihr Vater sehr aufgeregt. Er fragte mich immer wieder, wonach ich denn suchen würde.«

»Sie wollten, dass wir uns alle hier mit Ihnen treffen«, mischte sich Niall ein. »Mia sitzt draußen im Wagen, deswegen kann ich nicht lange bleiben.«

»Ja, ich habe Sie alle hergebeten.« Bridget schaute sie der Reihe nach an, immer noch mit ernster Miene. »Zu meinem Job gehört es, Dinge zu entsorgen. Das ist einfach. Außerdem fungiere ich als eine Art Archivarin, die Dinge sammelt, ordnet, katalogisiert – und den Gegenständen, die ein Leben ausmachen, eine Geschichte zuweist. Darüber hinaus bin ich aber auch so eine Art Hüterin von Geheimnissen. Das ist manchmal heftig.«

»Das kann ich mir vorstellen«, bemerkte Etty. Sie lechzte nach einer Tasse Kaffee und einer Zigarette.

»Damit will ich sagen, dass ich Sachen gefunden habe, die Sie sich ansehen müssen und dann entscheiden, was damit geschehen soll. Das könnte Ihnen Kummer bereiten, vielleicht sogar alte Wunden aufreißen.«

»Worum geht es da?«, fragte Ollie.

Bridget beugte sich hinunter und fischte eine Mappe mit Papieren aus ihrer Kuriertasche. »Zum einen wären da diese Briefe, adressiert an ihren Vater. Ich glaube nicht, dass er noch begreifen würde, worum es sich dabei handelt, aber es steht mir nicht zu, Briefe oder persönliche Dokumente wegzuwerfen.«

»Briefe?«, fragte Niall. »Was für Briefe?«

»Ich habe sie nicht gelesen, aber auf ein paar einen raschen Blick geworfen. Man könnte sie als Liebesbriefe bezeichnen.«

»Von Charlie?« Ollies Stimme klang leicht heiser.

»Nein.«

»Oh, verstehe.« Etty stieß ein hartes Lachen aus. »Sie haben da Briefe von anderen Frauen.«

»Ja.«

»Werfen Sie sie weg«, sagte Ollie. »Warum sollten wir die haben wollen?«

»Geben Sie her«, meinte Etty.

Sie nahm die Blätter entgegen und sah sie rasch durch.

»Verschiedene Frauen, im Lauf der Jahre«, erklärte sie. Mit einer von ihnen war sie zur Schule gegangen, aber das sagte sie nicht. Entschlossen knüllte sie die Briefe zusammen. »Ich verbrenne sie, es sei denn, ihr zwei wollt sie tatsächlich lesen.«

»Nein«, antwortete Niall.

»Ganz bestimmt nicht«, bekräftigte Ollie mit gerümpfter Nase.

»Weitere Geheimnisse?«, fragte Etty.

Bridget nickte. Erneut griff sie in ihre Tasche. Dieses Mal zog sie zwei Notizbücher heraus, beide mit blassgrünem Einband. Etty wurde schlagartig flau im Magen.

»Die gehörten ihrem Bruder«, informierte Bridget sie. »Ich habe sie ebenfalls nicht gelesen, aber genug mitbekommen, um zu wissen, dass er darin seinen Schmerz zum Ausdruck gebracht hat.«

Im Raum herrschte Stille. Etty spürte, wie das Blut in ihren Schläfen pulsierte.

»Ich will das nicht sehen«, ergriff Niall schließlich das Wort. Seine Stimme klang schrill. »Ich möchte davon nichts wissen. Natürlich war Paul unglücklich. Er hat sich schließlich umgebracht, in Gottes Namen! Darüber brauche ich nichts mehr zu lesen, nun, da es über ein Vierteljahrhundert zu spät dafür ist und wir nichts mehr tun können, außer uns ein weiteres Mal schuldig und mies zu fühlen. Dasselbe gilt für sämtliche anderen Geheimnisse, die Sie entdeckt haben. Werfen Sie alles weg.«

Mit diesen Worten drehte er sich um und verließ den Raum.

»Ich glaube, da stimme ich ihm zu«, meinte Ollie. »Manche Dinge sollten besser im Dunkeln bleiben.« Er verzog das Gesicht. »Ihnen muss klar sein, dass es unserer Familie nicht allzu gut ergangen ist.

Erst verschwand Mum, und dann nahm Paul sich das Leben. Das hat uns alle auf unterschiedliche Weise mitgenommen.«

Er warf einen verstohlenen Blick zu Etty hinüber, die mit versteinerter Miene vor sich hin starrte.

»Aber zumindest sind wir hier und schaffen es, unser Leben zu leben, so gut wir eben können. Für mich fühlt es sich an, als könnte die Rückkehr hierher, wo nun die Vergangenheit ausgegraben wird, uns allen ein weiteres Mal das Genick brechen. Deshalb bin ich Nialls Meinung.«

Er verließ ebenfalls den Raum. Bridget richtete ihre dunklen Augen auf Etty.

»Und?«

Etty biss sich auf die Unterlippe.

»Ich nehme sie«, antwortete sie schließlich.

Etty machte sich eine starke Tasse Kaffee und nahm sie mit nach draußen. Die Wagen von Ollie und Niall waren weg. Alec und Lucia spazierten in langsamem Tempo die Zufahrt herauf. Lucia hatte den alten Mann untergehakt. Etty registrierte seinen schlurfenden Gang.

Sie ging zur Rückseite des Hauses, vorbei an der Wildnis, die früher Charlies Garten war, bis sie einen Platz fand, wo sie sich hinsetzen konnte. Das Gras war dort voller Gänseblümchen, und ein warmes Lüftchen umschmeichelte sie.

Sie trank ihren Kaffee, zündete sich eine Zigarette an, betrachtete die Notizbücher auf ihrem Schoß und strich mit einem Finger über die Einbände. Sie fühlten sich an wie Bomben, die jeden Moment explodieren konnten. Erst, als sie ihre Zigarette zu Ende geraucht hatte, öffnete sie aufs Geratewohl eines der Büchlein. Sie hatte schlagartig einen trockenen Mund, und beim Anblick von Pauls Handschrift – eng, ordentlich, unverwechselbar – stockte ihr der Atem. Während sie für einen Moment den Blick abwandte, fragte sie sich, warum sie das eigentlich tat.

Die Seite war oben datiert: 18. Juni 1993. Zweieinhalb Jahre nach Charlies Verschwinden, zweieinhalb Jahre, bevor er sich das Leben nahm. Nach seinem Tod war bestimmt alles, was er besessen hatte, hierher zurückgebracht worden. Sie fragte sich, ob Alec diese Worte jemals gelesen hatte.

Sie ließ den Blick über die Schrift gleiten, nahm nur einzelne Fragmente wahr.

Es hat keinen Zweck … einen Schritt vor den anderen … das ist alles sinnlos …

Sie blätterte weiter.

Es fängt wieder an, ich habe mich getäuscht, als ich dachte, ich hätte das Schlimmste überstanden …

Offensichtlich hatte Paul sich seinem Tagebuch nur anvertraut, wenn es ihm sehr schlecht ging. Wochenlang schrieb er nichts, dann klagte er etliche Tage hintereinander über Selbsthass (einmal nannte er sich selbst einen Wurm) und ein Gefühl von Sinnlosigkeit. Er erwähnte eine Person, die ihn verlassen hatte.

Etty registrierte das Wort »Mum« und legte ihren Daumen auf die Seite.

Ich bin den Hoffnungen, die sie in mich gesetzt hat, nicht gerecht geworden.

Etty schloss die Augen und wartete, bis das Gefühl erträglicher wurde.

Es erschien ihr fast unanständig, Worte von solch erschütternder Einsamkeit und Bedürftigkeit zu lesen. Warum hatte er sich nie an sie gewandt? Aber vielleicht hatte er das getan, und sie hatte nicht reagiert, weil sie selbst nicht in der Verfassung gewesen war, jemand anderem zu helfen. Sie musste daran denken, wie er sie mal an ihrer Uni besucht hatte und dabei so wortkarg und apathisch gewesen war, dass sie sich über ihn aufgeregt hatte und er vorzeitig wieder aufgebrochen war. Bei dem Gedanken wurde ihr so übel, dass sie ihn sofort zu verdrängen suchte – ganz tief nach unten, wo er sich höchstens noch als ein leichter, undefinierbarer Schmerz bemerkbar machen konnte.

Sie legte sich ins Gras und betrachtete die kleinen weißen Wölkchen, die am Himmel dahinzogen. Hätte sie ihn retten können? Das fragten sich die Menschen immer, wenn jemand, den sie liebten, sich das Leben nahm. Aber wäre es möglich gewesen? Sie hatten sich alle gegenseitig im Stich gelassen, sie und Ollie und Niall und Paul.

Nachdem sie sich wieder aufgesetzt hatte, griff sie nach dem anderen Notizbuch und blätterte es durch, wobei sie die Einträge bewusst nicht las, bis sie zum Tag von Charlies Verschwinden kam: 22. Dezember 1990. Da standen nur ein paar Zeilen.

Einer von meinen schlechten Tagen. Ich sitze in meinem Zimmer und starre auf die Bücher, die vor mir ausgebreitet liegen, aber die Worte kommen mir vor wie bedeutungslose Schnörkel. Unten kann ich Mum herumwerkeln hören. Sie versucht ständig, meinen Gefühlen auf den Grund zu gehen. Ich ertrage das nicht. Wenn das so weitergeht, werde ich noch verrückt.

Etty starrte lange Zeit auf die Sätze hinunter. Sie dachte an Paul an jenem Tag, wie grimmig und still er nach außen hin gewesen war, dabei hatte die ganze Zeit ein Sturm von Gefühlen in seinem Inneren getobt. So viele Geheimnisse.

38

»Alles hängt von der Präsentation ab«, verkündete Morgan.

Er war noch im Schlafanzug und saß mit riesigen Kopfhörern über seinen Laptop gebeugt. Als Greg hereinkam, nahm er sie ab.

»Das wird mir auch langsam klar«, meinte Greg.

»Du klingst, als fändest du das nicht gut.«

»Irgendwie dachte ich, es gäbe einfach, na ja, du weißt schon, Anfang, Mitte, Schluss.«

»Das hört sich für mich langweilig an.«

»Als ich die erste Episode hörte, erkannte ich sie kaum als eine Geschichte über Dad.«

»Wir müssen die Zuhörer gleich zu Beginn kriegen«, erklärte Morgan, während er sich auf seinen Stuhl zurücksinken ließ und die Arme streckte. »Wir haben schon eine Menge Material, aber nun müssen wir über Struktur nachdenken – und darüber, was wir zurückhalten wollen. Außerdem benötigen wir Charaktere. Diese Haushaltsauflöserin erscheint mir da recht vielversprechend. Gleichzeitig brauchen wir die emotionale Reise. Ich hoffe immer noch, dass jemand von den Salter-Geschwistern mit an Bord kommt. Und zum Schluss brauchen wir unbedingt eine Art …« Er legte eine Pause ein. »Irgendwie muss es am Ende klick machen, wenn die ganze Maschinerie einrastet und die Geschichte komplett ist.«

Greg lachte kopfschüttelnd.

»Was?«, fragte Morgan.

»Ich glaube, du wirst langsam größenwahnsinnig. Bildest du dir wirklich ein, wir können schaffen, was die Polizei dreißig Jahre lang nicht gepackt hat?«

»Es geht nicht notwendigerweise um die Aufklärung des Verbrechens. Es geht darum, es emotional aufzuklären.«

»Das klingt für mich ein bisschen nach einem Fass ohne Boden. Wie lange dauert denn deine Auszeit?«

»Ich habe mir sechs Wochen frei genommen – also noch knapp einen Monat. Kannst du so lange bleiben?«

»Ich muss ein paar Sachen erledigen, die ich den Leuten versprochen habe, aber nichts Größeres. Da kann ich hin- und herfahren, es sind ja nur anderthalb Stunden. Natürlich werde ich auch des Öfteren zu Hause vorbeischauen, und vielleicht kann Katherine an den Wochenenden herkommen. Aber bin ich dir überhaupt eine Hilfe?«

»Du bist unverzichtbar«, antwortete Morgan. »Die beiden Brüder auf gemeinsamer Mission.«

»Ich fand mich ein bisschen gestelzt.«

»Das gibt sich mit der Zeit.«

»Hoffentlich. Kaffee?«

»Gute Idee.«

Greg ging hinunter in die Küche. Durchs Fenster sah er seine Mutter im Garten die Rosen schneiden, mit einer Schere, die früher immer Duncan benutzt hatte. Der kleine Border Terrier, den sie und Lester gerettet hatten, wuselte um sie herum. Sie war inzwischen neunundsiebzig und ihr langes Haar, das sie zu einem Knoten geschlungen hatte, fast weiß, doch für ihr Alter wirkte sie sehr robust und vital. Greg konnte sich an diese Veränderung einfach nicht gewöhnen. In seinem Kopf war sie immer noch eine gebeugte Gestalt in einem Sessel, deren Gesichtszüge entweder panisch vor Angst oder schlapp und deprimiert wirkten. Nun stand sie aufrecht da, mit gelassener, heiterer Miene, eine Frau, die mit sich selbst ins Reine gekommen war.

Nach Duncans Tod und Morgans Weggang war Frances am Boden zerstört gewesen. Sie hatte monatelang Antidepressiva genommen und immer wieder längere Zeit in einer Klinik verbracht. Dann schien ihr Leben eine unerwartete Wendung genommen zu haben: Sie hatte sich einen Job als Buchhaltungsgehilfin in einem Architekturbüro in Norfolk gesucht und drei Jahre später Lester geheiratet, der offenbar ihre Jugendliebe gewesen war. Mittlerweile befand sie sich im Ruhestand. Sie arbeitete im Garten, begleitete Lester zu Konzerten, unternahm mit ihrem Hund lange Spaziergänge entlang des Flusses, verschlang begierig ein Buch nach dem anderen und löste ruckzuck jedes Kreuzworträtsel. Duncan hatte immer voller Stolz erzählt, Frances sei die klügste Frau ihres Jahrgangs in Cambridge gewesen, wo sie Mathe studiert hatte. Es fiel Greg schwer, all das nicht mit der Frau zu vergleichen, die sie während seiner gesamten Kindheit gewesen war. Wie hatte Duncan es geschafft, die ganze Zeit so unerschütterlich fröhlich und liebevoll zu bleiben?

Als könnte sie seinen Blick spüren, wandte sie sich nun in seine Richtung und winkte ihm zu. Er winkte zurück, und sie lächelten sich freundlich an. Manchmal bereitete es ihm Schwierigkeiten, sie als seine Mutter zu sehen.

Eine halbe Stunde später wies sie einen ganz anderen Gesichtsausdruck auf. Morgan hatte sie gefragt, ob sie sich vorstellen könne, für den Podcast ein Interview zu geben. Es war, als hätte er ihr eine Ohrfeige verpasst. Sie musterte ihn finster.

»Warum sollte ich das tun?«

»Es könnte helfen, darüber zu reden«, antwortete er in sanftem Ton. »Es ist eine Wunde in deinem Leben, und wir haben nie darüber gesprochen.«

»Komm mir nicht auf diese Tour.« Morgan starrte sie überrascht an. »Und deine besorgte Miene kannst du dir auch sparen. Wenn ich den Wunsch hätte, darüber zu sprechen – was nicht der Fall ist –, glaubst du wirklich, ich würde das in aller Öffentlichkeit tun? Meine Wunde, um deinen Ausdruck aufzugreifen, ist verheilt. Warum sollte ich sie wieder aufreißen? Ich begreife nicht, warum du so versessen auf diese Sache bist, aber das ist deine Angelegenheit, und ich kann dich nicht davon abhalten. Vielleicht hilft es dir und Greg, keine Ahnung. Aber erwarte bloß nicht, dass ich da mitmache.«

39

Bridgets Haus lag außerhalb des Dorfes. Etty ging zu Fuß, vorbei an den Sportplätzen, vorbei an der Kirche mit dem zu kurz geratenen Turm und den moosbewachsenen Grabsteinen. Dann bog sie in einen matschigen Pfad ein, der zwischen Bäumen hindurchführte. Als sie das Gebäude schließlich erblickte, dachte sie einen Moment, sie hätte die falsche Abzweigung genommen. Umgeben von baufälligen Nebengebäuden, ungepflegtem Gebüsch und wild wucherndem Unkraut, wirkte es heruntergekommen und unbewohnt. Eine der Fensterscheiben war zerbrochen, der Großteil der anderen mit dem Schmutz von Jahrzehnten bedeckt und ohne Vorhänge. Am Schornstein fehlten etliche Ziegelsteine, sodass es aussah, als könnte er jeden Moment einstürzen. An der Wand neben der Haustür klaffte ein beängstigender Riss.

Aber als Etty an die Tür klopfte, machte Bridget ihr sofort auf, begrüßte sie wie eine alte Freundin, bat sie hinein und schenkte ihnen beiden umgehend Kaffee ein. Etty blickte sich um.

»Ich weiß, was Sie jetzt denken«, meinte Bridget lächelnd.

»Was denke ich denn?«

»Dass das alles Sachen sind, die ich in den Häusern anderer Leute abgestaubt habe.«

Etty wusste nicht recht, wie sie reagieren sollte, weil es tatsächlich im Großen und Ganzen das war, was sie gedacht hatte. Jedes freie Fleckchen war mit einer wild zusammengewürfelten Sammlung von Keramik, Krimskrams aller Art, Skulpturen und dekorativen Glasgegenständen bedeckt.

»Ein ziemliches Sammelsurium«, sagte Etty schließlich.

»Manche Leute sind dankbar«, erklärte Bridget. »Andere halten mich für kriminell. Sie glauben, ich finde versteckte Schätze und verkaufe sie heimlich für ganz viel Geld. Was das betrifft, habe ich strenge Regeln. Wenn ich etwas Wertvolles finde, nehme ich nur eine Kommissionsgebühr.«

»Ich weiß.«

»Außerdem stoße ich nur ganz selten auf etwas Besonderes. Die Menschen machen sich da völlig falsche Vorstellungen. Sie haben zu viel Unsinn im Fernsehen gesehen. Fakt ist, dass die meisten Leute keine alten Möbel mögen. Sie wollen auch keine Secondhandbücher und erst recht nicht Ihre alten Videos.«

»Mich müssen Sie nicht überzeugen. Ich glaube nicht, dass von uns jemand hohe Erwartungen hat.«

»Ein paar von diesen Jagddrucken sind wahrscheinlich ein bisschen was wert. Ich werde mich deswegen noch mit Ihnen in Verbindung setzen.«

Es dauerte eine Weile, bis Etty begriff, dass Bridget von den Bildern an den Wänden im Arbeitszimmer ihres Vaters sprach. Sie gehörten zu der Kategorie von Dekoration, die man vielleicht in einem auf rustikal getrimmten Landgasthof erwartete.

Während sie ihren Kaffee tranken, zeigte Bridget Etty ihr Haus. Es war, als würde man wie Alice durch den Spiegel ins Wunderland treten. Als Etty zehn Jahre zuvor ihre eigene Wohnung erworben hatte, war ihr Grundsatz gewesen, die Räume so einzurichten, dass sie nichts sah, was sie nicht auch tatsächlich benutzte. Es gab dort nur kahle Flächen und Einbauschränke – keine Pflanzen, keine Dekoration, keine herumstehenden Gegenstände.

Bridgets weitläufiges altes Haus war vollgestopft mit den Hinterlassenschaften aus anderer Leute Leben. Man konnte vor lauter Bildern kaum noch die Wand erkennen, vor lauter Teppichen und Läufern kaum noch den Boden. Sämtliche Flächen waren mit etwas bedeckt.

»Jedes Mal, wenn ich ein Stück wegwerfe«, erklärte Bridget, »habe ich das Gefühl, versagt zu haben. Es gibt für alles irgendwo ein Zuhause, und wenn nicht, dann finde ich hier eins dafür. Oder draußen. Kommen Sie, ich zeige es Ihnen.«

Bridget führte sie ins Freie. Ihr Haus sei früher mal ein kleiner Bauernhof gewesen, berichtete sie, aber in den Neunzehnhundertsechzigerjahren sei ihm das gleiche Schicksal widerfahren wie allen anderen kleinen Bauernhöfen in der Gegend.

»Als ich herkam, hatte ich das Gefühl, dass dieses Gebäude vollkommen in Vergessenheit geraten war, vernachlässigt und ungeliebt.« Bridget machte eine ausladende Handbewegung. »Zehn weitere Jahre, und es wäre verloren gewesen. Das Dach wies jede Menge Löcher auf, und was alles hier hauste, erzähle ich lieber erst gar nicht.«

»Wozu benutzen Sie die Nebengebäude?«, fragte Etty.

»Dort sortiere und lagere ich die Sachen, bevor ich sie in den Laden oder ins Haus verfrachte. Manchmal kommt es mir vor, als hätte ich ein Museum geschaffen. Wobei ich selbst nicht so recht weiß, was für eine Art Museum.«

»Ein Museum menschlicher Leben«, meinte Etty.

»Das stimmt. Vielleicht sollte ich Führungen veranstalten.«

Bridget lotste sie zu dem größten Nebengebäude, zu dem ein Wellblechverschlag gehörte. Das Holztor war mit einem Stück Seil verschlossen, das Bridget nun löste.

»Werfen Sie einen Blick hinein.«

Etty spähte ins Innere. Es war voll von Möbelstücken, alten Tischen, dreibeinigen oder auch nur zweibeinigen Stühlen, einer alten Badewanne, einem Sofa, aus dem die Polsterung quoll, einem auf die Seite gekippten Bett …

»Beachtlich«, sagte Etty. »Da wartet eine Menge Arbeit auf Sie.«

»Arbeit schreckt mich nicht.«

»Fühlen Sie sich denn nicht manchmal einsam hier draußen?«

Bridget lachte. »Ich bin nicht immer allein. Von Zeit zu Zeit habe ich sogar Herren zu Besuch. Aber für gewöhnlich muss ich die am Ende auch wieder weitergeben, genau wie alles andere. Möchten Sie noch einen Kaffee?«

»Sie wollten etwas mit mir besprechen?«

»Ja, natürlich. Wenn ich erst einmal zu reden anfange, bin ich nicht mehr zu bremsen.«

Sie kehrten ins Haus zurück. Während Bridget den Wasserkessel füllte, die Kaffeebohnen mahlte und anschließend mit dem kochenden Wasser übergoss, plauderte sie weiter vor sich hin, doch Etty hörte kaum zu. Schließlich reichte Bridget ihr die Kaffeetasse und musterte sie eingehender.

»Manchmal komme ich mir bei meiner Arbeit vor wie eine Art Priesterin oder Ärztin«, bemerkte sie. »Ich suche die Häuser der Leute auf, erfahre ihre Geheimnisse und kann gelegentlich ein wenig Trost spenden.«

Etty gab ihr keine Antwort. Sie wusste nicht so recht, ob sie die Art von Unterhaltung, die Bridget da gerade begann, wirklich führen wollte.

»Ihre Familie hat einen großen Verlust erlitten.«

»Man muss nicht erst durch unser Haus gehen, um das zu wissen. Unsere Mutter verschwand vor dreißig Jahren. Darüber wurde landesweit berichtet. Und dann nahm sich mein Bruder an einem Jahrestag ihres Verschwindens das Leben. Also ja, Sie haben recht, unsere Familie hat Verluste erlitten.«

»Ich meinte mehr als das. Manchmal kann eine Tragödie bewirken, dass eine Familie enger zusammenrückt. Sie jedoch gingen weg und kamen nicht zurück. Sie brachen jeden Kontakt mit Ihrer Familie ab, und einer Ihrer Brüder hat mehr oder weniger das Gleiche getan. Ich habe in diesem Haus so viel Schmerz gespürt. Und nicht nur das. Ich habe einen Schmerz gespürt, der zuvor vergraben gewesen war.«

Ein leicht ironisches Lächeln breitete sich über Ettys Gesicht aus. Sie konnte es kaum fassen. Die Frau, die sie engagiert hatte, damit sie das ganze Gerümpel aus dem Haus der Familie räumte, versuchte, mit ihr eine Art vertrauliches Gespräch zu beginnen, wie sie es bisher nie mit jemandem geführt hatte, nicht einmal mit ihren eigenen Geschwistern. Aber sie würde sich nicht über diese Frau aufregen, ihr andererseits aber auch nicht das befriedigende

Gefühl verschaffen, dass sie sie auf eine Weise »verstand«, wie andere es nicht konnten. Sie würde nicht emotional werden. Daher bemühte sie sich um einen möglichst ruhigen Ton.

»Ich glaube, Sie lesen da zu viel hinein«, sagte sie. »Wenn ich mir meine Schulfreundinnen ansehe, stelle ich fest, dass kaum eine von ihnen in der Gegend geblieben ist. Sie sind alle in Manchester oder in London gelandet, oder im Ausland. Mein Bruder Niall bildet da eher die Ausnahme. Wie auch immer, Sie haben mich angerufen und gebeten herzukommen. Worüber wollten Sie mit mir sprechen?«

»Entschuldigen Sie«, antwortete Bridget. »Es ist wohl ein bisschen mit mir durchgegangen. Warten Sie einen Moment.« Sie verließ die Küche und kam mit einer kleinen Pappschachtel zurück. »Das sind Briefe, die ich in einer Kiste in dem kleinen Schrank über der Treppe gefunden habe, die zu Ihrem Zimmer hinaufführt. Ich musste ziemlich herumturnen, um einen Blick in die Kiste werfen zu können, aber ich habe es geschafft. Die Briefe sind an Sie adressiert. Ich dachte mir, die hätten Sie vielleicht gerne. Die sind recht intim.«

Sie nahm den Deckel von der Schachtel.

Recht intim. Etty trat vor und begriff sofort, worum es sich handelte. Plötzlich fühlte sich ihr Gesicht gleichzeitig heiß und kalt an. Sie hoffte, dass man es nicht sah – dass sie nicht vor Verlegenheit knallrot anlief, wie als Mädchen früher. Es war mindestens ein Vierteljahrhundert her, dass sie das letzte Mal einen Brief per Hand geschrieben hatte. In den vergangenen Jahren hatte sie kaum jemals private Nachrichten verschickt, die aus mehr als ein paar Worten bestanden.

Diese Briefe waren so persönlich, dass Etty sie an einer Stelle versteckt hatte, wo sie ganz bestimmt niemand finden konnte. Sie waren wie der Schatz, der in der Hoffnung vergraben wird, dass man eines Tages zurückkehren kann, um ihn zu bergen. Aber man tut es nie, und mit der Zeit geraten die Dinge in Vergessenheit.

Bis jemand sie findet.

»Woher wissen Sie, dass sie intim sind?«

»Das ist Teil meiner Aufgabe«, antwortete Bridget gelassen. »Ich sortiere Sachen aus: Das kommt in den Müll, das könnte etwas wert sein … Und gelegentlich denke ich mir auch: Das ist etwas, bei dem die Besitzer vielleicht möchten, dass es auf keinen Fall weggeworfen wird. In Ihrem Fall bin ich auf ganz viele Papiere und alte Rechnungen gestoßen, die wirklich nur Müll waren, aber ich muss immer genau nachsehen. Ich habe die Briefe nicht alle gelesen.«

»Es sind persönliche Briefe.«

»Sie selbst haben mir den Auftrag erteilt, das alles zu sichten. Aber keine Sorge, Etty. Ich habe in meinem Job schon Dinge gesehen, die Sie sich gar nicht vorstellen können. Und zwar nicht in positiver Hinsicht.«

Etty verspürte plötzlich eine eisige Kälte. Sie griff nach der Schachtel.

»Das ist alles so lange her«, erklärte sie. »Die Person in diesen Briefen bin ich gar nicht mehr.«

»Sagen Sie das nicht. Die Erinnerungen stecken immer irgendwo in einem. Wie die Jahresringe in einem Baum.«

Etty schüttelte den Kopf. »Sollten Sie noch weitere meiner Briefe finden, brauchen Sie mich nicht mehr zu verständigen. Entsorgen Sie sie einfach.«

Bridget wirkte irritiert. »Wenn Ihnen das so wenig bedeutet, warum sind Sie dann hier?«

»Sie wissen, warum ich hier bin. Mein Vater kommt nicht mehr alleine klar, deswegen muss alles auseinandersortiert werden. Es geht jetzt in erster Linie darum, die richtigen Vorkehrungen für ihn zu treffen und den ganzen Bürokram zu bewältigen. Mit so etwas kenne ich mich aus.«

»Das klingt gut. Es ist eine schöne Sache, wenn man das für seinen Vater tun kann, wenn er einen braucht. Ein Akt der Liebe.«

»Wenn Sie das glauben, dann haben Sie von unserer Familie keinen blassen Schimmer.«

»Es ist schon seltsam«, antwortete Bridget. »Im Moment scheinen viele Leute nach Glensted zurückzukehren, um sich mit ihrer Vergangenheit auseinanderzusetzen.«

»Sie meinen Greg und Morgan Ackerley? Haben Sie die beiden getroffen?«

»Morgan hat sich mit mir in Verbindung gesetzt. Offenbar machen sie so eine Art Radiosendung.«

»Es handelt sich um einen Podcast. Aus welchem Grund ist er mit Ihnen in Kontakt getreten?«

»Die Welt ist klein. Die beiden haben mit ein paar Leuten geredet, so wie ich auch mit ein paar Leuten geredet habe, wodurch sie irgendwie auf mich aufmerksam wurden. Deswegen hat er mich hier besucht. Er ist wirklich genauso wie im Fernsehen.«

Wieder musste Etty sich ziemlich zusammenreißen. Sie konnte die Vorstellung, dass Bridget in Glensted »mit ein paar Leuten geredet« hatte, kaum ertragen, ganz zu schweigen von den privaten Familienangelegenheiten der Salters, über die sie dabei womöglich sprach.

»Ich bin mir nicht sicher, ob es eine gute Idee wäre, wenn Sie bei dem Projekt mitmachen würden.«

Bridget stieß ein seltsames kleines Lachen aus.

»Was ist?«, fragte Etty.

»Ich habe bereits mitgemacht.«

»Dieses …« Penny suchte nach dem richtigen Ausdruck. »Dieses Miststück!«

Etty saß mit Niall und Penny an deren Küchentisch. Vor ihnen standen die Überreste ihrer kleinen Mittagsmahlzeit: Brot, Käse und Pastete.

»Penny«, begann Niall.

»Nimm sie nicht in Schutz.«

»Ich nehme sie nicht in Schutz. Warum sollte ich das tun?«

»Wieso ihr euch diese Frau in eure Familie geholt habt, ist mir ein Rätsel.«

»Das war ich«, erklärte Etty.

»Du konntest es natürlich nicht wissen. Sie legt nicht mal das kleinste Quäntchen eines anständigen Geschäftsgebarens an den Tag. Stattdessen läuft sie in Glensted herum und redet mit jedem, der ihr Geplapper hören will, über die Familie Salter. Meine Freundin Ruth ist ihr auf der Straße begegnet. Sie hat ihr erzählt, im Haus gebe es ein paar recht hübsche Möbelstücke. Hübsche Möbelstücke!«

»Mir ist es eigentlich egal, wenn die Leute über die Möbel Bescheid wissen«, antwortete Niall.

»Es geht doch nicht nur um die Möbel. Wenn sie schon über das Mobiliar deines Vaters redet, was glaubst du, was sie sonst noch alles ausplaudert? Und jetzt erfahren wir auch noch von Etty – die Art, wie sie dabei mit dem Zeigefinger auf sie deutete, bewirkte, dass Etty sich vorkam wie ein fremdartiges Tier, das sich ins Haus verirrt hatte –, dass sie in diesem Podcast da auftritt, den ich ehrlich gesagt richtig zum Kotzen finde, und sich in aller Öffentlichkeit über eure Familiengeheimnisse auslässt.«

»Sie wird nicht über unsere Familiengeheimnisse sprechen«, entgegnete Niall und wandte sich an Etty, wobei er nun doch etwas besorgt wirkte. »Das wird sie doch nicht tun, oder?«

Etty wusste nicht recht, was sie ihm darauf antworten sollte. Sie hatte den beiden von dem Podcast-Auftritt erzählt, aber nicht, dass Bridget ihre Briefe gelesen hatte.

»Keine Ahnung. Ich gehe aber nicht davon aus, dass sie indiskret sein wird.«

»Wie kannst du dir da sicher sein?«, fragte Penny, jetzt endgültig in Rage. »Sie hat Antonia im Postamt erzählt, eure Mutter tue ihr sogar im Nachhinein noch richtig leid, aber mehr könne sie dazu nicht sagen.«

»Also hat sie nicht wirklich etwas ausgeplaudert?«

»Aber sie lechzt danach auszupacken, wenn sich die Möglichkeit bietet. Für diesen Podcast kann sie weiß Gott was von sich gegeben haben.«

»Wahrscheinlich hat sie gar nichts gesagt«, entgegnete Niall, »und selbst wenn … Das Ganze ist doch bloß eine blöde kleine Geschichte, die sie zum Zeitvertreib machen, da hören doch höchstens vier Leute zu.«

Penny wandte sich an Etty. »Das ist doch dein Spezialgebiet, oder nicht?«

»Wie meinst du das?«

»Kannst du sie nicht verklagen?«

»Wen?«

»Morgan und Greg. Und diese Haushaltsauflöserin.«

»Weswegen sollte ich die denn verklagen?«

»Weil sie eure Familiengeheimnisse in aller Öffentlichkeit breittreten. Wegen …« Sie fuchtelte wild durch die Luft. »Missachtung der Privatsphäre. Hat man denn nicht ein Recht auf Privatsphäre? Kannst du sie nicht im Namen deiner Familie anzeigen?«

Etty schüttelte den Kopf. »Ich verbringe meine halbe Zeit damit, Leute davon zu überzeugen, andere Leute nicht vor Gericht zu zerren. Es ist teuer, es ist ein fürchterlicher, langwieriger Prozess, und am Ende macht man oft alles nur noch schlimmer.«

»Hören die Leute auf dich?«

»Manchmal. Manchmal auch nicht.« Sie überlegte einen Moment. »Ich glaube nicht, dass wir Greg und Morgan wirklich davon abhalten können, einen Podcast zu machen, in dem es auch um unsere vermisste Mutter geht. In ihrem Fall ist es rechtlich nicht mal klar, ob sie überhaupt noch eine Privatsphäre hat. Falls sie tot ist, hat sie definitiv keine mehr. Außerdem ist es ebenso deren Geschichte wie unsere. Wenn wir ganz viel Geld hätten und es uns egal wäre, eine ziemliche Menge davon zu verschleudern, bestünde wohl schon die Möglichkeit, ihnen das Leben schwer zu machen, aber das hätte am Ende wahrscheinlich zur Folge, dass viel mehr Leute von der Geschichte erfahren, als wenn wir gar nichts unternehmen.«

»Du bleibst also ganz entspannt, wenn alle hören, was deiner Mutter passiert ist und was das mit eurer Familie gemacht hat.«

»Ich bin keineswegs ganz entspannt, und zwar in keinerlei Hinsicht.«

»Aber du schaust einfach zu und lässt es geschehen.«

Etty erhob sich. »Ich schaue nicht einfach zu. Ich fahre zurück nach London und lebe mein Leben weiter. Es wird sowieso passieren – auf die eine oder andere Art.«

Penny wandte sich an ihren Mann.

»Und du? Kannst du nicht wenigstens mit ihnen darüber sprechen?

Versuchen, es ihnen auszureden? Oder vielleicht Ollie? Kann der das übernehmen?«

Nialls Miene wirkte plötzlich angespannt. Sein Blick wanderte zu Etty, dann zurück zu Penny. Er schien sich auf einmal sehr unwohl zu fühlen.

»Ich glaube, Ollie hat sich bereit erklärt, ein Interview mit ihnen zu führen.«

40

Ein Glas Weißwein, bitte«, sagte Etty.

»Groß oder klein?«

»Groß.«

»Kommt sofort.«

Während Victor Pearce sich umdrehte, um die Flasche aus dem Kühlschrank zu nehmen, studierte Etty seinen Rücken: Er wirkte immer noch sehr schlank und sehnig. Sein graues Haar war zu einem ordentlichen Pferdeschwanz zurückgebunden, und an einem Ohr funkelte ein Stecker. Als er sich ihr dann mit einem Glas in der Hand wieder zuwandte, betrachtete sie sein schmales, faltiges Gesicht und seine leicht schiefen Zähne.

Diese ständigen Zeitsprünge waren beunruhigend. Sie sah Victor, wie er jetzt war, mit siebzig oder so, auch wenn er dank seines langen Haars und seines geschmeidigen Körpers immer noch einen irgendwie jugendlichen Eindruck vermittelte. Gleichzeitig musste sie an den Victor denken, den sie gekannt hatte, als sie selbst ein junges Mädchen war, mit seinen Batik-T-Shirts und seiner Sammlung klischeehafter Aphorismen über Karma, spirituelles Bewusstsein oder die Binsenweisheit, dass auch die schlimmste Stunde nur sechzig Minuten dauere und sich das wirkliche Leben in der Gegenwart abspiele. Alec hatte ihn als Scharlatan bezeichnet. Charlie hatte widersprochen, er sei ein Idealist mit einem guten Herzen.

»Wie geht es dir, Etty?«, fragte er, während er ihr das Glas hinstellte. »Es ist so lange her.«

Sie nahm einen Schluck von dem Wein.

»In Bestform bin ich nicht gerade, muss ich zugeben. Es ist ziemlich verstörend, hierher zurückzukehren und festzustellen, dass sich alles verändert hat, im Grunde aber doch nichts. Als ich im Zeitungsladen war, um mir Zigaretten zu besorgen, hörte ich, wie sich zwei Frauen, die ich nicht kannte, im Flüsterton über mich unterhielten.«

»Du bist diejenige, die es geschafft hat wegzugehen.«

»Trotzdem bin ich hier, Victor.«

»Die Leute im Dorf sind nie über das Ganze hinweggekommen.«

»Die Armen.«

»Glensted wurde dadurch geprägt. Vorher war nie irgendetwas passiert, und dann kam es gleich zu einer doppelten Tragödie, noch dazu ohne richtigen Abschluss. Orte besitzen eine Seele, genau wie Menschen. Dieser Ort befindet sich immer noch in einem Zustand der Bestürzung und der Trauer.«

»Wenn dem so ist, was hältst du dann von dem Podcast? Nützt er, oder schadet er?«

»Ich glaube, Greg und Morgan sind da im Begriff, etwas zu tun, dessen Auswirkungen weit über das hinausgehen könnten, was sie beabsichtigen. Es ist eine ernste Sache, Wunden wieder aufzureißen.«

»Ich dachte, du bist dafür, Wunden aufzureißen. Licht darauf zu werfen, wie du früher immer gesagt hast. Du bist also dagegen?«

»Ganz und gar nicht. Ich habe mich sogar schon von den beiden interviewen lassen.«

»Warum überrascht mich das nicht. Worum ging's da?«

»Um die Auswirkungen auf das Dorf, in erster Linie aber um meine Erinnerungen an Duncan und Charlie. Ich habe deine Mutter geliebt, musst du wissen. Schau mich nicht so an. Ich meine, platonisch. Ich hatte sie als Seelenverwandte erkannt.«

»Ach ja.«

»Sie hat für das Café gebacken, vielleicht erinnerst du dich, deswegen habe ich sie oft gesehen.«

»Natürlich weiß ich das noch.«

Etty hatte ihr an den Wochenenden immer geholfen. Die Erinnerung daran überfiel sie so schlagartig, dass ihr keine Zeit blieb, sich dagegen zu wappnen. Vor ihrem geistigen Auge sah sie sich Butter und Zucker schaumig rühren, nacheinander die Eier hinzufügen, einen Finger hineintauchen, um die Mischung zu kosten, während Charlie in einer riesigen Schürze an ihrer Seite stand und Mehl siebte. Nebenbei hatten sie geplaudert und das Sonnenlicht genossen, das schräg durchs Küchenfenster in den Raum fiel. Mutter und Tochter.

»Ich habe etwas, das ich dir zeigen möchte. Moment.«

Er verschwand in Richtung Küche. Etty trank weiter ihren Wein. Es war früher Abend und das Lokal noch menschenleer, obwohl schon alle Tische eingedeckt waren, jeweils geschmückt mit einer mittig platzierten kleinen Vase, in der ein Eukalyptuszweig steckte. Kerzen standen ebenfalls bereit.

»Hier.«

Victor legte ein rechteckiges, spiralgebundenes Buch vor sie hin. Es sah aus wie ein Fotoalbum. Instinktiv zuckte sie ein wenig zurück.

»Wirf einen Blick hinein«, ermunterte Victor sie.

Als sie es aufschlug, sah sie sich mit der Handschrift ihrer Mutter konfrontiert. Es handelte sich um eine Rezeptsammlung. Kuchen mit Kaffee und Walnüssen, Scones, irisches Brot, gebacken mit Speisenatron, Zitronenkuchen, Brownies, Haferkekse mit Ingwer ... Wortlos blätterte sie weiter.

»Sie hat sich im Lauf der Zeit alle möglichen Rezepte notiert, und nachdem sie verschwunden war – nein, eigentlich erst ein paar Jahre danach –, habe ich sie alle zu diesem Buch zusammengefügt, zur Erinnerung an Charlie.«

Etty starrte auf ein Rezept für Puddingtörtchen, ohne wirklich etwas wahrzunehmen.

»Ich weiß, wie sehr du deine Mutter geliebt hast«, fuhr Victor in sanftem Ton fort. »Du kannst mit mir jederzeit über sie sprechen, das weißt du doch, oder? Du kannst mir alles sagen. Wir haben schließlich eine lange gemeinsame Geschichte.«

Etty musterte ihn prüfend: ein Mann, der nicht wusste, wie man richtig alt wurde. Erst schien ihm ihr scharfer Blick unangenehm zu sein, doch dann lächelte er und legte eine Hand auf die ihre. Sie zuckte zusammen und schüttelte ihn mit einer heftigen Bewegung ab.

»Wie es der Zufall so will, habe ich ebenfalls etwas dabei, das ich dir zeigen möchte.« Sie hatte sich gerade erst dazu entschlossen, dafür aber umso entschiedener, angestachelt durch das zerstörerische Feuer ihrer Wut.

Sie fischte das Bündel Briefe, das Bridget gefunden hatte, aus ihrer Tasche und klatschte sie auf die Theke.

»Die hier«, sagte sie.

Victor schien zu erstarren. Sein Blick flackerte von den Briefen zu Etty und wieder zurück. Er leckte sich mit der Zungenspitze über die Oberlippe. Wie eine Eidechse, dachte Etty.

»Und?«

»Was willst du jetzt von mir hören? Das war damals sehr intensiv. *Wir* waren intensiv. Dann bist du gegangen, ohne auch nur auf Wiedersehen zu sagen, und ich habe dich vermisst, Etty. Wie sehr ich dich vermisst habe …«

Etty lehnte sich über die Theke. »Ich war *sechzehn*«, erwiderte sie. »Sechzehn. Und du – wie alt? Vierzig? Fünfundzwanzig Jahre älter als ich.«

»Alter«, antwortete er und drehte dabei beide Handflächen nach oben, zu einer Geste heiterer Resignation. »Das hat zwischen uns doch keine Rolle gespielt.«

»Meine Mutter war gerade erst verschwunden. Meine Brüder waren weg. Ich befand mich in einem Zustand der …« Sie brach ab. Denn welches Wort konnte all das beinhalten, was sie damals gewesen war – voller Entsetzen und Verzweiflung und gleichzeitig ganz leer, ohne jede Hoffnung?

»Wir haben uns gegenseitig Trost gespendet.«

»So würdest du das nennen, ja?« Am liebsten hätte sie ihn geschlagen und laut geschrien.

»Und Verlangen.« Er nickte ihr zu. »Das darfst du nicht vergessen. Du wolltest mich genauso wie ich dich.«

»Idiot. Ich wollte bloß, dass meine *Mutter* nach Hause kommt«, entgegnete Etty, den Tränen nahe. »Alles andere war nur – ekelhafte, bedeutungslose Scheiße.«

»Nein«, widersprach er.

»Doch. Bedeutungslose Scheiße, Victor. Genau wie du.«

»Warum hast du dann die Briefe, die ich dir geschrieben habe, so viele Jahre aufbewahrt?«

»Sie lagen in einer Kiste, die Bridget Wolfe gefunden hat.«

»Ich spüre deinen Zorn, aber …«

»Stopp«, unterbrach ihn Etty. Sie blickte auf ihren Wein hinunter und sah, dass nur noch ein kleiner Schluck übrig war. »Kann ich noch ein Glas haben? Dieses Mal bitte rot. Und groß. Der billigste tut es locker.«

Dass sie so abrupt einen ganz anderen Ton anschlug, schien ihn zu überraschen, trotzdem schenkte er ihr kommentarlos ein Glas Rotwein ein. Sie griff danach und kippte es ihm über den Kopf. Der Rotwein klatschte in sein ungläubiges Gesicht und auf seinen blöden Pferdeschwanz und hinterließ Flecken auf seinem teuren Seidenhemd.

»Das war kindisch«, stellte er fest.

»Tja, das ewige Kind in mir, Victor.« Sie rümpfte die Nase. »Es gibt mir kein so gutes Gefühl, wie ich dachte. Weil du nämlich der Typ Mensch bist, dem einfach jede Selbsterkenntnis fehlt, sodass du der Wahrheit über dich selbst nie ins Auge blicken wirst.« Sie sah, wie sich seine Miene verfinsterte. »Meine Mutter hat sich in dir getäuscht.«

Etty griff nach dem Weißweinglas und kippte ihm den noch übrigen Schluck mit einer letzten sinnlosen Geste ins Gesicht.

»Also, wirklich!«, ereiferte sich eine schrille Stimme hinter ihr.

Als Etty sich umwandte, stand da ein altes Paar. Beide starrten sie mit fast identischem Gesichtsausdruck an, völlig perplex, mit offenem Mund. Dann nahm das Gesicht der Frau einen anderen Ausdruck an.

»Etty? Etty Salter?«

Zunächst erkannte Etty sie nicht wieder. Dann aber doch.

»Mary Thorne«, sagte die Frau.

»Ich weiß.«

Die Zeit heilt nicht alle Wunden, ging Etty durch den Kopf, egal, welche Binsenweisheit Victor dazu auf Lager hätte. Sie verspürte nach wie vor einen tief sitzenden Hass auf Mary Thorne, was natürlich ungerecht war. Etty hatte es seit jeher richtig übel gefunden, dass Frauen fast immer der anderen Frau die Schuld gaben, statt dem Mann. Außerdem stand es ihr kaum zu, darüber ein Urteil zu fällen, denn sie hatte im Lauf der Zeit selbst ein paar Affären mit verheirateten Männern gehabt – und auch von vornherein gewusst, dass sie verheiratet waren. Vielleicht fühlte sie sich sogar zu ihnen hingezogen, *weil* sie verheiratet waren, wodurch das Ganze jeweils ungefährlich und begrenzt blieb und ihren Schutzpanzer nicht durchbrechen konnte.

Trotzdem empfand sie nun beim Anblick von Mary Thorne – die immer noch schlank und gepflegt wirkte, mit Perlen um den Hals, Kreolen in den Ohren und rosarot geschminkten Lippen, auch wenn ihr ehemals braunes Haar inzwischen stahlgrau war und ihr herzförmiges Gesicht von Falten durchzogen – puren Hass auf diese Frau. Sie musste an deren kühle, kurz angebundene Art an jenem Tag denken, als sie und Ollie sie aufgesucht hatten, und wünschte, sie hätte noch einen Rest Wein in ihrem Glas.

»Ich würde Ihnen ja gern ein Getränk ausgeben«, erklärte sie, »aber ich glaube, Victor muss sich erst mal das Gesicht waschen und ein frisches Hemd anziehen.«

Victor verdrückte sich. Mary Thornes Augen blitzten vor Aufregung, während sie ihm nachsah. Bestimmt würde sie dafür sorgen, dass es im Dorf die Runde machte, noch bevor der nächste Morgen anbrach.

»Wie geht es Ihnen?«, fragte Gerry.

Etty hätte ihn nicht wiedererkannt: Er hatte keine Haare mehr und war unsäglich dürr, nur noch Haut und Knochen. Seine Kleidung schlackerte an ihm, sein Gesicht hing schlaff herunter. Etty ging durch den Kopf, dass er wohl krank war.

»Gut«, antwortete sie.

»Wir haben natürlich über den Flurfunk gehört, dass Sie wieder da sind«, erklärte Mary Thorne.

»Natürlich.«

»Ihr armer Vater.«

»Was ist mit meinem armen Vater?«

Ihr Gesicht zuckte kurz, dann hatte die Frau ihre Züge wieder unter Kontrolle. »Ich bringe nur mein Mitgefühl zum Ausdruck.«

»Danke.« Etty knallte ihr Glas auf die Theke und erhob sich. »Jetzt muss ich aber los.«

»Machen Sie mit bei dieser Sendung?«

»Sendung? Ach, Sie meinen den Podcast. Nein.«

»Eine weise Entscheidung.« Mary Thorne wirkte sichtlich erleichtert. »Aber wenn Sie die Ackerley-Brüder sehen, richten Sie ihnen bitte aus, dass Gerry und ich mit ihnen reden wollen.«

»Ich nehme nicht an, dass ich sie noch einmal treffen werde. Ich bin nur hier, um die Räumung des Hauses zu regeln.«

»Uns ist daran gelegen«, warf Gerry ein, »ein paar Dinge richtigzustellen.«

»Ich soll mich am Podcast der beiden nicht beteiligen, aber Sie wollen von ihnen interviewt werden?«

»Nur, weil in diesem Dorf zu viele böse Gerüchte in Umlauf sind«, erklärte Mary Thorne. »Wir dachten, das wäre endgültig aus und vorbei, aber nun rennen die beiden hier rum und reden mit sämtlichen Leuten, und eure Familie ist auch zurück, wodurch die ganzen alten Geschichten wieder hochkommen und man das Gefühl hat, es könnte noch einmal so etwas Schreckliches passieren. Das ist doch alles schon dreißig Jahre her.«

»Sie müssen die beiden schon selber fragen«, entgegnete Etty.

»Warum sind Sie so feindselig?« Gerry legte seiner Frau eine warnende Hand auf den Arm, doch sie schüttelte ihn ab und fuhr fort: »Nach all der Zeit hassen Sie mich noch immer.«

»Ich muss jetzt gehen.«

»Ich habe einen Fehler begangen, einen einzigen Fehler. Ist Ihnen das in Ihrem Leben noch nie passiert? Sind Sie wirklich so moralisch und unschuldig?«

»Natürlich habe ich auch schon Fehler gemacht.« Etty versuchte, gerecht zu sein zu dieser alten, tapfer geschminkten Frau mit dem kranken Mann. »Aber Fakt ist, dass ich bei Ihrem Anblick schlagartig wieder fünfzehn bin: Meine Mutter ist verschwunden, und ich weiß nicht, wie ich das ertragen soll.«

41

Brian Cobbett keuchte die Brücke entlang, auf Morgan und Greg zu. Die Jahre hatten es nicht gut mit ihm gemeint. Was früher ein stämmiger Körperbau gewesen war, hatte sich inzwischen zu ungesundem Übergewicht entwickelt. Dazu passte sein rotes Gesicht. Von seinem Haar waren nur noch ein paar weiße Strähnen übrig. Als er die beiden schließlich erreichte, schwitzte er stark.

»Danke, dass Sie sich dazu bereit erklärt haben«, sagte Greg.

Cobbett musterte ihn misstrauisch.

»Ich weiß nicht«, antwortete er. »Dieses ganze Herumstochern in der Vergangenheit ...«

»Manche Dinge kann man nicht hinter sich lassen«, bemerkte Morgan, während er den Rekorder anschaltete und Cobbett das Mikrofon hinhielt. »Unser Vater nahm sich damals nicht nur das Leben, sondern wurde auch des Mordes verdächtigt. Und Sie leiteten die Ermittlungen, Inspector Cobbett.«

Greg warf ihm einen kurzen Blick zu. Er gewöhnte sich allmählich daran, wie schnell sein Bruder den Ton wechseln konnte. Mit Ollie war er freundlich und sanft umgegangen. Nun würde er sich streng geben, als der Sohn, der Antworten zum Tod seines Vaters suchte.

Cobbett starrte das Mikro voller Panik an.

»Geht es bereits los? Ich weiß gar nicht, ob ich schon bereit bin. Sie sagten doch, wir würden uns einfach nur unterhalten.«

»Lassen Sie sich Zeit. Wir können alles herausschneiden, womit Sie nicht glücklich sind.«

Es folgte eine Pause. Cobbett strich mit einem Finger an der Innenseite seines Hemdkragens entlang.

»Was wollen Sie denn von mir wissen?«

»Es gab damals viele Fragen zu den Ermittlungen«, antwortete Morgan. »Insbesondere bezüglich der Art, wie Sie die Ermittlungen dann einstellten. Es wurde zwar nicht offen ausgesprochen, aber doch unmissverständlich angedeutet, unser Vater habe Charlotte Salter getötet.«

Cobbett rieb sich mit dem Handrücken über den Mund.

»Ich dachte, Sie wollten mit mir darüber sprechen, wie schwierig sich die Ermittlungen in den beiden Fällen gestalteten, wie verstört Sie als Kinder waren, solche Sachen. Als Detective bin ich schon längst im Ruhestand. Wir gaben damals unser Bestes, mehr kann niemand von uns leisten. Ich bin nur hergekommen, um Ihnen einen Gefallen zu tun.«

»Wir hatten doch eigentlich vor, erst mal über die Brücke zu sprechen«, mischte sich Greg ein. »Deswegen sind wir schließlich hier. Von dieser Stelle ist Dad gesprungen, nicht wahr, Detective Cobbett?«

»Ja«, antwortete Cobbett, erleichtert darüber, sich wieder auf sicherem Terrain zu befinden. »Wir entdeckten seine Brille auf dem Geländer, hier in der Brückenmitte, wo der Abstand zum Wasser am größten ist.«

Die drei Männer schauten gleichzeitig hinab auf das strudelnde Wasser.

»Da geht es weit runter«, stellte Morgan fest und sah zu Greg hinüber.

»Das kann man wohl sagen«, bestätigte Greg gehorsam. »Da fällt man tief.«

»Mehrere Stunden später wurde seine Leiche ein Stück den Fluss hinunter entdeckt, wo er an einer Boje hängen geblieben war,« fuhr Cobbett fort. »Mir ist klar, dass er andernfalls womöglich nie gefunden worden wäre, darauf müssen Sie beide mich nicht erst hinweisen. Es war eine schreckliche Sache – eine schreckliche Tragödie für Ihre Familie.«

Die zwei Brüder blickten immer noch auf das Wasser hinunter.

»Ist Ihnen jemals in den Sinn gekommen«, fragte Morgan, »dass Sie vielleicht falschlagen?«

»Ich beabsichtige nicht, irgendetwas zu beschönigen«, erklärte Cobbett gestelzt. »Es gibt Fälle, die sich nicht so lösen lassen, wie man sich das wünscht.« Seine Miene verhärtete sich. Ihm war anzusehen, dass er sich zusammenriss. »Sie haben mir eine klare Frage gestellt, und ich gebe Ihnen darauf eine klare Antwort: Es war damals meine Überzeugung und ist es heute noch, dass Ihr Vater Charlotte Salter umgebracht und sich dann in einem Anfall von Reue das Leben genommen hat.«

42

Was willst du denn von mir hören?«

»Es geht nicht darum, was ich von dir hören will«, erwiderte Morgan, nicht ganz wahrheitsgetreu. »Es geht darum, was *du* loswerden möchtest – oder vielleicht sogar loswerden musst.«

»Die Frage ist, ob ich überhaupt etwas sagen möchte.« Ollie schnitt eine Grimasse. »Erst schien es mir eine gute Idee zu sein, aber inzwischen bin ich mir nicht mehr so sicher. Ich vermute, dass Etty darüber nicht sehr glücklich sein wird.«

»Etty macht mir nicht den Eindruck, als wäre sie jemals glücklich«, bemerkte Greg »Sie wirkt so …«

»Vielleicht empfindest du es als heilsam«, fiel Morgan seinem Bruder ins Wort. »Ich stelle dir einfach Fragen, und du beantwortest sie, wie du möchtest. Mach dir keine Gedanken wegen Pausen, Wiederholungen oder Versprechern. Das wird alles noch bearbeitet.«

»Verstehe.« Ollie fuhr sich mit seinen langen Fingern durchs bereits schütter werdende Haar. »Dann leg mal los.«

»Heute, an einem schönen, warmen Tag, befinden wir uns vor einer alten Scheune am Rand von Glensted«, begann Morgan mit sonorer Stimme.

Ollie trat von einem Fuß auf den anderen. Sein Mund zuckte, als müsste er sich ein Lachen verkneifen. Morgan bedachte ihn mit einem Stirnrunzeln, ließ sich aber nicht aus dem Konzept bringen.

»Früher waren hier Kühe untergebracht. Jetzt sollen auf dem Gelände Luxuswohnungen mit Blick auf den Fluss entstehen. Jahrelang aber stand die Scheune leer, und am Freitag, dem zweiundzwanzigsten Dezember 1990 feierte Alec Salter hier seinen fünfzigsten Geburtstag.«

»Samstag«, widersprach Greg.

»Was?«

»Die Feier war am Samstag.«

»Keine Sorge, dass korrigiere ich später.«

Morgan hüstelte, holte tief Luft. »Rund hundert Leute erschienen, aber Alec Salters Frau traf nie ein und wurde seitdem nicht mehr gesehen.«

»Das wissen wir nicht«, widersprach Greg.

»Was?«

»Das kannst du so nicht sagen, weil es klingt, als wäre sie tot. Womöglich hat sie ja doch jemand gesehen.«

»Alle wissen, dass sie tot ist.«

»Nur zu, ignoriert mich ruhig«, warf Ollie ein.

»Entschuldige. Wisst ihr was, ich mache die Einleitung später, und wir starten gleich mit den Fragen. Einverstanden?«

»Einverstanden.«

»Bei uns ist Charlotte Salters jüngster Sohn, Oliver. Hallo, Oliver.«

»Hallo«, antwortete Ollie mit einem verstohlenen Grinsen in Gregs Richtung.

»Bestimmt hast du jenen Abend noch sehr genau im Gedächtnis.«

»Wohl kaum.«

»Wie bitte?«

»Ehrlich gesagt, erinnere ich mich nur ziemlich verschwommen. Ich war völlig zugekifft.« Er legte eine Pause ein. »Genau wie du, Morgan, wenn ich mich nicht täusche. Komplett zugekifft.« Er deutete auf Greg. »Und es könnte auch sein, dass ein anderer Anwesender derart betrunken war, dass er draußen vor der Scheune kotzen musste.«

Morgan und Greg brachten ein Lächeln zustande. Ihnen ging es nur darum, das Interview am Laufen zu halten.

»Stimmt«, bestätigte Morgan. »Ich war fünfzehn. Du und deine Clique, ihr kamt mir damals so unglaublich cool vor. Ich weiß noch, dass ich krampfhaft versuchte, erfahren zu tun und beim Rauchen nicht zu husten.«

»Ja«, antwortete Ollie. »Du warst ein komischer Junge.«

»Ich fühlte mich als Teenager nie wohl«, erklärte Morgan. »Ich war damals viel zu ernst und zu verbissen.«

»Fühlt sich irgendjemand als Teenager wohl? Die meisten tun doch nur so, als hätten sie Spaß.«

»Sollen wir wieder auf die Party zu sprechen kommen?«, meldete sich Greg zu Wort.

»Ach ja, die Party, an die ich mich nicht richtig erinnere.« Ollie schien vergessen zu haben, dass er aufgenommen wurde. »Aber ich erzähle euch, woran ich mich erinnere. Zum Beispiel weiß ich noch ganz genau, wie wenig es meinen Vater interessierte, dass meine Mum nicht da war. Und ich erinnere mich an Abba und all diese älteren Leute, die wie wild mit den Armen fuchtelten und zur Musik auf- und absprangen. Ich weiß auch noch, dass mir die Bäume am Straßenrand immer wieder vor den Augen verschwammen, als ich mit Etty heimging, und dass es dann im Haus kalt und dunkel war, als wäre das Leben daraus gewichen.« Er überlegte einen Moment. »Ich glaube, das wurde mir erst klar, als sie weg war. Solange sie sich im Haus aufhielt, fühlte es sich immer an, als würde im Kamin ein Feuer brennen, das Wärme ausstrahlte und ein schönes Licht.«

»Gut«, sagte Morgan. »Das ist gut.«

»Aber die stärkste Erinnerung habe ich an die Tage danach. Lieber Himmel!«

»Weiter.«

»Was weiter?«

»Wie hast du diese Tage verbracht?«

»Mit Warten«, antwortete Ollie achselzuckend. »Ich bin mit Etty im Schneematsch durchs Dorf gestapft. Die Zeit schien stillzustehen, jede Minute dauerte so unerträglich lang. Einmal sind Etty und ich zu den Thornes. Das war heftig. Mary Thorne ließ es völlig kalt, was wir durchmachten, sie wirkte so … so gleichgültig, dass ich ihr am liebsten an die Gurgel gegangen wäre. Außerdem habe ich mich natürlich mit Dad gestritten. Das taten wir alle, vor allem Paul. Wir gaben Dad die Schuld an dem Ganzen.«

»Tut ihr das immer noch?«

Ollie zögerte. Er überlegte einen Moment, wie weit er da gehen sollte.

»Er hatte Affären, er betrog Mum. Vielleicht sollte ich das nicht sagen, aber er wird diesen Podcast bestimmt nicht hören, außerdem ist es sowieso kein großes Geheimnis. Ich nehme an, andere Leute haben euch das auch schon gesagt. Er hat sie unglücklich gemacht. Wobei ich mittlerweile selbst in dem Alter bin wie er damals. Ich weiß, was für ein Chaos viele Leute in ihrem Leben anrichten. Seht mich an. Trotzdem habe ich ihm nie verziehen, wie er zu ihr war. Ich werde den Gedanken einfach nicht los, dass sie womöglich noch leben würde, wenn er ein besserer Ehemann gewesen wäre, und dass es uns vielleicht allen gut ginge, wenn sie noch am Leben wäre. Etty hat ihm auch nicht verziehen, sie ist in der Hinsicht noch schlimmer als ich. Und Paul …« Er brach ab.

»Paul?«

»Eigentlich möchte ich über Paul nicht reden. Lassen wir ihn in Frieden.«

»Dann frage ich dich etwas anderes. Wie war deine Mutter?«

Ollies Miene wirkte plötzlich leer.

»Du brauchst nichts zu antworten«, mischte Greg sich ein. »Du brauchst nichts zu sagen, was dir widerstrebt.«

»Manchmal kann ich mich nicht mal mehr richtig an sie erinnern«, erklärte Ollie. »Dann muss ich einen Blick auf ein Foto werfen, um mir ihr Gesicht ins Gedächtnis zu rufen. Was wollt ihr von mir hören? Sie war meine Mutter.«

»Natürlich«, antwortete Greg.

»Ich kann euch sagen, wie sie war: Sie war *nett*. Sie ging nett mit mir um, als ich ein bockiger, drogenvernebelter Teenager war. Sie sprach nett mit der Frau im Laden an der Ecke und auch mit dem alten Mann, der immer in Begleitung seines räudigen Hunds durchs Dorf lief und irgendeine Krankheit hatte. Sie war zu allen nett. Sie gab jedem das Gefühl, etwas Besonderes zu sein. Manchmal verstanden die Leute das falsch – und mit Leuten meine ich jetzt Männer. Aber in Wirklichkeit war sie einfach nur freundlich.«

»Ollie«, fragte Greg, »was ist *deiner* Meinung nach vor dreißig Jahren mit deiner Mutter passiert?«

Ollie sah ihn an. Dann wanderte sein Blick zu Morgan, der reglos neben seinem Bruder stand und das Mikro hielt.

»Jemand hat sie getötet«, antwortete er schließlich. »Vielleicht war es mein Vater, vielleicht eurer. Oder es war jemand anders. Aber auf jeden Fall ist sie in jener Nacht gestorben. Lange Zeit warteten wir alle auf sie, suchten nach ihr, taten so, als käme sie wieder nach Hause. Vor allem Paul beharrte darauf, dass sie zurückkommen würde. Aber da war sie längst tot.«

»Hast du nicht das Bedürfnis, zu erfahren, wer sie getötet hat?«

Ollies Miene verhärtete sich. »Wir haben das alles vor dreißig Jahren durchgemacht und nur bedingt überlebt. Einer von uns hat *nicht* überlebt. Warum das Ganze wieder aufwühlen?«

»Aber ich schätze, genau das tun wir hier gerade«, entgegnete Morgan in heiterem Ton. »Was auch immer dabei herauskommen mag, wir haben das Gefühl, dass die Vergangenheit noch nicht abgeschlossen ist und wir es unserem Vater schuldig sind. Deswegen stochern wir in alledem herum und sind gespannt, was an die Oberfläche treibt.«

43

Am Mittwoch war Etty in ihrer Kanzlei und hatte gerade ein Klientengespräch via Zoom beendet, als Penny sie anrief.

»Gibt es ein Problem?«, fragte Etty.

»Ja, gibt es.«

»Mit Dad?« Das Wort fühlte sich in ihrem Mund sehr unangenehm an, viel zu intim.

»Lucia hat sich am Fuß ein Band gezerrt und kann nicht arbeiten.«

»Ich nehme an, die Agentur sorgt für Ersatz?«

»Das ist genau der Punkt, sie können so kurzfristig niemanden finden. Sie sagen, sie schaffen es erst zum Wochenende.«

»Das tut mir leid.«

»Ist das alles?«

»Ich wüsste nicht, was ich da tun könnte.«

»Nein? Was glaubst du, passiert jetzt? Ich werde dir sagen, was passiert: Es trifft mal wieder Niall und mich, wie immer.«

»In etwa einer Woche ist er im Heim.«

»Wir haben Hochzeitstag und wollten eigentlich für ein paar Tage nach Lissabon. Wir fahren sonst nie zusammen weg.«

Etty trat ans Fenster und starrte in den blauen Himmel über den Bürogebäuden. Sie konnte das nicht.

»Und?«, hakte Penny nach.

»Du erwartest doch wohl nicht, dass ich mich um ihn kümmere?«

»Niall hat schon gesagt, dass du es nicht machen wirst. Er meinte, es sei sinnlos, dich anzurufen. Aber Ollie hat die Grippe.«

»Ich habe viel Arbeit.«

»Wir haben alle viel Arbeit.«

Mist, dachte Etty. *Mist, Mist, Mist.* Sie holte tief Luft.

»Also gut«, sagte sie.

»Du machst es?«

»Ich habe gerade zugesagt, oder etwa nicht?«

»Du musst heute kommen. Wir fliegen morgen in aller Frühe.«

»Ich werde da sein.« Sie warf einen Blick auf ihre Armbanduhr. »Gegen fünf.«

»Ich bedanke mich jetzt nicht bei dir.«

Etty musste gegen ihren Willen lächeln. »Gut. Das solltest du auch nicht.«

Während der Fahrt nach Glensted hörte Etty sich die nächste Folge von Morgans und Gregs Podcast an, die erst seit ein paar Stunden verfügbar war. Hinter ihr verschwand London langsam in der Ferne, und die Landschaft weitete sich zu Wäldern, Wiesen und malerischen Flüssen.

Sie versuchte, sich das Ganze mit derselben Einstellung anzuhören, wie sie früher als Kind beängstigende Dinge betrachtet hatte: indem sie durch die Finger spähte, sodass sie nur die Hälfte sah. Oder so zu tun, als bestünde gar kein Bezug zu ihrem Leben – als wäre es eine längst abgeschlossene Geschichte.

Victor Pearce benutzte mehr oder weniger wörtlich die Phrasen, die er ihr gegenüber wiederholt hatte, sprach von »Bestürzung und Trauer«. *Alles nur Theater,* dachte Etty.

Dann war Brian Cobbett an der Reihe, auf der Brücke. Etty fand, dass er konfus klang. Sie fragte sich, warum er sich überhaupt zu einem solchen Interview bereit erklärt hatte. Für sie war klar, dass er als inkompetenter Trottel dargestellt wurde.

Es folgte eine kurze Szene auf dem Friedhof, mit dem örtlichen Pfarrer. Morgan erklärte in gedämpftem, salbungsvollem Ton, dass Duncan dort liege und auch Charlie dort beerdigt worden wäre, wenn man ihre Leiche je gefunden hätte. Er las die Daten auf dem Grabstein einer Frau vor, die das stolze Alter von siebenundneunzig

Jahren erreicht hatte und etwa um die Zeit von Charlies Verschwinden gestorben war.

»Ich versuche, mir vorzustellen, wie Charlie wohl gewesen wäre, wenn sie ebenfalls das reife Alter erreicht hätte, das ihr eigentlich vergönnt gewesen wäre«, fügte Morgan hinzu. »Oder mein Vater.«

Der Pfarrer sprach über die flüchtige Natur des Lebens und den Trost Gottes.

Als Morgan wieder das Wort ergriff, folgte erst einmal eine Art Meditation über das seltsame Phänomen des Vergehens der Zeit, danach meldeten er und Greg sich aus Bridgets Haus. Es war nur ein kurzer Clip, aber Bridget befand sich voll und ganz in ihrem Element. Erneut beschrieb sie sich als Archivarin und Hüterin von Geheimnissen und erklärte den Brüdern, der Schmerz im Haus der Salters sei für sie richtig spürbar gewesen. Ihrer Meinung nach sei das Ausräumen von Gegenständen auch eine Möglichkeit, die Wunden der Vergangenheit zu heilen. In dieser Hinsicht könne sie ihnen allen helfen.

»O nein, das kannst du nicht«, widersprach Etty laut.

Als sie daraufhin Ollies Stimme hörte, umklammerte sie das Lenkrad noch krampfhafter als zuvor und bog auf einen Parkplatz ab, wo sie beide Seitenfenster öffnete und sich eine Zigarette anzündete. Ihre Hände zitterten. Als Ollie über Alecs Affären sprach, fluchte sie leise. Mehrere Male nannte er ihren Namen: »Etty und ich«, sagte er. Bei ihm hieß es nicht »ich«, sondern »wir«. Sie musste daran denken, wie nahe sie sich gestanden hatten und wie freundschaftlich sie einander durch ihre gemeinsame Kindheit begleitet hatten, bis hin zu dieser schrecklichen Phase, in der plötzlich die Zeit stillzustehen schien. Danach hatten sie einander im Stich gelassen.

An diesem Abend versuchte Etty so zu tun, als wäre sie ein Roboter, ein programmierter Computer auf Beinen. Sie kochte ein indisches Gericht für ihren Vater und sah zu, wie er es aß. Sie wischte ihm den Mund ab. Sie führte ihn zum Badezimmer und wartete draußen, bis er fertig war. Sie brachte ihn in sein Schlafzimmer und beobachtete, wie er an seinen Knöpfen herumfummelte. Schließlich half sie ihm beim Ausziehen und beim Anziehen seines Schlafanzugs.

Als er sich schließlich ins Bett legte, fiel ihr ein, dass sie sich ein Schmuckstück von Charlie gewünscht hatte – vielleicht den Ring mit dem Mondstein oder die goldene Gliederkette, passend zu dem goldenen Medaillon, das sie nie ablegte. Sie begann, die kleinen Schubladen der Kommode aufzuziehen und stellte fest, dass sie alle leer waren. Sie warf einen Blick in die Truhe, doch auch dort fand sie nichts von ihrer Mutter.

»Miststück, diebisches«, bemerkte Alec vom Bett aus.

»Wo ist ihr ganzer Schmuck?«

Er betrachtete sie mit einem Ausdruck, der zwischen Angst und grimmigem Groll hin und her schwankte.

»Wem hast du all die Sachen gegeben?«

Sie konnte die Vorstellung kaum ertragen, dass er Ringe, Armbänder und Halsketten als Geschenke an all die anderen Frauen verteilt hatte, die nach Charlie gekommen waren.

Alec grinste. Am liebsten hätte sie ihm eine geknallt, zog stattdessen aber seine Bettdecke hoch, damit er es schön angenehm hatte.

»Schlaf gut«, sagte sie und verließ den Raum.

In der Nacht rief er mehrfach nach ihr, wobei er sie Charlie oder Lucia nannte, ein paarmal auch Etty. Einmal schrie er im Schlaf laut auf. Sie eilte aus ihrer leer geräumten Dachkammer, in der nur noch das Metallbett stand und die Vorhänge bereits entfernt waren, hinunter in sein Zimmer und erklärte ihm, dass er bloß schlecht geträumt habe. Er streckte eine Hand aus, übersät mit Altersflecken und mit schlaffer Haut rund um die Fingerknöchel. Im ersten Moment schreckte sie zurück, doch dann griff sie danach.

So lange Zeit war er in ihrer Vorstellung ein Monstrum gewesen: der Mann, der Charlie betrogen und womöglich sogar umgebracht hatte. Sie wollte kein Mitleid für ihn empfinden und ihn auch nicht von seiner kleinen Etty reden hören, seinem Augapfel. Sie wollte sich nicht daran erinnern, dass sie ihn als kleines Mädchen geliebt hatte.

Am Donnerstagnachmittag ließ sie ihn im Wohnzimmer zurück, wo er schlafend im einzigen noch übrigen Sessel am Fenster saß, und brach zu einem Spaziergang auf. Lucia nahm sich jeden Tag zwei Stunden frei, also konnte sie das auch. Gedankenverloren marschierte sie entlang der Nebenstraßen Richtung Ortsmitte. Die Frau, die auf der anderen Straßenseite stand, musste sie mehrmals ansprechen, bis sie schließlich begriff, dass sie gemeint war.

»Etty? Etty Salter!«

Es klang nicht wie ein Gruß, sondern wie ein Befehl. Die Frau war rundlich und trug ein hellgrünes Kleid. Etty hatte keine Ahnung, wer sie war.

»Ja?«

»Gemma. Gemma Thorne.«

»Ach, hallo.«

»Ich hatte schon gehört, dass du hier bist.«

Etty gab ihr keine Antwort.

»Es hat mich überrascht, das muss ich schon sagen. Du kommst doch sonst nie her, nicht einmal, seit es deinem Vater so schlecht geht.«

Etty antwortete noch immer nicht.

»Aber jetzt bist du ja da.«

Sie starrten sich an. Etty musste daran denken, dass sie Gemma noch nie gemocht hatte.

»Ich komme oft her«, fuhr Emma fort. »Mit meinen Töchtern und meinem Sohn, sooft sie es bewerkstelligen können. Natürlich sind sie inzwischen alle erwachsen. Du hast keine Kinder, oder?«

»Nein.«

»Das dachte ich mir schon.«

»Ich muss weiter«, erklärte Etty.

»Warte.« Gemma, die mittlerweile neben ihr stand, legte ihr eine Hand auf den Arm, woraufhin Etty das Gesicht verzog. »Ich wollte dich um etwas bitten. Ich bin dir extra bis hierher gefolgt, damit ich es dir sagen kann.«

»Was?«

»Halte dich von meinen Eltern fern.«

Damit hatte Etty nicht gerechnet. Sie trat einen Schritt zurück und musterte Gemma kühl.

»Ich weiß nicht, was du meinst.«

»Sie sind alt. Dad geht es nicht gut. Was fällt dir ein, hier hereinzuschneien und sie derart aufzuregen? Wenn er einen Zusammenbruch hat, ist es deine Schuld.«

»Ich beabsichtige nicht, mich auch nur in die Nähe deiner Eltern zu begeben.«

Mit diesen Worten wandte sie sich ab und eilte den Weg entlang, der von Glensted wegführte, vorbei am Spielplatz, der inzwischen mit einem gummierten Boden und bunt bemalten Geräten ausgestattet war, in Richtung der Kirche mit ihrem gedrungenen Turm. Am Friedhofstor zögerte sie. Irgendwo dort drinnen befand sich ein Grabstein mit Pauls Namen. Sie hatte ihn nie besucht, obwohl er nun schon seit mehr als fünfundzwanzig Jahren dort lag.

Schließlich schob sie das Tor auf, trat hinein und wanderte an den Grabsteinen entlang, die teilweise alt und bemoost, teilweise neu und aus schimmerndem Marmor waren. Sie brauchte mehrere Minuten, um Pauls Ruhestätte zu finden: einen ganz schlichten grauen Stein mit seinem Namen, seinem Geburtsdatum und seinem Todestag. Jemand hatte ihm erst vor Kurzem Anemonen hingestellt. *Penny*, dachte Etty. Sie konnte sich gut vorstellen, dass Penny das Grab von Nialls Bruder pflegte, wie sie sich auch um Nialls Vater kümmerte. Sie tat, was richtig war, und legte eine heilende Hand auf das Chaos der Vergangenheit.

Eine Weile betrachtete Etty den bescheidenen Stein und die leuchtenden Blumen, dann verließ sie den Friedhof und ging hinauf in den Wald. Oben vom Hügel aus konnte sie ganz Glensted unter sich liegen sehen: das alte Zentrum, die neuen Wohnanlagen und dahinter die schimmernde Fläche des Flusses. Dort hatte sich ihr Leben achtzehn Jahre lang abgespielt. Nun kam es ihr vor wie ein Traum.

44

Es kann ja nicht schaden zu fragen«, meinte Morgan.

Er und Greg marschierten die Zufahrt zum Bauernhaus der Salters entlang, beladen mit ihren Aufnahmegeräten.

»Da bin ich mir nicht so sicher«, erwiderte Greg. »Was ist mit seiner Pflegerin?«

»Mal sehen. Es wäre großartig, zumindest ein paar Sekunden von ihm zu bekommen. Nur den Klang seiner Stimme. Er ist ein Kernstück unserer Geschichte.«

Mittlerweile standen sie vor der Haustür. Morgan sah seinen Bruder an.

»Was, wenn wir ihn dazu brächten, es zu gestehen?«

Greg überlegte einen Moment.

»Das wäre der perfekte Schluss«, antwortete er dann.

»Siehst du«, meinte Morgan, »jetzt denkst du schon wie ein Podcaster.«

Morgan klopfte an die Tür. Es kam keine Reaktion. Er klopfte erneut, dieses Mal länger und lauter, doch sie warteten vergeblich auf Schritte.

»Er ist nicht da.« Greg klang erleichtert.

Aber Morgan hatte bereits die Hand an der Klinke. Die Tür schwang auf.

»Wir können nicht einfach so reingehen!«

»Warum nicht? So haben wir es doch früher auch immer gemacht. Hallo? Hallo, jemand zu Hause?«

Seine Stimme hallte durch die leer geräumte Diele.

»Lass uns wieder gehen«, drängte Greg.

Doch in dem Moment vernahmen sie aus dem Wohnzimmer eine mürrische Stimme.

»Wer ist da? Wer seid ihr?«

Morgan steuerte auf den Raum zu und trat ein, mit einem Lächeln auf den Lippen und ausgestreckter Hand. Greg folgte mit der Ausrüstung.

»Hallo, Mister Salter … Alec«, sagte Morgan. »Wir haben uns schon so viele Jahre nicht mehr gesehen, aber ich bin Morgan Ackerley.«

Alec, der mit einer leichten Decke über den Knien in seinem Sessel saß, schreckte zurück. Er machte einen bestürzten Eindruck.

»Duncans Sohn«, fügte Morgan hinzu. »Sie erinnern sich doch an Duncan.«

»Duncan«, wiederholte Alec. »Die Eschenwelke.«

»Und hier ist Greg.«

Greg, der sich extrem unwohl fühlte, hob grüßend eine Hand. »Wie geht es Ihnen?«

»Da stimmt etwas nicht«, sagte Alec. »Was ist passiert?«

»Es ist alles in Ordnung.«

»Wo ist Charlie?«

»Charlie?« Morgan hatte den Rekorder angeschaltet und hielt Alec das Mikrofon hin.

»Verschwindet«, sagte dieser. »Lasst mich in Ruhe. Ich möchte, dass alle gehen. Nur Etty nicht. Wo ist Etty hin?«

»Wir wollten Ihnen bloß ein paar Fragen stellen.« Morgan sprach langsam und laut, als hätte er es mit einem schwerhörigen Kleinkind zu tun. »Es geht um das, was geschehen ist – damals, vor dreißig Jahren.«

»Was geschehen ist?«

»Als Charlie verschwand.«

»Darüber weiß ich nichts. Das hab ich denen schon gesagt. Wie viele Male muss ich das noch wiederholen?«

»Glauben Sie, dass Ihre Frau tot ist, Mister Salter?«

»Ich traf sie in einem Garten. Sie trug ein gelbes Kleid. Ich fand, dass sie das hübscheste Mädchen war, das ich je gesehen hatte. Warum musste sie das tun?«

»Wir hätten Sie nicht stören sollen«, sagte Greg. Er warf seinem Bruder einen vorwurfsvollen Blick zu. »Wir verlassen Sie jetzt wieder. Es tut mir so leid.«

»Verlasst mich nicht. Alle verlassen mich.«

»Was ist mit Charlie passiert, Mister Salter?«, fragte Morgan. Und dann: »Haben Sie sie umgebracht?«

Als Etty zurückkehrte, stellte sie fest, dass die Haustür offen stand. *Wie gedankenlos von mir,* ging ihr durch den Kopf. Beim Betreten des Hauses schien ihr, als hörte sie im Wohnzimmer Stimmen. Sie steuerte auf den Raum zu. Knapp davor blieb sie stehen und lauschte. Da hörte sie Morgan Ackerley mit lauter, bedächtiger Stimme fragen: »Was ist mit Charlie passiert, Mister Salter? Haben Sie sie umgebracht?«

Und sie hörte ihren Vater antworten: »Klar habe ich das. Seid ihr auch solche Narren wie alle anderen?«

Etty riss die Tür auf. Die beiden Brüder fuhren herum.

»Wie könnt ihr es wagen? Wie könnt ihr es, verdammt noch mal, wagen?«

»Etty«, stieß Morgan hervor.

»Raus.«

»Er hat gesagt, er …«

»Ich habe gehört, was er gesagt hat. Verschwindet sofort aus diesem Raum.«

Sie schob sie praktisch aus dem Wohnzimmer hinaus in die Diele und legte dann erneut los.

»Mein Vater leidet unter Demenz, und ihr schleicht euch hier herein, während er allein ist!«

»Wir wussten doch gar nicht, dass er allein ist«, widersprach Morgan. »Wir rechneten damit, seine Pflegerin bei ihm anzutreffen.«

»Das ist eure Entschuldigung, ja?«

»Er hat den Mord an Charlie gestanden.«

»Er ist dement.«

»Trotzdem hat er gestanden. Möchtest du denn nicht die Wahrheit erfahren? Was mit deiner Mutter passiert ist?«

»Die Wahrheit? Womöglich hat er einfach irgendwas gesagt.«

»Wenn er Charlie getötet hat, dann ist unser Vater unschuldig.«

»Wenn ihr auch nur ein Wort davon sendet, verklage ich euch.«

»Das machen wir natürlich nicht«, antwortete Greg mit zittriger Stimme. Sein Gesicht wirkte aschfahl.

»Kannst du das überhaupt?«, fragte Morgan.

»Ich bin Anwältin, Morgan. Mein Vater ist nicht mehr im Vollbesitz seiner geistigen Kräfte. Sende, was er gesagt hat, und ich verspreche dir, dass du es bereuen wirst. Dafür werde ich sorgen.«

»Etty«, warf Greg ein, »es tut mir so leid …«

»Du bist genauso schlimm wie Morgan. Geht einfach.«

45

Bis das Teewasser kochte, spülte Etty ein paar Teller, Tassen und Gläser, wischte über die Arbeitsfläche und hängte einen Beutel Assam und einen Beutel Earl Grey in die Kanne. Seit dem Abgang von Greg und Morgan empfand sie eine derartige Wut, dass sie das dringende Bedürfnis hatte, Luft abzulassen, vorzugsweise, indem sie die nächstbeste Person verprügelte oder einfach nur auf eine Wand einschlug. Sie zog ernsthaft in Erwägung, die Polizei anzurufen und die beiden anzuzeigen. Aber sie wusste, dass das sinnlos war. Selbst wenn richtige Verbrechen passierten, ermittelte die Polizei inzwischen kaum noch. Ein paar Jahre zuvor war in ihre Wohnung eingebrochen worden. Sie hatte die Polizei alarmiert, doch deren einzige Reaktion bestand darin, ihr ein Aktenzeichen zuzuweisen. Ihre Versicherungsgesellschaft benötige das für ihre Forderung, hatte man ihr erklärt.

Greg und Morgan hatten höchstens Hausfriedensbruch begangen, brauchten aber nur zu behaupten, sie seien eingeladen worden, dann würde die Polizei sowieso nichts unternehmen. Konnte sie die beiden mit einem Anwaltsschreiben schrecken? Wohl kaum.

Sie goss zwei Tassen Tee ein und trug sie ins Wohnzimmer.

Alec saß noch in der gleichen Haltung da, in der sie ihn zurückgelassen hatte. Allerdings war seine Decke zu Boden gerutscht. Sie legte sie ihm wieder über die Beine und reichte ihm seine Tasse. Er betrachtete den Tee einen Moment, als wüsste er nicht so recht, was er damit anfangen sollte, dann führte er die Tasse langsam zum Mund, mit zitternden Händen, und nahm einen vorsichtigen

Schluck, woraufhin er ein kleines Ächzen ausstieß und die Tasse ein Stück von sich weghielt. War ihm der Tee noch zu heiß? Etty nahm ihm die Tasse ab und stellte sie auf den seitlich von ihm stehenden Tisch.

»Wenn du bereit dafür bist, dann sag es einfach.«

»Wo sind die ganzen Sachen hingekommen? Jemand hat alles mitgenommen.«

»Das mit Greg und Morgan tut mir leid«, entgegnete sie. »Haben sie dich aufgeregt?«

»Nein, sie haben mich nicht aufgeregt.«

Die Antwort erfolgte automatisch, wie von einer Maschine, deren Technik nicht ausgereift genug war, um die Sprechmuster eines menschlichen Wesens perfekt nachzuahmen. Obwohl er das Interview wahrscheinlich schon vergessen hatte, blinzelte und zuckte er mehr als sonst. Waren diese Anzeichen von Unbehagen eine Folge des Schocks, weil diese Leute, an die er sich nicht erinnern konnte, derart hereingeplatzt waren und ihn unter Druck gesetzt hatten? Oder spürte er irgendwo tief in seinem Inneren, dass man ihm auf die Schliche gekommen war?

Etty war extrem wütend auf Greg und Morgan gewesen. Sie hatte die beiden angeschrien. Selbst jetzt empfand sie noch den Drang, etwas zu unternehmen, das ihnen irgendwie schaden würde. Andererseits verstand sie durchaus, was die zwei Brüder mit ihrem Projekt bezweckten.

»Fast tun sie mir leid«, erklärte sie laut. »Erst mussten sie den Verlust ihres Vaters verkraften, und dann wurde er auch noch für Mums Verschwinden verantwortlich gemacht. Wie ging es eigentlich dir damit? Warst du jemals der Meinung, dass Duncan Mum getötet hat?«

»Duncan«, sagte Alec in fiesem Ton. »Ein bisschen arg eng mit meiner Frau befreundet, der Kerl.«

»Du warst auch mit ihm befreundet.«

Alec runzelte die Stirn, als versuchte er, sich an etwas zu erinnern und es dann mit größter Mühe zu formulieren, allerdings ohne Erfolg.

»Weißt du, in diesen zwei letzten Jahren, die ich damals hier verbrachte«, sagte Etty nachdenklich zu einem Mann, der nicht mehr in der Lage war, ihren Worten zu folgen, »da habe ich jeden Tag nach der Schule, wirklich jeden einzelnen Tag gedacht, Mum könnte plötzlich zurückkommen, auch wenn ich irgendwie natürlich wusste, dass das nicht passieren würde. Wenn ich für uns Abendessen machte, achtete ich immer darauf, dass für sie auch genug da wäre, wenn sie plötzlich an die Tür klopfte. Ich habe dir das nie gesagt, und es ist dir auch nie aufgefallen, aber es stimmt. Meistens habe ich das übrige Essen dann morgens vor der Schule weggeworfen. Damit konnte ich nie aufhören, solange ich in Glensted lebte.«

»Du kochst gut«, bemerkte Alec. »Mir hat dein Essen immer geschmeckt. Du machst so einen guten Braten.«

Das war Charlie, ging Etty durch den Kopf.

»Inzwischen bin ich Vegetarierin«, erklärte sie. »Einen Braten habe ich schon seit zwanzig Jahren nicht mehr zubereitet. Nein, seit fast dreißig Jahren.« Sie schluckte. »Ich glaube, das war einer der Gründe, warum ich weggegangen bin. Jedes Mal, wenn die Tür aufging, dachte ich, es könnte Mum sein. Jedes Mal, wenn ich in meinem Bett lag und an der Zimmerdecke Scheinwerferlicht sah, dachte ich, Mum käme zurück. Diese schreckliche, schreckliche Sehnsucht ließ sich nur auf zwei Arten loswerden: Entweder durch Mums Rückkehr oder aber dadurch, dass ich mir selbst irgendetwas Blödes antat. Also tat ich mir eine Weile so allerlei Blödes an. Schließlich ging ich ganz weg, um nie mehr an einem Ort zu leben, der mich an Mum erinnerte, und dann …« Sie schwieg einen Moment. »Man hört doch manchmal von Soldaten, die sich freiwillig für gefährliche Missionen melden, weil sie hoffen, dabei ums Leben zu kommen. So etwas Ähnliches habe ich auch gemacht, bloß nicht in einem Krieg. Manchmal muss ich an die Orte denken, an denen ich mich oft um drei Uhr morgens wiederfand. Niemand konnte mir damals etwas antun, das schlimmer gewesen wäre als das Gefühl in meinem Innern.«

Sie schniefte und wischte sich mit dem Handrücken übers Gesicht.

»Ich möchte meinen Tee«, sagte Alec, »wenn es recht ist.«

Sie griff nach der Tasse und reichte sie ihm. Die Temperatur war mittlerweile unbedenklich. Ungeschickt wie ein kleines Kind trank er einen Schluck. Tee lief ihm aus den Mundwinkeln. Im Regal stand eine Küchenrolle. Etty riss ein paar Blatt ab, nahm ihm erneut die Tasse aus den Händen und wischte sein Gesicht sauber.

»Eigentlich sollte ich gar nicht diese Person sein«, fuhr Etty fort. »Erinnerst du dich an meine Schulzeit, bevor das alles passierte? Damals war ich eine Frohnatur. Ich war gut in der Schule. Ich gehörte zu einer Clique, mit der ich viel Spaß hatte. Ich war beliebt. Die Jungs standen auf mich.« Sie sagte gerade Dinge, die sie noch nie laut ausgesprochen hatte. Fast aus Versehen war sie in die Art Gespräch hineingeraten, die sie mit ihrem Vater nie geführt hatte – nie hätte führen können. »Eigentlich hatte ich mir geschworen, nie mehr zurückzukehren. Nun bin ich doch da, aber gar nicht sicher, ob es eine gute Idee war.«

Sie sah ihn an. Allem Anschein nach hatte er kein Wort von dem verstanden, was sie von sich gegeben hatte. Aber genau aus dem Grund hatte sie es ja gesagt. Sobald sie den Raum verließ, würde er sich nicht mehr daran erinnern, dass sie jemals da gewesen war.

46

Am letzten Maiwochenende, als der Himmel in einem milden Blau leuchtete und Charlies lange vernachlässigter Fleck Garten sich in ein wucherndes Blütenmeer aus Heckenrosen und duftigen Pfingstrosen verwandelt hatte, kamen die Geschwister Salter zusammen, um ihre letzten gemeinsamen Tage im Bauernhaus zu verbringen. Für Alec stand jetzt ein Raum zur Verfügung, sodass er nächste Woche nach Hemingford ins Heim umziehen würde. Seine Taschen standen schon bereit, gepackt von Lucia, die mit einem bandagierten Fuß zur Arbeit zurückgekehrt war und unbeholfen durch die leeren, hallenden Räume humpelte. Niall sagte ihr, sie solle sich das Wochenende freinehmen, sie würden abwechselnd die Betreuung ihres Vaters übernehmen.

Alle Betten waren inzwischen abtransportiert worden, mit Ausnahme von Alecs und Lucias. Ollie und Etty hatten Freitagnacht auf von Penny organisierten Rollmatratzen verbracht. Etty hatte vom Boden ihres kahlen Zimmers aus beobachtet, wie die Sonne aufging und sich das Rechteck des Fensters mit dem silbrigen Licht des Morgengrauens füllte. Draußen hatte ein unglaublich vielstimmiges Vogelkonzert eingesetzt.

Paul wusste immer die Namen der Vögel, ging ihr durch den Kopf. Paul und Charlie. Sie erinnerte sich an Spaziergänge in ihrer Kindheit. Die beiden hatten ihr die Grasmücken und die Finken gezeigt, hin und wieder einen Grünspecht entdeckt und manchmal sogar einen Blick auf einen Eisvogel erhascht, zwischen den Binsen unten am

Fluss. Etty musste an eine Nacht denken, in der sie mit Paul stundenlang im Garten gesessen und den Waldkäuzen in den Bäumen über ihren Köpfen gelauscht hatten.

Ihr wurde klar, dass sie möglichst bald in ihr Londoner Leben zurückkehren müsse, ehe diese schreckliche Nostalgie all ihre Schutzmauern einstürzen ließ und die Vergangenheit sie überflutete.

Ihnen blieb nicht viel zu tun. Bridget hatte Erstaunliches geleistet. Nur in der Küche befanden sich noch ein paar Sachen, die sie entfernen wollte, sobald Alec und alle anderen weg waren. Schon ab dem kommenden Freitag würde das Haus zum Verkauf stehen, auch wenn die Immobilienmakler aus Glensted sie gewarnt hatten, dass sich Häuser im Moment schwer verkauften und der Zustand des Gebäudes unter Umständen manche Leute abschrecken könnte.

Eine Art Endzeitstimmung ergriff von ihnen allen Besitz. Sie gingen von Raum zu Raum, wo nirgendwo mehr Bilder hingen, sämtliche Teppiche entfernt, sämtliche Bücher aus den Regalen geräumt waren. Schräges Sonnenlicht fiel durch die Fenster, die weit offen standen, um die laue Luft einzulassen. Auf dem Holzboden in der Diele lagen ein paar tote Bienen.

Etty sah das Haus, wie es jetzt war – ein kahler Ort, geprägt von Abwesenheit und dem, was es nicht mehr gab –, hatte zugleich aber auch noch vor Augen, wie es früher gewesen war. Gegen ihren Willen prasselten Unmengen von Erinnerungen auf sie ein, trafen sie mit solcher Wucht, dass es richtig wehtat. Etty schien es, als befänden sich Charlie und Paul gleich im nächsten Raum, gleich um die Ecke oder ein Stockwerk höher. Als sie die Tür zum Wohnzimmer öffnete, rechnete sie halb damit, dass ihr die beiden von dort entgegenblickten.

»Ob ihr wohl je wieder herkommt?«, fragte Niall plötzlich in zu lautem Ton.

Ollie und Etty wandten sich ihm zu.

»Nein, oder?« Sein Mund zuckte. »Warum solltet ihr auch?«

»Warum bleibst du?«, fragte Etty leise.

»Ich führe das Geschäft hier weiter, das wisst ihr doch. Irgendjemand musste es ja machen.«

»Wirklich?«

»Außerdem habe ich hier meine Familie, mein ganzes Leben.«

»Wolltest du nie weg?«, fragte Ollie.

»Was glaubt ihr denn? Früher habe ich jeden Tag gesagt, ein paar Monate noch, dann verschwinde ich von hier. Irgendwie kam es nie dazu. Wobei ich mir inzwischen manchmal denke, dass es so besser ist.«

»Wie meinst du das?«

»Ihre beide seid weggegangen, und was ist dabei herausgekommen? Seid ihr glücklicher als ich? Konntet ihr euch von der Vergangenheit befreien?«

Ollie zwang sich zu einem Grinsen. »Ist es zu spät für uns?«, fragte er.

Niemand gab ihm eine Antwort.

47

»Möchte noch jemand Kaffee?«

In der Küche der Ackerleys war es am Sonntagmorgen ungewöhnlich voll. Frances und Lester waren da, außerdem Lesters zwei Enkel, beide im Teenageralter. Sie hatten in seinem uralten Wohnwagen übernachtet und verdrückten nun mit gleichbleibendem Heißhunger ein Croissant nach dem anderen. Morgan saß am Tisch und beantwortete mit seinem Handy E-Mails. Dabei trommelte er mit einem Finger die ganze Zeit auf das Holz der Tischplatte, gleichmäßig wie ein Metronom. Greg machte gerade für alle Kaffee. Während er das Wasser über die frisch gemahlenen Bohnen goss, betrat Katherine den Raum, noch ganz zerknautscht vom Schlaf. Sie lächelte vage in die Runde und schnappte sich ein Croissant.

»Ist es wirklich schon so spät?«

»Ich wünschte, ich könnte schlafen wie du«, bemerkte Morgan. »Ich bin schon seit halb sechs auf.«

»Du solltest meditieren«, meinte sie.

»Morgan hält nicht viel von Schlaf«, warf Greg ein. »Während der Rest von uns noch vor sich hin schnarcht, arbeitet er bereits.«

»Heute brauchst du nicht zu arbeiten. Es ist Sonntag.«

»Wann sollen wir mit dem Grillen anfangen?« Mit ihrer schwarzen Hose und der cremefarbenen Bluse sah Frances aus, als hätte sie gleich im Anschluss eine Besprechung.

»Haben wir alles?«, fragte Katherine.

»Ich war gestern zum Großeinkauf im Supermarkt.« Greg zählte seine Einkäufe an den Fingern ab. »Grillkohle, gebongt. Rippchen, gebongt. Lammmedaillons, gebongt.«

»Wir sind Vegetarier«, verkündete einer von Lesters Enkeln.

Greg grinste. »Maiskolben, gebongt. Halloumi, gebongt. Riesenchampignons …«

»Sag bitte nicht noch mal gebongt«, bat Morgan.

»In Ordnung. Wir haben Riesenchampignons. Und Eis.«

»Auch genug zu trinken?«, meldete sich Lester zu Wort. »Ein paar von den Nachbarn könnten vorbeischauen.«

»Klar.«

»Ich werde Niall, Ollie und Etty vorschlagen, sich zu uns zu gesellen«, sagte Greg und warf dabei einen Blick zu Morgan hinüber. »Als eine Art Friedensangebot.«

»Sie werden nicht kommen.«

»Wahrscheinlich nicht. Aber ich habe eine Menge Bier und Wein und außerdem auch noch … ach, Mist!«

»Was?«

»Ich habe den Champagner vergessen. Er ist schon bezahlt. Ich wollte ihn nach meinem Einkauf abholen und muss jetzt noch mal los.« Er stand auf. »Es dauert nicht lang. Hin und zurück brauche ich etwa eine halbe Stunde, höchstens eine dreiviertel.«

»Soll ich das übernehmen?«, bot Katherine an, allerdings eher halbherzig.

»Nein, das passt schon. Mein Fehler.«

»Ich dachte, wir könnten uns jetzt alle gemeinsam den letzten Podcast anhören«, sagte Morgan. »Er ist vor ein paar Stunden live gegangen.«

»Welchen letzten Podcast? Wir haben doch gar keinen neuen gemacht.«

»Ich habe ihn gemacht, als du weg warst. Ich dachte, du hättest nichts dagegen. Im Großen und Ganzen handelt es sich lediglich um Material, das wir bisher nicht benutzt haben, zusammengeschnitten zu einer Art Narrativ, mit mir als Lückenfüller. Trotzdem bin ich recht angetan davon, wenn ich mich selbst ein bisschen loben darf. Es klingt irgendwie elegisch.«

»Elegisch«, wiederholte Greg. »Wie meinst du das?«

»Melancholisch auf die Vergangenheit zurückblickend.«

»Du hättest mit mir darüber reden sollen.«

»Das tue ich doch jetzt.«

»Tja, die Elegie wird warten müssen, bis ich mit dem Champagner wieder da bin.«

»Vielleicht geht das alles irgendwann vorbei«, kommentierte Frances.

Unter dem Tisch nahm Lester ihre Hand und drückte sie.

Etty bereitete Porridge für Alec zu, der noch im Schlafanzug war. Während sie umrührte, musste sie an die Frage denken, die Niall gestern Ollie und ihr gestellt hatte – »Konntet ihr euch von der Vergangenheit befreien?« –, und an Ollies Antwort: »Ist es zu spät?« Etty befürchtete, dass sie selbst sich nicht von der Vergangenheit befreit hatte und es dafür tatsächlich zu spät war, sodass sie nun damit leben musste, so gut sie eben konnte.

Am Vortag hatte Nialls Tochter Mia sie gefragt, ob sie je den Wunsch verspürt habe zu heiraten, worauf sie ihr geantwortet hatte, sie halte nicht allzu viel von der Ehe.

»Gab es mal jemand Besonderen?«, wollte Mia wissen.

Die Wahrheit war, dass es in Ettys Leben nie jemand Besonderen gegeben hatte, zumindest nicht in dem Sinn, wie Mia es meinte. Da waren Männer gewesen, in die Etty sich verliebt hatte, weil sie nicht zu haben waren, und andere, die Etty verlassen hatte, gerade weil sie zu haben waren und sich mehr von ihr wünschten, als sie geben wollte. Es hatte heftige Strohfeuer gegeben, aber auch kleine, langsam brennende Flämmchen. Bei beiden Arten hatte Etty von Anfang an gewusst, dass es nicht von Dauer sein würde.

»Wolltest du denn keine Kinder?« Mia errötete über ihre eigene Frage.

»Kannst du dir mich als Mutter vorstellen?«

Tatsächlich hatte Etty sich insgeheim manchmal danach gesehnt, ein Kind zu haben, gleichzeitig aber stets gut aufgepasst, dass es nicht passierte. Das eine Mal, als sie doch schwanger geworden war, hatte sie eine Abtreibung vornehmen lassen.

Nun füllte sie für Alec ein wenig Porridge in eine Schüssel, vergewisserte sich, dass es nicht zu heiß war, und stellte es dann vor ihn hin. Sie drückte ihm einen Löffel in seine arthritische Hand und sah zu, wie er ihn ganz langsam in den Haferbrei versenkte. Alecs Blick wirkte glasig. Etty konnte nicht einschätzen, ob er begriff, was vorging – dass sich das Haus um ihn herum geleert hatte, weil er es in Kürze verlassen musste.

Ihr Handy klingelte, und sie ging ran. Es handelte sich um Kim, die einzige Person, die seit ihren Kindertagen mit ihr in Kontakt geblieben war, wenn auch nur sporadisch. Kim war herzlich und unerschütterlich treu. Sie ließ einfach nicht zu, dass Etty ihr als Freundin entglitt.

»Hallo, Etty, ist mit dir alles in Ordnung?«

»Ja, warum? Gibt es einen Grund, warum dem nicht so sein sollte?«

»Ich habe mir gerade die letzte Folge dieses Podcasts angehört. Hast du es auch schon gehört?«

»Nein. Ich wusste nicht mal, dass es eine neue Folge gibt. Kommt darin etwas vor, das mir nicht gefallen wird?«

»Ich weiß es nicht. Es fühlt sich anders an als alle vorherigen Folgen – extrem persönlich, was euch alle betrifft, und richtig traurig.«

Sie wollte allein sein, wenn sie es hörte, aber Ollie bestand darauf, dass sie es sich gemeinsam anhören sollten. Nachdem sie Alec zurück in sein Zimmer gebracht hatten, damit er sich anzog, und Etty eine Kanne starken Kaffee aufgebrüht hatte, lud Ollie die neue Folge herunter, legte sein Handy zwischen ihnen auf den Tisch und drückte auf Abspielen. Etty nahm einen Schluck von dem noch heißen, bitteren Kaffee und wandte dann den Blick ab, ließ ihn durchs Fenster hinausschweifen zu den Hundsrosen und den Pappeln in der Ferne, während Morgan in ruhigem, düsterem Ton zu sprechen begann.

Zunächst redete er über seinen Vater. Er machte das gut, sprach über seine Kindheitserinnerungen an Duncan, über dessen fröhliche, gütige, pragmatische Art, aber auch über seine eigenen Empfindungen – wie sehr er seinen Vater geliebt habe und dass er immer das Gefühl gehabt habe, ihm nicht das Wasser reichen zu können. Er erzählte von Duncans starken Händen, seiner Singstimme, seinem blauen Lieblingspulli, seiner zugewandten Art im Umgang mit Menschen, die sich in Not befanden.

Diese Erzählung war durchsetzt von weiteren Erinnerungen an Duncan, die andere Leute beigesteuert hatten: kurzen Äußerungen, die Morgan von Leuten im Dorf eingeholt hatte, darunter auch pseudospirituelle Ergüsse von Victor und ein paar Enthüllungen von Mary und Gerry Thorne, auf die Etty hätte verzichten können, wobei sie ihr keineswegs neu waren. Es gab außerdem ein paar stockende Sätze von Greg, der eine Anekdote darüber erzählte, wie Duncan ihm das Fischen beigebracht hatte, und der mit den Worten schloss, es vergehe kein Tag, an dem er ihn nicht vermisse. Das war sein einziger Beitrag zu der Folge.

Anschließend beschrieb Morgan, wie er die Leiche seines Vaters am ersten Weihnachtsfeiertag am Flussufer liegen sah. Dabei klang er, als würde er gleich in Tränen ausbrechen. Etty konnte nicht einschätzen, ob das echt oder gespielt war oder beides gleichzeitig.

Dann kam er auf Charlie zu sprechen. Reglos verfolgte Etty, wie er von seinen eigenen Erinnerungen an eine »strahlende«, immer gut duftende Frau mit beringten Fingern und rauchiger Stimme erzählte. Genauso reglos hörte sie zu, als anschließend Ollie mit tränenerstickter Stimme von seiner geliebten Mutter sprach und erklärte, wie sehr sie ihm fehle. Etty blieb auch dann noch wie erstarrt sitzen, als sie Alec sagen hörte: »Ich traf sie in einem Garten. Sie trug ein gelbes Kleid. Ich fand, dass sie das hübscheste Mädchen war, das ich je gesehen hatte.«

Als Nächstes sprachen Leute aus dem Dorf über die schlimme Zeit nach Charlies Verschwinden und Duncans Tod. Menschen, die sie nicht kannte, ließen sich über ihre Familie aus. Sie redeten über Ollie, seine Wildheit, und dann über sie selbst. Das hübsche kleine Ding, plötzlich so arm und verlassen, mit gebrochenem Herzen, ein herzzerreißender Anblick. Sie sprachen über Paul. Seinen Tod.

Dass er Selbstmord begangen habe. Was für eine Katastrophe. Etty schlang die Finger ineinander, bis sie schmerzten, und vermied es, ihren Bruder anzusehen, der seinerseits jeden Blickkontakt vermied.

Schließlich war es vorbei, sie befanden sich wieder in der Gegenwart, und Bridget Wolfe erzählte Morgan von all den Gegenständen, die sie im Bauernhaus der Salters eingesammelt hatte. Sie sei die Kuratorin eines Museums verlorenen Glücks, erklärte sie. Da gebe es beispielsweise einen alten Lieblingssessel von Charlie, ein Foto ihres lächelnden Gesichts, eine Keksdose, in der sie immer ihre Brownies aufbewahrte, einen Kerzenständer aus Zinn, den sie wohl besonders gern mochte, einen alten Mantel, der immer noch unter Alecs Jacken und Mänteln gehangen habe, mit einer Einkaufsliste in der Tasche: Gerade in ihrer schäbigen Gewöhnlichkeit seien all diese Dinge behaftet mit den Geheimnissen der Vergangenheit.

Etty bildete sich ein, die schlurfenden Schritte ihres Vaters draußen in der Diele zu hören, doch er kam nicht zu ihnen in die Küche.

»Ganz zu schweigen von diesem Tagebuch«, fuhr Bridget fort. Morgan gab kleine, aufmunternde Geräusche von sich. »Ihrem Terminkalender. Einem grün eingebundenen Büchlein, in dem Charlie auflistete, was sie alles erledigen oder auf keinen Fall vergessen wollte. Es gibt Aufschluss darüber, was sie in den letzten Wochen ihres Lebens getan hat.«

»Womöglich hat da dreißig Jahre lang kein Mensch mehr einen Blick hineingeworfen«, bemerkte Morgan. »Unglaublich!«

»Wir können daraus ablesen, was für eine Frau sie war«, erklärte Bridget. »So interessiert am Hier und Jetzt, an den kleinen Problemen und Freuden, die das Leben ausmachen. Außerdem findet sich darin auch noch so einiges andere – Dinge, die mir recht interessant erscheinen. Sehr interessant sogar. Mehr kann ich im Moment dazu nicht sagen.«

Nachdem Bridget zu einem Ende gekommen war, meldete Morgan sich ein weiteres Mal vom Friedhof zu Wort, wo er angeblich gerade Blumen auf Duncans Grab legte.

»Tief in meinem Inneren spüre ich, dass wir herausfinden werden, was vor dreißig Jahren hier in Glensted passiert ist«, verkündete er, während im Hintergrund Musik einsetzte. »Wir nähern uns der Wahrheit.«

Sie waren am Schluss der Folge angelangt. Ollie drückte auf Pause.

»Tja«, meinte er, »das war harter Tobak.«

Etty wandte sich ihm zu und stellte fest, dass ihm Tränen über die Wangen liefen. Er wirkte in dem Moment alt, traurig und einsam.

Sie streckte den Arm nach ihm aus. Zum ersten Mal seit drei Jahrzehnten hielten sie einander wieder an der Hand.

»Mein Gott, Etty, wie du mir gefehlt hast«, sagte er.

48

»Wo ist Dad?«, fragte Etty zehn Minuten später.

»Ist er denn nicht in seinem Zimmer?«

»Nein, weder in seinem Schlafzimmer noch in seinem alten Arbeitszimmer, und unten ist er auch nicht.«

Sie sahen sich an.

»Ich dachte, ich hätte ihn vorhin in der Diele gehört, als wir den Podcast laufen hatten«, erklärte Etty. »Denkst du, er hat etwas davon mitbekommen?«

»Wahrscheinlich hält er sich im Garten auf.«

Aber er war nicht im Garten.

Sie suchten überall, wo sie bereits nachgesehen hatten, ein weiteres Mal. Sie riefen seinen Namen, doch er gab keine Antwort.

»Wo sollte er hinwollen?«, fragte Ollie.

»Keine Ahnung, aber weit kann er ja nicht gekommen sein. Wir müssen ihn finden.«

»Ja. Ich übernehme das Dorf, und du fährst runter zum Fluss und suchst den Uferweg ab.«

»Mein Gott, Ollie, hoffentlich ist er nicht Richtung Fluss gegangen!«

»Sollen wir Niall anrufen?«

»Noch nicht.«

Die Lammschulter, die viel zu groß war für zwei Personen, brutzelte bereits im Ofen vor sich hin, als Mary und Gerry Thorne sich im Wohnzimmer niederließen, um sich den Podcast anzuhören. Sie kämpften eine Weile mit dem Herunterladen. Gerry drückte alle möglichen Tasten und schimpfte über das Internet.

»Jetzt ist alles weg«, stellte er schließlich fest.

»Wie, weg?«

»Der Podcast ist gerade vom Bildschirm verschwunden.«

»Lass es mich mal versuchen.«

»Nein. Du weißt selbst, dass du mit Computern nicht umgehen kannst.«

»Da redet der Richtige«, gab sie in bissigem Ton zurück, während Gerry sich erneut über den Laptop beugte. Schließlich wurde er fündig.

»Bereit?«

»In Gottes Namen, spiel es einfach ab.«

Sie rückten jeweils ans Ende des Sofas und lauschten. Beide schwiegen, bis der Abschnitt kam, in dem sie interviewt wurden. Mary Thorne nickte zufrieden, als sie sich selbst hörte, wie sie Duncan als »perfekten Gentleman« und »Stützpfeiler des Dorflebens« beschrieb, der stets bereit gewesen sei zu einer guten Tat.

»Was *ich* gesagt habe, bringt er nicht.« Gerry klang vorwurfsvoll.

»Schh!«

Morgan war inzwischen zu Charlie übergegangen. Victor Pearce sprach über ihre Lebenslust. Er sagte auch etwas über die Gerüchte, die nach ihrem Verschwinden im Dorf die Runde machten. Morgan fragte ihn, was er damit meine, worauf er antwortete, nicht nur Charlie und Duncan sei eine Affäre nachgesagt worden, was er persönlich sowieso nie geglaubt habe, sondern auch Alec und eine Frau aus dem Dorf, die besser ungenannt bleiben sollte, hätten zur Zeit von Charlies Verschwinden angeblich etwas miteinander gehabt.

Dann füllte wieder Mary Thornes Stimme das Wohnzimmer, schrill und selbstgerecht. »Es hatte nichts zu bedeuten. Ich fühlte mich gefangen in meiner Ehe, gelangweilt und unglücklich, deswegen beging ich damals diesen dummen Fehler.«

Mary Thorne beugte sich vor Schreck mit einem Ruck nach vorn.

»Er hat mir versprochen, das nicht zu verwenden«, zischte sie. »Er hat es mir *versprochen*.«

Gerry Thorne starrte seine Frau an.

»Warum gibt man immer der Frau die Schuld?«, fuhr die Stimme im Podcast fort.

»Ich werde ihn verklagen.«

Dann war ihr Ehemann an der Reihe.

»Was damals zwischen meiner Frau und Alec Salter ablief, ist eine private Angelegenheit. Es hat nichts mit dem zu tun, was Charlie oder Duncan passierte.« Es folgte eine Pause. »Ich habe ihr verziehen«, fügte er hinzu. »Es brauchte Zeit, und es war schwer, aber ich glaube, ich kann sagen, dass ich es sie nie habe spüren lassen.«

»Das ist doch Blödsinn!«, widersprach Mary Thorne, die aufgestanden war und nun erbost auf Gerry hinabblickte, während dieser wie leblos zusammensank. »Du lässt es mich seitdem jeden einzelnen Tag spüren. Wenn ich Spaß mit anderen Leuten habe oder wenn ich nicht tue, was du willst, eigentlich jedes Mal, wenn du deinen Kopf nicht durchsetzen kannst oder bei einem Streit den Kürzeren ziehst, dann erinnerst du mich daran – und sei es nur durch einen Blick, eine hochgezogene Augenbraue, dein höhnisches kleines Grinsen oder dieses dämliche Schnauben durch die Nase, mit dem du mir ins Gedächtnis rufst, dass du *mir verziehen hast* …«

»Jetzt wirst du aber paranoid. Ist das vielleicht dein schlechtes Gewissen, das da aus dir spricht?«

»Ich kenne dich, Gerry Thorne! Du brauchst gar nicht so zu tun, als hättest du dich nicht im Lauf der Jahre durch Millionen von kleinen Schikanen an mir gerächt!«

»Schrei nicht so. Du hast übrigens Lippenstift an den Zähnen.«

Mit verzerrtem Gesicht funkelte sie ihn an. »Was ich Morgan Ackerley gesagt habe, stimmt. Ich fühlte mich gefangen und gelangweilt, und daran hat sich auch nichts geändert. Es war die ganze Zeit so, während unserer gesamten Ehe!«

Keuchend vor Wut verstummte sie. In die plötzliche Stille hinein hörten sie Bridget verkünden, sie sei die Kuratorin eines Museums verlorenen Glücks. Sie nannte den Sessel, das Foto, die Keksdose, den Kerzenständer, den alten Mantel und den Terminkalender mit dem grünen Einband.

»Soll ich es abschalten?«, fragte Gerry, während sich wieder Morgan zu Wort meldete. »Ich glaube, wir haben genug gehört.«

»Ich muss an die frische Luft«, erklärte Mary. »Du kannst dich um das Lamm kümmern.«

»Ganz wie du willst.«

Gerry Thorne wartete, bis seine Frau weg war, dann verließ er ebenfalls das Haus, dachte dabei aber nicht daran, den Ofen auszuschalten.

Eine halbe Stunde später schleppte Gerry sich mühsam zurück nach Hause. Er fühlte sich erschöpft und auch ein bisschen krank. Da fiel sein Blick auf Alec Salter, der ganz langsam die Straße entlangwankte, nicht weit von der neuen Wohnanlage entfernt. Er trug einen karierten Schlafanzug und Hausschuhe und gestikulierte mit einer Hand in der Luft herum, als würde er gerade ein Gespräch führen, bei dem er ein Argument besonders unterstreichen wollte.

Gerry steuerte auf ihn zu.

»Alec, was machen Sie denn hier?«

Irgendetwas stimmte nicht mit ihm. Seine Augen glitzerten, seine Mundwinkel hingen nach unten, und er roch eigenartig.

»Soll ich Sie nach Hause bringen?«

»Es ist zu spät.«

»Wie meinen Sie das?«

»Zu müde. Ich muss mich hinsetzen.«

Gerry blickte sich nach Hilfe um, konnte aber auf der Straße niemanden entdecken. Er war selbst schon alt, sein ganzer Körper schmerzte. Das vertraute Pochen in seinem Kopf fing auch wieder an.

»Ich hole meinen Wagen«, sagte er schließlich. »Sie warten hier.«

»Keine Zeit.«

»Bleiben Sie sitzen, ich hole Sie ab.«

Doch als Gerry zwanzig Minuten später in seinem Wagen zurückkehrte, war Alec Salter verschwunden.

49

Etty war anfangs sicher, dass ihr Vater ganz schnell wieder auftauchen würde. Jemand würde ihn sehen und ihm helfen, oder er würde aus eigener Kraft nach Hause zurückkehren. Als sie am Fluss ankam, warf sie einen Blick auf ihr Telefon. Nichts.

Mit einem Gefühl zunehmender Hoffnungslosigkeit eilte sie den Uferweg entlang. Wie lange war er nun schon weg? Zwanzig Minuten? Eine halbe Stunde? Selbst in seinem langsamen, schlurfenden Tempo konnte er inzwischen gut anderthalb Kilometer in jede Richtung zurückgelegt haben. Und wenn er tatsächlich zum Fluss gegangen war? Was dann? An welchem Punkt mussten sie die Polizei verständigen? War ein herumirrender, hilfloser alter Mann überhaupt eine Angelegenheit, mit der sich die Polizei beschäftigte? Etty spürte, dass ihr Herz immer schneller schlug. Sie beschloss, dass es an der Zeit war, Niall anzurufen, und versuchte es auf seinem Handy, wurde aber sofort an die Mailbox weitergeleitet. Beim zweiten Versuch lief es genauso.

Sie entschied sich für das Festnetz, obwohl ihr davor graute, mit Penny zu reden.

»Hier spricht Etty. Ist Niall da? Er geht nicht an sein Handy.«

»Er ist im Moment nicht gut drauf«, antwortete Penny. »Er hört sich gerade diesen fürchterlichen Podcast an. Ich weiß wirklich nicht, wieso etwas Derartiges erlaubt ist. Ich finde das unanständig. Es muss doch irgendeine Möglichkeit geben …«

Etty fiel ihr ins Wort.

»Ich muss mit ihm sprechen.«

»Worum geht es denn?«

»Was bist du, seine gottverdammte Sekretärin? Ich muss jetzt auf der Stelle mit meinem Bruder sprechen!«

Penny war so bestürzt über Ettys Ton, dass sie gar nichts mehr herausbrachte, sondern Niall einfach den Hörer hinhielt. Er saß am Küchentisch und hatte bereits eine halbe Flasche Wein geleert.

»Deine Schwester«, erklärte sie. »Sie meint, es sei dringend.«

Niall trank erst noch einen Schluck, ehe er zu Penny hinüberging und den Hörer entgegennahm.

»Dieser verfluchte Podcast«, begann er. »Hast du ihn gehört?«

»Alec ist weg.«

»Wie meinst du das?«

»Ich bin zu ihm ins Zimmer gegangen, und er war nicht mehr da.«

»Wahrscheinlich hat er sich im Bad eingeschlossen. Oder in einem Schrank, den er fürs Badezimmer hält.«

»Er ist nirgendwo im Haus.«

»Wie konnte euch das passieren?«

»Lass uns mit den Schuldzuweisungen warten, bis wir ihn gefunden haben, einverstanden? Ich suche gerade nach ihm. Unten am Fluss.«

»Am Fluss?«, fragte Niall. »Du glaubst, er hat sich in den Fluss gestürzt?«

»Ich glaube gar nichts. Er hat sich auf Wanderschaft begeben, und ich war der Meinung, das könnte dich interessieren. Aber du kannst gerne weiter deinen Podcast hören, wenn du möchtest.«

Niall setzte zu einer lauten Erwiderung an, doch Etty hatte bereits aufgelegt. Er warf einen Blick zu Penny hinüber.

»Hast du es mitbekommen?«

»Das ist typisch für Demenzkranke«, meinte sie. »Die wandern.«

»Danke für die Info, Frau Doktor«, gab er sarkastisch zurück. »Das ist in einer solchen Situation extrem hilfreich.«

»Was führen deine Geschwister eigentlich im Schilde? Wie konnten sie ihren eigenen Vater davonlaufen lassen?«

Da ihm keine Antwort einfiel, die nicht alles nur noch schlimmer gemacht hätte, funkelte er seine Frau bloß böse an. Wortlos nahm er den Autoschlüssel vom Tisch, bekam ihn aber nicht richtig zu fassen, sodass er auf dem Boden landete und Niall in die Knie gehen musste, um ihn wieder aufzuheben.

»Was hast du vor?«, fragte Penny.

»Dreimal darfst du raten! Ich werde meinen Vater suchen, was denn sonst? Er könnte irgendwo in einem Graben liegen. Oder im Fluss.«

»Wie viel hast du getrunken?«

»Nur ein Glas. Kein Problem. Es handelt sich um einen Notfall. Wo ist mein Handy?«

»Woher soll ich das wissen?«

Er wühlte in seinen Jackentaschen.

»Schon gut, ich habe es.« Er rief seine Schwester an und wartete, während es läutete. »Etty geht nicht ran«, stellte er fest.

»Du hast doch gerade mit ihr geredet.«

»Wir sollten uns absprechen, wer wo sucht. Wenn sie sich meldet, dann richte ihr aus, ich suche …« Er überlegte einen Moment. »Ich habe mich noch nicht entschieden.«

»Ich werde daran denken, ihr das auszurichten.«

Er runzelte die Stirn.

»Weit kann er nicht gekommen sein, oder? Bestimmt läuft er irgendjemandem über den Weg.«

»Soll ich dich fahren? Du hast definitiv mehr intus als nur ein Glas.«

»Was? Nein, du musst hierbleiben, für den Fall, dass jemand anruft. Außerdem brauche ich sowieso ein bisschen Zeit für mich allein, nachdem ich diesen Podcast gehört habe. Ich muss raus und etwas tun, sonst explodiere ich noch.«

Penny begann, ihm zu erklären, dass er trotzdem nicht fahrtüchtig sei, aber er ignorierte sie einfach und stürmte hinaus.

»Ich habe deinen Beitrag zum Podcast gehört«, bemerkte Frankie.

Frankie war vor Kurzem mit der Schule fertig geworden und verdiente sich jetzt ein bisschen Geld in der Bar, bevor sie zu ihrem Auslandsjahr aufbrach.

»Mir war nicht klar, dass da auch Leute zuhören, die mit dem Ganzen gar nichts zu tun hatten«, antwortete Victor.

»Ich finde, du bist richtig gut rübergekommen«, sagte sie. »Ich kannte bisher noch nie jemanden, der Teil polizeilicher Ermittlungen war.«

»Ich war kein Teil davon. Jedenfalls nicht so richtig.«

»Wer hat es deiner Meinung nach getan?«

»Was getan?«

»Die Verbrechen begangen. Hast du eine Theorie?«

»Keine Ahnung.« Er tat so, als wäre er damit beschäftigt, Gläser zu sortieren. »Die Polizei verdächtigte damals Duncan Ackerley.«

Frances lachte. »Die würden nicht diesen Podcast machen, wenn es ihr eigener Vater gewesen wäre. Es geht ihnen doch gerade darum zu beweisen, dass ihr Vater unschuldig war. Es sei denn, das ist der Dreh an der Sache.«

»Was meinst du mit ›Dreh‹?«

»Er ist der Hauptverdächtige, deswegen kann er es nicht gewesen sein. Aber womöglich stellt sich am Ende ja heraus, dass er es doch war.«

»Ich glaube, sie wissen es selber nicht. Deswegen wollen sie ja mit den Leuten reden, ihnen Fragen stellen.«

»Ich wette, sie wissen es sehr wohl. Solche Podcasts sind doch nur Theater. Diese Typen tun so, als würden sie ermitteln, aber in Wirklichkeit steht alles schon im Voraus fest. Wenn du mich fragst, verfügt die Haushaltsauflöserin über irgendwelche Informationen. Wahrscheinlich ist sie in dem Terminkalender auf etwas gestoßen.«

»Sag mal, könntest du einen Moment die Stellung halten?«, fragte Victor. »Ich muss kurz weg, etwas erledigen.«

Er schlüpfte in eine Jacke, trat hinaus auf die Hauptstraße, überquerte sie und eilte am alten Rathaus und an der Grundschule vorbei, bis er schließlich das Heideland erreichte, wo die Gebäude endeten. Auf der anderen Seite sah er eine Gestalt ganz langsam den Fußweg entlangwandern. Erst, als er die Augen zusammenkniff, erkannte er Alec Salter. Es überraschte Victor, dass der alte Herr allein herumlief, und er fragte sich einen Moment, ob mit ihm alles in Ordnung sei. Aber er hatte gerade andere Dinge im Kopf und wollte jetzt niemanden treffen und auch mit niemandem reden, deswegen schlug er bewusst eine andere Richtung ein, um Alecs Pfad nicht zu kreuzen.

Als Ollie die Hauptstraße entlangfuhr, hätte er beinahe Victor gerammt, der – allem Anschein nach völlig geistesabwesend – über die Fahrbahn rannte, ohne auf seine Umgebung zu achten. Ollie hielt an und lehnte sich aus dem Fenster, um Victor zu fragen, ob ihm irgendetwas aufgefallen sei, doch der befand sich bereits außer Hörweite. Ein Stück weiter vorn sah er ein altes Paar Hand in Hand den Gehsteig entlangspazieren. Er parkte den Wagen, stieg aus und steuerte auf die beiden zu. Sie kamen ihm vage bekannt vor, wie ihm alle Leute in Glensted vage bekannt vorkamen, ohne dass er den Gesichtern Namen zuordnen konnte.

»Entschuldigen Sie«, sagte er, woraufhin sie ihn überrascht anstarrten. »Es tut mir wirklich leid, dass ich Sie belästigen muss, aber ich bin gerade auf der Suche nach meinem Vater, Alec Salter. Sie kennen ihn nicht zufällig, oder?«

»Alec Salter?«, fragte der Mann langsam – so langsam, dass Ollie das Gefühl hatte, gleich durchzudrehen. »Ich glaube, den Namen kenne ich tatsächlich.«

»Egal, es geht nur darum, dass er krank ist. Er leidet unter Demenz und hat sich verlaufen. Er ist im Schlafanzug unterwegs. Womöglich befindet er sich in Gefahr.«

»Wir wohnen gleich da vorne«, erklärte der Mann und deutete die Straße entlang. »Wir gehen nur nach Hause.«

Hoffnungslos, dachte Ollie, zwang sich aber trotzdem, den beiden zu danken. Was sollte er jetzt tun? Er wusste ja nicht einmal, in welche Richtung sein Vater unterwegs war. Deswegen beschloss er, erst einmal ein paar Leute zu verständigen. Anschließend würde er ortsauswärts fahren und dann die Straße entlang, die an der Nordseite zurückführte. Vielleicht entdeckte er ihn dort. Aber was, wenn nicht? Womöglich lag Alec längst auf irgendeiner Wiese, im Sterben.

»Also, hören wir uns jetzt den Podcast an?«, fragte Greg, während er die Champagnerflaschen in den Kühlschrank räumte.

»Du kannst ihn dir anhören, wann immer du willst«, gab ihm Morgan zur Antwort.

»Ich möchte ihn jetzt hören. Ich wüsste gern, was ich verpasst habe.«

»Warum bist du deswegen so sauer? Als du vorhin hereingekommen bist, hast du richtig wütend gewirkt, als hättest du dich in einen Zustand der Weißglut hineingesteigert.«

»Ich bin überhaupt nicht wütend.«

»Wer möchte mithören?« Morgan blickte in die Runde.

»Ich bin dabei«, sagte Katherine. »Ich würde es gerne hören.« Sie lächelte Greg an. »Du siehst aus, als ginge dir das Ganze tatsächlich ein bisschen an die Nieren.«

»Ich höre es mir lieber nicht an, wenn es recht ist«, meldete sich Frances zu Wort.

»Das ist mir ehrlich gesagt nicht recht«, erwiderte Morgan. »Du hast noch keine einzige von den anderen Folgen gehört. Kannst du dir nicht wenigstens diese eine anhören?«

»Na gut, wenn das dein Wunsch ist …« Frances verschränkte die Arme und ließ sich zurücksinken. »Können wir es übers Radio laufen lassen?«

»Nein, wir können es nicht übers Radio laufen lassen«, entgegnete Morgan. »Es ist keine Radiosendung. Ich habe einen Lautsprecher, den ich via Bluetooth mit meinem Smartphone verbinden kann.«

»Ich habe keine Ahnung, was das alles bedeutet. Du, Lester?«

Lester schüttelte den Kopf.

Greg schaltete den Podcast an.

»Ich hasse es, meine Stimme zu hören«, bemerkte Morgan.

»Nein, das tust du nicht«, widersprach Greg.

»Es ist eine schöne Stimme«, sagte Frances.

Greg nahm eine Flasche Weißwein aus dem Kühlschrank, öffnete sie und schenkte sich ein Glas ein.

»Ich begreife nicht, wieso alle einfach so drauflosplappern«, bemerkte Frances.

»Wie meinst du das?«, fragte Morgan.

»Über private Angelegenheiten. Besser gesagt, über Angelegenheiten, die privat bleiben sollten.«

»Es geht wirklich um recht heikle Themen«, pflichtete Katherine ihr bei.

»Die Leute mögen das«, erklärte Morgan. »Sie fühlen sich dadurch ein bisschen berühmt. Für kurze Zeit können sie die Hauptrolle in ihrer eigenen Geschichte spielen.«

»Das klingt ein wenig zynisch«, stellte Greg fest. »Ist das dein Verständnis von dem, was wir tun? Diese Bridget ...« Er hielt einen Moment inne, weil er hören wollte, was sie gerade sagte, und wandte sich dann an Morgan. »Meint die das ernst? Das mit diesem Terminkalender? Glaubst du, sie ist wirklich auf etwas gestoßen?«

»Wir können nächste Woche noch einmal mit ihr sprechen«, meinte Morgan. »Ihr auf den Zahn fühlen.«

Sein Telefon klingelte, und er ging ran, wobei er sich mit einer Hand das andere Ohr zuhielt, um den Podcast auszublenden. »Was? ... Weißt du, wo er hinwollte? ... Nein, habe ich nicht. Moment, warte einen Augenblick.« Er nahm das Telefon vom Ohr und wandte sich an Greg. »Das ist Ollie. Er sagt, Alec ist ihnen entwischt.«

»Wie meinst du das?«, fragte Greg.

»Er ist einfach aus dem Haus verschwunden. Hat ihn jemand von euch gesehen? Du vielleicht, Greg, als du den Champagner geholt hast?«

Greg schüttelte den Kopf. Morgan überlegte einen Moment.

»Ich springe gleich ins Auto und drehe eine Runde«, sagte er zu Ollie. »Wenn ich was weiß, rufe ich dich an.«

»Soll ich dich begleiten?«, bot Greg an.

»Nein, du bist ja gerade erst zurückgekommen. Bleib du hier.« Mit einem schwachen Lächeln fügte er hinzu: »Du kannst aufpassen, dass Mum uns nicht auch noch entwischt.«

Etty war knapp einen Kilometer am Fluss entlanggehastet und dann umgekehrt. Die Gedanken, die ihr dabei durch den Kopf gingen, wurden immer verzweifelter. *Das darf jetzt nicht passieren*, sagte sie sich. *Das kann einfach nicht sein.* Sie beschloss, zu ihrem Wagen zurückzukehren und zur anderen Seite des Dorfs zu fahren. Dort würde sie das Auto erneut abstellen und die Suche wieder aufnehmen. Vielleicht könnte sie auf diese Weise etwas in Erfahrung bringen oder jemanden treffen, der etwas gesehen hatte. In dem Moment klingelte ihr Telefon. Es war Ollie.

»Ich habe ihn gefunden.«

»Gott sei Dank! Wo war er?«

»Er ist einen Fußweg entlanggewandert, weiß Gott, wohin. Es geht ihm gut. Er ist ein bisschen durcheinander, aber ansonsten okay. Ich bringe ihn jetzt nach Hause. Wir sehen uns dort.«

Etty zitterte – ob vor Erleichterung, Kummer oder Angst, wusste sie selbst nicht. Gleichzeitig verspürte sie ein überwältigendes Bedürfnis nach einem Drink, zündete sich aber stattdessen eine Zigarette an und saß dann etliche Minuten lang auf einem umgefallenen Baumstamm, während ihr wirre Gedanken durch den Kopf schwirrten. Sie wollte sich schon auf den Heimweg machen, als sie plötzlich dachte, nein – nachdem sie nun wusste, dass ihr Vater in Sicherheit war, hatte sie kein Bedürfnis mehr, ihn zu sehen. Einen Moment war sie versucht, einfach in ihr Auto zu steigen und zurück nach London zu fahren – dieses ganze Chaos und den Schmerz hinter sich zu lassen.

Aber eine letzte Sache musste sie noch erledigen. Wenn Bridget sagte, dass sie etwas über ihre Mutter wusste, wovon niemand sonst eine Ahnung hatte, dann würde sie nicht warten, bis sie es durch irgendeinen bescheuerten Podcast erfuhr. Sie wollte es von Bridget persönlich hören. Und zwar jetzt gleich.

50

Sie ging in schnellem Tempo, vorbei an den Sport- und Spielplätzen, vorbei am Friedhof und dann den kleinen Weg durch den Wald hinauf. Das vorübergehende Verschwinden ihres Vaters machte ihr immer noch zu schaffen. Sie war sauer auf sich selbst, weil sie nicht auf ihn aufgepasst hatte. Nialls Frage, wie das geschehen konnte, war berechtigt gewesen. Sie würde später mit ihm sprechen, sich entschuldigen. Am Telefon hatte er betrunken geklungen. Sie fragte sich, ob mit ihm alles in Ordnung sei, aber vielleicht war mit keinem von ihnen alles in Ordnung.

Bald, dachte sie, ganz bald würde sie dieses Chaos hinter sich lassen und in ihr gewohntes Leben zurückkehren, wo sich alles am richtigen Platz befand, alles so war, wie sie es haben wollte – ihre ordentliche, spartanisch eingerichtete Wohnung, ihre langen Stunden konzentrierten Arbeitens, ihre geregelten Beziehungen, ihr beruhigendes Gefühl, alles unter Kontrolle zu haben.

Während ihr diese Gedanken durch den Kopf gingen, entdeckte sie in der Ferne plötzlich eine schmale, dunkle Rauchfahne über den Bäumen. Gleichzeitig stieg ihr ein beißender Geruch in die Nase. Sie blieb stehen, und genau in dem Moment verwandelte sich die Fahne in eine Wolke und breitete sich wie ein Schmutzfleck über den Himmel aus.

Etty rannte los. Der steile Anstieg ließ sie keuchen, und schon nach kurzer Zeit spürte sie heftiges Seitenstechen, doch sie blieb erst wieder stehen, als sie um die Kurve bog und das ganze grauenhafte

Szenarium vor ihr lag: emporlodernde orangerote Flammen und die große schwarze Rauchwolke vor dem Hintergrund eines blassblauen Himmels. Sie konnte es knistern und prasseln hören. Benommen zückte sie ihr Handy. Sobald sie den Klingelton hörte, rannte sie wieder los.

»Feuer!«, keuchte sie. »Hausbrand! Glensted, im Wald hinter der Kirche.« Ihr fiel der Name des Bauernhofs nicht ein. »Wo Bridget Wolfe wohnt«, fügte sie hinzu. »Schrecklich. Schnell!«

Sie konnte die Hitze der Flammen bereits spüren und hinter ihnen schemenhaft die bröckelnden Formen des Hauses und seiner Nebengebäude erkennen. Der fürchterliche Rauchgestank raubte ihr den Atem. Die Luft war voller Ascheflocken, die durcheinanderwirbelten wie verrückt gewordene Fledermäuse.

Der Wald könnte in Brand geraten, ging ihr durch den Kopf. Womöglich stand bald der ganze Hügel in Flammen.

Auf einmal wechselte der Wind die Richtung und blies die Flammen zurück, sodass das Haus einen Augenblick deutlicher zu sehen war. Es wirkte wie ein verkohltes Skelett, behielt aber noch seine Form, auch wenn Etty voller Entsetzen feststellte, dass einer der Schornsteine vor ihren Augen zu wanken begann und dann in sich zusammenfiel wie ein Stück Stoff.

Einen Moment später erschien plötzlich eine Gestalt in der Tür, umrahmt von flammendem Orange. Sie begann zu rennen, und während sie rannte, tanzten die Flammen auf ihr immer wilder, wurden stärker und heller. Die Gestalt streckte die Arme aus und gab ein unmenschliches Geheul von sich.

Etty hastete den Hang hinauf. Es war, als stürmte sie geradewegs in die Hölle, hinein in diese Wand unerträglicher Hitze und die grauenhafte Helligkeit des Feuers, der brennenden Frau entgegen.

Sie trafen aufeinander. Etty warf sich auf Bridget, stieß sie zu Boden. Während sie versuchte, sie vom Haus wegzuzerren, schlug sie gleichzeitig auf sie ein, um die Flammen zu löschen. Dabei hörte sie ihr eigenes Haar in der Hitze zischen. Nadeln intensiven Schmerzes stachen auf sie ein. Sie begriff, dass sie ebenfalls Gefahr lief, Feuer zu fangen. Ihre Jacke brannte bereits, ihre Haut schlug Blasen. Sie schrie auf, rief keuchend nach Hilfe, klopfte hektisch die Flammen von ihrem eigenen Körper und dem von Bridget. Rauch füllte ihre Lunge, und ihre Augen tränten so stark, dass sie nichts mehr erkannte. Warum kam denn niemand?

Doch die Flammen auf dem Körper waren erloschen. Endlich hörte sie Sirenen, die sich schnell näherten.

Etty rappelte sich hoch. Auf dem Boden lagen die verkohlten Überreste eines Menschen. In dem zerstörten Gesicht öffnete sich – o Gott! – ein Auge.

»Es kommt gleich Hilfe«, flüsterte Etty.

Das Auge fiel zu.

51

Die Fenster im Speisezimmer des Polizeipräsidenten gingen auf die Hauptstadt hinaus. Während Chief Superintendent Craig Weller auf das große Riesenrad hinausstarrte, spürte er, dass jemand neben ihn trat.

»Was für ein Schandfleck.«

Er wandte sich dem Polizeipräsidenten zu.

»Die Leute scheinen es zu mögen, Sir.«

»Die müssen es auch nicht jeden Tag sehen.«

Weller betrachtete die lange, für acht Personen gedeckte Tafel.

»Wie es aussieht, bin ich zu früh«, stellte er fest.

»Die anderen kommen in ein paar Minuten. Ich wollte vorher unter vier Augen mit Ihnen sprechen.«

Weller schluckte nervös. Der Polizeipräsident würde ihn doch wohl nicht in seinem offiziellen Speisezimmer feuern? Kurz vor dem Mittagessen? Die beiden Männer blieben nebeneinander am Fenster stehen, den Blick auf den Fluss gerichtet, als sprächen sie immer noch über die Aussicht.

»Außerhalb eines Dorfes namens Glensted gab es einen Brand.« Die beiden Beamten sahen sich an. Der Polizeipräsident lächelte schwach. »Keine Sorge, ich hatte den Namen auch noch nie gehört. Es liegt oben bei Ipswich. Eine Frau starb an ihren Verbrennungen. Der Bericht kam gerade herein. Es war Brandstiftung. Wir haben es also mit einem Mordfall zu tun.«

Weller durchflutete ein Gefühl von Erleichterung. Für einen

Brand in East Anglia konnte man ihn ja wohl kaum verantwortlich machen.

»Einer unserer Freunde aus dem Innenministerium hat sich mit uns in Verbindung gesetzt«, erklärte der Polizeipräsident. »Was nie ein gutes Zeichen ist. Jemand hat die Akte ausgegraben und festgestellt, dass es sich dabei um keine erfreuliche Lektüre handelt.«

Weller starrte ihn verblüfft an.

»Welche Akte?«

»In Kürze werden die Medien auf den Glensted-Fall aufmerksam werden, und höchstens fünf Minuten später wird irgendjemandem auffallen, dass es in dem Dorf vor dreißig Jahren schon einmal zwei dubiose Todesfälle gab. Und weitere fünf Minuten später werden sie feststellen, dass die damaligen Ermittlungen kompletter Pfusch waren.«

»Wenigstens nicht unser Pfusch«, bemerkte Weller.

»Ich glaube, das sollten Sie besser nicht allzu laut verkünden«, entgegnete der Polizeipräsident. Das Lächeln auf Wellers Gesicht fror ein.

»Das war nur so dahingesagt.«

»Ihnen dürfte ja bekannt sein, dass die Polizei in den letzten Jahren etliche Misserfolge zu verzeichnen hatte«, fuhr der Polizeipräsident fort.

»Ich glaube, das wurde in den Medien übermäßig aufgebauscht, Sir.«

»Sparen Sie sich die Mühe, Craig. Sie sprechen mit mir. Ich wurde auf sehr hoher Ebene darüber informiert, dass kein weiteres derartiges Medienschlamassel erwünscht ist. Habe ich mich klar genug ausgedrückt?«

»Aber es ist doch gar nicht unser Fall, Sir.«

»Komisch, dass Sie das sagen, Craig.«

Weller verspürte schlagartig ein flaues Gefühl im Magen.

»Wurde unsere Unterstützung angefordert?«

»Darüber sind wir weit hinaus, Craig, ganz weit hinaus.«

»Entschuldigen Sie, Sir, wahrscheinlich stehe ich gerade auf der Leitung. Wollen Sie, dass *ich* die Ermittlungen übernehme?«

Der Polizeipräsident kniff die Augen zusammen.

»Wir wurden gebeten, eine Person zur Verfügung zu stellen, die die Ermittlungen leiten soll, also müssen wir das auch tun. Aber machen wir uns nichts vor, wir haben es hier mit verpfuschten Ermittlungen von vor dreißig Jahren zu tun. Wenn Sie das übernehmen und in aller Öffentlichkeit scheitern, dann ist das unser Problem.«

»Aber das Ganze ist erst vierundzwanzig Stunden her. Da stehen wir doch noch ganz am Anfang.«

»Am Anfang ist der beste Zeitpunkt zum Handeln. Bevor daraus eine schlechte Nachricht wird.«

»Aber …«

»Es ist eine heikle Sache, Craig. Ich verlasse mich darauf, dass Sie sich darum kümmern, und zwar pronto. Finden Sie eine junge, vielversprechende Person …«

»Sie meinen, eine ersetzbare Person?«

»Wir sind alle ersetzbar, Craig, auf die eine oder andere Weise.« Er drehte sich um und legte Weller eine Hand auf die Schulter. »Bereit fürs Mittagessen?«

DRITTER TEIL

52

Maud O'Connor kochte nur gern, wenn sie Zeit hatte – und die Küche für sich allein. An diesem Abend hatte sie Zeit und Platz, weil Silas mit seinen Kumpels Fußball spielte. Er hatte versprochen, gegen sechs zurück zu sein, auf jeden Fall vor sieben. Dieses Versprechen diente einem besonderen Zweck: Es war die richtige Zeit des Monats, ihre fruchtbarste Zeit, zumindest laut ihrem Zykluskalender. Sie würden miteinander ins Bett gehen und sich lieben. Maud nahm sich vor, dabei nicht an die gewünschten Folgen zu denken, sondern sich nur darauf zu konzentrieren, Freude zu spenden und zu empfangen. Danach würden sie sich diese Mahlzeit schmecken lassen. Es standen bereits Kerzen auf dem Tisch. Im Hintergrund lief Musik von einer Playlist, die Silas zusammengestellt hatte, als sie letzten Sommer nach Südfrankreich gefahren waren.

Sie warf einen Blick auf das Rezeptbuch, das Silas' Mutter ihr zu Weihnachten geschenkt hatte. Maud hielt sich immer akribisch genau an alle Kochrezepte, legte sich sämtliche Zutaten auf der Arbeitsfläche zurecht, bevor sie loslegte, ganz im Gegensatz zu Silas, der die Sache eher planlos und lässig anging. Normalerweise kochte er, und sie räumte das Chaos auf, das er hinterließ.

Heute machte sie eine Spargeltarte und dazu einen Tomatensalat. Der Teig stand schon im Kühlschrank. Sie holte ihn heraus, bestäubte die Oberfläche mit Mehl und rollte ihn dann so gleichmäßig wie möglich aus. Anschließend hob sie den Teigboden in die Kuchenform und schob diese in den Ofen. Als Nächstes entfernte sie die holzigen Teile der Spargelstangen und gab sie zum Kochen in einen Topf.

Sie sah auf die Wanduhr. Zwanzig vor sieben.

Der Spargel war schnell fertig. Sie goss das Wasser ab und entfernte die Spitzen. Die Anweisung im Rezept lautete, die Stangen zu pürieren. Also tat sie das mithilfe eines Mixers. Danach schlug sie die Eier schaumig und fügte Sahne, geriebenen Parmesan und den grünen Spargelbrei hinzu. Als Letztes bereitete sie noch ein Salatdressing zu.

Silas und sie waren seit vier Jahren zusammen, und vor vier Monaten hatten sie beschlossen, dass sie ein Kind bekommen wollten. Maud – die vier Geschwister hatte und als junges Mädchen ebenso wie als junge Erwachsene ständig von Freundinnen umgeben gewesen war, die aus Versehen schwanger wurden – hatte fest damit gerechnet, dass es auch bei ihr ganz schnell passieren würde. Vier Monate waren keine lange Zeit, sagte sie sich, aber es fühlte sich trotzdem schrecklich lang an, und zwar auf eine unheilvolle Art. Jedes Mal, wenn sie ihre Periode bekam, war sie richtig niedergeschlagen. *Was, wenn es nie klappen wird?*, fragte sie sich. Silas gegenüber sprach sie das nicht laut aus, hatte jedoch vorgeschlagen, das Ganze von nun an systematischer in Angriff zu nehmen: daher die heutige Verabredung, zu der er zu spät kam.

Mittlerweile war es zwanzig nach sieben und Silas noch immer nicht da. Sie schaute auf ihr Handy, aber er hatte ihr keine Nachricht geschickt.

Obwohl sie auf WhatsApp sah, dass er nicht online war, schrieb sie ihm trotzdem: *Ungefähre Ankunftszeit????*

Der Teigboden war fertig. Sie nahm die Form aus dem Ofen, gab die sahnige Masse hinein, verteilte die Spargelspitzen darüber, schob das Ganze zurück ins Rohr und aktivierte den Alarm.

Inzwischen war es halb acht.

Sie griff nach ihrem Handy. Sein Telefon leitete sie gleich an die Mailbox weiter. Sie schenkte sich ein halbes Glas Rotwein ein und nahm einen kleinen Schluck, dann gleich noch einen. Sie öffnete eine Tüte Chips und schob sich ein paar in den Mund.

In dem kleinen Garten, der zur Erdgeschosswohnung gehörte, spielten Kinder. Eines von ihnen fiel hin und brach in lautes Geschrei aus, das wie das Geräusch einer Bohrmaschine klang.

Der Alarm ertönte. Maud nahm die Tarte aus dem Ofen.

Viertel vor acht. Acht.

»Wo zum Teufel bist du, Silas Brand?«, sagte sie laut.

Sie war verärgert, aber auch leicht beunruhigt. Was, wenn ihm etwas zugestoßen war?

Fünf vor halb neun. Er war immer noch offline. Sie biss sich auf die Unterlippe, dann rief sie eine andere Nummer an.

»Jonnie?«, fragte sie, als er ranging.

»Wer ist da?« Er klang ziemlich fidel und betrunken.

»Hier ist Maud.«

»Maud! Natürlich! Hallo, Maud!«

»Ist Silas da?«

»Silas – bist du da? Ja, er ist da. Wir sind alle da. Wir gönnen uns ein, zwei Drinks.«

»Aha.«

Sie stellte sich das spöttische Gelächter der Männer vor, wenn sie Silas durch Jonnie ausrichten ließe, er solle nach Hause kommen: Diese nervige Maud O'Connor, die zu Hause mit dem Abendessen wartete, sich aufregte und nörgelte.

Sie sagte nichts, spürte aber ein zorniges Pochen in den Schläfen und schloss die Augen.

»Moment, bitte. Was? Ja, klar. Er sagt, er kommt bald heim. Du sollst aber nicht auf ihn warten.«

Nicht auf ihn warten, dachte Maud, während sie ihr Handy auf den Tisch knallte. Mittlerweile kochte sie vor Wut. Hatte er es etwa *vergessen?*

Eine Minute später begann ihr Telefon auf der Tischplatte zu vibrieren. Sie dachte, es wäre Silas, der sich entschuldigen und ihr sagen wollte, dass er unterwegs zu ihr sei. Sie atmete ein paarmal tief durch, um ihre Wut auf ihn ein wenig zu mildern, und ging ran, ohne einen Blick aufs Display zu werfen.

»Maud.«

Sie erkannte den Anrufer an diesem einen Wort. Nicht Silas war es, sondern ihr Chef, Chief Superintendent Craig Weller. Er schaffte es immer, einem den Eindruck zu vermitteln, dass er zu etwas viel Wichtigerem unterwegs war und man ihn aufhielt.

»Passt es gerade?«

Maud ließ den Blick über den Esstisch schweifen, ihre Bemühungen, die sich als sinnlos erwiesen hatten.

»Ja, es passt.«

»Ich habe eine Aufgabe für Sie.«

Während er sprach, sah Maud sich um. Sie befand sich in einem großen, lichtdurchfluteten Raum, der nicht nur als Küche, sondern zugleich auch als Ess- und Wohnzimmer fungierte. Dieser Raum war der Grund, warum Silas und sie sich die Wohnung für mehr Geld gekauft hatten, als sie sich eigentlich leisten konnten, vor allem, nachdem Silas seinen sicheren Job mit einer Start-up-Firma vertauscht hatte, die er mit Freunden betrieb. Alle anderen Räume waren winzig, insbesondere das zweite Schlafzimmer, im Grunde nur eine Kammer, aber doch groß genug für ein Kinderbett. Sie schob den Gedanken an das Kinderbett schnell beiseite.

»Was halten Sie davon?«, fragte Weller.

»Bitte?«

»Wann können Sie anfangen? Je eher, desto besser.«

»Ist es in Ordnung, wenn ich Ihnen in ein paar Minuten Bescheid gebe?«

Maud beendete das Gespräch. Es war jetzt fast neun. Sie drehte die Backform über dem Abfalleimer um und ließ die Spargel-Tarte als breiigen Klumpen in den Müll plumpsen. Die noch fast volle Chipstüte kippte sie gleich hinterher. Ihren restlichen Wein schüttete sie in die Spüle und wusch das Glas aus. Die Teller stellte sie zurück in den Schrank, das Besteck räumte sie in die Schublade.

Sie rief ihren Chef an.

»Ich kann gleich loslegen.«

53

Tja, Jungs«, sagte DI Whitman, während er sein Glas auf den Tisch knallte und sich mit dem Handrücken über den Mund wischte. »Ach, Verzeihung, ein Mädel ist ja auch dabei. Ich sollte mich langsam auf den Heimweg machen. Muss ja morgen wieder früh raus, mit möglichst klarem Kopf.«

Er stand auf, ein stämmig gebauter, rotgesichtiger Mann, der nun mit glasigem Blick seine Untergebenen betrachtete und dabei leicht schwankte.

»Ich glaube, wir können zurecht von uns behaupten«, verkündete er, »dass wir heute gute Arbeit geleistet haben – sehr gute Arbeit sogar. Ohne lange zu fackeln. Aber noch kein Wort zu irgendjemandem, denkt daran.«

Er steuerte auf den Ausgang des Gasthauses zu, wobei er immer wieder gegen Stühle rumpelte.

»Der wird morgen ganz schön verkatert sein«, meinte Micky Harrison feixend. »Er verträgt noch weniger als ein Mädchen.«

»Apropos Mädchen.« Jack Lovell wandte sich der jungen Frau zu seiner Linken zu. Sie hatte ein rundes Gesicht, braunes, zu einem Pagenkopf geschnittenes Haar und ein blasses Muttermal an der Stirn. »Was möchtest du noch trinken, Heather? Du bist eingeladen.«

»Für mich ist es Zeit zu gehen. Wie er sehr richtig gesagt hat, müssen wir morgen wieder früh raus.«

»Was, du schwächelst auch schon?« Micky Harrison beugte sich zu ihr hinüber. Er hatte volle rote Lippen, leicht vorstehende blaue

Augen und einen dichten Haarschopf, durch den er ständig mit der Hand fuhr. »Sei keine Spielverderberin.«

»Also gut, eine Halbe noch«, meinte sie widerstrebend.

»Jack?«

Der Detective Sergeant nickte. Er war ein dünner Mann mit hageren Gesichtszügen, dessen Augenbrauen denselben Sandton aufwiesen wie sein Haar. »Wie gehabt«, sagte er. »Obwohl ich vor euch allen aufstehen muss, weil die Zwillinge munter werden, sobald die gottverdammte Sonne aufgeht.«

»Demnach kriegst du noch immer nicht genug Schlaf?«, fragte Heather Dillon.

Lovell stöhnte nur.

»Na ja«, meinte sie, »dem Chef zufolge wird der Fall ja abgeschlossen sein, bevor er richtig begonnen hat.«

»Das glaube ich erst, wenn ich es sehe.«

»Hast du die Leiche in Augenschein genommen?«

Er zog eine Grimasse.

»Üble Sache. Noch dazu ist sie nicht schnell gestorben. Heißt es zumindest.«

»Die Leute sagen, Glensted sei verflucht.«

Harrison kehrte mit den Getränken zurück, die er so schwungvoll verteilte, dass ziemlich viel Bier auf den Tisch schwappte. Seine leicht blutunterlaufenen Augen leuchteten auf.

»Na, so was. Der Abend wird schlagartig interessanter. Seht euch die mal an!«

Eine Frau Anfang dreißig hatte den Raum betreten, in einer Hand ein Bier, in der anderen einen Teller mit einem dicken Sandwich. Ihre blonden, durch ein Band halbwegs gebändigten Locken umrahmten ein extrem bleiches Gesicht mit sehr gerader Nase, markanten Augenbrauen und einem Mund, der ein wenig asymmetrisch wirkte. Sie trug eine lässige, weite schwarze Jeans, ein weißes T-Shirt, eine schwarze Lederjacke und abgewetzte Bikerstiefel. Als sie ihr Glas und ihren Teller am Nebentisch abstellte und ihre Jacke auszog, wurde an ihrem Oberarm eine Tätowierung sichtbar.

»Wo kommt *die* denn auf einmal her?« Harrison gab sich keine Mühe, die Stimme zu senken. »Glensted wird gar nicht wissen, wie ihm geschieht.«

Die Frau ließ sich auf ihren Stuhl zurücksinken, schloss halb die Augen und hob ihr Glas an die Lippen. Anschließend griff sie mit beiden Händen nach dem üppigen Sandwich und biss hinein.

»Sie sieht seltsam aus«, flüsterte Heather.

»Du bist doch bloß neidisch.«

Harris schwang seinen Stuhl herum, sodass er der Frau gegenübersaß.

»Guten Abend«, sagte er. »Wir haben gerade festgestellt, dass wir Sie hier noch nie gesehen haben.«

Sie musterte ihn mit ihren grauen Augen, die nicht unfreundlich dreinblickten.

»Ich bin ja auch gestern erst eingetroffen«, erklärte sie mit einer tiefen, klaren Stimme, die nach dem östlichen London klang.

Sie wandte sich wieder ihrem Sandwich zu.

Harrison zog seinen Stuhl noch näher an ihren Tisch.

»Ich bin Micky«, stellte er sich vor. »Und das da sind Jack und Heather. Wir sind am Feiern. Wollen Sie sich nicht zu uns gesellen?«

»Nein danke.«

»Sind Sie denn gar nicht neugierig, was wir feiern?«

»Vorsicht, Micky«, warnte Jack. »Es ist noch ein bisschen zu früh, um zu prahlen.«

Aber Harrison ignorierte ihn.

Er rutschte mit seinem Stuhl immer näher an die Frau heran.

»Eine *Festnahme*. Na, wie finden Sie das?«

Er streckte einen Arm nach seinem eigenen Tisch aus, schnappte sich sein Glas, führte es an den Mund und trank, als hätte er richtig Durst. An seiner Oberlippe blieb Schaum hängen.

»Ich finde«, sagte Heather in warnendem Ton, »dass du ein bisschen aufpassen solltest, was du von dir gibst, Micky. Der Chef hat ausdrücklich gesagt, dass wir das Ganze noch unter Verschluss halten sollen.«

»Und ich finde, du solltest dich ein bisschen locker machen,

Schätzchen.« Dillon lief dunkelrot an, und Harrison wandte sich wieder der Frau zu.

»Jemand aus der Gegend ist vor zwei Tagen richtig knusprig verbrannt, und wir haben bereits unsere Tatverdächtige. Unser Tempo kann sich sehen lassen, was?«

»Halt den Mund, Micky«, sagte Lovell.

Die Frau schob sich das letzte Stück Sandwich in den Mund und stand dann auf, obwohl ihr Glas noch halb voll war.

»Ich lasse Sie jetzt mal weiterfeiern.«

»Wo gehen Sie hin?«

»In mein Zimmer.«

»Sie wohnen hier?« Harrisons Grinsen wurde immer breiter. »Wie praktisch.«

»Gute Nacht«, sagte sie und griff nach ihrer Jacke.

»Moment, nicht so schnell, meine Liebe. Ich bin ein Gentleman und lasse Damen nicht allein nach Hause gehen. Ich werde Sie zu Ihrer Tür begleiten. Vielleicht laden Sie mich ja noch auf einen Absacker ein.«

Er leerte sein Glas, kämpfte sich hoch und trat einen Schritt auf sie zu, sodass sie sich nun fast berührten.

»Vorsicht«, sagte sie und verpasste ihm einen sanften Schubs, der ihn zurück auf seinen Stuhl plumpsen ließ.

»Micky, sagten Sie? Tja, Micky, ich fürchte, Sie werden sich morgen richtig beschissen fühlen.«

»Guter Anmachspruch«, bemerkte Lovell mit einem sarkastischen Lächeln.

»Frigide Kuh«, sagte Harrison, während sie sich von ihnen abwandte.

»Die halbe Kneipe hat gehört, was du gesagt hast«, bemerkte Heather bedrückt. »Was, wenn das die Runde macht, und der Chef bekommt es mit?«

»Lass mich in Ruhe, ja?«

»Was, wenn sie Journalistin oder so was ist? Die treiben sich überall herum, und der Chef hat gesagt, wir sollen auf keinen Fall mit ihnen reden.«

»Sieht sie aus wie eine gottverdammte Journalistin?«

»Komm, Micky«, sagte Lovell, »Zeit zu gehen.«

»Auf keinen Fall. Die Runde geht auf dich.«

»Der Abend ist vorbei.«

Maud ließ sich in ihrem kleinen Zimmer nieder. Von unten drangen die Kneipengeräusche zu ihr hinauf. Ihr Kopf schmerzte vom vielen Lesen. Den ganzen Tag hatte sie Dokumente durchgesehen, sich Notizen gemacht und versucht, Struktur in das Chaos zu bringen, das man ihr aufgehalst hatte, und die ganzen Informationen im Gedächtnis zu behalten.

Obwohl in der Zwischenzeit drei Anrufe von Silas eingegangen waren, wartete sie ein paar Minuten, ehe sie nach ihrem Telefon griff. Dieses Mal war er derjenige, der nicht ranging. Nachdem sie am Vortag im Anchor in Glensted eingetroffen war, hatten sie miteinander gesprochen. Da war er verkatert und wütend gewesen, sie dagegen nüchtern und freundlich, allerdings auf eine eisige Art, die ihn wahnsinnig machte. Er hatte ihr vorgeworfen, sie sei einfach abgehauen, weil sie sauer auf ihn gewesen sei, nur weil er nicht pünktlich zum verabredeten Essen erschienen war. Sie hatte ihm widersprochen und es richtiggestellt: Sie habe aufbrechen müssen, weil sie zu einem Fall abberufen worden sei. Da habe sie keine Zeit mehr gehabt, zu Hause herumzuhängen für den unwahrscheinlichen Fall, dass er sich doch noch blicken ließ. Sie sagte ihm, sie hoffe, er habe viel Spaß mit seinen Kumpels gehabt, aber dafür hätten sie nun das günstige Zeitfenster verpasst.

»Es war nur ein einziger Abend«, entgegnete er. »Machen wir jetzt eine Militäraktion daraus?«

»Ich dachte, wir wären uns einig …«

»Nicht so. Nicht, wenn ich mich schuldig fühlen muss, weil ich einen Abend mit Freunden unterwegs war.«

Am liebsten hätte sie ihn gefragt, ob er es sich anders überlegt habe, verkniff es sich aber, weil sie die Antwort gar nicht hören wollte.

Nun saß sie auf dem Bett, zog ihre Lederjacke und die Stiefel aus, löste das Band aus ihren Locken und schüttelte sie. Dabei ließ sie den Blick durch den fremden Raum schweifen, der ihr in den kommenden Tagen und Wochen immer vertrauter werden würde. Die Zimmerdecke hing leicht durch, das Fenster ging auf die Hauptstraße hinaus, und die klumpige Matratze erinnerte sie an ihre Kindheit. Immerhin stand unter dem Fenster ein Tisch, und es gab eine hölzerne Kommode, in der sie ihre mitgebrachte Kleidung verstauen konnte. Sie wünschte, es gäbe eine Badewanne und nicht nur eine Dusche. Sie liebte lange, heiße Bäder, vorzugsweise bei Kerzenlicht. In der Badewanne konnte sie oft am besten denken.

Normalerweise mochte sie die Anfangsphase eines neuen Falls, dieses leicht beängstigende, aufregende Gefühl, wenn man noch kaum etwas wusste. Sie beschloss, sich das durch einen Streit mit Silas nicht vermiesen zu lassen. Sie beide würden das schon wieder auf die Reihe kriegen.

Sie rief ihn noch einmal an. Wieder forderte seine Stimme sie auf, ihm eine Nachricht zu hinterlassen – eine so vertraute, herzliche Stimme, dass sie ein unerwarteter Stich von Heimweh durchzuckte.

»Du fehlst mir«, sagte sie. »Ruf mich an.«

54

Am nächsten Morgen um zwanzig vor neun befanden sich acht Männer und drei Frauen in der Einsatzzentrale des Polizeireviers von Hemingford. Einige von ihnen saßen auf Stühlen oder Schreibtischen, andere standen. DS Lovell war frühzeitig eingetroffen, sauber rasiert und in einem frisch gebügelten Hemd. Sein sandfarbenes Haar hatte er so gekämmt, dass es flach am Kopf anlag, wodurch sein Gesicht hagerer wirkte denn je. Er stand neben DC Dillon, die an diesem Morgen sehr blass aussah und sich sichtlich unwohl fühlte.

»Das ist doch wieder typisch«, brummte ein Mann, der in Türnähe saß. »Zu uns sagt er, wir sollen alle pünktlich erscheinen, und selber lässt er sich nicht blicken.«

»Wahrscheinlich liegt er noch im Bett«, meinte DC Harrison. »Mit einem ausgewachsenen Kater.«

»Wie geht's denn deinem?«, rief Lovell ihm zu, was Harrison mit einem grimmigen Blick quittierte. Er war unrasiert und machte einen verschlafenen Eindruck, als hätte er sich erst ein paar Minuten zuvor aus dem Bett gekämpft.

Schließlich schwang die Tür auf, und eine Frau trat ein.

»Was zum Teufel …«, entfuhr es Harrison. In lauterem Ton fügte er hinzu: »Sie halten es wohl nicht ohne uns aus, was?«

Das leise Stimmengewirr im Raum erstarb. Dass es um sie herum plötzlich totenstill war, schien die Frau nicht zu stören, sie wirkte völlig ungerührt.

»Kann ich Ihnen helfen?«, fragte einer der Beamten.

»Haben Sie sich verlaufen, meine Liebe?«, rief Harrison kühn.

Die Frau blickte beide schweigend an, ohne die Spur eines Lächelns. Dann trat sie einen Schritt vor, damit DI Whitman ihr in den Raum folgen konnte. Neben ihr sah er noch massiger aus als sonst. Sein Gesicht war stark gerötet und machte einen verkniffenen Eindruck, was seine Augen kleiner wirken ließ und seinen Blick fast fies. Er knallte seine Aktentasche auf seinen Schreibtisch und wandte sich ihnen zu.

»Entschuldigt meine Verspätung.«

Er sprach nicht sofort weiter. Alle starrten ihn erwartungsvoll an.

»Das Ganze war nicht meine Idee, und ich bin darüber auch nicht glücklich. Mehr sage ich dazu nicht. Wir haben bei den Ermittlungen im Mordfall Bridget Wolfe fantastische Fortschritte gemacht, deswegen dachten wir alle, wir hätten den Fall schnell in trockenen Tüchern. Höhere Mächte jedoch haben anders entschieden, und es steht uns nicht zu, ihre Beweggründe infrage zu stellen.«

Er hielt erneut inne. Sein Gesicht war mittlerweile derart rot angelaufen, dass Lovell sich fragte, ob er womöglich kurz vor einem Herzinfarkt stand.

»Ich bin hier, um euch mitzuteilen, dass ich mit sofortiger Wirkung von diesem Fall zurücktrete.« Als er weitersprach, klang es, als würde er jedes einzelne Wort mit einer Pinzette präsentieren. »Von oben hat man verfügt, dass jemand von außen hinzugezogen wird.« Wieder schwieg er und schluckte. »Ich weiß, dass ihr euch professionell verhalten werdet, egal, was ihr persönlich von dieser Entscheidung haltet.«

Er zog ein Taschentuch aus seiner Jackentasche und wischte sich damit über die Stirn.

»Das hier ist die Kollegin, die den Fall übernehmen wird, Detective Inspector Maud O'Connor. Aus London«, fügte er hinzu, mit spöttischer Betonung auf dem letzten Wort. »Sie wurde vorübergehend hierher abkommandiert. Wie ihr sehen könnt, ist sie noch sehr jung. Vermutlich ist das Ganze auch Teil irgendeines Programms zur Karrierebeschleunigung. Ich hoffe, ihr werdet sie unterstützen. Sie kennt die Leute hier nicht, sie ist nicht vertraut mit unserer Art. Also verhaltet euch so, dass ich stolz auf euch sein kann.«

Die Reaktion der Beamten im Raum fiel gedämpft aus. Ihnen war klar, dass gerade vor ihren Augen eine Karriere ihr Ende fand. Whitman würdigte die Frau, die neben ihm stand, keines Blickes. Er nickte nur seinen versammelten Beamten zu, ehe er aus dem Raum stampfte und die Tür mit einem anständigen Knall hinter sich schloss.

Nach Whitmans Abgang wartete Maud O'Connor eine Weile, bis sie ihren Platz hinter dem Schreibtisch einnahm. Sie stemmte beide Hände auf die Tischplatte und beugte sich dem Raum ein wenig entgegen. An diesem Morgen trug sie eine graue Flanellhose und eine schlichte weiße Bluse. Ihr Haar war straff zurückgebunden, sodass keine Locken entwischen konnten, und die einzige Schminke, die sie trug, war roter Lippenstift. Sie war bereit für ihren Einsatz.

»Mir ist klar, dass das für Sie überraschend kommt«, begann sie und ließ den Blick durch den Raum schweifen. »Aber wir sind alle Profis, Sie ebenso wie ich. Ich bin sicher, wir werden es schaffen, gut zusammenzuarbeiten. Es stimmt, dass ich von außen komme. In Anbetracht dessen, was vor dreißig Jahren in Glensted passiert ist, und aufgrund der Art und Weise, wie die hiesige Polizei damals damit umging, war man der Meinung, ein frischer Blick auf das Ganze könnte nicht schaden. Und jetzt sollten wir uns an die Arbeit machen.«

»Die ist doch schon gemacht!«, rief ein Mann von hinten. »Oder ist das noch nicht zu Ihnen durchgedrungen?«

»Ich habe gehört, dass jemand festgenommen wurde. Darum müssen wir uns natürlich kümmern. Aber erst einmal, finde ich, sollten wir die Ermittlungen wieder aufnehmen. Besser gesagt, noch einmal ganz von vorne beginnen.«

Im Raum brach zorniges Gemurmel los. Sie wartete, bis es sich gelegt hatte.

»Wir treffen uns morgen um dieselbe Zeit zur nächsten Besprechung. Ich erwarte dann von Ihnen allen einen Bericht über Ihre

Fortschritte. Im Lauf der kommenden Stunde werde ich die verschiedenen Aufgaben an Sie verteilen und unsere Ermittlungen in Gang bringen.«

»Sie kennen uns doch überhaupt nicht!«, rief jemand wütend.

Sie musterte den Betreffenden mit leicht gerunzelter Stirn.

»Frank Mason«, sagte sie nach einer kurzen Pause. »Seit drei Jahren hier im Dienst. Soll ich Ihnen beweisen, dass ich Ihre Akte gelesen habe?«

Er lief rot an.

»Ich habe das nicht so gemeint.«

»Sie kennen sich mit Technik aus. Diese Kenntnisse werden wir brauchen. Ich weiß ein wenig über Sie alle«, fuhr sie fort. »Über einige von Ihnen sogar ein wenig mehr.« Sie sah Harrison nicht an, als sie das sagte, aber er zuckte trotzdem zusammen. »Natürlich haben Sie bis zu einem gewissen Grad recht. Ich habe lediglich meine Hausaufgaben gemacht, kenne Sie aber nicht persönlich. Noch nicht. Das wird sich ändern. Jack.« Sie sah Lovell direkt an. Der Blick ihrer grauen Augen wirkte ruhig und leidenschaftslos. »Ich glaube, Sie sind mein Stellvertreter. Ich würde gern mit der Person sprechen, die Sie festgenommen haben.«

55

Die Frau, die in den Verhörraum geführt wurde, schaute aus, als würde sie schlafwandeln. Sie wirkte wackelig auf den Beinen und ließ den Kopf hängen, doch als sie ihn dann hob, sah Maud, dass sie an der linken Wange offene Wunden und Brandblasen hatte, eine Augenbraue versengt war und ihr Kopf kahle Stellen aufwies, wo ihr Haar verbrannt war.

Sie ließ sich auf dem Stuhl nieder, den die Beamtin für sie herauszog und legte beide Arme auf der Tischplatte ab. Eine ihrer Hände war dick verbunden. Sie war Ende vierzig und auf eine herbe Art schön, mit einem hageren Gesicht und ausgeprägten Wangenknochen. Maud hatte Fotos von ihr gesehen, aber die waren vor langer Zeit entstanden, als sie noch weicher und hübscher ausgesehen hatte. Damals war sie ein Teenager mit Sommersprossen, riesengroßen Augen und einem wilden Lockenkopf gewesen. Jetzt waren ihre Augen rot und entzündet, die Haut rundherum aufgedunsen. Sie machte den Eindruck, als hätte sie tagelang geweint.

»Elizabeth«, begann Maud.

»Nennen Sie mich lieber Etty. So heiße ich hier. Anderes Leben, anderer Name.«

»In Ordnung, Etty.«

»Wer sind Sie?« Ihre Stimme klang heiser. Sie brachte nur mit Mühe etwas heraus, als hätte sie Schmerzen.

»Maud O'Connor. Ich wurde gerade erst mit der Leitung der Ermittlungen betraut.«

Die Frau starrte sie überrascht an.

»Sie sind noch sehr jung.«

»Wurden Sie ärztlich versorgt?«

»Ollie brachte mich ins Krankenhaus. Jemand hat dort meine Hand verbunden.«

»Um Ihre Wange sollte sich auch jemand kümmern. Das sieht schlimm aus.«

Etty zuckte mit den Schultern.

»Ich möchte, dass Sie mir erzählen, was passiert ist.«

»Noch einmal?« Sie schloss einen Moment die Augen. Als sie sie wieder aufschlug und weitersprach, klang es fast wie ein Flüstern. »Wie oft soll ich da denn noch durch?«

»Ich muss von Ihnen wissen, was genau am Sonntag geschehen ist.«

Also erzählte Etty Maud die Geschichte ihres Tages. Wie sie sich den Podcast angehört und dabei erfahren hatte, dass Bridget auf den Terminkalender ihrer Mutter gestoßen war. Wie Alec sich aus dem Staub gemacht hatte und sie losgezogen war, um ihn zu suchen. Wie sie erfahren hatte, dass er wieder aufgetaucht war, und sie daraufhin aus einem Impuls heraus beschlossen hatte, zu Bridgets Haus zu gehen.

»Weil ich Bescheid wissen musste«, fügte sie hinzu.

»Über den Terminkalender?«

»Über meine Mutter.«

»Und dann?«

»Dann sah ich Rauch. Das Haus stand in Flammen. Es war fürchterlich. Wie in der Hölle. Haben Sie je gesehen …?«

»Nein«, antwortete Maud. »Nichts Vergleichbares.«

»Ich habe die Feuerwehr verständigt und bin dann in Richtung Haus. Ich weiß gar nicht, warum. Es war so heiß. Meine Lunge brannte. Da entdeckte ich sie.«

Einen Moment konnte sie nicht weitersprechen. Maud schwieg ebenfalls. Die Frau, die ihr gegenübersaß, zupfte nervös an ihrer verbundenen Hand herum und biss sich gleichzeitig auf die Oberlippe.

»Sie rannte aus dem Haus. Brennend. Auf mich zu. Als könnte ich etwas für sie tun. Ich habe versucht, das Feuer zu löschen. Das Feuer an ihr. Aber es war hoffnungslos. Sie ist gestorben. Ich darf gar nicht daran denken, unter welchen Qualen sie gestorben ist.«

»Hat sie noch etwas gesagt?«

»Ein Auge öffnete sich einen Moment. Es hat mich angestarrt. In der Dunkelheit sehe ich es die ganze Zeit vor mir.«

Maud schob ihr ein Glas Wasser hin. Unter Schwierigkeiten trank Etty ein paar Schlucke, wobei sie immer wieder das Gesicht verzog.

»Alles schmeckt wie Asche«, bemerkte sie.

»Warum haben Sie nicht nach einem Anwalt verlangt? Man hat Ihnen doch bestimmt einen angeboten.«

»Ich bin selbst Anwältin.«

»Warum haben Sie das Gesetz dann nicht für sich genutzt? Sie wissen, dass Sie verdächtigt werden, Bridget Wolfe ermordet zu haben.«

Etty blickte sie an.

»Vielleicht möchte ich ja ins Gefängnis«, erwiderte sie schließlich. »Vielleicht würde ich mich da besser fühlen.«

»Wie meinen Sie das?«

»Ich bin so müde. Ich habe es so satt, immer weitermachen zu müssen. Alles tut so weh.«

»Ihre Mutter?«

Sie nickte.

»Meine Mutter und mein Bruder.«

»Ja«, antwortete Maud. »Ich habe von Paul gehört.«

»Nein, haben Sie nicht. Jedenfalls nicht alles.«

»Was wollen Sie damit sagen?«

Etty sprach mit gedämpfter Stimme.

»Es war am fünften Jahrestag ihres Verschwindens. Und am Geburtstag meines Vaters, lassen Sie uns das nicht vergessen. Paul rief mich an. Er sagte, er sei völlig am Ende, er komme einfach nicht mehr klar. Mir ging es zu dem Zeitpunkt auch nicht so gut. Ich versprach Paul, mich ganz bald bei ihm zu melden. Zwei Tage später traten sie seine Tür ein und fanden ihn. Er hatte alle seine Tabletten genommen. Er hatte sie gesammelt.« Sie schaute Maud an. »Ich weiß, was Sie jetzt sagen werden: Es ist nicht Ihre Schuld. Aber ich habe mich informiert. Wenn man es schafft, einen Menschen, der sich umbringen will, zu retten, besteht zu siebzig Prozent die Wahrscheinlichkeit, dass die betreffende Person es nicht noch einmal versucht. Siebzig Prozent. Also sparen Sie sich den Kommentar.«

Maud sah, dass ihrem Gegenüber Tränen über die Wangen liefen. Etty wischte sie nicht weg.

»Ich habe dreißig Jahre lang nicht geweint«, bemerkte sie. »Meine Augen waren immer trocken wie eine Wüste. Jetzt kann ich gar nicht mehr aufhören. Ich bin ein Ozean aus Tränen.«

Maud wartete ein paar Augenblicke, bis sie ihre nächste Frage stellte.

»Haben Sie Bridget Wolfe ermordet?«

»Natürlich nicht.«

»Haben Sie irgendetwas getan, um ihr Schaden zuzufügen?«

»Ja. Ich habe sie in Kontakt mit unserer Familie gebracht, indem ich ihr den Auftrag erteilte, unser Haus auszuräumen. Hätte ich das nicht getan, würde sie noch leben.«

»Sonst nichts?«

»Das reicht.«

»Haben Sie jemanden, der Sie abholen kann?«

»Sie meinen, jetzt? Ich darf gehen?«

Maud warf einen Blick auf ihre Armbanduhr.

»Wir sind nicht mehr weit von dem Punkt entfernt, wo wir Sie anklagen oder gehen lassen müssen. Und da es keinerlei Indizien gibt, die eine Anklage rechtfertigen würden … Aber als Anwältin wussten Sie das ohnehin, nicht wahr?«

Eine Stunde später begleitete Maud Etty aus dem Polizeirevier. Ein ungepflegt wirkender Mann mittleren Alters, dessen rotes Haar bereits schütter wurde, stand an seinen Wagen gelehnt und rauchte nervös. Als er sie entdeckte, ließ er die Zigarette fallen und eilte auf sie zu. Maud beobachtete, wie sich sein Gesichtsausdruck beim Anblick seiner Schwester veränderte – als er die Brandwunden an ihrer

Wange sah, ihre bandagierte Hand und ihren unbeholfenen Gang. Liebevoll legte er ihr einen Arm um die Schulter, woraufhin sie sich kurz an ihn lehnte.

Er wandte sich der Kriminalbeamtin zu. Seine besorgte Miene verwandelte sich in eine wütende.

»Erst verhaften Sie meine Schwester ohne jeden Grund, und dann lassen Sie sie einfach wieder gehen. So läuft das also?«

»Das ist Ollie«, erklärte Etty. »Mein Bruder.«

»Ich glaube, sie braucht Ruhe«, sagte Maud.

»Und ob sie die braucht, nach allem, was sie durchgemacht hat.«

»Kann sie irgendwo bleiben?«

»Wir werden schon dafür sorgen, dass es ihr gut geht – im Gegensatz zu euch hier.«

»Ich bin übrigens anwesend, falls das jemanden interessiert«, bemerkte Etty und versuchte zu lächeln.

»Natürlich. Entschuldigen Sie. Sie müssen mich über Ihren Aufenthaltsort auf dem Laufenden halten«, erklärte Maud.

»Und wenn nicht? Was passiert dann?«

»Nicht viel. Aber ich nehme an, Sie wollen uns helfen.« Ollie setzte zu einer Antwort an, doch Maud hielt ihn mit einer Handbewegung davon ab und fügte hinzu: »Ich verstehe, dass Sie wütend sind. Wenn Sie sich beschweren möchten, können Sie sich an die zuständige Behörde wenden. Wenn Sie mir etwas zu sagen haben, dann sagen Sie es einfach.«

»Gut, dann sage ich es Ihnen«, antwortete Ollie. »Es passiert wieder. Jemand wurde ermordet, wir müssen das alle ein weiteres Mal durchmachen, und nichts wird aufgeklärt. Genau wie damals.«

»Sie glauben, dass der Tod von Bridget Wolfe mit den Todesfällen von vor dreißig Jahren zusammenhängt?«

»Natürlich hängt er damit zusammen.«

»Können Sie mir das ein bisschen genauer erklären?«

»Wie sollte es anders sein? Wenn es in einem Ort dieser Größe zu drei Todesfällen kommt, dann ist doch klar, dass sie zusammenhängen.«

»Im Grunde waren es zwei Todesfälle, wobei man bei dem einen von Selbstmord ausging, und ein Vermisstenfall, oder täusche ich mich da?«

»Ich weiß gar nicht, warum ich überhaupt mit Ihnen rede«, gab Ollie zurück. »Wer leitet eigentlich die Ermittlungen?«

»Seit heute Morgen ich«, antwortete Maud.

»Sie? Sie sehen aus wie zwölf!«

Maud wandte sich erneut an Etty.

»Essen Sie etwas, und schauen Sie, dass Sie ein bisschen zum Schlafen kommen. Ich melde mich wieder bei Ihnen.«

56

Sie war unsere Hauptverdächtige«, stellte Jack Lovell fest, als Maud die Einsatzzentrale betrat.

»Ich weiß.«

»Wir dachten, wir hätten gute Chancen auf eine Verurteilung.«

»Tatsächlich?«

»Sie hatte ein Motiv, sie ist eine wütende Frau. Und sie hat kein Alibi.«

»Sie war vor Ort, als Bridget Wolfe starb. Ist es das, was Sie meinen, wenn Sie sagen, sie habe kein Alibi?«

»Mörder sind meistens vor Ort, wenn ihre Opfer sterben.«

»Eine etwas seltsame Art, einen Mord zu begehen, finden Sie nicht?«

»Da gibt es doch keinen Maßstab«, erwiderte Jack Lovell. »Morde folgen keinen Regeln. Und manchmal ist es ganz einfach. Man trifft am Tatort ein, dort liegt eine Leiche, und neben der Leiche steht jemand. Diese Frau, Elizabeth Salter, die hatte jede Gelegenheit, uns zu beweisen, dass sie unschuldig ist, aber sie sagte gar nicht viel, und was sie sagte, ergab nicht viel Sinn.«

Auf Mauds Gesicht breitete sich ein Lächeln aus, doch dann begriff sie, dass er es ernst meinte.

»Unglücklicherweise funktioniert das Rechtssystem nicht so«, erklärte sie. »Sie muss nicht beweisen, dass sie unschuldig ist. Wir müssen beweisen, dass sie schuldig ist. Falls sie schuldig ist.«

»Na dann, Chef«, sagte er. »Was wollen Sie jetzt tun?«

Maud ließ sich mit ihrer Antwort Zeit. Lovell war ein ganzes Stück größer als sie und stand eine Spur zu nah vor ihr. Ihr war bewusst, dass bei jedem Wort, das er zu ihr sagte, etwas Herausforderndes mitschwang. Selbst das Wort »Chef« klang aus seinem Munde leicht ironisch, als hätte es eine gewisse Komik, wenn dieses schöne Wort auf eine Frau wie sie angewendet wurde.

»Ich glaube, als Nächstes sollten wir uns an den Tatort begeben. Können Sie mich mitnehmen?«

»Haben Sie keinen eigenen Wagen?«

»Doch.«

Es folgte ein Moment des Schweigens.

»Selbstverständlich nehme ich Sie mit«, sagte er dann.

Bevor sie einsteigen konnte, musste sie erst die leeren Verpackungen diverser Süßigkeiten vom Beifahrersitz wegräumen. Sie sammelte alles ein und steckte es in eine leere Einkaufstüte, die sie im Fußraum fand. Lovell gab beim Losfahren derart Gas, dass die Kiesel auf dem Parkplatz des Polizeireviers nur so spritzten.

»Ich habe Sie gegoogelt«, verkündete er.

Maud gab ihm keine Antwort. Durchs Fenster betrachtete sie die Häuser und Läden, an denen sie vorbeifuhren.

»Ich habe gelesen, dass Sie die Ermittlungen im Fall Butler leiteten. Das muss schwierig gewesen sein.«

Maud wandte sich ihm zu.

»Wie meinen Sie das?«

»Die meisten Polizisten finden die Vorstellung, gegen Kollegen zu ermitteln, nicht so prickelnd.«

»Ja, das hört man oft.«

»Manche Leute sind der Meinung, dass er schlecht weggekommen ist.«

»Ich weiß.«

»Immerhin hatte sich dieser Typ der Verhaftung widersetzt. Er hatte ein Vorstrafenregister. Ich fand das Ganze lächerlich.«

»Da gebe ich Ihnen recht.«

Lovell parkte in unmittelbarer Nähe von Bridgets Zufahrt.

»Wirklich?« Er klang überrascht.

»Wenn es nach mir gegangen wäre, dann wäre Butler des Mordes angeklagt worden, nicht nur wegen Totschlag.« Sie ließ den Blick durch den Wagen schweifen. »Wahrscheinlich finden Sie das jetzt pedantisch, es ist wirklich nichts Gravierendes, und vor versammelter Mannschaft würde ich es auch gar nicht erwähnen … Aber was würden Sie sagen, wenn Sie dieses Fahrzeug als Mietwagen bekommen hätten?«

»Ich weiß nicht, worauf Sie hinauswollen.«

»Sie würden ihn zurückgeben. Sie würden sich über den schlimmen Zustand beschweren.«

»Tut mir leid«, entgegnete Lovell, »aber vielleicht hatten wir Wichtigeres zu tun.«

Maud ließ sich zurücksinken und machte eine ausladende Handbewegung. »Dieser Wagen gehört zum offiziellen Gesicht dieser Ermittlungen. Jemand könnte einen Blick hineinwerfen und sich denken: Wenn die nicht mal ihre eigenen Fahrzeuge in Ordnung halten können, was können sie dann noch alles nicht? Dasselbe gilt für den Zustand der Einsatzzentrale. Darf ich das Ihnen überlassen?«

Lovell gab ihr zunächst keine Antwort. Sie sah, wie er die Zähne zusammenbiss.

»Ja, natürlich«, erwiderte er dann. Nachdem sie ausgestiegen waren, musterten sie einander über das Wagendach hinweg. »Eins noch.«

»Was?«

»Wie möchten Sie angesprochen werden?«

Sie wirkte einen Moment perplex. Über diese Frage musste sie erst mal nachdenken.

»Das ist mir vollkommen schnuppe«, antwortete sie schließlich, »solange Sie nichts richtig Blödes sagen.«

Auf dem Grasstreifen parkten schon so viele andere Fahrzeuge, dass an einigen Stellen der Straße fast kein Durchkommen war. Maud und Lovell traten durch das Tor in den Bereich, der einmal der Hof des bäuerlichen Gebäudes gewesen war. Was Maud dort zu sehen bekam, war so unerwartet, dass sie ein paar Sekunden brauchte, um sich darauf einen Reim zu machen. Das Ganze wirkte wie eine Kreuzung aus einem Tatort und einer Gartenparty.

Aus den verkohlten Überresten des Hauses und der Scheunen auf der anderen Seite des Hofs stieg immer noch Rauch auf. Sein Geruch schlug Maud mit solcher Wucht entgegen, dass sie das Gefühl hatte, als würde er sich sofort auf ihrer Haut und in ihrer Kleidung festsetzen. Auf dem Hof selbst herrschte Hochbetrieb. Die Leute hatten sich zu Grüppchen zusammengefunden. Zum Teil unterhielten sie sich, zum Teil schauten sie sich nur um. Ein mit einem Overall bekleideter Mann war gerade damit beschäftigt, ein rußgeschwärztes Maschinenteil in Richtung Straße zu zerren.

Maud warf Lovell einen ungläubigen Blick zu und wandte sich dann an den Mann.

»Was tun Sie da?«

»Was geht Sie das an?«

Maud zückte ihren Dienstausweis und hielt ihn dem Mann unter die Nase.

»Und?«

»Und Sie legen dieses Teil auf der Stelle ab und sagen mir, was Sie da machen.«

»Wir wurden damit beauftragt.«

»Womit?«

»Hier ein bisschen aufzuräumen.«

»Verstehe«, sagte Maud. »Sie hören sofort damit auf. Sind hier außer Ihnen noch andere am Aufräumen?«

»Ja, ein paar von uns.«

»Sie müssen alle auf der Stelle abbrechen, was Sie gerade machen. Fassen Sie nichts mehr an, verlassen Sie das Gelände und kommen Sie erst wieder zurück, wenn Sie die Erlaubnis dazu bekommen. Und damit meine ich eine schriftliche Erlaubnis. Von mir.«

»Wer zahlt uns unseren Verdienstausfall?«

»Wenn sie ab jetzt auch nur etwas anfassen, werden Sie wegen Behinderung polizeilicher Ermittlungen belangt.«

Der Mann murmelte irgendetwas vor sich hin. Dann wandte er sich um und ging zwei Männern entgegen, die ein verkohltes Möbelstück trugen.

Maud steuerte auf eine Gruppe von Leuten zu, die gerade eine Nachrichtenmeldung filmten. Eine Frau mit einem Mikrofon in der Hand sprach in eine Kamera. Maud baute sich vor ihr auf.

»Wir brauchen nur noch eine Minute«, erklärte der bärtige Mann hinter der Kamera.

»Verlassen Sie sofort das Grundstück«, entgegnete Maud.

»Wir haben das Recht, über eine Angelegenheit von öffentlichem Interesse zu berichten«, meldete sich die Frau mit dem Mikrofon zu Wort.

»Aber nur, solange Sie das außerhalb dieses Grundstücks tun. Es handelt sich hier um einen Tatort.«

»Wo steht das? Ich sehe keine Schilder und auch kein Absperrband.«

»Ich leite die Ermittlungen und weise Sie hiermit darauf hin.«

Die eben noch recht feindselige Miene der Frau wirkte plötzlich sehr interessiert.

»Wirklich?«, sagte sie. »Können wir rasch ein Interview machen?«

»Sie können sich mit der Presseabteilung in Verbindung setzen, wie alle anderen auch.«

Sie kehrte zu Jack Lovell zurück, der so tat, als ginge ihn das alles nichts an.

»Und?«, fragte sie.

»Was?«

»Wie konnte das passieren?«

»Keine Sorge«, antwortete er, »wir sind mit der ganzen Spurensicherung längst fertig, mit der Forensik ebenso wie mit den Wagenspuren. Alles wurde fotografisch dokumentiert.«

Maud nickte langsam. »Das ist alles erledigt?«

»Ja.«

»Erst dachte ich, Ihr Boss wäre aufs Abstellgleis geschoben worden, weil er der Aufgabe nicht gewachsen war, aber inzwischen vermute ich eher, dass er den Mord selbst begangen hat. Jedenfalls ist mir noch nie ein derart gekonnt kontaminierter Tatort untergekommen wie dieser. Es ist fast schon beeindruckend.« Sie klatschte in die Hände und sprach so laut, dass sämtliche noch übrigen Leute auf dem Hof in ihre Richtung sahen. »Wir haben es hier mit einem Tatort zu tun. Verlassen Sie alle das Grundstück, und zwar umgehend. Entfernen Sie nichts, berühren Sie nichts.«

Sie wartete, bis alle den Hof verlassen hatten. Erst dann wandte sie sich wieder an Lovell, wobei sie den ruhigsten Ton anschlug, den sie zustande brachte.

»Zwei Punkte«, erklärte sie. »Der erste betrifft die Spurensicherung. Sie haben gesagt, es war ein Team vor Ort. Wo ist dann der Bericht?«

»Ich glaube nicht, dass sie ihn schon geschrieben haben.«

»Vielleicht könnten Sie sich mit denen in Verbindung setzen und sie bitten, sich zu beeilen? Wenn sie nicht gerade allzu überarbeitet sind.«

»Ich schaue mal, was ich tun kann.«

»Schauen reicht in diesem Fall nicht, tun Sie es einfach. Was mich zu Punkt zwei bringt: Es steht fest, dass die Sache bereits verbockt ist, und zwar so richtig. Trotzdem glaube ich, wir sollten zumindest den Versuch unternehmen zu retten, was noch zu retten ist, nur um auf der sicheren Seite zu sein. Könnten Sie im Revier anrufen und die Kollegen bitten herzukommen? Sie sollen ein bisschen was von ihrem Absperrband mitbringen und es vor die Tore und die Zugänge spannen. Und vielleicht könnten sie auch zwei, drei Schilder anbringen. Wäre das möglich? Außerdem möchte ich, dass Sie warten, bis die da sind.«

»Und Sie, was machen Sie?«

»Ich gehe zu Fuß zurück.«

»Die ganze Strecke nach Hemingford?«

»So weit ist das nicht.«

»Kennen Sie den Weg?«

»Ich werde mein Bestes geben.«

Als Maud zurück auf die Straße trat, sah sie das Fernsehteam in einem Fahrzeug sitzen. Sie klopfte an ein Fenster, das daraufhin nach unten glitt.

»Kommt ja nicht auf die Idee, wieder reinzugehen, sobald ich weg bin«, sagte sie.

Ein Stück weiter vorn bog sie in einen Fußweg ein, der Richtung Glensted führte. Im Gehen holte sie ihr Handy heraus. Da waren keine verpassten Anrufe von Silas. Auf ihre Nachricht hatte er bisher überhaupt nicht reagiert. Wahrscheinlich war er fleißig am Arbeiten. Andererseits war niemand so fleißig, dass er nicht ein paar Worte schreiben konnte. Wenn es Probleme gab, blickte Maud ihnen gerne direkt ins Gesicht. Sie gab ihnen Namen und suchte nach Lösungen. Die Angst, die sich in ihr regte, verursachte ihr ein ungutes Gefühl. Sie wusste nicht, wie sie damit umgehen sollte.

Sie starrte auf das Display ihres Telefons, als könnte sie mit purer Willenskraft seinen Namen aufleuchten lassen. Dann rief sie ihn an, obwohl ihr Bauchgefühl dagegensprach. Zu ihrer Überraschung ging er schon beim ersten Klingeln ran.

»Maud.«

»Ist es gerade ungünstig?«

»Ich muss gleich in eine Besprechung.«

»Können wir später reden?«

»Ich bin heute ziemlich eingespannt. Ich melde mich.«

»Ist mit uns alles in Ordnung?«

»Natürlich.« Sein herzlicher Tonfall klang aufgesetzt.

Sie wartete einen Augenblick, dann sagte sie: »Bis bald. Ich liebe dich.« Die letzten drei Worte ließ sie wie nebenbei fallen.

»Bis bald.«

Sie ließ sich auf dem Grasstreifen nieder, in den Schatten einer Birke, und wartete, bis sich ihre Gefühle wieder beruhigt hatten. Sie musste sich voll und ganz auf ihre Aufgabe konzentrieren, durfte sich auf keinen Fall von kleinen Störungen in ihrem Privatleben ablenken lassen. Sie verpasste sich selbst einen kleinen Klaps, strich sich das Haar aus dem Gesicht, straffte die Schultern und rief dann eine andere Nummer an.

»Könnte ich bitte mit dem Chief Superintendent sprechen?«

Ein paar Sekunden später meldete sich die vertraute Stimme.

»Was gibt's?«

»Es ist ein schöner Teil des Landes, das muss man Ihnen lassen. Ich habe mir gerade den Tatort angesehen, falls es denn einer war. Im Moment blicke ich auf Glensted hinunter, auf den Fluss und das Marschland.«

»Ich dachte mir, Sie könnten einen Urlaub gebrauchen«, gab Weller zurück. »Wie laufen die Ermittlungen?«

»Es ist noch schlimmer, als Sie dachten«, antwortete sie. »Viel schlimmer.«

»Ich kann mir gar nicht vorstellen, dass schlimmer möglich ist. Ich habe den ersten Bericht gelesen. Was ist mit dem Ermittlungsteam? Freut man sich über Ihren Besuch?«

»Nicht allzu sehr.«

Sie hörte ihn am anderen Ende der Leitung seufzen.

»Kommen Sie mit denen klar?«

»Mal schauen. Bisher habe ich abgesehen von einer unschuldig Inhaftierten und einem kontaminierten Tatort nichts zu bieten.«

Ein weiteres Seufzen.

»Wäre es leicht, dann könnte auch der alte Narr Whitman die Ermittlungen weiterführen. Früher oder später wird irgendein Medienmensch einen Blick auf diesen Fall werfen und feststellen, dass diese Gruppe von Clowns uns alle wie Idioten hat dastehen lassen. Es ist Ihre Aufgabe, etwas dagegen zu unternehmen.«

»Die Medien sind bereits in Scharen angerückt. Allem Anschein nach gibt es außerdem einen Podcast zu den ungelösten Fällen.«

»Ach du heilige Scheiße! Haben Sie sich den schon angehört? Worum geht es da genau?«

»Keine Ahnung.«

»Dann verschwenden Sie keine Zeit, indem Sie mit mir plaudern. Machen Sie voran.«

57

Als Maud zum Anchor zurückkehrte, fühlte sie sich von einer rastlosen Energie angetrieben: Es galt, möglichst viele Fakten und Eindrücke zu sammeln und zu versuchen, sie alle im Kopf zu behalten, um ein Gespür dafür zu entwickeln, was *nicht* war, ein Gefühl für die Lücken und Abwesenheiten. Sie hielt Ausschau nach einem Stück festem Boden, wartete darauf, dass sich ein Muster herauskristallisierte.

Sie ging in ihr Zimmer, duschte eilig, schlüpfte in Jeans und Pulli, weil es ein kühler Abend war, ließ sich am Tisch nieder, nahm die Unterlagen aus der Mappe und öffnete ihren Laptop. Sie dachte an Etty und Ollie Salter, zwei Menschen mittleren Alters, denen beiden der Kummer ins Gesicht geschrieben stand. Dreißig Jahre zuvor war ihre Mutter verschwunden. Ihnen musste klar sein, dass sie tot war, aber irgendwo ganz tief in ihrem Inneren warteten sie wohl immer noch darauf, dass sie nach Hause kam.

Nun hatte ein Mord den Schmerz jenes gewaltigen Verlustes wieder hochkommen lassen, und Etty hatte das erste Mal seit Jahrzehnten geweint – untröstlich wie das Kind, das sie einmal gewesen war. Mauds Aufgabe bestand darin, den Mord aufzuklären. Aber war es auch ihre Aufgabe, die anderen Verbrechen aufzuklären? Falls es sich überhaupt um Verbrechen handelte.

Sie arbeitete zwei Stunden, machte sich Notizen zum Mord an Bridget Wolfe und zur Herangehensweise der örtlichen Polizei an den Fall. Da diese einzig und allein Etty Salter im Visier hatte, wurde es versäumt, weitere Befragungen durchzuführen, und darüber hinaus auch noch der Tatort kontaminiert. Man tat einfach so, als wäre das Verbrechen bereits aufgeklärt und alles andere daher nicht mehr relevant. Maud dachte an ihre Begegnung mit einigen der ermittelnden Beamten in der Kneipe – und an den Obduktionsbericht, den sie noch nicht zu Gesicht bekommen hatte. Das alles verursachte ihr Kopfschmerzen.

Gegen neun ging sie hinunter und bestellte sich ein Glas Rotwein und eine Lasagne, die sie rasch verspeiste. Nebenbei sah sie die auf ihrem Handy eingegangenen Nachrichten durch. Den Blicken der anderen Gäste wich sie aus. Sie genoss es, allein zu sein, eine Fremde an einem fremden Ort, wachsam und offen für neue Eindrücke.

Als sie schließlich in ihr Zimmer zurückkehrte, überlegte sie, ob sie Silas anrufen sollte. Er hatte gesagt, er werde sich bei ihr melden, sobald er Zeit habe, deswegen war es vielleicht besser zu warten. Es erschien ihr seltsam, dass sie erst einmal abwägen musste, was dafür sprach und was dagegen. Unter normalen Umständen hätte sie sich darüber gar keine Gedanken gemacht, sondern ihn einfach angerufen.

Sie rief an. Er ging ran, klang aber abgelenkt.

»Passt es immer noch schlecht?«

»Nein, geht schon.«

»Ich wollte mich nur vergewissern, dass alles in Ordnung ist.«

»Klar, alles gut.« Er schwieg einen Moment. Sie sah ihn vor sich, sein attraktives Gesicht mit dem Dreitagebart, seine Augen, die in einem bestimmten Licht dunkelgrau wirkten, obwohl sie eigentlich blau waren, sein dichtes braunes Haar, das ihm oft wie ein Flügel in die Stirn fiel, sein breites, großzügiges Lächeln. »Es tut mir leid, dass ich nicht nach Hause gekommen bin«, sagte er schließlich.

»Es tut mir leid, dass ich so überstürzt aufgebrochen bin.«

»Wir sollten reden.«

»Ja. Ich schätze, ich könnte für einen Abend zurückfahren. Oder du kommst für eine Nacht her?«

»Ich habe gerade ziemlich viel zu tun, Maud.«

»Wir haben beide viel zu tun.« Da er nicht reagierte, fügte sie hinzu: »Möchtest du etwas über den Fall hören?«

»Ich weiß schon Bescheid. Ich habe es in den Nachrichten gesehen. Ich habe *dich* gesehen.«

»Wie war es?«

»Sie sagten, du seist hinzugezogen worden, um Schwung in die Ermittlungen zu bringen – und dass du Auseinandersetzungen nicht scheust. Das ganze Theater im Zusammenhang mit dem Butler-Fall kam zur Sprache, und dann zeigten sie dich, wie du gerade ein paar Journalisten anschreist und mehr oder weniger von dem Gelände verscheuchst, auf dem dein Brandopfer gestorben ist.«

»Ein schlechter Anfang.«

»Du hast aber gut ausgesehen. Als hättest du alles unter Kontrolle.«

Maud schloss die Augen. Vielleicht war ja doch alles in Ordnung.

»Ich könnte morgen Abend vorbeischauen«, schlug sie vor.

»Da geht es bei mir nicht. Ich habe meinen Eltern versprochen, sie zu besuchen.«

Es wurde zwar nie offen ausgesprochen, aber Maud wusste durchaus, dass Silas' Eltern seine Beziehung mit ihr bestenfalls mit gemischten Gefühlen betrachteten. Sie arbeiteten beide als Universitätsdozenten, während Maud nur die Tochter eines Dachdeckers war. Allerdings handelte es sich dabei nicht um ihr einziges Problem. Jedes Mal, wenn sie sich trafen, spürte Maud, dass sie sich zwar bemühten, freundlich zu sein, gleichzeitig aber immer distanziert blieben, weil beide von der Polizei grundsätzlich nicht viel hielten, auch wenn sie mit dem Fall Butler etwas in ihrer Achtung gestiegen war.

»Dann mach das«, sagte sie.

Sie überlegte, ob sie einen anderen Tag vorschlagen sollte, verkniff es sich aber. Sie wollte nicht betteln. Deswegen schwieg sie.

»Vielleicht am Wochenende«, brach er schließlich das Schweigen.

»Silas«, antwortete sie, »wenn du ein Problem mit mir hast, musst du mir das sagen.«

»Ich habe kein Problem mit dir! Es geht nicht immer nur um uns. Ich bin einfach müde. In der Arbeit war es heute heftig.«

»Das tut mir leid«, antwortete sie in ruhigem Ton. »Trotzdem gibt es ein paar Dinge, über die wir reden müssen.«

»Ich bin hier. Du bist diejenige, die weggefahren ist.«

Maud spürte, wie sich ihre Brust verengte. Ihr Vater sagte immer zu ihr, sie solle ihre Wut wegatmen. Also atmete sie tief durch.

Sie verabschiedeten sich. Maud trat ans Fenster und blickte auf die menschenleere Straße hinaus. Die Fenster der Häuser gegenüber waren dunkel. Ganz Glensted schien schon zu schlafen. In dem Moment sehnte sie sich nach London, wo die Lichter nie ausgingen und man sich immer von Menschen, Autos und Lärm umgeben fühlte.

Obwohl sie müde war, wusste sie, dass sie nicht würde einschlafen können. Sie lud die neueste Folge von Morgan Ackerleys Podcast herunter und hörte ihn sich aufmerksam an. Hin und wieder drückte sie auf Pause, um sich Notizen zu machen. Als sie schließlich zu Bett ging, konnte ihr Gehirn noch immer nicht abschalten.

Während sie im Geiste auflistete, was sie alles erledigen musste, glitt sie langsam in den Schlaf hinüber. Sie träumte von der vermissten Frau, doch in ihrem Traum hatte Charlotte Salter das Gesicht ihrer eigenen Mutter und stand in Flammen.

Im Dunst des frühen Morgens fuhr Maud nach Hemingford und setzte sich mit einem Knusperriegel und einem Becher Kaffee aus dem Gasthaus an ihren Schreibtisch. Die anderen trudelten nach und nach zur morgendlichen Besprechung ein, einzeln oder zu zweit. Sie fanden sich zu Gruppen zusammen, unterhielten sich leise und warfen ihr verstohlene Blicke zu. Micky Harrison stocherte in seinen Zähnen herum und zuckte nur mit den Schultern, als sie ihn nach dem Ergebnis der Obduktion und dem Bericht der Spurensicherung fragte.

Als Jack Lovell knapp vor Beginn der Besprechung eintraf, erkundigte sie sich bei ihm ebenfalls nach beidem, doch er fiel ihr ins Wort und fragte sie seinerseits, ob sie bereit sei für die Pressekonferenz.

»Welche Pressekonferenz?«

»Die in zehn Minuten.«

»Davon hat mir niemand etwas gesagt. Wer hat die veranlasst?«

»Tut mir leid«, sagte Lovell von oben herab, wobei Maud den Anflug eines Lächelns bei ihm wahrzunehmen glaubte. »Ich dachte, Sie wüssten Bescheid. Wir können den Termin jetzt nicht mehr absagen.«

»Schon gut.« Sie bemühte sich um einen möglichst gelassenen Ton. »Dann halten wir unsere Besprechung eben im Anschluss ab. Sorgen Sie dafür, dass alle informiert und vorbereitet sind.«

»Mache ich.«

»Und hübschen Sie sich ein bisschen auf. Sie kommen mit mir.«

Maud war überrascht, wie viele Journalisten sie erwarteten, als sie vor die Tür trat. Sie hatte mit einer Handvoll Lokalreportern gerechnet, doch stattdessen sah sie sich Dutzenden von Männern und Frauen gegenüber, darunter sogar einige, die für nationale Sender und Zeitungen berichteten. Sie erkannte ein paar von den Leuten wieder, die sie am Vortag vor Bridgets Haus gesehen hatte. Kameras blitzten, und Mikrofone wurden nach vorn gehalten, während sie sich und Jack Lovell vorstellte.

»Ich bin erst den zweiten Tag hier«, erklärte sie. »Über die Fortschritte der Ermittlungen gibt es noch nicht viel zu berichten. Immerhin kann ich Ihnen schon sagen, dass eine Frau Ende vierzig …«

»Elizabeth Salter«, rief eine Stimme. Maud ignorierte den Einwurf.

»Eine Frau Ende vierzig wurde aus der Untersuchungshaft entlassen.« Als daraufhin lautes Stimmengewirr anhob, hielt sie energisch eine Hand hoch und fuhr fort: »Weil es keinerlei Grund gab, sie weiter festzuhalten.«

»Entschuldigung«, rief eine Stimme. Sie gehörte zu einer Frau mittleren Alters, mit kurzem grauem Haar und runden Brillengläsern. »Alice Clayton vom *Herald*.«

»Ja?«

»Können Sie uns sagen, warum Inspector Whitman so kurzfristig ersetzt wurde? Das scheint gegenüber der örtlichen Polizei nicht sehr fair zu sein.«

»Man war der Meinung, eine neue Herangehensweise könnte nicht schaden«, antwortete Maud.

»Ist das eine höfliche Umschreibung des Vorwurfs, er habe Fehler gemacht?«

»Zum Beispiel, dass man uns gestattet hat, über euren Tatort zu trampeln!«, rief ein junger Mann kühn.

»Ist die Tatsache, dass man nun die großen Jungs aus London herschickt, als eine Art öffentlicher Tadel gedacht?«

»Sehe ich aus wie ein Junge? Es ist als eine höfliche Umschreibung der Einschätzung gedacht, dass eine andere Herangehensweise hilfreich sein könnte.«

»Wie Ihre andere Herangehensweise im Fall Butler?«

»Jeder Fall ist einzigartig.«

»Audrey Jackson.« Eine junge Frau streckte ihr Mikro vor. »Steht der Mord in Verbindung mit dem, was wir hier in der Gegend die Glensted-Geheimnisse nennen?«

»Das weiß ich nicht«, antwortete Maud.

»Natürlich hängt das alles zusammen«, verkündete eine Stimme, die ihr bekannt vorkam. Sie wandte sich in die entsprechende Richtung.

Ein schmaler, dunkelhaariger Mann mit kurz geschorenem Bart und Metallbrille stand links von ihr.

»Morgan Ackerley«, sagte er. Auch er reckte ihr ein kleines Mikrofon entgegen.

»Wir schließen nichts aus.«

»Für mich ist es klar«, fuhr er in lautem, ernstem Ton fort, »dass unser Podcast die Vergangenheit wieder zum Leben erweckt hat. Irgendjemand findet nicht gut, was wir entdecken.«

»Darüber würde ich gern mit Ihnen sprechen«, erwiderte Maud so freundlich, wie es ihr möglich war. »Aber nicht jetzt.«

Alice Clayton hielt die Hand hoch. »Können Sie uns etwas über das Ergebnis der Obduktion sagen?«

»Leider liegt uns der Bericht noch nicht vor.«

»Darf ich mich dazu äußern?«, meldete sich Jack Lovell zu Wort. Dabei trat er einen Schritt vor, sodass er neben ihr zu stehen kam. Er überragte sie ein ganzes Stück. »Hinsichtlich der Todesursache war der Obduktionsbericht recht eindeutig«, begann er. »Obwohl Bridget Wolfe giftige Gase eingeatmet hat, die letztendlich tödlich gewesen wären, handelte es sich dabei nicht um die eigentliche Todesursache. Gestorben ist sie vielmehr durch die Intensität des Feuers. Konkret bedeutet das, dass sich das weiche Gewebe des Körpers zusammenzieht, die Haut platzt, das Fett, die Muskeln und die inneren Organe schrumpfen.« Er sprach mit grimmiger Befriedigung. »In anderen Worten: Bridget Wolfe verbrannte bei lebendigem Leib.«

Neben ihm stand Maud da wie erstarrt. Sie zwang sich, keinerlei Gefühlsregung zu zeigen.

»Das Skelett jedoch«, fuhr er fort, »war nicht verbrannt. Die Autopsie ergab keinerlei Hinweise auf weitere Verletzungen. Man hat ihr beispielsweise keine Gehirnerschütterung verpasst, bevor der Brand gelegt wurde.«

Im Raum herrschte einen Moment Schweigen. Dann setzten die Fragen wieder ein, doch Maud übertönte sie.

»Vielen Dank«, verkündete sie, »das war's für heute.«

»Möchten Sie mir das erklären?«

»Ich weiß nicht, was Sie meinen.« Lovell lächelte von oben auf sie herab und hob dabei in gespielter Ahnungslosigkeit die Augenbrauen.

»Ich hatte darum gebeten, sofort über die Ergebnisse der Autopsie informiert zu werden. Stattdessen erfahre ich mitten in einer Pressekonferenz davon.«

»Ich dachte, Sie wären schon informiert.«

»Hören Sie mit Ihren dämlichen Spielchen für kleine Jungs auf. Ich bin daran nicht interessiert. Eine Frau wurde ermordet, und zwar auf die grausamste Art, die man sich nur vorstellen kann, aber statt mitzuhelfen, die Person zu finden, die das getan hat, geht es Ihnen nur darum, mich in aller Öffentlichkeit bloßzustellen. Sind Sie deswegen Polizist geworden? Ist das für Sie alles nur ein Spiel?«

Lovell starrte sie bestürzt an. Er biss sich auf die Unterlippe.

»Das war doch nur ein Missverständnis«, stammelte er.

»Ach ja? Dann verbitte ich mir ab jetzt derartige Missverständnisse. Haben Sie mich verstanden?«

Er nickte betreten.

»Gut. In zehn Minuten beginnen wir mit unserer Lagebesprechung.« Lovell wandte sich zum Gehen, doch sie rief ihn zurück.

»Jack, Sie arbeiten entweder mit mir zusammen, oder Sie werden von diesem Fall abgezogen. Ich hätte kein Problem damit. Ich hätte auch kein Problem damit, Sie alle loszuwerden.«

»Ich schon wieder.«

Maud stand vor der Leichenhalle und wappnete sich für den Anblick von Bridget Wolfes sterblichen Überresten. An diesem Vormittag hatte sie sich etliche neuere Fotos der noch lebenden Bridget angeschaut: einer kleinen, energisch wirkenden Frau Anfang vierzig mit einer markanten Kinnpartie, raspelkurz geschorenen Haaren und dunklen, klugen Augen. Maud war durch den Kopf gegangen, dass sie Bridget bestimmt gemocht hätte.

»Ja?« Ihr Chef klang kurz angebunden.

»Ich möchte eine Person aus meinem eigenen Team dabeihaben.«

»Was ist mit Ihrem Team vor Ort nicht in Ordnung?«

»Es sind nicht meine Leute. Sie sind entweder nutzlos oder regelrecht feindselig. Das soll jetzt keine Beschwerde sein, ich komme mit denen schon irgendwie klar, und dafür brauche ich weder Ihre noch sonst jemandes Hilfe. Trotzdem hätte ich gerne eine vertraute Person an meiner Seite, mit der ich mich verbünden und austauschen kann.« Es folgte eine Pause. Maud beobachtete einen kleinen braunen Vogel, der in der Linde auf der anderen Straßenseite hockte. Sie wusste nicht, um welche Art Vogel es sich handelte. Wo sie aufgewachsen war, hatte es nicht viel Natur gegeben. Sie erkannte nur Elstern, Krähen und Rotkehlchen – und natürlich die schmuddeligen Londoner Tauben. Ein warmer Wind zerzauste ihr das Haar. Noch immer spürte sie die Wut in sich, die glimmende Asche ihrer Weißglut vom Morgen. »Es ist im Grunde keine Bitte«, erklärte sie. »Ich teile es Ihnen nur mit.«

Am anderen Ende war ein bellendes Lachen zu hören. Es klang, als gefiele ihm ihre Entschlossenheit.

Sie beendete das Gespräch, straffte die Schultern und schob die Tür zur Leichenhalle auf, um sich die schrecklichen Überreste dessen anzusehen, was einmal die exzentrische Naturgewalt namens Bridget Wolfe gewesen war.

58

Fühlst du dich dem überhaupt gewachsen?«, fragte Niall.

Etty nickte. Der ganze Brustkorb tat ihr weh, als wäre ihre Lunge immer noch mit beißendem Rauch gefüllt. Ihr Kopf pochte, und der stechende Schmerz an ihrer Wange ließ sie ständig zusammenzucken. Es fühlte sich an, als würde ihre Haut verschrumpeln. Nach einem Blick in das besorgte Gesicht ihres Bruders wandte sie rasch den Kopf ab. Sie durfte nicht weinen – nicht ausgerechnet jetzt, aber es kam ihr vor, als wären all die Schutzdämme, die sie im Lauf der Jahrzehnte errichtet hatte, mit einem Schlag weggespült worden.

»Du musst nicht mitkommen«, sagte er. »Nicht nach dem, was du durchgemacht hast.«

»Ist schon in Ordnung«, entgegnete sie. »Es geht mir gut.« Sie wusste selbst, dass das nicht stimmte. Ollie wusste es, Penny wusste es. Alle gingen so schrecklich lieb und besorgt mit ihr um. »Wir machen das gemeinsam, ja?«

Sie standen an der Tür des Bauernhauses und warteten darauf, dass Ollie mit Alec herunterkam. In Nialls Wagen war bereits alles verstaut, was Alec brauchen würde. Es sah nach erbärmlich wenig aus. Nachdem er ein Leben lang Besitztümer angehäuft hatte, war nun so wenig davon übrig geblieben, dass seine paar Habseligkeiten in zwei Koffer und eine Reisetasche passten. Seinen Lieblingssessel hatte Niall schon vorab ins Heim verfrachtet, auch wenn in dem kleinen Zimmer kaum Platz dafür war.

Sie hörten Ollies Stimme und schlurfende Schritte. Dann erschien Alec in der Tür. Er schien in den vergangenen Tagen geschrumpft zu sein: zu einem kleinen alten Mann mit Triefaugen und einem argwöhnischen Gesichtsausdruck.

»Bereit?«, fragte Niall mit erzwungener Fröhlichkeit.

Alec starrte ihn verwirrt an.

»Ist es in Ordnung, wenn ich nicht mitkomme?«, fragte Ollie. »Ich meine, wir müssen ja nicht alle drei dabei sein.«

»Klar«, sagte Niall.

»Gut. Dann auf Wiedersehen, Dad.«

Ollie tätschelte seinem Vater die Schulter, woraufhin dieser ihn zornig anfunkelte.

»Wo bringt ihr mich hin?« Er richtete die Frage an Etty.

»In dein neues Zuhause«, antwortete sie.

»Ist Charlie dort?«

»Nein.« Sie war selbst nicht glücklich über diese knappe Antwort, wusste aber einfach nicht, was sie noch hinzufügen sollte.

»Nie ist sie da«, bemerkte Alec verdrossen. »Mein ganzes Leben lang warte ich auf sie. Ich habe mich doch entschuldigt. Frauen!«

Niall half ihm auf den Beifahrersitz und schnallte ihn an. Etty stieg hinten ein.

»Ich habe es mir anders überlegt.« Ollie schob das Gepäck zur Seite, um Platz für sich zu schaffen, und zwängte sich neben seine Schwester.

»Das ist wie in den guten alten Tagen«, stellte er fest. »Ein netter Familienausflug.«

Niemand sagte etwas. Etty schloss die Augen, spürte das Pochen ihrer Wange und ihrer Hand. Sie dachte an Paul, an ihre Mutter. Einen Moment lang hatte sie fast das Gefühl, Charlies Duft riechen zu können.

Sie fuhren über die Brücke und erreichten Hemingford. Niall lenkte den Wagen durch Seitenstraßen, bis sie zu einem rechteckigen, roten Ziegelbau kamen, dessen oberstes Stockwerk eine lange Reihe symmetrischer Fenster aufwies. Das Gebäude stand ein Stück von der Straße entfernt und hatte eine kreisförmige Zufahrt, die Niall nun entlangfuhr.

»Hier sind wir«, verkündete er.

»Wo?« Alec drehte sich nach seiner Tochter um. »Wo sind wir?«

Sie starrte ihn an, unfähig, den Blick abzuwenden.

»Hier wirst du ab jetzt leben«, erklärte Niall.

Etty sah seinen verständnislosen Gesichtsausdruck. Dann sein Entsetzen.

»Es wird dir gefallen«, fuhr Niall fort.

»Ist Charlie da drin?«

»Charlie ist tot«, sagte Ollie. Leise fügte er hinzu: »Ich hätte nicht mitkommen sollen.«

»Ist das ein Gefängnis?«

»Natürlich nicht«, antwortete Niall.

Er griff mit einer Hand nach einem Koffer und hakte seinen anderen Arm unter den seines Vaters. Ollie stieg widerstrebend aus, nahm ebenfalls einen Koffer und gesellte sich zu ihnen, ohne jemanden anzusehen.

»Dann komm«, sagte Niall zu Alec.

»Es war keine böse Absicht.«

»Was war keine böse Absicht?«, fragte Etty, plötzlich hellwach, in drängendem Ton. »Dad?«

»Ich möchte nicht ins Gefängnis.«

»Das ist ein Heim, Dad. Dein neues Heim.« Niall sah aus, als würde er gleich in Tränen ausbrechen.

»Lass das nicht zu«, wandte Alec sich an Etty. »Bitte!«

»Was war keine böse Absicht?«

»Charlie«, sagte ihr Vater zu ihr. »Verzeihst du mir?«

59

Maud verließ die Polizeistation vor sechs. Statt zum Gasthaus in Glensted zurückzukehren, fuhr sie in Richtung A12. Kurz vor acht befand sie sich bereits im östlichen London, wo sie sich dann aber im Schneckentempo durch den dichten Verkehr kämpfen musste. Sie fühlte sich sofort wieder zu Hause: Schlaglöcher, Abgase, dicht gedrängtes Leben, eine Skyline aus hoch aufragenden Gebäuden. Im Vergleich dazu war Glensted mit seinem weiten Himmel, seinen Wiesen und Marschen eine völlig andere Welt.

Sie parkte vor der Wohnung, steuerte auf die Haustür zu und gab den Code ein. Als sie in den gemeinschaftlichen Eingangsbereich trat, stellte sie fest, dass Silas' Fahrrad an seiner Halterung hing. Gut. Demnach war er zu Hause. Sie hatte ihr Kommen nicht telefonisch angekündigt. Sie entriegelte die Tür, die in das Treppenhaus ihrer Wohnung führte und eilte nach oben, wobei sie jeweils zwei Stufen auf einmal nahm.

»Hallo«, rief sie, »ich bin's!«

Dann blieb sie abrupt stehen, weil sie Stimmen hörte. Silas erschien mit einer Bierdose in der Tür.

»Du hast gar nicht gesagt, dass du kommst.«

Als sie daraufhin wortlos die Arme um ihn schlang und ihn auf den Mund küsste, schmeckte sie Bier.

»Freust du dich, mich zu sehen?«

Er legte einen Arm um sie, allerdings nur halbherzig. So hatte sie sich das nicht vorgestellt. In ihrer Fantasie hatte sie sich als Begrüßung eine leidenschaftliche Umarmung ausgemalt, die dann dazu führte, dass sie eng umschlungen ins Schlafzimmer taumelten, dort wilden Sex hatten und sich anschließend zärtliche Worte ins Ohr flüsterten und Entschuldigungen austauschten.

»Wer ist denn da?«, fragte sie, während sie ihre Jacke auszog und ins Wohnzimmer trat.

Es waren fünf Leute, von denen sie nur Jonnie kannte. Silas stellte sie den anderen vor – Paula, Mica, Sophie, Robbie –, und alle hoben fröhlich die Hand. Der Raum war mit Kerzen beleuchtet, obwohl es draußen noch hell war, und auf dem Tisch standen etliche leere Dosen und eine Flasche Wodka. Es lief Musik, die sie nicht kannte. Maud kam sich in ihrem eigenen Zuhause wie eine Fremde vor.

Die Türklingel ging.

»Noch mehr Gäste.« Sie bemühte sich um einen munteren Ton. »Ihr feiert hier ja eine richtige Party.«

»Das wird die Pizza sein«, meinte Jonnie. Er stand auf und verließ den Raum.

»Ich bin mir sicher, dass es für dich auch noch locker reicht«, erklärte Paula. »Wir haben irrsinnig viel bestellt.«

»Nein, ich bleibe nicht«, erwiderte Maud.

»Wie meinst du das?« Silas wandte sich ihr zu. Sie registrierte seinen roten Kopf – und dass er nach einem Parfüm roch, das sie nicht kannte.

»Ich bin beruflich hier. Ich wollte nur Hallo sagen und schauen, ob alles in Ordnung ist.«

»Alles bestens.«

»Gut. Ich hol mir bloß schnell ein paar Sachen, dann bin ich wieder weg.«

Er folgte ihr ins Schlafzimmer, wo ein ziemliches Chaos herrschte: Das Bett war nicht gemacht, Klamotten lagen über den Boden verstreut, und auf dem Nachttisch standen mehrere Tassen. Maud zog ein paar Shirts und Blusen von ihren Bügeln und warf sie aufs Bett.

»Was ist los?«

»Du wirkst nicht sehr begeistert darüber, dass ich hier bin.«

»Ich habe bloß nicht mit dir gerechnet.«

Maud sah ihn an.

»Darf ich dich etwas fragen?«

»Klar.«

»Liegt es daran, dass du wegen des Babys kalte Füße bekommen hast?«

»Wie bitte?«

»Lass das. Ich bin's, Maud. Zwischen uns läuft es gerade ganz schlecht, und ich will wissen, warum. Falls du dir das mit dem Baby anders überlegt hast, solltest du es mir sagen. Ich muss das wirklich wissen.«

»Ich hatte bloß so viel zu tun …«

»Du hattest vorher auch schon immer viel zu tun. Bitte. Ich fahre heute Abend zurück nach Glensted, und bevor ich aufbreche, möchte ich, dass du mir sagst, warum du so bist, so …« Sie legte eine Pause sein.

»Wie?«

»Ausweichend.«

»Das bildest du dir nur ein.«

»Du bist zu unserer Verabredung nicht erschienen – und wenn du jetzt behauptest, dass dir nicht klar war, wie viel mir daran lag, dann glaube ich dir das nicht.«

»Wenn du mir sowieso nicht glaubst, dann kann ich mir ja jeden Kommentar sparen.«

»Du hast mich weder angerufen noch auf meine Nachrichten reagiert. Du scheinst nicht scharf darauf zu sein, dass ich zurück nach London komme und bei dir vorbeischaue, hast aber deinerseits wohl auch keine Lust, mich zu besuchen. Und jetzt, hier …« Maud machte eine ausladende Geste. »Ich fühle mich in meinem eigenen Zuhause richtig unwillkommen.«

»Das bist du natürlich nicht.«

»Was ist dann los?«

»Maud«, fing er an, aber eine Stimme aus dem Wohnzimmer unterbrach ihn.

»Die Pizza wird kalt!«

Er schnitt eine Grimasse. Sie wandte sich ab, griff nach ihrer

Kleidung und zog aufs Geratewohl noch eine Handvoll Unterwäsche aus der obersten Schublade der Kommode.

»Also dann«, sagte sie.

»Geh nicht so.«

Aber es war ein schwacher Protest. Sie ignorierte ihn, verließ wortlos den Raum, stürmte die Treppe hinunter, knallte die Wohnungstür hinter sich zu, eilte zu ihrem Auto und saß dann erst einmal eine Weile wie erstarrt hinter dem Steuer, ehe sie den Motor anließ und losfuhr.

60

Es war nicht gelogen gewesen, als sie zu Silas' Freunden gesagt hatte, sie sei beruflich in London. Sie fuhr Richtung Tottenham, bog in eine schmale Straße ein und fand einen Parkplatz, der nur ein paar Haustüren von dem Wohnblock entfernt war, in dem Carrie Kessler lebte. Ihr Klingeln blieb eine Weile ohne Reaktion, aber da sie vorher angerufen hatte, wusste sie, dass Carrie zu Hause sein musste.

»Hallo?« Die Stimme klang heiser und atemlos.

»Ich bin's.«

»Moment, ich lasse dich rein.«

Der Türöffner summte. Maud schob die Tür auf und stieg zwei Stockwerke hinauf. Carrie stand oben in der Wohnungstür.

»Du meine Güte!«, rief Maud, während sie auf sie zusteuerte. »Du bist ja kugelrund!«

Carrie schnitt eine Grimasse.

»Dabei habe ich noch über vier Wochen bis zu meinem Termin.«

»Bist du sicher, dass es keine Zwillinge werden?«

»Gott bewahre! Komm rein.«

Maud folgte ihr den Gang entlang und dann in die kleine Küche, die auf die Straße hinausging. Als Maud einen Blick durchs Fenster warf, entdeckte sie auf der anderen Straßenseite einen Fuchs, der gerade eine umgekippte Mülltonne durchwühlte.

»Magst du was trinken?«, fragte Carrie.

»Ich hab uns eine Flasche alkoholfreien Holundersekt mitgebracht und eine Tüte Chips. Die Gläser hole besser ich, oder?«

»Ich bin keine Invalidin«, brummelte Carrie, ließ sich aber dankbar in einen Sessel sinken.

»Ist es ein unangenehmer Zustand?«, fragte Maud, während sie den Holundersekt einschenkte und die Chipstüte aufriss.

»Ich keuche beim Treppensteigen, meine Rippen schmerzen, meine Titten auch, und manchmal schreie ich auf, weil mich mein Nachwuchs tritt. Abgesehen davon und dem klitzekleinen Problem, dass ich nur aus Versehen schwanger geworden bin, alleinerziehend sein werde und mich von Hormonen überflutet fühle, sodass ich öfter als üblich jemanden anschreie, läuft alles bestens.«

Carrie Kessler war eine kleine Frau und immer sehr zierlich gewesen. Ihr dunkles Haar sah aus, als würde es infolge eines Elektroschocks in alle Richtungen abstehen. Mittlerweile wirkte sie mit ihren dünnen Armen und Beinen, ihrem dreieckigen Gesicht und dem riesigen Kugelbauch wie die Karikatur einer Schwangeren. Sie trug eine Jogginghose, ein weites Shirt und Hausschuhe. Sie nippte an ihrem Drink, schob sich eine Handvoll Chips in den Mund und seufzte.

»Es ist schön, dich zu sehen.«

»Gleichfalls. Du hast also noch einen ganzen Monat?«

»Ja. Meine Arbeitgeber waren der Meinung, dass mein Job nicht so richtig zu einer Hochschwangeren passt, die nur noch unter Geächze von ihrem Stuhl hochkommt.«

Carrie war Polizeibeamtin. Maud hatte sie vor Jahren kennengelernt, als sie beide Berufsanfängerinnen waren, und bei mehreren Fällen mit ihr zusammengearbeitet. Ihre männlichen Kollegen bezeichneten sie als Hitzkopf, kleinen Drachen, Knallkörper und wegen ihrer verrückten Frisur manchmal auch als explodierte Klobürste. Maud mochte ihren trockenen Humor, ihren Mut und ihre Loyalität.

»Wie wirst du dir die Zeit vertreiben?«

»Mit schlafen.«

»Abgesehen davon, meine ich. Ich habe gelesen, dass die Babys von Erstgebärenden oft mit ein, zwei Wochen Verspätung kommen. Dann hättest du noch sechs Wochen.«

»Jede Menge Zeit, um mich mit Freundinnen zu treffen und all die Sachen zu kaufen, die Babys angeblich brauchen – und mich selbst vorzubereiten auf diese große Veränderung.«

»Wirst du dich nicht langweilen?«

Carrie musterte sie neugierig. »Also, Inspector, warum bist du hier?«

»Natürlich wollte ich sowieso mal vorbeischauen.«

»Natürlich.«

»Aber dann kam mir der Gedanke, dass du vielleicht Zeit hast.«

»Und?«

Sie gab Carrie einen groben Abriss des Falls und berichtete von der Feindseligkeit, mit der ihr das Team vor Ort begegnete.

»Ich brauche eine Verbündete«, schloss sie.

»Die mit dir da hinauffährt?«

»Ja.«

»Bösen Jungs hinterherrennen kann ich aber nicht mehr so gut.«

»Diese Ermittlungen wurden komplett verbockt. Ich brauche eine Person mit gesundem Menschenverstand, die das alles mal durchforstet. Außerdem benötige ich ganz dringend jemanden zum Reden. Ich habe da oben niemanden.«

»Du glaubst, die drei Fälle hängen zusammen?«

»Ich halte es zumindest für eine hilfreiche Arbeitshypothese.«

»Wenn ich dich richtig verstanden habe, geht die örtliche Polizei davon aus, dass die Fälle von neunzehnneunzig aufgeklärt sind.«

»Ja.«

»Wie denkt dann das dortige Team über deine Theorie, dass ihre aufgeklärten alten Fälle doch nicht aufgeklärt sind?«

»Sie wirken nicht glücklich darüber.«

»Wäre ich Teil der offiziellen Ermittlungen? Denn wenn sie schon dir gegenüber feindselig sind, wie wird es ihnen dann gefallen, wenn du eine weitere Person von außen ins Spiel bringst?«

»Ich leite die Ermittlungen. Ich habe ein Budget, und ich kann dich anständig bezahlen.«

»Wo würde ich wohnen?«

»Ich habe dir schon ein Zimmer in dem Gasthaus reserviert, in dem ich wohne.«

»Ab wann?«

»Ab morgen, aber ich bin mir sicher, dass ich es auf heute umbuchen kann, wenn du willst. Die Hütte ist nicht direkt voll.«

Carrie überlegte einen Moment.

»Dann hoffe ich mal, dass deine Arbeitshypothese stimmt.«

»Sie muss nicht nur stimmen. Wir müssen beweisen, dass sie stimmt.«

Carrie verzog das Gesicht.

»Sind wir jetzt schon ›wir‹?«

»Sind wir?«

»Was hätte ich auch sonst zu tun? Wir sehen uns morgen.«

61

Carrie ließ den Blick durchs Zimmer schweifen. Sie wirkte nicht allzu beeindruckt.

»Es soll ja Leute geben, die gern im Hotel wohnen«, bemerkte sie. »Das habe ich nie verstanden.«

»Immerhin verfügt dieser Raum über einen Schreibtisch, einen Stuhl, einen Wasserkocher und über WLAN, das einigermaßen funktioniert. Mehr brauchst du nicht. Und wenn du mal eine Pause einlegen möchtest, gibt es ein paar schöne Wanderwege und jede Menge frische Luft.«

»Was passiert, wenn bei mir die Wehen losgehen? Wo ist das nächste Krankenhaus?«

»In Ipswich, glaube ich. Und natürlich in Norwich.«

»Ipswich?« Carrie zückte ihr Handy, tippte darauf herum und sah dann Maud an. »Ich hoffe, du bist gut in Geburtshilfe.«

Maud deutete auf den Schreibtisch, auf dem drei Stapel Aktenmappen lagen: rote, blaue und gelbbraune. »Ich schicke dir noch die Links für die Onlineakten.«

»Soll ich nach etwas Bestimmtem suchen?«

»Ich möchte, dass du dich da durcharbeitest und mir sagst, was dir dazu einfällt.«

»Das klingt ein bisschen vage.«

»Ich weiß«, antwortete Maud. »Fang mit Charlotte Salter an, sie ist der Schlüssel.«

»Warum?«

»Ihr Mann, mit dem sie eine unglückliche Ehe führt, feiert seinen fünfzigsten Geburtstag. Sie erscheint nicht zur Feier und wird nie wieder gesehen. Und sie steht in Verbindung mit allen drei Fällen.«

»Du glaubst, sie ist tot?«

»Ich weiß es nicht. Aber falls sie noch lebt, wo steckt sie? Und falls sie nicht mehr lebt, wo befindet sich die Leiche? Leichen lassen sich schwer verstecken, schwer loswerden.«

»Du sagst, sie führte keine glückliche Ehe. Vielleicht war dieser fünfzigste Geburtstag der Moment, in dem ihr alles zu viel wurde und sie es nicht mehr ertragen konnte.«

Maud deutete auf die Aktenstapel.

»Du wirst irgendwo darauf stoßen, dass sie vorhatte zu gehen.«

»Na bitte, da haben wir es doch schon. Damals war es noch einfacher zu verschwinden. Ohne Handys. Ohne all die Überwachungskameras.«

Maud schüttelte den Kopf.

»Ich weiß nicht. Sie mag ja ihren Mann gehasst haben, aber bestimmt nicht ihre Kinder. Ihr wäre klar gewesen, was sie ihnen damit antut. Einer ihrer Söhne hat sich umgebracht. Als ich hier eintraf, saß die Tochter in U-Haft. Sie war in keiner guten Verfassung. Sie ist etwa so alt wie meine Mum – mehr oder weniger im gleichen Alter wie ihre Mutter damals, als sie verschwand. Bei ihrem Anblick hatte ich nur den Wunsch, sie zu retten, obwohl mir natürlich klar war, dass es dafür viel zu spät ist. Trotzdem tun die Leute manchmal seltsame Dinge. Vielleicht kommt Charlotte Salter eines Tages einfach zurück und erklärt alles.«

Carrie blickte auf die Akten hinunter. »Du glaubst, die Antwort steckt irgendwo da drin?«

»Wahrscheinlich nicht«, antwortete Maud, »aber im Moment haben wir nicht recht viel mehr.«

»Und in der Zwischenzeit ist dein Team aus Kriminalbeamten da draußen am Ermitteln. Was werden die davon halten, dass ich jetzt hier bin und ihre Arbeit überprüfe?«

Maud schien sich deswegen keine Sorgen zu machen. »Im Grunde stehen wir doch alle auf derselben Seite. In erster Linie geht es darum, diesen Fall zu lösen.«

»Ich bin mir nicht sicher, ob das wirklich so läuft«, entgegnete Carrie. »Ich meine, in der wirklichen Welt.«

Maud griff nach dem kleinen Elektrokocher.

»Möchtest du Tee?«

Carrie runzelte die Stirn. »Meine Großmutter hat mir erzählt, dass sie, als sie meine Mum erwartete, während der ganzen Schwangerschaft rauchte und trank und Mum dadurch keinerlei Schaden nahm. Wenn ich mir meine Mutter ansehe, habe ich da zwar meine Zweifel, aber in einem Moment wie diesem könnte ich eine Zigarette und einen Gin Tonic vertragen.«

»Ernsthaft?«

Carrie lachte. »Ich glaube, ich bleibe besser bei Kräutertee. Und sei es nur, um meinen guten Ruf zu wahren.«

Maud inspizierte die kleinen Teebeutel: Frühstückstee, Earl Grey, Früchtemischung.

»Ich besorge dir im Laden welchen«, sagte sie.

Carrie griff nach der ersten Akte. »Ist das alles?«

»Alles, was ich in die Finger bekommen konnte. Zeugenaussagen, forensische Berichte, ein paar Zeitungsartikel. Und wenn du fertig bist, können wir uns den Podcast anhören, den es dazu gibt.« Sie registrierte Carries ungläubigen Blick. »Nein, wirklich. Es handelt sich dabei um ein Projekt der beiden Söhne von Duncan Ackerley. Der eine ist Morgan Ackerley. Du weißt schon, der Typ, der die Dokumentationen macht.«

Carrie rümpfte die Nase.

»Den fand ich immer schon nicht so ganz koscher.«

»Er hat viele Fans.«

»Eins noch«, sagte Carrie.

»Was?«

»Hast du die sichergestellten Beweismittel von neunzehnneunzig vorliegen?«

»Noch nicht. Die lagern bestimmt in irgendeiner Asservatenkammer. Du hast meine Gedanken gelesen. Das ist das Nächste, worum ich mich kümmern wollte.«

Als Maud die Einsatzzentrale betrat, hing Lovell gerade an der Strippe. Er hielt die Hand hoch, wahrscheinlich, um sie mit dieser Geste aufzufordern, wieder zu gehen und zu warten, bis er sich bei ihr meldete, sobald dieses wichtige Telefonat beendet war.

»Ja, es könnte heute Abend ein bisschen später werden«, erklärte er der Person am anderen Ende.

Maud ließ sich nicht verscheuchen, sondern blieb einfach stehen. Lovell sprach weiter, blickte sie dabei aber mehrmals an und wurde immer befangener, bis er schließlich den Faden verlor.

»Hör zu«, sagte er genervt, »ich rufe dich nachher zurück. Hier wartet Arbeit auf mich.« Er wandte sich zu Maud um. »Entschuldigen Sie. Eine kleine häusliche Krise.«

»Schon gut«, antwortete Maud kurz angebunden. »Wollen Sie sich frei nehmen, damit Sie sich darum kümmern können?«

Lovell lief rot an. »So wichtig ist es auch wieder nicht. Ich kümmere mich später darum.«

»Gibt es irgendetwas Neues zu berichten?«

»Eigentlich nicht. Wenn es etwas gäbe, würde ich …«

Lovell verstummte. Zwischen ihnen herrschte einen Moment Schweigen. Maud lächelte ihn verschmitzt an.

»Wenn es etwas gäbe, würden Sie es mir sagen«, sprach sie den Satz für ihn zu Ende. »Gut. Eine Sache, über die wir noch gar nicht gesprochen haben, ist die Lagerung der Asservate. Wo werden die aufbewahrt?«

»Sie meinen, die von dem Brand?«

»Nein, ich meine die Beweismittel, die im Rahmen der Ermittlungen von neunzehnneunzig sichergestellt wurden.«

»Die interessieren uns doch eigentlich gar nicht.«

»Was interessiert uns dann?«

»Wir ermitteln im Mordfall Bridget Wolfe.«

»Und wenn ich im Rahmen dieser Ermittlungen gerne wüsste, wo die Asservate von neunzehnneunzig aufbewahrt werden?«

»Also gut«, gab Lovell nach, »ich setze jemanden darauf an.«
»Ich glaube, es wäre einfacher, wenn Sie es gleich selber erledigen«, entgegnete Maud. »Lassen Sie uns in fünfzehn Minuten noch einmal darüber sprechen.«
»In fünfzehn Minuten?«
»Wie viel Mühe wird Sie das kosten? Einen Anruf? Zwei?«

Zwanzig Minuten später klopfte es an Mauds Bürotür. Lovell kam herein. Er trug jetzt sein Jackett, hatte den obersten Hemdknopf geschlossen und seine Krawatte enger gezogen. Maud kam er vor wie ein nervöser Schuljunge, der bei der Direktorin vorsprechen musste.
»Sie sehen aus, als brächten sie keine guten Nachrichten«, stellte sie fest.
»Es sind nicht direkt schlechte Nachrichten«, entgegnete er, »aber wie sich herausgestellt hat, ist das Ganze ein bisschen kompliziert.«
»Was kann daran kompliziert sein? Entweder die Beweismittel sind da, oder sie sind nicht da.«
»Irgendwie schon.«
»Was soll das heißen, ›irgendwie schon‹?«
Er machte eine hilflose Geste.
»Im Moment werden ältere Beweismittel in Räumlichkeiten bei Colchester aufbewahrt. Ich habe mit einem Beamten von dort gesprochen. Demnach lagern sie nur Material, das bis zu acht Jahre zurückreicht.«
»Was ist mit älterem Material?«
»Es klang für mich alles etwas schwer nachvollziehbar. Er hat mir erklärt, dass die Asservate abgeschlossener Fälle zum Teil noch einmal in Augenschein genommen und dann entweder weiter aufbewahrt oder vernichtet werden.«
»Wir haben es aber nicht mit einem abgeschlossenen Fall zu tun.«
»Er galt nicht direkt als abgeschlossen, weil der Hauptverdächtige damals starb, aber man kam trotzdem zu der allgemeinen Übereinkunft, die Akte zu schließen.«
»Jack, ich habe die Originalberichte gelesen. Es gab keine derartige

Übereinkunft. Ein paar Dinge sickerten an die Medien durch, aber eine formelle Bekanntgabe von Ergebnissen fand nicht statt. Die Ermittlungen verliefen mit der Zeit einfach im Sand. Offiziell abgeschlossen wurde der Fall nie.«

»Darüber weiß ich nichts. Nach dem zu urteilen, was dieser Beamte mir sagte, besteht das Problem darin, dass die Aufbewahrung der Asservate einer Firma übertragen wurde, die irgendwann pleiteging, woraufhin eine andere Firma übernahm und die Beweismittel mehrfach umgelagert wurden. Er vermutet, sie könnten sich inzwischen in Räumlichkeiten befinden, die zu einem Bauernhof oben bei Hadleigh gehören.«

»Aber die müssen da doch irgendein Verzeichnis haben.«

»Im Prinzip schon, aber die Datenbank, die wir inzwischen benutzen, basiert auf einem neuen Vertrag. In den Achtzigern und Neunzigern wurden die Beweismittelverzeichnisse mit einem anderen System erstellt, und laut dem Büro, mit dem ich telefoniert habe, gibt es Probleme, was den Zugang betrifft.«

»Welche Art Probleme?«

»Wir kommen in das Verzeichnis nicht rein.«

Maud ließ sich auf ihren Stuhl zurücksinken und atmete tief durch.

»Sie wollen mir also sagen, dass die Beweismittel eines ungeklärten Falls möglicherweise absichtlich vernichtet wurden.«

»Man hat den Fall damals nicht zwangsläufig als ungeklärt betrachtet.«

»Und sollte das Material nicht vernichtet worden sein, dann ging es unter Umständen verloren.«

»Es besteht kein konkreter Grund zu der Annahme, dass etwas verloren ging.«

»Na, das ist doch mal eine gute Nachricht. Aber wenn tatsächlich nichts verloren ging und die Asservate irgendwo in den Lagerräumen eines Bauernhofs gelandet sind, können wir aufgrund der von Ihnen genannten technischen Probleme nicht überprüfen, ob sie sich tatsächlich dort befinden. Haben die denn keine Aufzeichnungen auf Papier mehr da?«

»Allem Anschein nach wurden die vernichtet, als sie auf Computerdatenspeicherung umstellten.«

»Wie groß sind die besagten Lager?«

»Ziemlich groß. Ich glaube, sie bewahren dort die Beweismittel aus der ganzen Region auf.«

»Dann schicken Sie am besten jemanden hin.«

»Um was genau zu tun?«

»Um die Beweismittel zu finden.«

»Womöglich sind die ja gar nicht dort.«

»So etwas gehört zu unserem Job, oder? Wir sind Detectives. Wir finden Dinge.«

»Nicht, wenn es gar nichts zu finden gibt.«

»Lassen Sie es einfach auf einen Versuch ankommen. Aber schicken Sie nicht Dillon.«

»Warum nicht? Gerade dachte ich, sie wäre genau die Richtige für den Job.«

Maud hätte beinahe losgeprustet. Sie wusste, warum er sofort an Dillon gedacht hatte: weil es eine langweilige Aufgabe war und höchstwahrscheinlich Zeitverschwendung. Aber das sagte sie nicht. Ein zu großer Teil ihrer bisherigen Karriere beruhte auf den Dingen, die sie nicht gesagt hatte.

»Für Dillon habe ich eine andere Aufgabe«, erklärte sie.

»Ich möchte, dass Sie und Micky mir in der Zwischenzeit mehr Informationen zu Bridget Wolfe beschaffen. Hier drin finde ich kaum etwas über sie.« Sie tippte auf die Aktenmappe, die vor ihr lag. »Wie sah es bei ihr mit Familie und Freunden aus? Lebte sie in einer Beziehung? Wie stand es um ihre Finanzen? Mir liegen weder Listen ihrer Telefongespräche noch ihre Bankauszüge vor.«

»Ich dachte, Ihrer Meinung nach hängt ihr Tod mit den Fällen von Charlotte Salter und Duncan Ackerley zusammen.«

»Meinungen sind das eine, Beweise das andere. Es könnte Zeitverschwendung sein – aber bei unserer Arbeit handelt es sich größtenteils um ein Ausschlussverfahren. Lassen Sie uns das Ganze richtig machen.«

Als Dillon den Raum betrat, erweckte sie den Eindruck, als fühlte sie sich unbehaglich. Maud lächelte sie an und deutete auf den Stuhl gegenüber ihrem Schreibtisch.

»Ich möchte, dass Sie mir bei etwas helfen.«

Dillons Miene hellte sich auf. »Ich?«

»Ja, Sie. Dieser Terminkalender, den Bridget Wolfe in dem Podcast erwähnt hat …« Sie hielt inne. »Sie haben sich den Podcast doch bestimmt angehört, oder?« Dillon nickte. »Wie es aussieht«, fuhr Maud fort, »wird einfach davon ausgegangen, dass auch besagter Terminkalender dem Brand zum Opfer gefallen ist.«

Dillon biss sich auf die Unterlippe. »Ja, da haben Sie wohl recht«, antwortete sie.

»Ich möchte, dass Sie danach suchen.«

»Wo soll ich denn suchen?«

»Ich bitte Sie, das für mich zu erledigen. Wie Sie es machen, bleibt Ihnen überlassen. Hat beispielsweise schon jemand Wolfes Laden in Hemingford unter die Lupe genommen?«

»Das weiß ich nicht.«

»Tja, ich weiß es: Das ist bisher nicht passiert.«

Heather stand auf, zögerte dann aber einen Moment.

»Ja?« Maud zog fragend die Augenbrauen hoch.

»Ähm, also – danke.«

»Ich bitte Sie lediglich, eine Aufgabe zu übernehmen. Kein Grund, dankbar zu sein.«

62

Niall, Etty und Ollie traten aus dem Haus ins blendende Licht. Niall sperrte die Tür ab und ließ den Schlüssel durch den Briefschlitz nach drinnen fallen, wo sie ihn klirrend auf dem Boden landen hörten.

Sie betrachteten das heruntergekommene Haus, in dem sie aufgewachsen waren. In der Junisonne sah es nicht ganz so schlimm aus. Rosen rankten sich den Windfang hinauf, und auf der undichten Dachrinne thronte eine singende Amsel. Etty legte den Kopf in den Nacken und rechnete halb damit, einen Blick auf ein Gesicht zu erhaschen – ihr eigenes oder das ihrer Mutter? –, das sich gegen die spiegelnden Scheiben drückte.

»Ich lasse euch wissen, wie der Verkauf läuft«, erklärte Niall.

Sie schwiegen alle drei.

»Es ist schwerer, als ich dachte.« Ollies Stimme klang unsicher. »Falls es euch noch nicht aufgefallen ist … Ich bin nicht sehr gut im Abschiednehmen.«

»Danke, dass ihr hier wart«, sagte Niall, um einen eher ruppigen Ton bemüht. »Wir haben das als Familie gemacht.«

»Was auch immer das heißen mag.« Ollie versuchte zu lachen.

»Etty?«

Sie wandte sich Niall zu, sagte aber nichts. Ihr Blick wirkte glasig.

»Wirst du klarkommen?«

»Ja.«

»Du bist noch nicht richtig fit.«

»Mir fehlt meine Arbeit.«

»Du willst schon wieder arbeiten, obwohl du noch krank bist?«

»Ich bin nicht krank.«

»Das finde ich nicht richtig«, erklärte Niall.

Doch Etty hob ihre verbundene Hand und lächelte die beiden an.

»Auf Wiedersehen, Brüder.« Damit wandte sie sich zum Gehen und steuerte auf ihren Wagen zu, in der Hoffnung, ihr Gang möge zielstrebig wirken, obwohl sich jeder Schritt anfühlte, als käme ihr der Boden entgegen. Die Landschaft um sie herum schien zu schwanken und verschwamm ihr immer wieder vor den Augen.

Niall und Ollie beobachteten, wie Etty sich anschnallte und den Motor anließ. Ihr kleiner Wagen tat einen Satz nach vorn und ruckelte dann in zu schnellem Tempo die gekieste Zufahrt entlang. Er fegte durch das Tor auf die Straße zu, doch als er gerade im Begriff war, um die Kurve zu biegen, kam er mit einer Vollbremsung zum Stehen.

»Was, zum Teufel …!«, rief Ollie. Beide Männer rannten los.

Etty hing über dem Lenkrad und schluchzte, als bräche ihr gerade das Herz. Als Niall die Fahrertür öffnete, wandte sie ihm ihr tränenüberströmtes Gesicht zu. Sie wirkte so verzweifelt und hilflos wie damals mit fünfzehn.

»Etty?« Ollie ging neben der Tür in die Knie. »Etty, ist mit dir alles in Ordnung?«

»Keine Ahnung, was mit mir ist«, antwortete sie. »Ich bin sonst nicht so. Ich weiß gar nicht, was ich jetzt tun soll.«

»Mir war klar, dass du noch nicht so weit bist«, erklärte Niall. »Komm mit zu mir.«

»Mein Leben ist ein einziger Albtraum!«, stieß sie hervor. Ein weiterer tiefer Schluchzer löste sich aus ihrer Brust.

»Sag das nicht!«, entgegnete Ollie. »Ich kann es nicht ertragen, wenn du das sagst.«

»Was soll ich denn jetzt machen?«

»Das wird schon wieder.« Niall tätschelte sie verlegen. »Du hattest ein traumatisches Erlebnis und brauchst Zeit, um dich zu erholen. Komm mit nach Hause.«

»Ich habe kein Zuhause.«

»Bitte, Etty.« Ollie raufte sein ergrauendes Haar. Er hatte inzwischen selbst Tränen in den Augen.

»Komm mit mir nach Hause – zu mir und Penny«, insistierte Niall.

»Ich habe schon mein Leben lang Heimweh.«

Zwei Stunden später lag Etty im Gästezimmer von Niall und Penny. Die Bettwäsche war frisch, dass Kissen schön prall, der Vorhang halb zugezogen, damit das Licht von draußen sie nicht blendete. Auf dem Nachttisch neben ihr stand ein Glas Wasser, aus dem sie gelegentlich einen Schluck nahm, in der Hoffnung, endlich den üblen Geruch nach verbranntem Haar, verbrannter Kleidung und verbranntem Fleisch loszuwerden, der immer noch an ihr haftete. Unten in der Küche klapperte Penny mit Geschirr, und irgendwo im Haus lief ein Radio, eine Männerstimme war zu hören, deren Klang Etty als tröstlich empfand, auch wenn sie die Worte nicht verstehen konnte.

Irgendwann schlief sie dann wohl ein, denn als sie wieder aufwachte, dämmerte es draußen bereits. Sie glaubte, Mias Stimme zu hören. Türen schlugen zu. Autos fuhren vorbei. Sie schlief wieder ein. Ihr letzter Gedanke war, wie schön es doch wäre, hundert Jahre lang zu schlafen.

63

Kurz nach fünf trafen sich Maud und Carrie vor dem Gasthaus und bogen dann von der Hauptstraße auf den Fußweg ein, der sie schnell aus dem Ort hinausführte. Je höher es den Hügel hinaufging, desto schwerer atmete Carrie.

»Das wird ja immer schlimmer«, keuchte sie. »Am Ende werde ich noch mitten auf einer Wiese entbinden. Was machst du dann?«

»Ich dachte, du hättest gerne ein bisschen frische Luft und schöne Ausblicke auf die Landschaft.«

»Der Mensch ist nicht für das Landleben gemacht«, konterte Carrie in abfälligem Ton. »Das ist für uns nicht normal. Wir sind vielmehr dafür geschaffen, uns ständig gegenseitig anzurempeln und übereinander zu leben. Übrigens habe ich im Internet zu diesem Podcast recherchiert. Seit dem Tod von Bridget Wolfe ist eine große Sache daraus geworden. In Amerika sitzen Leute vor dem Computer und schauen sich auf Google diesen Landstrich hier an. Sie haben ihre eigenen Theorien bezüglich der Frage, wer der Täter war, Alec Salter oder Duncan Ackerley. Auf Facebook hat sogar jemand die Vermutung geäußert, Charlotte Salter habe Ackerley umgebracht und anschließend ihr eigenes Verschwinden vorgetäuscht. Es ist wie eine Seifenoper. Bald werden hier die ersten Touristen eintrudeln, lauter Amateurdetektive.«

»Dann sollten wir uns besser beeilen«, antwortete Maud. »Hast du die Akten gelesen?«

»Ich habe sie zumindest durchgesehen.«

»Ist dir irgendetwas aufgefallen?«

»Das Ganze ist ein Witz, oder?«

»Wie meinst du das?«

»Alles, die alten Ermittlungen genauso wie die neuen. Ich habe so etwas noch nie erlebt. Du wirst dir sämtliche Beweismittel noch einmal ansehen müssen. Wann hast du dazu Gelegenheit?«

»Da gibt es ein Problem«, erklärte Maud und berichtete Carrie, was sie an diesem Vormittag erfahren hatte.

»Was machst du jetzt?«

»Am liebsten täte ich, was die alten Römer ihren Gegnern antaten: Ich würde gern die ganze Abteilung zum Teufel jagen, das Polizeirevier dem Erdboden gleichmachen, den Grund, auf dem es stand, umpflügen und dann Salz in die Erde streuen, damit dort nichts mehr wächst. Anschließend würde ich noch einmal ganz von vorn anfangen.«

»Großartig. Und wenn das nicht klappt?«

Maud ließ sich mit ihrer Antwort sehr lange Zeit.

»Dieser Podcast … Ich habe ihn mir bloß im Schnelldurchlauf angehört, finde aber, dass die beiden Brüder bessere investigative Arbeit leisten, als es die Polizei bisher getan hat. Wir besorgen uns jetzt etwas zu essen, hören uns gemeinsam den Podcast richtig an und machen uns dazu Notizen. Danach können wir einen Schlachtplan aushecken.«

Mauds Handy klingelte. Sie zog es aus ihrer Tasche, erkannte die Nummer aber nicht.

»Ja? … Nein, ich fürchte, das wird nicht möglich sein … Wie sind Sie an meine Nummer gekommen? … Nein, das kann ich nicht machen … Danke, auf Wiederhören.« Sie sah Carrie fassungslos an. »Na, das ging jetzt aber schnell. Jemand aus Seattle wollte wissen, ob ich mich für einen Podcast interviewen lasse.«

»Du meinst *den* Podcast.«

»Nein, einen anderen. Die breiten sich aus wie ein Virus.«

»Ich kann am Sonntagnachmittag kommen, wenn du das möchtest«, sagte Silas.

»Möchtest *du* es denn?«

»Würde ich es dir sonst vorschlagen?«

»Also, ich würde mich freuen«, antwortete Maud. »Ich wohne im Anchor. Besonders luxuriös ist es da aber nicht.«

»Ich kann sowieso nicht bleiben.«

»Du kannst nicht über Nacht bleiben? Dann komm doch lieber schon am Samstagabend, das passt bei mir auch noch besser.«

»Nein.«

Sie schob ihre Enttäuschung beiseite und zusätzlich noch etwas anderes – ein Gefühl von Verlassenheit und Angst, das plötzlich in ihr aufkeimte. »Na, dann machen wir wenigstens einen Spaziergang am Fluss entlang. Es ist hier recht schön, wenn auch auf eine herbe Art. Marschland und weiter Himmel.«

»Gut.«

»Silas …«

»Ich muss aufhören.«

64

»Also«, eröffnete Maud die Lagebesprechung früh am nächsten Morgen. Sie arbeitete schon seit sieben Uhr und hatte noch nicht gefrühstückt. »Was haben Sie für mich?«

DC Harrison sah sie nicht direkt an, sondern ein wenig links an ihr vorbei, als wäre da eine weitere, wichtigere Person im Raum.

»Ich habe getan, was Sie wollten, und bin die ganze weite Strecke bis zu dieser Lagerhalle in Hadleigh gefahren. Es war ein verdammt langer Weg für eine …«

»Ich wollte nicht hören, was Sie gemacht haben, Micky, sondern was Sie herausgefunden haben.«

»Nichts.«

»Nichts?«

»Dort sind die Beweismittel nicht.«

»Das ist aber schade.«

Harrison zuckte mit den Schultern. »Diese alten Fälle liegen doch schon dreißig Jahre zurück.«

Maud runzelte die Stirn. Sie dachte angestrengt nach.

»Ich muss mit Sally Peck sprechen«, sagte sie schließlich, mehr zu sich selbst.

»Wer ist das? Muss man die kennen?«

»Sie war die Beamtin, die damals den Großteil der Beweismittel zusammengetragen hat.«

»Wie soll uns die jetzt nützen?«

»Das weiß ich erst, wenn ich mit ihr gesprochen habe. Können Sie für mich in Erfahrung bringen, wo sie steckt?«

»Ich?«

»Ja, bitte.« Maud lächelte in sein rot angelaufenes Gesicht.

»Ich bin schon ziemlich mit Arbeit eingedeckt.«

»Das dürfte ja nicht viel Zeit in Anspruch nehmen. Ich würde Sie bitten, dieser Sache höchste Priorität einzuräumen.«

Eine halbe Stunde später rief Maud die Nummer an, die Harrison ihr auf den Schreibtisch geworfen hatte.

»Spreche ich mit Sally Peck?«

»Ja, die bin ich.«

Maud stellte sich vor und erklärte den Grund ihres Anrufs. »Mir ist klar, dass ich Sie unter Umständen ganz umsonst bemühe. Womöglich existieren diese Beweismittel längst nicht mehr«, erklärte sie. »Ich nehme an, Sie können mir da auch nicht weiterhelfen.«

»Wie es der Zufall so will«, antwortete Sally Peck nach einer langen Pause, »kann ich das vielleicht doch.«

Maud fuhr gerne Auto. Sie kaute dabei Kaugummi und hörte Musik. Draußen flog die grüne Landschaft vorbei, durchsetzt von Kirchtürmen, sich dahinschlängelnden Flüssen und kleinen Wäldchen. Carrie saß neben ihr, die Hände auf dem Bauch. Eine Weile hatte sie die Augen nur halb geschlossen, dann ganz. Ein Schnarcher entschlüpfte ihr.

»So, da sind wir«, stellte Maud fest, während sie den Wagen vor dem kleinen Haus am Stadtrand parkte, das Sally Peck bewohnte.

Carrie schreckte hoch.

»Ich habe nicht geschlafen, ich hatte nur die Augen zu«, behauptete sie.

Sie stiegen aus. Maud läutete. Der melodische Klingelton war noch kaum verstummt, als bereits die Tür aufschwang.

Sally Peck war Mitte fünfzig und wirkte kraftvoll und drahtig. Ihr braunes Haar wies graue Strähnen auf, und sie hatte Krähenfüße um die Augen. Ihre Kleidung sah lässig und bequem aus. Sie trug Jeans und ein Sweatshirt, dessen Ärmel sie bis über die Ellbogen hochgeschoben hatte, und war barfuß.

»Sally? Ich bin Maud O'Connor.«

Maud streckte ihr die Hand hin, und Sally schüttelte sie. Sie hatte einen kräftigen Handschlag und einen direkten Blick.

»Das ist meine Kollegin, Carrie Kessler. Es ist nett von Ihnen, dass Sie sich Zeit für uns nehmen.«

Sally stieß ein trockenes Lachen aus, wandte sich um und führte sie in die Küche, wo sie mit ein paar gezielten Handgriffen alles Nötige für Tee und Kaffee bereitstellte. Ihre praktische Art gefiel Maud. Sie warf einen Blick hinaus in den Garten, ein wahres Blütenmeer.

»Sie arbeiten gerne im Garten?«, fragte sie, um etwas zu sagen.

»Das ist meine Arbeit.« Sally goss kochendes Wasser über den Teebeutel und den gemahlenen Kaffee. »Ich meine, es ist tatsächlich mein Beruf. Ich bin Gärtnerin.«

»Cool«, sagte Maud.

»Größtenteils bin ich mit Unkrautjäten oder Zurückschneiden beschäftigt, oder ich mähe für ältere Leute den Rasen. Das liegt mir mehr als die Arbeit bei der Polizei.«

»Ich hasse jede Art von Gartenarbeit«, warf Carrie ein, »und zwar abgrundtief.«

»Wann sind Sie denn aus dem Polizeidienst ausgeschieden?«, erkundigte sich Maud.

»Neunzehnhundertdreiundneunzig.«

»Dann waren Sie ja nicht lange Polizeibeamtin.«

Sally stellte ihnen ihre Getränke und einen Teller mit mehreren Kuchenstücken hin. Dann zog sie sich einen Stuhl heran und ließ sich Maud gegenüber nieder.

»Bedienen Sie sich. Das ist Orangenkuchen mit Kreuzkümmel und Kardamom.«

»Bäckerin sind Sie also auch noch.«

»Meine Lebensgefährtin ist eine.«

»Ich habe noch nicht gefrühstückt«, erklärte Maud und nahm sich ein Stück. »Warum sind Sie gegangen?«

»Was glauben Sie?«

»Probleme als Frau?«

»Als Frau und als Lesbe. Es war fürchterlich. Keine Ahnung, wie ich auf die Idee gekommen bin, ich könnte das schaffen, und warum ich überhaupt so lange geblieben bin.« Sie nahm sich ebenfalls ein Stück Kuchen, brach einen Brocken ab, rollte ihn nachdenklich zwischen den Fingern. »Sie sind sehr jung für Ihren Dienstrang. Vielleicht hat sich seit meiner Zeit doch einiges geändert.«

Carrie stieß ein besonders lautes Schnauben aus.

»Nicht genug«, antwortete Maud. »Sie wissen, warum wir hier sind. Sie meinten, Sie wären eventuell in der Lage, uns zu helfen.« Sie nahm ein Notizbuch heraus und schlug eine neue Seite auf. »Können wir über das abhandengekommene Beweismaterial sprechen? Wenn ich das richtig verstanden habe, waren Sie größtenteils damit betraut, es zusammenzustellen.«

»Zusammenzustellen. So kann man es natürlich auch ausdrücken.«

»Wie würden Sie es denn nennen?«

»Cobbett war damals völlig überfordert, und um seine Panik zu kompensieren, markierte er den starken Mann. Er beschloss ganz früh, dass es der Ehemann war, Alec Salter, weshalb wir kaum noch jemand anderen unter die Lupe nahmen. Die Zeugenaussagen wurden nicht gewissenhaft protokolliert, es wurden nicht die richtigen Leute befragt, keine Alibis überprüft, und ständig gingen neue Informationen ein, die niemand las. Wir kamen einfach nicht mehr hinterher. Es war ein Albtraum. Cobbett versuchte, einen Teil der Verantwortung auf mich abzuwälzen.«

»Auf Sie? Warum?«

»Warum nicht? Ich war noch nicht lange dabei und obendrein eine Frau, also der perfekte Sündenbock. Jedenfalls sagte er zu mir, ich solle das Zeug wegwerfen oder ihn zumindest nicht damit belästigen. Wobei es nicht direkt darum ging, etwas zu vertuschen. Es stellte sich nur heraus, dass wir auf dem Holzweg gewesen waren: Charlotte Salter war an jenem Tag doch noch später gesehen worden, als wir ursprünglich angenommen hatten, sodass wir ganz von vorne anfangen mussten. Wir hatten Berge von Unterlagen und Fotos, für die kein Platz war und die unserer Einschätzung nach inzwischen irrelevant geworden waren. Das meiste davon stapelte sich in Pappkartons unter meinem Schreibtisch. Und als dann Duncan Ackerley starb – na ja, da war die Katastrophe komplett. Am Ende landete der Fall dann im Regal. Das war, als würden sie das ganze Schlamassel einfach beiseiteschieben, in der Hoffnung, dass es niemandem auffiel.«

»Und es fiel tatsächlich niemandem auf.«

»Falls doch, war es den Betreffenden wohl egal.« Sie spielte weiter mit dem Kuchen herum, ohne ihn zu essen. »Aber mir war es nicht egal«, fügte sie schließlich hinzu.

Etwas an ihrem Ton ließ Maud aufhorchen, doch sie sagte nichts.

»Es war mein erster Fall dieser Größenordnung. Ich konnte nicht loslassen. Ich schätze, ich hatte mich da richtig hineinverbissen, aber nicht auf eine gesunde Art«, erklärte sie in entschuldigendem Ton.

»Das kann ich gut verstehen.«

»Diese jungen Leute, die Salters und die Ackerleys … Meiner Meinung nach hatten sie etwas Besseres verdient.«

»Das hatten sie tatsächlich«, bestätigte Maud, »und haben sie noch immer.«

»Aber die ganzen Beweismittel wurden einfach weggeworfen?«, warf Carrie ein.

»Nicht direkt. Es ist ehrlich gesagt ein bisschen peinlich.«

Maud wartete.

»Kommen Sie einfach mal mit«, sagte Sally und stand auf.

Maud und Carrie folgten ihr eine Treppe hinauf. Oben angekommen, griff Sally nach einer langen Metallstange und hakte den am Ende angebrachten Haken an einer Falltür ein, die sich über ihren Köpfen befand. Die Klappe öffnete sich, und eine Metalltreppe entfaltete sich nach unten.

»Oben gibt es Licht.« Sie beäugte Carrie skeptisch. »Sie warten besser hier.«

»Keine Sorge«, antwortete Carrie, »das hatte ich sowieso vor.«

Maud stieg hinter Sally die Stufen hinauf und kroch in einen Speicherraum, der sich über die gesamte Länge des Hauses erstreckte.

An der Wand vor ihnen registrierte Maud ein paar gestapelte Kisten, einen zusammengerollten Teppich, mehrere Farbdosen – und am hinteren Ende etliche Pappkartons.

»Ich hielt das für besser, als alles wegzuwerfen.«

Auf der Rückfahrt war Mauds kleiner Wagen vollgestopft mit Kartons. Einer davon hatte nur noch auf Carries Bauch Platz gefunden. Sie zupfte an dem breiten Band herum, mit dem der Deckel zugeklebt war, bis sie es schaffte, ihn ein wenig anzuheben, sodass sich ein schmaler Spalt auftat.

»Ich glaube, da sind Fotos drin«, sagte sie.

»Tatortfotos?«

»Nein.« Carrie schob eine Hand hinein und zog einen unscharfen Schnappschuss heraus. »Das ist eine Polaroidaufnahme.«

Sie hielt das Foto hoch und kniff die Augen zusammen. »Schwer zu sagen, was das sein soll. Irgendwie sieht es aus wie ein Fuß.«

»Vielleicht finden wir ja was. Wir können sie uns später gemeinsam ansehen.«

»Möchtest du ein Sandwich?« Carrie spähte in die Tüte zu ihren Füßen. »Ich habe Thunfisch mit Mayonnaise oder Käse mit Essiggurke.«

»Egal. Ich sterbe vor Hunger.«

»Käse mit Essiggurke lässt sich am Steuer leichter essen.«

Carrie reichte ihr das Sandwich, und Maud biss ein großes Stück ab. Sie ergriff erst wieder das Wort, nachdem sie alles verspeist hatte.

»Du hast gehört, was Sally über ihre Zeit bei der Polizei gesagt hat. Wie schrecklich es damals war, eine Frau zu sein.«

»Sie wurde schikaniert«, antwortete Carrie.

»Hast du auch jemals mit dem Gedanken gespielt aufzuhören?«

»Eigentlich die ganze Zeit. Und du?«

»Als ich verkündete, dass ich zur Metropolitan Police wollte, dachten meine Freunde anfangs alle, ich würde sie verarschen. Ein paar waren richtig entsetzt. Meinem Dad gefiel es auch nicht besonders, aus anderen Gründen. Er befürchtete, ich würde eine schwere

Zeit haben. Manchmal ist es wie in den Träumen, in denen man in weichem Sand läuft und keinen Schritt vorwärtskommt. Manchmal habe ich das Gefühl, versehentlich in der Männerumkleide gelandet zu sein. Aber im Grunde gefällt es mir, Probleme zu lösen«, erklärte Maud. »Ich mag Tage wie heute, wenn ich intensiv an etwas arbeite und sich dann plötzlich was bewegt – sich ein Lichtspalt auftut.«

Carrie warf einen Seitenblick auf ihre Freundin, betrachtete ihr von blonden Locken umrahmtes Gesicht mit den grauen Augen, die in einem bestimmten Licht grün wirkten, und dem schiefen Grinsen. Die Sonne hatte Sommersprossen auf ihre extrem blasse Haut gezaubert. In ihrem Baumwoll-Jumpsuit und den abgewetzten Ledersandalen sah sie nicht aus wie eine Polizistin – wie auch immer eine Polizistin aussehen sollte –, sondern eher wie eine Barfrau.

»Wir brauchen mehr als einen Lichtspalt«, sagte sie.

65

Als sie am Anchor ankamen, erklärte Maud, sie müsse noch aufs Revier.

»Magst du schon mal mit dem Zeug hier anfangen? Finde heraus, was wir haben, und liste alles auf.«

Carrie schüttelte den Kopf. »Ich liebe Listen. Aber nein.«

»Was soll das heißen?«

»Es ist eine Sache, wenn du mich hier versteckst, damit ich Unterlagen durchsehe, zu denen alle Zugang haben, oder mit mir über den Fall diskutierst oder Theorien mit mir durchspielst. So was ist in Ordnung. Aber das nicht. Du kannst nicht neue Beweismittel hier im Gasthaus abladen, damit ich sie mir ansehe, statt sie aufs Revier zu bringen, wie sich das gehört.«

»Ich kann sehr wohl.«

»Mit ›du kannst nicht‹ meinte ich natürlich, du darfst nicht. Zumindest möchte ich da nicht mitmachen. Tut mir leid.«

Maud verspürte Wut in sich aufsteigen und krampfte die Finger fest ums Lenkrad, bis diese wieder verebbt war. Dann nickte sie.

»Du hast recht. Einverstanden. Komm mit und lerne das Team kennen.«

Sie band sich das Haar strenger zurück und ließ den Motor wieder an.

»Du siehst aus, als würdest du in die Schlacht ziehen«, bemerkte Carrie.

Maud wies Lovell an, so viele vom Team zusammenzutrommeln wie möglich, und betrat dann mit Carrie die Einsatzzentrale. Maud spürte die neugierigen Blicke und hörte das leise Gemurmel, das anhob, als Carrie hinter ihr hereinwatschelte. Jemand lachte. Carrie, die das mitbekam, wandte sich um und sah den Betreffenden an, woraufhin dessen Lachen erstarb.

»Ich habe euch aus zwei Gründen zusammengerufen«, begann Maud. »Der erste Grund ist, dass uns neues Beweismaterial vorliegt. Darauf komme ich gleich noch ausführlicher zu sprechen. Der zweite Grund ist, dass ich euch Detective Sergeant Carrie Kessler vorstellen möchte.«

Schlagartig herrschte Totenstille.

»Carrie ist aus London gekommen, um uns bei der Aufklärung dieses Falls zu unterstützen«, erklärte Maud in kühlem Ton. »Wie schon mehrfach gesagt, geht es uns allen darum, ein Ergebnis zu erzielen, und deswegen nehmen wir jede Hilfe an, die wir kriegen können.«

Die Gesichter vor ihr wirkten wütend und ungläubig. Lautes Stimmengewirr brach aus. Maud sorgte mit einer Handbewegung für Ruhe.

»Gibt es ein Problem?«

Micky Harrison hob die Hand.

»Ja?«

»Diese Frage sollten wir Ihnen stellen. Wenn Sie der Meinung sind, dass wir nicht gut genug arbeiten, dann wäre es vielleicht besser, wenn Sie uns das geradeheraus sagen würden.«

Maud ließ sich mit ihrer Antwort einen Moment Zeit. Sie war *tatsächlich* der Auffassung, dass sie nicht gut genug arbeiteten, und auch versucht, ihnen das zu sagen. Vielleicht würde es ihnen guttun. Sie schluckte heftig. Sie hatte schon viel zu oft nicht geäußert, was ihr durch den Kopf ging, oder zumindest nicht alles, und so würde sie es auch dieses Mal halten.

»Ich kann nachvollziehen, dass es schwierig ist, schon wieder ein neues Gesicht präsentiert zu bekommen. Aber wenn es uns gelingt, diesen Fall aufzuklären, wird uns das alle gut dastehen lassen.

Wer ein Problem mit mir hat, kann gerne kommen und unter vier Augen mit mir darüber sprechen, dann veranlasse ich für Sie die Versetzung.«

Eine Weile sagte niemand ein Wort. Schließlich brach Heather Dillon das Schweigen.

»Sie erwähnten vorhin, es gebe neues Beweismaterial.«

»Ja. Carrie, möchtest du dazu etwas sagen?«

Carrie nickte. »Wir haben die Beweismittel zu den Fällen Salter und Ackerley beschafft«, erklärte sie in forschem, geschäftsmäßigem Ton. »Sie befinden sich in Kartons, draußen in Mauds Wagen. Es sind ziemlich viele, deswegen werden ein paar von Ihnen nötig sein, um sie hereinzutragen. Mich ausgenommen.«

Maud warf Harrison einen Schlüsselbund zu, den er klirrend zu Boden fallen ließ. Maud musterte ihn mit hochgezogenen Augenbrauen, ehe sie sich an den Mann neben ihm wandte.

»Frank?«

Einen Moment herrschte Stille, dann beugte Frank sich hinunter und hob die Schlüssel auf.

»Kommt, Jungs«, sagte er, woraufhin ihm drei andere Beamte nach draußen folgten.

Ein paar Minuten später standen sieben Kartons auf dem Boden.

»Frank und Carrie«, erklärte Maud, »ihr übernehmt das. Sucht euch noch ein paar Leute aus und geht alles durch. Listet den kompletten Bestand genau auf. Sämtliche Fotos bitte an die Korkwand. Wir werden uns alles noch einmal gemeinsam ansehen, wenn ich zurückkomme.«

»Wo wollen Sie denn hin?«, fragte Lovell.

»Wir. Ich werde Mister Salter befragen. Sie begleiten mich.«

66

Mister Salter.« Maud sprach in ruhigem, klarem Ton, doch der alte Herr, der da ihr gegenüber im Sessel saß, hob nicht einmal den Kopf. Obwohl es ein milder Tag war und Maud die Raumtemperatur als viel zu warm empfand, trug er eine dicke Cordhose und eine Strickjacke mit sehr großen Knöpfen. »Ich bin Detective Inspector Maud O'Connor.«

»Er hört nur, was er hören will«, meldete sich Penny zu Wort.

Maud hatte Niall gebeten, bei der Befragung von Alec Salter anwesend zu sein, und er hatte seine Frau mitgebracht, weil ihm zufolge kaum jemand seinen Vater besser kannte als sie. Lovell schlug sein Notizbuch auf und zückte einen Stift.

»Mister Salter«, wiederholte Maud lauter, »ich bin Kriminalbeamtin. Verstehen Sie, was ich sage?«

»Stecke ich in Schwierigkeiten?« Er klang nervös und rieb hektisch die Hände aneinander.

»Natürlich nicht«, beruhigte ihn Niall.

»Ich möchte Ihnen lediglich ein paar Fragen zu Ihrer Frau stellen, Mister Salter. Ich spreche gegenwärtig mit ganz vielen Leuten über das, was ihr passiert ist.«

Daraufhin sah er sie an, und zwar mit einem listigen Blick, der sie fast ein wenig aus dem Konzept brachte.

»Ihr werdet sie nicht finden«, sagte er.

»Wissen Sie, was mit Ihrer Frau passiert ist?«

»Charlie?«

»Ja. Wissen Sie, was ihr zugestoßen ist und warum sie nie nach Hause kam?«

»Sie kommt immer zu spät«, antwortet er. »Typisch Frau. Das ist ihr Vor…« Er brach ab und machte plötzlich einen verwirrten Eindruck. »Da ist mir was abhandengekommen.«

»Damit meint er, dass ihm der Ausdruck nicht mehr einfällt«, warf Penny ein.

»So ein Scheiß«, sagte der alte Mann.

»Dad!« Niall klang vorwurfsvoll.

»Was? Was willst du?«

»Mister Salter«, ergriff Maud erneut das Wort. »Erinnern Sie sich …«

»Alle sind gegangen«, unterbrach er sie.

»Ich bin nicht gegangen«, widersprach Niall. »Penny und ich sind noch da.«

Alec schaute ihn derart verächtlich an, dass Maud am liebsten den Blick abgewandt hätte.

»Wo ist Etty?«

»Es geht ihr nicht gut.«

»Das hübsche kleine Ding. Ein bisschen wild, aber das legt sich schon noch.«

»Ihre Frau ist am zweiundzwanzigsten Dezember neunzehnhundertneunzig verschwunden«, fuhr Maud fort. »Sie erschien nicht zu Ihrer Geburtstagsfeier und wurde seitdem nie wieder gesehen.«

»Alle lieben Charlie«, erklärte Alec zornig. »Charlie dies und Charlie das. Frauen, die Gutmenschen sind, finde ich zum Kotzen. Diese Mary dagegen …« Er lächelte Maud an und hob die Hände, um die kurvige Form eines Frauenkörpers nachzuzeichnen. »Die war in Ordnung. Wobei Sie auch gar nicht so übel sind. Sie bräuchten bloß ein bisschen Lippenstift und hohe Hacken.«

»Möchten Sie mir erzählen, was Ihrer Frau zugestoßen ist?«

»Die Leute fragen mich das ständig.« Er klang jetzt wieder gereizt und mürrisch.

»Haben Sie sie an jenem Abend gesehen, Mister Salter?«

»Sind Sie von der Polizei?«

»Ja. Ich bin Kriminalbeamtin und untersuche das Verschwinden …«

»Ich bin nicht blöd, müssen Sie wissen. Irgendetwas ist im Gange, und ich bin nicht blöd. Die Leute reden mit mir, als wäre ich ein Kind. Ein Baby. Aber ich weiß Bescheid.«

»Worüber wissen Sie Bescheid?«

»Sie werden nichts finden.«

»Was werde ich nicht finden?«

»Ihnen sage ich gar nichts. Ich behalte mir vor …« Wieder trat dieser Ausdruck plötzlicher, vollkommener Verwirrtheit in sein Gesicht.

»Sprechen Sie von der Leiche Ihrer Frau?«

»Was?«

»Sprechen Sie von …«

»Wo ist Etty?«

»Dad …«

»Geh weg. Ich habe dich satt.«

Penny erhob sich ruckartig und riss das Fenster auf. Dann drehte sie sich wieder um, beugte sich zu dem alten Mann hinunter und sagte ganz ruhig zu ihm: »Tja, wir haben dich auch alle satt.«

»Penny!«, warf Niall ein.

Maud ging durch den Kopf, dass sich seine Beiträge zum Gespräch mittlerweile auf Einzelwörter zu beschränken schienen. Sein Gesicht war vor Verlegenheit rot angelaufen.

»Niall ist geblieben«, sagte Penny sehr laut und langsam zu Alec. »Alle anderen sind gegangen. Er ist geblieben, weil er es für richtig hielt. Er hat dir dein Geschäft erhalten. Wir haben uns im Alter um dich gekümmert, weil es sonst niemanden gab, der dazu bereit war. Aber du hast kein einziges Mal Dankbarkeit gezeigt.«

»Das reicht, Penny.«

»Ich glaube, diese Befragung ist hiermit beendet.«

67

Greg fuhr am Bahnhof von Hemingford seitlich ran und beugte sich zum Beifahrersitz hinüber, um seiner Frau einen Kuss auf die Wange zu drücken.

»Ich komme bald nach Hause«, sagte er.

Katherine legte die Handfläche an seine Wange und musterte ihn prüfend.

»Du kannst auch gleich nach Hause fahren«, entgegnete sie. »Du musst das hier nicht machen, das weißt du ja. Ich verstehe wirklich nicht so recht, warum du es trotzdem tust.«

»Ich habe es Morgan versprochen.«

»Morgan geht es gut«, antwortete Katherine. »Mehr als gut. Auf mich wirkt er wie eine Katze, die sich die Sahne geholt hat. Was passiert ist, übertrifft seine kühnsten Träume.« Sie hob die Augenbrauen. »Glaubst du, ein winziger Teil von ihm freut sich darüber, dass Bridget Wolfe auf diese Weise sterben musste? Er ist dadurch auf der ganzen Welt berühmt geworden.«

»Kathy!«

»Mir gefällt es nicht, was da gerade passiert. Es kommt mir vor wie die Fütterungszeit im Zoo: überall Journalisten, andere Podcaster, lauter Leute, die auch ein Stück vom Kuchen abhaben wollen, und Morgan als Star der Show. Glensted ist jetzt berühmt. Bald wird es hier Touristenführungen geben. Mir erscheint das …«, sie rümpfte die Nase, »… ein bisschen obszön. Wir sprechen schließlich von deinem Vater.«

»Ich weiß.«

»Morgan braucht dich nicht mehr, schon lange nicht mehr. Warum kannst du das nicht endlich akzeptieren? Er ist eine bekannte Persönlichkeit aus Film und Fernsehen, und nun ist er als Podcaster sogar noch bekannter geworden …«

»Und ich erledige Gelegenheitsjobs, ich weiß.« Greg wirkte nicht beleidigt. »Aber ich glaube, du täuschst dich. Er braucht mich mehr, als ihm bewusst ist. Er hat so etwas Fiebriges an sich. Es erinnert mich daran, wie er damals nach Dads Tod war.«

»Deswegen mache ich mir ja solche Sorgen. Alles ist wieder hochgekommen. Ich sehe es in deinem Gesicht.«

»Was siehst du da?«

»Kummer«, antwortete sie knapp.

»Ich bleibe nur noch ein paar Tage.« Er warf einen Blick auf seine Armbanduhr. »Du solltest jetzt besser gehen, sonst verpasst du noch deinen Zug.«

Morgan tigerte durch den Raum im ersten Stock, den er zu seinem Arbeitszimmer umfunktioniert hatte. Greg konnte seine Energie fast spüren.

»Verstehst du denn nicht?«, wandte sich Morgan an ihn. »Alles hat sich verändert. Jetzt haben wir das Sagen.«

»Das Sagen?«

»Bei den Ermittlungen. Wir haben die Richtung vorgegeben. Die Polizei folgt unseren Spuren.«

»Und das ist *gut*?«

»Es ist der Wahnsinn! Als Nächstes müssen wir diese neue Ermittlerin interviewen.«

»Ich dachte, die wollte *uns* befragen.«

»Genau. Sie glaubt, sie befragt uns, aber in Wirklichkeit interviewen wir sie. Das ist wie der Larsen-Effekt.«

»Was?«

»Akustisches Feedback. Dabei handelt es sich um die positive Rückkopplung …«

»Das reicht mir schon.« Greg hob beide Hände.

»Jedenfalls brauchen wir Inspector Maud O'Connor.« Morgan unterbrach seinen Dauerlauf und blickte durchs Fenster hinaus aufs Marschland und das sich dahinter erstreckende Meer. »Sie ist eine recht interessante Persönlichkeit, findest du nicht auch?«

»Sie ist jünger, als ich dachte.«

»Und sie trägt tolle Klamotten«, schwärmte Morgan begeistert.

»Morgan, glaubst du …«

»Außerdem hat mir jemand erzählt, sie habe im Pub eine Handlangerin versteckt. Vielleicht sollten wir uns da heute Abend einen Drink oder eine Mahlzeit gönnen, mal einen Blick riskieren.«

68

Als Maud an diesem Abend zum Anchor zurückkehrte, sah sie die Ackerley-Brüder an einem kleinen Ecktisch sitzen. Eine Frau hatte Morgan in Beschlag genommen und löcherte ihn mit Fragen, während Greg langsam sein Bier trank. Maud überlegte einen Moment und traf dann ihre Entscheidung. Zielstrebig steuerte sie auf Morgan zu.

»Detective Inspector O'Connor.« Er stand auf, um sie zu begrüßen. Maud sah, dass sein schmales, vom Leben gezeichnetes Gesicht mit den dunklen Augen, die ihrem Blick standhielten, einen herben, aber intensiven Charme ausstrahlte.

»Es war nett, mit Ihnen zu sprechen«, sagte er zu der anderen Frau, der er damit eindeutig zu verstehen gab, dass sie gehen sollte. Sie warf ihm einen letzten Blick zu und verzog sich dann.

»Wir hatten schon gehofft, Sie hier zu treffen«, wandte er sich an Maud.

»Tatsächlich?«

»Wir würden gern mal mit Ihnen sprechen. Als Beitrag zum Podcast, meine ich. Greg und ich starteten ihn als ein kleines Projekt, im Grunde nur für uns selbst, aber wie es aussieht, hat sich daraus inzwischen etwas viel Größeres entwickelt. Es ist alles ein wenig außer Kontrolle geraten.« Er sagte das mit einem schiefen, selbstironischen Lächeln, dem sie nicht traute. »Deswegen brauchen wir nun eine Stimme der Vernunft und geistigen Gesundheit.«

»Wir haben es mit laufenden Ermittlungen zu tun«, erklärte Maud, »nicht mit einer Unterhaltungssendung.«

»Natürlich. Ich würde auf keinen Fall von Ihnen verlangen, etwas Unprofessionelles zu tun. Vielleicht könnten Sie uns einfach einen allgemeinen Eindruck davon vermitteln, wie Sie die Dinge sehen. Meiner Meinung nach haben die Bürger ein Recht auf Einblicke in die Arbeit ihrer Polizei.«

Maud musste ein wenig lächeln, weil er sich so geschwollen ausdrückte.

»Ich denke darüber nach.«

»Am liebsten hätte ich es gleich in der nächsten Folge«, fuhr Morgan fort. »Womöglich würde es Ihnen ja auch helfen. Es könnten sich Zeugen melden.«

»Ich lasse es mir durch den Kopf gehen. Aber bevor wir irgendetwas anderes in Angriff nehmen, möchte ich erst mal mit Ihrem Bruder sprechen.«

»Mit mir?«, fragte Greg.

Er erhob sich und deutete auf den Stuhl ihm gegenüber.

»Jetzt geht es bei mir nicht«, antwortete Maud, »aber könnten wir uns morgen unten am Fluss treffen, vielleicht am frühen Nachmittag?«

Er wirkte bestürzt.

»Warum?«

»Mir ist klar, dass das schmerzhaft für Sie werden könnte, aber ich hätte trotzdem gern, dass Sie mit mir durchgehen, wie der Tag verlief, an dem Sie die Leiche Ihres Vaters fanden. Etty Salter werde ich ebenfalls bitten zu kommen.«

»Kann ich auch dabei sein?«, fragte Morgan in fast flehendem Ton.

»Sie brauche ich zwar nicht, werde Sie aber kaum daran hindern können.«

Er grinste.

»Das reicht mir.«

69

Es lag im Lieferwagen«, berichtete DC Dillon. »Im Handschuhfach, zusammen mit der Betriebsanleitung und einem Päckchen Taschentücher.« Sie sprach vor Aufregung so laut, dass Maud ihr Handy ein wenig vom Ohr weghielt.

»Wurde der Wagen denn nicht durchsucht?«, hakte Maud nach.

»Er gehört gar nicht ihr, sondern einem Typen, der ihr öfter mal geholfen hat.«

Maud atmete tief durch. Es hatte keinen Sinn, sich ein weiteres Mal über all die Versäumnisse aufzuregen.

»Möchten Sie es sehen?«

»Wir treffen uns auf dem Revier.«

»Wann?«

»Natürlich gleich.«

Dillon sah Maud dabei zu, wie sie Gummihandschuhe überstreifte.

»Wahrscheinlich hätte ich auch Handschuhe anziehen sollen«, bemerkte sie.

»Ja, hätten Sie«, bestätigte Maud.

»Ich hielt es nicht für notwendig. Wir wussten doch schon vorher, dass Bridget Wolfe es in Händen hatte. Außerdem lag es ja in einem Wagen, der von ihr benutzt wurde.«

»Das Gute an Regeln ist«, erwiderte Maud, »dass man nicht jedes Mal über sie nachzudenken braucht. Man befolgt sie einfach.«

Maud schlug das bescheidene, billig aussehende Notizbuch auf.

»Charlotte Salter« prangte auf der ersten Seite in schön geschwungener Schrift. Als sie zu blättern begann, zitterten ihr vor Aufregung fast ein wenig die Hände. Das war der Heilige Gral gewesen, der Grund – zumindest nahmen sie das an –, warum Bridget Wolfe getötet worden war. Jemand hatte ihr Haus niedergebrannt, nur um dieses Büchlein zu vernichten.

Doch während sie eine Seite nach der anderen inspizierte und dabei auf nichts anderes stieß als auf Einkaufslisten, Terminvereinbarungen, rasch hingekritzelte Memos und Telefonnummern, legte sich ihre Aufregung allmählich.

»Steht irgendwo etwas darüber, dass sie von zu Hause wegwollte?«, erkundigte sich Dillon.

»Es handelt sich nicht um diese Art von Tagebuch«, erklärte Maud.

Sie blätterte die Seiten jetzt schneller durch, auf der Suche nach längeren Einträgen – irgendetwas, das Aufschluss geben würde über Charlotte Salters Pläne oder Gefühle. Schließlich war sie am Ende angekommen und klappte das Buch wieder zu.

»Ich kann darin nichts entdecken.«

»Sie glauben, Bridget Wolfe hat sich in Bezug auf das Tagebuch nur ein bisschen wichtiggemacht?«, fragte Dillon.

»Und musste deswegen sterben.« Maud schob das Buch von sich weg. »Vielleicht lohnt es sich, das alles noch etwas genauer unter die Lupe zu nehmen, Namen und Nummern zu überprüfen, solche Dinge. Aber meiner Meinung nach ist es bloß eine weitere Sackgasse.« Sie stieß ein säuerliches Lachen aus. »Was ist da bloß los?«

Eine Stunde später saß Maud auf der Schreibtischkante, ihrem Team zugewandt. »Ich fürchte, dieses Mal müssen wir uns beeilen. Ich habe noch einen Termin, außerdem ist Wochenende, und mir ist klar, dass Sie alle auch ein Privatleben haben.«

»Wo ist Micky?«, meldete sich eine Stimme zu Wort.

»Er arbeitet nicht mehr an dem Fall«, antwortete sie in ruhigem Ton. »Sprechen wir als Erstes über die Kartons mit den Beweismitteln. Was haben wir da?«

Carrie nickte Frank Mason zu, der sich daraufhin räusperte und ein Blatt mit getippten Notizen aus einer transparenten Mappe nahm.

»Da wären zum einen die Polaroidfotos zu nennen«, begann er. »Sie hängen alle an der Pinnwand, wie gewünscht.« Sämtliche Anwesenden traten nach vorn und nahmen die sich wellenden, verblassenden Bilder in Augenschein. »Es sind siebenundvierzig Stück, aufgenommen während Alec Salters Geburtstagsfeier, an dem Tag, als Charlotte Salter verschwand. Wir haben versucht, die Fotos einigermaßen chronologisch zu ordnen. Am Anfang sieht man das ganze Essen, schön präsentiert, außerdem Leute, die miteinander plaudern, Reden halten, zum Teil auch tanzen. Hier dagegen« – er deutete auf den unteren Bereich der Pinnwand – »finden sich etliche Bilder, die aus der Schlussphase der Feier stammen müssen, man sieht jemanden am Boden liegen, stapelweise schmutzige Teller und ein paar Zigarettenkippen, ausgedrückt in einer Art Schöpflöffel.«

»Ja, verstehe«, sagte Maud nachdenklich. »Gut.«

»Wir konnten auf die Schnelle nicht alle Leute identifizieren«, erklärte Carrie.

»Es ist ja auch schon sehr lange her.« Maud ließ den Blick über die Reihen der Fotos schweifen. »Das hier ist Alec Salter, vermutlich bei seiner Geburtstagsrede. Und das muss Duncan Ackerley sein, er sieht seinen Söhnen sehr ähnlich. Und die Geschwister Salter sind auch vertreten. Ich schätze, der da im Hintergrund, mit dem Bier in der Hand, ist Greg Ackerley. Und hier haben wir die junge Etty Salter.« Sie berührte eine der Aufnahmen mit dem Zeigefinger. »Und da ist noch einmal Etty ...« Sie deutete auf ein weiteres Foto. »Mit besorgter Miene. Vermutlich fragt sie sich da bereits, wo ihre Mutter bleibt.« Während sie leicht auf das Foto tippte, ging ihr durch den Kopf, dass Etty im Grunde ganz anders aussah als ihre Mutter, zugleich aber so viel Ähnlichkeit mit ihr aufwies.

»In den Schachteln befindet sich alles Mögliche,« erklärte Carrie. »Es ist fast schon ein kleines Museum, lauter Relikte aus der Vergangenheit. Zum Beispiel das hier.« Sie hielt einen Handzettel hoch. »›Gesucht: Charlotte Salter‹, mit einem Foto von ihr. Ich schätze mal, die Kinder haben das gemacht und an Lampenpfosten aufgehängt.«

Maud nahm das Blatt und betrachtete es.

»Ein schönes Gesicht«, stellte sie fest.

»Darüber hinaus gibt es noch ein paar andere Beweisstücke.« Frank griff nach einem schmutzigen alten Wollmantel, der in transparente Plastikfolie gehüllt war. Maud stellte zufrieden fest, wie gut er und Carrie miteinander auszukommen schienen. »Hierbei handelt es sich um den Mantel von Charlotte Salter, der unten am Fluss gefunden wurde. Außerdem wurde am Fluss noch ein zweites Beweisstück sichergestellt. Nämlich das da.« Er hielt ein kleines Päckchen hoch. »Die Brille von Duncan Ackerley«, erklärte er. »Sie wurde anscheinend auf einer Brücke gefunden, ein Stück flussaufwärts von dort, wo man seine Leiche entdeckt hatte.« Maud betrachtete die Brille mit erstaunter Miene.

»Nach meinem Gefühl ein bisschen zu viel des Guten, oder?«

»Wie meinst du das?« Carrie zog fragend die Nase kraus.

»Zwei verschiedene Verbrechen, aber in beiden Fällen jeweils ein Beweisstück, das am Fluss gefunden wurde.«

»Das verstehe ich jetzt nicht«, sagte Dillon.

»Es hat vermutlich auch nichts zu bedeuten«, meinte Maud. »Was haben wir noch?«

»Diverse Listen und Berichte«, antwortete Mason, »unter anderem den Obduktionsbericht zu Duncan Ackerley. Die Todesursache war Ertrinken, aber er hatte eine Wunde an der Schläfe.«

»Was für eine Art Wunde?«

»Keine eindeutige Ursache nachweisbar. Zu nennen wäre auch noch das Protokoll des Verhörs von Alec Salter. Er wurde vorher über seine Rechte belehrt.« Mason inspizierte ein weiteres Blatt Papier. »Außerdem fand man damals heraus, dass Charlotte Salter eine Tasche mit Kleidung für ihre Tochter gepackt hatte.«

»Sonst noch was?«

Carrie hielt ein Bündel Papier hoch.

»Es gibt einen Stapel Zeugenaussagen. Die letzte Person, die Charlotte Salter lebend begegnet ist, war demnach eine Frau aus Glensted. Sie sagte aus, sie habe sie am Abend der Geburtstagsfeier noch gesehen.«

»Wo war Charlotte Salter da, und was hat sie gemacht?«

»Sie marschierte – in dem Mantel, den Frank euch gezeigt hat – in Richtung Party.«

»Wie weit entfernt von der Party war sie da?«

»Das weiß ich nicht, aber da die Zeugin in Glensted wohnte, kann es nicht allzu weit gewesen sein.«

»Dann sollten wir mit dieser Dame auf jeden Fall reden.«

»Ich habe nachgerechnet«, erklärte Carrie. »Würde sie noch leben, dann wäre sie jetzt über hundertzwanzig.«

Maud stöhnte.

»In diesen Unterlagen ist auch von einer Menge Klatsch und Tratsch die Rede«, fuhr Carrie fort. »Alec hatte angeblich eine Affäre mit einer Frau hier aus der Gegend.«

»Nicht nur angeblich. Er hatte tatsächlich eine.«

»Und Charlotte Salter hatte zwei Affären. Angeblich.«

»Ja, mit Victor Pearce, der hier damals ein Café betrieb, und mit Duncan Ackerley.« Maud zog ein Gesicht. »Wir sollten überprüfen, ob an diesen Gerüchten etwas dran war.« Sie wandte sich wieder an alle anderen im Raum. »Vor dreißig Jahren waren die Kollegen also von Anfang an der Meinung, als Täter komme nur Alec Salter infrage. Sie verpfuschten die Ermittlungen, weil sie lediglich in diese eine Richtung dachten. Dann stirbt Duncan Ackerley. Nach ein paar Wochen ohne neue Erkenntnisse beschließen sie plötzlich, dass er es gewesen sein müsse und sich in einem Anfall von Reue umgebracht habe. Fakt ist jedoch, dass Duncan Ackerley nicht auch noch Bridget Wolfe umgebracht hat. Wenn wir uns in diesem Fall einer Sache sicher sein können, dann ist es das.«

»Wäre Alec Salter dazu in der Lage gewesen?«

»Ich habe ihn kennengelernt. Es erscheint mir nicht sehr wahrscheinlich. Er ist alt und gebrechlich und kognitiv eingeschränkt. Trotzdem sollten wir es nicht ausschließen.«

Maud schwieg einen Augenblick und trat dann erneut an die Pinnwand, wo sie eines der Polaroidfotos sanft mit dem Zeigefinger berührte: Es zeigte drei Zigarettenkippen in einem Schöpflöffel, eine davon mit Lippenstiftspuren.

»Das hier ist interessant«, sagte sie, wobei die anderen nicht recht wussten, ob sie mit ihnen sprach oder mit sich selbst.

Carrie grinste. »Ja«, sagte sie, »das fand ich auch.«

Maud ließ sich wieder auf ihrem Schreibtisch nieder, baumelte einen Moment nachdenklich mit den Füßen, die in derben Stiefeln steckten, und lehnte sich dann vor.

»Gut«, sagte sie, »so viel zu unserem neuen Beweismaterial. Was ist mit euch anderen? Hat jemand etwas Neues ausgegraben? Jack?«

»Tut mir leid. Was aber nicht daran liegt, dass ich es nicht versucht hätte. Ich habe Bridget Wolfes Leben durchforstet. Eine recht abwechslungsreiche Geschichte. Beide Eltern tot. Ein Bruder, lebt in London. Er wirkte aufrichtig bestürzt über den Tod seiner Schwester – und auch über ihr Leben, würde ich sagen. Ihr Cousin – derjenige, der die Leiche identifiziert hat – wohnt in Norwich und traf Bridget manchmal. Er meinte, sie sei schon immer eine Außenseiterin gewesen, eine Exzentrikerin. Nach Meinung seiner Frau war sie Autistin.« Er zuckte mit den Schultern. »Allem Anschein nach hatte sie schwierige Zeiten hinter sich, aber laut dem Cousin war sie bei ihrem letzten Treffen recht guter Dinge und ganz versessen darauf, sich Hühner zuzulegen. Hier in der Gegend lebte sie erst seit ein paar Jahren. Sie fühlte sich wohl nirgendwo richtig verwurzelt. Vor ein paar Jahren gehörte sie zu der Gruppe von Leuten, die sich an Bäume ketteten, um den Bau einer Schnellstraße zu verhindern. Ihr Bankkonto war gut gefüllt, ausgegeben hat sie fast nichts. Sie hatte keine Beziehung und laut Bruder und Cousin auch schon seit Jahren keine mehr gehabt. Zwanzigachtzehn erkrankte sie an Brustkrebs, aber es wurde frühzeitig genug erkannt. Die Durchsicht ihrer Anruflisten ergab nichts Auffälliges. Frank hat sich ein bisschen in den sozialen Medien umgesehen.«

»Das ging ganz schnell«, meldete sich Frank zu Wort. »Da gibt es auch nicht viel zu berichten. Sie war weder auf Facebook noch auf Twitter. Instagram hat sie hin und wieder benutzt, allerdings nur, um Fotos von Gegenständen einzustellen, die sie bei ihren Haushaltsauflösungen entdeckt hatte. Wobei nichts aus dem Haus der Salters dabei war. Und viele Follower hatte sie auch nicht.«

»Alles klar«, sagte Maud. »Ja, Fred? Haben Sie eine Frage?«

Ein schlaksiger Mann mit ovalem Gesicht hatte sich per Handzeichen zu Wort gemeldet. »Es ist eigentlich keine Frage. Ich wollte nur etwas ansprechen, das ich gehört habe. Wahrscheinlich ist es völlig unwichtig.«

»Schießen Sie los.«

»Ich habe, wie gewünscht, mit Mary und Gerry Thorne geredet. Bei der Gelegenheit hat sie erwähnt, Victor Pearce und Elizabeth Salter hätten etwas miteinander gehabt.«

»*Elizabeth* Salter? Etty? Nicht Charlotte?«

»Ich berichte nur, was sie gesagt hat. Demnach hat sie gesehen, wie Elizabeth Salter ihm ein Glas Wein über den Kopf gekippt hat.«

»Wann? Vor dreißig Jahren?«

»Nein, jetzt. Vor ein paar Tagen.«

»Haben Sie mit Victor Pearce darüber gesprochen?«

»Nein, ich dachte …«

»Worauf warten Sie noch?« Maud wandte sich wieder an die ganze Runde: »Zu guter Letzt sollten Sie alle wissen, dass Dillon auf Charlotte Salters Terminkalender gestoßen ist – das Tagebuch, das Bridget Wolfe in der letzten Folge des Podcasts erwähnte.«

Im Raum hob Gemurmel an. Maud sorgte mit einer Handbewegung für Ruhe.

»Ja, ich weiß«, sagte sie. »Wir dachten, das wäre der Schlüssel zu allem.« Sie hielt einen Moment inne. »Euch ist bereits klar, dass jetzt ein ›Aber‹ kommt. Bei diesem Tagebuch handelt es sich tatsächlich nur um einen Terminkalender – eine Ansammlung von Listen und Telefonnummern. Dillon wird einiges davon noch genauer überprüfen, aber wir machen uns keine großen Hoffnungen. Wie es aussieht, dürfte uns nichts anderes übrig bleiben, als unsere klassische Polizeiarbeit fortzusetzen.«

Schwungvoll sprang sie von ihrem Schreibtisch. Der Raum fühlte sich an diesem Morgen anders an, die Luft leichter.

»Also«, sagte sie, »nun zu unserer weiteren Vorgehensweise. Meiner Meinung nach untersuchen wir drei Fälle, die zugleich ein einziger Fall sind: drei Todesfälle mit einer gemeinsamen Lösung. Eine

Person, die sich schon vor dreißig Jahren hier aufhielt, fühlte sich – wahrscheinlich, weil sie von der Entdeckung eines Tagebuchs erfuhr – dazu genötigt, erneut zu töten. Daher habe ich vor, dieses Team in drei Arbeitsgruppen aufzuteilen. Ihr da drüben«, sie gestikulierte in die entsprechende Richtung, »ihr werdet dem Verschwinden von Charlotte Salter nachgehen. Heather, Sie können die Leitung übernehmen.«

Heather Dillon nickte.

»Ihr hier«, sie deutete auf die mittlere Gruppe, »ihr konzentriert euch auf den Tod von Duncan Ackerley. Jack übernimmt die Leitung. Und der Rest ermittelt weiter im Mordfall Bridget Wolfe. Frank, Sie können das koordinieren. Ich möchte, dass die Alibis sämtlicher Personen überprüft werden, die in die Fälle von vor dreißig Jahren involviert waren, und sei es nur ganz am Rand. Das wären: Victor Pearce, die Thornes und natürlich sämtliche Salters und Ackerleys. In Ordnung? Ach, und fragt sie auch, ob sie den Podcast gehört haben, und wenn ja, an welchem Tag und um welche Uhrzeit. Anders ausgedrückt: Wir wollen wissen, ob sie ihn gehört haben, bevor Bridget starb. Alles klar?«

Es folgte zustimmendes Gemurmel. Dillon hob die Hand.

»Gilt das auch für den alten Mister Salter?«

»Obwohl man ihm damals nichts nachweisen konnte, war er vor dreißig Jahren der Hauptverdächtige, also behalten wir ihn auch jetzt im Auge«, antwortete Maud.

Sie fuhr mit einer Hand durch ihre Lockenmähne.

»Jack, ich möchte, dass jemand aus Ihrem Team heute Vormittag Frances Ackerley aufsucht und sie hierzu befragt.« Sie griff nach dem kleinen Päckchen, das neben ihr auf dem Tisch lag und reichte es ihm. »Duncan Ackerleys Brille. Findet heraus, wie oft er sie trug. Und versucht, der Frau ein bisschen auf den Zahn zu fühlen – ob da irgendetwas nicht passt.«

Jack nickte.

»Nehmt außerdem das Foto von dem Schöpflöffel mit, in dem die ausgedrückten Zigarettenkippen liegen, und zeigt es ihr. Mal sehen, ob ihr dazu etwas einfällt.«

Sie wandte sich wieder an DC Dillon. »Heather, eine alte Dame namens Gwyneth Mayhew hat Charlotte Salter am frühen Abend ihres Verschwindens noch gesehen. Das war die letzte Sichtung, von der wir wissen. Jemand aus Ihrer Gruppe muss in die Hazelwood Avenue und von Hausnummer dreiundzwanzig aus in mäßigem Tempo zu der in Flussnähe gelegenen Scheune gehen und mir dann sagen, wie lange man dafür braucht.«

Sie deutete auf die Landkarte, die sie an diesem Morgen mit Klebeband an der Wand befestigt hatte.

»Nehmt auf dem Hinweg diese Route.« Sie fuhr die Strecke mit dem Zeigefinger ab. »Und auf dem Rückweg diese. Ach, und überprüft, ob es da überall Straßenlampen gibt, denn in der winterlichen Jahreszeit wäre es damals ja stockdunkel gewesen. Falls es welche gibt, dann vergewissert euch, dass sie vor dreißig Jahren auch schon da waren. Ihr liefert eure Informationen alle an Carrie, die für die Koordination zuständig ist. Klar? Noch irgendwelche Fragen, bevor ich gehe?«

»Ja«, rief ein Beamter, der hinten neben der Tür stand, die Hände tief in den Taschen vergraben. »Einige von uns wüssten gerne, ob dieses ganze Herumwühlen in der fernen Vergangenheit tatsächlich irgendetwas bringt.«

»Danke der Nachfrage«, antwortete Maud. »Ich glaube schon.«

70

Maud fuhr zum Haus von Niall Salter und parkte hinter seinem Lieferwagen. Als sie ausstieg, bog er gerade um die Hausecke, beladen mit einer Metallleiter.

»Sie kommen zu früh«, stellte er fest.

Maud warf einen Blick auf ihre Armbanduhr. »Vier Minuten.«

»Ich weiß nicht, ob Etty schon so weit ist.«

»Kein Problem, ich kann warten.«

»Ich habe Bedenken, dass sie dem nicht gewachsen ist.«

»Als ich heute früh mit ihr sprach, sagte sie, es sei in Ordnung.«

»Man kann etwas sagen und etwas anderes meinen.«

Maud nickte. Verstohlen musterte sie ihn. Er war stämmig, hatte sandfarbenes, bereits etwas schütteres Haar und ein rundes, rötlichbraunes, wettergegerbtes Gesicht. Die Furchen an seiner Stirn sahen aus wie eingemeißelt, die Spuren von Jahrzehnten, geprägt von Ratlosigkeit und Sorge.

»Schaffen Sie selbst es denn?«

»Zur Scheune zu gehen? Ich bin im Lauf der Jahre Dutzende Male daran vorbeigelaufen, nein, eher Hunderte Male.«

»Wie geht es Ihrer Schwester inzwischen?«

»Sie ist immer noch übersät mit Brandwunden und Blasen. Penny sagt, ihr Körper sehe aus, als wäre sie gefoltert worden.«

»Das tut mir leid«, erwiderte Maud. »Sie hat Glück, noch am Leben zu sein. Es war sehr tapfer von ihr, dass sie versucht hat, Bridget zu retten.«

»Sie weint die ganze Zeit. Vermutlich halten Sie das für normal, nach allem, was sie durchgemacht hat. Aber glauben Sie mir, für sie ist es nicht normal. Als sie dieses Mal nach Glensted zurückkehrte, wirkte sie wie versteinert.«

Die Haustür öffnete sich, und Penny Salter kam heraus. Maud stellte sich vor und streckte ihr die Hand hin, doch Nialls Frau funkelte sie nur böse an.

»Ich hoffe, Sie wissen, was Sie tun«, schimpfte sie. »Denn wenn Sie glauben, dass es etwas bringt, Niall und Etty derart durch die Vergangenheit zu schleifen, abgesehen davon, dass es ihnen unnötigen Schmerz bereitet …«

»Schon gut, Penny.«

Etty war zu ihnen getreten. Sie trug ein weißes T-Shirt und eine schwarze Baumwollhose. Ihr Haar war noch feucht vom Duschen. An ihrer Wange prangte der hässliche rote Wulst der Brandwunde.

»Sollen wir von hier aus zu Fuß gehen?«, fragte Maud. »Wir können auch fahren.«

»Gehen«, entschied Etty. Sie setzte eine Sonnenbrille auf.

Niall marschierte voraus bis zu der Feldstraße, die in Richtung Scheune abzweigte. Dort verlangsamte er sein Tempo. Die beiden Frauen schlossen zu ihm auf.

»Erzählen Sie mir von damals«, sagte Maud. »Soweit Sie sich erinnern. Sind sie beide zu Fuß zu der Feier gegangen?«

»Ich ja«, antwortete Etty. »Ich kam von einer Freundin. Das Schulhalbjahr war zu Ende, deswegen hatte ich am Vorabend bei ihr übernachtet und dann den Tag mit ihr verbracht. Ich freute mich nicht auf die Party, niemand von uns freute sich darauf: jede Menge betrunkene Leute mittleren Alters, die sich zum Narren machten.« Sie zog die Augenbrauen hoch, doch wegen der Sonnenbrille konnte Maud ihren Gesichtsausdruck nicht erkennen. »Im selben Alter wie ich inzwischen. Ich bin jetzt im Alter meiner Mutter, besser gesagt, so alt, wie sie damals war. Daran muss ich oft denken.«

»Ich bin mit dem Auto gefahren«, meldete sich Niall zu Wort, weil ihm die verträumte Stimme seiner Schwester Unbehagen verursachte. »Ich habe da am Rand geparkt.« Er deutete auf ein Feld.

»Um welche Uhrzeit sind Sie eingetroffen?«

»Ich weiß nur, was ich schon unzählige Male wiederholt habe. Ob es wirklich genau stimmt, kann ich gar nicht mehr sagen. Vermutlich liegen Ihnen Aufzeichnungen dazu vor.«

»Ja«, bestätigte Maud.

Etty blickte sie an und musste dabei fast lächeln.

»Also, meinetwegen sage ich es noch ein weiteres Mal: Ich traf gleich zu Beginn der Party ein. Ich dachte, ich sollte pünktlich erscheinen, schließlich war es die Geburtstagsfeier meines Vaters. Ich bin auch bis zum Schluss geblieben.«

»Wer war schon da, als Sie eintrafen?«

»Wer?« Etty runzelte die Stirn. »Da bin ich mir nicht sicher. Es ist so lange her. Ich weiß, dass Dad da war. Und Niall. Der kam entweder kurz vor oder kurz nach mir.«

»Kurz vor dir, glaube ich«, warf Niall ein.

»Du hast fotografiert«, erinnerte sich Etty.

»Sie haben die Bilder gemacht?«, wandte Maud sich an ihn.

»Ich hatte mir eine Polaroidkamera ausgeliehen. Viele Aufnahmen machte ich damit aber nicht. Nach einer Weile übernahm jemand anders das Fotografieren.«

»Und Ihre Brüder?«

Sie sah beide wegen des Plurals zusammenzucken.

»Ich glaube, Paul kam ziemlich zeitgleich mit uns«, antwortete Etty. »Aber das können Sie bestimmt überprüfen. Ollie traf etwas später ein, vermutlich. Ihn können Sie ja selber danach fragen.«

»Ich habe vor ein paar Stunden mit ihm telefoniert. Er meinte, schätzungsweise kurz vor sieben, was er damals auch gegenüber der Polizei angab. Er sagte aber das Gleiche wie Sie: Es sei nur die Erinnerung an eine Erinnerung an eine Erinnerung.«

»Trotzdem kommt es mir vor, als wäre es gestern passiert«, entgegnete Etty. »Oder als würde es gerade erst geschehen.«

Sie starrte auf die Scheune, die von außen komplett eingerüstet war.

»Vor langer Zeit, noch vor meiner Geburt«, sagte Niall, »waren hier Kühe untergebracht. Später wurde die Scheune als Lager für

Stroh und Gerätschaften benutzt. Eine Weile war es dann ein guter Platz für Partys. Nun soll daraus ein Haus entstehen, das sich niemand aus der Gegend je leisten könnte, nicht mal in einer Million Jahren, eine Luxushütte mit ganz viel Glas und besonderen Eichenböden, und irgendjemand aus London wird es wahrscheinlich als Wochenend-Ferienhaus erwerben.«

»Sie erinnern sich also daran, dass Ihr Vater da war und auch Paul. Bei wem sind Sie sich noch sicher?«

»Bei sämtlichen Ackerleys.«

»Definitiv?«

»Zumindest glaube ich, mich daran zu erinnern. Wobei ich mir tatsächlich nicht ganz sicher bin, wann Morgan eintraf. Er hing damals ständig mit Ollie und seiner Clique herum und schnorrte Joints.«

»Frances nicht«, warf Niall ein. »Die war nicht da.«

»Die ging nie zu Partys«, bestätigte Etty. »Wahrscheinlich wissen Sie das ja alles, aber sie litt jahrelang an schweren Depressionen.«

»Aus irgendeinem Grund«, fügte Niall hinzu, »erholte sie sich erstaunlich gut, nachdem die ersten paar Jahre vergangen waren. Wahrscheinlich durch den Schock«, meinte er vage. »Vielleicht hat es irgendwas bei ihr bewirkt – sie komplett durchgerüttelt, wie bei einem Neustart.«

Etty stieß ein leises, entnervtes Geräusch aus.

»Mary Thorne kam ebenfalls früh«, meldete sie sich wieder zu Wort. »Ich weiß ganz sicher, dass sie da war. Ich habe gesehen, wie mein Vater ihr eine Hand auf den Rücken legte.«

Sie schauderte leicht.

»Es gibt zwei Eingänge«, sagte Maud mit Blick auf die Scheune. »Es hätten also Leute kommen und gehen können, ohne dass es aufgefallen wäre.«

»Ja, vermutlich.«

»Und niemand hat Ihre Mutter gesehen?«

»Das wissen Sie doch. Warum fragen Sie das überhaupt?«

»Hatte sie gesagt, wann sie kommen wollte?«

»Normalerweise wäre sie von Anfang an da gewesen«, entgegnete Etty. »Sie hatte doch den Großteil organisiert.«

»Wann begannen Sie, sich Sorgen zu machen?«

»Gegen acht«, antwortete Niall, »oder neun.«

»Eher«, sagte Etty. »Mir war schnell klar, dass etwas nicht stimmte. Sie wäre niemals so spät gekommen. Dad redete die ganze Zeit davon, wie unzuverlässig sie sei, doch das war sie nicht.«

»Sie sagen, Sie seien bis zum Schluss geblieben«, hakte Maud bei Etty nach. »Aber irgendwann verließen Sie die Feier, um zu Hause anzurufen.«

»Das stimmt. Morgan hat mich begleitet«, erklärte sie. »Zumindest war er da, als ich telefonierte.«

Sie erinnerte sich daran, wie sie die Münzen in den Schlitz geschoben hatte, in der Hoffnung, gleich die Stimme ihrer Mutter zu hören, obwohl sie im Grunde bereits wusste, dass dem nicht so sein würde. Danach hatte Morgan ihr geraten, die Polizei anzurufen.

»Und Sie? Waren Sie auch mal weg?«, wandte Maud sich an Niall.

Er räusperte sich.

»Ich war mit meiner Frau draußen – meiner damals zukünftigen Frau. Tatsächlich hatten wir uns kurz vorher getrennt. Sie kam, um mit mir zu reden, und war ziemlich aufgeregt.«

»Abgesehen davon haben Sie die Scheune nicht verlassen?«

»Ich glaube, später habe ich mal mit jemandem einen kleinen Spaziergang gemacht.«

»Mit jemandem?«

»Was spielt das für eine Rolle?«

Sein Gesicht war knallrot angelaufen.

»Sag's einfach«, forderte Etty ihn auf. »Egal, was dir nach dreißig Jahren immer noch peinlich ist, spuck es einfach aus, Niall.«

»Ich war mit einem anderen Mädchen zusammen.«

»Einem Mädchen.«

»Dieser Freundin von dir, Etty.«

»Welcher Freundin denn?«

»Du weißt schon, Gemma.«

»Du und Gemma Thorne? Nein!«

»Ich habe nur einen kleinen Spaziergang mit ihr gemacht. Um einen klaren Kopf zu bekommen.«

»Sie war in meinem Alter. Fünfzehn.«

»Ich fühlte mich ganz durcheinander.«

»Und Ihr Bruder Paul, war der auch die ganze Zeit vor Ort?«

Maud kannte natürlich all die Antworten, aber zu hören, wie die beiden sich jenen Abend ins Gedächtnis riefen, half ihr, ebenfalls ein Gefühl dafür zu bekommen – das Abstrakte in etwas Reales, Handfestes umzuwandeln.

»Er ist früh nach Hause«, erklärte Etty. »Er hasste solche Feiern. Als ich anrief, um zu hören, ob Charlie heimgekommen war, hatte ich ihn an der Strippe.«

»Sie sahen ihn aber nicht, als er ging?«

»Das hat nichts zu bedeuten. Wahrscheinlich verdrückte er sich still und leise, wie so oft. Ohne großes Tamtam. Er machte nie viel Aufhebens um sich, das mochte er nicht.«

»Warum fragen Sie das alles überhaupt?«, erkundigte sich Niall. »Es ist doch inzwischen eine uralte Geschichte. Die Polizei hat sie etliche Male mit uns durchgekaut. Wir haben damals schon alles gesagt.«

»Lassen Sie uns einen schnellen Blick ins Innere werfen, ja?«

Maud steuerte auf das zweiflügelige Scheunentor zu. Es war mit einem langen Brett verriegelt, das Maud nun aus seinen Halterungen hob. Sie und Niall schoben die ächzenden Türflügel auf, und alle traten in den großen Raum.

Durch die hoch liegenden Fenster fiel Licht herein, und die gebrochenen Ziegel des Daches ließen ein paar zusätzliche Strahlen durch.

»Das wird ein großes Bauprojekt«, bemerkte Niall, während er den Blick schweifen ließ.

»Wie viel hat sich denn seit damals verändert?«, fragte Maud.

»Es ist praktisch noch so, wie es war. Ich weiß, dass draußen Drainagerohre und Stromleitungen verlegt wurden, solche Sachen, aber hier drinnen ist es mehr oder weniger so wie schon seit Jahrzehnten. Vielleicht noch ein bisschen heruntergekommener als früher.«

Etty schwieg, nahm jedoch ihre Sonnenbrille ab und wanderte

langsam im Raum umher, wobei sie eine Hand über die raue Holzwand gleiten ließ.

»Es war alles schön beleuchtet«, erinnerte sich Niall. »Das hatten Duncan und Greg gemacht. Und da standen zwei lange Arbeitstische.« Er deutete in die entsprechende Richtung. »Für die Getränke und das Essen. Dort drüben war eine Anlage aufgebaut. Die Leute tanzten. Und dann war die Party plötzlich zu Ende.«

»Sie sind alle gleichzeitig zurück zum Bauernhaus?«, fragte Maud.

»Ollie und ich gingen zu Fuß, weil Dad viel zu viel getrunken hatte«, antwortete Etty. »Er ist trotzdem gefahren.«

»Ich hatte ja meinen Wagen hier stehen, deswegen bin ich selber gefahren«, erklärte Niall. »Ich weiß noch, dass ich gleichzeitig mit diesem jungen Polizisten eintraf.«

»Den man vollkommen vergessen konnte«, fügte Etty hinzu.

»Und Ihr Bruder Paul war da, als Sie heimkamen?«

»Ja.«

»Wer blieb dann noch auf der Feier zurück?«

»Alle anderen«, antwortete Niall. »Wobei ich annehme, dass sich das Ganze nach unserem dramatischen Abgang ziemlich schnell auflöste.«

»Was haben Sie fünf gemacht, nachdem der Polizeibeamte wieder weg war?«

»Wir sind sehr lange aufgeblieben und haben gewartet.« Etty wandte sich zum Gehen, gefolgt von Maud und Niall. »Dad hat sich mit Paul gestritten«, fügte sie hinzu. »Das war schlimm, ganz furchtbar.«

»Ich glaube, danach haben sich Ollie und Paul verzogen, jeder in sein Zimmer. Dad ist ins Bett, das weiß ich sicher«, erinnerte sich Niall.

»Nachdem er Mary Thorne angerufen und ihr durchs Telefon Intimitäten zugeflüstert hatte«, bemerkte Etty mit gepresster Stimme. Sie strich mit den Fingerspitzen über ihre wunde, geschwollene Wange. »Mein Gott, ich klinge wieder wie mit fünfzehn, stimmt's?«

»Und Sie beide?«

»Ich bin durch die Gegend gefahren«, antwortete Niall. Maud fand, dass er inzwischen ziemlich mitgenommen wirkte.

»Wohin?«

»Hemingford. Irgendwann bin ich stehen geblieben und habe etliche Zigaretten geraucht, eine nach der andern. Um die Zeit totzuschlagen, schätze ich.«

»Und ich blieb in der Küche sitzen und wartete darauf, dass sie nach Hause kommen würde«, sagte Etty. »Dann brach der nächste Tag an, und sie war noch immer nicht da.«

71

Draußen im blendenden Sonnenlicht sah Niall auf seine Uhr.

»Ich bin spät dran, mein nächster Kunde wartet schon«, verkündete er und eilte im Laufschritt davon.

Die beiden Frauen schauten ihm nach. Maud warf einen verstohlenen Blick auf ihre Armbanduhr. Es war schon Mittag. In vier Stunden traf sie sich mit Silas.

»Ich habe noch eine weitere Bitte«, wandte sie sich an Etty.

Etty setzte ihre Sonnenbrille wieder auf.

»Nämlich?«

»Ich möchte mit Ihnen und Greg Ackerley das gleiche Prozedere unten am Fluss durchlaufen. Erzählen Sie mir alles, was Ihnen zu dem Tag einfällt, an dem Sie Duncan Ackerleys Leiche fanden.«

»Wann?«

»Jetzt. Greg hat schon zugestimmt, und ich glaube, Morgan möchte auch kommen.«

»Darauf wette ich.«

»Und?«

Etty zuckte mit ihren schmalen Schultern. Maud registrierte, was für knochige Schlüsselbeine sie hatte.

»Dann rufe ich Greg an und sage ihm, dass wir auf dem Weg sind.«

Nachdem sie den Anruf getätigt hatte, wandte sie sich einem gelben Schild zu, das neben dem Scheunentor an der Wand befestigt war: BAUUNTERNEHMEN J. FLYNN UND SÖHNE. QUALITÄT

DURCH DESIGN. Darunter stand eine Telefonnummer. Maud wählte sie. Als sich eine Frauenstimme meldete, stellte Maud sich vor.

»Ich stehe gerade vor der Scheune bei Mason's Farm. Ihre Firma ist doch mit der Renovierung beauftragt, nicht wahr? Tja, Sie müssen einen Baustopp einlegen.« Die Frau begann zu protestieren, doch Maud sprach weiter. »Nein, nein, hören Sie zu. Sie müssen die Bauarbeiten sofort einstellen. Es handelt sich um einen Tatort. Sie bekommen es in Kürze schriftlich.«

Die Frau protestierte weiter. Maud hielt das Telefon ein Stück von ihrem Ohr weg und sah Etty mit leicht amüsierter Miene an.

»Dann informieren Sie eben Ihren Chef«, sagte sie schließlich. »Er kann mich unter dieser Nummer anrufen, wenn er will, dann erkläre ich ihm, was ich Ihnen gerade erklärt habe.«

Sie beendete das Gespräch, und die beiden Frauen machten sich auf den Weg Richtung Fluss.

»Sie glauben wirklich, dass Sie alle drei Fälle auf einmal lösen können?«, fragte Etty.

»Ich denke, entweder alle drei oder keinen.«

»Und ich gehöre nicht zu den Verdächtigen?«

»Darf ich Sie etwas fragen?«

»Sie meinen, statt meine Frage zu beantworten? Nur zu.«

»Was passierte damals zwischen Ihnen und Victor Pearce?«

Obwohl Etty nicht langsamer wurde und Maud ihren Blick hinter der Sonnenbrille nicht sehen konnte, fühlte es sich an, als schrumpfte sie in sich selbst zusammen. Sie ließ sich mit ihrer Antwort eine ganze Weile Zeit.

»Hassen Sie Ihren Beruf nicht manchmal?«, fragte sie schließlich. »In anderer Leute Privatleben herumzustochern und sie zu nötigen, Dinge ans Licht zu zerren, die sie jahrelang unter Verschluss gehalten haben – sie zurückzuzwingen in ihren Selbsthass und ihre Scham?«

»Schämen Sie sich?«

»Ich habe mich damals geschämt, und ich schäme mich noch – auch wenn eigentlich er derjenige ist, der sich schämen sollte. Doch ich vermute, dass er sich höchst zufrieden mit sich selbst und seiner melancholischen Weisheit fühlt. Fast ein Jahr lang hatten wir etwas – etwas miteinander am Laufen. Anders ausgedrückt, wir hatten Sex. Ich war zu dem Zeitpunkt bereits sechzehn, sodass er nichts wirklich Ungesetzliches tat. Zumindest hatte er damals die paar Wochen gewartet, bis ich über diese besondere Grenze hinweg war. Er liebte meine Mutter oder war jedenfalls sehr verliebt in sie. Als sie verschwand, wurde ich für ihn wohl so eine Art merkwürdiger Ersatz.«

»Und wie ging es Ihnen damit?«

»Mein Leben war die Hölle, und er machte es noch höllischer. Was ich vielleicht sogar so wollte. Ich weiß es nicht. Ich habe mir die allergrößte Mühe gegeben, nicht darüber nachzudenken.«

»Bis Sie zurück nach Glensted kamen.«

»Bis ich zurück nach Glensted kam.«

»Was darf ich Ihnen bringen?«, fragte Victor.

Er trug ein Hemd, dessen knallige Farbkringel Carrie in den Augen wehtaten.

»Tomatensaft bitte, aber nur, wenn Sie ihn richtig, richtig scharf hinkriegen.«

Er lachte. »Das schaffe ich.«

»Und die Spaghetti alla puttanesca.«

»Einmal Spaghetti alla puttanesca, Poll!«, rief er in die Küche. »Wann soll es denn kommen?«

Im ersten Moment dachte Carrie, dass er von dem Nudelgericht sprach.

»Ach so«, sagte sie, »bald.«

»Sie sind mit der Kriminalbeamtin befreundet, nicht wahr? Ich habe Sie beide zusammen gesehen.«

Carrie gab ein unverbindliches Geräusch von sich.

»Glensted hat Jahre gebraucht, um über Charlie und Duncan hinwegzukommen«, erklärte Victor. »Jahrzehnte. Deswegen ist die momentane Situation sehr schlimm für alle.«

»Sie kannten Charlotte Salter gut, oder?«

»Ich würde sagen, ich war einer der wenigen Menschen, die sie wirklich verstanden.«

»Das habe ich Sie auch in dem Podcast sagen hören.«

»Sie war eine schöne Seele.«

Das hatte Carrie ihn ebenfalls sagen hören.

»Ihr Lokal stellt bestimmt einen wichtigen Treffpunkt für die örtliche Gemeinschaft dar«, bemerkte sie. »Wie lange gibt es das denn schon?«

»Vierunddreißig Jahre«, antwortete Victor. »Wer hätte das für möglich gehalten? Wie die Zeit verfliegt, was?« Er schüttelte verwundert den Kopf.

»Dann bekommen Sie wahrscheinlich alles mit, was sich hier so abspielt.«

»Die Leute erzählen mir vieles«, bestätigte er. »Die wissen, dass sie mir vertrauen können.«

»Da bin ich mir sicher.«

»In dem Raum, zum Beispiel …« Er machte eine Kopfbewegung nach hinten. »Da hat diese Journalistin Etty interviewt, kurz nachdem Charlie verschwunden war. Ich habe mit angehört, wie sie sich die Seele aus dem Leib schluchzte.«

»Welche Journalistin?«

»Alice Sowieso, vom *Herald*. Sie ist immer noch unterwegs. Über die neueste Tragödie hat sie auch wieder berichtet.«

»Da fischt sie aber schon ganz schön lange im Trüben.«

»Ich glaube, sie hat eine Weile ausgesetzt und erst vor Kurzem wieder angefangen.«

»Was hat Etty denn in dem Interview gesagt?«

»Ich glaube nicht, dass es je veröffentlicht wurde.«

Während Carrie auf ihre Puttanesca wartete, fand sie Alice Clayton auf Twitter und schickte ihr eine Nachricht. Ein paar Minuten später ging auf ihrem Handy eine Antwort ein, mit einer Mobilnummer.

72

Als sie sich dem Fluss näherten, verlangsamte Etty ihr Tempo.

»Geht es Ihnen gut?«, fragte Maud.

»Warum sollte es mir nicht gut gehen?«

»Sie haben hier einen Toten gefunden, die Leiche eines Menschen, der Ihnen am Herzen lag. Das muss für Sie doch eine schreckliche Erfahrung gewesen sein. Und vor ein paar Tagen ist dann auch noch eine Frau in Ihren Armen gestorben.«

»Hören Sie«, sagte Etty, »ich bin mir sicher, das gehört zu Ihren neuen, einfühlsamen Polizeimethoden – eine Art emotionale Beziehung zu den Leuten aufzubauen. Trotzdem fände ich es wesentlich besser, Sie würden einfach die Fragen stellen, die Sie stellen müssen.« Sie machte eine ausladende Handbewegung. »Was soll das alles hier? Für die richtige Atmosphäre sorgen? Mir ist klar, dass ich wie ein Wrack wirke, und wahrscheinlich bin ich auch eines, aber ich würde es dennoch vorziehen, das Ganze auf eine professionelle Art zu erledigen. Wenn Sie mich verhören wollen, wäre es mir lieber, das Verhör würde in einem dafür vorgesehenen Raum stattfinden und aufgezeichnet werden, falls nötig in Gegenwart eines Anwalts.«

Sie hielt inne und betrachtete Maud, die ihr den Rücken zuwandte und allem Anschein nach vom Anblick des Flusses gefesselt war. »Entschuldigung«, sagte Etty, »hören Sie mir überhaupt zu?«

Maud drehte sich zu ihr um.

»Es handelt sich nicht um ein Verhör«, erklärte sie. »Außerdem können wir jetzt nicht einfach zum Polizeirevier zurückkehren. Wir treffen uns, wie gesagt, mit den Ackerleys.«

»Wollen die beiden Sie für Ihren Podcast interviewen?«

»Ich weiß nicht. Wie würden Sie das finden?«

»Ernsthaft?«

»Sie meinen, ob ich Sie ernsthaft nach Ihrer Einschätzung frage?«

»Falls Sie mich tatsächlich danach fragen, sage ich es Ihnen: Ich halte es für vollkommen unangebracht, wenn eine Kriminalbeamtin während laufender Ermittlungen in aller Öffentlichkeit darüber spricht.«

»Haben Sie sich den Podcast angehört?«

»Ja.«

»Was halten Sie davon?«

»Hat schon mal jemand ohne Ihr Einverständnis Ihr Tagebuch gelesen?« Etty blickte Maud herausfordernd an, doch die Kriminalbeamtin gab ihr keine Antwort. »Wurde bei Ihnen schon mal eingebrochen?«, fuhr sie fort. »Für mich fühlte sich das nicht nur an wie ein Verbrechen, nein, ich empfand es auch als brutales Eindringen in meine Privatsphäre – als würde jemand auf mir herumtrampeln, mich bloßstellen und verletzen.«

»Aber wenn es den beiden gelänge, die Verbrechen aufzuklären«, sagte Maud, »würden Sie es dann anders sehen?«

»Sie sind Kriminalbeamtin. Wäre es nicht eigentlich Ihre Aufgabe, die Verbrechen aufzuklären?«

»Mir ist es egal, wer es macht – Hauptsache, sie werden aufgeklärt.«

»Wo haben Sie sich denn mit ihnen verabredet?«

»An der Brücke, wo Duncan Ackerleys Brille gefunden wurde.«

Während sie weitergingen, betrachtete Etty die Polizistin: ihr wachsames, kluges, von blonden Locken eingerahmtes Gesicht, ihre schlanke Gestalt. Sie wirkte so jung, so selbstsicher.

»Jemand aus meinem Team wird ebenfalls dabei sein«, informierte Maud sie.

»Warum muss ich das wissen?«

»Sein Anblick könnte ungute Erinnerungen in Ihnen wecken.

Sie sind ihm wahrscheinlich begegnet, als Sie verhört wurden. Jack Lovell.«

»Ich erinnere mich nicht an ihn. Und selbst wenn, wäre es mir egal.«

Sie sahen die beiden Brüder an der Brücke stehen, allem Anschein nach in ein Gespräch vertieft. Lovell wartete ein Stück seitlich von ihnen. Etty wandte sich an Maud.

»Sind wir für Sie eigentlich nur Schachfiguren, die Sie herumschieben, in der Hoffnung, dass etwas dabei herauskommt?«

»Geben Sie mir eine Chance«, antwortete Maud. »Vielleicht kommt ja tatsächlich etwas dabei heraus.«

Sie sprach in besänftigendem Ton. Etty erkannte ihn als den Tonfall, den Erwachsene gern gegenüber unartigen Kleinkindern anschlugen. Sie war bereits im Begriff, etwas in der Richtung zu äußern, verkniff es sich dann aber. Maud war schließlich nicht diejenige gewesen, die sie festgenommen und in eine Zelle gesteckt hatte. Ihr ging plötzlich durch den Kopf, wie sie wohl auf andere wirkte: wie eine verzweifelte, gestörte Frau mittleren Alters, die sich gegenüber allen schlecht benahm.

»Ich weiß nicht, was ich noch hinzufügen könnte«, erklärte sie so ruhig wie möglich. »Es ist so lange her.«

Als sie näher kamen, drehten sich die beiden Brüder zu ihnen um. Morgan machte einen quicklebendigen, aufgedrehten Eindruck, während Greg eher ernst dreinblickte und verkrampft die Schultern hochzog.

»Etty!« Sie spürte, wie Morgans Blick an ihrer Wange haften blieb. »Es ist so schön, dich zu sehen! Wie geht es dir? Ich wollte dich eigentlich besuchen, aber Greg meinte, wir sollten dich erst mal ein bisschen in Ruhe lassen. Was für eine schreckliche, schreckliche Sache!«

Greg trat auf sie zu und streckte ihr die Hand hin.

»Geht es dir einigermaßen?«, fragte er.

»Wird schon wieder«, meinte Etty und legte ihre Hand kurz in seine. »Niall und Penny kümmern sich um mich. In ein paar Tagen bin ich wieder weg.«

Er nickte.

»Es ist für dich alles so übel gelaufen. Was für eine Heimkehr. Das tut mir wirklich leid.«

»Ich bin hier nicht daheim«, stellte sie richtig.

»Nein, natürlich nicht.«

»Ich weiß gar nicht so recht, warum wir hier sind«, bemerkte Etty.

Greg zuckte mit den Achseln. »Sie sagt, sie will sich ein möglichst klares Bild von dem machen, was damals passiert ist.«

»Hast du denn ein klares Bild davon im Kopf?«

»Eigentlich schon«, antwortete er. »Ich erinnere mich an jede einzelne Minute. So etwas vergisst man nicht, egal, wie alt man ist. Es wird immer ein Vorher und ein Nachher geben.«

Etty wandte sich ab. Auch sie spürte jetzt wieder den Wind, die Kälte und das Entsetzen, als sie mit Greg das Boot über die Schlammfläche ins eisige Wasser schob. Sie sah die Gestalt im Fluss auf und ab wippen. Sie sah Duncans tote Augen, die sie anzustarren schienen.

Jack Lovell ging auf Maud zu. Er wirkte befremdet und misstrauisch.

»Sie haben mich hergebeten«, begann er. »Es ist Wochenende, ich habe zu Hause eine wütende Ehefrau und schreiende Zwillinge zurückgelassen, aber da bin ich. Aus welchem Grund?«

»Sie wissen, wo wir uns hier befinden?« Maud deutete auf die Brücke.

»Dort hat Duncan Ackerley seine Brille abgelegt, bevor er sprang.« Da Maud nicht reagierte, sprach Lovell weiter. »Ich dachte, das wäre das einzige Detail dieses Falls, über das sich alle einig sind.«

»Schön. Dann beschreiben Sie mir doch mal, worüber sich alle einig sind.«

Die beiden Detectives traten auf die Brücke und gingen bis zur Mitte. Maud ließ den Blick schweifen, erst landeinwärts und dann Richtung Meer.

»Also, was ist passiert?«, fragte sie.

»Duncan Ackerley empfindet Reue, deswegen …«

Maud unterbrach ihn. »Erzählen Sie mir nichts über seinen Gemütszustand. Sagen Sie mir einfach, was er getan hat.«

Jack Lovell biss einen Moment die Zähne zusammen, bevor er weitersprach.

»Er kommt zur Mitte der Brücke, nimmt seine Brille ab und legt sie auf den Rand, etwa hier.«

Er klopfte auf das Geländer.

»Warum?«

»Ich dachte, ich soll nicht über seinen Gemütszustand sprechen. Was hätte er denn sonst machen sollen?«

»Er hätte sie auflassen können oder in seine Tasche stecken.«

»Macht das wirklich einen Unterschied?«

»Nein, vermutlich nicht.«

»Also gut, er hätte sie auflassen oder einstecken können, aber das tat er nicht. Vielleicht wollte er nicht sehen, wo er landen würde. Da geht es weit hinunter. Er legte die Brille hier auf den Rand. Dann kletterte er über das Geländer und stürzte sich ins Wasser.«

»Er hatte eine Kopfverletzung«, merkte Maud an. »Ungefähr da.« Sie deutete mit einem Finger auf den Bereich über ihrem rechten Ohr.

»Womöglich ist er auf dem Weg nach unten mit dem Kopf gegen einen der Pfeiler gestoßen. Dann wäre er bewusstlos oder nur halb bei Bewusstsein gewesen, als er aufs Wasser knallte, und es wäre wahrscheinlich schneller zu Ende gewesen. Oder er hat sich den Kopf im Fluss aufgeschlagen, an einem Felsbrocken oder einem anderen scharfkantigen Gegenstand.« Er schaute Maud an, wartete vergeblich auf eine Reaktion. »Und jetzt? Wie geht es jetzt weiter?«, fragte er schließlich.

Maud machte eine Kopfbewegung in Richtung der kleinen Gruppe, die hinter ihnen wartete.

»Ich habe mir gedacht, wir könnten alle gemeinsam zum Fluss hinuntergehen.«

»Ist es wirklich sinnvoll, damit unsere Zeit zu vergeuden? Warum Zeit mit dem einzigen Aspekt des Falls verschwenden, bei dem wir uns wirklich sicher sind?«

Maud schüttelte langsam den Kopf.

»Ich glaube, das ist der Schlüssel. Ich kann mir nur noch keinen Reim darauf machen.«

»Ich habe keine Ahnung, wovon Sie reden.«

Sie kehrten zu der Uferseite zurück, an der Etty, Greg und Morgan warteten. Die Brüder waren in ein Gespräch vertieft, während Etty ihnen den Rücken zukehrte und aufs Wasser hinausstarrte.

»Ich wollte mit Ihnen über die Ereignisse am ersten Weihnachtsfeiertag neunzehnhundertneunzig sprechen«, erklärte Maud an Greg gewandt. »Deswegen hielt ich es für sinnvoll, das hier zu tun. Hier wurde am neunundzwanzigsten Dezember die Brille Ihres Vaters gefunden, was die ermittelnden Beamten zu dem Schluss gelangen ließ, er habe Selbstmord begangen. Sollen wir das Stück flussabwärts gehen, bis zu der Stelle, wo seine Leiche gefunden wurde?«

Als sie sich schließlich alle gemeinsam in Bewegung setzten, gaben sie eine verlegene Gruppe ab.

Maud ging mit Etty voraus, hinter ihnen folgten Greg und Morgan, und Jack Lovell übernahm die Nachhut. Maud sprach zunächst mit Etty, blickte sich aber immer wieder nach den Brüdern um.

»Sie trafen gegen eins bei den Ackerleys ein, richtig?«

»Ja, das stimmt.«

»Wo befand sich der Rest Ihrer Familie?«

Etty zündete sich eine Zigarette an. Dabei schirmte sie die Flamme ihres Feuerzeugs mit einer Hand ab. Bevor sie antwortete, nahm sie einen tiefen Zug und blickte dabei starr geradeaus.

»Es war kein guter Vormittag gewesen. Alec war zu einem Spaziergang aufgebrochen.«

»In Begleitung?«

»Er sagte, er wolle allein sein. Paul hielt sich oben in seinem Zimmer auf. Ihm ging es nicht besonders. Niall war unterwegs, glaube ich. Wo Ollie steckte, weiß ich nicht mehr. Jedenfalls wollte er mich nicht begleiten.«

»Und Duncan war nicht da, als Sie eintrafen, stimmt das?«

»Er hatte eine Weile davor das Haus verlassen«, rief Morgan von hinten.

»Wer war dann im Haus?«

»Frances bereitete das Weihnachtsessen vor«, antwortete Etty. »Und Greg half ihr dabei.«

»Ich war gerade von einem Spaziergang zurückgekommen«, fügte Greg hinzu.

»Ja, das habe ich in der Akte gelesen«, sagte Maud. »Waren Sie in Begleitung unterwegs?«

»Nein.«

»Warum nicht?«

»Wie meinen Sie das?«

»Warum sind Sie allein spazieren gegangen?«

»Keine Ahnung. Vielleicht, um einen klaren Kopf zu bekommen. Ich bin in Richtung Meer marschiert.«

»Sie werden feststellen, dass niemand ein Alibi hat«, warf Morgan fast fröhlich ein. »Wir haben schon überlegt, eine eigene Folge darüber zu machen. Über Alibis und fehlende Alibis.«

Eine Dame mit einem Dalmatiner steuerte auf sie zu. Sie mussten stehen bleiben und zur Seite treten, um die beiden vorbeizulassen. Die Frau starrte die Gruppe mit unverhohlener Neugier an und riss dann ruckartig den Kopf herum, als sie Morgan erkannte. Sie sprachen erst weiter, als Dame und Hund sich ein ganzes Stück entfernt hatten.

»Das stimmt nicht ganz«, griff Maud den Faden wieder auf. Sie blickte Etty an. »Sie hatten sehr wohl ein Alibi: Ihren Bruder Paul.«

»Nicht für die Zeit meines Fußmarsches«, widersprach Etty. Ihr fielen Pauls Schuhe ein, die an jenem Vormittag ganz schlammverschmiert gewesen waren, doch sie schob den Gedanken gleich wieder weg. Niemand von ihnen verfügte wirklich über ein Alibi, nicht einmal sie selbst.

»Aber Greg hatte eines«, wandte Lovell ein. »Ich bin in der Akte darauf gestoßen. Eine Familie mit Hund. Bowden lautete ihr Name, glaube ich.«

»Die Bowdens, ja«, bestätigte Greg. »Die hatte ich ganz vergessen.«

Etty blieb so abrupt stehen, dass Morgan von hinten gegen sie stieß. Sie ließ den Blick schweifen und schluckte. Vor ihr lag der kleine, jetzt völlig verrottete Steg. Teile davon waren bereits weggefault, doch die Erinnerung an das alles war wieder derart präsent, dass sie es mehr spürte als sah. Sie spürte, wie es sich angefühlt hatte, dort zu stehen, in der Kälte, während sie mit diesem krampfenden Gefühl in Magen und Brust allmählich begriff, was sich da vor ihnen befand: jene Gestalt im Wasser.

Gemeinsam gingen sie hinunter zum Ufer und betraten die hölzerne Plattform.

»Vorsicht«, warnte Greg. »Ich bin mir nicht sicher, ob das Holz noch hält.«

Sie starrten alle aufs Wasser hinaus.

»Hier haben Sie also die Leiche entdeckt?«

»Wir sahen sie – ihn, Duncan – vom Ufer aus«, stellte Etty richtig. »Er trieb dort im Wasser.« Sie deutete auf die Stelle. »Er hatte sich an der Boje verheddert. Wie seltsam … Glaubt ihr, es ist immer noch dieselbe Boje, nach all den Jahren? Dieselbe Boje und derselbe Fluss, der in Richtung Meer fließt.«

»Erzählen Sie mir, was Sie taten, als Sie die Leiche fanden.«

»Uns war erst gar nicht klar, dass es sich um eine Leiche handelte«, erwiderte Greg mit einem Blick auf Etty. »Oder vielleicht wussten wir es doch.«

»Ich dachte, es wäre Mum«, erklärte Etty. »Ich war mir sicher.«

»Ich wahrscheinlich auch«, räumte Greg ein. »Deswegen wollte ich auch nicht, dass Etty mitkommt, aber sie bestand darauf.«

»Ich musste sie sehen. Ich musste es wissen.«

Sie sprachen in einer Art Duett, immer abwechselnd, während beide auf die träge Strömung des an ihnen vorbeiplätschernden Wassers hinausblickten.

»Ich bin gerudert«, berichtete Greg, »und sie hat Ausschau gehalten.«

»Dann sah ich es. Ich sah, dass es nicht Mum war. Einen Moment …« An dieser Stelle warf Etty einen raschen Blick zu Greg hinüber. »Einen Moment fühlte ich mich so unglaublich erleichtert. Dann begriff ich, dass es sich um Duncan handelte. Ich sah seine offenen Augen. Es kam mir vor, als würde er mich anschauen.«

Morgan starrte sie beide an, als hätte er die Geschichte noch nie vollständig gehört.

»Greg blieb sehr ruhig«, fuhr Etty fort. »Er ließ mich die Ruder halten und versuchte, Duncan ins Boot zu ziehen, aber der war zu schwer. Also übernahm ich das Rudern, während Greg den Leichnam festhielt, doch meine Kraft reichte nicht aus, wir kamen kaum von der Stelle, und Wasser schwappte ins Boot. Deswegen ruderte am Ende wieder Greg, und ich hielt ihn fest – Duncan.«

»Du hast recht, ich blieb ruhig«, bestätigte Greg. »Zu dem Zeitpunkt spürte ich den Verlust noch nicht. Ich musste einfach meinen Vater ans Ufer bringen.«

»Wir zerrten ihn auf die Schlammbank.«

»Und wir versuchten, ihn wiederzubeleben.«

»Aber er war tot.«

Sie verstummten. Eine Weile herrschte Stille. Man hörte nur die kleinen Wellen auf den Schlamm klatschen und die Vögel schreien.

»Tja«, brach Etty schließlich das Schweigen. »Nun haben Sie uns alle an den Ort gebracht, der uns seit dreißig Jahren verfolgt. Es ist einer der Orte, die ich hinter meinen Augenlidern sehe, wenn ich nachts nicht schlafen kann.«

»Wisst ihr, was?«, meldete sich plötzlich Morgan zu Wort, ausnahmsweise ohne seine übliche Theatralik. »Schlimm ist ja nicht nur, dass unser Vater starb und Charlie verschwand. Schlimm ist auch, dass dadurch all die glücklichen Momente aus den Jahren davor ebenfalls zunichtegemacht wurden. Ich hatte diesen Fluss immer geliebt. Wir sind hier so oft geschwommen.« Er stupste Greg an. »Wir saßen hier mit unseren Angelruten. Manchmal gesellte sich Dad zu uns, obwohl ich nicht glaube, dass er es sehr genoss.«

Maud blickte ihn an und lächelte.

»Ich war mit meinem Vater auch beim Fischen. Was habt ihr gefangen?«

»Hauptsächlich Krabben, aber manchmal auch Makrelen. Die gab es dann zu Hause gebraten.«

Maud zog die Augenbrauen hoch. »Makrelen? Die habe ich bisher nie mit Flüssen in Verbindung gebracht.«

»Das ist hier ja kein stinknormaler Fluss. Wir befinden uns fast schon am Meer.«

Maud ging in die Knie, tauchte die Hand ins Wasser und ließ es gegen ihre Finger strömen.

»Ganz schön kalt«, stellte sie fest, erhob sich wieder und legte die Finger an die Lippen. Plötzlich lächelte sie. »Ich schmecke Salz.«

Dann wurden ihre Augen plötzlich schmal. »Wer starrt uns da so an? Ist das schon wieder ein Journalist?«

»Nein«, entgegnete Etty nach einem kurzen Moment des Schweigens. »Das ist Ollie. Warum er wohl zurückgekommen ist?«

73

Maud kam beinahe zu spät. Sie rannte hinauf in ihr Zimmer im Anchor, wusch sich das Gesicht, schlüpfte in eine weite Jeans und ein ärmelloses T-Shirt, zog den Gummi aus ihrem Haar und schüttelte es zu ihrer wilden Lockenmähne aus. Bevor sie aufbrach, streckte sie noch kurz den Kopf bei Carrie hinein und erklärte ihr, sie gehe mit Silas eine Runde spazieren und melde sich dann später wieder.

Er rief an, um sie wissen zu lassen, dass er schon fast vor Ort sei. Als sie dann hinaus auf die Straße trat, um ihm entgegenzugehen, sah sie ihn bereits auf sich zusteuern. In dem Moment hatte sie plötzlich das Gefühl, als sähe sie jemanden, den sie kaum kannte: einen breitschultrigen, gut aussehenden Mann mit federndem Gang. Er hatte einen neuen Haarschnitt, und das pflaumenfarbene Hemd, das er trug, kannte sie auch nicht. Dabei war sie erst ein paar Tage weg.

Während sie sich ihm näherte, hob er eine Hand und bedachte sie mit seinem schönen, lässigen Lächeln. Tief in ihren Eingeweiden spürte sie sowohl Angst als auch Verlangen. Sie versuchte, sich ihre Gefühle nicht anmerken zu lassen.

»Maud«, sagte er und küsste sie.

Eine Kamera blitzte.

»Verdammt!«, stieß sie aus, wirbelte herum und entdeckte einen kleinen Mann mit einer großen Kamera, der sie frech angrinste.

»Komm.« Silas nahm sie am Arm, und sie eilten im Laufschritt aus dem Ort.

»Was machen wir?«

»Wie lange hast du Zeit?«, fragte Maud.

»Ein paar Stunden.«

»Du kannst wirklich nicht über Nacht bleiben? Wir könnten den Küstenpfad entlangwandern und dann irgendwo zu Abend essen …«

Er zog ein Gesicht. »Tut mir leid«, antwortete er. »Termine, die ich nicht verschieben kann. Beruflich.«

»An einem Sonntag?«

»Ja.«

Sie registrierte den sturen Zug um seinen Mund.

»Dann lass uns einfach ein Stück am Fluss entlangspazieren, da kann man auch eine schöne Runde drehen.«

Sie schlugen den Weg ein, den sie vorhin schon mit Etty, Morgan und Greg gegangen war. Mittlerweile war das Wasser gestiegen, es reichte fast hinauf bis zum Pfad. Der Wind zerzauste ihnen das Haar und wehte Maud die Locken ins Gesicht.

»Wie geht es dir?«, fragte er.

»Ich mache mir Sorgen.«

»Das tut mir leid.«

»Wegen uns, Silas.«

»Ich habe dir doch gesagt …«

»Ich weiß. Du hast mir gesagt, du hättest viel zu tun. Das sagst du jetzt wieder. Trotzdem werde ich das Gefühl nicht los, dass zwischen uns etwas ganz und gar nicht mehr stimmt. Bilde ich mir das wirklich nur ein?«

»Arbeitsmäßig ist es bei mir gerade sehr stressig«, erklärte er. »Ich schätze mal, das macht mich …« Er verstummte.

»Silas?«

»Es ist nichts.«

»Silas, bitte! Bitte sag mir, was du auf dem Herzen hast. Nichts ist so schlimm, wie im Dunkeln zu tappen.«

Noch während sie die Worte aussprach, ging ihr durch den Kopf, dass es möglicherweise doch Schlimmeres gab.

»Ich weiß es selber nicht, Maud.«

»Was weißt du nicht?«

»Ich weiß es nicht.«

»Hat es mit uns zu tun?«, zwang sie sich zu fragen.

Sie blieben stehen. Er hob genervt die Hände.

»Ich mache diese neue Arbeit noch nicht lange. Alles fühlt sich so aufregend an, aber auch beängstigend.«

Sie wartete.

»Außerdem haben wir eine Wohnung gekauft. Und dann kommt noch hinzu …«

Wieder hielt er inne. Maud schwieg ebenfalls.

»Dass wir versuchen, ein Baby zu bekommen. Dass wir neuerdings planen, wann wir Sex haben. Das fühlt sich einfach … na ja, du weißt schon.«

»Nein, weiß ich nicht. Wie fühlt es sich an?«

»Als würde alles gleichzeitig passieren – was vielleicht schlechtes Timing ist.«

»Heißt das, du möchtest dich an der Babyfront erst mal zurückhalten?«

»Ich weiß es nicht.«

»Wenn wir unsere Babypläne für ein paar Monate auf Eis legen, würde das einen Unterschied machen?«

»Ich weiß es nicht.«

»Was *weißt* du denn?«

»Ich fühle mich ziemlich am Ende.«

»Warum hast du nie etwas gesagt? Warum gehst du bloß immer allem aus dem Weg?«

Er schob die Hände tief in die Hosentaschen und starrte auf die Flussmündung hinaus, ohne Maud anzusehen. Sie ließ sein Gesicht keine Sekunde aus den Augen. Ihre Brust schmerzte.

»Weil ich meine, vielleicht … vielleicht ist das alles zu schnell gegangen, Maud.«

»Wir sind doch schon seit vier Jahren zusammen.«

»Es liegt am Timing.«

»Heißt das, dass du dir nicht nur in Bezug auf das Baby unsicher bist, Silas?«

»Ich weiß es nicht.«

»Lass nicht mich diejenige sein, die es aussprechen muss.« Maud strich sich feuchte Haarsträhnen aus dem Gesicht.

Endlich wandte er sich ihr zu. Sie sah, wie schwer es ihm fiel, ihr in die Augen zu schauen. Sie erwiderte seinen Blick, ohne mit der Wimper zu zucken.

»Ich glaube, wir sollten eine Pause einlegen.«

»Inwiefern?«

»Ich rede nicht von einer Trennung«, erklärte er. »Ich meine nur – damit wir beide mal ein bisschen Zeit für uns allein haben. Für eine Bestandsaufnahme.« Er registrierte ihr kalkweißes Gesicht und griff nach ihrer Hand. »Ich liebe dich nach wie vor«, sagte er. »Glaub bloß nicht, dass ich dich nicht mehr liebe.«

Maud beobachtete ein kleines Boot, das aufs Meer hinaussegelte, mit einer Gestalt am Steuer, die in der gleißenden Sonne wie ein Scherenschnitt wirkte. Dabei schwirrten ihr Dinge durch den Kopf, die sie hätte sagen können, doch sie behielt sie für sich. Was sollte das bringen? Sie würde ihn nicht anbetteln.

»Maud?«

»Ja.«

»Ich glaube, ich werde eine Weile bei meinen Eltern bleiben und über alles nachdenken.«

»Tu das.«

»Nur für ein paar Wochen.«

Er ließ ihre Hand los.

»Vielleicht gehst du einfach den Weg zurück, den du gekommen bist«, sagte sie. »Ich marschiere noch ein bisschen weiter, die größere Runde.«

»Ist mit dir alles in Ordnung?«

»Tu nicht so blöd, Silas. Geh einfach.«

74

Wie geht es denn Silas?«, fragte Carrie, als sie abends in der Bar saßen, sie mit ihrem würzigen Tomatensaft und Maud mit einem großen Glas Rotwein, von dem sie hoffte, dass es ihren Kummer ein wenig mildern würde, was aber nicht der Fall war.

»Er hat viel zu tun«, antwortete Maud sehr knapp.

Carrie musterte sie einen Moment prüfend, dann wandte sie den Blick ab.

»Heute war ich bei diesem Victor im Lokal«, wechselte sie nach einer kurzen Pause das Thema.

»Ein Widerling«, bemerkte Maud.

»Inwiefern ein Widerling?«

»Insofern, als er in Charlotte Salter verliebt war, nach ihrem Verschwinden aber schnellstmöglich ihre trauernde sechzehnjährige Tochter verführte.«

»Das klingt gar nicht gut. Jedenfalls erzählte mir besagter Widerling von einer Journalistin, die mit Etty ein Interview über das Verschwinden ihrer Mutter geführt hat.«

»Du meinst, damals, als das alles aktuell war?«

Carrie nickte. »Deswegen habe ich mich mit ihr getroffen.«

»Ernsthaft? Du hast dich gleich mit ihr getroffen?«

»Ja. Ihr Name ist Alice Clayton.«

»Der Name sagt mir was.«

»Sie hat über den Mord an Bridget Wolfe berichtet.«

Vor Mauds geistigem Auge tauchte eine Frau mittleren Alters mit grauem Haar und wacher Miene auf, die ihr bei der überraschend anberaumten Pressekonferenz ihr Mikro entgegenstreckte. Sie hatte eine Frage zur Inkompetenz der Polizei gestellt.

»Das Interview wurde von ihr nie veröffentlicht. Sie fand heraus, dass Etty noch minderjährig war. Das hätte ein großes Tohuwabohu verursacht.«

»Aber?«

»Aber sie hat mir die Aufnahme gegeben. Und eine kleine Maschine, mit der ich sie abspielen kann.«

»Wahnsinn!«

»Sie zog wohl in Betracht, Etty erneut aufzusuchen und um ein weiteres Interview zu bitten, hatte aber kein gutes Gefühl dabei. Sie meinte, das sei damals auf eine so ergreifende Art intim gewesen, dass es sich irgendwie falsch anfühlte, davon Gebrauch zu machen, um sich wieder Zugang zu ihr zu verschaffen.«

Maud leerte ihr Weinglas und erhob sich.

»Klingt nach einer netten Frau. Lass uns das anhören.«

Sie saßen in Carries Zimmer, Carrie auf dem weichen Sessel am Fenster und Maud auf dem Bett. Sie hatte die Schuhe abgestreift und die Knie angezogen. Carrie steckte das Gerät ein und drückte auf ›Play‹.

Anfangs klang Etty verlegen und gehemmt. Sie erzählte von der Familie ihrer Mutter, deren Arbeit, ihren Interessen, ihrem Aussehen. Dann aber geschah irgendetwas, wodurch die Verlegenheit von ihr abfiel. Maud und Carrie lauschten der jungen, leidenschaftlichen Stimme, die voller Begeisterung die Frau beschrieb, die vor mehr als dreißig Jahren spurlos verschwunden war: in einem gelben Bikini in Cornwall; immer wieder in Tränen aufgelöst, wenn sie mit ihrer Tochter *Dumbo* schaute; beim Fußballspielen mit ihren Söhnen; wie sie Ettys Stirn hielt, als diese über der Toilettenschüssel hing und sich übergeben musste, nachdem sie sich das erste Mal in ihrem Leben so richtig betrunken hatte. Alle mochten ihre Mutter, erklärte sie, weil diese ihrerseits auch alle mochte. Sie gab jedem das Gefühl, etwas Besonderes zu sein.

»Die arme Kleine«, meinte Maud, als Etty einmal die Stimme versagte.

Etty beschrieb den Abend der Feier und die schrecklichen Tage danach: die Hausdurchsuchung durch die Polizei, die bei dieser Gelegenheit auch im Teich herumgestochert hatte, die Entdeckung von Duncans Leiche am Ersten Weihnachtsfeiertag, das Rätsel um die gepackte Tasche mit Kleidung für Etty.

»Ich weiß, dass sie noch lebt«, erklärte sie. »Ich weiß es ganz sicher. Wäre sie tot, würde ich das spüren.«

Doch nur wenige Sekunden später verkündete sie, sie wisse genau, dass ihre Mutter tot sei, weil diese auf keinen Fall ohne sie weggegangen wäre.

»Soll ich Ihnen sagen, was für mich das Allerschlimmste wäre?«, fuhr sie fort. Ihre Stimme klang heiser. »Dass Mum nie gefunden wird und ich die nächsten zwei Jahre mit Dad verbringen muss, er und ich allein im Haus. Womöglich werden wir nie erfahren, ob sie noch lebt oder tot ist, und ich werde sie jeden einzelnen Tag meines restlichen Lebens vermissen. Ich glaube, das könnte ich nicht ertragen.«

»Genau das ist passiert«, stellte Maud fest, als Carrie schließlich das Gerät abschaltete.

»Haben wir etwas Neues erfahren?«

»Wir haben erfahren, dass Charlotte Salter die gefährliche Gabe hatte, Menschen das Gefühl zu geben, etwas Besonderes zu sein. Und wenn wir es nicht schon wüssten, hätten wir außerdem erfahren, dass wir unbedingt herausfinden müssen, was mit ihr geschehen ist.«

Nachdem beide Frauen eine ganze Weile geschwiegen hatten, meldete Maud sich plötzlich wieder zu Wort.

»Ich glaube, Silas und ich werden uns trennen.«

»Ach, Maud!«

»Besser gesagt, ich glaube, er trennt sich von mir.«

Carrie hievte sich aus ihrem Sessel und ließ sich neben ihrer Freundin auf das Bett sinken.

»Es tut mir so leid«, sagte sie. »Ich hatte keine Ahnung, was du gerade durchmachst.«

»Wir wollten versuchen, ein Baby zu kriegen«, erklärte Maud niedergeschlagen. »Ich glaube, er hat es mit der Angst zu tun bekommen.«

Carrie legte ihr eine Hand auf die Schulter. Maud fühlte sich wie erstarrt, aber entschlossen.

»Sei nicht nett zu mir«, sagte sie zu Carrie. »Ich habe vor, diesen Fall zu lösen, bevor ich zusammenbreche.«

75

»Jack, Sie übernehmen das Schreiben«, sagte Maud mit einer Geste in Richtung Flipchart. »Meine Klaue kann kein Mensch lesen. Beginnen wir mit Charlotte Salter. Was haben wir? Dass ihre Ehe unglücklich war und ihr Ehemann untreu. Dass sie vorgehabt hatte, ihr Zuhause zu verlassen und ihre Tochter Etty mitzunehmen, und dass sie in London zu einem Vorstellungsgespräch eingeladen gewesen war. Dass sie den Großteil jenes Tages daheim verbracht hatte. Dass Gwyneth Mayhew behauptet hatte, sie am Abend der Party irgendwann zwischen sechs und Viertel vor sieben noch gesehen zu haben.«

»Maximal zehn Minuten Gehzeit bis zur Scheune«, rief ein Beamter. »Eher sechs oder sieben. Und ja, es gab damals Straßenlaternen. Sie hätte auf jeden Fall klare Sicht gehabt.«

»Wie es aussieht, war Charlotte also unterwegs zu der Feier und hätte spätestens um sieben dort eintreffen müssen.«

»Demnach passierte also etwas auf der Strecke zwischen dem Haus der alten Dame und der Party-Scheune?«, fragte Mason.

»Sie vergessen den Schöpflöffel. Al, hat Frances Ackerley ihn wiedererkannt?«

»Sie meinte, es könnte sich tatsächlich um den ihren handeln. Andererseits ist es, wie sie selbst sehr richtig bemerkt hat, einfach nur ein Schöpflöffel, ohne besondere Merkmale. Und das Ganze ist dreißig Jahre her.«

»Ja, aber wenn ihr euch den chronologischen Ablauf anseht, werdet ihr feststellen, dass Charlotte Salter am frühen Nachmittag des besagten Tages zum Haus der Ackerleys gegangen ist, um sich von Duncan einen Schöpflöffel auszuleihen.«

Im Raum herrschte einen Moment Stille.

»Das verstehe ich jetzt nicht«, sagte Lovell langsam.

Maud grinste ihn an. »Doch, Jack, Sie verstehen das sehr wohl, habe ich recht?«

»Es ergibt keinen Sinn.«

»Mal sehen. Zumindest wissen wir inzwischen, dass niemand ein wasserdichtes Alibi hatte. Fast alle verschwanden während der Feier zwischendurch mal für eine Weile, sogar das Geburtstagskind selbst.« Sie strich sich das Haar aus dem Gesicht und warf einen Blick in die Runde. »So, nun vergessen wir vorübergehend Charlotte Salter und machen uns stattdessen Gedanken über Duncan Ackerley – der Gerüchten zufolge etwas mit Charlotte Salter hatte. Auf jeden Fall waren die beiden befreundet. Am Vormittag des ersten Weihnachtsfeiertags verließ er das Haus und ward nicht mehr gesehen, bis Etty Salter und Greg Ackerley sich auf die Suche nach ihm begaben und ihn an einer Boje hängend im Fluss fanden. Für seinen Todeszeitpunkt hatte auch niemand ein Alibi, was am Ende aber keine Rolle spielte, weil die Polizei zu dem Schluss gelangte, dass er sich in einem Anfall von Reue das Leben genommen hatte.«

Maud wandte sich wieder an Lovell.

»Heute Morgen sagten Sie, das Einzige, worüber wir in diesem ganzen Chaos aus Ungereimtheiten definitiv Bescheid wüssten, sei die Art, wie Duncan Ackerley gestorben ist: durch einen Sprung von der Brücke. Woher wissen wir das?«

»Woher?«

»Ja.«

Lovell rieb sich die Nase. »Weil seine Brille dort gefunden wurde.«

»Wann wurde sie gefunden?«

»Am neunundzwanzigsten Dezember.«

»Vier Tage nach seinem Tod. Was hat Frances Ackerley zum Thema Brille gesagt?«

»Al?«, reichte Lovell die Frage weiter. »Du hast doch mit ihr über den Schöpflöffel gesprochen und wolltest bei der Gelegenheit auch wegen der Brille nachhaken.«

Al zuckte mit den Achseln. »Ihr zufolge handelte es sich einfach um seine alte Brille.«

»Haben Sie Misses Ackerley gefragt, wie oft er sie trug?«, wollte Maud wissen.

»Ja, aber da blieb sie ziemliche vage: immer dann, wenn er seine andere nicht finden konnte, meinte sie.«

»Und wo ist die andere?«

»Danach habe ich sie nicht gefragt. Das ist doch alles schon dreißig Jahre her!«

»Gut, dann kommen wir jetzt zu Bridget Wolfe, deren Tod dreißig Jahre später folgt, und zwar zu einer Zeit – lasst uns das ganz klar feststellen –, als die Familien Salter und Ackerley zum ersten Mal seit der Doppeltragödie von damals alle wieder in Glensted versammelt sind. Am Sonntag, dem neunundzwanzigsten Mai, geht morgens eine von den Brüdern Ackerley aufgenommene Podcast-Folge live, in der Bridget verlauten lässt – und sich dabei recht aufgeregt gibt –, sie habe ein Tagebuch gefunden, das Charlotte Salter gehörte. Kurz darauf wird ihr Haus abgefackelt, und sie verbrennt. Heather und Frank, Sie beide haben die Alibis überprüft.«

»Das Problem ist«, begann DC Dillon, »dass zu der betreffenden Zeit wohl gerade allgemeines Chaos herrschte.«

»Alec Salter war ausgebüxt«, fügte DC Mason hinzu. »Seine ganze Familie war auf der Suche nach ihm.«

»Alle?«

»Das behaupten sie zumindest. Wobei Niall anfangs gar nicht wusste, dass sein Vater abhandengekommen war.«

»Morgan Ackerley sagt, er habe auch nach ihm gesucht«, warf Dillon ein.

»Und Greg?«

»Greg befand sich mit seiner Frau und Frances im Haus seiner Mutter. Vorher war er in Hemingford, um dort den Champagner abzuholen, den er für einen familiären Anlass vorbestellt hatte.«

»Victor Pearce kann nicht mehr genau sagen, wo er sich aufhielt.

Obwohl er sich daran zu erinnern glaubt, dass er den alten Herrn an seinem Weinlokal hat vorbeigehen sehen. Er meint, zur Zeit des Brandes habe er Besorgungen gemacht.«

»Das klingt ein bisschen vage.«

»Und Gerry Thorne fand ihn und verlor ihn dann wieder.«

»Was hatten sie denn alle zu dem Podcast zu sagen? Wann haben sie ihn gehört?«

»Die Ackerleys hörten ihn sich alle gemeinsam im Familienkreis an, nachdem Greg Ackerley aus Hemingford zurück war. Elizabeth und Oliver Salter hörten ihn morgens, und zwar genau zu der Zeit, als ihr Vater verschwand.«

»Elizabeth Salter sagt, ihr Vater könnte ihn möglicherweise auch gehört haben. Er befand sich draußen vor der Küche, während drinnen der Podcast lief.«

»Verstehe.«

»Niall war zu Hause bei seiner Frau und hatte ihn ebenfalls gerade laufen, als seine Schwester anrief, um ihn darüber zu informieren, dass Alec verschwunden sei.«

»Dagegen behaupten die beiden Thornes, den Podcast nicht gehört zu haben«, berichtete Mason. »Die bleiben selbst jetzt noch dabei.«

»Sie klingen, als würden Sie ihnen nicht glauben.«

»Die wurden beide für den Podcast interviewt, deswegen halte ich es doch für sehr wahrscheinlich, dass es sie interessierte, wie sie rüberkamen – nicht gut, übrigens. Jedenfalls benahmen sie sich sehr seltsam.«

»Was ist mit Victor Pearce?«

»Pearce sagte, er habe ihn morgens gehört. Er wisse das, weil er sich mit der jungen Frau, die ihm an der Bar aushilft, darüber unterhalten habe.«

»Abgesehen von den Ackerleys – natürlich mit Ausnahme von Morgan, der ja den Podcast aufnahm, und den Thornes, denen wir aber nicht recht glauben – hatten ihn alle gehört, bevor Bridget starb«, fasste Maud zusammen.

»Das war's mehr oder weniger.«

»Frank, kommen Sie bitte gleich im Anschluss zu mir. Ich brauche Sie für eine technische Aufgabe.«

Sie beendete die Besprechung, indem sie aufstand.

»Was wir darüber hinaus natürlich noch brauchen«, bemerkte sie, während sie in ihre Jacke schlüpfte, »ist eine Leiche. Wir müssen unbedingt Charlotte Salter finden.«

76

Sagen Sie mir, dass es eine gute Nachricht ist«, bat Weller.

»Es ist keine gute«, entgegnete Maud, »aber auch keine schlechte.«

»Wenn es weder eine gute noch eine schlechte Nachricht ist, was ist es dann?«

»Eher so etwas wie eine Vorwarnung.«

»Eine Vorwarnung? Warum klingt das für mich gar nicht gut?«

»Sie hatten mich gebeten, Sie auf dem Laufenden zu halten. Indem ich Sie informiere.«

»Ja, und am liebsten wäre es mir, Sie würden mich über Festnahmen und Anklageerhebungen informieren.«

»So weit sind wir noch nicht.«

Weller setzte zu einer Erwiderung an, verstummte dann aber.

»Entschuldigung, Sir, Sie wollten gerade etwas sagen?«

»Nein, Maud. Sie haben mich angerufen, um mir etwas mitzuteilen, mich wegen irgendetwas vorzuwarnen, also schießen Sie einfach los.«

»Bitte, Sir, was wollten Sie sagen?«

Es folgte eine Pause, dann hörte Maud etwas, das wie ein Seufzer klang.

»Maud«, antwortete er schließlich, »ich plädiere nicht an Ihr Mitgefühl. Es ist meine Aufgabe, Entscheidungen zu treffen und dafür die Verantwortung zu übernehmen. Aber wissen Sie, was für eine große Entscheidung es ist, jemanden von einer laufenden Mordermittlung abzuziehen? Es gibt Leute in unseren Reihen, die an solchen Dingen Anstoß nehmen.«

»Das ist mir schon klar«, erwiderte Maud. »Weniger klar ist mir dagegen, was ich mit dieser Information anfangen soll.«

»Manche Leute wollen, dass ich einen Preis für das zahle, was sie als mangelnde Loyalität gegenüber ihrem Team betrachten. Und eine Art, wie ich diesen Preis zahlen könnte, wäre Ihr Scheitern. Maud, ich werde Ihnen keine unerwünschten Ratschläge erteilen, und ich werde Ihre Entscheidungen auch nicht im Nachhinein kritisieren. Aber gibt es irgendetwas, das ich im Zusammenhang mit den Ermittlungen weiterleiten kann? Haben Sie für mich einen Knochen, den ich denen vorwerfen kann?«

»Im Moment noch nicht«, antwortete Maud.

»Tja, mangelnde Offenheit kann man Ihnen jedenfalls nicht vorwerfen. Geben Sie mir etwas, Maud! Haben Sie überhaupt schon irgendwelche nennenswerten Fortschritte gemacht?«

»Ich habe da ein paar Ideen.«

»Sie haben Ideen? Hätten Sie eventuell auch die Güte, mich an ein paar von diesen Ideen teilhaben zu lassen?«

»Ich würde lieber erst mal abwarten, was dabei herauskommt.«

»Ich nehme an, es hat keinen Sinn, Sie zu bitten, doch etwas mehr zu sagen?«

»Es tut mir leid. Ich weiß, dass Sie unter Druck stehen. Aber mit Teilinformationen ist Ihnen nicht geholfen.«

Es folgte eine Pause. Maud war klar, dass es ihr nicht gelungen war, Weller das zu geben, was er von ihr wollte.

»Also gut, Maud«, meinte er schließlich, klang dabei aber überhaupt nicht so, als wäre irgendetwas gut. »Dann beschränke ich mich hiermit auf die Anmerkung, dass ein Ergebnis für uns beide von Nutzen wäre.«

»Ein korrektes Ergebnis.«

»Selbstverständlich, was denn sonst?«, antwortete er in deutlich schärferem Ton. »Wenn Sie in dem Fall noch nicht vorangekommen sind, weswegen wollten Sie mich dann vorwarnen?«

»Erinnern Sie sich an den Podcast zu den alten Fällen? Es handelt sich um ein Gemeinschaftsprojekt der beiden Söhne von Duncan Ackerley.«

»Natürlich erinnere ich mich. Ich habe gerade in der *Daily Mail* einen Artikel darüber gelesen. Anscheinend verbreitet sich dieser Podcast wie ein Virus. Auf der ganzen Welt fragen sich die Leute, warum die britische Polizei diesen Mordfall noch nicht aufgeklärt hat. Das ist genau das, was wir jetzt noch brauchen.«

»Ich habe mich bereit erklärt mitzumachen.«

»Wie meinen Sie das? Wie soll das ablaufen?«

»Auf die ganz normale Art. Die stellen mir Fragen, und ich beantworte sie.«

»Warum um alles in der Welt tun Sie das? Ich kann ja durchaus nachvollziehen, warum die scharf darauf sind, die leitende Ermittlerin zu interviewen, aber was bringt Ihnen das?«

»Das weiß ich noch nicht so genau. Aber vielleicht kommt irgendetwas dabei heraus. Ich stelle mir das ein bisschen so vor wie in diesen Sendungen, wo Kriminalbeamte im Fernsehen auftreten und nach Zeugen fragen.«

»Kriminalbeamte, die das tun, absolvieren vorher normalerweise ein Medientraining. Haben Sie das getan?«

»Nein.«

»Sie müssen vorsichtig sein, Maud. Was die sich von der Sache erwarten, ist nicht notwendigerweise das, was Sie wollen.«

»Ich glaube, wir wollen alle das Gleiche: eine Art Erklärung für das finden, was geschehen ist.«

»Da bin ich mir nicht so sicher«, entgegnete Weller. »Womöglich wird man versuchen, Ihnen eine Falle zu stellen, um Sie dazu zu bringen, mehr zu sagen, als Sie eigentlich dürfen.«

»Ich habe nicht viel zu verraten«, meinte Maud trocken.

»Soll mir das jetzt ein besseres Gefühl geben? Hören Sie, ich bin versucht, hier mein Veto einzulegen. Zu scheitern ist das eine, aber es ist eine ganz andere Nummer, zu scheitern, während Millionen von Leuten auf der ganzen Welt einem dabei zusehen oder zuhören, oder was auch immer die da tun.«

»Ich möchte, dass Sie mir in diesem einen Punkt vertrauen, Sir.«

»Seien Sie bloß vorsichtig. Es braucht nur ein einziges unvorsichtiges Wort, und Sie enden als eine dieser Katastrophen, die sich durchs ganze Internet verbreiten.«

»Da draußen gibt es Menschen, die etwas wissen. Vielleicht kommen wir auf diesem Weg an sie heran.«

»Ich weiß nicht«, meinte Weller. »Ein Kollege von mir, der in einem Mordfall ermittelte, gab mal einer harmlos aussehenden jungen Frau mit einem Mikrofon eine Antwort, die nur fünf Sekunden dauerte. Das Letzte, was ich von ihm gehört habe, war, dass er irgendwo in einem Callcenter untergekommen ist.«

77

Morgan und Greg warteten bereits auf dem Friedhof von St. Peter's, als Maud und Carrie eintrafen. Während die beiden Kriminalbeamtinnen entlang der Grabsteine auf die Brüder zusteuerten, lasen sie im Vorbeigehen die Namen.

Carrie deutete auf eine Ansammlung von Gräbern, lauter Harcourts, die bis ins frühe neunzehnte Jahrhundert zurückreichten. In einem separaten Bereich befanden sich reihenweise identische weiße Grabsteine mit den Namen von Marinesoldaten aus dem Zweiten Weltkrieg, fast alle im Teenageralter gefallen.

Morgan und Greg blickten hoch, als die beiden Frauen näher kamen.

»Ein schönes Fleckchen«, stellte Maud fest, »und ein schöner Tag. Aber warum hier?«

»Wir dürfen das alles nicht in der Ankleide verstauben lassen«, antwortete Morgan.

»Ich habe keine Ahnung, wovon Sie reden«, meinte Maud.

»Das ist so eine Regel von mir, wenn ich Interviews mache. Es besteht die Gefahr, dass man vorher ein Gespräch über die ganzen Themen führt, die man im Interview anschneiden wird, und wenn man dann mit der Aufnahme beginnt und alles ein weiteres Mal sagt, klingt es schon irgendwie angestaubt. Deswegen hätte ich gern, dass wir Sie vorab nur schnell verkabeln, dann können wir miteinander reden, als führten wir einfach eine freundschaftliche Unterhaltung.«

Greg sah Carrie an, die ziemlich keuchte.

»Möchten Sie eine Sitzgelegenheit?«

»Schon gut«, entgegnete Carrie. »Ich bin schwanger, nicht krank.«

Er bekam einen roten Kopf.

»Wie ich höre, läuft der Podcast inzwischen noch besser als ohnehin schon«, bemerkte Maud.

Morgan hob beide Hände zu einer Geste der Schicksalsergebenheit.

»Es ist alles ein bisschen außer Kontrolle geraten«, erklärte er. »Gerade hat eine große Firma Kontakt mit uns aufgenommen. Die wollen den Podcast übernehmen. Wir können Teil ihres Imperiums werden. So haben sie es ausgedrückt: Teil ihres Imperiums.«

»Verdient man mit so etwas Geld?«

»Ich schätze, das geht mit dem Imperium einher.«

Maud lachte. »Dann werden Sie jetzt also reich?«

Die beiden Brüder sahen sich an.

»Das würde sich falsch anfühlen«, antwortete Greg knapp.

»Greg meint damit die ganze Rahmensituation«, erklärte Morgan. »Wir sind hierher zurückgekehrt und bitten die Leute, ihren Schmerz mit uns zu teilen. Wir können nicht auf der Basis dieses Schmerzes zehn Riesen pro Folge einsacken und nebenbei für Matratzen Werbung machen, oder was auch immer es wäre.«

Maud schnitt eine Grimasse. »Zehn Riesen pro Folge?«

»Ich sage ja nicht, dass wir nicht in Versuchung waren.«

»Ändert das etwas?«, fragte Maud. »Zu wissen, dass so viele Leute zuhören?«

»Für Morgan ist das keine so große Sache«, erklärte Greg. »Er ist es gewohnt, Sendungen für Millionen von Zuschauern zu machen und im Supermarkt erkannt zu werden.«

»Und für Sie?«

Greg überlegte kurz, bevor er antwortete.

»So richtig berühmt bin ich dadurch ja nicht«, sagte er schließlich. »Mich wird keiner auf der Straße erkennen.«

»Die Leute könnten es falsch verstehen, was wir da eigentlich versuchen«, meldete sich Morgan wieder zu Wort. »Ich glaube, es besteht die Gefahr, dass sie uns mit Hercule Poirot verwechseln und davon ausgehen, dass wir unsere Informationen gezielt einsetzen und in der letzten Episode eine brillante Lösung präsentieren. Aber darum geht es nicht.«

»Worum geht es dann?«

»Das ist schwer in Worte zu fassen.« Morgan schlug nun einen ernsten Ton an. »Man könnte sagen, es geht um die chaotische Natur des Lebens. Es gibt keinen Plan. Es passieren Dinge, die eigentlich nicht vorgesehen sind. Am Ende findet man oft keine Antworten und muss einen Weg finden, damit zu leben. Aber nun sollten wir mit unserem Gespräch beginnen. Das mit den Antworten, die sich nicht finden lassen, erwähnen wir natürlich nicht.«

Er befestigte ein brandneues, fingernagelgroßes Mikrofon am Revers von Mauds Jacke. Er und Greg setzten Kopfhörer auf.

»Wir machen nur schnell einen Soundcheck«, erklärte Morgan. »Erzählen Sie uns doch einfach, was es bei Ihnen heute zum Frühstück gab.«

»Es gab eine Tasse Kaffee«, berichtete Maud.

»Und was dazu?«

»Nichts dazu. Oder höchstens einen Apfel. Das habe ich schon wieder vergessen.«

Greg schüttelte missbilligend den Kopf.

»Das Frühstück ist die wichtigste Mahlzeit des Tages.«

»Davon habe ich gehört.«

»Gut, dann fangen wir jetzt an«, wandte sich Morgan mit einem aufmunternden Lächeln an Maud. »Betrachten Sie es als ein ganz normales Gespräch. Was Fehler oder Versprecher betrifft, brauchen Sie sich keine Gedanken zu machen, das können wir hinterher alles bearbeiten.«

Als Morgan dann erneut zu sprechen begann, fiel Maud auf, dass er eine Spur anders klang. Offenbar kam nun seine professionelle Stimme zum Einsatz.

»Ich stehe hier auf dem Friedhof von St. Peter's, direkt neben dem Grab meines Vaters.«

Maud blickte nach unten und registrierte erst jetzt die schlichte graue Steinplatte: Duncan Ackerley, 1947–1990.

»Ich bin heute in Gesellschaft von Maud O'Connor«, fuhr Morgan fort. »Oder, um auch ihre volle Berufsbezeichnung zu nennen: Detective Inspector Maud O'Connor. Es ist schön, Sie hier zu haben, Maud.«

Maud verzichtete auf eine Antwort. Sie war plötzlich unsicher, was den richtigen Ton betraf. Es erschien ihr nicht passend, zustimmend zu erklären, sie freue sich ebenfalls, hier zu sein – als träte sie in einer Talkshow auf.

»Ihnen wurde erst vor Kurzem die Leitung der Ermittlungen übertragen. Wie kam es dazu?«

»Ich nehme an, man wollte einfach einen frischen Blick auf die Dinge.«

»Mir ist klar, dass Sie sich zum Stand der Ermittlungen nur in sehr begrenztem Umfang äußern dürfen. Können Sie uns trotzdem kurz sagen, wie es läuft?«

»Es gibt interessante Entwicklungen, aber Sie haben recht, ich kann vorerst nicht ins Detail gehen.«

Morgan lächelte wehmütig. »Wie Sie wissen, stehen wir hier nicht als professionelle Journalisten, sondern als trauernde Söhne. Wir leben mit dieser Tragödie schon mehr als unser halbes Leben lang. Ist es für Sie nachvollziehbar, dass Greg und ich und die hier lebenden Menschen teils sehr wütend darüber sind, wie wenig die Polizei im Lauf von dreißig Jahren erreicht hat, sodass ›interessante Entwicklungen‹ für unsere Ohren vielleicht ein wenig vage klingt?«

»Können Sie Ihre Wut ein bisschen genauer beschreiben?«, entgegnete Maud.

Ihre Frage schien Morgan zu überraschen, er nahm sich Zeit, um über seine Antwort nachzudenken.

»Wissen Sie, mir und meinem Bruder geht es hier einerseits um unsere Familie, andererseits aber auch um den Ort. Bei den Vorbereitungen für diesen Podcast verwenden wir viel Zeit darauf, uns zu überlegen, wo wir die jeweilige Folge aufnehmen wollen. Sobald wir wussten, dass wir mit Ihnen ein Gespräch führen dürfen, meinte Greg, es müsse hier stattfinden, auf dem Friedhof, nahe an den

Opfern. Unser Vater liegt nur ein paar Schritte von der Stelle entfernt, wo wir jetzt stehen. Wir dachten, diese Nähe könnte Ihnen helfen, ein Gefühl für die ganze Tragödie zu entwickeln.«

Maud begriff, dass das eine Art Falle darstellte. Der Plan war, sie emotional unter Druck zu setzen, in der Hoffnung, dass sie sich aufregte oder wütend wurde und im Affekt etwas äußerte, was sie gar nicht hatte sagen wollen, irgendetwas Aufschlussreiches, das dem Podcast einen spektakulären Moment bescheren würde.

Mit dem Anflug eines Lächelns schaute sie sich nach Greg um, dann wandte sie sich wieder an Morgan.

»Was glauben *Sie* denn?«, fragte sie.

»Wie meinen Sie das?«

»In meinem Beruf muss ich mehr zuhören als reden. Sie beide beschäftigen sich schon eine ganze Weile mit dieser Sache. Sie haben in Glensted und Umgebung mit vielen Leuten gesprochen. Was glauben *Sie*, warum Ihr Vater sterben musste?«

Das Interview dauerte nicht lang. Maud wich Morgans Fragen höflich aus, und um das zu kompensieren, sprach Morgan zunehmend seinen toten Vater an, neben dessen Grab sie standen. Jedes Mal, wenn er das tat, wirkte Greg peinlich berührt.

»Das war's«, sagte Morgan schließlich.

»Ich glaube, es wird bald regnen«, bemerkte Carrie. »Es ist so schwül.«

Sie saß neben Duncans Ruhestätte auf einer leicht erhöhten Grabplatte, mit ausgestreckten Beinen, die Hände auf dem Bauch.

»Geht es dir gut?« Maud beäugte sie argwöhnisch. »Du wirst doch nicht etwa …«

»Nein«, fiel ihr Carrie grollend ins Wort, »keine Angst. Mir ist bloß heiß. Ein anständiges Gewitter täte not.«

»Können Sie für Twitter ein Foto von uns machen?«, wandte sich Morgan an sie.

Carrie hielt sich an dem Grabstein fest, der ihr als Rückenstütze gedient hatte, und hievte sich mühsam hoch.

»Doris Winter«, bemerkte sie in anerkennendem Ton. »Den Vornamen Doris hört man heutzutage nicht mehr oft. Sie war siebenundneunzig.«

Während sie die Kamera entgegennahm, stellte Maud sich zwischen die Brüder. Carrie machte mehrere Aufnahmen und reichte den Apparat dann an Morgan zurück.

»Darf ich Ihnen eine Frage stellen?« Greg ging in die Knie, um die Aufnahmeausrüstung in einer großen Leinentasche zu verstauen. »Machen Sie Fortschritte?«

Maud ließ den Blick über den Friedhof schweifen. Teilweise waren die Grabsteine alt, grau und bemoost, doch es gab auch neue, die noch makellos glänzten.

»Kann schon sein«, antwortete sie.

»Kann schon sein?«

»Das ist jetzt nicht offiziell, und mehr werden Sie von mir auch nicht erfahren.«

Maud entschied sich für die lange Route, die am Fluss entlang zurück ins Ortszentrum von Glensted führte. Es war gerade Gezeitenwechsel, das Wasser flutete schnell landeinwärts. Maud blieb abrupt stehen, starrte auf die Gegenströmung und stieß ein überraschtes Lachen aus.

Eilig holte sie ihr Handy heraus.

»Jack«, sagte sie. »Ich war so eine Idiotin. Ich brauche den regionalen Tidenkalender für neunzehnhundertneunzig. Sofort.«

78

Warum bist du zurückgekommen?« Etty, Ollie, Niall und Penny saßen im Garten bei einem kleinen Lunch, bestehend aus Brot, Käse und Salat. Etty trank dazu ein Glas Weißwein. Drinnen hörten sie Türen schlagen und dann einen zornigen Schrei.

»Mia ist durch ihre Führerscheinprüfung gerasselt«, erklärte Niall verdrossen. »Das heißt, ich werde weiter mein Leben aufs Spiel setzen müssen.«

»Ich glaube, ich habe einen Regentropfen gespürt.« Penny legte den Kopf in den Nacken, um zum Himmel zu blicken, der einen gespenstischen Lilaton angenommen hatte.

»Wir brauchen dringend Regen«, meinte Niall.

Mia kam in den Garten gestapft. Sie bildete ihre eigene kleine Gewitterwolke.

»Warum schaut ihr alle so düster?«, fragte sie, während sie sich eine monströse Scheibe Käse abschnitt und auf eine Brotscheibe klatschte. »Ich bin diejenige, die schlechter Laune sein sollte. So ein Arschloch!«

»Wer?«

»Das Arschloch, das mich hat durchfallen lassen.«

»Sei nicht albern«, sagte Penny. »Du hast dir drei schwere Patzer geleistet, da ist es doch klar, dass du durchfällst.«

Mia funkelte sie böse an und ging.

»Warum, Ollie?«, fragte Etty noch einmal. »Solltest du nicht in der Arbeit sein?«

»Ich habe mir ein paar Tage freigenommen.«

»Wozu?«

»Ich hasse meine Arbeit sowieso.«

»Erst waren wir jahrelang nicht mehr zusammen«, stellte Etty fest. »Jahrzehnte. Und jetzt …« Sie fuhr sich mit ihrer schmalen, unberingten Hand durchs kurze Haar. »Jetzt ist es, als könnten wir uns gar nicht mehr voneinander trennen.«

»Ich dachte nur …«, begann Ollie, verstummte aber gleich wieder. »Ich bleibe nicht lang«, erklärte er dann. »Ich kann auf dem Sofa schlafen.«

»Ist doch schön, dass du da bist«, entgegnete Niall. »Bleib, solange du willst. Übrigens ist dieser Brie ein bisschen zu weich für meinen Geschmack.«

»Ich für meinen Teil«, sagte Penny, »finde es sehr erfreulich, dass ihr endlich beschlossen habt, Zeit miteinander zu verbringen.«

»Wir haben es nicht beschlossen«, widersprach Etty. »Wir tun es einfach.«

»Du warst krank«, bemerkte Niall. »Deswegen bist du hier. Aber es geht dir schon besser, oder?«

»Ja«, antwortete Etty.

Wobei sie in Wirklichkeit nicht wusste, ob das stimmte. Die Welt, in der sie vorher gelebt hatte, erschien ihr unendlich weit entfernt, wie ein Traum von einem Leben, in das sie nicht mehr gehörte. Sie hatte das eigenartige Gefühl, sich aufzulösen – als würden Teile von ihr, die bisher fest miteinander verbunden gewesen waren, zunehmend an Halt verlieren, wodurch sie sich selbst irgendwie nicht mehr im Griff hatte. Das bewirkte, dass sie sich klein und hilflos fühlte. Sie musste immer wieder an Charlie und Paul denken, und jedes Mal, wenn das geschah, stieg tiefe Sorge in ihr auf.

»Ich habe so ein Gefühl«, begann Ollie, hielt jedoch gleich wieder inne und griff nach einem Stück Brot, das er dann anstarrte, als wüsste er gar nicht, was er da in der Hand hielt.

»Ja?«

»Ich habe so ein Gefühl von Angst«, gestand Ollie schließlich. »Als würde uns eine ganz, ganz schlimme Sache bevorstehen.«

»Und deswegen bist zu zurückgekommen?«

»Ja.«

»Du wolltest bei deiner Familie sein«, warf Penny ein.

Ollie betrachtete sie nachdenklich.

»Ja. Ja, wahrscheinlich. Wobei wir schon eine seltsame alte Familie sind.«

»Was für eine schlimme Sache?«, hakte Etty nach.

»Ich habe keine Ahnung. Spürt ihr es nicht?«

»Nein«, antwortete Niall. »Wahrscheinlich spürst du nur, dass ein Gewitter in der Luft liegt.« Er stand auf. »Wie auch immer, ich muss zurück an die Arbeit.«

»Ich ebenfalls«, sagte Penny. »Ich muss unbedingt noch diese Rechnungen abschicken.«

»Wir räumen auf«, bot Etty an.

Sie sahen Niall und Penny nach, die gemeinsam aufbrachen.

»Die beiden sind eigentlich ein recht nettes Paar«, stellte Ollie fest.

»Ja.«

»Früher fand ich Niall immer ein bisschen lächerlich«, fuhr er fort, »aber inzwischen bin ich der Meinung, dass er es von uns allen am besten gemacht hat.«

Etty nickte. Ihr Kopf pochte.

»Ich spüre es auch«, verkündete sie. »Ich spüre, dass bald etwas passieren wird.«

79

Hier, wie gewünscht. Ich habe sie Ihnen ausgedruckt.«

Lovell legte Maud ein Blatt hin. Sie begann es sofort zu studieren, fuhr mit dem Zeigefinger die Reihen entlang.

»Ich weiß zwar nicht, wieso das wichtig ist«, sagte Lovell, »aber wie es aussieht, war an jenem Tag gegen halb zwölf Gezeitenhochwasserstand.«

»Verstehe.«

»Hilft Ihnen das irgendwie weiter?«

»Ja, Jack. Das ist genau das, was ich brauchte.«

Jack Lovell blieb neben ihr stehen, weil er erwartete, dass sie mehr dazu sagen würde, doch in dem Moment klopfte es an der Tür, und Frank Mason streckte den Kopf herein.

»Sie sind beschäftigt«, stellte er fest.

»Wir sind hier schon fertig.«

»Ich hätte gern, dass Sie sich etwas ansehen.«

»Sie machen einen zufriedenen Eindruck.«

»Ich habe die Videoaufzeichnungen bekommen.«

»Wirklich? Super.« Maud sprang von ihrem Schreibtisch auf und nickte Jack zu. »Ich erkläre Ihnen das alles in Kürze«, sagte sie, bereits im Gehen begriffen.

»Das wäre nett«, antwortete er, »falls Sie mal einen Moment Zeit haben.«

Doch sie bekam seinen Sarkasmus gar nicht mehr mit.

»Bestimmt kommt ihr bald zu einem Ende«, sagte Frances Ackerley zu ihren Söhnen. Sie saßen zusammen am Küchentisch, während draußen der Regen prasselte. Die Tropfen spritzten wie kleine Bomben vom Fliesenboden der Terrasse hoch.

»Wie meinst du das?«

Morgan legte die Mango, die er eben noch voller Konzentration geschält hatte, vor sich auf den Tisch und wandte sich mit fragender Miene seiner Mutter zu.

»Lester und ich haben uns darüber unterhalten, dass es für euch bestimmt bald Zeit wird, euer normales Leben wieder aufzunehmen«, antwortete sie in beschwichtigendem Ton.

Greg lächelte Morgan an, aber seine Stimme klang eine Spur bitter, als er feststellte: »Mum hat genug von uns.«

»Ich meine damit doch nur, dass ihr schon recht lange hier seid«, entgegnete sie, »beschäftigt mit dieser Podcast-Sache.«

Ein Schatten huschte über Morgans Gesicht.

»Außerdem wartet Katherine auf dich«, fügte sie an Greg gewandt hinzu.

»Sie wartet nicht auf mich«, widersprach Greg. »Sie arbeitet.«

»Wie auch immer.«

»Das heißt, wir sollen verschwinden.« Morgan sah plötzlich wieder aus wie als Teenager, voller Groll und irgendwie mitleiderregend.

»Nein, nein. Ich meinte damit nur, dass es nicht mehr viel zu sagen gibt. Mir scheint, ihr habt schon alles gesagt, was es zu sagen gab. Und noch so einiges darüber hinaus.«

»Wenn du dich über irgendetwas beschweren möchtest …«, begann Morgan.

»Nein, Morgan, ich möchte mich nicht beschweren. Ich stelle lediglich fest, dass ihr bereits mit allen möglichen Leuten gesprochen habt, den Fall immer wieder durchgegangen seid und ihn bis ins Kleinste zerpflückt habt. Es ist euch gelungen, alte Geheimnisse auszugraben und alte Wunden aufzureißen.«

»Mum«, warf Greg ein.

Er lehnte sich zu ihr hinüber, doch sie zuckte mit einer heftigen

Bewegung zurück. Ihre Augen funkelten auf eine Weise, die ihm aus früheren Zeiten schrecklich vertraut war.

»Ihr habt Dinge, die sehr persönlich und intim waren, in aller Öffentlichkeit breitgetreten und seid auf unserem Leben herumgetrampelt, als wäre das alles nur Unterhaltung. Gestern hat ein Journalist bei mir vorgesprochen und mich gefragt, ob ich nicht Lust hätte, meine Geschichte zu erzählen. Dauernd rufen irgendwelche Leute an und wollen mich interviewen. Wenn ich nach Glensted gehe, fühle ich mich zurückversetzt in die Vergangenheit, weil mich plötzlich wieder alle anstarren, genau wie damals. Habt ihr eine Ahnung, wie sich das anfühlt?«

»Du hättest uns sagen sollen, dass es dir nicht recht war, was wir taten.«

»Ich sagte euch gleich zu Beginn, dass ich nichts damit zu tun haben wollte.«

»Ich glaube, Mum hat recht«, mischte Greg sich ein. »Es ist Zeit, zu einem Ende zu kommen.«

»Du meinst, wir sollen einfach aufhören?«

»Lester findet, wir brauchen unser Haus wieder für uns selbst«, erklärte Frances stur.

»Und ich gebe Lester recht«, meinte Greg. »Immerhin haben wir unser Interview mit der Kriminalbeamtin im Kasten. Du kannst es ja noch ein bisschen aufpeppen, hier und da deine grandiosen Gedanken einstreuen, um das Ganze abzurunden.«

»Meine grandiosen Gedanken?«

»Das ist jetzt falsch rübergekommen.«

»Hör zu«, sagte Morgan fast flehend. »Wir können nicht einfach aufhören. Wir sind ein Phänomen.«

»Vielleicht möchte ich kein Phänomen sein«, erwiderte Greg.

»Wie auch immer«, warf Frances ein. »Spitzt sich das Ganze nicht ohnehin immer mehr zu?«

»Wie meinst du das?«

»Das war nur mein Eindruck.«

»Von wem hast du das?«, fragte Greg. »Wie kommst du zu diesem Eindruck?«

»Du brauchst dich nicht gleich so aufzuregen. So wart ihr Jungs schon immer.«

»Als hättest du das jemals mitbekommen«, bemerkte Greg leise, aber doch hörbar.

Sie schaute ihn an. »Mir ist klar, dass ihr eine schwierige Jugend hattet. Ich weiß, dass ich euch keine richtige Mutter war. Aber inzwischen seid ihr erwachsen und selbst schon mittleren Alters. Es ist Zeit loszulassen und nach vorn zu blicken.«

»Loszulassen?« Morgan stieß ein ungläubiges Lachen aus. »Nach vorne zu blicken?«

»Du meinst, so wie du, nachdem Dad tot war«, sagte Greg.

»Ja, so wie ich, Greg. Ich werde mir von euch keine Schuldgefühle einreden lassen, nur weil ich es geschafft habe, mein Leben wieder in den Griff zu kriegen, nachdem Duncan sich umgebracht hatte. Wäre es euch lieber gewesen, ich wäre ein trauerndes Wrack geblieben?«

»Du bist nicht nur gesund geworden«, erwiderte Morgan, »sondern viel glücklicher, als du zu Dads Lebzeiten je warst. Das machte es für uns so schwierig. Es schien, als wärst du fast schon froh darüber, dass er tot war. Aber was ist mit uns?«

»Du redest, als wärst du immer noch fünfzehn«, stellte Frances fest.

»Tja, als ich fünfzehn war, haben wir nie darüber gesprochen. Du warst ja *krank*.«

»Du sagst das, als hätte ich simuliert.«

»Wir brauchten eine Mutter«, antwortete Morgan. »Stattdessen mussten wir uns um dich kümmern.«

Greg stand auf und trat ans Fenster, ließ den Blick über die Flussmündung und die Marschflächen schweifen, die sich im Regen aufzulösen schienen.

»Wenn ich hier bin«, erklärte er, »vergeht keine Stunde, ohne dass ich an ihn denke und ihn vermisse.«

Morgan nickte. »Das verstehe ich. Aber ist es so schlimm, sich zu erinnern?«

»Ich weiß es nicht.«

»Vielleicht sollten wir eine Familientherapie machen.«

»Das halte ich für eine ganz schlechte Idee«, meinte Frances.

Danach schwiegen sie alle eine Weile. Draußen goss es nach wie vor in Strömen, das Regenwasser spritzte vom Laub der Bäume und platschte aus der Dachrinne. Morgan erhob sich und trat neben seinen Bruder ans Fenster.

»Glaubst du, die Polizistin weiß etwas?«, fragte er so leise, dass Frances es nicht hören konnte.

»Keine Ahnung.«

»War es falsch, den Podcast zu machen?« Er klang jetzt fast flehend. Greg sah ihn nicht an, sondern starrte einfach weiter auf die regennasse Landschaft hinaus.

»Jedenfalls hat er etwas in Bewegung gesetzt«, antwortete er schließlich. »Ich glaube nicht, dass du das jetzt noch aufhalten kannst.«

80

Maud kam allmählich zu dem Schluss, dass etwas schiefgelaufen war. Vielleicht gab es ein Problem mit ihrer Wegbeschreibung. Doch dann bog ein weißer Lieferwagen um die Kurve und hielt neben ihr. Die Fahrertür schwang auf, und ein hochgewachsener, schlaksiger Mann mit strähnigem braunem Haar stieg aus. Er trug einen weiten gemusterten Pulli, Jeans und Turnschuhe.

»Hallo, Matt, wie war die Fahrt?«

Matthew Moran lächelte und warf einen Blick über Mauds Schulter.

»Du klingst wie mein Dad«, stellte er fest. »Wenn ihn jemand besucht, fragt er nie, wie es den Leuten geht, sondern immer nur, wie die Fahrt war und welche Strecke sie gefahren sind.«

»Also gut«, sagte Maud. »Wie geht es dir? Wie fühlst du dich?«

»Verwirrt.«

»Wieso?«

»Ihr habt hier oben doch auch so etwas wie eine Spurensicherung, oder nicht?«

»Es ist nicht allein deren Schuld, aber die hiesige Polizei beweist seit über dreißig Jahren ein besonderes Händchen dafür, Tatorte zu versauen. Das scheint sich hier zu einer Tradition entwickelt zu haben, wie der Moriskentanz. Außerdem halte ich aus irgendeinem verrückten Grund besonders viel von deinen Fähigkeiten. Meiner Meinung nach könntest du Dinge finden, die andere nicht aufspüren.«

Matt kniff argwöhnisch die Augen zusammen.

»Falls ich mal ein Empfehlungsschreiben brauche, weiß ich, an wen ich mich wende, aber einen versauten Tatort kann auch ich nicht ent-sauen.«

»Wir werden sehen.«

»War nicht der Schauplatz des Mordes, den du untersuchst, ein ausgebranntes Haus, irgendwo auf einer Wiese?«

»Das ist nur einer von den Mordfällen, die ich untersuche. Ich möchte, dass du dir das hier mal ansiehst.«

Das Scheunentor war mittlerweile mit einem Schloss gesichert. Maud zog einen Schlüsselbund aus der Tasche und probierte einen Schlüssel nach dem anderen, bis das Schloss endlich aufging. Sie zog das Tor so weit auf, dass sie eintreten konnten.

Drinnen roch es muffig, und Staub hing in der Luft. Matt blickte sich um.

»Ist das hier eine Baustelle?«

»Es ist wohl geplant, die Scheune in ein Wohnhaus umzuwandeln, aber die Bauarbeiten sind vorübergehend eingestellt.«

»Was genau soll ich mir ansehen?«

In der Mitte des Raums stand ein grober Holztisch. Maud zog einen Packen Fotos aus ihrer Jackentasche und breitete sie auf dem Tisch aus. Es handelte sich um die Polaroidfotos von der Party. Matt betrachtete die Bilder.

»Wurden die hier aufgenommen?«

»Im Dezember neunzehnhundertneunzig«, antwortete Maud. »Auf einer Feier anlässlich des fünfzigsten Geburtstags von Alec Salter. Laut den zahlreichen Berichten, die ich darüber gehört habe, hielten sich hier um die hundert Leute auf. Eine Person jedoch war nicht anwesend. Alec Salter führte eine nicht so glückliche Ehe mit Charlotte Salter. Sie sollte eigentlich an der Feier teilnehmen, war aber nicht da und wurde seitdem auch nie wieder gesehen.«

Sie warf einen Blick zu Matt hinüber, der die Hände in die Hosentaschen geschoben hatte. Er wirkte irritiert, fast gelangweilt.

»Wie du auf den Fotos erkennen kannst«, fuhr sie fort, »befand sich hier an der Wand ein langer Tisch …« Sie deutete auf die Wand neben dem großen Tor, durch das sie hereingekommen waren. »Auf dem standen die Getränke. Den Fotos nach zu urteilen war es das übliche Sortiment: Weinflaschen, Bier, Wasser und ein Topf Punsch.« Sie deutete auf die andere Seite des Raums. »Dort drüben stand ein weiterer Tisch, mit Essen, Dips, Chips, solche Sachen. Aber hier drüben …« Sie zeigte erneut auf die Seite, wo der Getränketisch gestanden hatte. »Ich interessiere mich mehr für diese Seite.«

»Du weißt, was ich gleich sagen werde.«

Maud lächelte. »Ich glaube, ich kann es mir vorstellen.«

»Was mir an deinen Ausführungen besonders aufgefallen ist, war die Zeitangabe ›vor dreißig Jahren‹. Des Weiteren ist mir aufgefallen, dass von einer Feier die Rede war und von hundert Leuten, die hier durchgetrampelt sind.« Er schüttelte den Kopf. »Und dann sagst du auch noch, es gehe um eine Party, zu der eine bestimmte Frau nicht erschienen sei. Als Fachmann für Spurensicherung weiß ich wirklich nicht, was ich damit anfangen soll.«

»Dass sie nicht erschienen ist, habe ich nicht gesagt.«

»Doch, das hast du vorhin wortwörtlich gesagt.«

»Nein, ich habe nicht gesagt, dass sie nicht erschienen ist – nur, dass sie nicht da war, nicht anwesend.«

Wieder wirkte Matt verwirrt.

»Tut mir leid, die Unterscheidung verstehe ich nicht. Ich bin nur ein armer, einfacher Wissenschaftler, der Tatorte untersucht.«

»Ich glaube, das hier *ist* ein Tatort«, erklärte Maud.

»Wie bitte?«

»Und ich glaube außerdem, dass es sich um den einzigen Tatort dieses ganzen Falls handelt, der nicht dadurch ruiniert wurde, dass alle möglichen Leute darin herumgewuselt sind.«

»Wirst du mir irgendwann erklären, was du damit meinst?«

»Die Salters führten eine schreckliche Ehe.« Maud hielt inne. »Nein, ich weiß nicht, ob das die richtigen Worte sind, um diese Ehe zu beschreiben. Alec Salter schikanierte seine Frau und betrog sie zusätzlich auch noch. Das trifft es eher. Es gab Hinweise darauf, dass sie vorhatte, ihn zu verlassen. Die Polizei biss sich damals an dieser Theorie fest. Andererseits legt das Beweismaterial aber auch nahe, dass sie an der Feier teilnehmen wollte. Sie kleidete sich für den Anlass. Eine Zeugin hat beobachtet, wie sie in Richtung Scheune ging. Außerdem haben wir noch das hier.«

Maud deutete auf eines der Fotos. »Sieh dir das an.«

Matt beugte sich vor.

»Was soll das sein?«

»Es handelte sich nicht um eine Feier mit tollem Partyservice. Es war eher die Art Fest, zu dem verschiedene Leute etwas beisteuern. Laut den Akten lieh sich Charlotte einen Schöpflöffel aus, den sie zum Ausschenken der Getränke mitbringen wollte, vermutlich für den Punsch.« Sie tippte auf das Foto. »Diesen Schöpflöffel.«

Matt wirkte skeptisch. »Bist du sicher, dass das nicht irgendein beliebiger alter Schöpflöffel ist?«

»Seine Besitzerin glaubt, ihn wiederzuerkennen.«

»Du bist also der Meinung, dass sie hier getötet wurde?«

»Ja.«

»Der Schöpflöffel traf ein.« Matt überlegte einen Moment. »Ich schätze mal, es ist nicht sehr plausibel, dass jemand sie unterwegs tötete und dann den Schöpflöffel herbrachte, um es so aussehen zu lassen, als wäre sie ebenfalls angekommen?«

Maud schüttelte den Kopf. »Das halte ich für ein bisschen zu weit hergeholt. Niemand würde denken: Da ist ihr Schöpflöffel, demnach muss sie hier auch irgendwo sein, kein Grund, sich Sorgen zu machen. Nein, ich bin mir sicher, dass sie ankam und nicht wieder ging.«

Matt schnitt eine Grimasse. »Soll das heißen, du glaubst, ihre Leiche ist hier?«

»Ich glaube, sie *war* hier.«

Er machte eine ratlose Geste. »Was genau erwartest du von mir?«

Maud runzelte die Stirn. »Es kam in dieser Scheune zu einer Begegnung zwischen Charlotte Salter und einer uns unbekannten Person – oder mehreren Personen –, und dabei wurde sie getötet. Stellen wir uns die Situation vor: Die Leiche ist hier, die Partygäste werden gleich eintreffen. Wo versteckst du die Leiche?«

»Woher willst du wissen, dass die Leiche hier versteckt wurde?

Vielleicht hat man sie nach draußen geschafft, in einem Gebüsch oder einem Kofferraum verborgen.«

»Kann sein«, entgegnete Maud nachdenklich. »Falls dem Mörder – oder den Mördern – das gelang, dann ist dieses ganze Unterfangen hoffnungslos, und ich verschwende nur meine Zeit, und deine ebenfalls. Aber vielleicht war das nicht mehr möglich. Jeden Moment konnten Gäste eintreffen. Was machst du in dieser Situation?«

Matt setzte sich langsam in Bewegung. Es sah aus, als latschte er nur ziellos in der Scheune umher, aber Maud kannte seine lockere Art. Unter dieser lässigen Oberfläche war er hochkonzentriert.

»Rundherum Steinmauern«, stellte er fest. »War das neunzehnneunzig auch schon so? Kann es sein, dass es vor dem Stein eine Trennwand gab?«

»Nein. Es war genau so, wie es jetzt ist.«

»Existierte irgendeine Art Bühne oder Plattform, worunter man eine Leiche verstecken konnte?«

»Es gab nur den Tisch für die Getränke und den Tisch für das Essen. Unter denen hätte man nichts verstecken können. Es wäre deutlich sichtbar gewesen.«

Matts Blick wanderte nach oben zu der hohen Raumdecke, den Holzbalken.

»Daran habe ich auch schon gedacht. Keine Chance, da hochzukommen, außer mit einer Leiter. Man konnte da keine Leiche raufschaffen, und wenn doch, hätte man sie nirgendwo verbergen können.«

»Gab es vielleicht irgendeine große Schachtel oder Kiste?«, fragte Matt. »Etwas, das benutzt wurde, um Sachen für die Party zu liefern?«

»Falls ja, ist davon auf den Fotos nichts zu erkennen.«

Er schob die Hände wieder in die Taschen seiner Jeans und wandte sich Maud zu.

»Ist das offiziell?«

»Was?«

»Das hier. Ich. Dass ich hier bin.«

»Ich leite die Ermittlungen. Wenn ich mich dazu entschließe, etwas zu autorisieren, dann ist es offiziell.«

»Weiß das restliche Team Bescheid?«

»Sie werden es zum gegebenen Zeitpunkt erfahren.«

Matt schüttelte traurig den Kopf. »Ich bin hier nicht der letzte Strohhalm, an den du dich verzweifelt klammerst, oder?«

»Nein«, antwortete Maud lächelnd. »Notfalls habe ich noch ein paar andere Strohhalme auf Lager.«

Sein Blick fiel auf den Boden. »Was ist denn das da?«

Entlang des Raums verlief eine Art Rinne.

»Früher war das ein Kuhstall«, erklärte Maud. »Die Kühe standen in Boxen, mit dem Hinterteil in Richtung dieser Rinne. Sie diente dazu, den Dung aufzufangen.«

»Wenn ich mich nicht täusche, ist auf den Fotos nichts davon zu sehen. Kann es sein, dass die Rinne später entstanden ist, nach neunzehnhundertneunzig?«

»Nein, sie ist so alt wie das Gebäude.«

Sie traten wieder an den Tisch und nahmen die Fotos genauer unter die Lupe. Auf einmal beugte Matt sich vor und berührte eine der Aufnahmen mit einer Fingerspitze.

»Da ist irgendeine Art Abdeckung über dem Spalt«, erklärte er. »Vermutlich wurde die damals angebracht, damit niemand hineinstolperte.«

Die beiden schauten sich an. Auf Mauds Gesicht breitete sich ein Lächeln aus.

»Das ist doch nicht möglich«, meinte Matt. »Das kann ich mir einfach nicht vorstellen.« Er sah noch genauer hin. »Platz genug wäre gewesen, schätze ich. Aber direkt im Partyraum! Darauf standen nachher bestimmt die Leute. Liefen darauf herum. Tanzten womöglich sogar.«

»Kann die Leiche Spuren hinterlassen haben?« Maud sah Matt fragend an.

»Alles hinterlässt Spuren. Irgendwie. Aber das Ganze ist dreißig Jahre her. Mehr als dreißig Jahre. Die Chancen stehen eins zu hundert, nein, eher eins zu tausend.« Er kniete sich auf den Boden und spähte in die Rinne. Dann blickte er wieder Maud an. »Waren seitdem Kühe hier drin?«

»Schon seit fünfzig Jahren nicht mehr. Mindestens.«

»Was ist mit anderen Veranstaltungen?«

»Das habe ich überprüft. In dem Gebäude hat seit jener Geburtstagsfeier nichts mehr stattgefunden. Bis dann vor ein paar Wochen im Außenbereich die Bauarbeiten begannen. Dadurch gab es wahrscheinlich Staub.«

Matt murmelte etwas vor sich hin, als spräche er mit sich selbst. Er stand wieder auf. Sein Blick wirkte skeptisch. Er schüttelte langsam den Kopf.

»Ich kann das gar nicht glauben«, sagte er. »Ich kann es mir einfach nicht vorstellen.«

»Du wirst es aber versuchen, oder?«

»Aller Voraussicht nach vergeude ich damit nur deine und meine Zeit. Aber nun bin ich schon den ganzen weiten Weg hier herauf ans Ende der Welt gefahren, also kann ich mich genauso gut an die Arbeit machen. Einen Versuch ist es wert.«

Fünf Minuten später stand er in voller Montur da, von Kopf bis Fuß in Weiß, mit Handschuhen und Überziehern. Auf dem Tisch hatte er seine Werkzeuge ausgebreitet, die Skalpelle, Pinsel, Pinzetten, Taschenlampen, Beweismittelbeutel.

»Das wird eine Weile dauern«, sagte er. »Vielleicht magst du dir ja irgendwo anders die Zeit vertreiben, einen Kaffee trinken gehen oder etwas erledigen, das tatsächlich Aussicht auf Erfolg hat.«

»Ich warte«, erwiderte Maud.

Matt ließ den Blick die Rinne entlangwandern. »Gibt es irgendeinen Bereich, wo du die Wahrscheinlichkeit, etwas zu finden, für besonders groß hältst?«

»Nicht, dass ich wüsste.«

Er fischte eine Stirnlampe aus seiner Leinentasche, zog sich das Gummiband über den Kopf und schaltete sie ein.

»Dann werden wir wohl ein paar Stunden hier verbringen.«

Er ließ sich für seine diffizile Arbeit viel Zeit, bewegte sich mit seinem kleinen Messgerät und seinen feinen Pinseln Zentimeter für Zentimeter die Rinne entlang, las mit seinen Pinzetten scheinbar unsichtbare Dinge auf, die er anschließend in Beweismittelbeutel oder Aufbewahrungsgefäße aus festem Kunststoff gab. Er machte sich gewissenhaft Notizen und hielt alles, was er einsammelte, zusätzlich fotografisch fest.

Maud empfand es als seltsam tröstlich, ihn bei seiner geduldigen, konzentrierten Arbeit zu beobachten. Die Luft in der Scheune war warm und trocken. Draußen sangen die Vögel, und in der Ferne hörte man gedämpften Verkehrslärm. Nachdem sie Matt ein paar Minuten lang bei der Arbeit zugesehen hatte, zog Maud ihre Jeansjacke aus und legte sie auf den Boden. Anschließend ließ sie sich mit gekreuzten Beinen in dem Rechteck aus Sonnenlicht nieder, das durch das Tor hereinfiel, und zog ihr Notizbuch aus dem Rucksack.

Die Seiten waren dicht gefüllt mit Auflistungen, Terminen, von denen viele bereits ausgestrichen waren, Pfeilen, die in verschiedene Richtungen wiesen, und Skizzen mit Kommentaren daneben. Da war Bridgets Haus auf dem Hügel hinter der Kirche, zwischen schnell hingekritzelten Bäumen. Da befand sich der Fluss, das Bauernhaus der Salters, das Haus der Ackerleys, Victors Lokal.

Maud zückte ihren Stift und starrte nachdenklich auf das Gekritzel. Es schien ihr, als hätte der Fall Ähnlichkeit mit einer Fotografie während der Entwicklungsphase in der Dunkelkammer: Ganz langsam war das anfangs völlig verschwommene Bild klarer und schärfer geworden. Was zunächst wie ein chaotisches Durcheinander gewirkt hatte, besaß inzwischen deutliche Konturen und ergab immer mehr Sinn – schrecklichen Sinn.

Eine Fliege summte durch den Raum. Die Sonne verschwand kurz hinter einer Wolke und kam wieder zum Vorschein. Von dort, wo Matt über seiner Arbeit kauerte, drangen kleine Geräusche zu ihr herüber: das nahezu unhörbare Wischen des Pinsels, das leichte Schaben des Skalpells, das Rascheln eines Beweismittelbeutels, der versiegelt wurde, das Klicken der Kamera.

Sie musste an den Schöpflöffel denken, den Charlie sich von Duncan ausgeliehen hatte, an den salzigen Geschmack des Wassers aus dem Fluss, an die Tidenzeiten, an die Videoaufzeichnungen, die sie und Frank Mason sich am Vortag gemeinsam angesehen hatten, und an ihre Reaktion darauf. Das erwartete Gefühl von Triumph war ausgeblieben. Stattdessen hatte sie sich bedrückt und traurig gefühlt. Sie dachte an das attraktive Gesicht von Charlotte Salter auf dem Plakat mit den eingerissenen Rändern und an die Stimme der fünfzehnjährigen Etty in dem Interview, deren schiere Angst.

Maud zog die Kappe von ihrem Stift und gestattete sich endlich, den Namen zu schreiben, den sie nun schon seit Tagen im Kopf hatte. Sie starrte minutenlang darauf hinunter, dann klappte sie das Buch zu.

»Ich glaube, ich bin fertig«, verkündete Matt, während er die Stirnlampe abstreifte und seine Beutel und Gefäße in der Leinentasche verstaute.

»Und?«

»Ich weiß es nicht. Zumindest habe ich ein bisschen Material, mit dem ich arbeiten kann.«

»Material?«

Er winkte sie näher zu sich heran.

»Fasern. Flecken. Ich nehme an, es gibt DNA-Proben von Charlotte Salter?«

»Die gibt es.«

»Ich werde welche brauchen.«

»Danke, Matt.«

»Mach dir keine großen Hoffnungen.«

81

Maud stand bei der Morgenbesprechung vor ihrem Team. Sie wartete, bis Ruhe eingekehrt war, dann ließ sie den Blick durch den Raum wandern, von Gesicht zu Gesicht.

»Ihr habt hart gearbeitet«, sagte sie.

Es wurde noch stiller. Mauds Hals fühlte sich plötzlich trocken an. Sie nahm einen Schluck Wasser aus dem Glas auf ihrem Schreibtisch.

»Jack, Heather, seid ihr bereit?«

Lovell machte den Chauffeur für sie drei in seinem Wagen, der, wie Maud befriedigt feststellte, inzwischen makellos sauber war. Sie verließen Hemingford, überquerten die Brücke, auf der man Duncans Brille gefunden hatte, und folgten der Straße Richtung Glensted.

»Biegen Sie hier links ab«, wies Maud ihn an. Der Wagen schwenkte in eine schmale Straße ein.

Es herrschte gerade Ebbe. Unten am Fluss pickten langbeinige Vögel auf den Schlammflächen herum, stiegen geschickt über kleine Rinnsale und Pfützen hinweg.

»Parken Sie gleich hier«, sagte Maud, nachdem sie in die Zufahrt eingebogen waren.

Lovell stellte den Wagen ab. Dillon wischte sich zum wiederholten Mal mit dem Handrücken über die schweißnasse Stirn. Niemand sprach.

Sie gingen die restliche Zufahrt entlang und erreichten das Haus.

Maud trat vor und klopfte an die Tür. Dillon und Lovell bezogen hinter ihr Stellung. Maud hörte Lovell ein kurzes, bellendes Husten ausstoßen. Die Tür schwang auf.

»Misses Ackerley«, sagte Maud.

Frances starrte sie an. Plötzlich sah sie so alt aus, wie sie tatsächlich war: eine achtzigjährige Frau mit einem schweren Leben hinter sich und Angst im Blick.

»Was ist passiert?«, fragte sie. »Was wollen Sie?«

»Wir sind nicht Ihretwegen hier«, erklärte Maud. Sie klang, wie Lovell fand, erstaunlich sanft.

»Zu wem wollen Sie dann?«

»Ich glaube, das wissen Sie.«

Frances trat einen Schritt zurück. Ihr Körper wirkte schlagartig schlaff, als wären bei einer Marionette die Fäden gerissen. Sie legte schweigend eine Hand an den Türrahmen.

»Mum?«

Frances drehte sich um. Hinter ihr tauchte Morgan auf. Als er ihre Mienen sah, erstarb sein Lächeln.

»Hallo«, sagte er. »Möchten Sie hereinkommen?«

»Wir würden gern mit Ihrem Bruder sprechen«, erklärte Maud.

»Greg? Der ist unten am Fluss.« Morgan versuchte, locker zu klingen. Er setzte wieder sein munteres Lächeln auf. »Inspiriert durch unser Gespräch kürzlich, testet er heute einen Angelplatz.«

»Am Landungssteg?«

»Ja. Aber kann nicht ich …?«

»Bleiben Sie bitte hier«, fiel ihm Maud ins Wort.

Sie und die beiden anderen Detectives entfernten sich und ließen Mutter und Sohn im Türrahmen stehen. Sie gingen um das Haus herum und dann hinunter zu dem Tor am Ende des Gartens. Maud schob es auf. Sie traten hindurch und stapften im Gänsemarsch den kleinen Pfad Richtung Flussmündung entlang. Sie konnten bereits eine Gestalt erkennen, die mit dem Rücken zu ihnen stand. Allerdings angelte er nicht, sondern starrte nur aufs Wasser hinaus, die Hände in den Taschen vergraben.

Obwohl ihre Schritte auf dem weichen Untergrund kaum zu

hören waren, hatte er sie wohl bemerkt, denn er drehte sich um und blickte ihnen entgegen, ohne dabei die Hände aus den Taschen zu nehmen. Er wirkte weder überrascht noch bekümmert. Seine Augen erschienen Maud an diesem sonnigen Tag besonders blau.

»Hallo«, begrüßte er sie.

»Mister Ackerley.« Maud blieb ein paar Schritte von ihm entfernt stehen. »Wir würden gerne mit Ihnen sprechen.«

»Das können wir gleich hier. Ich wollte mich mal wieder an einer Angel versuchen. Das ist Jahre her, nein, Jahrzehnte.«

»Ich glaube, wir sollten besser in einem etwas offizielleren Rahmen reden«, entgegnete Maud.

»Unser Wagen steht oben an der Straße«, fügte Lovell hinzu.

Sie wandten sich um und marschierten gemeinsam den Pfad zurück. Maud übernahm die Führung. Greg folgte ihr durch das Tor, den Garten hinauf, vorbei an der Tür, in der Morgan und Frances immer noch verharrten, beide reglos und mit ausdrucksloser Miene. Morgan trat ein paar ruckartige Schritte vor, doch Greg brachte ihn mit einer Handbewegung zum Stehen.

»Macht euch keine Sorgen«, sagte er. »Ich bin bald zurück.«

»Gregory James Ackerley«, begann Maud. Sie sprach bewusst langsam und deutlich, für das Aufnahmegerät. »Ich befrage Sie zu Ihrer möglichen Verwicklung in die Morde an Charlotte Salter, Duncan Ackerley und Bridget Wolfe. Sie haben das Recht zu schweigen, aber es kann Ihrer Verteidigung schaden, wenn Sie bei der Befragung etwas verschweigen, worauf Sie sich später vor Gericht berufen. Alles, was Sie sagen, kann vor Gericht gegen Sie verwendet werden.«

Er starrte sie einen Moment an, als sorgte er sich um ihren Geisteszustand, dann schüttelte er langsam den Kopf.

»Ich dachte nicht, dass das im wahren Leben tatsächlich jemand sagt.«

»Wir schon.«

»Das ist doch verrückt«, meinte er.

»Wollen Sie einen Anwalt?«

»Warum sollte ich einen Anwalt wollen? Wie hätte ich in der Lage sein sollen, auch nur eine einzige dieser Personen zu töten? Mein Vater hat sich umgebracht, und selbst wenn dem nicht so war, befand ich mich nicht einmal in der Nähe der Stelle, an der er starb. Ich wurde anderswo gesehen, von einer ganzen Familie. Bridget Wolfe ist bei einem Brand ums Leben gekommen, und auch in diesem Fall wissen Sie sehr genau, dass ich mich gar nicht in Glensted aufhielt, als es passierte. Und was Charlie betrifft ... Sie wissen doch nicht mal, ob sie tot ist. Es gibt keine Leiche.«

»Lassen Sie uns die Fälle der Reihe nach durchgehen.« Maud blickte in sein ruhig wirkendes Gesicht. »Zu dem Zeitpunkt, als Ihr Vater starb, wurden Sie gesehen, wie Sie am Ufer der Flussmündung entlangliefen – dort, wo sich die Mündung zum Meer weitet. Richtig?«

»Richtig.«

»Man nahm immer an, dass er starb, nachdem er von der Brücke sprang – oder jedenfalls fiel –, auf der später seine Brille gefunden wurde.«

»Richtig.«

»Seine Zweitbrille. Seine Ersatzbrille.«

»Und?«

»Die erst mehrere Tage nach seinem Tod entdeckt wurde.«

»Weil vorher niemand nachgesehen hat.«

»Oder weil sie tatsächlich erst später dort lag. Die Polizei ging davon aus, dass seine Leiche vom Fluss in Richtung Meer gespült wurde, weil das bei Flüssen nun mal so ist – sie fließen Richtung Meer. Man nahm an, dass die Leiche an einer Kette hängen blieb, die an einer Boje befestigt war – einer Boje nahe dem Landungssteg unten bei Ihrem Haus –, und andernfalls wohl nie gefunden worden wäre.«

Greg wechselte die Sitzposition. Maud beugte sich ein wenig vor.

»An dem Tag war um halb zwölf Gezeitenhochwasserstand.«

»Wenn Sie das sagen.«

»Bestimmt war es für Sie ein Schock, Ihren Vater dort zu sehen. Für Sie und Etty. Das muss albtraumhaft gewesen sein.«

»Natürlich war ich geschockt. Natürlich war es wie ein Albtraum. Er war mein Vater.«

»Als ich kürzlich einen Finger in den Heming tauchte und daran leckte, schmeckte ich Salz. Als Stadtmädchen hatte ich nie darüber nachgedacht, dass ein Fluss in zwei Richtungen fließen kann. Ich wusste zwar, dass es an der Themse auch Gezeiten gibt, hatte mir aber nie ernsthaft Gedanken darüber gemacht.«

Maud legte eine Pause ein und wartete. Greg schwieg, verzog nur das Gesicht, allem Anschein nach vor Verwirrung.

»Wäre Ihr Vater weiter flussabwärts im Wasser gelandet – sagen wir mal, etwa an der Stelle, wo Sie an dem Tag die Familie Bowden trafen –, hätte er durchaus zurück flussaufwärts geschwemmt werden können, in Richtung Brücke statt in Richtung Meer.«

»Sie liegen vollkommen falsch.«

»Das war ganz schön clever von Ihnen«, fuhr Maud fort. »Als die Leiche gefunden wurde, begriffen Sie, dass Sie ein perfektes Alibi hätten, wenn Sie es so aussehen lassen könnten, als wäre Ihr Vater weiter oben im Wasser gelandet. Allerdings ist dieses Alibi hiermit geplatzt.«

»Das ist doch absurd«, sagte er entrüstet.

»Wollen Sie immer noch keinen Anwalt?«

82

Zwei Stunden später saß Maud erneut im Verhörraum. Greg und die Pflichtverteidigerin, eine junge Frau mit einem Pferdeschwanz und einem klugen, sommersprossigen Gesicht, die Tania Broughton hieß, saßen ihr gegenüber. Jack Lovell, der seitlich von ihr Platz genommen hatte, schaltete das Aufnahmegerät ein. Maud belehrte Greg ein weiteres Mal über seine Rechte, stellte fest, dass das Verhör fortgesetzt werde, und nannte die Uhrzeit, elf Uhr fünfunddreißig.

»Sie sagten, Sie hätten sich nicht in Glensted aufgehalten, als Bridget Wolfe starb.«

»Das ist richtig.«

»Sie bleiben dabei?«

»Weil es die Wahrheit ist.«

»Würden Sie mir bitte schildern, was Sie an dem besagten Vormittag taten, Mister Ackerley?«

»Ich werde nur wiederholen, was ich bereits gesagt habe. Ich stand recht früh auf und frühstückte mit meiner Frau, meinem Bruder, meiner Mutter und Lester sowie Lesters beiden Enkelkindern. Wir planten für den Tag eine kleine Grillfeier – es war ja eine Art Familientreffen. Ich berichtete den anderen, was ich dafür alles eingekauft hatte. Da fiel mir plötzlich ein, dass ich den Champagner zwar bereits bezahlt, aber nicht abgeholt hatte. Also musste ich noch einmal nach Hemingford, um ihn zu holen.«

»Und das haben Sie dann getan?«

»Ja.«

»Wie hieß das Geschäft?«

»Sol and Fender.«

»Sprechen Sie weiter.«

Greg zuckte mit den Schultern. »Ich fuhr hin, lud den Champagner ein, fuhr wieder heim. Morgan war noch da, außerdem Mum und Lester. Ich weiß nicht, wo sich die Kinder gerade befanden, wahrscheinlich irgendwo rund ums Haus. Wir hörten uns alle gemeinsam die Podcast-Folge an, in der Morgan das Interview mit Bridget Wolfe führte und sie behauptete, Charlies Tagebuch gefunden zu haben …«

»Sie hatte es tatsächlich gefunden«, warf Maud ein.

»Tja.« Greg fuhr sich mit der Zunge über die Lippen. Es war das erste Anzeichen von Nervosität, das Maud an ihm bemerkte. »Ich hörte zum ersten Mal von einem Tagebuch«, fuhr Greg fort. »Ehrlich gesagt, war ich ein bisschen verärgert.«

»Verärgert?«

»Eigentlich war abgemacht, dass Morgan und ich immer gemeinsam an dem Projekt arbeiten.«

»Verstehe. Und dann?«

»Dann rief Ollie an und informierte uns über das Verschwinden seines Vaters. Morgan brach gleich auf, um bei der Suche zu helfen, und ich blieb zu Hause bei Mum.«

»Danke«, sagte Maud.

Greg ließ sich zurücksinken. »Sehen Sie«, meinte er.

»Sie haben dem nichts hinzuzufügen?«

Gregs Blick wanderte zwischen ihr und seiner Anwältin hin und her.

»Nicht, dass ich wüsste.«

»Sie behaupten, den Champagner an diesem Vormittag in Hemingford abgeholt zu haben?«

»Morgan kann das bestätigen. Meine Frau auch.«

Maud nickte zu Lovell hinüber, der aufstand und den Raum verließ. Kurze Zeit später kehrte er mit einem kleinen Computer zurück, den er auf dem Tisch platzierte.

»Ich möchte, dass Sie sich das anschauen«, erklärte Maud. »Es ist ein bisschen verschwommen, fürchte ich, aber Sie werden verstehen, worum es mir geht.«

Jack drückte auf ›Play‹, woraufhin ein körniges Schwarz-Weiß-Video startete. Man sah einen kleinen Parkplatz, auf dem einige Fahrzeuge abgestellt waren. Ein paar Sekunden vergingen. Dann tauchte eine Gestalt auf, die eine Kiste trug. Maud lehnte sich vor und drückte auf ›Pause‹.

»Erkennen Sie die Person?«

Greg stieß ein kleines Lachen aus. »Natürlich. Das bin ich.«

»Gut.«

Sie drückte wieder auf ›Play‹. Der Mann in dem Video steuerte auf einen Wagen mit Heckklappe zu, hob ein Knie an, um die Kiste darauf abzustellen, während er mit einer Hand seinen Autoschlüssel aus der Hosentasche fischte, öffnete dann den Kofferraum, stellte die Kiste hinein und schloss die Heckklappe wieder. Anschließend stieg die Gestalt in den Wagen, der ein paar Sekunden später außer Sichtweite verschwand.

»Und?«, fragte Maud.

»Und was?«

»Das scheint Mister Ackerleys Aussage zu bestätigen«, bemerkte Tania Broughton.

Maud tippte mit dem Zeigefinger auf die kleinen weißen Ziffern am unteren Rand des Bildschirms.

»Können Sie uns die vorlesen?«

»Ich?« Greg hob eine Hand an sein Gesicht und berührte zögernd erst seine Wange und dann seine Schläfe.

»Können Sie lesen, was hier unten am Bildschirm steht? Da steht: achtundzwanzig – null fünf – zweiundzwanzig. Das ist das Datum. Und dann: fünfzehn:siebenunddreißig:einundzwanzig. Das ist die Uhrzeit. Demnach haben Sie den Champagner in Wirklichkeit bereits am Samstag, den achtundzwanzigsten Mai abgeholt, Mister Ackerley, und zwar am Nachmittag, kurz vor zwanzig vor vier – nicht erst am Sonntagvormittag, wie Sie behaupten. Sie haben kein Alibi für den Tag, an dem Bridget Wolfe ermordet wurde, beziehungsweise nur ein falsches Alibi. Was können Sie mir dazu sagen?«

Er gab ihr keine Antwort.

»Was haben Sie an dem Vormittag gemacht, Mister Ackerley, an dem Sie das Haus verließen, weil Sie angeblich den Champagner abholen mussten, den Sie in Wirklichkeit bereits abgeholt hatten?«

Greg hielt den Blick gesenkt und starrte auf seine Hände, die mit ineinander verschränkten Fingern auf der Tischplatte ruhten.

»Warum haben Sie diesbezüglich Ihre Familie belogen – und später auch die Polizei?«

Greg hob kurz den Kopf, gab jedoch keine Antwort.

»Wir wissen alle, dass Sie in Wirklichkeit zu Bridgets Haus gefahren sind und es in Brand gesteckt haben – während sie sich darin aufhielt.«

»Nein.«

»Sie starb einen schrecklichen Tod«, erklärte Maud.

»Sie haben keinerlei Beweise – nur eine Geschichte, die Sie sich zusammengereimt haben«, entgegnete Greg. »Das sind doch alles nur Mutmaßungen: die Richtung, in die der Fluss floss, Ihr Fantasieszenario in Bridgets Haus. Kann sein, dass ich den Champagner schon am Vortag abgeholt habe …« Er schüttelte die warnende Hand seiner Anwältin ab. »Vielleicht war es so, und ich hatte es nur vergessen. Aber das beweist nicht, dass ich mit einem Kanister Benzin am Haus dieser Frau war, und es deutet auch nichts darauf hin, dass ich meinen Vater umgebracht habe oder dass sein Tod kein Selbstmord war. Und was Charlie betrifft, existiert nicht mal eine Leiche. Sie wissen nicht, ob sie überhaupt tot ist.«

Jack warf einen Blick zu Maud hinüber. Die Videoaufzeichnungen belasteten Greg. Vor einer Jury würde ihn das sehr schlecht dastehen lassen. Aber reichte es aus? Falls Mauds Strategie darauf basiert hatte, dass Greg zusammenbrechen und alles gestehen würde, war sie gescheitert. Doch Maud wirkte keineswegs enttäuscht, nur nachdenklich.

Es klopfte an der Tür. Bevor jemand reagieren konnte, trat ein uniformierter Beamter ein.

»Ich halte hiermit fest, dass Constable Forest den Raum betreten hat«, sagte Maud. »Aus irgendeinem Grund.«

»Es tut mir wirklich leid, aber da ist ein Doktor Matthew Moran, der Sie sprechen möchte«, teilte ihr der junge Beamte mit. »Er meinte, es sei sehr dringend. Ich erklärte ihm, dass wir Sie nicht stören dürften, aber er bestand darauf, dass ich es trotzdem tue.«

»Hiermit beende ich diese Befragung«, verkündete Maud, lehnte sich vor und schaltete das Aufnahmegerät aus.

»Kann Greg Ackerley jetzt gehen?«

»Nein, Greg Ackerley kann jetzt nicht gehen.« Maud sah Lovell an. »Stellen Sie für hier drin einen Beamten ab, der Greg Gesellschaft leistet, und folgen Sie mir dann nach draußen.«

83

Auf dem Flur rief Maud sofort Carrie an und bat sie zu kommen. Als sie sich anschließend umblickte, stellte sie fest, dass Constable Forest so dicht neben ihr stand, dass sie erschrocken einen Schritt zur Seite tat.

»Was ist?«, fragte sie.

»Ich habe ihn gebeten, im Abstellraum zu warten«, erklärte er. »Ich dachte mir, Sie möchten vielleicht Ihre Ruhe.«

Maud lachte. »Ja, da haben Sie wohl recht.«

Als Maud den Raum betrat, inspizierte Matt Moran gerade das Durcheinander aus altem Büromobiliar und ausgemusterten Elektrogeräten, das sich am hinteren Ende des Raums türmte.

»Ein nettes Büro hast du hier«, meinte er grinsend.

»Wenn du höchstpersönlich erscheinst, vermute ich, dass du mir etwas Interessantes mitzuteilen hast.«

»Es handelt sich nur um das vorläufige Ergebnis«, erklärte er kopfschüttelnd und zugleich lächelnd. »Erst konnte ich es ja gar nicht glauben. Ich dachte, dein Aufenthalt hier in der Wildnis hätte dich den Verstand verlieren lassen.«

»Hast du eine Blutspur gefunden?«

»Ja.«

»Reichte es zur Identifizierung?«

»Tja, das war ein Problem – vor dreißig Jahren. Soll ich dir einen Vortrag über die Methode der Polymerase-Kettenreaktion halten?«

»Spar dir den Vortrag für deinen Auftritt bei Gericht. Ich möchte nur wissen, ob Charlotte Salters Leiche in dieser Scheune versteckt war.«

Matt zögerte eine Weile.

»Zumindest kann ich sagen, dass die von mir sichergestellten Blutspuren von Charlotte Salter stammten. Oder, noch genauer ausgedrückt, dass die in der Scheune sichergestellte Probe mit der Probe von Charlotte Salters DNA übereinstimmt, die du mir gegeben hast.«

Als Maud gerade etwas sagen wollte, ging die Tür auf, und Jack und Carrie kamen herein. Maud stellte sie Matt vor.

»Und?«, fragte Carrie.

»Sie war dort«, antwortete Maud. »Während dieser ganzen Geburtstagsfeier lag sie dort unter den Füßen der Leute.«

Auf Carries Gesicht breitete sich ganz langsam ein Lächeln aus, als wäre sie gerade Zeugin eines perfekt ausgeführten Zaubertricks geworden.

»Fuck!«, entfuhr es Jack. Er warf einen verlegenen Blick in die Runde und wurde dabei ziemlich rot. »Ich meine: ernsthaft?«

Eine volle Minute lang sagte niemand ein Wort. Alle schienen ihren eigenen Gedanken nachzuhängen.

»Ich musste einfach eure Gesichter sehen«, brach Matt schließlich das Schweigen. »Nun sollte ich aber besser wieder zurückfahren.«

»Noch nicht«, widersprach Maud.

»Ist das jetzt eine Besprechung?«, fragte Carrie. »Denn wenn es eine ist, dann könnten wir in einen richtigen Raum mit Stühlen gehen, wo ich mich setzen kann.«

»Wenn wir in einen richtigen Raum mit Stühlen gehen«, entgegnete Maud, »dann tauchen immer mehr Leute auf und stören uns, es wird des Langen und Breiten über die weitere Vorgehensweise diskutiert, und wir kommen zu gar nichts mehr. Suchen wir dir lieber hier eine Sitzgelegenheit, dann können wir vier uns in Ruhe unterhalten.«

Es kostete Matt und Jack einige Mühe, hinter etlichen gestapelten Schreibtischen einen Bürostuhl hervorzuzerren, auf dem Carrie dann Platz nahm. Anschließend verteilten sich die beiden Männer und Maud in dem vollgestopften Raum, wo es genug Möglichkeiten gab, sich irgendwo anzulehnen.

»Wir wissen also, dass die Leiche von Charlotte Salter für die Dauer der Party in der Scheune versteckt war«, griff Carrie den Faden wieder auf. »Aber wie ging es dann weiter?«

»Das ist genau die richtige Frage«, meinte Maud. »Apropos …« Sie wandte sich an Jack. »Könnten Sie uns die Mappe mit den Polaroidfotos von der Party bringen?«

Er verließ den Raum. Matt holte sein Handy hervor und warf einen Blick darauf.

»Seid ihr sicher, dass ihr mich hier noch braucht?«, fragte er.

»Gib mir noch ein paar Minuten«, antwortete Maud.

Jack kehrte zurück und reichte Maud die Mappe.

»Die Leute fragen sich schon, was hier abläuft«, berichtete er. »Ich wusste nicht, was ich antworten sollte.«

Maud schien seine Bemerkung gar nicht zu registrieren.

»Da ist eine Leiche, die man schnell verstecken muss, weil gleich Leute kommen«, erklärte sie. »Man versteckt sie unter ein paar Brettern. Es ist improvisiert und nur eine Notlösung, aber es funktioniert. Und danach? Was macht man danach mit der Leiche?«

»Wo sollen wir da bloß anfangen?«, fragte Carrie. »Das ist alles dreißig Jahre her. Ein Großteil der Spuren ist inzwischen bestimmt verloren gegangen oder zerstört worden.«

»Ich weiß«, erwiderte Maud. »Wir müssen also versuchen, mit den Spuren zu arbeiten, über die wir tatsächlich verfügen.«

»Eigentlich wissen wir über diesen Teil der Geschichte doch schon Bescheid, oder nicht?«, meldete sich Jack zu Wort.

»Ist das so? Was wissen wir denn?«

»Charlotte Salters Mantel wurde am Fluss gefunden. Das ergibt durchaus Sinn. Es ist die perfekte Art, eine Leiche loszuwerden: Man wirft sie in den Fluss, und die Strömung trägt sie hinaus ins Meer.«

»So lautet die eine Theorie«, entgegnete Maud.

»Was ist daran so verkehrt?«

»Wenn man die Leiche loswerden möchte, warum lässt man dann den Mantel am Ufer liegen und macht auf diese Weise auf sich aufmerksam? Die Brille von Duncan Ackerley wurde auf der Brücke platziert, um alle auf eine falsche Fährte zu locken, was die Stelle betraf, wo er im Wasser landete. Der Mantel wurde am Ufer abgelegt, um es so aussehen zu lassen, als hätte Charlotte Salter sich umgebracht.«

»Oder ihr Mörder hat ihn versehentlich fallen lassen«, mutmaßte Jack.

Maud ignorierte diesen Beitrag. Nachdenklich ließ sie einen Finger über den Rand der Fotomappe gleiten.

»Ich glaube ...«, begann sie, hielt aber gleich wieder inne. Ihr war anzusehen, dass sie angestrengt nachdachte. Dabei murmelte sie leise etwas vor sich hin. »Ja, ja.« Schließlich sah sie leicht benommen von einem zum anderen, als würde es sie überraschen, dass sie noch da waren.

»Gibt es etwas, woran du uns teilhaben lassen möchtest?«, fragte Carrie.

»Was ist der beste Platz, um eine Leiche zu verstecken?«

Die anderen drei wechselten erstaunte Blicke.

»Ist das jetzt ein Quiz?«, erkundigte sich Matt. »Oder nur eine allgemeine Frage?«

»Eine allgemeine Frage. Wenn man es sich aussuchen kann, wo ist der beste Platz, um eine Leiche zu verstecken?«

In einer Ecke des Raums stand ein abgenutzter alter Schreibtisch. Maud steuerte auf ihn zu, schlug die Mappe auf und begann, die Fotos auszubreiten.

»Eigentlich gab es am Tag der Party nämlich zwei Leichen in Glensted.«

»Wie meinst du das?«, fragte Carrie.

Maud griff nach einem der Polaroidfotos und reichte es ihr.

Carrie kniff die Augen zusammen.

»Was soll ich da sehen?«

»Da auf dem Tisch, hinter dem Paar, ist ein bisschen was vom Blumenschmuck zu erkennen.«

Carrie hielt sich die Aufnahme vors Gesicht, dann direkt vor die Nase.

»Ist das ein Kranz?«

»Ja. Hier sieht man ihn noch mal.« Sie reichte Carrie ein weiteres Foto. »Anscheinend wurde er falsch ausgeliefert. Ich habe das überprüft. Der Kranz war eigentlich für eine Beerdigung gedacht, die am Nachmittag des folgenden Tages stattfinden sollte, für eine Frau aus Glensted namens Doris Winter.«

»Ich habe auf ihrem Grab gesessen!«, warf Carrie ein.

»Ja.« Maud blickte in die Runde. »Erinnert sich jemand, was Greg Ackerley in dem Jahr gearbeitet hat, als er mit dem Studium begann?«

»Mich brauchst du da gar nicht anschau'n«, meinte Matt.

»Er hat seinem Vater beim Fällen kranker Bäume geholfen, aber auch Aufgaben im Dorf erledigt, darunter einige für die Kirche«, antwortete Carrie. »Hauptsächlich ging es dabei um Gelegenheitsjobs wie Rasenmähen.«

Jack wirkte verblüfft. »Wollt ihr damit sagen, dass Greg Ackerley die Leichen vertauscht hat?«

Maud lächelte. »Damit wäre nicht viel gewonnen gewesen. Dann hätte man nämlich statt der Leiche von Charlotte Salter die von Doris Winter loswerden müssen.« Sie wandte sich an Matt. »Was meinst du? Bekommst du ein Team zusammen?«

Matt überlegte.

»Das lässt sich machen«, antwortete er. »Aber vorher musst du einen Exhumierungsbeschluss beantragen.«

»Das habe ich noch nie gemacht.«

»Ich schon«, gab Matt zurück. »Bei mir gehört das zum Beruf.«

»An wen muss ich mich da wenden?«

»Ich denke, jemand sollte das alles notieren.« Er nickte zu Jack hinüber, der daraufhin ein Notizbuch aus der Tasche zog und aufschlug. »Als Erstes benötigst du eine Genehmigung vom Justizministerium. Das kann bestimmt dein Chef für dich regeln, wenn du ihm erzählst, was du gerade uns mitgeteilt hast. Du brauchst außerdem eine Person aus der Verwandtschaft der verstorbenen alten Dame, die ihr Einverständnis gibt. Und du solltest dich mit einem Bestatter in Verbindung setzen, denn es muss sich ja jemand um den Sarg der Frau kümmern. Das Grab befindet sich auf einem Friedhof?«

»Ja.«

»Dann benötigst du zusätzlich auch noch das Einverständnis der Kirche. Es gibt irgendeinen Fachausdruck dafür, den ich vergessen habe. Wahrscheinlich müssen sie sicherstellen, dass du den Leichnam nicht für irgendwelche satanischen Riten ausgraben lässt.«

»War's das jetzt?«

»Nein. Du musst dich mit den örtlichen Behörden in Verbindung setzen. Man wird mit ziemlicher Sicherheit darauf bestehen, dass jemand vom Gesundheitsamt bei der Exhumierung anwesend ist. In manchen regionalen Behörden gibt es auch eine Person, die speziell für die Friedhöfe und Krematorien der Gegend verantwortlich ist. Darüber hinaus wirst du jemanden brauchen, der Sichtschutzwände beschafft und aufstellt, wegen der Privatsphäre. Um die Beleuchtung kümmere ich mich. Die Behörden werden darauf drängen, dass das Ganze nachts über die Bühne geht. Du weißt schon, wegen der Privatsphäre.«

»Heiliger Bimbam!«, stöhnte Maud. »Das ist ja noch aufwendiger, als ein Festival zu organisieren.«

»Es ist eine heikle Angelegenheit.«

»Ich möchte es gleich heute erledigen«, erklärte Maud. »Besser gesagt, heute Nacht, wenn es sein muss.«

»Wende dich an deinen Chef. Wenn du ihn überzeugen kannst, wird das Ministerium es durchwinken. Und du musst unbedingt einen nahen Angehörigen der alten Dame auftreiben. Da du nicht vorhast, ihren Leichnam umzubetten, dürfte es kein Problem sein, aber die Leute sind oft komisch, wenn es um solche Dinge geht.«

»Gut«, sagte Maud. »Ich rufe meinen Chef an. Jack, Sie organisieren einen Bestatter und einen Angehörigen.«

84

Es war wie eine Party in einem schlechten Traum. Um ein Uhr nachts parkten mehrere Lieferwagen entlang der Friedhofsmauer. Ein Trupp junger Männer montierte fachmännisch einen Bausatz Metallröhren, und plötzlich spannte sich über dem ganzen Bereich um Doris Winters Grab ein Zelt. Uniformierte Beamte aus der Region hatten vorab bereits einen Polizeikordon rund um den gesamten Friedhof gebildet. Innerhalb dieser Absperrung standen mehrere Gruppen von Menschen zwischen den Gräbern. Maud ging von einer zur anderen, um sicherzustellen, dass es weder irgendwelchen Journalisten noch zufällig vorbeikommenden Passanten gelungen war, sich hineinzumogeln.

Eine große, kräftig gebaute Frau, die einen recht fröhlichen Eindruck machte und einen zweckmäßigen Anorak trug, wandte sich an Maud.

»Mit etwas Derartigem haben wir es hier nicht so oft zu tun«, erklärte sie. »Besser gesagt, nie.«

»Und Sie sind?«

»Terry Tofton«, stellte sie sich vor. »Vom Gesundheitsamt. Allerdings bin ich nur stellvertretend hier. Die Kollegin, die eigentlich dafür zuständig ist, befindet sich gerade in Mutterschutz. Normalerweise inspiziere ich Schultoiletten und Ähnliches. Ich musste mich erst mal schlaumachen, was in einem solchen Fall alles erforderlich ist.«

»Ich denke, es wird keine größeren Probleme geben.«

»Sie müssen sicherstellen, dass es sich um das richtige Grab handelt. Besser gesagt, *ich* muss das sicherstellen.«

»Darauf haben wir schon geachtet.«

»Außerdem soll ich dafür sorgen, dass ein Höchstmaß an Privatsphäre gewährleistet ist. Deswegen machen wir es ja zu dieser unchristlichen Stunde.«

Maud schaute sich nach dem Zelt um, das nun, nachdem drinnen die Scheinwerfer eingeschaltet worden waren, auf eine gespenstische Art leuchtete. Ihr ging durch den Kopf, dass es dadurch viel mehr auffiel, als das mitten am Tag der Fall gewesen wäre.

»Natürlich ist mir bewusst, dass Sie alle an so etwas gewöhnt sind«, fuhr Terry Tofton fort. »Leichen und Morde und all das. Es ist klar, dass mit dem Beruf eine Art Galgenhumor einhergeht. Trotzdem trage ich die Verantwortung dafür, dass sowohl dieser Ort als auch der Leichnam mit Respekt behandelt werden.«

»Wir tun unser Bestes.«

»Obwohl ich zugeben muss, dass sich das Ganze doch sehr wie ein Horrorfilm anfühlt. Ich rechne schon halb damit, Zombies aus der Dunkelheit auftauchen zu sehen. Da bekomme ich direkt ein bisschen Gänsehaut.« Tofton stieß ein kleines Lachen aus. »Was erwarten Sie denn hier zu finden?«

»Das ist Teil laufender Ermittlungen«, antwortete Maud so sachlich wie möglich.

Es war klar, dass Tofton weitere Fragen auf Lager hatte, deswegen ergriff Maud langsam die Flucht und murmelte, sie müsse sich noch um einiges kümmern. Als sie dann das Zelt betrat, fühlte sie sich einen Augenblick vollkommen geblendet von den Scheinwerfern. Sie waren derart grell, dass das Gras und die herausgeschaufelte Erde in ihrem Licht fast farblos wirkten.

Es handelte sich um ein aufwendiges Unterfangen. Vier Totengräber waren engagiert worden, zwei davon aus dem Nachbarbezirk. Vier Mann, zum Nachttarif. Maud versuchte auszublenden, welches Loch das in ihr Budget reißen würde. Sie trat neben Matt Moran, der am Rand der ausgehobenen Grube stand und hinunterblickte. Die Form des freigelegten Sarges war deutlich zu erkennen, doch das

Holz selbst wies zahlreiche Sprünge auf, war zum Teil schon stark vermodert und splitterte.

»Ist der Sarg von Doris Winter für dich von Interesse?«, fragte Matt.

»Ich will ihn nur aus dem Weg haben.«

»Das wird eine Weile dauern. Die sterblichen Überreste von Misses Winter sind bestimmt …«, er suchte kurz nach dem richtigen Wort, ehe er sich Maud mit dem Anflug eines Lächelns zuwandte, »… zerbrechlich. Das könnte ein bisschen schwierig werden.«

»Ich möchte, dass alles, was sich darunter befindet, möglichst wenig Schaden nimmt.«

»Wir werden unser Bestes geben.« Matt blickte sich um. »Also Leute, lasst uns loslegen.«

Während der nächsten halben Stunde verfolgte Maud, wie Matt und sein Team unten in der Grube mit Plastikplanen, einer Winde und einem Leichensack hantierten. Sie empfand dabei ein ungutes Gefühl, was den Leichnam von Doris Winter betraf. Das alles war nicht in ihrem Sinn. Sie hatte einfach nur den Wunsch gehabt, nach einem langen Leben eine letzte Ruhestätte in der Erde zu finden. Es erschien Maud nicht richtig, ihre sterblichen Überreste all dem auszusetzen. »Wir werden dafür sorgen, dass du anständig beerdigt wirst«, murmelte sie leise, auch wenn sie sich dabei fast ein wenig albern vorkam.

»Gut«, sagte Matt schließlich, nachdem sämtliche Gebeine von Doris Winter sorgfältig verpackt und von den dunkel gekleideten Mitarbeitern des Bestattungsinstituts abtransportiert worden waren. »Wir sind so weit.«

Die Totengräber hatten sich entfernt. Inzwischen wirkte das Ganze eher wie eine archäologische Ausgrabung. Matt und sein Team kauerten am Boden der Grube und arbeiteten dort mit Werkzeugen, die zwar an Kellen und Spaten erinnerten, ansonsten aber mehr wie wissenschaftliche Instrumente aussahen. Es war sehr still, Matt und seine Leute sprachen nur im Flüsterton. In den Formularen, die Maud unterschrieben hatte, war von ›gebührendem Respekt‹ die Rede gewesen. Dessen schienen sich alle bewusst zu sein.

Maud stand im Eingangsbereich des Zeltes. Sie spürte jetzt ihre Anspannung und Erschöpfung. Langsam wuchs auch ihre Angst, alles könnte vergeblich gewesen sein. Da hörte sie hinter sich plötzlich einen Schrei – einen Schrei, der schockierend klang, als würde jemand eine religiöse Zeremonie stören. Als sie sich umdrehte, erkannte sie Matt. Der Großteil seines Gesichts war unter einer Art OP-Maske verborgen, aber seine Augen funkelten.

»Komm hier rüber«, forderte er sie auf.

Maud trat neben ihn und blickte zu der Stelle hinunter, auf die er deutete. Im Grunde war es fast nichts, nur ein kleiner Fleck am Ende der Grube, wo der Lehm weggeschoben und ein, zwei Zentimeter freigelegt worden waren: schmutzig und halb vermodert, aber eindeutig ein Stück Stoff.

»Du hattest recht«, sagte Matt. »Ein Friedhof ist der beste Platz, um eine Leiche zu verstecken.«

85

Es war der neunte Juni, ein Donnerstag, um zwanzig nach sieben Uhr morgens. Etty stand gerade unter der Dusche. Ollie schlief noch in dem Zimmer, das früher die älteste Tochter von Niall und Penny bewohnt hatte, auf der Ausziehcouch. Niall hielt sich mit seiner Frau in der Küche auf, damit beschäftigt, die Spülmaschine auszuräumen, als es an der Tür klingelte.

»Wer kann das sein?«

»Wahrscheinlich eine Lieferung«, meinte Penny.

Niall sah aus dem Fenster, einen Teller in der Hand.

»Das ist keine Lieferung«, sagte er. »Das ist diese Kriminalbeamtin.«

»Soll ich gehen?«

»Nein, ich mach das schon.«

Aber er rührte sich nicht von der Stelle.

»Niall?«

Niall stellte den Teller vorsichtig beiseite und fuhr sich mit den Fingern durchs Haar.

»Es ist noch sehr früh«, sagte er. »Ich frage mich, warum sie so früh kommt.«

Penny warf ihm einen Blick zu. Er stand da wie angewurzelt. Auf seinem teigigen Morgengesicht lag ein Ausdruck der Bestürzung, der fast schon komisch wirkte. Er kam ihr in dem Moment sehr alt und gleichzeitig wie ein hilfloser Junge vor.

»Es gibt nur eine Möglichkeit, das herauszufinden«, erwiderte sie.

»Ja. Natürlich.«

Es klingelte erneut. Etty kam die Treppe herunter, im Bademantel, mit feuchtem Haar.

»Ich mache auf!«, rief sie, während sie auf die Haustür zusteuerte.

»Es ist die Kriminalbeamtin.« Niall war zu ihr in die Diele getreten.

Etty drehte sich um, die Hand bereits am Knauf. Einen Moment starrten sie sich an. Dann zog sie die Tür auf.

»Etty.« Maud lächelte nicht. Sie trug Jeans und ein blaues Baumwollshirt. Ihr widerspenstiges Haar war streng zurückgebunden. Sie wirkte ernst und müde. Hinter ihr stand DS Lovell, dünner und hagerer denn je.

»Sie sind aber schon früh unterwegs«, stellte Etty fest.

»Können wir reinkommen?«

»Klar.«

Sie trat einen Schritt zurück, um die beiden Detectives ins Haus zu lassen. Sie führte sie in die Küche, wo Niall wieder neben Penny am Geschirrspüler stand.

»Sie haben Neuigkeiten für uns, das sehe ich Ihnen an«, sagte er.

»Ist Ihr Bruder auch da?«

»Ollie? Ich glaube, er …«

»Ich bin hier.«

Ollies Gesicht schien nur aus Bartstoppeln und Falten zu bestehen. Er hatte rasch eine Hose und ein T-Shirt übergestreift, war aber barfuß.

Penny stellte ihm eine Tasse Kaffee hin. Er ließ sich auf einen Stuhl sinken.

»Möchten Sie auch welchen?«, wandte sie sich an Maud und Jack.

»Nein danke.«

»Was wollen Sie uns sagen?«, fragte Niall.

Maud betrachtete die Salters. Während sie das tat, setzten Etty und Niall sich gleichzeitig in Bewegung, als hätten sie es telepathisch vereinbart, und bezogen zu beiden Seiten von Ollie Stellung.

»Heute in den frühen Morgenstunden«, sagte Maud, »fanden wir eine Leiche.«

»Mum?« Ollie umklammerte seine Kaffeetasse mit beiden Händen, die derart zitterten, dass die heiße Flüssigkeit überschwappte. Seine Augen wirkten rot und entzündet. »Sie meinen, Mums Leiche?«

»Möglicherweise«, antwortete Maud. »Wir müssen erst noch den Zahnstatus abgleichen, um sicher sein zu können. Aber wir haben bei der Leiche mehrere Gegenstände gefunden, die Sie vielleicht identifizieren können.«

Keines der Geschwister sagte etwas. Die Stille hing drückend im Raum.

»Ich weiß, das ist schwer«, meinte Maud.

»Was für Gegenstände?«

»Jack?«

Lovell trat vor und legte eine kleine, transparente Kunststoffhülle auf den Tisch. Darin befanden sich neben ein paar Erdbrocken mehrere Schmuckstücke. Maud breitete etwas Plastikfolie über den Tisch und ließ die Sachen dann ganz behutsam herausgleiten, als befürchtete sie, der Schmuck könnte sich auflösen. Es handelte sich um einen Verlobungsring mit einem Diamanten, einen schlichten goldenen Ehering, ein stark angelaufenes Paar tropfenförmige Ohrringe, die wie silberne Tränen aussahen, und eine angelaufene silberne Halskette, in deren Gliedern Erde klebte.

»Erkennen Sie etwas davon wieder?«

»O Gott«, stöhnte Niall. »Meine Güte!«

Penny, die am Herd stand, legte eine Hand an die Brust und wartete.

»Ich weiß es nicht«, flüsterte Ollie. »Ich weiß es nicht.«

Aber Etty wusste es.

Sie war schlagartig wieder ein kleines Mädchen, saß neben ihrer Mutter vor deren Kommode und sah zu, wie sie die silbernen Tropfen in ihre Ohrläppchen fädelte und sich dann lächelnd ihrer Tochter zuwandte. Etty beobachtete, wie Charlie ihre blonde Haarmähne anhob, sie mit einer Schildpattspange feststeckte und sich dann die Kette um den Hals legte. Den goldenen Ehering drehte Etty immer so gern am Finger ihrer Mutter, wenn sie beieinandersaßen und sich unterhielten.

Sie konnte den Duft ihrer Mutter riechen. Auch die Luft, die durchs offene Fenster hereinwehte, roch – wie vor dreißig Jahren – nach frisch gemähtem Gras. Selbst das Sonnenlicht, das als breiter goldener Strahl in den Raum fiel, war das Licht ihrer Kindheit.

»Sie gehören Mummy«, erklärte sie.

»Sind Sie sicher?«

Etty löste den Blick von dem Schmuck und hob den Kopf, doch Maud hatte nicht das Gefühl, dass Etty wirklich sie sah.

»Ganz sicher.«

Etty legte Ollie eine Hand aufs Haar, als er den Oberkörper nach vorn sinken ließ, und Niall schlang einen Arm um die Taille seiner Schwester.

»Sie haben sie gefunden«, stellte Etty fest. »Nach all den Jahren haben Sie unsere Mutter für uns gefunden.«

»Es tut mir so leid«, sagte Maud.

Neben ihr gab Lovell ein kehliges Geräusch von sich und trat verlegen von einem Fuß auf den anderen. Penny stellte sich neben Niall, nahm seine Hand, hob sie an ihre Lippen und hielt sie dort fest.

»Wir wussten, dass sie tot war«, bemerkte Niall nach einer Weile.

»Nicht wirklich.« Ollies Stimme klang heiser und brüchig. »Ein Teil von mir hoffte immer …«

»Wo war sie?« Ettys Gesicht wirkte sehr bleich, wodurch die Brandnarbe an ihrer Wange noch deutlicher hervortrat, als leuchtend rote Wulst.

»Auf dem Friedhof.«

»Dann war sie also die ganze Zeit hier.« Ettys Stimme klang sanft. »Wir haben sie überall gesucht, aber sie war immer da.«

»Was soll das heißen, auf dem Friedhof?«, fragte Penny.

»Sie lag im selben Grab wie die alte Dame, die um die gleiche Zeit starb.«

Maud wartete auf die Frage, von der sie wusste, dass sie zwangsläufig kommen würde. Es war Penny, die sie stellte.

»Wissen Sie, wer sie getötet hat?«

»Wir halten jemanden zur Befragung fest.«

»Wen?« Ollie sprang so abrupt auf, dass sein Stuhl mit einem hässlichen Geräusch über den Boden schabte. »Wen halten Sie fest? Wer hat unsere Mutter getötet?«

»Das ist eine Information, die wir Ihnen nicht …«, begann Lovell, doch Maud fiel ihm ins Wort.

»Greg Ackerley«, sagte sie.

»Greg? *Greg.*«

»Noch haben wir ihn nicht unter Anklage gestellt«, erklärte Lovell.

»Wir sind der Überzeugung, dass er Ihre Mutter getötet hat, seinen Vater und dreißig Jahre später auch noch Bridget Wolfe.«

»Greg?« Ollie machte ein paar schwankende Schritte auf sie zu. »Ach du heilige Scheiße!«

»Musste sie leiden?«, fragte Etty. Sie schien Mauds Enthüllung gar nicht mitbekommen zu haben. Noch immer starrte sie wie gebannt auf die Ringe, die Ohrringe und die Halskette. Ihre Augen wirkten riesengroß und dunkel in einem Gesicht, das aussah, als wäre es geschrumpft.

»Wir gehen nicht davon aus«, antwortete Lovell.

»Greg?« Niall ließ sich schwer auf den Stuhl sinken, von dem Ollie aufgesprungen war. »Das kann ich gar nicht glauben.«

»Die genauen Umstände ihres Todes kennen wir noch nicht«, erklärte Maud. »Es wird eine gerichtsmedizinische Untersuchung geben, um die Todesursache zu klären.«

»Ich bringe ihn um! Ich erwürge ihn mit meinen bloßen Händen!«

»Sie müssen bedenken, dass wir Mister Ackerley noch nicht unter Anklage gestellt haben«, warnte Lovell mit einem missbilligenden Blick in Mauds Richtung. »Wir halten ihn lediglich zur Befragung fest.«

»Können wir sie sehen?«, wandte sich Etty an Maud.

»Die Leiche?«

»Unsere Mutter. Ich möchte sie sehen.«

Maud dachte an Charlotte Salters Skelett, den Schädel mit den intakten Zähnen, die dunkel verfärbten Knochen unter den Stofffetzen: Ihr Körper war zu etwas fast Abstraktem geworden, ein Relikt aus einer lang zurückliegenden Vergangenheit.

»Das verstehe ich«, antwortete Maud.

»Warum?«, fragte Niall. »Warum hat er das getan? Drei Menschen. Greg. Seinen eigenen Vater. Ich kann das gar nicht …« Er rieb sich mit beiden Händen übers Gesicht, als versuchte er, Spinnweben wegzuwischen. »Ich begreife es nicht.«

Mit verkrampfter Miene wandte er sich an Penny.

»Ich war sicher, dass es Paul war«, sagte er, als wären sie allein im Raum. »Ich dachte, deswegen hätte er sich das Leben genommen.«

»Ich weiß.« Sie beugte sich zu ihm hinunter.

»Das habe ich dir nie gesagt. Ich habe es niemandem gesagt.«

»Ich wusste es trotzdem.«

Sie legte eine Hand an sein verzerrtes Gesicht, woraufhin er in Tränen ausbrach. Mit einem Daumen wischte Penny sie weg.

»Wir müssen sie sehen«, wiederholte Etty. »Wir haben so lange auf sie gewartet. Unser ganzes Erwachsenenleben haben wir darauf gewartet, dass sie nach Hause kommt.«

»Warum haben Sie das getan?«, fragte Lovell Maud, als sie das Haus verließen.

»Sie meinen, ihnen gesagt, dass wir Greg Ackerley für den Mörder ihrer Mutter halten?«

»Natürlich meine ich das.«

»Die Salters hatten ein Recht darauf, es zu erfahren. Außerdem werden wir sie dazu befragen müssen, woran sie sich bezüglich Greg erinnern, am Tag der Geburtstagsfeier und auch am ersten Weihnachtsfeiertag.«

»Wir können ihm die Tat nicht nachweisen.«

»Er war vor allen anderen auf der Party, weil er beim Herrichten der Scheune geholfen hatte. Das einzige Szenario, das einen Sinn ergibt, ist, dass Charlotte Salter frühzeitig eintraf, denn ansonsten hätte sie jemand gesehen.«

»Szenario ist das richtige Wort. Das sind doch alles nur Mutmaßungen.«

»Außerdem hatte er auch einen guten Grund, länger zu bleiben als alle anderen: um aufzuräumen.«

»Da haben Sie recht. Trotzdem sind es nur Indizien.«

»Er wusste über das Grab von Doris Winter Bescheid.«

»Das reicht bei Weitem nicht.«

»Darüber hinaus war er an dem Tag, als sein Vater getötet wurde, genau am richtigen Ort.«

»Sie wissen nicht mal, ob Duncan Ackerley tatsächlich ermordet wurde.«

»Duncan muss dahintergekommen sein, dass sein Sohn seine Freundin getötet hatte …«

»Das wissen Sie definitiv nicht.«

»Greg hätte auch Gelegenheit gehabt, die Ersatzbrille seines Vaters zu holen und auf die Brücke zu legen – auf die Brücke, von der Duncan Ackerley nicht gesprungen ist.«

»Das sind doch nur …«

»Ich weiß, eine rauchende Waffe ist es nicht gerade. Aber die Indizien passen alle zusammen, Jack – noch bevor wir zu dem falschen Alibi kommen, das er sich für den Tag zusammengebastelt hat, an dem Bridget Wolfe getötet wurde. Aller Wahrscheinlichkeit nach hörte er den Podcast, als dieser live ging, und gelangte zu der Überzeugung, dass sie wegen des Tagebuchs eine Bedrohung für ihn bedeutete – auch wenn sich nun herausstellt, dass besagtes Tagebuch gar nichts enthält, was ihn belastet. Die arme Frau, was für ein Pechvogel. Jedenfalls kam er zu dem Schluss, dass er das Haus abfackeln musste, und sie gleich mit.«

»Das falsche Alibi, von dem Sie da sprechen, ist ziemlich fadenscheinig.«

»Er hatte keine Zeit für irgendetwas Raffinierteres. Er muss sich in einem Zustand purer Panik befunden haben.«

»Ich sage trotzdem, dass es nicht reicht«, insistierte Lovell hartnäckig.

»Es ist weit mehr, als ihr ehemaliger Chef hatte, als er Etty Salter zur Mörderin erklärte.«

»Immerhin befand sie sich am Tatort.«

»Er ist unser Täter, Jack. Ich weiß, dass er es ist.«

»Die Staatsanwaltschaft wird uns das nicht abkaufen.«

Maud seufzte. Sie hatte keinen Nerv mehr, weiter mit ihm zu diskutieren.

»Wir werden sehen«, sagte sie. »Jetzt müssen wir als Erstes noch einmal mit Greg Ackerley sprechen – ihm mitteilen, dass die Leiche der Frau, die er vor all den Jahren umgebracht hat, gefunden wurde.«

86

Möchten Sie dazu einen Kommentar abgeben?«, fragte Maud.

Greg Ackerleys Blick wanderte zwischen der Kriminalbeamtin und seiner Anwältin hin und her.

»Was für einen Kommentar könnte ich dazu abgeben? Ich bin wirklich froh, dass …«, er hielt inne wie jemand, der stotterte – als wären die Worte schwer auszusprechen, »… dass ihre Leiche gefunden wurde. Das ist bestimmt gut für die Familie, dann können sie, ich weiß nicht, abschließen, irgendwie einen …«

Der Satz verpuffte.

»Einen Schlussstrich ziehen?«, hakte Maud nach. »Ist das das Klischee, nach dem Sie so krampfhaft suchen?«

Tania Broughton lehnte sich vor.

»Offensichtlich will Greg damit sagen, dass Sie ihm konkrete Fragen stellen sollten. Die wird er dann beantworten – falls sie angemessen sind.«

»Wissen Sie, was der Familie helfen könnte, einen Schlussstrich zu ziehen? Wenn Sie dem Ganzen einfach ein Ende setzen und zugeben würden, was Sie getan haben.«

Sowohl Maud als auch Broughton schauten Greg an, der jedoch nichts sagte, sondern nur den Kopf schüttelte.

»Sie hielten sich zu dem Zeitpunkt, als Charlotte Salter starb, an dem Ort auf, wo sie zu Tode kam. Die Leiche wurde in einem damals schon fertig vorbereiteten Grab gefunden, von dem Sie wussten – an einem Ort, wo Sie damals gearbeitet hatten.«

»Von dem Grab könnte jeder gewusst haben«, antwortete Greg so leise, dass es fast wie ein Murmeln klang.

»Sie wurden an – oder nahe – der Stelle gesehen, wo Ihr Vater im Fluss gelandet sein muss. Eine seiner Brillen wurde aus dem Haus Ihrer Familie entwendet, um es so aussehen zu lassen, als wäre Ihr Vater ein ganzes Stück weiter flussaufwärts ins Wasser gefallen.«

Greg starrte nur auf die Tischplatte hinunter.

»Und wir konnten Ihnen nachweisen, dass Sie gelogen haben, was Ihren Aufenthaltsort zum Zeitpunkt des Mordes an Bridget Wolfe betrifft. Das sieht nicht gut für Sie aus, oder?« Maud wartete, doch er reagierte noch immer nicht. »Haben Sie dazu denn gar nichts zu sagen?«

Greg wandte sich an Broughton.

»So läuft das doch nicht, oder? Wäre es nicht eigentlich Ihre Aufgabe, sie darauf hinzuweisen, dass ich meine Unschuld nicht beweisen muss? Sie muss beweisen, dass ich schuldig bin.« Er sah wieder Maud an. »Aber das bin ich nicht.«

Broughton schien sich zusammenzureißen.

»Greg hat recht«, erklärte sie, »wie Sie sicher wissen. Falls Sie über konkrete Beweise verfügen, die ihn mit den jeweiligen Tatorten in Verbindung bringen, dann sollten Sie diese offenlegen. Wenn Sie konkrete Fragen haben, sollten Sie diese stellen. Ansonsten aber nähern wir uns wirklich dem Punkt, wo Sie Greg entweder anklagen oder gehen lassen müssen.«

Eine Menge von Schaulustigen hatte sich rund um das geöffnete Grab versammelt, zurückgehalten vom Absperrband der Polizei. Journalisten befanden sich ebenfalls schon in Scharen vor Ort. Die Mittagsnachrichten würden groß darüber berichten. In Victors Lokal gab es kein anderes Gesprächsthema mehr.

Frances und Morgan Ackerley hatten ihr Telefon ausgesteckt. Ihre Vorhänge waren zugezogen, und sie gingen auch nicht an die Tür, als ein Reporter des Lokalsenders bei ihnen klingelte.

»Du weißt, dass das Unsinn ist, oder?«, wandte Morgan sich an seine Mutter.

Frances ließ den Blick nervös im Raum umherschweifen, unfähig, sich auf etwas zu konzentrieren, unfähig, ihrem Sohn in die Augen zu sehen. Sie wirkte alt und gebrechlich und zugleich wieder mehr wie die Mutter, die Morgan aus seiner Kindheit in Erinnerung hatte: Sie strahlte etwas Gehetztes, Verschlagenes aus.

»Mum«, sagte er in drängenderem Ton, mittlerweile voller Angst. »Du weißt, dass das nicht stimmt.«

87

Alec Salters Zimmer ging auf eine große, gepflegte Rasenfläche und stattliche Eichen hinaus, doch er blickte nur starr vor sich hin.

»Hallo, Dad«, begrüßte ihn Niall.

Alec wandte den Kopf, doch seine Augen blieben glasig. Mit der linken Hand kratzte er an der Stuhllehne herum.

»Ist mit dir alles in Ordnung?«, fragte Ollie.

»Ich will mein Mittagessen. Ihr seid spät dran.«

»Es ist noch gar nicht Zeit fürs Mittagessen.«

»Wie oft muss ich euch das sagen? Ich kann hier nicht nur herumsitzen und warten.«

Die drei Salter-Kinder sahen sich einen Moment an, dann trat Etty vor. Sie betrachtete den alten Mann, sein faltiges Gesicht, seine fahrigen, ständig an irgendetwas kratzenden Hände mit den geschwollenen Knöcheln, seine streitlustige Miene. Seine grauen Bartstoppeln waren vermutlich mehrere Tage alt. An den Mundwinkeln hatte er irgendwelche weißen Krümel hängen. Ihr Vater.

»Wir sind gekommen, um dir etwas mitzuteilen«, erklärte sie.

Er starrte sie an, ohne sie wirklich wahrzunehmen.

»Sie haben Mum gefunden.« Er reagierte nicht. »Charlie«, fügte sie hinzu. »Sie haben sie endlich gefunden.«

»Charlie?«

»Ja«, antwortete Ollie. Seine Stimme klang rau. Seine Augen waren noch ganz gerötet vom Weinen.

»Sagt ihr, dass ich mein Mittagessen haben will.«

»Dad.« Niall legte seinem Vater eine Hand auf die Schulter, zog sie aber gleich wieder zurück. »Charlie ist tot.«

Alec starrte wieder aus dem Fenster.

»Ich will mein Mittagessen«, wiederholte er. »Ich will Eier mit Schinken.«

»Sind Sie sicher, dass es Greg war?«, fragte Etty Maud. Niall und Ollie hatten sich auf den Rückweg nach Glensted gemacht, aber Etty war in Hemingford geblieben. Nachdem sie eine Weile rastlos durch die Straßen geirrt war, hatte sie schließlich das Polizeirevier aufgesucht und nach Maud gefragt.

»Ganz so funktioniert das nicht. Ich bin gerade im Begriff, einen Bericht an die Staatsanwaltschaft zu schicken, und wenn die der Meinung sind, dass eine vernünftige Chance auf eine Verurteilung besteht, werden sie mich autorisieren, ihn des Mordes anzuklagen.«

»Ich hatte nicht gefragt, wie es funktioniert. Ich bin Anwältin. Ich weiß, wie es funktioniert, aber das ist mir im Moment egal. Ich will einfach nur wissen, ob Sie sicher sind, dass Greg der Täter ist.«

Maud zögerte einen Moment. Eigentlich war es keine Frage, die sie beantworten sollte, doch dann dachte sie: *Und wenn schon?*

»Er war es. Wir konnten ihm nachweisen, dass er sich an den Tatorten der beiden ersten Morde befand, und für den dritten hat er ein falsches Alibi angegeben.« Sie holte tief Luft. »Aber ich möchte ehrlich zu Ihnen sein, Etty, und ich möchte, dass Sie vorbereitet sind. Meiner Meinung nach haben wir genug für eine Verurteilung, aber irgendjemand hinter einem Schreibtisch der Staatsanwaltschaft könnte anderer Meinung sein. Und selbst wenn man uns grünes Licht gibt, könnte der passende Verteidiger immer noch genügend Zweifel säen.«

Etty warf ihr einen vielsagenden Blick zu. »Sie haben es nicht geschafft, oder? Jedenfalls nicht ganz.«

Maud widerstrebte es, die Worte laut auszusprechen. »Es gibt keinen konkreten Beweis, der ihn mit dem Verbrechen in Verbindung bringt. Vielleicht fällt es gar nicht ins Gewicht, aber man weiß nie.«

Maud rechnete damit, dass Etty wütend werden oder weinen würde, doch sie blickte nur resigniert drein.

»Was spielt es noch für eine Rolle? Es kommt sowieso alles viel zu spät.«

»Das dürfen Sie nicht denken.«

Etty trat an das Fenster, das auf die Hauptstraße hinausging. Im Gegenlicht war sie kaum mehr als eine Silhouette. Als sie wieder das Wort ergriff, wandte sie sich nicht um.

»Möchten Sie zwei schlimme Dinge hören?«

Maud gab ihr keine Antwort. Es schien, als spräche Etty mit sich selbst.

»Ich bin fast enttäuscht, dass es nicht Alec war. Ich glaube, er hätte es gern getan. Vermutlich waren seine Mordgelüste viel größer als die von Greg. Greg hat sie wahrscheinlich nur zu sehr vergöttert, und dann ging das alles schief. Alec hat sie richtig gehasst. Es wäre logischer gewesen, wenn Alec es getan hätte. Es hätte besser gepasst.«

»Was war der zweite Punkt?«

Jetzt drehte Etty sich um, aber wegen des Gegenlichts konnte Maud ihren Gesichtsausdruck noch immer nicht erkennen.

»Ich war oft so wütend auf Mum, weil sie sich von Dad so viel gefallen ließ. Und dann war ich wütend auf sie, weil sie einfach verschwand. Sie war immer so nett, egal, worum es ging. Warum hat sie sich nicht gewehrt?«

Maud fühlte sich langsam unwohl. Es war Zeit zu gehen. Sie hatte so viel zu tun.

»Jeder hat solche Gefühle«, antwortete sie hilflos. »Es braucht einfach Zeit.«

Darüber musste Etty regelrecht lachen. »Zeit? Ich glaube, davon hatte ich genug.«

»Können Sie mit jemandem darüber sprechen?«

»Ich habe gerade mit Ihnen darüber gesprochen.«

»Nein, ich meine …« Bevor Maud sagen konnte, was sie meinte, klingelte ihr Handy. Es war Matt Moran. Sie sah Etty entschuldigend an. »Darf ich?«

»Natürlich«, antwortete Etty.

Während sie Matt Moran zuhörte, verzog Maud bewusst keine Miene. Sie wollte sich nicht anmerken lassen, was sie empfand.

»Du wirkst nicht sehr enthusiastisch«, meinte Matt.

»Charlotte Salters Tochter ist gerade bei mir«, erklärte Maud.

»Verstehe. Magst du rüberkommen? Doktor Searle würde es dir gern selber zeigen.«

»Neuigkeiten?«, fragte Etty, nachdem Maud das Gespräch beendet hatte.

»Mal sehen. Vielleicht hat sich Ihre Mutter ja doch gewehrt.«

Doktor Searle, Matt Moran und Maud betrachteten das Skelett auf dem Seziertisch.

»Wissen Sie, wie sie gestorben ist?«

Searle zog einen Stift aus der Tasche und benutzte ihn als Zeigestab.

»Es gab wahrscheinlich einen kurzen Kampf. Die linke Hand weist Frakturen auf. Abwehrverletzungen.« Um zu demonstrieren, wie sie entstanden waren, hielt er sich die linke Hand vors Gesicht, mit der Handfläche nach außen. »Die eigentliche Todesursache war eine Kopfverletzung. Richtig interessant aber ist die rechte Hand. Seht euch die klauenartig gekrümmten Finger an, wie bei jemandem mit schwerer Arthritis. Das passiert manchmal nach dem Tod. Jedoch nicht in diesem Fall. In den letzten Augenblicken ihres Lebens griff sie nach allem, was sie in die Finger bekommen konnte. Ihre Hand schloss sich und blieb dreißig Jahre lang geschlossen.« Er deutete auf einen Tisch. »Da liegen zwei Beweismittelbeutel. Mit Haaren.«

»Ich wusste gar nicht, dass sich aus Haaren DNA gewinnen lässt«, sagte Maud.

»Das kann in der Tat ein Problem sein«, räumte Matt ein, »aber nicht, wenn man sie samt den Wurzeln ausreißt.«

»Das muss wehgetan haben«, bemerkte Searle.

Maud versuchte, sich zu erinnern.

»Greg trug auf der Party eine Kappe«, erklärte sie schließlich.

»Das ergibt Sinn.«

»Nun müssen wir uns nur noch vergewissern, dass die DNA übereinstimmt. Am besten, wir besorgen uns gleich eine Probe von Greg Ackerley.«

88

Gregory James Ackerley, hiermit klage ich Sie des Mordes an Charlotte Salter, Duncan Ackerley und Bridget Wolfe an. Sie haben das Recht zu schweigen, aber es könnte Ihrer Verteidigung schaden, wenn Sie bei der Befragung etwas verschweigen, worauf Sie sich später vor Gericht berufen. Alles, was Sie sagen, kann gegen Sie verwendet werden.«

Greg hob müde den Kopf und schüttelte ihn.

»Die DNA-Probe, die wir mit Ihrem Einverständnis genommen haben, ergab eine Übereinstimmung mit den Haarwurzeln, die wir in Charlotte Salters Händen gefunden haben.«

»Das stimmt nicht«, flüsterte er.

»Sie hat mit Ihnen gekämpft und Ihnen Haare ausgerissen. Es war ihre letzte Tat.«

»Nein.«

»Sie trugen eine Kappe, damit niemand die Wunde sah, und wie Ollie Salter im Rahmen des Podcasts sagte, mussten Sie sich an jenem Abend heftig übergeben. Bestimmt waren Sie vollkommen panisch.«

»Ich war betrunken«, widersprach er, »einfach nur betrunken.«

»Sie versteckten sie in der alten Kuhstallrinne, und nachdem die Feier vorbei war, ließen Sie sie in dem offenen Grab verschwinden, das auf Doris Winter wartete. Dazu brauchten Sie die Leiche nur mit einer dünnen Erdschicht zu bedecken, weil Sie genau wussten, dass am folgenden Tag der Sarg einer anderen Verstorbenen obendrauf kommen würde. Anschließend nahmen Sie ihren Mantel und warfen ihn in den Fluss.«

»Nein.«

»Ihr Vater muss einen Verdacht gehegt haben. Ich nehme an, er folgte Ihnen, als Sie am ersten Weihnachtsfeiertag Ihren Spaziergang machten, und eröffnete Ihnen, dass er Bescheid wisse. Sie schlugen nach ihm, trafen ihn vielleicht mit … war es ein Stein? Dann kippten Sie ihn in den Fluss – der ihn zurück in Richtung Ihres Hauses schwemmte statt hinaus aufs Meer.«

»Nein.«

Er schien nur noch dieses eine Wort herauszubringen.

»Aber die Polizei ging davon aus, dass er flussabwärts geschwemmt worden war. Das nutzten Sie für sich aus, indem Sie die Familie Bowden als Ihr Alibi angaben und auf der Brücke die falsche Spur mit der Brille legten, damit die Polizei seinen Tod für Selbstmord hielt. Was die auch prompt tat.«

Greg schüttelte erneut den Kopf. Seine Anwältin flüsterte ihm etwas ins Ohr, doch er wich vor ihr zurück.

»Sie dachten, Sie wären ungestraft davongekommen, was ja auch stimmte, bis die Familie Salter zusammenkam, um das Haus zu räumen, und Bridget Wolfe ein Tagebuch fand. Leider übertrieb sie dessen Bedeutung. Wegen dieses Buchs hätten Sie sie keineswegs töten müssen. Aber das konnten Sie ja nicht wissen. Sie dachten sich das Alibi mit dem Champagner aus, und am Sonntagmorgen – am neunundzwanzigsten Mai – verteilten Sie Benzin rund um das Haus und die Nebengebäude und steckten alles in Brand, ohne sich darum zu scheren, dass Bridget Wolfe sich im Haus befand.«

»Sie haben ihn unter Anklage gestellt«, warf Tania Broughton ein. »Die Befragung muss aufhören.«

Maud gab ihr keine Antwort, sondern sah Greg an. Sein Blick glitt zwischen den beiden Frauen hin und her. Er wurde sichtlich aufgeregter, je länger das Schweigen andauerte.

»Lassen Sie uns dem Ganzen ein Ende setzen«, schlug Maud vor.

»Gut«, antwortete Greg. »Ich möchte auch, dass wir zum Ende kommen.«

»So habe ich es nicht gemeint. Ich möchte, dass Sie aufhören, dieses Spiel zu spielen.«

»Ich spiele kein Spiel.«

Maud registrierte, dass seine Hände auf der Tischplatte ruhten. Sie lehnte sich zu ihm hinüber und legte ihre Hände über seine, als wäre er ein Kind, das eine beruhigende Geste ersehnte.

»Ich wünschte, ich hätte Charlotte Salter gekannt«, fuhr sie in sanfterem Ton fort, fast, als spräche sie mit sich selbst. »Das klingt vielleicht ein bisschen dumm, aber sie war einfach nett zu den Leuten. Sie mochte alle, und alle mochten sie. Abgesehen von ihrem Mann.« Maud schwieg einen Moment, dann schien ihr noch etwas einzufallen. »Und Ihnen natürlich.«

»Sie verstehen überhaupt nichts«, sagte Greg kaum hörbar.

»Was war das?«

»Ich sagte, Sie verstehen überhaupt nichts. Natürlich mochte ich sie. Alle liebten Charlie. Sie lächelte jeden an, flirtete mit jedem, und wenn man dann ...«

Er hielt inne und warf einen Blick zu Tania Broughton hinüber, die heftig den Kopf schüttelte.

Da sah Maud ihn eine Entscheidung treffen. Sie beobachtete, wie sein Gesicht zuckte und dann schlaff wurde, als würde der letzte Rest seiner Selbstbeherrschung bröckeln. Maud wartete reglos. Dann hörte sie ihn tief und keuchend Luft holen.

»Es spielt keine Rolle mehr.« Greg sah Maud jetzt voll ins Gesicht. »Sie wollen es wissen? Na gut.« Seine Miene verhärtete sich, seine Stimme klang lauter und klarer. Maud spürte, dass sich eine selbstgerechte Wut in ihm aufbaute. »Sie flirtete mit mir, lächelte mich an. Sie fasste mich an, ging auf Tuchfühlung, legte mir den Arm um die Schulter, nahm meine Hand. Sie wusste, was sie tat, das steht fest. Und am Abend der Party kam sie dann früh und meinte, sie müsse mir etwas sagen. Ich solle aufhören, mich ihretwegen so albern aufzuführen, sie sei schließlich alt genug, um meine Mutter zu sein. Sie fand es lustig, als hätte sie mir eine Falle gestellt. Sie lachte über mich. Sie *lachte.*«

»Und für dieses Lachen haben Sie sie dann bestraft?«

»Ich habe sie nicht bestraft«, entgegnete er zornig. »Vor meinen Augen wurde alles rot, als wären sie voller Blut. Ich konnte nichts mehr sehen, ich bekam gar nicht mit, was passierte, und als es vorbei war, lag sie da auf dem Boden. Ihre Augen standen offen und starrten zu mir hoch. Das war gar nicht ich. Es fühlte sich an, als hätte jemand anderer es getan.«

»Und bei Ihrem Vater? Fühlte es sich da auch so an, als hätte es ein anderer getan?«

»Ich kam mir vor, als stünde ich in Flammen, als würde mein Gehirn brennen. Ich war kurz vorm Durchdrehen. Aber ich hätte es schon geschafft. Doch dann folgte er mir am Morgen des ersten Weihnachtsfeiertags und fing an, darüber zu reden, über diesen gottverdammten Schöpflöffel, den sie sich bei ihm ausgeliehen habe, sodass er wisse, dass sie zur Scheune gekommen sei. So ging es immer weiter, und dabei starrte er mich an, als könnte er in mich hineinblicken. Ich wollte einfach nur, dass er aufhörte, dass er den Mund hielt. Ich wollte das nicht. Er ist gestürzt und mit dem Kopf aufgeschlagen.«

»Und wie war das mit Bridget Wolfe? Wollten Sie das auch nicht?«

Greg ließ sich zurücksinken. Er wirkte auf einmal müde, unendlich müde.

»Ich wollte nur …« Er verstummte.

»Sie wollten nur ihr Haus niederbrennen?«

»Ja.«

»Aber sie war da.«

»Ja«, bestätigte Greg. »Sie war da.«

»Haben Sie wieder den roten Nebel gesehen?«

»Ich vermute, darauf wird meine Verteidigung hinauslaufen. Dass ich die Kontrolle verloren habe.«

»Wie bei Ihrem Vater?«

Aus seinen Augen blitzte erneut die Wut auf. Maud spürte seinen Jähzorn.

»Wenn dieses gottverdammte Weibsstück bloß nicht ihre Nase überall reingesteckt hätte …« Er suchte nach der richtigen Art, es auszudrücken. »Dann wäre das alles nicht wieder aufgewühlt worden. Dadurch wurde allen Beteiligten ein weiteres Mal Schmerz zugefügt.«

»Für Ihren Vater ist es ein bisschen zu spät. Und für Charlie. Und Paul Salter. Und Niall, Ollie und Etty Salter.«

Gregs Blick wirkte jetzt fast flehend.

»Sie müssen das verstehen. Nichts davon war gewollt. So bin ich gar nicht. Ich bin kein schlechter Mensch.«

»Und das alles nur, weil vor dreißig Jahren eine Frau über Sie gelacht hat.«

Sein Gesicht nahm einen hässlichen Ausdruck an. Maud warf einen Blick auf ihre Armbanduhr.

»Das Verhör ist hiermit beendet«, verkündete sie.

89

Ollie und Niall hatten entschieden, dass sie Charlies dunkel verfärbte Knochen nicht auf einem Seziertisch liegen sehen wollten, deswegen trat Etty den Gang in die Leichenhalle ohne ihre Brüder an.

Maud begleitete sie, aber an der Tür sagte Etty: »Wenn es für Sie in Ordnung ist, würde ich das gern alleine machen.«

»Natürlich.«

Sie trat in den kalten, kahlen Raum, in dem das Skelett lag. Ein Mann in einem weißen Mantel entfernte das Laken und zog sich zurück.

Sie starrte auf die Knochen, den grinsenden Schädel. Das war nicht ihre Mutter. Ihre Mutter war irgendwo anders: in den Erinnerungen und den Herzen ihrer Kinder, in der Luft, die sie atmeten.

Dann fiel ihr Blick auf die im Tod geballte Hand. Ganz sanft berührte sie sie.

»Du hast ihn erwischt«, sagte sie. »Du hast um dein Leben gekämpft, dieses Leben war dir nicht vergönnt, aber du hast den Mann erwischt, der es dir nahm.«

Sie steckte eine kleine Heckenrosenblüte zwischen die Knochen der Hand.

»Gut gemacht«, sagte sie. »Das hast du gut gemacht. Du hast immer alles gut gemacht, dein ganzes Leben lang. Es tut mir so leid.«

Durch den Glaseinsatz in der Tür beobachtete Maud, wie Etty die Blume in die Hand ihrer Mutter steckte und dabei die Lippen bewegte. Dann fasste sie sich an die Kehle und berührte das kleine Medaillon, das sie an einer Kette um den Hals trug. Ihr Gesicht leuchtete vor Liebe und Traurigkeit.

Als sie sich schließlich abwandte, öffnete Maud die Tür für sie, und die beiden Frauen gingen wieder hinaus ins Sonnenlicht.

90

An dem Tag, an dem sie aufbrechen wollte, schnitt Etty im Garten von Niall und Penny ein paar Rosen und ging zum Friedhof. Sie legte die Blumen auf Pauls Grab und ließ sich daneben nieder. Beinahe hätte sie etwas zu ihm gesagt, Worte des Abschieds oder der Entschuldigung oder etwas in der Art, aber dann tat sie es doch nicht. Er war nicht da, er konnte sie nicht hören, sie spräche nur mit dem Wind. Schon bald würde seine Mutter neben ihm liegen. Von allen geliebt.

Maud schickte Silas eine Nachricht. *Unterwegs nach Hause. Wirst du da sein?* Er reagierte nicht.

Sie ignorierte die vielen Mails und Nachrichten, in denen Leute ihr gratulierten oder um Interviews baten oder um Zitate für Artikel, die sie gerade schrieben. Um das alles würde sie sich später kümmern.

In Begleitung von Carrie fuhr sie zurück nach London und setzte diese an ihrer Wohnung ab.

»Danke für alles«, sagte sie, während Carrie sich keuchend und fluchend aus dem Wagen kämpfte.

»Wie gesagt, was hätte ich sonst mit meinem Mutterschaftsurlaub anfangen sollen?« Sie bedachte Maud mit einem so breiten Grinsen, dass sich ihr kleines Gesicht komplett in Falten legte. »Gut gemacht. Dein Chef ist bestimmt überglücklich.«

»Eher erleichtert als sonst was.«

Carrie tätschelte ihren Bauch. »Ich lasse es dich wissen.«
»Tu das. Dann komme ich dich besuchen.«

Es fühlte sich an, als wäre sie Monate fort gewesen, dabei waren es nur knapp zwei Wochen. Mit ihrer Tasche über der Schulter öffnete sie erst die Haustür und dann die Tür zu ihrer Wohnung.

»Hallo!«, rief sie, während sie die Stufen hinaufstieg.

Doch schon als sie den Treppenabsatz erreichte, wusste sie, dass er nicht da war. Sein Mantel und seine Jacken hingen nicht mehr an den Haken in der Diele, und im Schuhregal fehlten seine Schuhe, abgesehen von einem schäbigen Paar Sommersandalen.

Maud stellte ihre Tasche ab und ging ins Wohnzimmer. In den Bücherregalen klafften Lücken. Ein Gemälde und ein paar Fotos waren von der Wand verschwunden. Der Getränkeschrank, den er auf eBay gekauft hatte, stand nicht mehr in der Ecke.

Die Küche hatte er ordentlicher verlassen als sonst. Die Ladung im Geschirrspüler war gespült und bereit, ausgeräumt zu werden. Die rosa Streifenschürze, die er zum Kochen trug, hing nicht mehr an ihrem Haken, und seine Lieblingstasse, aus der er immer seinen Morgentee trank, war auch nicht mehr da.

Maud wanderte ins Schlafzimmer. Sie machte sich nicht die Mühe, den Kleiderschrank oder die Schubladen der Kommode zu öffnen, weil sie bereits wusste, was sie vorfinden würde. Sie zog die Vorhänge zu und legte sich auf ihre Seite des großen Betts. Ihre Sportarena, hatte Silas es mal genannt. Sie drückte das Gesicht ins Kissen. Er war weg, und es war vorbei. Nun durfte sie weinen.

Aber sie weinte nicht. Sie dachte an die Salter-Kinder, die darauf warteten, dass ihre Mutter nach Hause kam, bis das Warten irgendwann eine Furche in sie höhlte und ein Teil ihrer Persönlichkeit wurde. Sie musste daran denken, wie dicht sich die drei aneinandergedrängt hatten, als sie ihnen berichtete, dass die Leiche ihrer Mutter gefunden worden war. In dieser Situation waren sie zu einer engen Gruppe verschmolzen, die zu guter Letzt doch wie eine Familie wirkte. Sie dachte an Charlotte Salters Finger, die die Haare ihres Mörders packten und sie über dreißig Jahre lang nicht losließen.

Maud stand wieder auf, wusch sich das Gesicht, zog ein sauberes Shirt und ihre abgewetzten Stiefel an, griff nach ihrem Schlüsselbund und verließ die Wohnung. Sie marschierte zu ihrer nahe gelegenen Stammkneipe, wo sie sich an der Theke eine Tüte Chips und ein Bier bestellte.

Es war Karaoke-Abend. Sie würde nicht weinen. Da brüllte sie doch lieber einen Song, bis ihr der Hals wehtat und ihr ramponiertes Herz sich anfühlte, als würde es gleich platzen.

91

Etty öffnete das Wohnzimmerfenster und ließ die Geräusche der Nacht hereinwehen. Am Ende der Straße heulten mehrere Motoren auf, ein Paar stritt sich, Türen knallten, irgendwo lief Musik mit dröhnenden Bässen.

Es hatte geregnet. Selbst hier, im Herzen der Stadt, roch sie den Herbst in der Luft. Es fielen schon die Blätter von den Platanen entlang der Straße. Golden schwebten sie im Licht der Laternen. Der Sommer war vorüber.

Sie holte ihr Handy heraus und legte es startbereit auf den Tisch, dann schenkte sie sich ein Glas Rotwein ein und nahm einen Schluck. Sie war unglaublich müde, aber es handelte sich um eine Müdigkeit, die ihren Gedanken Klarheit verlieh, als wäre alles besonders scharf konturiert und von hinten beleuchtet. Vor ihrem geistigen Auge liefen Erinnerungen ab wie ein Film. Die Wochen, die sie gerade durchlebt hatte, Feuer und Tränen und ein Häufchen Knochen, die Hände noch im Tod geballt. Ein Fluss, der mit den Gezeiten hin- und herströmte. Ein heruntergekommenes Haus und ein Vater, endlich auf seine wahre Größe reduziert: kein Monster mehr, sondern letztendlich doch nur ein gestörter Mann, der sich und anderen schadete.

Die Erinnerungen an Greg schob sie weg und dachte stattdessen an seinen Vater Duncan, den sie so lange Zeit nur als Ertrunkenen vor Augen gehabt hatte, als Wasserleiche, die sie mit gespenstischen Augen aus der Strömung anstarrte. Er war ein lieber Mann gewesen. Sie dachte an ihre Brüder – an die beiden, die lebten, und an den einen, der gestorben war. Sie dachte an Charlie, und zwar so intensiv, dass sie fast das Gefühl hatte, sie bräuchte nur den Kopf zu wenden, um einen letzten Blick auf sie zu erhaschen, ehe sie verschwand.

Dann dachte sie an sich selbst, Etty Salter, jung und voller Hoffnung, und zum ersten Mal gestattete sie sich, für dieses verängstigte, einsame Mädchen Mitleid zu empfinden.

Vielleicht konnte sie endlich lernen, sich selbst zu vergeben. Vielleicht war es doch nicht zu spät, um noch einmal neu anzufangen, es dieses Mal besser zu machen. Zumindest konnte sie es versuchen.

Sie lehnte sich zu ihrem Handy hinüber und drückte auf ›Play‹. Morgans weiche Stimme füllte den Raum.

Es ist nun dreißig Jahre her, dass in einem Dorf in East Anglia, wo das Land von Wattflächen und Sümpfen verschluckt wird, eine Frau verschwand.

Es war mitten im Winter, matschig und dunkel, aber Weihnachten nahte. Die Hauptstraße war festlich beleuchtet, in den Fenstern standen geschmückte Bäume, aus den Schornsteinen schlängelte sich Rauch – und in einer Scheune am Rand des Dorfes versammelten sich die Leute zu einer Feier.

Eine Person jedoch traf nie ein, wodurch sich das Leben in jenem kleinen Dorf für immer veränderte. Ihr Verschwinden war der Beginn einer Kette schrecklicher Ereignisse, die drei Jahrzehnte lang das Leben zweier Familien zerstörten.

Dies ist eine Geschichte über dunkle Geheimnisse, die vor sehr langer Zeit vergraben wurden, ihre Macht aber nie verloren – über den Einfluss, den die Vergangenheit auf die Gegenwart ausübt.

Es ist die Geschichte der Menschen, deren Leben ab jenem Wintertag aus den Fugen geriet: von Söhnen und Töchtern, Brüdern und Schwestern, Partnern und Freunden.

Es ist die Geschichte einer Frau: einer Ehefrau, Mutter und Vertrauten. Diese Frau ist impulsiv, warmherzig und voller Leben. Wenn die Leute sie beschreiben, benutzen sie Worte wie »strahlend«, »lebendig«, »großzügig«, »optimistisch«. Sie ist eine Frau voller Lust: Sie liebt gutes Essen, Rotwein und lange, heiße Bäder. Sie tanzt gern und wandert bei jedem Wetter. Puzzles mag sie auch. Und Klatschgeschichten. Sentimentale Filme. Schicke Kleidung. Hefegebäck. Orangenmarmelade. Zufällige Begegnungen. Pfingstrosen und Wicken. Kerzen. Räudige Hunde. Hoffnungslose Fälle.

Sie liebt das Leben. Sie liebt Menschen. Vor allem aber liebt sie ihre vier Kinder.

Ihr Name ist Charlotte Salter.